# सपनों के ईर्द-गिर्द

(डॉ कुंतल गोयल की कहानियाँ)

मुकुल रंजन गोयल

BlueRoseONE.com
Stories Matter
NewDelhi • London

**BLUEROSE PUBLISHERS**
India | U.K.



BlueRose ONE.com
Stories Matter
NewDelhi • London

For permissions requests or inquiries regarding this publication, please contact:

BLUEROSE PUBLISHERS
www.BlueRoseONE.com
info@bluerosepublishers.com
+91 8882 898 898
+4407342408967

ISBN: 978-93-5819-248-3

Cover design: Muskan Sachdeva
Typesetting: Rohit

First Edition: February 2024

*माँ के लिये*
*जिन्होंने कहानियां लिखीं*
*कहानियों से गुफ्तगू की*
*कहानियों सा जीवन जिया*
*और*
*कहानी बन चली गईं*
*छोड़ गईं पीछे*
*कहानियों की सजल ऊष्मा*
*अपनों के इर्द-गिर्द*

*(भूमिका लेखिका डॉ मृदुला सिंह, आवरण महेश वर्मा और प्रकाशन में सहयोगी मिथिलेश पाठक "धूमकेतु" का आभार)*

# भूमिका

आज जब अपने सरगुजा अंचल की महत्वपूर्ण साहित्यकार कुंतल गोयल की कहानियों की रचनावली की भूमिका लिख रही हूँ तो उनके लेखन और स्त्री लेखन के इतिहास पर नजर डालती हूँ। पाती हूँ कि बीसवीं सदी में गद्य लेखन में स्त्री रचनाकारों की उपस्थिति कम रही पर सशक्त रही है। यह अवसर उन्नीसवीं सदी के आरंभ में आया जब पहली बार हिंदी में 'दुलाईवाली' (1907) कहानी दर्ज हुई। यह कहानी राजेन्द्रबाला घोष ने 'बंग महिला' के नाम से लिखी और उनका बाकी लेखन भी इसी नाम से रहा पर वे अकेली नहीं थीं। उनके समय जानकी देवी, ठकुरानी शिवमोहिनी, गौरादेवी, सुशीला देवी और धनवती देवी भी उल्लेखनीय कथाकार के रूप में हिंदी कहानियों में दर्ज हुई हैं। यह हिंदी में महिला रचनाकारों का आरंभ था।

इसके बाद के छायावादी दौर में जब महादेवी वर्मा की कविताएं और गद्य प्रकाशित हो रहे थे, स्त्री कहानी लेखन भी अपनी गति से आगे बढ़ रहा था। इस समय सुभद्रा कुमारी चौहान का कहानी संग्रह 'बिखरे मोती' 1932 में आया। चंद्रकिरण सोनरक्सा की 'घीसू चमार' 1933 (भारत मित्र), उषा देवी मित्र 'मातृत्व' 1932 (हंस), शिवरानी देवी की 'साहस' (चाँद), कमला चौधरी की 'उन्माद' 1934, होमवती देवी की 'निसर्ग' 1939, सत्यवती मलिक की 'दो फूल' और अन्य कहानी संग्रह प्रकाशित हुए। इस समय हिंदी कहानी में स्त्री लेखन की विकास यात्रा धीमी किंतु अपनी सशक्त उपस्थिति दर्ज कर रही थी।

स्वतंत्रता के बाद कहानी लेखन में कई आंदोलनों का सूत्रपात हुआ पर आंदोलनों की अपनी सीमाएं होती हैं। कोई भी कहानी आंदोलन लंबे समय तक नहीं चला। नई कहानी के बाद उसकी दुर्बलताएँ और उसकी उपलब्धियाँ स्पष्ट थीं। यौन प्रसंगों के प्रति आवश्यक मोह, क्षणवादी भोगवादी दृष्टि, शिल्पगत चमत्कारी प्रवृति आदि नें नई कहानी का अवमूल्यन किया। फिर नयेपन की मांग आई जिसके फलस्वरुप अकहानी, सचेतन कहानी,

सहज कहानी, समांतर कहानी, सक्रिय कहानी तथा जनवादी कहानी आंदोलन चर्चा में रहा।

सातवें दशक की हिंदी कहानी बदली हुई मानसिकता की कहानी है। युवा कहानीकारों की दृष्टि, लेखन में यथार्थवादी रूप दे रही थी। समांतर कहानी आंदोलन की शुरुआत 1971-72 में हुई। इसी समय 1974 से सरिता के विशेषांकों का दौर प्रारम्भ हुआ और समांतर कहानी का विकास होता गया। स्त्री लेखन की गतिशीलता में निरुपमा सोबती, मृदुला गर्ग, मन्नू भंडारी जैसे नामों के साथ कुंतल गोयल का नाम भी हिंदी कहानी में उभरा। उनकी समकालीन मेहरुन्निशा परवेज और शांति यदु (छत्तीसगढ़) से आत्मीय संबंध रहे हैं।

कुंतल गोयल की रचनात्मक उपलब्धि इस लिहाज से महत्वपूर्ण है कि उन्होंने यह रचनाकर्म छत्तीसगढ़ के वन्य क्षेत्र सरगुजा में रहते किया।

कुंतल गोयल का जन्म बैकुंठपुर (छत्तीसगढ़) 31 दिसंबर 1935 में साहित्यकार श्री बाबूलाल एवं श्रीमती विमला देवी के घर हुआ था। प्रसिद्ध साहित्यकार कांतिकुमार जैन कुंतल गोयल के भाई थे। ऐसे सुदृढ साहित्यिक संस्कारों में पली कुंतल गोयल की अकादमिक उपलब्धियां भी बड़ी रही हैं। वे सरगुजा क्षेत्र की पहली महिला पीएचडी रही हैं।

कुंतल गोयल की साहित्य यात्रा कविता और गीतों से शुरू हुई थी। उनका पहला प्रकाशित काव्य संग्रह 'हमारा घर' 1970 में आया। इसके बाद इन्होंने कहानियां लिखीं जो कल्पना, ज्ञानोदय, साप्ताहिक हिंदुस्तान, धर्मयुग, गल्प भारती, कहानीकार, मंगलदीप, अम्बिका आदि महत्वपूर्ण पत्रिकाओं में प्रकाशित हुईं। उनकी कहानियां उनके कहानी संग्रहों - 'फूलों की गंध' (1968), 'ठहरे हुए अंधेरे' (1976) और 'अनगिनत मोड़ों पर' (1996) में संकलित हैं। कुंतल गोयल ने अपनी इन कहानियों के माध्यम से मध्यमवर्गीय जीवन की चुनौतियों को उसके अपने मनोविज्ञान के साथ रेखांकित किया है। उन्होंने लिखा है ,"मेरी कहानियों में किसी एक की छटपटाहट नहीं वरन उस पूरे समाज की छटपटाहट है जहाँ अपने संस्कारों, सभ्यता और मूल मान्यताओं को ढोने के लिए मनुष्य को लाचार होना पड़ता है और जहाँ पारस्परिक टकराहट में मनुष्य की संवेदनशीलता आहत होती है।" संबंधों

की आधारभूमि स्नेह और आत्मीयता के होते हुए भी जीवन में परिवर्तित सामाजिक मूल्यों का कितना आक्रामक प्रभाव पड़ता है, यह कुंतल गोयल की इन मध्यमवर्गीय जीवन की कहानियों के चरित्रों में सहज ही देखा जा सकता है।

किसी भी रचना में रचनाकार के परिवेश की संवेदना सृजित होती है किंतु वह महत्वपूर्ण, सार्थक और उसकी व्यापकता इस बात पर निर्भर होती है कि उसकी वस्तुगत यथार्थ के प्रति की गई मानसिक प्रतिक्रिया कितनी सटीक है या प्रतिक्रिया के माध्यम से वह किस मूल्य-बोध को विकसित करना चाहता है या रचना में व्यक्त मूल्य-बोध बाहरी संसार कहाँ तक गूंथे हुए हैं। इन सभी स्थितियों में रचनाकार की रचनात्मक जागरूकता की पहचान भी होती है जो रचना और रचनाकार दोनों के लिए महत्वपूर्ण है। यह तथ्य अपने समकालीन स्त्री कथाकारों के बीच डॉ. कुंतल गोयल को महत्वपूर्ण इस बात में बनाता है कि वे कहानी की विषयगत नवीनता, दृष्टिकोण का साहस और विसंगतियों की पड़ताल करती हैं। उनके प्रथम कहानी संग्रह 'फूलों की गंध' में तत्कालीन मध्यमवर्गीय सामाजिक परिवेश का यथार्थवादी चित्रण 'छीजते हुए क्षण', 'फैसला', 'एक अधूरी कहानी' आदि में देख सकते हैं। उनके दूसरे संग्रह 'ठहरे हुए अंधेरे' की कहानियां 'अंधेरे का कफन', 'हंसी की परतें', कटे पंख', 'भीड़ मे घिरी अकेली', 'उभरता विद्रोह' की पृष्ठभूमि पारिवारिक होते हुए यथार्थ की जमीन निर्मित करती हैं।

कुंतल गोयल के तीसरे कहानी संग्रह 'अनगिनत मोड़ों पर' की कहानियों में मध्यमवर्गीय समाज का यथार्थ चित्रण तो है ही, साथ ही वे उत्तरी छत्तीसगढ़ के आदिवासी स्त्री मन का कैनवास भी खींचती है। इस लिहाज से इस संग्रह की कहानी 'जंगल बुलाता है' को ही लें तो पूरे संग्रह की लेखकीय दृष्टि आसानी से समझ आती है। कुंतल गोयल की कहानियां केवल मध्यवर्गीय समाज की मानसिक पहलुओं को ही नहीं उघाड़तीं बल्कि यह कहानियां समय के साथ समाज में होने वाले परिवर्तनों को भी बखूबी चित्रित करती हैं। इनकी कहानियों के केंद्र में आम आदमी, स्त्री, वृद्ध और आदिवासी स्त्री अपनी निर्भीकता के साथ प्रस्तुत हुए हैं। यह विशेषताएं कथा के अंत तक पहुंचते-पहुंचते कहानी को नया मोड़ देती हैं और कहानी का फलक बड़ा हो जाता है। इनकी कहानियों में स्त्री-पुरुष के आपसी रिश्तों

का द्वंद है, उस द्वंद में टकराहट भी है और उससे निकलने का रास्ता भी। कुंतल गोयल लिखती हैं ,"जिस कहानी से हमारी संवेदना जुड़ती है अथवा जिस कहानी में मानव मन की संवेदना का प्रवाह हो, वह कहानी कभी भी पुरानी नहीं पड़ती और न ही उसका कथाकार ही पुराना कहला सकता।"

कुंतल गोयल ने कविता और कहानियां ही नहीं, अन्य विधाओं में भी खूब लिखा । 'कुछ रेखाएं : कुछ चित्र' (1967) और 'बातों के बोनसाई' (2004) उनके संस्मरणों एवं ललित निबंधों के संग्रह हैं । इसके अलावा कुंतल गोयल ने सरगुजा के आदिवासी साहित्य को संरक्षित करने का महत्वपूर्ण कार्य किया और उसे अपनी 'छत्तीसगढ़ की लोक कथाएँ' (1985) पुस्तक में दर्ज कर लिया । सरगुजा के लोकगीतों पर केंद्रित उनकी किताब 'काले कंठों के श्वेत गीत' (2012) महत्वपूर्ण उपलब्धि है ।

लेखन के लिए उन्हें कई प्रतिष्ठित पुरस्कार मिले । लोक साहित्य में 'पं- सुंदर लाल शर्मा सम्मान' , म-प्र- लेखक संघ का 'अक्षर आदित्य सम्मान', विदेशी भाषा में प्रकाशन पर 'पेंगुइन सम्मान' तथा ब्रेल लिपि में कहानियों का प्रकाशन । दर्ज करने योग्य उनकी अन्य उपलब्धियां हैं ।

उनका यह बहुआयामी लेखन सरगुजा क्षेत्र की साहित्यिक यात्रा में मील का पत्थर है।

पुराना न पड़ने के नए प्रयास में 'अपनों के इर्द-गिर्द' (कुंतल गोयल की कहानियाँ) शीर्षक से डॉ. कुंतल गोयल के पुत्र डॉ.मुकुल गोयल ने इस रचनावली में उनकी ज्यादातर रचनाओं को समेटने का महत्वपूर्ण कार्य किया है। यह तीन संग्रहों की कुल 45 कहानियों की किताब है। यह एक जगह संकलित होने से पाठकों और अध्येताओं को कुंतल गोयल के साहित्य को पढ़ने और समझने में निश्चित ही सहूलियत होगी। इस रचनावली का हिंदी साहित्य संसार में स्वागत होना चाहिए।

मृदुला सिंह

14 अप्रैल 2023

# कहानी : अपनी दृष्टि में

अपनी कहानियों के विषय में कुछ कहना वैसा ही कठिन है जैसा अपने बारे में कहना। सामने कहानियाँ हों और अच्छी-बुरी की पहिचान कर उनका विश्लेषण करना, आज के युग को मापदण्ड मानकर उस पर अपनी कहानियों को परखना और निर्णय लेना, वह भी निष्पक्ष भाव से और फिर मनःतोष प्राप्त करना तो और भी कठिन है। अपनी चीज अच्छी किसे नहीं लगती? लेकिन तटस्थ होकर केवल दूसरों की दृष्टि से यदि अपनी कहानियों का विश्लेषण करूँ तो हो सकता है कि वे आज की तथाकथित नयी कहानियाँ कहलाने की अधिकारी न हों या नयी होती हुई भी पुरातन मान्यताओं को झेलते हुए आगे आई हों—अपनी ओर से तो मैं कहानी को केवल कहानी ही मानती आई हूँ— न नई, न पुरानी। दृष्टिगत मूल्य बदल सकते हैं, मानवीय परम्परायें ढह सकती हैं। कहानियों में युग परिवर्तन की बात कोई अचम्भे की बात भी नहीं हो सकती पर नये और पुराने के नाम पर कहानियों का वर्गीकरण करना केवल अपने नाम को 'टॉप-मोस्ट' करने का बहाना मात्र है। यह अवश्य है कि द्वितीय विश्व युद्ध के बाद मानव मूल्य, जीवन दिशा और दृष्टि केन्द्र का आधार बदला है। मनुष्य और उसका जीवन जटिल हो गया है। आदमी का व्यक्तित्व कुंठित और संश्लिस्ट हो गया है और इस नई पृष्ठभूमि—नये आधार को लेकर चलने वाली जिन्दगी को समझने-परखने के लिए हमें पुराने आग्रह, पुराना कथा-शिल्प, पुरानी सौभ्यता और सरलता त्याग कर एक नया माध्यम, एक नई विधि अपनानी होगी और यह नया माध्यम-नई दृष्टि जिसमें कथ्य और शिल्प दोनों में ही नवीनता है, अपने गुण-धर्म वैभिन्नय के कारण पुरानी कहानियों से अपनी अलग प्रवृत्ति व्यक्त करने के लिए "नई कहानी" अपने स्थान पर बिल्कुल ठीक भी है। पर कहानी को नये और पुराने में बाँटकर केवल नये लेबल के आधार पर कहानी को अच्छी व बुरी, नई व पुरानी कहकर, एक को निहायत दो कौड़ी की मानकर तथा दूसरी को सर्वगुण सम्पन्न कहकर उसकी

सम्पन्नता के साथ अपनी जाति-धर्म का झंडा गाड़कर अपने नाम, अपनी कहानी के नारे लगाता न्यायोचित नहीं कहा जा सकता।

समय की कसौटी पर किसी भी साहित्यिक विधा को कसा जाना ही नये और पुराने का मापदंड नहीं बन जाता और न ऐसा होना उचित ही है। कहानीकार क्या, हर मनुष्य अपनी दृष्टिबोध के कारण नया और पुराना हो सकता है पर आयु के कारण न तो वह नया होता है और न पुराना। नया और पुराना समय सापेक्ष नहीं है वरन् नया तो वह है जो नये परिवेश में नयी सृजनात्मक चेतना से सम्बद्ध होता है। अतएव इस विशेषता को लिए हुए पुराना लेखक भी उतना ही नया हो सकता है जितना आज का। सही तो यह होगा कि नये और पुराने का वर्गीकरण समय या काल विशेष के आधार पर न कर समवेदना, भाषा व कथ्य के आधार पर किया जाना चाहिये। आज साहित्य में नग्नवाद, कुंठा और भोग की जो प्रवृत्ति फैशन के रूप में प्रचार पा रही है—इसकी तह में यही नये और पुराने का ही द्वन्द है। साहित्य शाश्वत होता है, अतः अच्छी कहानियाँ हर युग में अच्छी ही कही जायेंगी और बुरी कहानियाँ हर युग में बुरी। मोपासा, माम, चेखब, रवीन्द्र, शरद, प्रेमचन्द आदि तमाम बड़े साहित्यकारों ने कभी भी अपनी कहानियों को किसी खास फ्रेम में बैठाने की कोशिश नहीं की। वे उस समय भी जितनी नई थीं, उतनी आज भी।

हिन्दी कहानी के पाठकों ने कहानी को प्रेमचन्द और प्रसाद की शैली में पढ़ा है और यशपाल तथा जैनेन्द्र की शैली को भी उसने स्वीकार किया है। हिन्दी कहानी का इतिहास विकसनशील रहा है। हर दशक अपने साथ कुछ नयापन लाया है। कमलेश्वर, राजेन्द्र यादव, मार्कण्डेय आदि एक लम्बी श्रृंखला की कुछ कड़ियाँ मात्र हैं और यह श्रृंखला समाप्त भी नहीं हो गई है। साहित्य की इस विधा में व्यक्ति और समाज के परिवर्तन के साथ नवीनता आयेगी ही तो फिर प्रश्न उठता है कि हम अगले दशक की कहानियों को किस नाम से पुकारेंगे? शायद आज के कहानीकार के वजन पर भविष्य का कहानीकार अपने आप को नवीनतम कहानीकार कहेगा।

पिछली पीढ़ी के कहानीकारों की कहानियाँ भी नई थीं। नई इस अर्थ में नहीं कि वे एक विशेष समय में लिखी गई थीं बल्कि उन्होंने युग की नई समस्याओं का चिन्तन किया था। प्रथम विश्व के पश्चात् संघर्षरत पीढ़ी की

मानसिक पराधीनता और जागरूकता, नैतिक मूल्यों के परिवर्तन, बदलता हुआ सामाजिक परिवेश और टूटता हुआ संयुक्त परिवार, व्यक्ति और देश का सम्बन्ध, गांधीवादी दर्शन की पृष्ठभूमि में भारतीय समाज की बदलती हुई विचारधारा—यह सब भी उन कहानीकारों के लिये उतना ही नया था जितना कि आज की परिस्थितियों को झेलने वाले कहानीकारों के लिये। सही बात तो यह है कि प्रबुद्ध जागरूक पाठकों को अच्छी चीज चाहिए—चाहे वह नई हो या पुरानी, नहीं तो वह उस बढ़िया बहुरंगी कैलेण्डर की भाँति जिसका शिल्प और साज-सज्जा बहुत थी, जो कभी नया था—नये वर्ष के आते ही चुल्हे की लकड़ी जलाने के काम में ले आया जायेगा।

सन् ६० के बाद की कहानियां नये अर्थ मे इसीलिए स्वीकारी जायेंगी कि उनमें विषयगत वातावरण की सृष्टि हुई। काल्पनिक थोथे आदर्शों को तिलांजलि देकर यथार्थ अपने अधिक प्रखर रूप से उभरा है और पाठकों के सम्मुख जीवन बिना किसी आवरण ओढ़े अपनी अच्छाई व बुराई लिये ज्यों का त्यो सम्मुख आया है। कहानी आज की हो चाहे कल की, उसका सामीक्ष्य मनुष्य है—उसकी सम्पूर्ण प्रवृत्तियाँ हैं—उसका परिवार और उसका समाज है। युग के परिवर्तन के साथ-साथ उसकी समस्याओं में भी परिवर्तन आता है और यही परिवर्तन कहानी को नई कहानी-सचेतन कहानी या अ-कहानी की संज्ञा देने का कारण बन जाता है। इसमें संदेह नहीं कि आज की कहानी मानसिक कुण्ठाओं, निराशाओं और असफलताओं का सक्षम चित्र प्रस्तुत करती हैं। इस दृष्टि से नया कथाकार जीवन को नये सन्दर्भ में रखकर देखता है, उसकी अभिव्यक्ति करता है। जिस कहानी से हमारी संवेदना जुड़ती है अथवा जिस कहानी में मानव मन की संवेदना का प्रवाह हो, वह कहानी कभी भी पुरानी नहीं पड़ सकती, न ही उसका कथाकार ही पुराना कहला सकता है। जीवन मूल्यों या सृजनात्मक क्षमताओं की उपेक्षा करके मनुष्य बहुत अधिक समय तक स्थिर नहीं रह सकता।

अतः अपनी कहानियों के सम्बन्ध में मैं केवल इतना ही कहना चाहूँगी कि वे केवल कहानियाँ हैं— न नई, न पुरानी। मैं मानव जीवन को कहानी का सत्य रूप मानती हूँ। जीवन, जो क्षण-क्षण हर स्थिति, हर मोड़ पर टूटता है, जुड़ता है और जुड़-जुड़कर पुनः टूटता है, पल-पल में जिये गये मानव मन की स्थितियों को उजागर करना ही कहानी है। मनुष्य जिन स्थितियों को

भोगता है, जिन ऊहापोहों में भटककर अपने को नकारता या स्वीकारता है, उसकी सूक्ष्म पकड़ कहानीकार की कहानी का साफल्य कहा जायगा। यह आवश्यक नहीं है कि स्वयं की जियी हुई जिन्दगी ही कहानी का यथार्थ हो, दूसरे के भोगे गये को महसूस करना और मानसिक स्तर पर उस सम्पूर्ण को बौद्धिक क्षमता के साथ व्यक्त करन—जीवन का सत्य रूप व्यक्त करना है। मनुष्य, मनुष्य की जिन्दगी की स्थितियों का अनुभूत सत्य ही मैंने अपनी कहानियों के माध्यम से व्यक्त करने का प्रयास किया है। इनकी सफलता-असफलता का निर्णय तो मैं अपने प्रबुद्ध पाठकों पर छोड़ती हूँ। अपनी ओर से तो बस इतना ही कि किसी गुट विशेष में सम्मिलित न कर इन्हें निष्पक्ष भाव से लिया जाये तो मुझे संतोष होगा।

# अनुक्रमणिका

**अनगिनत मोड़ों पर**

# फूलों की गंध

# दो किनारे

हल्की-हल्की बूँदें पड़ने लगी हैं। नीम के फूलों की अजीब-सी गंध बरामदे में तिर आयी है। कुछ-कुछ मोहासक्त होते हुए भी मैं इस परिवेश से बचना चाहती हूँ। बरामदे से हटकर मैं ऊपर अपने कमरे में लौट आती हूँ। सामने खिड़की के बन्द शीशों पर छलकने वाली बूँदों में जाने कुछ डूबा-सा जा रहा है, पल-पल, क्षण-क्षण। और कुछ ही देर में वर्षा की गिरती पिघले बर्फ की लहरें। उधर से आँखें हटा कर मैं तकिए में सिर गड़ा लेती हूँ कि ऊपर से पानी का बहता वेग संभल जाए। वर्षा का यह बहाव, लग रहा है, मुझे बहाये दे रहा है। लाख बचाव करते पर भी मैं बाहर अनावृत्त आकाश के नीचे, नहीं-नहीं, उसी नीम के नीचे खड़ी-खड़ी भीगती जा रही हूँ। ऊपर से फिसलती ये बर्फ की लहरें जैसे भीतर जा कर जमती जा रही हैं और मन अवश हुआ जा रहा है। मन, जिस पर मैं सदैव से अंकुश लगाती आ रही हूँ, अंकुश दायित्वों का, नैतिक मर्यादाओं का अंकुश। कभी एक दिन मिनी ने कहा था—अनु, कितनी वयस्क की तरह तू अपने मन पर जिम्मेदारियों की ये कठोर परत चढ़ाती जा रही है। मुझे सन्देह होने लगता है कि इन कठोर परतों के नीचे तू दब कर तो नहीं रह जाएगी। संभल जा, नहीं तो दबेगी फिर उबर सकना मुश्किल हो जाएगा। सुन कर मन में हँसी आ गयी थी उस दिन। बीस वर्ष ही तो बीते थे जीवन के, फिर भी सभी से यही सुनती थी कि अनु, तू आवश्यकता से अधिक गम्भीर रहती है, पगली है, कौन- सी ऐसी भावनाएं हैं जिन्हें तू चुप-चुप इस तरह सहेजना सीख रही है अभी से।

विभा भाभी को देख-देख कर ही तो मेरे रेशमी सपनों की रूप-रेखा बनी है। विभा भाभी की याद अभी भी मुझे खूब आती है और उन्हीं यादों की गहराई में अखिल भैया के शब्द बुद-बुदे से उठ कर विलीन हो जाते हैं। कहते हैं, नारी को समझ पाना कठिन है, पर पुरुषों को समझ पाना भी तो कितना जटिल है। कब कौन-सा रङ्ग सामने आएगा, कौन जाने। और चुप-चुप रह कर अखिल के इन्हीं रूपों को समझ पाने का प्रयत्न करते-करते अपने को अधिकाधिक उलझाती जा रही हूँ। कैसी थीं वो विभा भाभी? अपूर्व

! औरों के लिए अनासक्त योगिनी-सी निर्विकार, पर अपने अखिल के लिए भीतर हिलकोरे लेती, प्रेमिल भावनाओं की अथाह राशि। इसी अधखुली खिड़की से मैं देखती हूँ उन्हें। दस बजते हैं। ठीक समय पर विभा भाभी अखिल भैया को छोड़ने गेट तक पीछे-पीछे गयी हैं और विदा देता ऊपर उठा हाथ ऐसे लरज उठता है जैसे हवा का परस पा कर नयी कोंपल हिल उठी हो। चढ़ती धूप की किरणों को सहती वे उस समय तक गेट पर खड़ी होती हैं जब तक अखिल जी उनकी आँखों से ओझल नहीं हो जाते। फिर नीची निगाहें किये धीमे-धीमे वे अपने कमरे में लौट आती हैं। दरवाजा बन्द होने की खटाक ऊपर तक आती है और मुझे यह अहसास होता रहता है कि अब विभा भाभी चुपचाप अपने पलंग पर पड़ जाएँगी और छाती पर खुली पत्रिका में मन को रमाती रहेंगी। शाम आती है और ऊपर की एकान्तता से छुटकारा पाने के लिए मैं नीचे आ जाती हूँ। नीम के पेड़ की सघन छाया में विभा भाभी दरी बिछाये कुछ-कुछ गुनगुनाती नन्हें मोजे बुन रही होती हैं।

"ओहो भाभी, आगत के स्वागत की तैयारी?" लाज से सिंदूरी हो उठा भाभी का मुँह मुझे खूब भला दिखाई देता है। भाभी बतलाती हैं कि पहली जजकी माँ अपने घर कराना चाहती हैं पर ये अखिल जी तो मानते नहीं। कहते हैं, मैं तुम्हारी चिंता में परेशान रहूँगा और भाभी के मन की गुदगुदी उनके चेहरे पर झलक आती है। साइकिल की घंटी टनटनाती है और भाभी हाथ की सलाइया नीचे रख भागी जाती हैं। जैसे, जाने कब से, वे अखिल जी की प्रतीक्षा में आकुल-व्याकुल हों। शायद, अखिल भैया आ गये हैं और हाथ में फाइलें समेटे भाभी को मैं अधखिली कली से भी मोहक पाती हूँ। अखिल भैया कुछ कह रहे होते हैं और भाभी की घंटियों-सी मीठी हँसी आस-पास छितरा जाती हैं। मैं तृप्त हो उठती हूँ। लगता है, जैसे कहीं कुछ पा लिया है मैंने, कुछ अप्राप्य सा।

अपने को छिपाती हुई नीम की ओट ले मैं एक ओर फैले उस लम्बे-चौड़े बाग की ओर चल देती हूँ। खूबसूरत-सी हरियाली, झूले पर झूलते बच्चे और नर्म-नर्म घास की कालीन पर बैठे ठिठोली करते युवक-युवतियों का समूह। मैं चक्कर लगाती हूँ किनारे-किनारे। सब ओर से नजरें हटा कर मैं कॉलेज की उस निशा के बारे में सोचती हूँ जो प्रशिक्षण लेने के लिए नयी-नयी ही आयी थी। एक दिन अनजाने ही वह मेरे सामने खुल पड़ी थी। मैंने यों ही पूछ

लिया था—आने वाली छुट्टियों में तो तुम अपने पति के पास ही लौट जाओगी न !

लगता है, उसे चोट पहुँची, जैसे उसका घाव कुरेद दिया गया हो, और वह तड़प कर बोली थी—मिस्टर मेहता ! अनु जी, पुरुषों से अभी आपका वास्ता नहीं पड़ा है इसीलिए कुछ सुन्दर ही सोचती हैं आप। लेकिन फिर भी बहुत भाग्यवान समझती हूँ आपको ! यह सब कहते-कहते मुँह बिगाड़ लिया उसने। मेहता के बहुत ऊँचे-ऊँचे सपने हैं और मैं उन्हें छू भी नहीं पाती हूँ। उस लायक नहीं हूँ, ऐसा तो नहीं कहती पर उनके सपनों के सामने अपने को छोटा, बहुत छोटा अनुभव करने लगती हूँ। वे अपने ही कॉलेज के किसी लड़की पर जान दिये हुए हैं। वह बहुत बड़े घर की है इसीलिए उसकी ऊँचाई तक पहुँचने के लिए उसके साथ वे शराब के नशे में डूबे पड़े रहते हैं। अब तो अलग रहते साल से भी अधिक हुआ है। मुझे अपनी चिंता नहीं अनु जी, पर लड़की को पिता का प्यार भी तो चाहिए न? वह अक्सर पड़ोस की पिंकी के पिता को देखकर अपने पिता की बात मुझसे पूछती है— माँ! मेरे पिताजी मेरे पास क्यों नहीं आते? तुम उनके पास क्यों नहीं चलती माँ? और मैं उसकी किसी बात का भी उत्तर नहीं दे पाती।

मैंने चाहा कि बातों का रुख मोड़ दूँ और निशा के मन का दर्द हल्का हो जाये पर निशा कुछ और ही कह रही थी— कितना निष्ठुर होता है आदमी? निरा जानवर! मेरे मुँह से काँपती-सी हल्की चीख निकलती रह जाती है। निशा की पीठ पर पड़े बेंतों के गहरे निशान। निशा कहती है—अनु जी, बहुत सहा है मैंने। बस इसीलिए कि मुझे उस लड़की का घर आना पसन्द नहीं था। शराब के नशे में खोते हुए मैं अपनी इन आँखों से उन्हें देख नहीं सकती थी। उस समय मन का सारा संचित बल चुक-सा जाता था और मैं अवश हो उठती थी। अपनी बेटी को आँचल से छिपाये कहीं दूर भाग जाना चाहती थी ताकि उस पर अपने पिता के ये संस्कार हावी न होने पाएँ। वह भी अपनी आंखों से मेरी तरह सब न देखे। लड़की मेरी माँ के पास है और मैं यहाँ हूँ, मेहता कहीं और हैं। सब विच्छिन्न, अलग-अलग बिखरे हुए। निशा के इसी दर्द को सहारा देने के लिए मैं उसके बहुत नजदीक आ गयी हूँ। तभी से लगता है कि दो किनारों पर खड़ी मैं बीच में बहती जीवन-धारा को समझने का प्रयास करती रही हूँ।

मकान बदल लिया है। अब विभा भाभी से मिलना नहीं होता। कॉलेज जाते हुए नीम का वह पेड़ देखती हूँ तो आँखों में अखिल जी को विदा देकर शिथिल-सी विभा भाभी दिखाई दे जाती हैं। खटाक् ! दरवाजे का बन्द होना सुनाई पड़ता है और बहुत समय बीत गया है। कभी ऐसा समय ही नहीं मिल पाता कि प्रत्यक्ष विभा भाभी से मिलना हो। कल लौटते समय बस अड्डे पर अचानक विभा भाभी दिखाई दीं। वे अखिल जी को छोड़ने आयी थीं। भाभी की गोद में चढ़ी पिंकी को प्यार करते अखिल भैया कह रहे थे—तुम घबराना नहीं विभि! जैसे ही घर मिलेगा, मैं तुम्हें लेने आ जाऊँगा। कितना स्नेहिल हो आया था उनका स्वर—तुम्हारे पास तो यह पिंकी बेटी है मन बहलाने को, पर मेरे पास? वे मुस्करा कर रह गये थे। तुम यहाँ की भी बिल्कुल चिंता मत करना। मौसी तो हैं ही, सब सँभाल लेंगी। कितना समझा रहे हैं अखिल भैया। और भाभी की आँखें डबडबा आती हैं—देखिए, आने में बहुत देर मत लगाइएगा। मोटर जा चुकी है और भाभी का उठा हाथ बेसहारा नीचे गिर जाता है।

मैं भाभी के साथ घर लौटती हूँ। पानी झिरने लगा और उसी नीम के नीचे आत्म विस्मृत-सी भाभी खड़ी भीगती रहती हैं। पानी अधिक हो आया है। पिंकी मेरी गोद में है और मैं बरामदे से चिल्लाती हूँ—पागल हुई हैं भाभी, पानी गिर रहा है और आप भीगती वहीं खड़ी हैं। लगभग गीली साड़ी में धीरे-धीरे चल कर विभा भाभी पास आ खड़ी होती हैं। रो पड़ती हैं, जैसे अधिक पानी के दबाव से बाँध टूट गया हो और भाभी की कोमल भावनाएँ बह रही हों। भावनाओं का वेग सँभाल पाना कितना कठिन हो रहा है, मैं जानती हूँ। भाभी को पांच वर्षों से निकट से देखती आ रही हूँ। दफ्तर जाते हैं अखिल भैया और विभा भाभी सारे दिन अकेले रहने की कल्पना से उदास हो जाती हैं। जब यहाँ आयी थीं तब एक बार बताया था उन्होंने—बड़ी मुश्किलों से मैंने तुम्हारे भैया को पाया है अनु! दोनों साथ पढ़ते थे। माँ-बाप के अत्याचारों को सहने के बाद भी मन का अत्याचार जो उन्हें सहना पड़ा था। दूसरे से सगाई हो गयी तो अखिल को छोड़कर दूसरे को पति रूप में सहारना कितना दारुण होगा, यही सोच कर जहर खाने की कोशिश की थी। पर जीवन के इस त्याग में ही जीवन का प्राप्य उन्हें मिल गया। तब से वे अखिल भैया के ही साथ हैं और एक पल के लिए भी उनसे दूर होकर कहीं खोया-सा लगने लगता है।

जब से अखिल भैया गये हैं, रोज ही उनका पत्र आता है और पत्र हाथ में लिए हुए भाभी, जाने कितनी घाटियों को पार करती हुई, उसी महादेश में जा पहुँचती हैं जहाँ अखिल जी हैं और वे हैं केवल। मुग्ध, परिपूर्ण होकर वे मगन हैं अपने आप में। अब मैं चली भाभी-मैं कहती हूँ—तुमने तो अभी तक खाना भी नहीं बनाया। पिंकी सो गयी है और मैं इतनी देर से बैठी रही। मोहक-सी हँसी हँस देती हैं भाभी—अनु, तेरे अखिल भैया आ रहे हैं परसों। मकान मिल गया है। जल्दी आने को कह कर दो माह लगा दिए पूरे, देखा! लग रहा है, जैसे दो माह नहीं, जाने कितने माह बीत गये हों, अब हम चले जाएँगे। सच अनु, अकेले तो कुछ खाया-पिया भी नहीं जाता मुझसे। मैं हँस देती हूँ।

नीम के वृक्ष की उस हरियाली में अब भाभी नहीं दिखाई देतीं। नीम की घनी शाखाओं में बसेरा लिए कितने बगुलों का शोर सुनाई देता रहता है। मैंने कॉलेज जाने की राह बदल दी है। जाने क्यों उस रास्ते होकर जाने पर नीम की छाया तले कुछ बुनती, समय बिताती विभा भाभी की याद मन को भारी कर जाती है। प्रशिक्षण खत्म हो गया है। निशा चली गयी है। जाते वक्त कितना-कितना रोयी थी; पागल है। उसे अधिक नहीं सोचना चाहिए। जो सामने आए उसे सहारना ही तो सार्थकता है। अधिक सोचती हैं स्त्रियाँ इसीलिए तो अधिक दुःख भी वे ही उठाती हैं। निशा ने अपनी लड़की का चित्र दिखलाया, जिसे गोद में लिए वह बादल के उस पार दृष्टि उठाये, बेटी के ग्रह-नक्षत्रों का उद्‌घाटन ढूँढती हो। कहती थी, अब समर्थ तो हूँ मैं। मैं बेटी को पाल ही लूँगी फिर भी अकेलेपन की शून्यता मुझे भटका न दे। हाँ अनु! यदि कहीं कुछ कर बैठी तो उसकी जिम्मेदारी भी मुझ पर क्यों होगी? बेटी को पिता का प्यार भी चाहिए न! संभल कर कहती है निशा—-कभी जरूर हारती रही हूँ पर अब तो प्रारब्ध को चुनौती दूँगी। मेरे सामने अब मैं रहूँगी और मेरे लक्ष्य। मैं सब सुनकर भी मौन हूँ। कुछ कहती नहीं। रेल चलती है। मैं देखती हूँ निशा की आंखों में कुछ-कुछ तरलता भी है और बर्फ की जड़ता भी।

बड़ी अकेली-सी हो गयी हूँ। मौसी जब भी मिलती हैं, कहती हैं—अब तो मास्टरानी हो गयी। किसी के आसरे भी नहीं। कमाती-खाती है, पर यह कमाना भी क्या? कहीं शादी-वादी क्यों नहीं कर लेती? हँस देती हूँ मैं—

करूँगी, जरूर करूँगी मौसी... कुछ समय तो लगेगा। कोई लड़का-वड़का भी तो मिले। अखिल भैया-से आदमी कितने होंगे, मैं सोचती हूँ।

तीन वर्ष बीत गये। अब तो विवाह करना ही शेष रह गया है। दुनिया अपनी गति से चलती जा रही है। मैं अपनी नौकरी में रम गयी हूँ। साथ में माँ आयी हैं। अखिल भैया आये थे। माँ ने बताया वे बहुत देर तक मुझसे मिलने के लिए बैठे रहे। अँधेरे में लुकी-छिपी बैठी हूँ। माँ बिजली जलाती हैं, कहती हैं—अनु, तू अँधेरे में बैठी है। अरे बिजली तो जला ली होती। क्या बात है, तू इस तरह बैठी है?

कुछ नहीं माँ, यूँ ही। माँ कुछ पल रुक कर चली जाती हैं। अखिल मुझसे मिले हैं। अखिल भैया को इस रूप में देखकर धक्का लगा है। उसे झेलने के लिए मुझे ऐसा ही अँधेरा, घोर अँधेरा चाहिए। अखिल रोये थे, निश्चय ही रोये थे। विभा भाभी नहीं रहीं। चौथी जजकी के समय उन्हें बहुत तकलीफ थी। विभा भाभी की एक-एक मुद्रा याद हो जाती है। अखिल भैया भाभी की बातें करते हैं, उस समय उनकी आँखें डबडबा आती हैं। वे अपने को रोक नहीं पाते, कितने ऊँचे सपने लिए थी विभा, अखिल बतलाते हैं, दो बेटे हैं, एक बेटी। दोनों बेटे इंजीनियर बनेंगे और बेटी डॉक्टर। यह होने वाला...? इस बार वे चुप हो जातीं। कहती, बस यह अन्तिम होगा। उसे तुम जो चाहो, बनाना। आँखों के आँसू छलकने-छलकने को होते हैं और अखिल भैया दूसरी ओर मुँह फेर लेते हैं। मैं भी नहीं सह पाती। मैंने भी तो उन्हें जाना था। अब अखिल भैया कॉलेज से प्रायः यहाँ आ जाते हैं। उन्हें बैठे देर होती है और मैं सोचती हूँ विभा भाभी इंतजार में उसी नीम तले खड़ी होंगी। थक रही होंगी। मन नहीं मानता। छोटी-छोटी उम्र के सहमे-सहमे बच्चे दरवाजे पर खड़े आँखों में किसी के आने की प्रतीक्षा लिये हैं। मैं अखिल भैया से आगे बढ़कर उन्हें अपने बाहुओं में समेट लेती हूँ। और चुम्बनों की बौछार से उन्हें तृप्त कर देना चाहती हूँ। मौसी कहती हैं—लाख मना मरती हूँ कि शाम को फाटक के पास जाकर न खड़े हुआ करो, पर ये तो मानते नहीं। बेचारे, बे माँ के बच्चे। बेचारी माँ आँखों में सपने ही भरे-भरे चली गयी। नहीं सुन पाती कुछ। नहीं सुना जाता।

अखिल भैया अब खुश रहने लगे हैं। भाभी का प्रसंग अब वे नहीं उठाते और इधर-उधर की बहुत अधिक बातें करते हैं। जाने कैसी हूँ मैं भी कि

उनके मुँह पर खिलने वाली हँसी में भी उनके भीतर का दर्द पाना चाहती हूँ। वे खुश हैं, इसका संतोष मुझे क्यों नहीं होता? बहुत देर हो गयी है। मैं चाहती हूं वे अधिक समय बाहर न रहा करें, बच्चों को उनके सामीप्य की बहुत अधिक जरूरत है। इसीलिए तो उन्हें मना किया था कि अखिल भैया, अब तुम्हें घर जाना चाहिए। बच्चे आपकी बाट देखते होंगे। सूनी-सूनी-सी निगाहें उन्होंने मेरे चेहरे पर गड़ा दीं—तो तुम नहीं चाहती अनु कि मैं तुम्हारे पास आया करूँ?

हाय! यह क्या कह रहे हैं अखिल भैया।

ठीक तो कह रहा हूँ अनु! ऊपर से हँस कर अन्दर के जख्मों को सहलाना चाहता हूँ मैं पर लोग मेरी हँसी को अन्दर का सुख समझ बैठते हैं। तुम भी मेरी भावनाओं को नहीं समझ सकोगी अनु?

अखिल भैया का वह स्वर अभी भी सीने में गड़ रहा है- तुम्हारे पास आता हूँ, तो कुछ अनु, जी-सा जाता हूँ। नहीं जानता अनु कि ऐसा क्यों लगता है? विभा मिली तो लगता था सबसे ऊपर हूँ मैं। मुझे और कुछ नहीं चाहिए पर विभा को खोकर, आज लग रहा है, मुझे सब कुछ चाहिए। हाँ, अनु, मैं रह नहीं पा रहा हूँ। कभी सोचता हूँ जीवन को सुलझा कर देखना चाहिए, नहीं तो मन उलझता है और आदमी बेसहारा होकर भटक जाता है। जीवन में गति न हो तो आदमी जी कैसे पाए? अपने लिए जाने क्यों तुम्हारी कामना करने लगा हूँ। विभा से तुम्हें बहुत प्यार था न! तुमने भी तो अभी तक विवाह नहीं किया है! क्यों, तुम कुछ भी नहीं कहोगी?

मैं नहीं बोल पाती। क्षण-क्षण गुजरते गये हैं। काफी समय के छाये उस मौन को तोड़ने की असफल चेष्टा करती हुई मैं सोफे पर धँसी-धँसी बैठी हूँ। अखिल भैया कहते हैं—तो लौट जाऊँ अनु ? तुम कुछ भी नहीं कहोगी? मैं कुछ नहीं कहती, जैसे मेरे बोलने की सारी शक्ति जाती रही है। गेट खुलने की आवाज सुनती हूँ। रिमझिम आती बूँदों को झेलती मैं सहन तक आती हूँ। पानी की ये बूँदें घनी होती जा रही हैं, वर्षा की लहरें शीशे से बहती हुई नीचे को उतरती हैं और मुझे लग रहा है मैं नीम के नीचे खड़ी भीगती जा रही हूँ, जमती जा रही हूँ। विभा भाभी क्या सच ही पागल हुई थीं जो नीम के नीचे उस दिन भीग रही थीं? अखिल भैया-सा आदमी तो कभी का इन आँखों में

बसा है पर मैं क्या समझूँ कि विभा भाभी को गये अभी एक साल ही हो पाया है और अखिल भैया दूसरे की कामना करने लगे; अपने लिए या अपने बच्चों के लिए या सच ही अपनी विभा के लिए। मुझे तो सच ही विभा भाभी से प्यार था। मैं क्या करूँ? एक प्रश्न, हजार प्रश्न... मैं प्रश्नों में उलझती जा रही हूँ। बच्चे प्रतीक्षा में खड़े होंगे और अखिल जी की सूनी आँखों में भी क्या अतीत के सपने नहीं आते होंगे? निशा की याद हो आती है। बच्चों को पिता भी चाहिए और माँ भी। तो क्या मैं विभा भाभी के वे सपने पूरे नहीं कर सकती? पर मैं करूँ क्या? बाहर पानी गिर रहा है और भीतर, बहुत भीतर कहीं कुछ बर्फ जैसा जमता जा रहा है। दो किनारों के बीच में अपनी सारी चेतना खोती जा रही हूँ, जड़ होती जा रही हूँ।

# छीजते हुए क्षण

हरीश ने सौंफ की तशतरी आगे बढ़ायी और डॉक्टर ने झिझकते हुए उठा ली। राशि ने गौर से देखा डॉक्टर ने तशतरी से सौंफ लेकर भी मुट्ठी में बाँध रखी है। हरीश दरवाजे तक डॉक्टर को पहुँचा कर वापस लौट आये थे और रसोई घर में कुछ करने लगे थे। बर्तनों की खनखनाहट को झेलता हुआ राशि का मन डॉक्टर को लेकर ही उलझा जा रहा था। डॉक्टर ने केवल उसका मन रखने के लिए या फिर शिष्टाचार के नाते ही सौंफ उठा ली होगी और कहीं रास्ते में गिरा दी होगी। घर पहुँच कर वह सीधे स्नानघर में जाएंगे। कपड़े बदलेंगे और साबुन से अच्छी तरह हाथ धोएँगे। डॉक्टर को सतर्क तो रहना चाहिये। संक्रामक रोगों से बचने के लिए तो यह सब बहुत जरूरी है। सभी डॉक्टर इसका पालन बड़ी कड़ाई से करते होंगे। राशि ने हल्के-से सोचा-- पर डॉक्टर मेहता के इस व्यवहार को वह इतना तूल क्यों दे रही है? उसका इतना बुरा क्यों मान रही है?

नहीं, डॉक्टर के वे शब्द उसके बहुत भीतर उठती खाँसी के भी बहुत नीचे जाकर जमते जा रहे हैं। धीमे स्वर से कहे गये डॉक्टर के शब्द—इनके सान्निध्य से आपको बचना चाहिए मिस्टर हरीश! आप जानते हैं कि यह रोग संक्रामक होता है और अधिक अच्छा तो यही होगा कि आप इन्हें किसी 'सेनेटोरियम' में रखें। आप बुरा न मानें, एक ही कमरे में आपका सोना-बैठना...।

आगे के शब्द खाँसी के उठते वेग में समा गये। राशि ने हथेलियों से छाती दबा ली। बहुत कुछ उमड़ने-घुमड़ने लगा था भीतर। आगे के शब्द वह भले ही नहीं सुन पायी पर सब कुछ समझ गयी, सब सुन गयी। उसकी दृष्टि सामने बिछे पलंग पर थम गयी। पलंग पर स्वच्छ उजली चादर बिछी हुई थी और तकिये पर उसके हाथों का कढ़ा हुआ गिलाफ। इसी पर हरीश सोते हैं। रात को जब आकर इस पर लेटते हैं, तो काफी देर तक अखबार उनकी आँखों के सामने रहता है। दिन को तो कभी पढ़ने का अवकाश ही

नहीं मिलता। सारा समय उसी के लिए कुछ करने-धरने में ही बीत जाता है। कई बार ऐसा भी होता है कि अखबार उनकी छाती पर पड़ा रहता है और वे दोनों हाथों के बीच अपने सिर को दबाये, आँखें बन्द किये पड़े रहते हैं। राशि को योंभी नींद कम आती है। वह देर तक क्लान्त हुए पति को बहुत ही स्नेहिल नजरों से देखा करती है। कई बार ऐसे मौकों को सह पाने में वह असमर्थ-सी होने लगती है। उसका जी उफनने लगता है। उसकी कमजोर बाँहें उन्हें अपने में बाँध लेने के लिए अकुलाने लगती हैं और तब अपने अवश मन को भुलाने के लिए वह भी कस कर अपनी आँखें बन्द कर लेती है। पर सोयी-सोयी आँखों में भी उसे अहसास होता है कि हरीश उठे हैं और उन्होंने उसे लिहाफ ओढ़ादिया है, कुछ देर उसके पास खड़े भी रहे हैं। फिर बिजली का खटका बन्द होने की आवाज होती है। शायद हरीश ने भी लिहाफ ओढ़ लिया है। हरीश सो गये हैं। हाँ, उन्हें सोना ही चाहिए। सारे दिन उन्हें जरा-सा भी आराम नहीं मिल पाता। गृहिणी के होते हुए भी सब-कुछ नहीं के बराबर है। अब तो यही सब सोच कर लगता है कि वह एक कभी न अच्छी होने वाली मरीज है और हरीश एक कुशल तीमारदार। वह एक खास वार्ड में रख दी गयी है, जहाँ सारी सुविधाओं और सतर्कता के बावजूद उसकी जिन्दगी का एक-एक क्षण छीजता जा रहा है। पर ऐसा हो क्यों रहा है, यही समझ में नहीं आता। वह जीना चाहती है, उसमें जीने की, बेसुध हरीश के जीवन में जीने की उत्कट लालसा है। पर वह करे क्या? कैसे अच्छी हो? अच्छी होने के लिए हरीश उसके लिए क्या नहीं कर रहे हैं। डॉक्टरने कहा है, उन्हें उससे अलग रहना चाहिए। तो क्या उसके सिरहाने रखी बेले की सुगंधित कलियाँ उसे क्षण भर भी इस तरह जी लेने देंगी। बेले और हरीश की लायी हुई नागफनी में कितना विरोधाभास है।

नहीं, नहीं-नहीं, वह धीमे-धीमे उठ कर रसोई घर में चल दी। वह चलती है, फिरती है, देखने में ऐसी कमजोर भी तो नहीं लगती, पर कोई काम करने लायक ताकत वह अपने में नहीं पाती। जरा-सा भी कोई काम किया कि साँसों की गति बढ़ जाती है, खाँसी उठने लगती है। अन्दर से वह ऐसा कमजोरी महसूस करती है जिसका बाहरी दुनिया से कोई सरोकार नहीं है। उसने एक नजर डाली, चूल्हे पर चढ़ा दूध उफन कर बाहर आने को था। उसने शंसी से उतारना चाहा कि हरीश आ गये। उसके हाथ से शंसी लेते हुए बोले—"यह क्या कर रही हो ? मैं जरा कप-सासर धोने लगा था।" राशि कुछ

और सोचती खड़ी थी। हरीश ने पास आकर कहा, "चलो, तुम आराम करो। मैं तुम्हारे लिए दूध ला रहा हूँ। अण्डा मिला दूँ न!"

"नहीं, मेरा कुछ भी लेने को जी नहीं चाह रहा है।"

मुसकुरा कर बोले हरीश— "वाह ! ऐसे कैसे चलेगा? वह तो तुम्हें नियमित लेना होगा।" राशि का मन भीतर ही भीतर सिमटने लगा था। हरीश के अधरों पर खिल आयी मुस्कान कितनी भली लगती है, कितनी भली... और यह डॉक्टर कहता है, आपको पत्नी से अलग रहना चाहिए। हरीश को नहीं पाऊँगी तो उनके अधरों पर फैली यह मीठी-सी मुस्कान कैसे देख पाऊँगी? नहीं, नहीं, मैं 'सेनेटोरियम' नहीं जाऊँगी। लेकिन हरीश की सपनीली आँखों में भरी उदासी, इसे भी कहाँ झेल पा रही हूँ। उसने दीवार का सहारा लिया और कुछ क्षण उसी से टिकी खड़ी रही।

"क्यों, चक्कर आ गया? मैंने कहा था न कि अधिक चला-फिरा मत करो। लेटी रहा करो। मैं कल तुम्हारे लिए अच्छी किताबें ला दूँगा। बस लेटी-लेटी पढ़ा करना।"

राशि आकर बिस्तर पर लेट गयी थी। हरीश उसके ही पास चुप बैठे थे। दोनों चुप अकल्पनीय क्षणों को झेलते हुए।

राशि सोच रही थी— ये डॉक्टर लोग कितने कठोर होते हैं। जब राशि इतनी अस्वस्थ नहीं लगती थी यह डॉक्टर उसके पड़ोस में अक्सर आया करते थे। जब भी इधर आते राशि के घर अवश्य रुकते। पर अब प्रगाढ़ परिचय जैसा कुछ नहीं रहा है। राशि के निरन्तर कमजोर होते हुए शरीर को देखकर कुछ अनजाने क्षणों में डॉक्टर मेहता बड़ी आत्मीयता से बोले थे— "श्रीमती हरीश! आप अकेलापन-सा महसूस करती हैं। हरीश जी काम पर चले जाते हैं, आप घर में बिल्कुल अकेली रह जाती हैं। आपके अकेलेपन को मिटाने के लिए एक शिशु की बड़ी आवश्यकता है। आप नये मेहमान को जल्दी बुलाइये। उसमें उलझी रहेंगी फिर बीमारी—बीमारी का वहम नहीं पालेंगी।" लेकिन बाद में डॉक्टर मेहता ही ने उसका 'एक्सरे' लिया और मन के उस वहम को तथ्यपूर्ण बतला दिया। अब डॉक्टर मेहता अपने काम में अत्यधिक व्यस्त रहने लगे हैं। राशि सोचती है—इन डॉक्टरों में क्या भावनाओं की गरमाहट नहीं होती होगी; क्या ये अपने परिवार में, अपनी

पत्नी, माँ, बहन, बेटी के रोगाक्रान्त हो जाने पर इतने ही सतर्क रहते होंगे; क्या कभी उनके पास बैठकर प्यार और सहानुभूति के कुछ क्षण भी नहीं देते होंगे; उस कमरे को किसी अछूत का कमरा समझ कर त्याग देते होंगे। उसने कस कर दोनों हाथों से अपना माथा दबा लिया।

हरीश बोले—"क्यों, सिर दुख रहा है? बाम लगा दूँ?" उसने सिर हिलाया, "नहीं"। उसका मन यह मानने को बिल्कुल भी तैयार नहीं हो पा रहा है। सावधानी रखना तो बुरा नहीं है पर इस प्रकार तो रोगी की जीवनी-शक्ति, जो किसी के प्यार और सान्निध्य के सुखपूर्ण अहसास से दृढ़ होती है, समय से पहले ही चुक जाएगी। फिर वह किस विश्वास से अच्छा हो सकेगा? शायद वह गलत सोचने लगी है। हरीश उसके पास से उठकर अपने पलंग पर जा लेटे थे। उसकी विचारधारा को झटका लगा। वह भावुकतावश ही शायद यह सब सोच रही है। सामने हरीश का थका, क्लांत मुख। उसके सामने जिन्दगी के दोनों पहलू आकर घूम गये। सुबह से गये-गये बारह बजे लौट पाते हैं हरीश, और उसके बाद खाना पकाने व घर के अन्य कामों में जुट जाते हैं। डॉक्टर ने तो उसे बिल्कुल काम करने से मना कर दिया है। शुरू में तो राशि से हरीश का यह सब काम करना देखा नहीं जाता था। अपने भी छोटे-छोटे काम करते जब वह उन्हें देखती, तो अपनी जिन्दगी को कोसने लगती। एक दिन इसी मानसिक बोझ को न सह पाने के कारण उसने हरीश से कह दिया था—"आप थके-माँदे घर लौटते हैं और फिर घर के कामों में जुट जाते हैं। कोई रसोई बनाने वाली या दिन भर के लिए स्थायी नौकर रख लें तो अच्छा रहे।"

हरीश कुछ देर तो नहीं बोले, फिर खीजकर बोले, "खुद को तो बनाना नहीं पड़ता। रुपये तो यों ही बरसते नहीं, बड़े आराम से कह दिया, नौकर रख लो। तीस-पैंतीस से कम में मिलने लगे नौकर।"

राशि को यह बात बहुत चुभी। जब से वे बीमार रहने लगी है, बहुत अधिक भावुक हो गयी है। रूखे स्वर में कही गयी बात भी सीधे उसके मर्मस्थल पर जाकर लगती है। उस दिन वह अपने बिस्तर में घुस कर चुपके-चुपके रोती रही थी। बाद में हरीश पछताये भी बहुत थे—"पागल हो राशि! तुम्हीं बताओ, इतने रुपये नौकरों में बेकार क्यों नष्ट किये जाएँ? यही तुम्हारे

इलाज के लिए खर्च हों तो कितना अच्छा हो। तुम्हारे इलाज में कुछ कसर न रहे राशि! इसीलिए तो मैं यह सब करता हूँ।"

यह सब सुन कर राशि का मन पानी-पानी हो गया था। पास रहते हैं हरीश तो सारे समय उसे बच्चों-सा फुसलाते रहते हैं और उस समय उसका सूना मातृत्व कराह उठता है—काश! घुटन भरी जिंदगी से अलग रह कर हरीश कुछ देर अपने बच्चे में बहले होते तो शायद यह रोग, यह जीवन कुछ भी इतना असहनीय नहीं लगता। कौन जाने वह अच्छी भी हो जाती! उसे तो अपना दुःख उतना नहीं सालता, जितना हरीश का दुःख! लाल फूलों वाली फ्राक में सजी पड़ोस की सिम्मी जब भी उनके सामने आती है, उनके उदास, थकान भरे चेहरे पर खुशियों के फूल खिल जाते हैं। राशि दूर से ही देखती है, गोद में सिम्मी को लिए हुए हरीश उसका मुंह मिट्ठियोंसे भरे दे रहे हैं। सिम्मी मिट्ठियोंमें टॉफियाँ भरे भागती है और हरीश मुग्ध होकर उसे देखते खड़े होते हैं। वह सोचती है, वह भी अच्छी होती तो हरीश की इस खुशी में शरीक होती। सिम्मी जैसे बच्चों से उसे भी बहुत प्यार है।

कमरे में जुड़े दालान में गमलों में लगी नागफनी। उसने कई बार हरीश से कहा है— "इन्हें देखकर मेरा मन जाने कैसा-कैसा होने लगता है? नागफनी का बेढंगापन, लगता है, मेरे जीवन को भी उसी ओर लिये जाता है। उसे देखकर मेरा मन निराश होने लगता है। इन्हें हटा दीजिए न!"

हरीश एक बार नागफनी की ओर देखते हैं, दूसरी बार उसे। कुछ बोलते नहीं। इस समय भी राशि का मन भर आया। जी चाहा कि हरीश को अपने पास बैठा कर प्यार से पूछे कि आपको मुझसे जरा भी सुख नहीं है न! बहुत दुखी हैं आप! सच ही, कुछ भी तो नहीं दे पायी हूँ मैं। उठती उमंगों में आग लगा दी है मैंने, और अब बिस्तर पर पड़ी-पड़ी उससे धुआँ उठते देखती हूँ। उसका मन कहने को होता है कि हरीश, अब तुम मेरे पास मत आया करो। मुझे मेरे हाल पर छोड़ दो। मुझसे दूर रहा करो। डॉक्टर ने भी तो यही कहा है। पर जब भी हरीश उसके पास बैठकर उससे अच्छी हो जाने की बातें करते हैं, उसका मनोबल उठाना चाहते हैं, वह कुछ भी नहीं कह पाती, सब-कुछ भूल जाती है। वह यह भी भूल जाती है कि वह बीमार है। परंतु यह कुछ क्षणों के लिए ही होता है। हरीश उसके पास से उठे नहीं कि वह उन क्षणों से भी मुक्त हो जाती और एक तीखी टीस उसके अन्दर उठने लगती

है। सच को सच मान भी ले तो इतना साहस नहीं पाती कि हरीश से दूर, बहुत दूर, 'सेनेटोरियम' चली जाए। हरीश को राहत मिल जाएगी, वह सोचती तो है पर वह कैसे रह पाएगी उनके बिना। हरीश का प्यार, उनकी सहानुभूति, उनका सान्निध्य, सब कुछ पास है आज। दूर रह कर तो वह बिल्कुल बेसहारा हो जाएगी, तब कैसे अच्छी हो सकेगी।

कुछ दिन से हरीश को हँसते नहीं देख पा रही है। सिरहाने में रखी बेले की कलियों में अभी भी सुगन्ध है। पर उसका मन खिन्न है। जब वह जानबूझ कर सोने का नाटक करती है तभी वास्तविकता नजर आती है। हरीश नागफनी के गमलों के पास आँखें संकुचित किये कुछ देख रहे हैं, कुछ सोच रहे हैं। शायद सोच रहे हों—इस औरत ने उनकी जिन्दगी को इस नागफनी की तरह ही बना कर रख दिया है। एक बेडौल जिन्दगी, जिसमें बड़े-बड़े काँटों की चुभन महसूस होती है कभी-कभी। अब तो हरीश घर के बाहर कम निकलते हैं। उस दिन मिस्टर त्रिपाठी बहुत दिनों के बाद घर आये थे। मजाक किया—"अब तो तुम कहीं दिखते ही नहीं यार! दिखता है गृह-विज्ञान का प्रशिक्षण ले रहे हो।" हरीश के हाथों में गीला आटा लगा देख वे मुसकुराये थे— “दिखता है भाभी जी ने अपना काम भी तुम्हें सौंप रखा है।"

"नहीं", हरीश बोले, “कुछ भी कह लो। पत्नी की तबियत ठीक नहीं रहती।"

हरीश तो अपने काम में लग गये पर राशि का मन उफनता रहा। हरीश ने उसके लिए अपने-आपको कितना बदल लिया है। क्या भीतर से जिन्दगी को पूरी तरह भोगने की लालसा उनमें नहीं उठती होगी? वे ऊपर से खुश दिखने की कोशिश करते हैं पर अन्दर ही अन्दर क्या उनकी इच्छाएँ सुलगती नहीं होंगी? नहीं, हरीश को वह उनकी जिन्दगी लौटा देगी। वह अपनी इच्छा से 'सेनेटोरियम' चली जाएगी। आज ही उनसे कह देगी कि हरीश, जो भी तुम कहोगे, मैं मान लूँगी। तुम मुझे कहीं भी ले चलो, मैं ना नहीं करूंगी। मैं अच्छी होना चाहती हूँ। तुम्हारे लिए मैं जरूर अच्छी हो जाऊँगी। मैं तुम्हें हमेशा-हमेशा हँसते देखना चाहती हूँ।

सन्ध्या कमरे में आकर झांकने लगी है। राशि बिस्तरे पर तकिये के सहारे अधलेटी स्थिति में है। फलों की तशतरी लिए हरीश आये हैं। मुसम्बी का रस

निकालते हुये उनके हाथ कांप गये हैं। राशि की ओर देखते हैं, फिर कुछ देर रुक कर कहते हैं, "राशि, मैंने सोच लिया है, अगले रविवार को हम यहाँ से चल देंगे।"

"कहाँ?" जान कर भी अनजानी सी राशि पूछती है।

बहुत ही बोझिल स्वर से हरीश कहते हैं—'सेनोटोरियम।'

सुन कर राशि के मन का सारा धैर्य, सारा निश्चय उष्णता में रख दिये गये बर्फ की तरह गल गया। वह लगभग चीखती हुई-सी बोली, "नहीं, मैं नहीं जाऊँगी हरीश! तुम वहाँ मुझे मत भेजो। तुम्हारे पास रहकर मैं हर क्षण इस रोग से मुकाबला करती रहूँगी। पर वहाँ, तुमसे दूर रहकर तो मैं हार जाऊँगी हरीश! शायद फिर मैं कभी अच्छी हो न पाऊँ?" राशि रोने लगी है। हरीश का मन भी रोने-रोने को हुआ जा रहा है। फिर भी कहते हैं—"तुम वहाँ जाकर अच्छी हो जाओगी राशि! फिर मैं तो हर रविवार को वहाँ आता रहूँगा। हाँ राशि, मन को मजबूत बनाना चाहिए न! तुम बहुत जल्दी अच्छी हो जाओगी।"

राशि का सिसकता स्वर उभरती रात में और भी सिहरता जान पड़ता है। एक-एक क्षण छीजता जा रहा है, उसी तरह राशि का मन भी छीजता जा रहा है।

# जागी आँखों का सपना

यह उसका रोज का ही क्रम था। दिन दिनों में ढलते चलते हैं और रात रातों में पर जीवन की अजीब सी एकरसता ज्यों की त्यों बनी रहती है—कोई परिवर्तन नहीं—कोई नवीनता नहीं। अनु आदतन सुबह ही उठ जाती है—उठने पर क्या-क्या करती है इससे राजेन बिल्कुल बेखबर है। बिस्तर पर ही बेड टी मिल जाती है। नौकर आहिस्ता से मेज पर चाय का प्याला रख जाता है। वह भी आहिस्ता से उठकर प्याला होंठोंसे लगा लेता है। इसके बाद कुछ देर यों ही बड़े आराम से लेटा रहता है और लेटे ही लेटे अखबार की पंक्ति-पंक्ति को दिमाग में ठूँस-ठूँस कर भरता जाता है। अखबार छूटने का समय उसके लिए बेचैनी का समय होता है जैसे वह एकदम से निठल्ला हो गया है। कुछ वैसी ही अनुभूति जैसे एकाएक नौकरी छूट जाये और आदमी निरा बेकार होकर सड़कों पर निरर्थक—उद्देश्यहीन सा भटकता रहे। वह भी तो अखबार समाप्त होने पर इस कमरे से उस कमरे में भटकता रहता है। अनु ही चाय पर आने के लिए आवाज देती है तो वह फुर्ती से ब्रश करके टॉवेल से मुँह पोंछता हुआ आ जाता है। एक ओर अनु चाय पीती होती है और दूसरी ओर वह। नाश्ता ज्यों का त्यों रखा रहता। अनु को चाय के साथ कुछ खाने की आदत है। प्याले से निकलती भाप कुहरे में बदलती सब की सब उसकी आँखों में भरने लगती है और चाय का सारा मजा किरकिरा हो जाता है।

"अनु!" —राजेन उसे चुपचाप चाय पीते देखता है—"तुम यह नौकरी छोड़ क्यों नहीं देती?"

"क्यों?" —अनु खटाक से प्याला मेज पर रखती है।

"इसलिए कि मैं घर को घर जैसा रखना चाहता हूँ। इससे घर व लॉज में फर्क ही क्या है? सारे-सारे दिन हम बाहर रहें और रात को थके-मांदे अपनी जिंदगी की एकरसता में डूब जायें। जिंदगी का यही अर्थ तो नहीं होता अनु!

"यदि आपकी यही इच्छा थी तो आपको पहले बतलाना चाहिए था" —अनु के स्वर में तलखी थी।

"तो अब भी क्या बिगड़ा है?"

"बिगड़ा क्या! मैं नौकरी छोड़ दूँ। आप थके-मांदे आयें और मैं सजी-धजी, होंठों पर मुस्कराहट लिए आपकी प्रतीक्षा में अधीर होती रहूँ। आपकी दृष्टि में यही जिन्दगी हो सकती है पर मेरे लिए नहीं।"

"अनु! सच कहना क्या तुम नौकरी से लौटते समय थकी नहीं होती हो? मैं तुम्हारे चेहरे पर थकान भरी मलिनता का कोई चिन्ह नहीं देखना चाहता—मुझे अच्छा नहीं लगता अनु। आखिर तुम्हें नौकरी की जरूरत क्या है?"

अनु उसे घूरकर देखती है—"यह प्रश्न रहने ही दें। इसे मैं पसन्द करती हूँ बस।" मेज पर प्याला रख राजेन शीघ्रता से उठ खड़ा होता है। अनु की बातें सुनकर इसी तरह हमेशा ही उसका मन टूटता रहा है।

राजेन की आँखें अनु के चेहरे पर है। शीशे के सामने खड़ी अनु प्रसाधन में व्यस्त है। हाथ फुर्ती से चल रहे हैं। गोरा रंग है अनु का। शायद इसी गौर वर्ण को सुन्दरता का मापदण्ड मानकर उसने उसे स्वीकारा था। यह तो बाद में जाना था कि इस गौर वर्ण की भीतरी तह में ऐसा कुछ नहीं है जिसे पाकर वह तृप्ति से भरी-भरी जिंदगी की सुघड़ कामनाओं की कल्पना करने लगे। भावहीन पत्थर जड़ी आँखें। जब अनु क्रोधित होती है उसकी उन भावहीन आँखों में अजीब सी चमक आ जाती है। फिर भी, उस समय भी वह अपना संयम खोने नहीं देता—हँसकर कहता है—"डिअर अनु, क्रोधित होने में सब से खूबसूरत तुम्हारी आँखें दिखाई देती हैं। सच कहता हूँ तुम्हारे इस क्रोध पर इसीलिए मुझे प्यार आने लगता है।" और शीशे में देखती अनु एक पल के लिए रुकती है। फिर राजेन को अपनी ओर देखती पाकर एक अदा से रिस्ट वाच पर नजर फेंकती वहाँ से भरी-भरी बाहर निकल जाती है। राजेन की निगाहों में अनु की चाल की वह अकड़ साफ दिख जाती है और उसका मन फिर, फिर टूटता है।

अनु दस बजे स्कूल जाती है और उसके कालेज आने का समय बारह का है। १० और १२ के बीच दो घंटे। काश ! उससे कभी कोई प्रसन्न होकर वरदान माँगने को कहता तो वह बिना किसी विचार के इन दो घंटों का खात्मा माँग लेता। ये दो घंटे का समय काटने का कोई साधन उसके पास

नहीं है। यों आदमी इतना लाचार नहीं होता कि ऐसी निरर्थक बातों से ही हताश हो बैठे पर राजेन पर छाये इन दो घंटों का सम्बन्ध कि वह उसे झेलने में रत्ती भर भी सफल नहीं हो पाता। यों भी कॉलेज की नौकरी आराम की नौकरी है। कोई नया भी नहीं है वह कि नोट्स तैयार करे, किताबें पढ़े। इतने वर्षों का ज्ञान और अनुभव सब कुछ उसके साथ है। पर इतना सब होने पर भी वह अकेला है। सूने मन में केवल विचारों की परतों के और कुछ नहीं है, जो जमते-जमते कभी-कभी उसकी चेतना को भी अस्त-व्यस्त कर जाती है। खाना खाकर पलंग पर लेटा-लेटा, थका-हारा सा अनु को तैयार होता फिर दरवाजे से बाहर निकलते देखता है। सोचता भी है कि शायद अनु कहे— राजेन, मैं जा रही हूँ या संध्या को घूमने चलेंगे, कहीं जाइयेगा नहीं। पर नहीं। वही जब इस तरह का कोई प्रोग्राम बनाता है तो झट अनु कहती है— "मैं थकी हुई हूँ राजेन ! मेरा कहीं भी जाने का मन नहीं है।" सुनकर मन ही मन खीज जाता है।

शाम का समय काटने के लिए उसे साधनों की कमी नहीं है। वह अकेला ही घूमने निकल जाता है—मीलों दूर जंगल के बीच सीधी सी पगडंडियों पर जो मनुष्य के चलने से स्वयं बन जाती हैं या फिर मित्रों के बीच ताश के पत्तों में जम जाता है। पर ताश का खेल उसे मन से पसन्द नहीं है। किसी मित्र के कम हो जाने की स्थिति में ही वह उसकी पूर्ति कर देता है और फिर जब घर की सीढ़ियाँ फुर्ती से लांघता वह अन्दर पहुँचता है तो मन में सोची गई नयी प्रेमिल प्रेयसी को मनाने की सी नई कोमल कल्पना का रंग अचानक बदल जाता है। कपड़े बदलकर सप्रयास स्वर को अधिक स्नेहिल बनाकर वह अनु को पुकारता भी है—"अनु ! तुम क्या कर रही हो? तुमने खाना नहीं खाया न ? चलो मुझे भी भूख लग रही है। क्या बताऊँ तुम्हारे न रहने से घर में रह कर भी क्या करूँ ? आज सुनील ने पकड़ लिया। मैं तो जल्दी ही घर लौटने वाला था।" पर अनु कुछ नहीं सुन पाती। वह चुपचाप कॉपियों के ढेर पर झुकी-झुकी लाल लकीरों के निशान बनाती होती है। जाने कितने-कितने शब्द लाल लकीरों के घेरे में बन्द होते चलते हैं

और कॉपी पर बड़ा सा अंक उभर आता है। अनु की दृष्टि में सब सहज पर राजेन कुछ क्षण उसे ध्यान से देखता है फिर अनकहे बैठक में चल देता है। जाते-जाते अनु की आँखों से टकराती हैं उसकी आँखें ! वही एक सपना

समुन्दर की अतल गहराई से उसकी आँखों में झलझला जाता है। और यही सब तो दस और बारह के बीच के दो घंटों में इतना कुछ भर जाता है कि वह व्यथा की उस गहराई में डूबने-डूबने को होने लगता है। जागी आँखों का वह सपना...।

जिसको देखो वही उन आँखों पर रीझ गया है। उठते-बैठते उसकी चर्चा। उसकी, केवल उन दो आँखों की, जो चित्र में भी सपना देखती सी लगती हैं—सपनीली आँखें। दीदी पहले बोली थीं- "राजेन, गजब की हैं मुक्ता की आँखें। सच कहती हूँ, मैंने इतनी प्यारी आँखें अभी तक नहीं देखीं।" राजेन ने मार्क किया था—दीदी ने सुन्दर न कह प्यारी आँखें कहा था और जब उसने तस्वीर हाथ में ली तो मन्त्र-मुग्ध सा उन आँखों में डूब चला था। मन ही मन उसने कहा था—सुन्दर और प्यारी आँखें। सबसे अजीब बात लगी थी उसे उन आँखों में जैसे एक सपना देख रही हों। "जागती आँखों का मोहक स्वप्न"—उसने सोचा और अपने इस विचार पर स्वयं ही मुग्ध हो उठा था। सुन्दरता उसकी पहली शर्त थी। कितना हुलसा-हुलसा उन आँखों को देखने गया था। अटैची नीचे रख वह ठसाठस भीड़ में दबकर किसी तरह बैठ गया था। पर उसका मन रुई के बादलों-जैसा हल्का-फुल्का कम्पार्टमेंट की उस भीड़-भड़ाका में हल्के-हल्के तिरने लगा था। स्टेशन पर गाड़ी रुकती। हल्का-सा धक्का लगता और उसके विचारों में झटका-सा लग जाता और मन वजनदार हो उठता—"अजीब हैं ये कायदे-कानून। अनेक स्टेशनों पर गाड़ी खड़ी होती। इससे न जाने कितनों का नुकसान हो जाता है। कितनों का समय नष्ट हो जाता है," और एक्सप्रेस की चाल उसे पैसिंजर से भी गई-गुजरी लगने लगी थी।

और फिर उत्सुकता मिटी थी। सामने मुक्ता के बड़े भाई साहब मुक्ता को बाहों में समेटे कमरे में दाखिल हुए थे- "ये है मेरी एक मात्र बहिन मुक्ता, जिसके बारे में विस्तृत रूप से मैं आपको पहले लिख चुका था। अब आप स्वयं देख लें—मिल लें—बातें कर लें।" राजेन के ठीक सामने मुक्ता बैठी थी। राजेन विस्मृत-सा उसे एकटक ताके जा रहा था। अजीब से संघर्ष में घिर गया था वह। वह क्या बात करे ? कहाँ से शुरूआत करे ? वह चुप... नीची दृष्टि किये मुक्ता चुप। मौन के उस बोझीलेपन को सहते वह छटपटाने लगा था। उसने अपने को दृढ़ बनाया। अभद्रता है इस तरह चुप होकर बैठे

रहना... वह भी क्या सोचेगी ? सही मायने में उसे यह अपमान प्रतीत होगा और पत्र में उसके बारे में सब कुछ जानते हुए भी उसने पूछ डाला—"आपने बी० ए० में कौन-कौन से विषय लिए थे ?" अधर काँपे,...... वे दो आँखें उठीं जिनमें जाने कितने-कितने सपने भरे पड़े थे। चित्र की भाँति अभी भी वे सपना ही देख रही थी—कोई प्यारा सा सपना। वह पूछता गया। वह उत्तर देती गई। इसके बाद फिर मौन। मौन की असह्य बोझिलता। राजेन अपने आप में ही खो गया है। मन की छटपटाहट में वह घिर गया। सौंदर्य की पहली शर्तें... दूसरी ओर वे आकर्षण भरी आँखें। उसे कुछ पता नहीं— कब वह उठी और उसने अपने को कमरे में अकेला ही पाया।

लौटने का क्रम ठीक उल्टा रहा। तांगे में बैठने लगा था तो अनायास उसकी आँखें किसी को अंतिम बार देख पाने के लिए ऊपर उठ गई थीं। अपनी माँ के साथ वह ऊपर दीवार का सहारा लेकर खड़ी थी। उसी की ओर देख रही थी। पर इस बार उनकी आँखों में कोई सपना नहीं था वरन् सपना टूट जाने के फलस्वरूप अनन्त करुणा की तरलता थी। उसने एक बार देखा फिर शीघ्रता से निगाहें नीचे कर लीं।

लौटते समय वह सारे समय सिर से पैर तक अपने को कम्बल से ढाके निचली बर्थ पर लेटा रहा था। अजीब-सा संघर्ष उठकर उसके मन को कमजोर बनाता रहा था। घर पहुँचने पर भाई साहब ने प्रश्नवाचक दृष्टि से उसकी ओर देखा था और वह मौन रह गया था। भाई साहब ने कहा भी था—"तुम्हें तो हर लड़की नापसन्द आती है। आखिर तुम कैसी लड़की चाहते हो ?" उसने ऊबकरकहा था—"अब भाई साहब मुझे कोई लड़की-वड़की नहीं देखनी है। आप देख लें। मैं विवाह कर लूँगा।"

और सपनों भरी सारी करुणा को झेलते हुए उसने भाई साहब की पसन्द की हुई अनु से विवाह कर लिया। अनु का गोरा चिट्टा रंग था और इस रंग के आगे मुक्ता का रंग निहायत सामान्य या किन्तु अनु की आंखों को देखकर उसे हमेशा भय लगता रहा। अनु के इन तीन वर्षों के साहचर्य में वह उन आँखों को कभी नहीं भूल पाया। यदि सच कहें तो—जब-जब अनु श्रृंगार करती है—शीशे में अपने को निहारती होती है या उसकी ओर तेज निगाहों से ताकती है तब-तब उसे सामान्य से दिखने वाली लड़की की वे सुन्दर सी आँखें दिखने लगती हैं। और उसका मन कहने लगता है—वह अनु के सामने

रखी सारी कॉपियों में आग लगा दे या उसकी निगाहों से बचने के लिए कहीं दूर भाग जाये या अनु से कहे कि अनु तुम मुझे क्षमा कर दो—मैंने तुमसे विवाह कर गलती की है। मुझे यह गोरा रंग नहीं चाहिए। तुम जो भी निर्णय लो अनु—मुझे तुम्हारा सारा निर्णय मान्य है। ऐसे साथ रहने से क्या ?

ठीक है। उसे खाना-वाना नहीं खाना—वह सोचता है। काफी देर बाद अनु दरवाजे तक आती है—"क्यों, खाना-वाना नहीं खाना क्या ?"

"आपको खिलाने की चिन्ता हो तब तो।"

"मैं भी बैठी नहीं थी। यदि ऐसा ही था तो आपको खाना खा लेना चाहिए था।"

राजेन अपने को संयत रखते हुए अनुमा की आंखों में देखता है। अनु मेज पर खाना लगाने लगी थी। बर्तनों को उठाने-रखने की आवाज कुछ तेज ही थी। कमरे में खिड़की के पास बैठा राजेन अनमनस्क-सा बाहर की ओर देखने लगता है। सांझ गहराने लगी है। सड़कों के किनारे खड़े बिजली के खम्भे जैसे किसी आदेश की प्रतीक्षा में सावधान की मुद्रा में खड़े हैं। मिस्टर और मिसेज दिवाकर का यह रोज के घूमने का समय है। दोनों की हँसती मुखाकृति जिसे वह दूर से भी देखने का प्रयास करता है। ऐसी सरल जिन्दगी इस अनुने उसे कभी नहीं देनी चाही।

अनु और उसके साथ का वह जोशी—दोनों की हँसी। कॉपियों जाँचते हुये कितनी देर तक अनु जोशी से बात करती रही थी। उस समय शायद समय खराब नहीं हो रहा था। बस उसने कुछ कहा नहीं कि विस्फोटक हुआ। कोई भी बात अनु ने कभी सीधे ढंग से नहीं कही उससे। अनु की वह जलती आंखें—उन आँखों में प्यार की शीतलता देखने की चाह उसकी कभी नहीं पूरी हुई। सामने से दृष्टि हटाकर वह कोई पुस्तक पलटने लगता है पर मन नहीं लगता। सफे-सफे पर उसे आँखें ही आँखें दिखाई देने लगती हैं—कितना-कितना फर्क होता है आँखों-आँखों में भी—ओफ् !

जलती आँखों से घूरती अनु कमरे तक आती है—"खाना लगा दिया है।" स्वर की तेजी फिर राजेन के मन को काट जाती है। "तुम खा सकती हो अनुमा। मेरे लिए तुम्हें परेशानी उठाने की कोई जरूरत नहीं।" उसके स्वर में दर्द उभर आता है। अनुमा के तेज-तेज कदमों के जाने की आवाज। सिर

उठाकर देखता है—अनु खाना खा रही है। उसका सिर बुरी तरह भन्ना जाता है और अधिक सोचने की शक्ति भी वह अपने में नहीं पाता। लाइट ऑफ कर वह पलंग पर लेट जाता है और लिहाफ ओढ़कर अपनी बोझील आँखें कसकर बन्द कर लेता है।

# दायरा

चाची को नागपुर गये एक हफ्ता हो गया। चलती गाड़ी में से झांकता चाची का पीला सर्दचेहरा और झिलमिलाती स्नेह कातर दो आँखें। आँखों में तिर आये आंसू अब गिरे—तब गिरें। अभी भी वह सब याद आ रहा है। चलते-चलते उन्होंने कहा था—"घबड़ाना नहीं बेटी ! दिलीप और तुम ठीक से रहना। मैं जल्दी ही अच्छी हो कर वापस आऊंगी।" आंखों में उमड़ आये आंसुओं को अपनी झूठी मुस्कान से ढँकते हुए मैंने उन्हें आश्वस्त करना चाहा था—"हम लोगों की तुम तनिक भी चिन्ता मत करना। तुम्हारी बाट जोहते-जोहते दिन चुटकी बजाते बीत जायेंगे।"

चाची चली गई हैं। अस्तित्वहीन दायरे में फैली-फैली मन की उलझनें मन को मथने लग गई हैं। मुक्त होने का प्रयास सफल नहीं होता। चाची की अनुपस्थिति का अहसास और उससे भी पीड़ादायक मन का संशय। दिलीप सारे-सारे समय पुस्तकों से उलझा रहता है। मैं जान बूझ कर उसकी ओर देखती हूँ। ऐसा तो वह कभी नहीं था। मन को बहलाने का यह एक तरीका उसने निकाला है पर मैं उसे समझती हूँ। मन बहले न बहले समय तो बीत ही जाता है। मैं चुप हूँ। चाची इलाज करवाने गई हैं। बाबू जी साथ गये हैं। यों भी बाबू जी तो अधिकतर घर के बाहर ही रहा करते हैं। अकेले चाची के बल पर घर का सारा काम-काज चलता है। लगता है केवल मैं और चाची ही नहीं घर में, और भी बहुत सारे लोग हैं। चाची के कामों की सरगरमाहट, उनकी आवाजों से गूँजता घर एक विद्यावान खंडहर की तरह भायँ-भायँ करने लगा है। जाने क्यों अक्सर चाचीकहा करती थीं—"बेटी, होनी के आगे सबको झुकना पड़ता है। प्रारब्ध को चुनौती दे कर कोई रह नहीं पाया।" और प्रारब्ध की चुनौती को झेलता चाची का मन कमजोर पड़ता गया, स्वांसों की गति शिथिल पड़ती गई। भरा-पूरा परिवार। इलाज के लिये नागपुर जाते समय मेरे और बाबू जी के अतिरिक्त उनके निकट और कोई नहीं था। हाँ, दिलू एम० ए० का आखिरी पेपर दे अब सीधा घर आ गया था। दिलीप को देखकर चाची के दुबले चेहरे पर एक अजीब रौनक छा गई थी। जैसे मन की चिन्ता

की कालिमा एक प्रबल आश्वासन के छोर से बंध कर उजला गई हो और उनके पपड़ाये होंठोंपर मुस्कान के रूप में थम गई हो। बाबू जी ने उनके होंठोंपर थमी उसी मुस्कान को लक्ष्य कर कहा था—"अरे अनू तेरी चाची अभी मरने वाली नहीं हैं। उसे अभी अपने दिलू का व्याह जो करना है। छोटी बहू का सुख पाना है।" यह सुन कर चाची के मुँह से अनजाने में एक उसांस निकल गई थी। बड़ी गहरी—निराशा में पूरी तरह डूबी हुई। एक धुन्ध सा कुछ मेरी आँखों में छा गया लगता है। अभी कुछ दिन पहले की ही तो बात थी। तबियत तो यों भी चाची की जब देखो तब बिगड़ी सी ही रहती पर उस दिन वे दर्द से कराह रही थीं। उनकी छाती में विक्स मल कर दवा पिला कर मैं उनके पायताने जा बैठी हूँ। रह-रह कर कराहते उनके शिथिल स्वर को झेलती मैं जाने कहाँ-कहाँ भटकने लगी थी। मैं भटकती हूँ—भटकना उतना असह्य भी नहीं लगता पर लगता था—चाची थक गई हैं, थक गई हैं, नहीं, टूटने-टूटने को हो गई हैं। डॉक्टरने ब्लडप्रेशर जांच कर कहा था—इन्हें शान्त रहने की बहुत जरूरत है। कमजोरी बहुत अधिक है। मैंने भी चाची के चेहरे पर झांकते हुये कई-कई बार सोचा सच में चाची बहुत थक गई हैं। इन्हें शान्त रहने की बहुत जरूरत है। दवा से लाभ हुआ। पीड़ा थम गई लगती है। उन्होंने मुझे अपनी ओर देखते पाकर कहा—"अनू ! अब मेरी तबियत उतनी खराब नहीं। कुछ दिनों में बिल्कुल ठीक हो जाऊँगी... तू अपने बाबू जी के साथ जा कर लड़की देख आना। क्या भरोसा जिन्दगी का। बस दिलू का ब्याह और कर दूँ।" कुछ नई बात नहीं कही थी उन्होंने। जब भी वे फुरसत में बैठतीं बाबू जी से यही कहतीं—"इस तरह चुप बैठे हैं आप। अनू के साथ लड़की देख आइये न !"

बाबू जी की वही पुरानी आदत। हँस देते—"अभी भी तुम्हारा जी नहीं भरा। भई मैं सचमुच तुम्हारी क्षमता और उमंगों की दाद देता हूँ। दो बेटों का ब्याह किया जी नहीं भरा ? ठीक है छोटे का ब्याह कर रही-सही साध भी पूरी कर लो।" इतना सब कहने के बाद बाबू जी का स्वर बदलता और वे कहते—"अरे अनू की माँ ! तुम शादी-ब्याह के चक्कर में मत उलझो। बहुओं का सुख सभी के भाग्य में थोड़े ही होता है।" चाची की वही लम्बी-थकी-सी उसांस मेरे अन्तर को जा कुरेदती है। बाबूजी की बातों से एक खीज हो आती है। "ये बाबू जी किसी का मन रखना भी नहीं जानते तो ऐसी बातें कह कर चाची का मन और दुखा क्यों देते हैं ?" चाची का मन रखने के

लिए ही मैं कहती हूँ—"बाबू जी दो बहुओं को आपने अपनी मर्जी से चुना है। अबकी मेरी और चाची की मर्जी से बहू आयेगी। मैं देखूँगी छोटे के लिये लड़की। बस केवल सीधी, सरल, सुशील—जो सास को माँ समझे।" तीन बेटों के साथ एक लड़की की साध पूरी करने के लिये ही तो चाची ने मुझे अपनाया है। उनके प्यार-दुलार में आकंठ डूबी मैंने तो अपनी माँ तक को नहीं जाना। चाची यही सब तो बहू में ढूंढती रहती हैं। केवल अपनापन, बेटी की सी चाहना।

दिलीप से भी मैंने कह रखा है—"दिलू तू कुछ भी चूँ-चपड़ मत करना रे। चाची का मन रह जाये। वे तेरा अनहित थोड़े ही चाहेंगी।" दिलीप ने चहक कर कहा था—"अरे दीदी ! मैं यह सब कुछ नहीं जानता। जो माँ की मर्जी हो, वही मेरी मर्जी होगी। तुम लड़की देख लो। माँ को मैं अपने साथ रखूँगा। बेचारी माँ, जिन्होंने अपने लिए कभी कुछ नहीं चाहा।" दिलीप कितना सोचता है—मैं सोचती हूँ।

चाची की तस्वीर पर गर्द छाने लगी है। कपड़े से साफ करते मैं उसी तस्वीर में खो जाती हूँ। आँखों में छाया धुन्ध क्रमशः घना होता जा रहा है। चित्र में दिखता सीधा सरल सौन्दर्य से ओत-प्रोत मुख। देवेन भैया ने चाची के हाथ में चित्र दे कर कहा था—"माँ बाबू जी की पसन्द का क्या कहना। मैं ऐसी ही लड़की चाहता था जो बौद्धिक हो। पढ़ी-लिखी लड़की बौद्धिक ही हो, जरूरी नहीं पर मैं तो इनसे बातचीत कर खुश हो गया। मुझे ऐसी ही फ्रेंक लड़की जीवन-संगिनी के रूप में चाहिये थी जो अपने तर्कों से भावुकता को पराजित कर दे।" चाची उस दिन कितने खुले दिल हँसीथीं। मुझे अभी भी उनकी वह हँसी याद है।

वर्षों पुराना चित्र रह-रह कर फिर याद आ रहा है। शायद अपना ही मन भय खाने लगा है। नियति को स्वीकारने को जी नहीं चाहता फिर भी उस दायरे को समझने की कोशिश करती हूँ जिसमें पूरी तरह समाई हुई चाची की जिन्दगी ने हंसते-हंसते सपनों की बुनियादें डाली थीं और तटस्थ होकर उन्हें टूट कर बिखरते भी देखती रही थी। बाबू जी कितने व्यस्त रहते हैं। चाची को देखती तो वे अपनी बहू के लिये जेवर गढ़वा रही हैं। साड़ियों का चुनाव कर रही हैं। बाबू जी उनकी तन्मयता पर आक्षेप करते—"अनू की माँ, जरा धीरज धरो। पहले बहू को तो आने दो। उसे कुछ समय अपने पास रहने

दो। देख-परख कर सारी चीजें सौंपना।" चाची के अधरों से सपनों के सुरभीले फूल खिल-खिल पड़ते। "तुम्हें क्यों ईर्ष्या होती है जी ! इतने साधों के बाद तो बहू का मुख देखूंगी और तुम हो कि...।"

बाबू जी तुरन्त कहते—"अनू बेटी, वह बाहर वाला कमरा है न ! उसे मेरे लिये ठीक कर दो। तुम्हारी चाची तो दिन-रात बहू के स्वागत में ही तल्लीन रहती हैं। बहू के आने के बाद तो मुझे पूछेगी भी नहीं।" मैं चुपचाप चाची की इस खुशी की हिस्सेदार बनती हूँ। चाय बनाते मैं यही कुछ सोचने लगी हूँ। हठात आंखों की कार गीली हो जाती हैं। "ये चम्पाकली तो चित्रा के गले में फबेगी न अनू ?" मैं चाची की ओर देखती हूँ। चाची का यह रूप कितना स्नेहिल है। आनन्द उल्लास की किरणों से दीपित चाची का सरल सुन्दर मुख मण्डल। एक पुरानी बात उभर जाती है सामने। "आज तक कभी मैंने तुमसे कुछ भी बनवाने को नहीं कहा पर आज कह रही हूँ, मेरी बात टालना नहीं। मेरे पास पांच सौ रुपये हैं। इससे मेरे लिये चम्पा कली बनवा दो। बड़ी मुश्किल से जोड़ पाई हूँ।

बाबू जी जाने कितने संशय और करुणा मिश्रित कौतूहल से चाची की ओर देखते रह गये। तुम्हारे पास आये कहाँ से ? हमेशा तो पैसों के नाम पर तुम्हारी परेशानी ही देखी है। हमेशा फटे-पुराने कपड़ों में ही देखा है तुम्हें ! जेवर के बदले तो कपड़े...।" "सो तो है। पर चम्पाकली मेरे मन में जाने कब से गड़ी थी। कपड़े तो आज नये लो कल पुराने और यह जाने कब काम आ जाये।"

बाबू जी गये और खुशी-खुशी चम्पाकली गढ़वा लाये। लक्ष्मी पूजा के दिन वे हठ कर गये। "देबू की माँ ! जरा चम्पाकली तो पहनो पूजन के दिन हमारे घर की लक्ष्मी का गला सूना रहे यह कैसे ? लाओ मैं पहना दूँ।" चाची का मुख एक सजीली नयी मुस्कान से लाज की आरक्तता में बदल गया था क्षण भर के लिये। उस दिन कितनी-कितनी कामनायें चाची के मन में आ भरी होंगी, कोई भी अन्दाज नहीं लगा पाया। आज भी नहीं। बस मुझे वह सब याद आ रहा है। चाची के मुख पर उजियाले की सी हँसी—"नहीं, अभी नहीं। फिर पहनूंगी" "फिर पहनूँगी" सुनते-सुनते बाबू जी चम्पाकली की बात ही भूल गये। लेकिन कभी-कभी मुझसे कह बैठते—"अनू तेरी चाची को मैंने कभी कुछ पहने-ओढ़े नहीं देखा।" फिर कुछ रुककर कहते—"सच कहूँ तो

मैं ही उसे कुछ न दे सका।" एक क्षण का मौन "लेकिन कभी कोई शिकायत करते भी नहीं देखा।" इन शब्दों में कितनी तृप्ति थी कि बाबू जी का उदास मुख मुझसे कभी देखा नहीं गया।

बाबू जी ने सामने से अखबार हटा लिया है। वे बरामदे से चाची की ओर ही देख रहे हैं। संध्या का बिखरता आलोक सिमटने लगा था और कालिमा फैलने लगी थी। साठ पावर के प्रकाश में चाची के हाथ में रखी हुई चम्पाकली दिप-दिप, दिप रही थी। चाची मुझसे फिर पूछ रहीं थीं—"अनू चित्रा के गले में तो फबेगी न यह!" "लेकिन चाची !" जाने क्यों मन में मोह का अतिरेक आ व्यापा था उस क्षण—जैसे चम्पाकली के चाची के पास न रहने से घर की इज्जत में कुछ कमी आ जायेगी। गाढ़े समय में कितना काम बना है इससे—मैं जानती हूँ।

दिलीप को कॉलेज भेजना है। देवेन का बड़े शहर का बड़ा खर्च है। बाबू जी चिन्तित हैं।

"देबू की माँ ! तुम्हारे पास होंगे कुछ रुपये ?" चाची कुछ बोलती नहीं।

"कुछ दिनों में बोनस के रुपये तो मिलने वाले हैं पर तब तक दिलीप को कठिनाई होगी। मैं किसी से मांगना भी नहीं चाहता।" चाची फिर भी कुछ नहीं बोलतीं।

"सौ रुपये भी तुम्हारे पास होते तो काम चल जाता। लेकिन होंगे भी कहाँ से।" बाबू जी का उदास चेहरा।

इस बार चाची बोलती हैं और उस बोलने में जरा भी लड़खड़ाहट नहीं है। "बुरा न मानो तो चम्पाकली गिरवी रख दो। जब पैसे आयेंगे छुड़ा लेंगे।"

"यह तुम कह रही हो देबू की माँ !" बाबू जी हतप्रभ हो उठे। थे। "जिसे तुमने इतने चाव से बनवाई वर्षों की तंगी सह कर, उसे मैं गिरवी रख दूँ। तुमने तो अभी गले में पहिन कर उसे देखा तक नहीं।" बाबू जी का वह स्नेह भींगा स्वर। शायद बाबू जी के मन में दृढ़ता लाने के लिए चाची हँस दी थी बड़ी सहज हँसी। "अच्छा सोचते हैं आप। अरे ऐसे मौकों के लिए ही तो बनवाई थी मैंने !" और जब बाबू जी उसे लेकर बाहर चले गये थे तब चाची को मैंने उदास पाया था। ऐसे और भी जाने कितने मौके आये थे।

विचारों को एक झटका सा लगा और मैं चौंक गई। चाची मेरी ओर प्रश्नवाचक मुद्रा लिए खड़ी थीं। "क्यों तू कुछ नहीं कहती ?"

अब मैं बोलती हूँ। बोलना ही पड़ता है—"पर इसे तो तुमने अपने लिए बनवाई थी।" "पागल है तू भी... ठीक अपने बाबू जी की तरह सोचती है।" बस मैं इसके आगे कुछ नहीं कह पाई।

एक के बाद एक चित्रों का अटूट सा क्रम। चाची का बेहद मुरझाया मन। पोस्टमैन आता है, जाता है पर चाची की उद्विग्न निगाहें थकती नहीं हैं। पतझड़ के बिखरते पीत पत्रों पर निमिष भर के लिए मोह जागता है और पुनः अन्तर निर्विकार हो जाता है। आशा का एक बुलबुला उठता है, फूटता है फिर भी ऐसा नहीं कि दृष्टि पथ में भरा धुन्ध तिरोहित होता जाय। चाची कहती हैं—"यहीं आदमी का मन टूटता भी है और संवरता भी है। एक मोहपाश आदमी के मन को कितनी गहराई से जकड़ता है कि सहज छुटकारा संभव नहीं। सच कहा जाये तो मन छुटकारा चाहता नहीं।" चाची जब तक पूछती है—"देवेन की चिट्ठी नहीं आई अनू ?"

"नहीं तो।"

"उसे लिख दे, समय निकाल कर दो-चार लाइनें ही लिख कर भेज दिया करे। तबियत घबड़ाती है। अरे देख चित्रा ने कुछ लिखा है ? देबू के बारे में तो उसने कुछ जरूर लिखा होगा।"

"नहीं चाची ! उन्होंने भी कुछ नहीं लिखा।"

बाबू जी के नाम लिखा चित्रा का पत्र... मात्र औपचारिक। चाची का खिला रंग स्याह हो जाता है। कैसे समझाऊँ चाची को "प्रेम-प्रीति दूर की अच्छी होती है बाबू जी, नजदीक रहने से सम्बन्ध कडुवा जाते हैं।" देबू को नौकरी मिली तो आश्वस्त होकर बाबू जी बोले थे—"चलो दिलू को मदद हो जायगी। मुझे भी शान्ति मिलेगी। रुपयों की तंगी से बेचारे दिलू का मन न जाने कितनी बार टूट-टूट कर रह गया है।" एक तृप्ति भरी उसांस। जो कभी बाप पूरा नहीं कर सका, वह भैया पूरी करेगा।" पर देवेन ने यहाँ रहने में आनाकानी प्रकट की। देवेन के कुछ कहने के पूर्व ही चित्रा बोल पड़ी—"यहाँ अच्छा नहीं लगता। बड़ा सफोकेशन मालूम होता है। बड़े शहर में रहने की बात ही कुछ और होती है। बड़े शहर का खर्च अपने आपको ही कम पड़ेगा नहीं तो

दिलीप हमारे साथ ही रहता।" देवेन ने सहानुभूति के स्वर में कहा था—"फिर भी बाबू जी आप चिन्ता न करें। दिलीप को जब भी कुछ मदद की जरूरत हो, हमें अवश्य लिखता रहे।"

बाबू जी ने सामने चुपचुप बैठी अपनी ओर देखती चाची की ओर देखा और कुछ देर वहीं बैठे शून्य में ताकते से रहे। रात को भी वे जाने कितनी देर दूर गगन में खिलते तारों को निहारते अपनी खाट पर लेटे रहे थे तभी चाची ने उनसे कहा था—"आप बेकार अपना जी छोटा क्यों करते हैं ? ठीक ही तो कहा उन्होंने। हमारा देबू अच्छी जगह में रहे। दोनों खूब सुख से रहें। खूब ख्याति बढ़े उसकी। हमें तो खुश होना चाहिये।" फिर चाची का आर्द्र स्वर "एक का बोझ दूसरे के सिर डालना भी तो ठीक नहीं। हमने जिस तरह दोनों बच्चों को पढ़ाया-लिखाया, उसी तरह छोटे को भी किसी योग्य बनायेंगे ही। सबका अपना-अपना भाग्य होता है।"

बाबू जी ने कुछ भी कहा नहीं। चाची की आंखें नम थीं। किसी तरह बोल पाई थीं वे—"पर इतना सब चित्रा क्यों कह गई। हमने तो कभी उससे कुछ नहीं चाहा।"

देवेन की वे बहुत पुरानी बातें—"चिन्ता न करो माँ ! बस मैं पढ़-लिख जाऊँ, अच्छी नौकरी करने लगूँ, तुम्हारे सारे अभावों को ढंक दूंगा। दिलू भी अब बड़ी आसानी से पढ़-लिख लेगा।" उस दिन देवेन का रिजल्ट निकला था और चिलचिलाती धूप में टूटी चप्पलें घसीटते हुये बाबू जी दो रुपये की मिठाई खरीदने बाजार भागे गये थे। चाची ने कहा भी था—"बस अब तो ये चप्पलें अलग कीजिये। इनसे तो चला भी न जाता होगा ?" बाबू जी के अन्दर की सारी खुशी बिखर-बिखर पड़ रही थी। "थोड़े समय की ही बात है देबू की माँ ! बस देबू की अच्छी सी नौकरी लगी नहीं कि सबसे पहले मैंने अपने लिये चप्पलें खरीदीं। नहीं अब कि सेंडिलें खरीदूँगा। हमेशा चप्पलें पहिनना अच्छा नहीं लगता।"

कितनी-कितनी बातें याद आ-आ कर मन को रुलाने लगती हैं। चाची को गये एक हफ्ता हो चुका है। उनका कोई पत्र नहीं आया। कभी-कभी चाची कहा करती थीं—"मनुष्य दूसरे से इतने स्नेह की कामना ही क्यों करता है कि न मिलने पर रह-रह कर प्राण कसक उठते हैं। क्या सबके साथ ऐसा

ही होता है।" लगा चाची के अन्दर कहीं कोई ऐसा घाव है जो उन्हें चैन नहीं लेने देता। बड़े बेटे शेखर ने तो वर्षों पूर्व उन सबसे सम्बन्ध तोड़ लिये हैं। जब भी चाची उनकी बातें करती हैं, बुरी तरह आहत हो जाती हैं।

"माँ की ममता बुरी होती है।" सच कहती थीं चाची। नहीं तो बाबू जी की तरह तटस्थ क्यों नहीं रह सकतीं ? क्यों बेटों को देखे बिना बेचैन होने लगती हैं ? क्यों उनकी याद में घुलती जाती हैं ? क्यों उनके न आने का बुरा मानती हैं ?

ऑपरेशन के लिये नागपुर जाते समय उन्होंने अपने सामने दोनों बेटों को पत्र डलवाये थे—"जाते समय उन्हें देख लूँ। कौन जाने फिर उन्हें देख पाऊँ या नहीं।" पर कोई नहीं आया। केवल देबू की ओर से चित्रा का लिखा हुआ पत्र आया था कि उनकी कोई कैज्युवल लीव बाकी नहीं है। काम बहुत है, आना हो नहीं पायेगा। मुझे आदेश था कि माँ के बारे में जल्दी-जल्दी सूचना देती रहूँ।

मैं चाची से क्या कहती। बाबू जी ने मुझसे कहा था—"अनासक्त मनुष्य ही सुख पाता है। आसक्ति के दायरे से तेरी चाची बाहर आ सके तो अनू उसे कोई कष्ट न हो। यह सब तो दुनिया की रीति है बेटी। तेरी चाची बहुत सोचती हैं। बहुत भावुक हैं वो।"

चित्र बनते हैं, बिगड़ते हैं। तब चाची को बहुत आराम था। बाहर धूप में अधलेटी स्थिति में चाची के बालों को मैं सुलझा रही हूँ। सोचती हूँ उलझे बालों को सुलझाना भी कठिन है। खिंचाव होते कम कष्ट नहीं होता पर जब वही बाल टूट कर सिर से अलग हो जाता है तब कुछ भी तो महसूस नहीं होता। मैं धीमे-धीमें चाची के बालों को सुलझा रही हूँ ताकि उन्हें कष्ट न हो।

"देख अनू लड़की देखने-भालने में अच्छी हो।"

मेरे क्रियाशील हाथों की गति रुक जाती है। "तुम भी रूप-रंग पर जाती हो चाची ! तुम तो बस सीधे सरल स्वभाव की लड़की देखो।"

"वही तो कहती हूँ। अन्दर का सौन्दर्य क्या मुख पर नहीं झलकता। इसे केवल स्त्री देख सकती है!" एक... दो... तीन, कितनी लड़कियाँ देखीं, इस दिलीप के लिये। मुझे हँसी आ जाती है। चाची फिर कहती हैं—"जल्दी नहीं

करनी है अनू! धीरज से देखना। पर लड़की ऐसी हो जो एक बार भरे मन से मुझे माँ कह दे। बस अपनी बेटी जैसी चाहना हो उसके मन में। मुझे और कुछ नहीं चाहिये।"

फिर इसके बाद निरन्तर चाची की स्थिति खराब होती गई। उनके क्लांत मुख पर मैंने कितनी-कितनी बार इच्छाओं के बनते सपनों की परछाइयाँ तिरते देखी थीं। बेहोशी की हालत में वे डॉक्टर से कह रही थीं—"मुझे बचा लो डॉक्टर। मुझे अभी अपने छोटे बेटे का ब्याह करना है। मुझे जल्दी अच्छा कर दो।" चाची की वे कातर भयभीत निगाहें, सबको बारी-बारी से देखना.... नहीं नहीं... अब मैं कुछ भी नहीं सोचना चाहती। मैं अपनी आन्तरिक विश्वास की समस्त शक्ति एकत्रित कर इन भयावह विचारों की कैद से निकल भागना चाहती हूँ कि दिलीप कब मेरे सामने आ खड़ा हुआ, मैं जान नहीं पाई। अनजाने में रो पड़ी कि दिलीप क्लिक कर बोला—"दीदी, ये देखो बाबू जी का पत्र आया है। माँ का ऑपरेशन सफल रहा दीदी।" एक थमी हुई सांस निकली और मैं बिना रुके पत्र झपट कर पढ़ती हूँ—एक हफ्ते के बाद चाची आने वाली हैं। बस एक हफ्ता। दिलू कह रहा था—"एक हफ्ता तो दीदी अब यूँ चुटकी बजाते बीत जायेंगे।" "हाँ सच ही चुटकी बजाते बीत जायेंगे अब तो दिन।"

# आवरण

समीर चाय का प्याला हाथ में लिए बराण्डे में निकल आया। भोर की धूप चार-दीवारी को लांघ रही थी। वह इजी चेअर पर बैठा चाय सिप करने लगा था। मीरा अभी तक सोकर नहीं उठी थी। उसकी साढ़े सात बजे तक सोते रहने की आदत है—समीर यह जानता है फिर भी अकेलेपन के अहसास से मुक्ति पाने के लिए वह चाहता है कि मीरा उठ जाती और वह चाय पर उसका साथ पा जाता। पर यह नियमित क्रम था। इन दो वर्षों के साहचर्य में वह नहीं जानता कि कभी ऐसा दिन आया हो, जब मीरा ने चाय बनाकर उसे दी हो या चाय पीते समय अपनी मुस्कान की मिठास से चाय का जायका बढ़ा दिया हो। बस अंधेरे मुँह उठकर वही दूध लेता है, सिगड़ी जलाकर दूध गर्म कर लेता है। मीरा और बेबी के लिए गर्म पानी भी। सुबह-सुबह चाय पीने की आदत है उसकी। सिगड़ी जलाते कभी तो अजीब झुंझलाहट से मन भर उठता है पर यह भी उसे मालूम है कि स्टोव की आवाज मीरा की नींद को व्याघात पहुँचा सकती है।

नीरा जब भी आती है, वह चाय बनाने बैठ जाता है। नीरा मजाक करती है—"यह क्या समीर भाई चाय बनाना अभी भी नहीं छूटा।" "जो काम पहले से करता आ रहा हूँ वह न भी छूटे तो कोई खास बात नहीं। अब तो आदत पड़ चुकी है अपनी।" कहने को तो कुछ कह दिया जाता है पर मन में कहीं दूर तक दरार पड़ जाती है। उस दरार को वह बिल्कुल भी पाट नहीं पाता। करीब एक हफ्ते से मीरा रायपुर जाने की रट लगा रही है। वह हमेशा-हमेशा उसकी इच्छाओं की पूर्ति का साधन बनता रहा है। जैसे अपनी कोई इच्छा उसकी इच्छाओं से जुड़ी न हों—विच्छिन्न हों। उन्हें जोड़ने का प्रयास करना अपनी असमर्थता प्रकट करना है।

दो वर्ष ही बीते हैं। इसी फगुनाये मौसम में वह मीरा को ब्याह कर लाया था। बत्तीस की उम्र तक विवाह को टालता बैठा रहा था और कनपटी पर इक्के-दुक्के सफेद बाल उसे आगे को ढकेलते जा रहे थे। पिता का पत्र

आया था—"मीरा को देख लो और पसन्द कर लो।" मीरा का नाम सुनकर वह चौंक उठा था। जब भी वह सुबह की मीठी-मीठी धूप में लॉन पर चहलकदमी करता होता, इसी मीरा के कई-कई सजे-सांवरे रूप उसकी आँखों को बांधते रास्ते से गुजरते रहे हैं। "न, वह विवाह नहीं करेगा।" पूनम का उदास, भोला, आंसुओं से घुला-घुला चेहरा उसकी आंखों में तिर जाता है। पूनम, अब जिसकी याद करना भी गुनाह है। पूनम, जिसने उसे जिन्दगी की पूर्णता देनी चाही थी... तब क्या असमर्थ था वह? असमर्थ के आवरण में अपने कुंठित लज्जालु प्रकृति का गला क्यों नहीं घोंट पाया वह ? वह दोनों आँखें खोले किन्हीं उभरे प्रश्न-चिन्हों से भरी आँखों की पवित्रता को झेलता-झेलता उसे जाता देखता रहा। और इतने दिनों तक अपनी ही असमर्थता की कैद से अपने को मुक्त करने का अथक प्रयत्न करता रहा है। "शरीर के बन्धन से अधिक पावन होता है मन का बन्धन और उस पर मर्यादा का कोई अंकुश नहीं होता। मैंने अपना कुँआरा प्यार तुम्हें दिया है, देती रहूंगी।" “दिया है" इसे तो वह भी मानता है पर देती रहूँगी - यह कैसे? शरीर को मन से अलग कैसे माना जाये। शरीर को नष्ट कर किसी का मन जीवित रह सका है ? मन की केवल रूह होती है जो उसे भरमाती भी है और अपने से बाँधती भी है। भावनाओं की मोहक आस्था कह सकते हैं उसे और यही चाहकर उसने पूनम का तन-मन चाहा था। तन और मन की एकरूपता चाही थी। बांहों के बन्धन से छिटक गई थी पूनम। "नहीं, नहीं" समीर तुम्हारा इतने नीचे उतरना नहीं सह पाऊँगी। मन की बहुत ऊँचाई पर तुम्हें देखा है, उससे नीचे उतरे कि मर जायगा मन।" इसी मन के खातिर, पूनम के मन की खातिर कितनी कितनी बार मरा है वह।

आँचल से खेलती सिम्मी, पति की आतुर प्रतीक्षा...... पूनम ने क्या कभी तन और मन का साथ पाया होगा। उसने न सही। वह तो अपनी मीरा में एक साथ दोनों कुछ पाना चाहता है तभी तो।

मीरा जाग गई थी। वाश बेसिन पर उसके ब्रश करने, फिर कमरे में आने-जाने की पदचाप उसे कानों में आ रही थी। पूनम के सामीप्य के सुख की सम्पूर्ण इच्छायें वह मीरा को सौंप देना चाहता है। मुस्कराकर आंचल का छोर खींचता है। "मुझे तुम्हारी ये आदतें पसन्द नहीं हैं। आदमी को थोड़ा गम्भीर होना चाहिये।" समीर का मन बुझ जाता है।

"पापा! ये पाल साहब आये हैं," विवाह के वे दिन। समीर ने कन्धे झिंझोड़ दिये थे मीरा के। "मीरा तुम्हारा पाल साहब कहना मुझे बिल्कुल अच्छा नहीं लगता। औपचारिकता की बू आती है इससे। क्या तुम मुझे नाम लेकर नहीं पुकार सकतीं ?"

जितने दिन वह मीरा के यहाँ रहता, एक अजीब की स्थितियों से घिरा रहता है। जाने कितने बुलबुले मन के भीतर ही भीतर बनते और बड़ी बेरहमी से टूट जाते। पिक्चर का प्रोग्राम। "सुनिये ये नीता जी आई हैं। दीदी पिक्चर जा रही हैं। मुझे लेने आई हैं। चली जाऊँ ?" समीर अनबुझा सा मीरा को ऊपर से नीचे तक निहारता है। उसकी आँखों में कुछ खोजना चाहता है। प्रश्न का तीखा दंश कहीं भीतर मर्म में चुभ जाता है। अपनी असमर्थता की कैद से क्या वह कभी नहीं उबर सकेगा। लकदक करती पिंक कलर की असली सिल्क साड़ी। गुलाबी रंग का ही ब्लाउस। चेहरे पर गुलाब के फूलों सा मेक अप। साधना कट की आवारा सी लटों में कैद महकता-सा सौन्दर्य। क्या इसी सौन्दर्य को दूर से खड़े होकर ललचायी निगाहों से देखने के लिये उसने मीरा से शादी की थी ? बेबी चीख रहा था। आया की आँखों में ममता की गहराई कम थी। बच्चे की बेबसी का दर्द अधिक था। समीर ने आया को देखा और चीखते बेबी को उसकी गोद से लेकर कन्धे से चिपका लिया। "जाऊँ मैं।" "हाँ-हाँ, हो आओ।" "आप अकेले बोर तो नहीं होंगे ?" समीर इस औपचारिकता के असह्य बोझ से बुरी तरह दब जाता है। कहता है— "बेबी है... फिर तुम्हारी सहेली ने बुलाया है, जाना ही चाहिए।" मीरा के जाने के बाद वह कितनी-कितनी बातें सोचने लगता है मोना ने क्यों ? उसके घर वाले क्या कम हैं जो दूसरों की पारिवारिक जिन्दगी को नष्ट कर अपने मन की तृप्ति खोजते हैं। वह अपने ही विचारों के समुन्दर में डूबता चलता है। बेबी कन्धे से लगा-लगा सो चला था। उसने उसे पालने में लिटा दिया। कभी-कभी उसे लगता है—जाल में जकड़े मकड़े की भाँति उसकी जिन्दगी का हर लम्हा उसके लिये बड़ा असमर्थ होता जा रहा है और वह बुरी तरह अपने ही बनायें जाल में जकड़ता जा रहा है। एक बार उसने उसके मन को अपनी बेतुकी नजरों से तौला था और जीवन की सार्थकता को तन-मन की सम्पूर्णता में समा लेना चाहा था। आज भी वह वही आकुल-व्याकुल दृष्टि से उस मकड़े के जाले को देख रहा है। अपने ही ताने-बाने में कैद मकड़े की असमर्थता। उसकी नस-नस चटकने लगती है। नींद में डूबी बेबी के ओंठ

चुप-चुप चल रहे थे। तीन घन्टे से ऊपर होने को आया था—मीरा अभी तक नहीं लौटी। सांझ की उदासी देहलीज पर रंगने लगी है। बेबी के चुप-चुप करते ओंठ सूख चले हैं। वह धीरे से उन ओठों को चूम लेता है। पूनम ने कहा—"मन निर्मुक्त हो सकता है पर एक बार सामाजिकता के बन्धन में बन्ध जाने वाला तन फिर कभी, कभी स्वतन्त्र नहीं हो पाता।" ये सभी लड़कियाँ एकसी ही सतही बातें सोचती हैं। केवल भावुकता भरी आदर्श की बातें। वे शायद कभी इतनी साहसी न हो सकेंगी कि स्थिति को उसी सन्दर्भ में रखकर झेल जायें। जीवन के दो टुकड़े। पूनम की भाँति मीरा ने भी उसके जीवन के दो टुकड़े कर दिये हैं। तन पाकर भी क्या वह मीरा का मन पा सका है ?

नये मॉडल की चमचमाती कार। बाय बॉय की संगीतात्मक स्वर लहरी। खटपट की आवाज। "ओ आया, बेबी को दूध तो पिला दिया था न समय पर, वह रोया तो नहीं। साहब को चाय तो पिला दी न।" समीर ने आँखों के सामने अखबार फैला रखा है। नहीं, वह नाराज नहीं होगा। वह पत्नी को अपने से किसी भी रूप में बांध रखने के पक्ष में नहीं है। सम्पूर्णता से जीना चाहती है मीरा। उसने भी तो इसी की चाहना की है पर यह सिर से पैर तक ओढ़ा गया चमचमाता आवरण, इसे ही नहीं सह पा रहा है। जो कुछ भीतर है—घृणा असन्तोष और असहयोग के छोटे-बड़े रेंगते कीड़े उजागर रूप में वह सबको सह लेगा पर इस छलावे को नहीं।

"आपको बोर होना पड़ा होगा। वह मोना के भाई साहब भी कमाल के आदमी हैं। उनसे जरूर मिलिये आप। बड़ा लुफ्त आयेगा उनकी शायरी में। मैं तो समय का ख्याल ही भूल बैठी।" समीर ने मुस्कराने की चेष्टा की। हल्का सा आवरण ओढ़कर सहजता से बोला—"बहुत अच्छा किया मिल आई। यों जिन्दगी की एकरसता में आदमी जल्दी ही बूढ़ा हो जाता है।" वह हल्के से हँसा। पर हँसी स्वयं को ही खोखली सी लगी। वह खीज से भर गया।

अन्वान्टेड चाइल्ड की तरह बेबी स्वप्न में रोने लगा था। उसने रोते हुये बेबी पर दृष्टि डाली फिर आराम से लेटी पत्नी पर। बेबी फिर चुप हो गया था। मीरा ने आया को हिदायत दी—"बेबी जागे तो उसे प्राम पर पार्क तक ले जाना।" और वह अंगड़ाई लेकर उठ खड़ी हुई।

मीरा तैयार हो रही थी। स्लीवलेस ब्लाउज से उभरी नंगी बाहें और नग्न पीठ की पारदर्शी त्वचा। समीर की आँखें फिसल जाती हैं। "मैंने तो मना किया था पर वहाँ और भी कई लोग आने वाले हैं। इसी तरह तो परिचय बढ़ता है। जल्दी ही आ जाऊँगी।" चेहरे पर मेक अप की ताजगी, लिपिस्टिक का सुर्ख रंग और आदमकद शीशा। वह हिकारत की दृष्टि से उसकी ओर देखता है। उसके हाथों की मुट्ठियाँ कसने लगती हैं। वह चीखने-चिल्लाने को होता है—जाओ, तुम चली जाओ, हमेशा के लिये चली जाओ। मीरा तुमने मेरी जिंदगी में जहर घोल दिया है। पर प्रकट में वह कुछ नहीं कह पाता जैसे उसके शरीर की सारी शक्ति चुक गई हो और वह अवश हो आया हो। बेबी की तपती देह को आया की गोद से लेकर अपनी बाहुओं में समेट लेता है और बड़े दर्द से चूमने लगता है।

# और इसके बाद

"अभी भाइयों को पढ़ाना है फिर बहनों का ब्याह! इसकी जिम्मेदारी भी तो तुम्हें ही निभानी होगी। क्यों नहीं कह देते विपिन कि तुम मुझसे विवाह नहीं करना चाहते।" विभा की पांखों से खिली आँखों में शबनमी बूंदें तिर आईं। विपिन उसके कंधे पर हाथ दिये हवा में झूमते उन अधखिले फूलों को देख रहा था जिन पर तितलियाँ मंडरा रही थीं। चाहा था—विभा की आँखों का सामना न हो तो अच्छा। "तुम मेरी बात की गम्भीरता को भले महत्व मत दो पर बाद में मुझे अपराधी भी मत समझना विपिन!" विपिन को कुछ छू गया, तितलियों का अस्तित्व तिरोहित हो गया। अब केवल हवा में डोलते, हल्के से हँसते फूलों पर उसकी दृष्टि थी। उसने विभा को देखना चाहा। विभा दाँतों से अंचल का छोर कुतरती अन्दर के उभड़ते आवेग को संयत करने की असफल चेष्टा कर रही थी। उसकी बाहों ने उसे अपने आश्वासन में समेट लेना चाहा। वह कुछ भी कह सकने की स्थिति में नहीं है। विभा को समझा कर भी वह स्वयं ही कभी-कभी शंकाग्रस्त हो उठता है। घर की सारी स्थिति तो उसने बहुत पहले ही विभा के सामने स्पष्ट कर दी है... फिर भी।

पार्क सूना हो चला था। मखमली घास पर अधलेटा पुरुष उठकर बैठ गया था और युवती के कान में झुका-झुका कुछ कहने लगा था। फिर दोनों के अस्फुट-से शब्द, फिर अस्फुट-सी हँसी। विपिन उन्हें ताकने लगा था। विभा को विपिन की यह उदासी चुभी। मनाने के-से स्वर में बोली—"तुम तो मेरी जरा सी बात का बुरा मान जाते हो। जो बात है, वह तुमसे न कहूँ तो और किससे कहूँ विपिन! पर तुम तो कुछ सुनना ही नहीं चाहते। मैं जानती हूँ कि तुम्हारे कंधों पर पारिवारिक दायित्वों का बोझ है और यह भी कि बीच में अन्य कोई विकल्प नहीं आना चाहिए। पर तुम इसे व्यवधान क्यों समझते हो। मैं इतनी स्वार्थी नहीं हूँ विपिन कि तुम्हारी भावनाओं और तुम्हारी पारिवारिक स्थिति को अनदेखा कर जाऊँ।" सुनकर इस बार अनचाहे विपिन ने गहरे से विभा की ओर देखा—"तुम्हारी इसी अच्छाई को तो मैं नहीं

सह पाता विभा पर सोचना और चीज है और होना और... तुम इसे अभी समझोगी नहीं।"

अँधेरे की कैद में उजाले का रहा-सहा समूह छटपटाने लगा था। वे दोनों जाने कौन थे— प्रेमी-प्रेमिका, पति-पत्नी अथवा मित्र। विभा ने देखा और उसने भी—युवक युवती के केशों में गुलाब का अधखिला फूल सजाने लगा था। विपिन का भी मन हुआ कि वह भी विभा के जुड़े में ऐसा ही फूल लगा दे पर वह इन सब दिखावे में विश्वास नहीं करता। "प्रेम प्रदर्शन की वस्तु नहीं है"—वह विभा से कहता भी है। विपिन का यही रूखापन कभी-कभी विभा को खिन्न कर जाता है। अँधेरे में घर की सीढ़ियाँ चढ़ते हुए उसे माँ के खांसने की आवाज सुनाई दी। इसी खांसी की भयावह उठान से भयभीत हो वह घर से बाहर भाग जाना चाहता है पर कहीं भीतर अपनत्व का कुंडली मार कर बैठा हुआ अहसास उसे फिर, फिर घर की सीढ़ियों पर ला खड़ा कर देता है। बाबू जी शायद नहीं लौटे थे। यह उनके लौटने का समय भी तो नहीं है। रोज आठ बजे घर आ पाते हैं। आते ही उषा के हाथ में माँ की खांसी की पुड़िया थमा देते हैं और कमरे में जाकर कपड़े बदलने लगते हैं। बाबू जी जब प्रसन्न होते हैं तब बारी-बारी से सबको बुला कर बातें करते हैं। थके होते हैं या चिन्तित तो उनसे बात करने का साहस किसी को भी नहीं होता। केवल उषा होती है जो उनकी आवश्यकताओं की चीजें चुपचाप उनके सामने रख देती। भोजन करते हुए बाबू जी चुप रहेंगे या माँ के पास ही थाली मँगाकर उनसे उनकी बीमारी के सम्बन्ध में बातें करते जायेंगे। बिनू की परीक्षा के दिनों में अँधेरे मुँह उठकर माँ बुरी तरह ठंड खा गईं थीं। तभी से यह खांसी उनके लिए जान लेवा बन गई है।

आज सीढ़ियों पर चढ़ते विपिन के पैर रुक गये। बाबूजी की हँसने की आवाज आ रही थी। बाबूजी जब हँसते हैं तो विपिन को घर का कोना-कोना हँसता दिखाई देने लगता है। और तब उसका भी मन खूब हँसने को होने लगता है। विभा भी जब हँसती है, पूजा की घंटियों सी मीठी हँसी में वह वर्तमान का सारा खिंचाव भूल जाता है। तब उसका मन हो आता है उसकी हँसी को चूम ले वह। कितना प्यारा सा अहसास |

विनू बी० ए० हो गया है और उषा इंटर। दायित्वों के बोझ की घनी परतों से अचानक कई परतें एक साथ कम हो गईं लगती हैं। और वह कंधों की

अकड़ाहट को झटका देकर हल्कापन महसूस करने लगता है। केवल दो वर्ष बस। फिर ये विनू को कोई अच्छी सी नौकरी दिलाने का प्रयास करेगा। उसने तो अपने को जान-बूझकर अनदेखा कर दिया। और नहीं तो करता क्या? माँ सामने बैठी हुई फटी साड़ी में रफू कर रही थीं। उसका जी फिर कड़ुवा गया। एक कड़वी सी मुस्कराहट ओठों को छू गई। विभा कह रही थी—"मैं एम० ए० भी हो गई विपिन। अब पढ़ाई का भी बहाना नहीं रहा। नौकरी तो पापा करने नहीं देंगे। कहीं तुम्हारी वाट जोहते-जोहते तुम्हें ही न खो बैठूं। पापा लड़के की तलाश में जोश-शोर से जुटे हुए हैं।" सुनकर विपिन का मन बुझ जाता है। अभी तक संजोया धैर्य पिघल जाता है। एकाएक बहुत विनम्र हो आता है वह। "बस विभा... केवल ये दो वर्ष। फिर मैं निश्चिन्त हो जाऊँगा। हम तुम बस... फिर कोई अपनी स्वतंत्रता को बांधने नहीं आयेगा, किसी भी जिम्मेदारियों के बोझ तले दबने को हम विवश नहीं होंगे। फिर बाबूजी और मां, उनके लिए हमें कुछ अधिक नहीं सोचना होगा।" यह सब सुनकर विभा चुप रही थी। जब भी विपिन इस तरह की बातें कहता है, वह चुप ही रहती है। विपिन के दिए हुए प्यार, उससे प्राप्त तृप्ति भरी आकांक्षायें, कुछ पर भी अविश्वास नहीं कर पाती। एक मीठा पुलक से भरा अहसास उस गरमाने लगता है। और वह आगत की बात बिल्कुल भूल जाती है। यह भी भूल जाती है कि पापा ने एक सिविल इंजीनियर से उसके विवाह की बात बिल्कुल तय कर रखी है।

उषा कॉलेज जाने लगी है। विनू का फायनल इयर है। विपिन दिन भर ऑफिस में सिर मारता रहता है। वर्षों के काम को समेटने में इतना उतावला होता है जैसे समय रेलगाड़ी की रफ्तार से भागा जा रहा है। यदि वह चूक गया तो शून्य व्यर्थता में लिपटी जिन्दगी की लाश को वह फिर ढो नहीं पायेगा। इधर बाबू जी की सेहत काफी गिरती जा रही है। कुछ ही दिन पहले उसने भनक सी सुनी थी कि बाबू जी किसी से मकान रेहन रखने की बात कर रहे हैं। रात भर वह सो नहीं सका था। माँ के रोने की अस्फुट सी आवाज रह-रहकर उसके दिल-दिमाग को बुरी तरह दर्द से भरती रही थी। उसने चाह कर भी इस सम्बन्ध में माँ से कुछ नहीं पूछा। किसी से भी नहीं। माँ ने ही जब कहना चाहा तो वह बुरी तरह चीख पड़ा था—"मैं तो मर नहीं गया अभी। बाबू जी इस तरह क्यों मुझे परेशान करते हैं। मकान की बात उनके दिमाग में आई क्यों?" और भी बहुत कुछ कह जाता वह पर माँ के

आँसू... वह जाते-जाते बोला था—"मकान की बात अब नहीं उठनी चाहिये माँ! बाबू जी की परेशानी क्या मैं नहीं समझता...।"

"मिस्टर विपिन!" वह चौंककर सिर उठाता है। कागज पर उतरते शब्द रुक जाते हैं। "कल से आपको दो घन्टे ओवर टाइम देना होगा।" "कोई बात नहीं सर!" बॉस की ओर देख वह मुस्कराता है। वह सब कुछ कर सकता है। बस ये दो वर्ष। फिर तो वह यह नौकरी भी छोड़ देगा। वकालत करेगा। दो-तीन साल की कश्मकश के बाद विभा को पाकर उसकी सूखी जिन्दगी हरियाने लगेगी। विनू का सहारा हो जायगा उसे।

जब तब विभा कहती है—"तुम मुझे अपनाने में डरते क्यों हो विपिन? क्या मैं तुम्हारी जिम्मेदारियाँ को बँटाने के अयोग्य हूँ। आखिर मुझ पर विश्वास क्यों नहीं करते।"

"नहीं, सो बात नहीं"—विपिन कहता है—"तुम्हारे जीवन की शुरुआत ही जिम्मेदारी से हो, मैं नहीं चाहता।" राकेश की-सी जिन्दगी वह अपने ऊपर नहीं ओढ़ सकता। वह दृढ़ता से सोचता है। वैसी जिन्दगी से यह क्या बुरी है। "पर इसमें कठिनाई आयेगी कहाँ?" "नहीं" झुंझला उठता है विपिन—"तुम नहीं समझोगी विभा। अभावों की दुनियाँ तुमने देखी नहीं है।" फिर आजिजी के स्वर में बोला था—"कुछ दिन और ठहर जाओ विभा।"

'कुछ दिन और ठहर जाओ विभा!' कितनी सरलता से कह दिया था विपिन ने। और विभा ने भी उसे वैसे ही लिया था जैसे बहुत प्रिय पात्र से कोई ऐसी चीज पा ली जाय जिसे लेकर मन में इच्छा-अनिच्छा का कोई प्रश्न शेष न रह जाये। सब भावों से बिल्कुल परे। सोचकर भी क्या होगा?

विभा को कानपुर गये हफ्ते से अधिक हो चला है। जाने के पहले वह मिली थी—इसी बेंच पर जहाँ अब कोई बंगाली जोड़ा आकर बैठा करता है। विवाहित हैं, शायद पति-पत्नी। किसी बंगालिन को देखकर उसे बड़ा भला लगता है। उसके कलात्मक सौंदर्य में वह खो सा जाता है। विभा सिंदूर का बड़ा सा टीका मस्तक पर लगा ले तो बिल्कुल बंगालिन ही दिखे। एक बार उसने विभा से यह कह भी दिया था और सुनकर अनार के दाने एक साथ खिल गये थे—"अजीब बातें करते हैं आप! जानते नहीं सिंदूर का टीका कब लगाया जाता है?"

"जानता हूँ... विवाह के बाद। पर इसमें क्या फर्क पड़ता है। होने वाले पति की इच्छा से ही लगा लो तो क्या हर्ज होगा।"

सिंदूरी डोरे झलझला आये थे आँखों में—"बस कुछ भी कह दिया। कहीं ऐसे लगाया जाता है?"

कितना भला लगा था उस क्षण उसका लजाना जैसे छूते ही लाजवन्ती सिमट गई हों और वह ठहाके मार कर हँस पड़ा था।

ऑफिस से ओवर टाइम काम कर थका-थका जब वह घर पहुँचता है—एक तृप्ति से मन भरा होता है। कितनी सार्थकता है उसके इस भरेपन की। बाबू जी फिर से काम पर जाने लगे हैं। माँ की खांसी भी कम पड़ गई लगती है। विनू और उषा इन दिनों कॉलेज के फंक्शन में व्यस्त हैं। हाथ-मुँह धो चाय का प्याला पी वह पार्क की ओर शीघ्रता से चल देता है जैसे अभी भी कोई उसकी प्रतीक्षा में बैठा हो, जैसे प्रतीक्षा की घड़ियाँ बीत जाने पर किसी के रूठने-नाराज होने का भय हो, जैसे विभा कब से रुकी-रुकी वहाँ बोर हो रही होगी। अब वह उस बंगाली जोड़े से कतराने लगा है। उनकी वह उन्मुक्त हंसी उसे भीतर तक कहीं बेध जाती है। वह उनसी दृष्टि से बचता हुआ दूर गुलाब की झाड़ी वाले बेंच पर जाकर बैठता है। सामने घास पर खेल रहे बच्चे उसे बेहद प्यारे लगते हैं। बच्चों में खोयी-खोयी उसकी आंखों में विभा का रूप उभरता है। सोचने लगता है विभा भी होती साथ तो यह दृश्य कितना अर्थवान हो जाता। वह और विभा दोनों यहीं बैठे, गुलाब की गन्ध में डूबे बच्चों का कौतुक निहारते होते। पर तब दूसरों के क्यों... अपने ही बच्चों को...। अपने इस विचार पर वह झेंप सा जाता है।

कल माँ रात को उसके बिस्तरे पर आ बैठी थीं। प्यार से उसका माथा सहलाते हुए बोली थीं—"तेरे बाबू जी को तो कुछ चिन्ता नहीं है। तू ही कोई अच्छी सी लड़की खोज ले न अपने लिए।" उसने उनकी बात का कोई जवाब नहीं दिया। बहुत देर तक व्यर्थ ही इधर-उधर की बातें करता रहा। माँ ने सुबह भी वही बात दुहराई थी। उसने माँ को गौर से देखा था। चूल्हा सुलगाते-सुलगाते कच्ची लकड़ियों के धुएँ से उनकी आँखें लाल हो रही थीं। उसने पास बैठ माँ को चूल्हा जलाने में मदद की। "समझ गया माँ! तुम्हें चूल्हा जलाने में कष्ट होता है न!" वह हँस पड़ा था।

"पागल है तू। अरे मैं अपने लिए नहीं, तेरे लिए कह रहीं हूँ।" कुछ क्षण मौन। फिर बोलीं—"अरे वो विभा कैसी लड़की है रे ? मैं सोच रही थी..."

"बहुत अच्छी है माँ, बहुत अच्छी" विपिन उतावली में कह गया। "तुम पूछ क्यों रही हो?"

"कुछ नहीं, बहुत भली लड़की है वह।"

विपिन कृतज्ञता ज्ञापन के भाव से माँ को देखता है। फिर शीघ्रता से कहता है—"विवाह की बात अभी न करो तो अच्छा है माँ। ये उषा और विनू पढ़ जायें। बाबू जी का भार हल्का हो जाये। देखती नहीं, फाइलों का भार ढोते-ढोते, कलम घिसते-घिसते वे आधे नहीं रह गये हैं।" वह माँ के पास से उठ आया। माँ के दिये इस आश्वासन से वह बिल्कुल भर उठता है। कोई तो है जो उसे भीतर-बाहर सब ओर से पहिचानता है। उसके मन की बात रखता है। वह हल्के से सोचता है—"कितना अच्छा होता, वह माँ को आश्वस्त कर विभा का भी मन रख लेता।" बाबू जी बिना बिछे पलंग पर लेटे हुये थे। कुछ पढ़ रहे थे। वह आश्वस्त हुआ। सधे कदमों से नीचे उतर गया। सड़क पर लड़कियाँ आ-जा रही थीं। विभा को भी इसी रास्ते उसने आते-जाते देखा है। पोस्टमैन उसके दरवाजे से आगे बढ़ गया था। उसका ध्यान उचटा। एक माह होने को आया। विभा का कोई पत्र उसे नहीं मिला। अब माँ के सामने पड़ते उसे भय लगने लगा है।

जाते समय भी विभा उससे मिल कर नहीं गई। प्रारम्भ में ही एक पत्र आया था। बस यही कि तुम प्रसन्न रहना विपिन, अपने स्वास्थ्य का ध्यान रखना। माँ अच्छी होंगी। पिता जी को अधिक काम मत करने देना। उषा, विनू को मेरा बहुत-बहुत प्यार। खीज उठा था विपिन यह पढ़ कर। यह भी कोई पत्र हुआ? सब अपनी-अपनी जगह ठीक हैं। मैं भी स्वस्थ हूँ। प्रसन्न रहता हूँ। आकर देख न ले खुद अपनी आँखों से कितना प्रसन्न हूँ मैं। मारे प्रसन्नता के वजन दुगना हो गया है मेरा। इतना ध्यान था तो मिल कर नहीं जाना था पर मिल कर जाती कैसे ? उसे याद आया जब वह एम०ए० का एक्जाम देने जा रही थी और वह उसे पहुँचाने स्टेशन तक गया था। वही बोलने के लिये कुछ-कुछ बोलता रहा था। विभा चुप थी। ट्रेन आई थी। विपिन ने उसका सामान रखवा बर्थ पर बेडिंग खोल दी थी और बोला था—

"रात का सफर है। आराम करती हुई जाना। स्टेशन पर तो तुम्हें लेने अंकल आयेंगे ही। विभा...।" विभा के हाथ पर रखी उसकी हथेली काँप रही थी और उसके ऊपर क्षण भर के लिये विभा का मस्तक आ टिका था। चेहरा ऊपर उठा था तो उसकी आँखें भरी हुई थीं।

"तुम मुझे छोड़ने मत आया करो विपिन। मुझे बुरा लगता है। मैं कमजोर हो जाती हूँ, बेहद कमजोर।" विभा ने लौटने पर कहा था।

विपिन ऑफिस जाते हुये सदैव विभा के बंगले की ओर देखता है। विभा की लगाई बोगन बेलिया ऊपर तक पहुँच कर खूब छितरा गई है। गहरे सुर्ख रंग के फूल। लाल साड़ी में विभा का रूप भी ऐसे ही खिल जाता है और वह उसके माथे पर बड़ा सा बंगालिन स्त्री की तरह गहरे लाल सिन्दूर के टीके की कल्पना किया करता है।

बॉस का दिया आदेश चुक गया है। फिर भी उसके पास काम की कमी नहीं रहती। इधर कुछ दिनों में मिस केतकी उसके नजदीक आने लगी है। "मि. वर्मा अपना काम कम कीजिये अन्यथा हम सब बॉस की नजरों से गिर जायेंगे।" वह उसके सामने से फाइल खींच कर एक ठहाका लगाती है। विपिन उसकी इस निर्लज हँसी से चिढ़ जाता है। फिर भी टिफिन पर दोनों का साथ होता है। केतकी को विपिन बिल्कुल भी लिफ्ट नहीं देना चाहता पर देखता है वह अकारण उसके साथ रहना चाहती है और यह भी कि यदि केतकी का साथ न हो तो वह ऑफिस की फाइलों के नीचे घुट कर रह जायेगा। अब तो यह केतकी पहले की केतकी नहीं रही। अब तो ऑफिस की एक रौनक बन गई है वह जिसके चारों ओर क्लर्क रूपी पतंगे मंडराते हैं। हाथ में प्याला थाम वह एक बार गौर से उसे देखता है। अजंता स्टाइल के जुड़े में लगी मोती की लड़ियाँ गरदन पर झूल रही थी। "क्या देख रहे हैं।" केतकी की एक बेधक मुस्कान। वह बुरी तरह भन्ना जाता है। अपने आप को शायद बहुत खूबसूरत समझती है। इन केतकी, मीना जैसी ऑफिस की लड़कियों से कितनी भिन्न है यह विभा। वह जल्दी-जल्दी चाय सिप करता है। केतकी मुस्कराती है- "घर पहुँचने की बहुत जल्दी है क्या। विभा भी तो आ गई है।" एक तीखी मुस्कान! विपिन उसे ध्यान से देखता है। इस बार केतकी की मुस्कान में उसे वैसा कुछ भी नहीं लगता। सहज होकर उठ

खड़ा होता है। "हाँ आज मुझे जल्दी ही जाना है" वह कहता है और केतकी की उपस्थिति भूल कर कैन्टीन के बाहर निकल जाता है।

कोई खबर नहीं। इतने दिनों बाद विभा लौटी है, अब वह और इन्तजार नहीं कर सकता। विनू का रिजल्ट निकलने को है। उसने दो को पढ़ाया, संभाला तो क्या वह कुछ सहारा नहीं देगा? फिर अब तो बहुत कुछ रास्ता साफ हो गया है। आखिर अपनी भी तो इच्छायें हैं, दूसरे का भी तो मन है। अब वह और अधिक नहीं सह सकता। विभा...! सीढ़ियों पर रुककर वह विस्मित, विमुग्ध-सा नीचे से ऊपर निहारता है। लगता है लगता है एकाएक सिर पर का आकाश बहुत विस्तृत हो गया है और लाल रक्ताभ फूलों से भर गया है। लाल फूलों से लदी बोगन बेलिया बंगालिन स्त्री के लाल सिन्दूरी टीके की तरह... इतने दिनों के बाद सामने विभा को पाकर वह क्या बोलेगा ? उसे अचानक देखकर विभा इन फूलों की तरह ही खिल जायेगी। विभा! वह पुकारने को होता है। द्वार पर विभा दिखती है। वह उसे एकटक देखता है पर जैसे पहिचान नहीं पाता। माथे पर दिप-दिल करता सिन्दूर का लाल सुर्ख टीका... वह कुछ क्षण उस दमकते टीके को देखता है। कुछ कहना भी चाहता है पर सासें जैसे रुक गई लगती हैं। आँखें जलने लगती हैं। लगता है अग्नि का वह लाल गोला उसके चारों ओर फैलता जा रहा है और वह लपटों में घिरता जा रहा है। वह पीछे को हटता है और एक भरपूर निगाह विभा पर डाल वैसा ही बाहर निकल जाता है।

# मुक्ति

"छोटी बहू ने कितना बड़ा त्याग किया कि पति की प्रसन्नता के लिए शराब का घूँट लेने में भी नहीं हिचकी। आखिरकार जीवन की बलि देकर उसने दूसरों की सहानुभूति ले ही ली। छोटी बहू। छोटी बहू-सी आत्मा समर्पणा नारियों की आज भी क्या कहीं कमी है? मैं जब देखता हूँ ऐसी स्त्रियों को, जो जीवन की एक-एक सांस के साथ सामंजस्य की दुहाई देतीं, आदर्श की मिथ्या प्रतिच्छाया में मन का संकल्प तोड़ती-तोड़ती स्वयं भी टूट जाती हैं। पति, केवल पति, बच्चे केवल बच्चे और परिवार केवल परिवार, तो सच कहूँ, ऐसी निरीह दबी-बुझी आत्महंता नारियों को देखकर मुझे कोफ्त होने लगती है। बस जैसे इनके जीवन की इतिश्री यहीं है और छोटी बहू का सा त्याग उनकी सार्थकता।" सुकुमार की बातों को स्वीकारती स्वर्णा की काली-कजरारी आँखों में उस क्षण एक संकल्प उभर आया था और कमरे में किसी के होने का अहसास जगा गया था। तब उसने विश्वस्त होकर कहा था—"सच तो है। जैसे इसके सिवा इनकी कहीं गति नहीं, कोई परिणति नहीं। मुझ से तो ऐसी जिन्दगी एक क्षण के लिए भी न जीई जाये। तुम नहीं जानते कुमार सुबोध को! उनका मुझ पर कोई आग्रह नहीं होता। प्रतिबन्ध होने का तो प्रश्न ही नहीं उठता। पर जीवन की उनकी आदर्शवादिता में मेरे यथार्थ के सारे रंग धुंधला जाते हैं तब कुछ भी सहारना मेरे लिए कठिन हो जाता है। मैं यहाँ हूँ और वह वहाँ हैं। कोई विरोध नहीं, कोई तिक्तता नहीं। बस मैं उन्हें सह नहीं पाती और वे मुझे स्वीकार नहीं पाते। वे स्वयं बदलना नहीं चाहते और अपना परिवर्तन मैं नहीं चाहती। तो तुम्हीं कहो क्या इसी बात पर बैठकर मैं रोऊँ और अपना सब कुछ अपने हाथों उन्हें सौंप दूँ? लेकिन इससे भी क्या उनकी विरक्ति बढ़ेगी नहीं? संतुष्टि की बात तो आ ही नहीं सकेगी। न भाई न! मेरे जीवन जीने का ढंग अलग है। मैं जीना चाहती हूँ... संपूर्ण रूप से। जीवन को जीवन जैसा ही भोगना चाहती हूँ।" इतना सब कहने के बाद उसने अपनी प्रश्नात्मक आँखें सुकुमार की ओर उठा दीं—"क्यों कुमार ! तुम जीवन में आनन्दवादिता को स्वीकार करते हो न।"

सुकुमार कुछ बोले कि फिर स्वर्णा ही अपने मन को संतुष्टि की सीमा में आवेष्ठित कर बोली—"मुझे तो भीतर गहराई से देखने पर फ्रायड की मान्यतायें सत्य दीखती हैं। भोग बस भोग। जीवन को भोगो और उल्लास एवं आनन्द के क्षणों में सम्पूर्ण जीवन को समाहित कर दो। जब तक जियो, सुख और ऐश्वर्य की जिन्दगी जिओ।" और एक खिलखिलाती हँसी से स्वर्णा के रूप की स्वर्ण किरणों से कमरा गर्म हो आया था।

एक दिन ऐसी ही थी स्वर्णा। अपने आप में पूर्ण रूप से डूबी हुई। स्वतन्त्र और स्वच्छन्द। सुन्दर, सुव्यवस्थित परिधान में सुसज्जित रूप-वती स्वर्णा। उसके व्यक्तित्व में दूसरों को बांधता सम्मोहन-सा जादू। स्वर्णा सुन्दर थी इसीलिए जब वह घर की मर्यादित देहरी लांघकर खुले जगत में आती तो ऐसा लगता जैसे भरे-पूरे परिवारों की शीतलता को चुनौती देता उसका व्यक्तित्व, दबी-बुझी नारियों को जीवन का एक नया दृष्टिकोण दे रहा है और ऐसे ही समय से सुकुमार उसे देखता आ रहा है। सुकुमार के सामने वह एक मित्र की तरह ही खुली थी। मित्र के सामने बंधे रहने से मित्रता का दायरा संकुचित हो जाता है। सुकुमार और स्वर्णा के सम्बन्ध दो-तीन वर्षों के सम्बन्ध हैं। जब सुकुमार स्वर्णा के भाई के मित्र के रूप में घर आया करता था और वह प्रायः दोनों हम उम्र साथियों की चर्चाओं में भाग लेने ड्राइंग रूम के परदे हटाकर धीरे से सोफे पर आ बैठती थी। संदीप किसी ट्रेनिंग में चला गया था तो सुकुमार और स्वर्णा की बहुत बनने लगी। वहीं स्वर्णा का एक ऐसा मित्र था जिसे वह सम्मान भी देती थी और निश्छल स्नेह भी कर सकी थी। यों उसके मित्रों की संख्या कम नहीं थी। सुकुमार को उन दिनों की स्वर्णा की तस्वीर आज भी बहुत साफ नजर आती है। पिक्चर, सैर-सपाटे और कभी-कभी चेन्ज के लिए होटल और पिकनिक। पिता वकालत करते थे और उन्हें अन्य किन्हीं बातों में ध्यान रखने की फुरसत नहीं थी। बिना गृहिणी के घर की सारी जिम्मेदारी तब इसी स्वर्णा पर थी। एक दिन पिक्चर हाल से बाहर निकलते स्वर्णा ने सुकुमार से कहा था—"कुमार जीवन क्या बस इतना-सा ही है कि पति और बच्चों में ही गुजार दिया जाये।" और वह सुकुमार की ओर देखती धीमे से हँस पड़ी थी। "तुम क्यों नहीं कर लेते विवाह! तुम्हारी तो अब उमर भी हो गई है।" सुकुमार को लगा था जैसे स्वर्णा के भीतर चलने वाले द्वन्दों का कहीं अन्त नहीं है तभी तो ऐसे ही प्रश्न करके वह अपने को जीत लेना चाहती है। सुकुमार ने उत्तर में उसी का उदाहरण लिया था—

"पागल हो स्वर्णा बहन! क्या इस तरह का जीवन अपनाकर भी तुम मुझे विवाह करने की सलाह दोगी।" स्वर्णा सुनकर कुछ बोली नहीं। उसके इस मौन में सुकुमार को न जाने कितने दंश, कितने व्यंग छिपे दिखे। स्वर्णा के मुख पर बिखरी मुस्कान में कुछ ऐसा ही भाव होता है जैसे उसे पराजित कर पाना किसी के लिए भी संभव नहीं हो।

ऐसी खुली-खुली, निर्मुक्त जिन्दगी जीने वाली उस स्वर्णा के इस रूप को इतने दिनों बाद देखकर सुकुमार का मन जाने कैसा-कैसा तो भी हो आया। वह संदीप से मिलने घर गया तभी देखा कि स्वर्णा अपने पति के पास से लौट आई है। सुकुमार द्वार पर खड़ा था किन्तु उसे अचानक सामने पाकर स्वर्णा के मन में प्रसन्नता, उत्सुकता का ऐसा कोई भी भाव नहीं आया। वह पलंग पर गोद में लिए मुन्ने को सुलाती बैठी रही। सुकुमार ही चौंका, बोला—"ओह स्वर्णा बहिन!" और मुस्कराता हुआ सामने पड़ी कुर्सी पर बैठ गया। कमरे में संध्या की मटमैली उदासी भरती जा रही थी और सुकुमार स्वर्णा को ऐसे देख रहा था जैसे पहिचानने में कुछ दिक्कत हो रही हो। वह स्वर्णा के संवलाते से चेहरे में उसी पुरानी स्वर्णा की रूप किरणों को खोज पाना चाह रहा था। मुन्ने को थपकी देते-देते स्वर्णा झुंझला गई थी और खीज कर उसने उसे फर्श पर बैठा दिया था। सुकुमार मुन्ने की क्रियाशीलता पर अपनी दृष्टि केन्द्रित कर मुस्कराया—"क्यों प्रसन्न तो हो न स्वर्णा बहन पर बहुत बदल गई हो।" स्वर्णा ओठों में मुस्कराई, बोली—"नहीं"। सुकुमार ने ही कहा—"क्या अभी भी अपनी मान्यताओं पर विश्वास रह सका है तुम्हें?" स्वर्णा ने सुकुमार को अपलक देखा और एक आवरण-सी हँसी मुख पर फैलाते बोली—"परिवर्तन तो अवश्यम्भावी है कुमार। अब तो सच ही मैं परिवार के दायरे में बंध गई हूँ। मुझे लगता है कि मैं संतुष्ट हूँ।" "हाँ, वह तो देख ही रहा हूँ लेकिन इनमें बहुत बड़ा मूल्य चुकाना पड़ता है। क्यों, क्या राय है तुम्हारी?" सुनकर स्वर्णा का चेहरा धुंधला गया। वह भी आम स्त्रियों की तरह कमजोर दिखाई दी जैसे खुले आम सुकुमार उसकी पराजय का ढिंढोरा पीट रहा हो और जैसे उसके ही द्वारा उसका मजाक बनाया जा रहा हो। कमरे में लगी तस्वीरों में स्वर्णा ने अपनी नजरें जमा दीं और धीमे स्वर में बोली जैसे अपने को वह तौलने की कोशिश कर रही हो—"मान्यतायें तो अभी भी मेरी अपनी हैं पर सभी कहते हैं कि मैं बदल गई हूँ। कभी-कभी तो मुझे भी लगता है कि मैं बदल गई हूँ लेकिन मैं कहती हूँ कि मनुष्य पर समय का

सबसे अधिक प्रभाव जो पड़ता है। फिर सच ही क्या मैं बदली हूँ?" स्वर्णा अपने में ही उलझ कर रह गई और फिर बहुत देर तक दोनों आमने-सामने चुप होकर बैठे रहे जैसे बोलने के लिए उनके पास अब कुछ भी शेष नहीं रह गया है या बातों का टूटा सूत्र पकड़ पाने में दोनों ही असमर्थ हों। सुकुमार उठकर चलने लगा तो वह मुन्ने को गोद में लिये गेट तक छोड़ने उसे गई थी। जब भी सुकुमार उससे मिलने आता था, वह इसी तरह उसे गेट तक छोड़ने आती थी पर तब वह इस तरह चुपचाप सुकुमार को जाता नहीं देखती होती थी। गेट पर खड़े-खड़े भी दोनों जाने कितनी देर तक विवादों में उलझे रहते थे। क्या हुआ इस स्वर्णा को? पहले-सी वह जीवंतता तो कहीं है ही नहीं।

सारे रास्ते सुकुमार सोचता रहा और अपने मन-मस्तिष्क में एक वितृष्णा-सी भरता रहा। कल की स्वर्णा मर गई, उसका एक चिन्ह भी इस आज की स्वर्णा में बाकी नहीं रहा। उसके मन की सारी प्रफुल्लता उसके शब्दों से झरती जीवन्तता उसके इस एक ही समझौते में समाप्त हो गई। जब उसने स्वर्णा को अपने निकट पाया था तो एक दिन उसे पता चला था कि स्वर्णा विवाहित है और उसके पति लखनऊ में प्रोफेसर हैं। पति की चर्चा चलने पर स्वर्णा के अंतर के पट एक-एक कर खुलते गये थे और सुकुमार ने स्पष्ट जाना था कि प्रोफेसर की प्रशंसा करने पर भी स्वर्णा के मन में कहीं कुछ दुराव है जिसे स्वर्णा स्वयं जीत लेना चाहती है और उस जीत का साथी वह किसी को भी नहीं बनाना चाहती। सुकुमार ने पूछा था—"तो तुमने उन्हें बदलने की कोशिश नहीं की?"

"पागल हो तुम भी। विचार भी क्या किसी के बदले जा सकते हैं। वो तो पूरे गांधीवादी हैं। छुरी-कांटे से खाना उन्हें इतना घृणित लगता है जैसे वे भोजन करने नहीं, छुरी से बकरे की गरदन हलाल करने बैठे हैं। मुझे तो भई यह सब बहुत बैकवर्ड लगता है। पायजामे और कुर्ते में ही बर्फानी शीत बीत जायगी पर सूट आप पहिन नहीं सकते। सिनेमा से उन्हें परहेज है, अच्छे कपड़े-लत्ते से उन्हें परहेज है, जोरों से हँसने से उन्हें परहेज है, अधिक बात करने से उन्हें परहेज है, सोशल होने से उन्हें परहेज है, तब तो मैं कहती हूँ कि ऐसे आदमियों को संन्यास ले लेना चाहिये। किसी की जिन्दगी को अपनी जिन्दगी से बांध कर घसीटने का उन्हें क्या अधिकार?"

"इसमें हर्ज ही क्या है? ये तो अपने जीने का ढंग है। बीच का कोई हल निकाल कर भी तो समझौते की जिन्दगी बिताई जा सकती है," सुकुमार ने कहा भी। "वह तो है पर जाने क्यों मैं एडजस्ट नहीं कर पाती। वैसे वे शान्त हैं लेकिन यह भी क्या कि पत्नी के विचारों को पुरुष प्रश्रय न दे पाये।"

और यहीं सुकुमार का मन कड़वा हो जाता है। "एडजस्ट या तो स्त्री करेगी नहीं या करेगी तो बिल्कुल ही टूट जायेगी। ऊपर से बिल्कुल वैसी ही दिखने की चेष्टा करेगी पर भीतर से चुक गई होगी। हँसेगी भी तो उसका हँसना बहुत बड़ा धोखा होगा। छिः ये कमजोर स्त्रियाँ! जिन्हें संवरने में देर हो सकती है पर मिटने में नहीं।" और उसे लगा कि स्वर्णा का पिछला सब कुछ धोखा था, दूसरों को भुलावे में डालने का बहाना मात्र। तभी तो उस पिछले को वह भुला देना चाहती है। कभी भी वह पिछली बातें स्वर्णा से दुहराता है, स्वर्णा किनारा काटने लगती है या तो वह उस समय मुन्ने को पुचकारने लगेगी या मौन लगा कर बात का सूत्र ही तोड़ देगी।

स्वर्णा ने अपने जाने की तो कोई बात उससे कही नहीं थी। संदीप से मिलने पर ज्ञात हुआ कि स्वर्णा चली गई। स्वर्णा के इस अप्रत्याशित जाने की बात सुन कर जाने कितने विचार क्रम से उसके मस्तिष्क में आते रहे थे। सुकुमार को पता था कि सोमेश इन दिनों स्वर्णा के बहुत निकट आता जा रहा है। उस रात भी वह उसके साथ रात का आखिरी शो देखकर लौटी थी। सुबह हुये ही सुकुमार स्वर्ण के घर जा पहुँचा था। स्वर्णा की आंखों में अभी भी रात देर तक जागने की खुमारी थी। बिस्तर पर लेटी हुई वह कह रही थी—"जीवन जीने के लिए मन की पूर्णता चाहिये कुमार। सोमेश के साथ मन का अधूरापन दूर होता लगता है पर।" चादर से अपने शरीर को ढंकती वह पुनः बोली— "जानते हो प्रोफेसर आ रहे हैं। इस बार बहुत दिनों के बाद आ रहे हैं। स्वास्थ्य भी कुछ ठीक नहीं रहता।" सुकुमार कॉफी का घूँट लेते हुये चुपचाप स्वर्णा की बातों को सुनता रहा था और उसे गहराई से मापता रहा। उसे स्वर्णा पर सचमुच तरस आ रहा था। बेचारी स्वर्णा जैसे अंधाधुन्ध फैले कुहासे में घिर गई हो और निकलने की राह नहीं पा रही हो। संदीप ने उसे बतलाया था कि सुधीर ने न चलने के लिए स्वर्णा को समझाया था पर स्वर्णा को तो जाने कैसी जिद्द सवार हो गई थी। जाने के बाद स्वर्णा के पत्र के जवाब में सुकुमार ने उसे चेताया भी था—"देखना स्वर्णा बहन! कहीं कर्त्तव्य

की कठोर शिलाओं से टकरा कर तुम्हारा व्यक्तित्व बिखर कर न रह जाये अन्यथा छोटी बहू की-सी वह सहानुभूति भी तुम्हें न मिल सकेगी।" स्वर्णा ने लिखा था—"मैं उन सब में नहीं हूँ जिसे कोई सहज ही तोड़ कर रख देगा। जब आऊँ तब देख लेना।" देखने के लिए बाकी ही क्या बचा? अधिक नहीं इस डेढ़ वर्ष के भीतर ही उस जीवन बिखेरने वाली स्वर्णा का क्या हुआ? रह-रहकर सुकुमार को लगता रहा। जैसे ऊपर की केंचुल उतर जाये और भीतर की विकृति मन में जुगुप्सा पैदा कर दे। स्वर्णा का धुंधलाया रूप और मटमैली आँखों में घनी उदासी। लापरवाही से कंधे पर से खिसकता आंचल... बिल्कुल अपने से बेखबर। सुकुमार ने स्वर्णा से कहा था—"स्वर्णा बहन अपने पैरों को दृढ़ता से आगे बढ़ाना चाहिए अन्यथा जरा सी गहराई में ही वे उखड़ने लगते हैं फिर किनारा पा ही कैसे सकेंगे।" पर यह स्वर्णा तो कुछ दृढ़ता से नहीं सोचती। सुधीर की बात पूछने पर स्वर्णा उन आम स्त्रियों की तरह बोलती गई जो घर-गृहस्थी के जाल में पूरी तरह खप चुकी होती हैं और जिन्हें ऊपरी तौर पर पति के बारे में बहुत कुछ कहकर अजीब-सी तृप्ति का अनुभव होता है। स्वर्णा बोलती गई—"अरे उन्हें कहाँ फुर्सत! मैं ही नहीं आने पाती। वो तो उन्होंने ही जिद्द करके मुझे भेज दिया कि कुछ चेन्ज हो जायेगा।" "क्यों कुछ बीमार थीं क्या?" सुनकर स्वर्णा ने फीकी सी हँसी हँस दी—"अरे यह सब तो गृहस्थी में लगा ही रहता है।" "तो पूरी गृहस्थिन बन गई हैं स्वर्णा बहन!" सुकुमार के इस व्यंग पर स्वर्णा का ध्यान नहीं गया। उसी तरह निर्विकार स्वर से बोली—"छोड़ो भी गृहस्थी की बात। गृहस्थी के बिना भी कहीं औरत की मुक्ति है?"

मुक्ति ! मुक्ति !! लगा सुकुमार को कि वह स्वर्णा के फैलाये इस नए जाल में अधिकाधिक उलझता जा रहा है। मन हुआ कि कह दे—"स्वर्णा बहन, अब तुम कुछ भी न बोलो तो ठीक। ऐसा बोलना भी क्या कि मनुष्य स्वयं कोई किनारा ही न पा सके।" मुक्ति चाहने वाली ऐसी स्त्रियों के प्रति न उसे पहले सहानुभूति थी और न अब है। "वे कल लेने आ रहे हैं"—स्वर्णा कह रही थी—"सोचा तुमसे मिल लूँ।" सुकुमार कुछ बोला नहीं। सोचता जा रहा था—कितनी कमजोर निकली वह स्वर्णा जो अपनी स्वर्ण किरणों में सहेजती अपना व्यक्तित्व और जिन्दगी जीने की प्रबल आकांक्षाओं को एक संकुचित से दायरे में मिटा गई। सच ही उस स्वर्णा को मुक्ति मिल गई। काश! स्वर्णा को भी मुक्ति मिल पाती।"

# आरम्भहीन अन्त

दृढ़ता का कठोर आवरण ओढ़कर मैंने निर्णय लिया था—नहीं, मैं उसके विवाह में नहीं जाऊँगी। जाना नहीं चाहती, ऐसा तो सात परतों के अन्दर मन में कहीं नहीं था। पर जाकर उसे किसी भी रूप में देख पाना मेरे लिए कठिन होगा, बहुत कठिन, मैं जानती थी। इसीलिए तो इतनी तटस्थ बनी रही थी। शहनाई की थिरकती ध्वनि हवा की घनी परतों को भेदती हुई मेरे नजदीक तक आती रही थी। उस ध्वनि को सहती भी मैं निर्लिप्त बैठी रही। मैं नहीं ही जाऊँगी। जिंदगी को सदा-सदा के लिए किसी से बांध देने वाला निर्णय इतना हल्का तो नहीं होता कि सदा ही उसे झेल लिया जाये। नाजुक गोरी हथेलियों पर रची मेंहदी के साथ चटकता अन्दर का सुर्ख रंग-कौन जाने वह सहेलियों से घिरी-घिरी हँसी, लजाई होगी या खून के आँसू बहाती होगी। सच कहूँ तो मुझसे उसका हँसना लजाना नहीं देखा जायेगा और रोते हुए भी उसे नहीं सह पाऊँगी। शैली ने उसके कंधे सहलाते हुए कहा था—"मत रो शुभा, हँसी-खुशी के दिन भी भला कोई रोता है?" कुछ भी न कहकर मुझे लगा था—मुझे यहाँ नहीं आना चाहिए था। पर शुभा ने मुझे कई-कई बार याद किया था। मुझे बुलाया था। नीति आकर बोली थी—"दीदी, शुभा सारे दिन आपको याद करती रहती है।" और मैं शुभा से मिले अतिशय स्नेह में बँधी-बँधी उसके पास तक जा पहुँची थी। वह सहेलियों से घिरी, ओढे हुए रेशमी चादर से अपना मुँह ढँके बैठी थी। नहीं, लग रहा था जैसे उसे जबरन सबके बीच बैठा दिया गया हो। वह कोई प्रदर्शन की चीज मात्र हो। जैसे कुछ पहिचानने में दिक्कत हुई हो, इस तरह मैं कुछ क्षण उसके नजदीक खड़ी रही थी। उसे देखा और वह देख पाना मेरे लिए कितना असह्य हो उठा था। रो-रोकर गूलर हुई आँखों से उसने एक निमिष के लिए मुझे देखा था, फिर देख नहीं पाई थी। किन्हीं दुसह स्वप्नों को ताकती, उन्हें परे ठेलती। मैं उसी के पास जड़-निस्पन्द-सी बैठी रही। "क्यों आ गई मैं यहाँ, क्या मुझे आना चाहिए था?" इससे पहले ही शुभा ने इतना कुछ अधिक कहा था कि उसका इस तरह असहाय सा बैठा रहना कुछ अजब नहीं लगा। लड़कियों के नाम

पर फैली उसके मुख पर की घृणा तब मुझे याद हो आई। "अभागी औरतें, जो बेटियों को जन्म देकर जीवन भर संतोष नहीं पातीं।" मैंने उसके विश्वास को झुठलाना चाहा था—"मत भूलो शुभी कि तुम भी एक लड़की हो और लड़की को जन्म देनी वाली हर माँ एक स्त्री होती है।" "इससे क्या?" —वह तुनक कर बोली थी—"लड़का कहलाना अपने आपमें ही सुन्दर है जबकि लड़की—छि: मैं तो।"

उसके पास बैठी चुप-चाप अकथ्य को झेलती हुई मैं यही सब सोचने लगी थी। इस पहली बार मुझे यह एहसास हुआ कि सच ही लड़की का जीवन विडम्बना मात्र है। माता-पिता की इच्छाओं का खिलौना—बनाकर जब चाहा तोड़ दिया। कैसी निर्ममता से शुभी का मन तोड़ दिया गया है।

एक दिन मैंने कहा था—"सुन्दर-असुन्दर कुछ नहीं होता शुभी! यह तो तब लगता है जब हम उसके सान्निध्य में आते हैं"—और ऐसा कुछ कहकर मैं हार गई थी। सान्निध्य की बात ही तो शुभा ने भी कही थी। नींद की गोलियों में सिमटी रात की बेहोशी में उसने सान्निध्य की बात को ही तो भुलाने कोशिश की थी—"जो मुझे जानता-पहिचानता तक नहीं, जिसे मैं पसन्द नहीं करतीं, कैसे उसे अपनी पूरी जिंदगी दे दूँ? जिंदगी देना क्या इतना आसान होता है? इस तरह अनिच्छा से दूसरे को जिंदगी देकर क्या मैं मृत्यु को नहीं पा लूँगी? फिर उस मृत्यु को अपनाने में भय क्या जिसमें अनिच्छा का प्रश्न ही न रह जाये।" सुनकर मन ही मन मैं कांप गई थी। जिंदगी की मौत! लेकिन इस तरह चुप-चुप रोती हुई शुभी ने क्या मृत्यु से समझौता नहीं कर लिया है?

बारात की धूमधाम में विचारों का झंझावत रुक गया था। कुछ देर बाद शुभा ने कहा था—"देखने नहीं जाओगी दूल्हे को।"

"दूल्हे को!" मेरे मन में कुछ आया-गया। लगा एक कडुवा घूँट अनचाहे गले के भीतर चला गया है और मैं उसे घूंट नहीं पा रही हूँ। कुछ बोली नहीं। चल दी बाहर। एकत्रित जन समूह को ठेलती मैं आगे की पंक्ति में जा खड़ी थी। "देखोगी नहीं दूल्हे को ?" कानों में भरे शब्द मन को मथने लगे थे। सेहरे की लड़ियों में छिपा मुख लाख चाहने पर भी मैं नहीं देख पाई लेकिन मन में अनगिनत कामनायें आ भरी थीं उस क्षण। इतना अच्छा हो शुभी का दूल्हा—इतना अच्छा कि अतीत की मिठास को भूल जायें ये शुभी और वर्तमान से

समझौता कर ले—"समझौता और सान्निध्य की बात!" विवाह की बात को लेकर जब कभी मैं उससे बात करती—उसके अधरों पर एक विषाक्त मुस्कराहट उभर आती और मैं कुछ कहते-कहते रुक जाती। मेरे मन में उसकी मुस्कराहट का विष भरने लगता।

"देखा?"

"नहीं देख सकी।"

"अच्छा ही हुआ" - उच्छ्वासों की एक गहरी आवाज। "मेरी बात मानेगी? एक बार राज को बुला दें। कहना - जिंदगी तुमने दी थी, जिंदगी का पहला प्यार तुमने दिया था। मृत्यु से पहले का प्यार भी तुम्हीं दे दो। यह मेरी आखिरी इच्छा है।"

"क्या कह रही है तू शुभा? ऐसे समय तुझे यह सब कुछ नहीं सोचना चाहिए"—चीखते स्वर को थाम कर मैंने उससे कहा था।

"हाँ ऐसे ही समय" —एक हल्की, साथ हो तीखी चुभने वाली हँसी उसके सुन्दर, प्यारे से मुख पर फैलने लगी थी—"इससे अच्छा शुभ अवसर और क्या हो सकता है? तू ही कह न!" बरोनियों में उल्झे-आँसू की पवित्र बूंदें—"और मैं जानती हूँ बेहद भावुक है राज! वह नहीं आयेगा। कभी मिले तो कह देना—मैंने हमेशा, हमेशा उसकी बात मानी है। इस बार भी मान रही हूँ। पर बाद में वह मुझे बिल्कुल दोष न दे क्योंकि जब तक तन-मन का साथ न हो किसी को कुछ भी दिया नहीं जा सकता। देने में भी मृत्यु की यन्त्रणा होती है और मैं बेहद कमजोर हूँ। कुछ भी नहीं सह सकूंगी।"

"शुभी! शुभी!!" सजे-संवरे मुख पर आँसुओं की धारा बह आई थी। "तू रो मत शुभा। यह सब मत सोच। कुछ भी मत सोच।" उसके आँसुओं को हथेली से पोंछते समय मेरा अपना मन रोने-रोने को हो आया था। अत्यन्त बोझिल हो आये मन को सँभाल लेना आवेग के उन क्षणों में कितना-कितना कठिन होता है तब जाना था। जी में आया था शुभी से लिपट कर इतना रो लूँ कि फिर नई जिन्दगी में जाते समय उसे केवल विदा दे सकूँ और उस विदा में मन का लेशमात्र भी दुख न हो। कमरा पुनः आगतों से भरने लगा था। राज ने जाने कितनी-कितनी बार मझे शुभा की बातें बतलाई थीं जैसे कि मैं शुभा से सर्वथा अपरिचित रही होऊँ या इस नाम की किसी लड़की को देखा तक न

हो। उसकी बातें सुनकर तो यही लगता जैसे मैं शुभा को नये-नये रूप में देख रही हूँ।

शुभा पर केशरी रंग बेहद खिलता है। एक से एक रंग की साड़ियाँ होते हुये भी वह जब भी राज से मिलने आती है, उसकी देहलता पर वही केशर का रंग खिला होता है। एक बार राज के कहने से मैं उसके लिये चूड़ियों का सेट लाई थी। शुभी ने चूड़ियों से रहित अपनी कलाइयों पर दृष्टि डालते कहा था—"चूड़ियां तो बहुत हैं मेरे पास पर मैं पहिनती नहीं।"

"मैंने सोचा...।" आगे राज ने कहा नहीं।

"तुम कुछ भी सोचो। मुझे चूड़ियों से बेहद प्यार है।" चूड़ियों के सेट को हाथ में थामे-थामे उसने राज की आँखों में अपनी मोहक मुस्कान भर दी थी—"अब तो तभी पहनूँगी...।" यह बहुत पहले की बातें हैं। पागल है शुभा। राज अनेक-अनेक बार नये सिरे से उसकी रुचियाँ, उसकी आदतें सब कुछ के बारे में बतला जाता है। उसके हर बार कहने में नये खिले फूलों का सा रंग होता है, ताजगी से भरी उमंग होती है। एक बार ऐसा भी हुआ था कि शुभा की कशिश भरी आवाज को सुनकर वह रोने-रोने को हो आया था। राज ने अपनी कमजोरी को छिपाने की गरज से कहा था—"भई शुभी! तू इस तरह के रोने-रुलाने वाले गीत मत गाया कर। यदि कभी रो पड़ा तो तुम लोग ही हंसोगी कि आदमी होकर राज रोता है।" और एक दिन मैंने राज की आँखों में आँसू देखे थे। तब यह भी नहीं कह सकी थी—"छिः राज आदमी होकर रोते हो। शुभा को तो तुमने ही मजबूर किया है। उसके मन में झाँक कर तो देखो जो अब भी तुमसे मिलते हँसती है, कहकहे लगाती है पर मैं जानती हूँ यह सब झूठ है। अपने आप को छलना है।" पर जाने क्यों राज से यह सब मैं नहीं कह सकी। उसे और कमजोर देखना मैं नहीं चाहती।

माँ-बाबूजी ने सख्त होकर कहा था—"यह असम्भव है। तू इसका ख्याल भी मत कर।" भाई ने राज के सारे पत्र और चित्र उसकी आँखों के सामने जला दिये थे। उसी क्षण उसकी आँखों में भी कुछ जलने लगा था और उन जलती आँखों की ओर देखने से मुझे भय लगने लगा था। "जिसे जो करना है, करे। मुझे जो करना है, करूंगी" इसी दृढ़ता को लेकर उसने राज से कहा

भी था—"मुझे यहाँ से ले चलो राज! कहीं भी ले चलो। तुम्हारे बिना मैं कहीं नहीं रह पाऊँगी।"

नीता ने जल्दी से कोई उपहार उसकी गोद में ला रखा—"ये राज की ओर से है।" शुभा ने ऊपर के आवरण को हटाकर बड़ी शान्ति से गीतों के रिकार्डों को देखा, पढ़ा, फिर एक वहशी हँसी हँसती वह बुदबुदाई—"आज राज ने मेरे ही गीतों को उपहार के रूप में लौटा दिये हैं। बिना स्वर के गीत कोई क्या गायेगा। पर इन्हें लौटाऊंगी नहीं। गीतों से बेहद प्यार राज को और मुझे भी कभी था।" उसने उसी तरह उन्हें रेशमी आवरण में लपेट कर अपनी गोद में रख लिये।

भावों से उद्दीप्त चेहरे पर चढ़ती उदासी की कठोर परते। राज के आग्रह को शुभा कभी नहीं टाल पाई। टाल पाती तो कितना अच्छा होता। अपने लिये भी, राज के लिये भी और उस तीसरे आदमी के लिये भी। नहीं टाल पाई इसीलिये तो अपने हाथों उसने अपने सपनों पर कफन का चादर डाल दिया। एक बार यदि वह अपनी जिद्द पर अड़ जाती तो किसमें पीछे हटने का साहस होता। राज को वह जानती है फिर साहस की बात क्यों की जाय। यदि राज ही एक बार 'हाँ' कह देता तो वह इतने पीछे कभी नहीं लौटती जहाँ जाकर वह कभी-कभी भी अपने अधरों से जिन्दगी का कोई गीत नहीं गा पायेगी।

दूल्हा आंगन में आ चुका था। मन नहीं माना। किन्तु इस बार देखकर भी मैं नहीं कह सकी कि शुभी मैंने उन्हें देख लिया है। न देखा होता तो अनजानी, अनदेखी काल्पनिक कामनाओं से मैं शुभी का मंगल मनाती होती। अब मैं बैठी नहीं रह सकूंगी। राज बार-बार कहता था—"कितनी सेन्टिमेन्टल है ये शुभी। अनचाहे को एक क्षण के लिये भी नहीं झेल पाती।" कभी-कभी इस भावुकता का मूल्य बहुत अधिक चुकाना पड़ता है और इसका मूल्य मैं जानती हूँ—शुभा जिन्दगी भर अपने जीवन से चुकाती रहेगी। सेन्टीमेन्टल तो है शुभा पर उतनी ही दृढ़ भी। वह तन और मन में कभी-कभी समझौता नहीं कर पायेगी।

मैं सोचने लगी थी प्रारब्ध की बात। अनचाहे का मूल्य इतना महँगा क्यों होता है कि आदमी टूट-टूट कर बिखर जाता है। कभी अपने को जोड़ नहीं

पाता। राज बहुत दूर चला गया है। कल शुभा भी चली जायगी क्योंकि ब्याह के बाद हर लड़की जाती है। शुभा की आँखों में अब आँसू नहीं हैं पर मेरी आँखों में वे आँसू उमड़ने लगे हैं। कैसे-कैसे वह उस सान्निध्य को झेल पायेगी जिसके नीचे घृणा की शैया होगी और ऊपर प्यार का कफन। "समझौता करना हर समय आसान नहीं होता और समझौता हर एक से भी नहीं किया जा सकता।" शुभा की बात बार-बार दिल-दिमाग में छाती जा रही है। विचारों को झकझोरती, भीड़ की निगाहों से अपने को बचाती मैं, शीघ्रता से वहाँ से निकल जाना चाहती हूँ। भूल जाना चाहती हूँ इस आरम्भहीन अन्त को।

# फैसला

वह नहीं समझ पा रही कि वह क्या करे पर इतना अवश्य चाहती है कि एक सुलह की भावना लेकर वह इस घर से विदा हो। जैसे अभी तक वह सामंजस्य की जिन्दगी जीती आई है, उसी तरह सब कुछ को झेलते हुये एक बार सब के गले मिलकर वह चली जाय। सोमेश के मुख पर अभी भी विछोह का तनाव स्थिर है। उस तनाव से वह भी मुक्त नहीं है पर एक अव्यक्त सी भावना रह-रह कर उसे अपने से बाँध लेती है और उसका मन नकारता हुआ भी अपने ही मन की बनाई गई जंजीरों से बेतरह जकड़ जाता है।

लालटेन का तेल चुक गया है। वह बुझने पर आ गई है। रानू ने प्रकाश की उस बुझती लौ को देखा और कोने में अपनी स्लेट-किताबें जमाते हुये दीपू को आवाज दी—"ले आ बेटा यहीं। तेरे साथ-साथ मेरा भी काम निपट जाये जल्दी से।" उसे अपनी ही आवाज में जाने क्या मिला कि धैर्य का रहा-सहा बाँध एकाएक ढह गया। अपने स्वर की हार्दिक सहानुभूति को वह बिल्कुल भी न सह सकी और जहाँ बैठी थी, वहीं घुटने में मुँह छिपाये फूट-फूट कर रो उठी। कितनी असह्य पीड़ा उठी थी उसके हृदय में, कब वह आश्वस्त हुई, नहीं जानती। दीपू को पुकारने को हुई तो देखा दीपू पूर्ववत उस कोने में बैठा अपना बस्ता सहेज चुका है। अब दो-चार अपने कपड़ों को एक पुराने से सन्दूक में रख रहा है। रानू के पास लालटेन के स्थान पर एक जलता हुआ लैम्प रखा था। रानू को लैम्प की ओर देखते पाकर दीपू स्वयं ही बोला—"काकी रख गई हैं।" रामू की माँ को नानी न कह वह काकी ही कहता है जैसा कि रानू कहती है। साफ-सुथरे लैम्प की साफ-सुथरी लौ पर रानू की भीगी-भीगी आँखें देर तक तपती रहीं। सुबह उसे यह घर छोड़ देना होगा। इस घर में उसके अन्दर की जड़ पड़ी ममता फूली है, फली है और इस घर की एक-एक व्यवस्था में उसके फल की सुगन्ध बिखरी पड़ी है। घर भले ही छोड़ दे वह पर क्या उस सुगन्ध को समेट पायेगी फिर से और उससे अपना आंचल भर सकेगी फिर। कई दिनों से दीपू उसे कुछ बदला-बदला लगने लगा है। दीपू की यह बदलाहट दूसरों के लिये भले ही अर्थहीन हो पर

उसे वह नकार नहीं सकती। उसके बाबूजी भी नहीं समझ सकते उसे। उसके हाथों की गति शिथिल पड़ जाती है। चारों ओर सन्नाटा है। बारह बजे की रात्रि तेजी से सरकती जा रही है। एक घन्टे में सारा काम हो जाये तो अच्छा, सुबह बस बिस्तर ही बाँधने को रह जायेंगे। दीपू ने बाक्स तैयार कर लिया था। अब वह सामने दीवार पर आँखें गड़ाये चुपचाप उन तस्वीरों को देखता बैठा था। देश-विदेश के महान पुरुषों की तस्वीरें। उसे ऐसी तस्वीरें जमा करने का बेहद शौक है। सामने की दीवार तस्वीरों के रंग में पूरी तरह रंग गई हैं। तस्वीरों के बीच में दीपू का फ्रेम मढ़ा चित्र है। एक साल का था जब बाबू की गोद में बिठाकर खींची गई थी। जाने कब बाबू फोटोग्राफर को बुला लाये थे। बहुत जिद्द की थी रानू से उसे गोद में लेकर तस्वीर खिंचवाने की पर रानू लाज के मारे सिर ऊपर नहीं उठा सकी थी। बाबू के सामने वह अपने बेटे को गोद में बैठा कर कभी तस्वीर नहीं खिचवा पायेगी। बाबू ने जिद की तो बोली—"बाबू आप ही इसे गोद में लेकर खिंचवायें।" फिर सभी ने उसकी बात का समर्थन किया था। "ठीक है, मैं ही अपने बबलू बेटे को गोद में बैठाकर अपनी तस्वीर खिचवाऊँगा।" और उन्होंने बबलू को गहरे से चूम लिया था। बबलू की किलक में बाबू का मुख कुछ और ही तरह का हो आया था। "मेरे घर का दीपक है यह"—बाबू जब-तब कहते—"शंकर जी का प्रसाद।" आज सब कुछ ऐसा क्या बदल गया। तस्वीर का गाढ़ा रंग उसे धुंधला क्यों लगने लगा है? यह उसकी आंखों का भ्रम है या टूटी आकांक्षाओं के कुहासे में वह बेतरह घिर गई है। "इन तस्वीरों को सावधानी से उतार लेना दीपू" वह अचानक कह बैठती है। विचारों में भले तारतम्य हो पर शब्दों में अनचाहे को ढालना स्वयं को बड़ा अजीब सा लगा। "ऐसा कर सारी तस्वीरों को लगी रहने दे। बस अपनी ही तस्वीर निकाल ले।" वह फिर कुछ का कुछ कह बैठी है। क्यों इतनी कड़वी हो गई है वह। नीम की एक अजीब सी कड़वाहट उसके पोर-पोर में जा घुसी है। दीपू एकटक माँ की ओर देखने लगा है। "नहीं माँ, तस्वीर को यहीं रहने दो न। काकी का मन क्यों दुखाती हो" और दीपू की दीप-सी आँखों में आंसू झलझला आये। रानू का मन भींग गया। "मेरा मतलब यह नहीं था दीपू। मैं तो कुछ दूसरी बात के लिये कह रही थी।" वह संभली—"अच्छा तू सो जा, मेरा भी काम निबट गया" और वह तेजी से भीतर के कमरे में चली गई। कई दिनों से उसकी और सोमेश की बोलचाल बन्द है। एक अजीब सा तनाव दोनों के मन में भर गया

है। मशीनी ढंग पर काम। काम भी गरीबी से अभिशप्त परिवारों के लिये होता ही कितना है। पर मन हल्का हो तो यह सब टीसता नहीं। सोमेश अपनी खाट पर गहरी निद्रा में डूबा पड़ा था। "तुम मेरे साथ चलना चाहती हो तो सारी तैयारी कर लेना। नहीं तो रहो माँ-बाप के घर। मैं यहाँ अब एक दिन भी अधिक नहीं रह सकता।" कल रात को सोमेश ने अचानक यह फैसला उसे सुनाया था। चाहती तो वह भी यही थी पर काकी की डबडबाई आँखों का पानी सारा का सारा उसकी आँखों में भरने लगा था और एक असह्य पीड़ा से वह छटपटा गई थी।

कैसे बदल जाना है पुरुष का मन। क्या उसमें ऐसा कुछ भी नहीं होता जो भावनाओं से बनता है और जरा-सी ठेस लगते ही टूट-टूट कर बिखर जाता है। ममता की-सी छुअन भरी एक तरलाहट। कैसे कहे गये थे बाबू से ये शब्द। कहने के पूर्व उन्होंने उसे घर की देहरी से ढकेल दिया होता बाहर तो शायद कुछ भी न लगता।

धूप की तपती चादर। आकुल-व्याकुल होकर उसने शंकर जी पर अपनी मातृत्व कामना के फूल अर्पित किये थे—बत्तीस वर्ष की आयु का निपट सूनापन जीतने के लिये। वह तो विश्वास नहीं करती पर बाबू के सामने वह झुक गई थी। दीपू गहरी नींद में लिपटा पड़ा है। अधखुली पाँखों-सी आँखों से कितने सपने देखता हुआ। लाल कोंपल से रह-रह हिलते ओंठ। दुबला, स्नेह कातर मुख। कैसे कह गये बाबू वे शब्द—"तुम लोग बब्बन की जायदाद हथियाना चाहते हो। इस घर पर कब्जा करना चाहते हो। मैं अपने बहू-बेटे के सुख के बीच किसी को नहीं देखना चाहता।" वह हक्की-बक्की सी बाबू की आकृति निहारने लगी थी। उसने ऐसा कब चाहा? छिः, चाहने के पूर्व क्या मरने के लिये उसे चुल्लू भर पानी भी नसीब नहीं होता। बहुत-कुछ आया था ओठों पर, पर मर्यादा के अंकुश से पराजित सारे शब्द निरुत्तर हो भीतर के भीतर लौट गये थे। दीवार की एक-एक ईंट अपने सिर पर खिसकती जान पड़ी थी और वह मुँह को आंचल से ढाँपे भीतर भाग पलंग पर औंधी पड़ गई थी। बाबू का काकी को ढकेलना देखा नहीं गया था। “बड़ी तरफदारी करती है बेटी की। वही तो तुझे पार लगायेगी।" "तुम क्या नहीं जानते रानू के बाबू, उसने बब्बन को अपने बेटे की तरह पाला है। यह घर उसी का सँभाला हुआ है।" भयभीत पक्षी-सा दीपू एक कोने में बैठा अपनी किताब के पन्ने पलटने

लगा था। छठी में पढ़ता है। बहुत-कुछ समझने लगा है। भाभी को तीखी, विष भरी बात सुनकर वह भी तिलमिला गया था। "जायेंगे क्यों? यहीं बच्चे की नाल गड़ी है न! उसे यहीं दफनाकर जायेंगे।"

"तुम इस घर को छोड़ क्यों नहीं देतीं माँ? भाभी जाने कैसा बोलती हैं।" माँ हतबुद्ध निराश्रित-सी। कैसे समझेगा दीपू, खुशी-खुशी जाना और बात है पर इस तरह मन में क्रोध भरकर जाना ममता का बन्धन तोड़ना है। काकी जब सामने पड़ती हैं, आँखों में धुन्ध भरा रहता है। रानू अब सबकी आँखों से बचना चाहती है। क्रोध की आँखें सहना कठिन नहीं पर ममता भरी आँखों की पीड़ा सहना बहुत कठिन है।

दीपू स्कूल से नहीं लौटा था। सोमेश ने सारे घर में तूफान मचा रखा था। बस केवल एक वाक्य—मकान देख लिया है, कल सुबह तक वहाँ पहुँच जाना है। रानू से डरते-डरते कहा था—"बाबू भी आ जाते तो...।" सोमेश ने अपरिचित की तरह रानू की आँखों की ओर देखा था। "क्यों मेरी कमाई तुम्हें पूरी नहीं पड़ेगी। बड़ा दर्द है बाबू के लिये।" और रानू चोट खाई हुई हिरणी-सी तड़प गई थी।

सारी रात लावारिस राहगीर-सी आँखों के सामने से गुजर रही है हलचल मचाती हुई। घर भले ही छोड़ दे वह, पर मन के ये बन्धन वह कहीं तोड़ पायेगी? बाबू ने एक ही झटके से तोड़ दिया है इसे। विवाह के बाद सोमेश की अच्छी-भली नौकरी थी। काकी बीमार रहती थीं। बब्बन बहुत छोटा था। कोई तो घर सँभालने वाला चाहिए। अपनी बेटी अपनी ही होती है। ससुराल सूनी थी। सोमेश के आनाकानी करने पर भी बाबू सारा सामान उठवा लाये थे—"तुम्हीं घर के बड़े बेटे हो। घर रहो वहीं कुछ करो।" और जब रात को बब्बन रोता, वह अपनी छाती से सटाकर थपकी दे दे उसे लोरियाँ सुनाती 'सो जा मेरे लाल'। हथेलियाँ तो अभी भी कोमल हैं। बब्बन को सजाते-संवारते अपने भाई नहीं, बेटे की तरह बड़ा किया है। अभी भी भतीजी को खिलाने के लिये उसके हाथ अकुलाने लगते हैं पर वह छू नहीं पाती। उसने कई बार सुना है—"एक बेटा क्या पा लिया है बेटे वाली बन गई है।" समय की गति कितनी तेजी से आगे बढ़ी है कि बीता हुआ सब-कुछ काल्पनिक लगने लगा है। काकी अच्छी हो गई हैं। घर की हर दीवार में उसकी भावनाओं का परस है। बाबू के वे शब्द, बब्बन की वह बेतरह उदासी और

भाभी का दिया वह दंश। काकी की गोद में सिर छिपाये वह बच्ची-सी बिलख-बिलख कर रोई थी—"जो कुछ कहना है, मुझे कह लें, मेरे दीपू को न कहें, मेरे दीपू ने क्या बिगाड़ा है उनका।"

टन-टन कर घड़ी ने दो बजने की सूचना दी। उससे रहा न गया। लैम्प की रोशनी के साथ-साथ वह सारे कमरे में घूम आई। कमरे का एक-एक कोना झांक आई। आंगन में लगे गेंदे के फूलों की खुशबू उसने अपने में समा लेनी चाही। तुलसी-चौरे के निकट जाकर वह कुछ देर चुपचाप खड़ी रही। वह सदैव से बर्दास्त करती रही है। इस बार का फैसला अन्तिम होगा। भोर होने में कुछ ही घन्टे शेष हैं। वह नहीं समझ पा रही है कि वह क्या करे अथवा उसे क्या करना चाहिये। मन में उठते भावावेगों को दबाते वह दीपू के पास जाकर धीरे से लेट गई। अच्छा है, बाबू के आने के पहले ही वह यहाँ से जा चुकेगी। स्थान की दूरी से मन थोड़े ही दूर हो जाता है। वह अपने को समझाने लगती है।

# एक गांठ उलझी हुई

सलाई के फंदे गिर गये। अचानक किसी ने पीछे से आँख ढाँप दीं। रेणु खीज कर उसकी हथेलियों को हटाये-हटाये कि रीता खिल-खिला उठी— "रानी जी को कुछ याद नहीं है। इस तरह बैठी हैं गुमसुम। छुट्टी का दिन, पिकनिक का प्रोग्राम और आप हैं कि चुप-चाप बैठी सलाइयों पर फंदे बढ़ाये जा रही हैं।" रीता की बड़ी-बड़ी आँखों में शरारत खिलखिला रही थी। रेणु चाह कर भी उससे सहयोग न कर सकी। रीता ने इस बार उसके कंधे झकझोर दिये और हाथों से सलाइयाँ छीन कर अलग रख दीं। कुर्सी सामने खींच कर उस पर बैठती हुई बोली— "कल सुबह आठ बजे यहाँ से चल देना होगा। याद है, भरवें पराठे बनाने का काम तुझे सौंपा गया है?" रेणु ने दोनों हथेलियों में अपना मुँह थाम लिया था और रीता की ओर देखती चुप बैठी रही। रीता खीजने पर आ गई थी— "इस कदर तू चुप क्यों बैठी है? क्या हुआ है तुझे? छुट्टी के दिन भी यह मनहूसियत।"

हल्के से रेणु बोली—"मन ही तो ठहरा। वह छुट्टी का दिन थोड़े ही देखता है। जी अच्छा नहीं है। पिकनिक में नहीं जा पाऊँगी।"

रीता के माथे पर बल पड़ गये—"वाह क्या कहने! पिकनिक नहीं जाऊँगी। अरे तुम नहीं जाओगी तो मजा क्या आयेगा और फिर यह पहले बतलाना था। सब क्या सोचेंगी?"

"तू सबको समझा देना कि मेरी तबियत ठीक नहीं....।"

"लेकिन तू ठीक तो है। ऐसा झूठ मुझसे नहीं बोला जायेगा... समझी। तुझे चलना ही पड़ेगा, यह मैं कहे देती हूँ।"

रीता नहीं ही मानी और हारकर रेणु को तैयारी करनी पड़ी। रीता के साथ ही जाना पड़ा।

तीन-चार लड़कियाँ, नहीं युवतियाँ कहना चाहिये, एक-एक गुट में बैठी जिन्दगी को हँसी-खुशी के साथ जिये जा रही थीं। रेणु के बने लाजवाब

पराठे! "वाह !" शोख सन्ध्या बोली— "इसी एक गुण पर हमारे भावी जीजा जी दीदी पर कुर्बान जायेंगे।" "बैड लक। फिर हमें कहाँ मिलेंगे रेणु के हाथ के बने ये पराठे," रंजना बोली। रेणु इसी गप में बैठी सबका रिमार्क चुपचुप सुन रही थी। और दिन होता तो एक-एक प्रश्न का ऐसा-ऐसा चुना हुआ उत्तर देती कि सारी की सारी लाजवाब हो जातीं। पर आज जाने क्यों उससे कुछ भी बोला नहीं गया। सब हँसी-ठिठोली करती रहीं और वह खीजी सी बैठी रही। जब बैठा नहीं रहा गया तो उठकर एक ओर चल दी। जरा हट कर बहता हुआ निर्मल जल का स्रोत। अजीब-सा शब्द-जाल। मन में वह आये विचारों का अनवरत प्रवाह।

शिरीष! वही है—उसे पहिचानने में वह धोखा नहीं खा सकती। तीन वर्ष का समय ही तो गुजरा है बीच से। समय तो गुजरा है लेकिन स्मृतियों के दायरे से वह अभी भी कहाँ मुक्त हो पाई है। कई-कई बार पप्पा ने उसे समझाने की कोशिश की है—"कितनी पगली है रेणु तू भी। अरे ऐसा सम्बन्ध तो कइयों से चलता है और टूटता है फिर क्या इसे गांठ बांध लेना चाहिए।" "गांठ तो वहीं बांध लेना चाहिये पप्पा पर मुझे जाने क्यों यह सब अच्छा नहीं लगता। मुझे इसमें अपना अपमान महसूस होता है। सम्बन्ध तय करना फिर एकाएक तोड़ देना और वह भी अकारण। विवाह नहीं जिन्दगी से मजाक करने की आदत होती है किसी-किसी की"—कहने को तो रेणु ने पप्पा के सामने यह सब बड़े साहस से कह दिया था पर बाद में पछताई भी बहुत थी। शायद हर बात को तूल देकर सोचते रहने की आदत हो गई है उसकी, तभी तो होनी के आगे झुक कर पप्पा से ही जवाब-सवाल करने लग गई।

संध्या की आवाज उसे बिल्कुल साफ सुनाई पड़ रही थी। बात-बात में चिल्ला कर बोलने की आदत है उसकी। रीता से उलझ पड़ी थी किसी बात पर। जब भी वह रेणु को चुप देखेगी, अप्रिय रिमार्क कसने से नहीं चूकेगी। रीता का यही दोष कि उसे बर्दाश्त नहीं कर पाती। "यह तो अपना पर्सनल मामला होता है। कोई बहुत सुन्दर है बस इसीलिये ऐसा तो नहीं कि उसका विवाह अभी तक हो जाना चाहिए या उसे हर किसी से भी विवाह कर लेना चाहिए।" एक बार रीता ने संध्या को इसी बात पर डांटा भी था। दोनों के बीच कई दिनों तक बोल-चाल भी बन्द रही। "किसी की व्यक्तिगत चीजों को कोई क्यों जानना चाहे।" परसों ही हाफ डे में ये दोनों कॉमन रूप में घुसी

रेणु को लेकर उलझ रही थीं। उस समय भी रेणु चुप थी। जब रीता ही उसका पक्ष ले रही है तब उसे कुछ भी बोलने की क्या आवश्यकता? फिर संध्या भी तो उसकी सहेली है। क्यों उसके कहे का बुरा माने? पर रेणु का अपना भी तो मन जब-तब अतीत को कुरेदता रहता है। सारी सहेलियाँ कहती हैं—तेरा रूप तो सच ही ऐसा है कि सौन्दर्य की सारी परिभाषायें भूली सी लगती हैं। अपने पप्पा के मुंह से भी वह बचपन से यही सुनाती आई है— "बहुत सुन्दर है मेरी बेटी। इसे तो कोई राजकुमार ब्याहने आयेगा।" और हँस कर वे उसे ऊपर उठा कर चूम लेते। शायद अपने पप्पा के मुंह से यह सुनते-सुनते उसकी विचारधारा तरुणांगी हुई और वह मन ही मन सोचने लगी थी कि वह किसी ऐसे-वैसे के साथ विवाह नहीं करेगी। कितने लड़के आये थे अपने नाम के पीछे डिग्रियों की लम्बी पूँछ लिये। कितने लड़के ऐसे भी मिले जो उसके चरणों में अपने पिता की सारी दौलत बिछा देने को आतुर थे और कितने ऐसे भी थे जो मुँह में सिगरेट दबाये उसके सौन्दर्य पर जीवित मरने के लिये लालायित थे। पर उसे कोई भी नहीं भाया। नहीं ही भाया।

एक दिन उसकी मम्मी ने एक फोटो उसकी मेज पर ला रखी थी "लो देख लो, अच्छी तरह सोच-समझ लो। अपने पप्पा को इतना प्यार करती है पर उनके अन्दर झांक कर कभी उनका घायल मन नहीं देखती। कितने बेसब्र हो रहे हैं वे तेरा ब्याह करने को।"

रेणु ने लापरवाही से लिफाफे को परे सरका दिया था। और एक मुक्त हँसी हँस कर बोली थी—"मम्मी सच कहो तो तुम ही मुझे खदेड़ना चाहती हो। पप्पा तो मेरे बिना एक दिन भी न रहने पायें।" रेणु ने देखा था उसकी बात सुनकर मम्मी की कोरें भीग गई थीं। वे कुछ नहीं बोलीं पर उनकी नम आँखें जाने कितना कुछ कह गई थीं। कह रही हों, तू क्या समझेगी अपने पापा-ममी का मन। इसीलिये तो शायद बेटी के जन्म पर अन्तर में खुशी नहीं व्यापती। एक दिन सूना करके छोड़ जायगी, बेटी अपने पापा-ममी का घर। उसकी नजरों के सामने से वे दिन गुजर गये जब वह छोटी थी। वह उसके गोद की बहन, फिर तीसरी, फिर चौथी। अन्दर माँ की जानलेवा चीखें बिखर रही थीं और बाहर वह सहमी-सी अपने पप्पा की गोद में औंधी पड़ी थी। तब वह समझदार हो चली थी। पप्पा के स्नेहिल हाथ उसके बालों में फिर रहे थे जैसे उस पीड़ा से अपने आप को बचा लेना चाहते हों। एकाएक बिखरती

चीखें सिमट गई थीं फिर गहन सन्नाटा। पप्पा ने उसे और भी कस कर चिपटा लिया था। नर्स बाहर आई थी। मुस्करा कर बोली थी—"तुम्हारा एक बहिन आया है बेबी।" पप्पा के चेहरे पर सन्तोष की गहराई झलक आई थी। उन्होंने राहत की सांस लेते हुये रेणु की ओर देखा था और उसे चूम लिया था। मम्मी के मुख पर अपराध का भाव— "इस बार भी लड़की हुई।" पप्पा ठठा कर हँस पड़े थे—"तुम औरतें भी बड़ी अजीब होती हो। औरत होकर भी स्वयं का तिरस्कार करती हो।" पप्पा की एक-एक मुद्रा उसे याद है। एक क्षण भी उसे ऐसा याद नहीं आता जब कभी उसने अपने पप्पा को अनमना देखा हो। हाँ, एकाएक उनके चेहरे पर घिर आई बादलों जैसी उदासी उसे बेचैन कर जाती है। जबसे उसने ब्याह से इन्कार किया है, पप्पा के चेहरे पर हँसी की उजलाहट वह नहीं देख पाती।

विचारों पर बस किसका है। उसी भटकाव में वह जाने कहाँ से कहाँ भटक गई है। मम्मी के दिये उस लिफाफे पर ध्यान गया। उसे खोल कर देखा था और पुनः देखा था। बस पप्पा का मन खुशियों से भर दिया उसने। मम्मी के मन को निहाल कर दिया। पर एकाएक खुशियों का रंग धुंधला गया। दिखते सपने मटिया गये। पप्पा की तरह वह भी प्रारब्ध को नहीं स्वीकार करती, पर अपने में ऐमी शक्ति भी तो नहीं मानती कि अपने भाग्य को चुनौती दे।

घर छोड़ते समय पप्पा का रुआसा मुँह बार-बार उसकी आँखों में आ टिकता है। पप्पा ने क्या-क्या सोचा था। कैसी-कैसी तैयारी कर रखी थी। उसका अपना मन भी तो जाने क्या से क्या हो गया था। वह तो बस अपने को लेकर ही कहीं सुदूर की रूपहली घाटियों में खो गई थी। तिथियों के इन्तजार का एक-एक दिन "विवाह नहीं होगा"—मजाक किया है किसी ने उसके जीवन से। उसने भी निर्णय ले लिया—अब वह भी विवाह नहीं करेगी। उसने तब साफ-साफ देखा था—पप्पा की आँखों के सपने टूट कर भीतर ही भीतर जब्ज हो गये। थे। क्यों दूसरों से हटकर उसने केवल अपने बारे में सोचना चाहा !

नौकरी में वह बहुत दूर चली आई है। ममी-पापा, छोटी बहनें सबसे छूट गई है। पप्पा जब भी उसे पत्र लिखते हैं—अपने मन का दर्द ही समा देते हैं। एक बार जी कड़ा कर के उसने उन्हें लिख दिया था—"पप्पा आप ऐसे पत्र न

लिखा करें। विवाह ही तो एक मात्र जीवन का उद्देश्य नहीं होता है। विवाह ही तो जिन्दगी की सार्थकता नहीं होती। फिर छोटी बहिनें भी तो हैं। एक ने विवाह न भी किया तो क्या?" पोस्ट करने के बाद वह बहुत अशान्त बनी रही। सोचा पप्पा उसे लिखकर मन का दर्द हल्का करना चाहते हैं और वह है कि इतना भी नहीं सह सकती। कितनी कुछ कठोर हो गई है वह इन दिनों।

रीता कब उसके पास आ खड़ी हुई, वह नहीं जान सकी। वह तो तब चौंकी जब उसने रीता के हाथों का दबाव अनुभव किया। "हद हो गई"—वह खीज रही थी—"तू न ही आती तो अच्छा था।" "यही तो मैंने तुझसे कहा था"—रेणु बोली। "वही तो सोचती हूँ—मैं क्या जानूँ तेरा मन कहाँ अटका है?" एकाएक गम्भीरता से छूट कर हँसी बिखर गई—रीता हँस रही थी—"उमर का तकाजा है भई। अपना भी क्या बस।" रेणु कुछ बोली नहीं।

घर आकर भी दूर छूटे अतीत ने उसका पीछा नहीं छोड़ा। बाहर लॉन में कुर्सियों पर बैठे युगल जिनसे वह बार-बार बचना चाहती है। वे बार-बार उसके सामने आते हैं और जलती हुई यादों पर नमक छिड़क जाते हैं। वह किसी से मिलना नहीं चाहती थी। मिसेज जोशी ही उसके पास आई—"सोचा आपसे मित्रता कर लूँ। यों सारे समय आप स्कूल में रहती हैं और मैं घर में। फिर भी छुट्टियों के दिन मजे से गुजरेंगे। आपको डिस्टर्ब तो नहीं किया।" अनचाही हँसी हँस दी रेणु ने—फिर तत्परता की मिठास स्वर में भरकर बोली—"वाह ! इसमें परेशानी क्या? आप न आतीं तो कभी मुझे ही जाना पड़ता आपके पास।" जाते-जाते वे फिर हंसी, प्रारम्भिक मित्रता की हँसी। रेणु ने भी साथ दिया। इसके बाद न तो फिर वे आईं रेणु के पास और न ही रेणु ही जा सकी उनके यहाँ।

हाल ही में उसने सुना था—यह जोशी का प्रेम विवाह है। तभी, ...उसको कड़वाहट भेद गई। शिरीष का प्रेम विवाह। क्या मजाक रहा? वह दूसरों को नहीं स्वीकार सकी और शिरीष ने उसे नहीं स्वीकार किया। एक बार स्वयं तो देखने आते। वह तो उन्हें प्रत्यक्ष देखे बिना ही हार गई।

सांझ के ललछौंही उतरते बादल और फरवरी का नस-नस झिझोड़ देने वाला सुहाता महीना। पर लग रहा है जैसे रक्त जमता जा रहा है, जमता जा

रहा है। मिसेज जोशी को उसने कई-कई बार देखा। खुली-खुली आँखों से देखकर भी ऐसा नहीं लगा कि उन्हें भी कोई चाह सकता है, उनसे भी कोई प्रेम की मनुहार कर सकता है। यदि वाकई सुन्दर होतीं तो वह फिर भूलकर भी पिछले की याद नहीं करती। पर...। मिसेज जोशी को देख कर शिरीष कमरे से बाहर आ गये थे। अन्दर का मोहक रूप बाहर आ गया। साथ के कितने सुघर सपनों से भरा पड़ा है मन। वह अधखुली खिड़की से छिपती हुई उन्हें जी भर कर देख लेना चाहती है। समूचे व्यक्तित्व को निखारती सी भावुकता मानों उसे देखते ही हँस पड़ेंगे। उसके मुँह का स्वाद बेहद कटु लगने लगा है। मिसेज जोशी से वे कुछ कह रहे हैं। क्या कह रहे होंगे... उसके विषय में तो नहीं। चित्र में तो देखा ही होगा। कौन जाने... प्रेम की रस भीनी बातों में उनके लिये कुछ भी इच्छित न रहा हो। जीवन का मधुर मंदिर अहसास। उसे अपने ऊपर कोध आया। क्यों सोचती है इतना? क्या अधिकार है उसे दूसरों के बारे में यह सब सोचने का। पप्पा तो सच कहते थे—ऐसा सम्बन्ध तो अनेकों से चलता है फिर क्या गाँठ बाँध लेनी चाहिये?" गांठ तो नहीं बांध लेनी चाहिये पर वह करे क्या? वह तो खुद सोचना नहीं चाहती पर... हँसती हुई मिसेज जोशी की बेसुरी आवाज रेणु को और अन्दर तक झकझोर गई। सांवला रंग, सामान्य आकृति... हाँ, गहरे मेकअप में अच्छी लगती होंगी—उसने सोचा। अपनी-अपनी तो आँखें हैं, अपना-अपना तो मन है—उसने राहत पाना चाहा। शिरीष उसे ही देख रहे थे। मिमेज जोशी अन्दर चली गई थीं। उसने एक बार फिर से निर्मुक्त होकर उन्हें देखने की कोशिश की। अभी भी शिरीष की निगाहें उस पर ही थीं। उसे अपनी गलती का एहसास हुआ और फौरन वहाँ से हट गई।

वह बहुत दिनों से पप्पा के पत्रों का जवाब भी नहीं दे पाई है। स्कूल का काम तो ऐसा कुछ भी नहीं होता। मिसेज सिंह कुछ अधिक उदार हैं उस पर। इसीलिये बहुत सारी झंझटों से वह बची रहती है। अकेली है। स्कूल से लौटते हुये ही मन असंतुलित होने लगता है। रीता भी जब तब यही कहती है। कभी-कभी तो इतने लाड़ में आ जाती है कि उसे टालने का मन नहीं होता। पर तुरन्त सोचती है, कहकर क्या अपनी हार को जीत पायेगी? किसी की सहानुभूति क्या वह सह सकेगी? शनिवार को स्कूल से लौटकर सबसे पहला काम उसने सोचा था कि पप्पा को पत्र लिखेगी। एक पत्र में पप्पा ने लिखा था—कुछ दिनों से उनकी तबियत ठीक नहीं रहती। लेखा की भी जिद है कि

पढ़ाई छोड़ कर वह नौकरी कर ले। विभा और वोणा तो अल्हड़ हैं। यह पहली बार था जब पप्पा ने उसके सामने अपनी भी कुछ समस्या कही थी। अन्यथा वे रेणु को लेकर ही अपने कर्तव्यों की इतिश्री करते थे। रेणु के पूछने में और अपने कुशल समाचार देकर ही वे संतुष्ट हो जाया करते थे। पारिवारिक समस्या को महत्व देते तो उसने कभी पप्पा को देखा ही नहीं। "रेण ने बी०ए० कर लिया।" मम्मी खीजती है—"वह कोई काम कर ले। दूसरी बहनों को भी तो पढ़ाना है।" पप्पा हँसते हैं—"तुम चिन्ता मत करो। लड़का होता तो क्या और आगे नहीं पढ़ातीं?" ममी निरुत्तर होती। पप्पा कहते—"मैं कमा कर तुम्हें दूँ। तुम समझ-बूझकर खर्च करो। बस।" और इस "बस' में प्रिय-अप्रिय सब कुछ तिरोहित हो जाता। इतनी दूर आकर वह पप्पा को पूरा-पूरा सहयोग कहाँ दे पा रही है। उसे एक झटका सा लगता है। लेखा की पढ़ाई छूट जाये? वह अभी से जिम्मेदारी महसूस करने लगे। ऐसा कैसे? उसकी दीदी के होते हुये वह असमय जिम्मेदार बन जाये! नहीं। वह तो निरी अबोध है। पप्पा पर भी वह बोझ नहीं पड़ने देगी। उसने हाथ में पेन लिया ही था कि मिमेज जोशी ने अन्दर कदम रखे। शिरीष की पत्नी !... जाने क्या-क्या कह रही थीं वे। रेणु का मन कहीं फिर भटक गया था। रेणु को मौन देख कर उनका साहस शायद बढ़ गया था—मुस्करा कर कह उठीं—"आपने तो बताया नहीं कि आप शिरीष जी को जानती हैं। यह इन्होंने मुझे बताया कि इनसे आपका विवाह होने जा रहा था।" उनके अधरों की मुस्कराहट और भी फैल गई— "अब पछताते हैं ये। कहते हैं इतनी सुन्दर..." चुपचुप सुनती रेणु एकाएक जैसे बौखला गई—"नहीं, गलत कहा है आपसे। मैं तो ऐसा कुछ भी नहीं जानती। कई लड़कियों के चेहरे भी तो एक से हो सकते हैं। उन्हें गलतफहमी हुई है।" रेणु इतना सा कहकर बुरी तरह थक गई। उसने मिसेज जोशी का वैसा ही स्वर सुना जैसे उस स्वर में बहुत कुछ है... व्यंग, हंसी और जीत का मिला-जुला भाव। "क्या आप बंगलौर के प्रफुल्ल कुमार की लड़की नहीं?" एक करारा चांटा सा पड़ा हो जैसे रेणु के मुख पर। "इससे क्या? ऐसे नामधारी भी क्या अनेक नहीं होते।" रेणु को अपनी उत्तेजना का अहसास हुआ तो स्नेह से मिसेज जोशी का हाथ दबा कर बोली—"छोड़िये भी इन बातों को। आप मेरी बधाई लें। सा भाग्य तो आप जैसा नहीं होता।"

अन्दर के उफनते भावों का फैलाव और बाहर फैलता फरवरी का खुशनुमा महीना। ऐसे में भी जैसे अधाधुंध चलती वायु के झोंकों ने दबोच लिया है उसे। मन्द-मन्द चलती मंदिर बयार नहीं, तेज चलता वायु का एक अंधड़। अब सब उसके स्वभाव की आलोचना करती है रीता, सन्ध्या, सभी कोई। "तू कुछ दिनों के लिये घर हो आ। तेरा मन यहाँ रहकर ऊब चला है। वह भी सोचती है कुछ दिनों के लिये घर हो आये। तबियत बहल जायेगी। नहीं, फिर वह यहाँ आयेगी नहीं। वहीं पप्पा के पास रहेगी। उसने अपने पप्पा को अनगिनती प्रश्नों में उल्झा छोड़ दिया है। शिरीष की उठती आँखें, मिसेज जोशी के पुरजोर मजाक, सब कुछ भुला देगी। पप्पा के वे शब्द— "उलझी हुई गांठ को सुलझाना चाहिये बेटी अन्यथा वह और कसती जाती है।" उसने कंधे पर पल्ला ठीक किया। पैरों में चप्पलें डाल रीता के घर जाने के लिये बाहर निकली। रीता से मिलने वह अब नहीं रुकेगी।

# सन्नाटा

मोना चली गई तो मंदा यूँ ही राजू को गोद में लिये बहुत देर तक दरवाजे पर खड़ी रह गई। उसने एक बड़ी हल्की सांस ली। लगा जैसे सामने से वर्षों का छाया घना कुहरा छंट गया हो और सूरज की किरणों की हल्की-हल्की बिखरन से वातावरण एक ताजगी से भर गया हो। राजू को वहीं सीढ़ियों के पास बैठाकर वह भी कुर्सी खींचकर बैठ गई बड़े इत्मीनान से और निगाहों के पंछी उड़ने लगे इधर-उधर, उन्मुक्त बिल्कुल उसके हल्के हो आये मन की तरह। बड़ी देर तक बाहर की संजीवनी से भरकर वह भीतर आई। उसने एक-एक कमरे का निरीक्षण किया। लगा जैसे पहली बार वह इस घर में आई है और घर में रखी एक-एक चीजों से वह परिचित हो लेना चाहती है। मेज पर उसकी निगाहें गई तो एक क्षण के लिये वह वहाँ रुक गई। मोना की पुस्तकें अभी भी मेज पर सजी हुई थीं और कोने में रखी हुई थी जापानी डोलती-सी गुड़िया। सामने की आलमारी के शीशे से झलकती हुई उसकी पसन्द की चीजें अभी भी उसकी उपस्थिति का एहसास करा रही थीं। मंदा का हल्का हो आया मन फिर कुंठित हो गया। मोना चली गई पर उसके अस्तित्व की छाप अभी भी सारे घर में है। नहीं, उसने सोचा, अब उसे नये सिरे से सब कुछ जमाना होगा। पप्पू, रानी को स्कूल भेजकर वह दोपहर में राजू को सुला दिया करेगी और अपना सारा समय घर की व्यवस्था को देगी। ये तो समझते हैं जैसे मैं बिल्कुल घर को चला ही नहीं सकती। हमेशा सुनते-सुनते कान पक गये कि तुम तो अपने बच्चों को ही ठीक रख सको तो बहुत है। एक जिम्मेदार गृहणी से सुन्दर घर की व्यवस्था भले ही मोना करती रही हो पर घर और परिवार की जितनी चिन्ता पत्नी को होती है, उतनी किसी को क्या होगी? पप्पू और रानी झगड़ पड़े थे। दोनों को चुप कराती जब वह थक गई तो खीज कर दोनों को कस कर दो तमाचे जड़ दिये। "बस अभी से! अभी तो मोना को गये एक घंटा भी नहीं हुआ है। इसी सहनशीलता और शक्ति पर गृह-संचालन का भार उठाने के लिये कहती थीं?" मंदा ने सामने खड़े पति की ओर देखा तो तिलमिला गई। कितनी जल्दी उत्तेजित हो उठी,

वह मन ही मन पछताई। यदि ऐसी ही असहनशील हो उठेगी तो इन्हें बहुत कुछ सोचने का मौका मिलेगा। प्रकट में उसने कुछ नहीं कहा पर मन में एक निर्णय विचारा हो जैसे बच्चों को वहीं छोड़कर वह चौके में चल दी। वहीं से बोली—"कहीं जाना तो नहीं है, मैं चाय बना रही हूँ।" और पति का उत्तर सुनकर उसका पहले दिन का उल्लास अभी तक के दबे-बुझे मन की सीमा में फिर समाप्त हो गया। "रहने दो, मैं स्टेशन पर पीकर आया हूँ।" सुनकर उसका मन रोने-रोने को हो आया। कितनी कमजोर है वह। मन की यही भावुकता जब कभी इतनी अवश हो उठती है तब लाख कोशिशों के बावजूद भी वह हारती ही चली जाती है अपने आप से ही। उल्लास का जो क्षण अभी-अभी उसके मन में व्यापा था, उसे सब कुछ सह कर जिलाये रखना है, नहीं तो उसके ये आँसू उसकी जिन्दगी को भी पानी बना कर छोड़ देंगे। मन को समझा कर वह पति की कुर्सी के पीछे जा खड़ी हुई—"मैं अभी तक तुम्हारे लिये बैठी थी। मैंने चाय नहीं पी, मेरे साथ फिर पियेंगे?" "तुम पी लो, कह तो दिया मैंने, मैं पी चुका हूँ।" इस बार उसने पति के चेहरे की ओर देखा और उनके मुख पर का निर्जीव भाव लिये वह अपने कमरे में लौट आई। दोनों बच्चे सो गये थे। राजू को थपकी देते-देते मन का अवसाद उससे सँभाला नहीं गया, रोना आ गया। ऐसे अवसरों पर ही उसे अपनी जिन्दगी से शिकायत होने लगती है और जिन्दगी से छुटकारे की बात जब मन में आती है तो तीनों बच्चों के चेहरे उसके सामने आ जाते हैं। सच पूछा जाय तो वैवाहिक जीवन के इन छह वर्षों में उसने कुछ ऐसा नहीं पाया है जिसकी याद उसके मन में गुदगुदी मचा दे। बस जब वह ब्याह कर आई थी, तभी कुछ माह जीवन की उद्दाम लहरों पर अठखेलियाँ करते मन के भीतरी सतह पर उसने देवेश का पूर्ण समर्पण पाया था। समर्पण उसका रहा हो या देवेश का, बात एक है और उसके बाद क्रम से हर दूसरे वर्ष बच्चों के आगमन ने देवेश में उसके प्रति एक तीखी विरक्ति भर दी। वह बच्चों में खोई रही और उसके सम्पूर्ण अधिकारों की स्वामिनी मोना बना दी गई। कैसे यह सब हो गया—आज भी सोचती है तो अपना ही मन उलझता है। पप्पू के जन्म के समय देवेश ने कहा था—"कुछ दिनों के लिये मोना को यहीं बुला लें तो कैसा रहे?" और वह जा कर उसे ले आये। मोना ने बड़ी कुशलता से एक-एक गृह कार्य संभाल लिये पर उसने देवेश को सँभालने की जिम्मेदारी क्यों ली? क्या यह बहन के मान को तोड़ने का कारण नहीं बनता? माँ ने मोना को बुलाने

के लिये लिखा तो देवेश ने यहीं पढ़ाने की बात लिखकर माँ को मना लिया था। यहाँ कॉलेज की लायब्रेरी बहुत अच्छी है। यहाँ का स्टॉफ बहुत अच्छा है। यहाँ रह कर मोना अच्छी डिवीजन ले लेगी। माँ मान गई थीं। यों वह मोना को कहीं रखने के लिये कभी भी तैयार नहीं होती थीं। जवान लड़की है। बहुत बड़ी जिम्मेदारी की बात है उसे कहीं रखना। जमाना भी तो कितना खराब है। मंदा को आराम मिल जायगा उन्होंने सोचा और इस ओर से निश्चिन्त हो गईं। मोना कॉलेज जाने लगी। देवेश उसकी पढ़ाई का ध्यान कम रखते। उसके वस्त्राभूषणों की चिन्ता उन्हें अधिक रहती। बहन को खुश पाकर मंदा खुश होती पर ये मोना कुछ लेने के लिये, अपनी रुचियाँ उससे क्यों नहीं कहती? मंदा की इच्छा होती वह मोना से कहे कि जब भी कुछ जरूरत हो मुझसे कह दिया कर लेकिन ये मोना तो उसकी उपस्थिति भी अनुभव नहीं करती। बाम्बे से देवेश एक सुन्दर साड़ी लाये थे। मंदा को वह बहुत अच्छी लगी। पति से रात में ही वह पूछ बैठी—"मेरे लिये लाये हैं न, मैं बहुत दिनों से ऐसी ही साड़ी लाने के लिये आपसे कहना चाहती थी।" और उसने साड़ी खोल कर उसका एक पल्ला अपने कन्धे पर डाल कर देवेश की ओर ताका था—"बतलाइये तो कैसी लगती है मुझे?" देवेश ने उसके शब्दों पर ध्यान न देते हुये कहा—"तुम क्या करोगी? तुम्हें तो कहीं जाना नहीं है। यह मोना ने मंगवाई थी।" उस दिन मंदा को अपनी यह उपेक्षा बुरी तरह खल गई थी। अरे यदि मोना उससे कहती कि जीजी यह साड़ी तो मैं लूँगी, मुझे पसन्द है, तो क्या मैं नहीं देती? शाम को वही साड़ी पहिने मोना देवेश के साथ पिक्चर जाने के लिये बाहर निकली तो पप्पू मंदा की साड़ी पकड़ कर खींचने लगा—"मम्मी तुम भी चलो न, तुम क्यों नहीं चलतीं?" मंदा की आँखें हजार-हजार प्रश्न लिये पति की आँखों से टकराई। देवेश ने उन्हीं प्रश्नों के उत्तर में कहा—"बच्चों के साथ पिक्चर देखना तो उसके लिये घर ही क्या बुरा है।" "क्यों! मेरा क्या देखने का मन नहीं करता?" मंदा दूसरे दिन भी यह बात नहीं भूल सकी थी। देवेश ने आराम करते हुए कहा—"तो बच्चों को कौन सँभालेगा? अभी भी तुम्हारा पिक्चर देखने का शौक बना हुआ है।" देवेश की मुस्कराहट ने मन्दा को चुप रहने के लिये बाध्य कर दिया। जब भी कोई कठोर, कड़वी बात मुंह से निकलने को होती है, मन्दा चुप रह जाती है पर एक धुन्ध मन में भरता रहता है। अधिक बोलना उसे कभी अच्छा नहीं लगता, इसी लिये चुप-चुप रह कर उसने परिस्थितियों की गम्भीरता को

सहना सीख लिया है पर मन की भावनाओं को वह कभी नहीं जीत पाती। बात जरा सी भी रहे तब भी बादलों की घनघोर घटाओं सी विचार धारायें उठ-उठ कर उसे गहरे अंधेरे में भटकाती रहेंगी। बचना चाहकर भी तब उनसे वह बच नहीं पाती। जब तक मोना और देवेश घर में होते हैं, वह अपने को बिल्कुल अवश सा पाती है, बिल्कुल निराधार और असहाय, जैसे इस घर की मालकिन मोना हो और वह अपने बच्चों के साथ कुछ दिनों के लिये उसके यहाँ रहने आ गई हो। घर में फर्नीचर लाने की बात जाने कितने बार वह पति से कह चुकी थी पर परसों मोना के कहने मात्र से घर में सोफा सेट आ गया था और उस दिन छुट्टी थी तो उन दोनों का सारा समय पर्दे की खरीददारी में बीता। सुबह के निकले-निकले वे एक बजे लौट पाये। वह खाना लिये उनकी बाट देखती बैठी रही। वहाँ से आकर भी वे ड्राइंग रूम को नया रूप देने में लग गये थे। एक बार उसने देवेश से अपनी रुचि की बात कही थी—"लाल रंग के पर्दों से वातावरण में उत्तेजना का एहसास होता है, नीला रंग आँखों को भाता है। इस बार हम नीले रंग के पर्दे लेंगे।" तब देवेश ने बुरी तरह झिड़क दिया था—"तुम तो अपनी भावनाओं के अनुरूप ही रंगों का चुनाव करोगी। बहुत शुष्क हो तुम, बहुत ही कोल्ड।" तभी से उसने कुछ भी कहना छोड़ दिया और आज देख रही है कि कमरे में नीले पर्दे लगाये जा रहे हैं। मोना को नीला रंग विशेष प्रिय है। राजू को गोद में लिये लिये वह सारी व्यवस्था देखती रही और सोचती रही कुछ-कुछ। जब वे छोटी थी तो सदा एक से ही कपड़े पहनती थीं। दोनों को एक-सी चीजों में रचि रखते देखकर भारती अंटी अक्सर कहा करती—"माथुर साहब आपकी मन्दा और मोना बिल्कुल ट्वीन लगती हैं। अलग से देखा जाये तो आँखों को धोखा हो जाये। हाँ, एक भिन्नता ने दोनों के बीच एक चौड़ी विपरीतता डाली है। मोना वाचाल बहुत है तो मन्दा अल्पभाषिणी है।" मोना मन्दा की अपनी बहिन नहीं थी फिर भी इतनी अनुरूपता? मन्दा कभी स्वयं ही विचारती। अब तो कभी-कभी मोना को देखकर उसे ऐसा लगने लगता है कि एक छोर पर वह है और दूसरे छोर पर मोना। उसका अपना सारा व्यक्तित्व, सारी सहजता बच्चों और नारी की विवशताओं में विच्छिन्न होकर बिखर गया है जब कि मोना एक अनछुये फूल की गंध सी चारों ओर अपनी जीवन्तता फैलाती फिरती है। वह जब कभी मोना को खिलखिलाते देखती है तो उसमें अपना अक्श उभरा दिखाई देने लगता है पर ये देवेश तो सदैव उसे यह भान

कराते रहते हैं कि तुम दोनों को बहन कहना झूठा सा लगता है, कहाँ मोना और कहाँ तुम? मोना घर का सारा काम देखती है। उसके बिना सारी व्यवस्था विच्छिन्न हो जाती है। आज क्या बनेगा, उसकी भी चिन्ता वही रखेगी। देवेश की हर इच्छाओं का ध्यान उसे है। वह देवेश के किसी काम में जब भी रुचि दिखाती है तो देवेश तुरन्त टोक देते हैं—"रहने दो, रहने दो, तुमसे होने से रहा, मोना कर देगी" और उसके उठे हाथ रुक जाते हैं। एक दिन देवेश को कहते उसने सुना था—"तुम्हारे साथ जिन्दगी बिताना तो सामान्य लोगों के बस का नहीं है, वह तो मैं ही हैं जो निभाये जा रहा हूँ। न आज तक तुम मेरी रुचियाँ जान पाई हो न मेरी इच्छाओं का तुम्हारे सामने कोई महत्व है।" जब भी वह कोई काम करती है तो देवेश को कभी क्यों नहीं भाता? मोना का हर एक कार्य उन्हें प्रशंसित कर देता है, कई बार मन्दा अकेली बैठ कर सोचती रही है। अब तो वे मोना के सामने ही कह देते हैं— "तुम दोनों बहनों में कितना अन्तर है, तुमसे भी वह कुछ नहीं सीखतीं।" मन्दा उस समय अपने आँसुओं को छिपाने के लिये वहाँ से उठ जाती है।

छुट्टियाँ निकट आने पर उसने पहली बार पति का विरोध किया—"माँ का बहुत पहले भी पत्र आ चुका है, मोना के बारे में उन्होंने पूछा था। मोना वहीं पढ़े तो अच्छा। माँ को अकेला रहना पड़ता है न!" "मोना चली जायगी तो घर की, बच्चों की देखभाल कौन करेगा! तुमसे तो कुछ भी नहीं चलेगा।" "तो क्या तुमने घर चलाने के लिये ही उसे रख छोड़ा है"— कह कर मन्दा ने होंठ काट लिये, यह क्या कह गई है। इस बीच माँ का पत्र आया और मोना चली गई।

मन्दा ने सोचा था शायद मोना एक दीवार थी—उसके और देवेश के बीच। बीच की यह दीवार हट जाये तो देवेश और उसके मन की दूरी भी मिट जाये। पर गलत सोचा उसने। मन की दूरी के लिये बाह्य उपादानों का व्यवधान महत्वपूर्ण नहीं होता। रोज वह सारा काम समय पर करती और देवेश से वर्षों की भूली-बिसरी बातों की चर्चा करने की सोचती-सोचती उसकी प्रतीक्षारत आँखें मुंदने लगती। काफी रात हुये दरवाजा खटखटाने को आवाज होती और वह उठकर चुपचाप खोल देती। ठंडा भोजन समाप्त होते पाँच मिनट भी नहीं बीतते, देवेश अपने बिस्तर पर जा पहुँचते। फिर भोजन करते ऊपरी चीजें रखते-ढंकते उसे कुछ समय लग जाता। जब वह

सोने पहुंचती तो देवेश सो चुके होते। रोज का यही क्रम रहता। काम केवल काम। जाने कहाँ का इतना काम देवेश के सिर पर आ पड़ा था कि वे घर पर इत्मीनान के कुछ क्षण भी अपनी पत्नी और बच्चों को नहीं दे पाते। लेकिन सब जानती हुई भी मन्दा कुछ नहीं कहना चाहती। रानी का बढ़ता ज्वर, घर में छाया रहने वाला सन्नाटा और सारे सारे दिन देवेश का बाहर रहना, उसका सारा धैर्य चुका जा रहा लगता है। रानी के तप रहे मुख को निहारते वह सोचती है—"मोना होती तो घर की चहल-पहल में वह इस बार अपनी सारी उपेक्षा अनदेखा कर देती। बहन से उसे ईर्ष्या नहीं है, बिल्कुल ही नहीं है पर देवेश उसे पत्नी का मान-सम्मान, प्यार-दुलार कुछ भी क्यों नहीं देते? क्यो जान-बूझ कर उसे जलाते हैं?" सुबह डॉक्टर को बुलाने के लिये उसने कहा तो कितने पत्थर दिल से देवेश ने कहा था—"तुम्हें अब पता चला होगा मोना का महत्व? उसे गये अधिक दिन भी नहीं हुये, तुमसे अपने भी बच्चे नहीं सँभाले गये। अब डॉक्टर को बुला दो, यह कर दो, वह कर दो।" देवेश चले गये और वह धरती में गड़ी सी खड़ी रही। डॉक्टर आया और रानी अच्छी होने लगी। पर इन कुछ दिनों में सारा घर भांय-भांय कर उठा था, किसी उजाड़, उपेक्षित खंडहर की तरह। राजू और पप्पू के मलिन, बुझे-बुझे से चेहरे। नहीं, उसने निश्चय कर लिया। यों वह किसी से हारेगी नहीं। मोना आयेगी और जरूर आयेगी। मन की कोमलता भूलकर उसे दृढ़ता अपनानी होगी ताकि बाह्य का यह मनहूस सन्नाटा उसके भीतर कहीं कुछ भय और अशान्ति का बोझ न डाल सके। मोना के सामने ही वह देवेश को अपनी सीमा का बोध करायेगी और फिर वह सारे घर में अपनी उपस्थिति का अहसास भरती रहेगी। तब मोना के मन में न किसी अनिश्चय की दुर्बलता ही होगी और न देवेश के कदमों में लड़खड़ाहट। मोना के आने के पूर्व ही वह अपने घर को अपनी रुचियों के अनुकूल नया रूप देकर उसे चमत्कृत कर देगी। आत्म विश्वास से भरी-पूरी वह रानी को बिस्तर पर लिटा कर उठ खड़ी हुई। खिड़की से छन-छन कर आने वाली सूरज की उजियाली रोशनी में उसका मन जैसे चेतन हो उठा और वह गुनगुनाती हुई घर के कामों में लग गई।

# जख्म

अर्थी उठे अभी कुछ दिन ही नहीं बीत पाये हैं। समय थम गया है, अतीत का सारा का सारा दुख-सुख लिये। कहते हैं टीसते जख्मों पर मलहम लगाने का समय ही एक मात्र साधन होता है। समय बीतता जायेगा और मन में लगे जख्म भी सूखते जायेंगे। बस साथ रह जायेंगे -जख्म पुराने के फलस्वरूप सारी आयु, सारे जीवन पर लगे गहरे चिन्ह। चिन्हों का अहसास यदा-कदा स्मृतियों को ताजा कर जाया करेंगे और उनको भोगते कभी-कभी सूनी, अंधेरी रातों की भयंकरता को जीतने का सफल-असफल प्रयास करती रहेगी मन की दृढ़ता। कौन जाने रेवती के साथ कैसा हो पर अभी तो उसकी आँखों के आँसू थम-थम कर गिरते हैं और सहानुभूति दर्शाने वाले के सम्मुख दहाड़े मार-मार कर चीखती वेदना के साथ अनवरत बरसते चलते हैं। पन्द्रह वर्षों का साहचर्य कम नहीं होता। रेवती उन क्षणों की यादों को सह पायेगी भी या नहीं, वह स्वयं नहीं जानती। वीणा दीदी आती हैं, जबरन मुँह में दो-चार कौर डाल जाती हैं और समझा जाती हैं—"दुख को याद करने का समय नहीं है रेवती। जीना और मरना... न जीने पर किसी का वश है और न मरने पर। सब कुछ को भूलकर अब तुम्हें आगे की सोचना है। चढ़ती उमर तुम्हें अपने बल पर पार लगानी है। आगे की सोचो - आगे की।" जब-जब वीणा दीदी ऐसा कहती हैं रेवती की आँखों के आंसू थमने का नाम नहीं लेते पर अकेला घर जब भायँ-भायँ कर उसे काटने दौड़ता है तो उसकी फूली-फूली आँखों में एक अनजाना भय समा जाता है। भय-शाने वाले दिनों को गुजारने का। चढ़ती आयु को भोगने का भय और वहीं एक ब-एक उसके मन का ताजा जख्म बुरी तरह टीस मार जाता है। जख्म इस बिछोह का, उस निर्मोही के पत्थर दिल का, जिसके आर-पार उसे कोई गन्तव्य नजर नहीं आ रहा।

कुछ ही दिन गुजरे हैं। रात की स्तब्धता से भयभीत वह उठकर बैठ गई थी। बराण्डे से आती आवाजों को पहिचानने की कोशिश करती, वह बन्द दरवाजे से सटकर सांस रोके खड़ी हो गई थी। रोज कोई न कोई आता, उसे समझाने-बुझाने के साथ-साथ व्यवहारिकता की सीख दे जाता—आयु की

याद दिला जाता।" जमीन-जायदाद छिपा कर नहीं रखी जाती पर और चीजें तो सँभाली जा सकती हैं।" "ऐसा भी कहीं होता है"—रेवती ने यह सब कभी सोचना ही नहीं चाहा और अब उसका देवर अपनी माँ के साथ उसके दरवाजे पर आया तो उसे साँप सूँघ गया।

पन्द्रह वर्षों में देवर के रूप में आये इस व्यक्ति को उसने केवल एक बार देखा था बस-केवल एक बार, अब तक कहाँ था यह? कहाँ चली गई थी माँ की ममता जो अन्तिम साँस छोड़ते अपने बेटे को देखने तक न आ सकी। पर आती कैसे? पीछे के कमरे में वे टिक गये थे। न उनके रुकने रहने की उसने कोई व्यवस्था की और न इस सम्बन्ध में उन्होंने ही उसकी अपेक्षा की। ये सारे समय कमरे में रहते और रेवती दाना-पानी भूल, सांस रोके दीवालों पर कान दिये रहती। कुछ दिन और इसी तरह अबोले अपनी-अपनी उलझनों की गांठ खोलने में सरकते गये थे। माँ अधिक दिन नहीं रुकी थीं पर जाते-जाते उसके कानों को गर्म सलाखों से दागती गई थीं—"तू अभी तक जैसे बड़े के साथ रही है, उसी तरह छोटे के साथ बस जा। अकेली है, बाहर कहाँ जायगी। बेकार को झंझट उठ खड़ी होगी।" रेवती ने अम्मा की ओर बड़ी अजीब तरह से देखा था। क्या इस औरत में औरत का दिल नहीं है या औरत के दिल को झुठला रही हैं ये। पर प्रकट में वह कुछ नहीं बोली। पैर छूने समय फिर आंसू बह आये थे उसकी आँखों में। अब रात को वह चौकन्नी रहकर सावधानी से भीतर की साँकल लगा लेती है। आदमी के मन का क्या भरोसा? और फिर जाते-जाते अम्मा जो चोट उस पर कर गई हैं, वे हथौड़े की तरह उसके दिल-दिमाग पर अनवरत पड़ रही हैं।

कैसा था वह जिसके नाम की वह जीवन भर चूड़ियाँ पहने रही! तिल-तिल कर जलती रही है उसके सुख के लिये, उसके संतोष के लिये। शायद इसी दिन के लिये। लाल जी सामने पड़ता है तो वह जमीन में गड़ने लगती है। दो शब्द सुनने का भी मन नहीं करता। झुकी-झुकी नजरों में भी उसे लाल जी की लोलुप आँखें अपने ऊपर गड़ती दिखाई देती हैं। वह चुपके से खाना परोस कर खिला देती है फिर सामने नहीं आती।

"भाभी..." पलंग पर लेटी हुई रेवती हड़बड़ाकर उठ खड़ी होती है। "लाल जी आप...!" "भाभी, लगता है तुम्हें मेरा आना अच्छा नहीं लगा। न कुछ बोलती हो न कुछ बताती हो। भैया के न रहने की खबर भी इतनी देर

से मिली... फिर भी तुम अकेली हो। औरत जात का अकेला दुख, क्यों उठाती हो, अब तो मैं आ गया हूँ।"

लाल जी..." रेवती का स्वर काँप जाता है—"मैं ठीक हूँ। उनका दिया हुआ सुख भोगा है। उनका दिया हुआ दुख भी भोग लूँगी। आप चिन्ता न करें। अपने कमरे में जायें।" लाल जी एक बार रेवती को टटोलती निगाहों से देखकर वापस लौट जाता है—"अपने को अकेली मत समझना रेवती"—वह जाते-जाते कहता है।

रेवती की आँखों की नींद गायब हो जाती है। आशंका का जहरीला सर्प फन फैलाये उसे चारों ओर दिखने लगता है। "रेवती... रेवती...!" रेवती तेजी से उठकर सावधानी से दरवाजे पर सांकल चढ़ा कर लौटती है और कटे वृक्ष-सी पलंग पर गिर जाती है—बस अब और क्या सुनेगी वह। सुनने को रह ही क्या गया है। 'रेवती' कहा है लाल जी ने। एक झटके से भाभी का नाता तोड़ दिया है उसने!... और वे.....

आँसू की बूंदों के साथ स्मृतियों के छोटे-छोटे टुकड़े बहने लगे हैं। उन्हीं टुकड़ों में धुंधले से चित्र झलकने लग गये हैं। रानू के ब्याह में आये बरातियों में अकेला-अकेला अपने आप में खोया एक प्रौढ़ पुरुष। वह रानू को थामे-थामे मण्डप से कमरे में लौट रही थी कि साड़ी का छोर खिंच गया था। दो तेज रोबीली आँखें हँस दी थीं और वह खीजकर लजा गई थी। जब-जब वह उत्सुकतावश उधर देखती, वे आँखें हजार-हजार आँखें बन उसकी सारी देह में चुभने लगतीं।

"सुनो...!" सुनकर उसे ठोकर लग गई थी।

"इतना घबड़ाती क्यों हो?" वह लाज से सिकुड़ गई थी।

"मेरे साथ चलोगी।" छिः छिः ऐसा प्रस्ताव! वह सिर से पैर तक कांप गई थी और सिर पर पैर रखकर भागी थी। रात बड़ी बेरहमी से सताने लगी थी। खिड़कियों, कोनों-कोनों, सब ओर उसकी निगाहें भटकती हैं। कहीं कुछ नहीं है, कोई नहीं है पास पर लगता है वे दो आँखें, हँसती, रोबीली दो आँखें, उसे बाँध रही हैं। वह सिर पर पैर रखकर भाग रही है—भागती जा रही है—पर भाग कहाँ पाई वह। एक बार बंधकर फिर कभी वह भाग नहीं पाई। भागने को सोच ही कहाँ पाई।

तुम क्यों मिले थे उस दिन? क्यों छेड़ा था तुमने मुझे? क्यों अपने साथ ले आये थे मुझे? इसी दिन के लिये? रोट-रोते उसकी आँखें लग गई।

थप थप... भयानक सपना देखते-देखते उसकी चीख निकल गई। "रेवती, रेवती..." फुसफुसाता स्वर। स्वर में भरी भावनाओं की उद्दाम लालसा। "दरवाजा खोलो, मुझे तुमसे कुछ बातें करनी हैं।"

रेवती की छाती धड़कने लगती है। साँसें भारी हो जाती हैं। "रेवती दरवाजा खोलो तो जरा।" रेवती उठकर बैठ जाती है। घड़ी पर अचानक नजरें घूमती हैं- एक बजा है। "अभी इस समय। जो बात करनी हो सुबह सुन लूँगी। अब ऐसी कोई जरूरी बात मेरे लिए नहीं रह गई है जो इस तरह रात में सुनी जा सके।" रेवती इतना कहकर बुरी तरह थक गई थी। उसने डरते हुये एक बार बन्द दरवाजों की ओर देखा और फिर लिहाफ में दुबक गई।

थप... थप... थप। फिर मौन। गहराता सन्नाटा। नींद उचटी तो स्मृतियों के टुकड़े फिर सामने आ पड़े—"घबड़ाना नहीं रेवती! मैं तुम्हें जीवन भर सहारा दूंगा। बिना घरनी के कैसा घर और क्या सुख। तुम रहोगी तो मेरा घर बस जायगा।" "लेकिन तुम्हारे घर वाले?" "घर वालों की क्या? उनके पास जमीन-जायदाद की क्या कमी है। भाई है जो बाल-बच्चे वाला है। माँ बूढ़ी हैं। उसी के पास रहती हैं। मैं स्वतन्त्र हूँ। मेरा अधूरा जीवन और तुम्हारा अधूरा जीवन दोनों मिलकर एक हो जायें तो एक जिन्दगी पूर्ण हो जायगी।"

और आज रेवती को फिर अपने अधूरे जीवन की कड़वाहट भीतर ही भीतर काट गई। उसकी जिन्दगी में वह कुछ इस तरह से खोई कि कभी याद ही नहीं रहा कि वह उसकी विवाहिता नहीं है। उसकी कानूनी हिस्सेदार नहीं है। अपने स्वार्थ की बात सोचती भी क्यों? क्या नहीं मिला उसे? क्या पाना शेष रहा है उसे। लेकिन उसने भी कहाँ कुछ कमी की है। उसकी रीती जिन्दगी को अपने प्यार, अपनी सेवाओं से भरती रही है बराबर। उसके एक-एक इशारे पर कई-कई बार जियी है और कई-कई बार मरी है। "रेवती !" "हूँ" "जाने क्यों तबियत बेचैन सी हो रही है। शायद काम से थक गया हूँ बहुत। नींद भी नहीं आ रही है।" सोई हुई रेवती के मस्तिष्क में कही हुई ध्वनियाँ आ टकराती हैं। आँखें मलकर वह सिरहाने बैठ जाती है। "इतना काम मत किया करें। पहले जैसी सेहत भी तो नहीं रही। कितने कमजोर

दिखने लगे हैं।" हल्के-हल्के अंगुलियों की सहलाहट बालों में फिरती रहती है। कण्ठ से निसृत गुनगुनाहट की हल्की-हल्की लहरियाँ कमरे की नीरवता को भंग करती मीठी पुलक जगा जाती हैं। नींद भारी होती है तो सिर को झटका लगता है। बालों में फिरती अँगुलियाँ थम जाती हैं और फिर वह सुनती है—"रेवती तुम्हें नींद आ रही है न।" "नहीं तो।" वह चौकन्नी हो उठती है- इस बार उसकी गुनगुनाहट मीठा सा गीत बन जाती है। नींद के ऊपर सपनों से भरी रेशमी चादर डाल वह धीमे से पास ही लेट जाती है। कानों में घन्टे की आवाज पड़ती है- टन टन। दो बजे हैं।

अब वह लालजी से बेतरह डरने लगी है। सामने भी नहीं जाती। इधर-उधर की सुनी खबरें सच होने लगी हैं क्योंकि साँझ को जब वह अपने कमरे में जाने लगी थी, लाल जी ने रास्ता रोक लिया था—"तुम्हें एक बात का जवाब देना होगा रेवती?" "रेवती नहीं भाभी कहो—जैसा कि तुम्हें कहना चाहिये।" रेवती ने मुड़कर सीधे लाल जी की आँखों में देखा था। "कुछ भी कहो फर्क क्या पड़ता है।" लाल जी आंखों ही आंखों में हंसा। "तनिक इतमीनान से बैठो तो कुछ कहूँ। कहना तो नहीं चाहता था पर तुम तो अपनी ही जिद पर अड़ी हो। कुछ मानो तब न।"

"मानने लायक बात ही मानी जाती है।" रेवती साहस संजोये वहीं देहरी पर दीवाल का सहारा लेकर खड़ी रही। लाल जी के बार-बार कहने पर भी वह बैठी नहीं। "सोच लो तुम अच्छी तरह। कहने में बुरा जरूर लगता है क्योंकि बड़े भाई की पत्नी जैसी रही हो तुम।" रेवती लगभग चीख उठी— "पत्नी जैसी रही हूँ या पत्नी ही थी। यह सब बतलाने की किसी को भी जरूरत नहीं। आप जो कहना चाहते हैं बिना किसी भूमिका के कह सकते हैं।" आक्रोश के बड़े-बड़े आंसू रेवती की आँखों में झलझला आये—"बस मैं यही चाहती हूँ, देवर की प्रतिष्ठा और स्नेह से आप नीचे न उतरें।"

लाल जी ने होंठ काट लिये—"तो इसके लिये दोष मुझे मत देना। तुम जानती हो कि भाई निःसन्तान रहे और अब उनके न रहने पर उनकी सारी सम्पत्ति का वारिस मैं हूँ। तुम चाहो न चाहो। तब क्या होगा तुम्हारा? क्या सोचती हो तुम?"

आवेश से रेवती थरथरा उठी। वह चीखकर बोली—"ऐसा आप नहीं कर सकते। मैं कचहरी अदालत जाऊँगी। मैं उनकी विवाहिता नहीं थी- यह कैसे मान लूँ। उन्होंने ऐसा क्या नहीं दिया जो विवाहितायें पा सकती हैं या मैंने नहीं पाया।" मुंह में कपड़ा दिये वह वहाँ से बाहर निकल आई—"तुम...तुम्हारी नियत बुरी है। तुम मुझे...।" लाल जी की सुरा में डूबी हंसी और भी भयावनी लगी थी। दिन ठहर जाये तो मन में आशा की एक किरण उगती जरूर है। कौन जाने आने वाले दिन उसके लिये अच्छे हों। पर दिन इस तरह फिर जायें तो सब कुछ झूठा लगने लगता है। अपने पर ही विश्वास वहीं थम पाता। लगता है अनवरत कोड़ों की मार से सारी पीठ जख्मी हो गई है जिसे देखा तो नहीं जा सकता किन्तु एक पीड़ादायक अहसास उसे प्रतिपल बेचैन किये रहता है।

लैम्प की मद्धिम रोशनी में रेवती पलंग पर चित्त लेटी जाने किन ऊहापोहों में भटक रही है। छूम... छनन... छन। पायलों के घुंघरू टूट कर बिखर गये हैं। उन्होंने दोनों हथेलियों में समेट लिये थे—"इन घुंघरुओं के बिखर जाने से रेवती तुम्हारे पायलों की भंकार लुप्त हो गई है।"

"बिखर जाने दो... इन्हें घुंघरुओं की तरह मैं स्वयं बिखर जाना चाहती हूँ।" वह हँसती है—हँसती ही जाती है। फिर अचानक फूट-फूट कर रो पड़ती है। "मुझे ले चलो। इस तरह नाच-गाकर, दूसरों को रिझाकर मैं अपनी अपनी बूढ़ी माँ की थकती साँसों में दुषित जिन्दगी नहीं मरना चाहती।"

गहराता अंधेरा पूरी तरह रात की गोद में समा गया है। कभी-कभी वातावरण में झींगुर की आवाज एक अजीब सा कम्पन बिखेर जाती है। रेवती के शरीर की नस-नस दुख रही है। अजीब सा झिंझोड़ता हुआ दर्द। वह बुरी तरह थक गई है। जीवन में वह इस तरह कभी नहीं थी। रुपये पानी की तरह बह रहे हैं। कचहरी से घर, घर से कचहरी। अजीब बात है कि उसकी ओर से पैरवी करने वाला वकील भी कहता है—"साफ बात कहूँ रेवती जी, आप अपने देवर से समझौता क्यों नहीं कर लेतीं? पहले की ही तरह पूरे घर की स्वामिनी बनी रहतीं। कानून के अनुसार तो आप...।" इसके आगे नहीं सुना गया था। रेवती चुपचाप घर की ओर चल दी थी। ब्याहता नही है वह, उनसे विधिवत उसका ब्याह नहीं हुआ है। आज उसे पहली बार पति कहलाने वाले

उस पुरुष पर क्रोध आया। वह तो नासमझ थी पर वह कैसे भूल गया? क्यों उस पर विश्वास नहीं कर सका?

बहुत पहले एक बार जब उन्हें दिल का दौरा उठा था, बचने की उम्मीद नहीं रह गई थी तब उसकी दूर की चाची ने समझाया था—"तू बातों-बातों में न भूली रह। आँखों में सपना भरे-भरे तू गोपाल की देहरी चढ़ी है, उसी देहरी की इज्जत के लिये गोपाल के जीते जी अपने नाम कुछ लिखा ले। नहीं तो औरत जात जिस तरह ऊपर चढ़ती है, उसी तरह नीचे भी आ गिरती है।"

उस समय तो कुछ नहीं बोली थी पर उनके जाने के बाद उसने गोपाल से सारी बातें कह सुनाई थीं—"सुनते हैं, बड़ी अजीब होती ये बाज-बाज औरतें। इन्हें अपने पति पर क्या तनिक भी विश्वास नहीं रहता?" और उसने उसके चेहरे पर इसकी प्रतिक्रिया देखनी चाही थी। पर गोपाल उसकी बातें सुनकर भी कुछ नहीं बोला तो भीतर ही भीतर एक बेतरह उदासी उसे जकड़ गई थी।

इसके बाद से गोपाल का स्वास्थ्य निरन्तर गिरता गया था। रेवती के सामने गोपाल की सेवा करने के और दूसरा कोई विकल्प नहीं था। पर एक रात जब वह गोपाल की छटपटाहट को शान्त करते उसकी छाती में मुँह दिये जोरों से रो पड़ी थी तो गोपाल ने अपनी पीड़ा पर काबू पाते उससे कहा था—"तू रोती क्यों है रेवती? क्या हुआ है मुझे? कुछ हुआ भी तो रोने की जरूरत क्या है तुझे? तू रो मत। तेरा इस तरह रोना मुझे और कमजोर बना जाता है।" और जब वह शान्त हुई तो गोपाल की आँखें वैसे ही बन्द हो गई जैसे थककर कोई आदमी गहरी नींद में डूब जाता है। न चेहरे पर कोई भाव, न पलकों पर भारीपन।

रेवती जब कुछ सोचती है तब उसे सारा का सारा मिथ्या लगने लगता है। उसे गोपाल पर भी अविश्वास होने लगता है। गोपाल जब पैंतीस वर्ष का था तब वह पन्द्रह वर्ष की सरल किशोरी थी और आज लाल जी पचास का होकर पैंतीस वर्ष की रेवती—अपनी भाभी की ओर कुदृष्टि डाल रहा है। इस लाल जी के बारे में सोचना भी कितना घृणित है। तो क्या वह फिर घर की देहरी की मर्यादा छोड़कर बेसहारा हो जाये। राह चलतों की तृप्ति का साधन बन जाये। उसने अपना गला अपने दुर्बल हाथों में जकड़ लिया। एक ऐसी

जलन हो रही है उसके गले में जैसे अतीत का पिया जहर अभी भी अटका हुआ है और इतने सालों की तपस्या के बाद भी वह उसके प्रभाव से मुक्ति नहीं पा सकी है।

गोपाल... लाल जी... वह स्वयं उसका बचपन, उसकी तरुणाई, घर में भरी सम्पत्ति, क्या हो गया है उसे? लगता है उसके चारों ओर सब कुछ घूमता जा रहा है—घूमता ही जा रहा है। लाल जी की कुटिल मुस्कराहट देखकर वह छटपटा जाती है। "रेवती, नाचने का अभ्यास तो तुम अभी भी भूली नहीं होगी वरन सोचता हूँ, नाच के साथ शरीर की एक-एक अदा गजब ढा देंगी। पागल बना देंगी सबको तुम्हारी मर्जी।" करेंट छू गया हो जैसे। रेवती का अंग-अंग थरथरा जाता है। उसकी आँखें जलने लगती हैं। उसे लगता है सारा का सारा खून उसके दिल-दिमाग पर चढ़ता जा रहा है। इस बार उसका सारा शरीर ही नहीं मन-मन के भीतर का रेशा-रेशा जख्मी हो गया है। वह कसकर लाल जी को धक्का देती है और उसकी गिरफ्त से बचती हुई तेजी से पीछे के द्वार की ओर लड़खड़ाती सी बढ़ जाती है।

# दीवार के आर-पार

सेवेन थर्टी पर गाड़ी इटारसी पहुँच जाती है। फिर राजेन तो स्टेशन पर लेने आयेंगे ही, मुझे कोई तकलीफ नहीं होगी। अजय भैया तो मान नहीं रहे थे। स्वयं मुझे पहुँचाने आने वाले थे। लाख मना करने पर कहीं मान पाये। गाड़ी आने के कुछ मिनिट शेष थे। अजय भैया खड़े थे और मैं आशी भाभी के साथ नजदीक की बेंच पर बैठ गई थी। भैया चुपचाप खड़े थे वैसे ही और आशी भाभी भावुक हो आई थीं—"कैसे कट गये ये हफ्ते भर के दिन! तुम आ गई जीजी, नहीं तो मैं जाने कितने अकल्पनीय प्रश्नों को व्यर्थ ही थामे रहती। तुम्हारे भैया के इस सुख को मैं भी पाना चाहती थी जो हमेशा-हमेशा तुम्हारे पत्र पाकर तुम्हारे गुणों का बखान करते थकते नहीं हैं। मैंने भी चाहा था तुम्हें नजदीक से देखूँ तो भला!" भैया अभी भी चुप थे। गाड़ी धड़धड़ाती स्टेशन पर आ पहुँची थी। भैया मेरे लिए आरामप्रद सीट तलाश रहे थे। खिड़की के पास अच्छी जगह पर उन्होंने मुझे बैठा दिया। "जीजी!"...मैंने अजय भैया की ओर देखा। गले में फांस जैसी लग रही है। "जीजी भुला मत देना हमें।" मैंने खिड़की के चौखटे पर सिर रखकर अपनी रोई आँखें छिपा लीं। गाड़ी सरक चली। मैं भैया को उसी प्रकार प्लेटफार्म पर खड़ा देखती रही। वे चुपचाप भीगी आंखों से मुझे विदा होते हुए देख रह हैं। बहुत संवेदनशील हैं भैया। आँखों से यह अभी का क्षण ओझल हो गया तो मैंने सबसे छिपा कर अपनी आँखें पोंछ लीं।

सामने बैठी साँवली सी लड़की मुझे ताके जा रही है। उसकी मांग में सिन्दूर की चौड़ी रेखा ने उसे कुछ नवीनता दे दी है। शायद अभी ब्याह हुआ हो। मुझे अपनी ओर देखते पाकर वह मुस्करा दी। पूछती है—"ससुराल जा रही हो !" "नहीं... हाँ मायके आई थी।" "भैया थे?" "मैं उत्तर देती हूँ- "हाँ!" कोने-कोने में मेरी नजरें घूमती हैं। सारे के सारे अपरिचित चेहरे कैसे कुछ क्षणों के लिए इस एक जिन्दगी में आ बसे हैं। नींद में बेखबर वह आदमी इस लड़की के ऊपर झुका जा रहा है। वह मुँह बनाती और भी हटकर बैठ जाती है। वह फिर मेरी ओर देखती है। मुझे बात करने के मूड में न पाकर वह

खिड़की के बाहर देखने लगी है। मेरा बात करने का सच ही मन नहीं हो रहा है। नीरू को मैंने बाजू में बैठा दिया है। उसे संतरे दे दिये हैं। वह संतरों में मग्न हो गई है। भैया ने संतरों की एक पिटारी साथ रख दी है। मैंने मना किया तो बोले—"तुम मेरी किन्हीं बातों में मना न किया करो जीजी! मुझे ठेस पहुँचती है।" मैं उन्हें ठेस पहुँचाना नहीं चाहती। पर जब भी कोई मायके की बात करता है, मेरा मन, मन में खड़ी दुविधाओं की दीवार हटाकर इन्हीं भैया के पास पहुँच जाता है। गाड़ी ने तीव्र गति पकड़ ली है। मैं खिड़की में सिर गड़ाये जाने कहाँ-कहाँ भटक रही हूँ। भटकने की बात क्यों कहूँ? मैं अपने अतुल भैया के पास पहुंच जाती हूँ। अतुल भैया के सिवा मायके के नाम पर मेरा और है ही कौन? भैया का विश्वास है कि बीती बातें भूलने में सुख होता है पर मैं बीती बातों को याद करके सुख पाती हूँ। माँ मुझे डांट रही हैं। अतुल भैया मेरे गले में हाथ डाले अपने कमरे में ले जाते हैं और बड़बड़ाते हैं—"ये अम्मा को तो चिड़चिड़ाने की आदत है। आप पड़ोस में बैठने चली जायेंगी और इसे काम सौप देंगी। ऐसा हुआ क्या जो दूध जल गया। आज चाय नहीं बनेगी और क्या?"

मेरी आंखों में पानी भर आया है। कोयले की किरकिरी पड़ गई है। मैंने आंखों को बन्द कर लिया है। भैया ने पढ़ाई पूरी कर ली है। वे नौकरी पर जा रहे हैं। रिक्शा आ गया है। माँ उदास हैं। मैं दरवाजे से बाहर नहीं निकलती। भैया घर पर होते हैं तो रक्षा का कवच बन जाते हैं, फिर मजाल क्या कि कोई मुझे रुला तो दे। अम्मा कहती हैं—"अतुल के दुलार ने इसकी आदत बिगाड़ दी है। कुछ कहा नहीं कि नैना रुआंसे हो जायेंगे। काम के लिए कुछ कहा कि अतुल के कमरे में घुस जायगी और किस्से-कहानी पढ़ती रहेगी।" माँ खीजती हैं और अतुल भैया हँसते हैं। "अरी अम्मा तुम तो हर वक्त उसके पीछे पड़ी रहती हो। जब तक यहाँ है तभी तक न! फिर तो उसे देखने के लिए भी तरसती रहोगी।" बस भैया का यह अमोघ अस्त्र उन्हें चुपकर देता है। माँ की धारा प्रवाह निकलने वाली वाणी को ब्रेक लग जाता है। माँ उदास हो जाती हैं। "इस अतुल ने तो मेरी कमजोरी पकड़ ली है।" "पगली!" भैया मुझे दुलारते हैं—"अरे अब तो मैं डिप्टी कलेक्टर हो गया हूँ। तुझे ऐसे रखूंगा, ऐसे रखूँगा कि तू भी क्या याद रखेगी।"

किसी स्टेशन पर गाड़ी रुक गई है। स्टेशन का शोर-गुल कम्पार्टमेंट में फटा पड़ा रहा है। मैंने नीरू को सुला दिया था। वह जाग गई है। रुकना और फिर चल पड़ना जिन्दगी का भी तो यही क्रम है। इसी तरह कई पड़ाव भी आते हैं जब जिन्दगी की रफ्तार रुकी सी लगती है पर फिर वह वही गति अपना लेती है। मैं जानती हूँ अजय भैया कई दिन तक भाभी से मेरी ही बातें दुहराते रहेंगे। मैंने किन अकल्पनीय क्षणों में इन अजय भैया को पाया था। जबलपुर से इटारसी जा रही हूँ। रात की ट्रेन हो या दिन की, अकेले सफर करते हमेशा अपने को चोर-डाकुओं से घिरा महसूस करती रहती हूँ। राजेन अक्सर कहा करते थे— "तुम लड़कियाँ तो बस कहने भर के लिए पढ़ी-लिखी होती हो। एक बाडी-गार्ड तुम लोगों को हमेशा साथ चाहिए। नारी जागृति की बात करोगी और हाल यह है कि घर से बाहर निकलते डर लगता है। कमजोर!" मैं चिढ़ जाती हूँ। इस बार अकेली ही जाऊँगी। मन पक्का कर लिया इसीलिए राजेन को लेने आने से मना कर दिया था। पर डब्बे में बैठते ही अपने इस साहस पर खीज आने लगी थी। चारों ओर आदमियों की भीड़। सामने ही कुछ लोग ताश खेलते हैं और फिल्मी गाने का रियाज करते हैं। लगता है एक मुसीबत मैंने स्वयं मोल ले ली है। एक सज्जन की आवाज मुझे चौंकाती है—"कहाँ जा रही हैं आप? अकेली हैं ?" आवाज में शालीनता है। मेरा ध्यान उनकी ओर जाता है। पास में एक सुन्दर युवती को देख कर मेरा मन आश्वस्त होता है। ये ही मेरे अजय भैया हैं। अजय भैया अक्सर कहते हैं—"जीजी ट्रेन में मिले भाई को कभी बिसार मत देना।" भैया हँसते हैं। मुझे बुरा लगता है। अपनी इन्हीं विनी बहिन के बारे में जब भैया बतलाते हैं तो गद्गद हो जाते हैं—"मेरी इस बहिन ने मुझे अपनी अगाध ममता से न बांधा होता तो मैं कभी एक सम्मानित जिन्दगी नहीं जी पाता। सगी बहिन से भी कोई इतना क्या पायेगा जो मुझे मेरी इस सौतेली बहन ने दिया है। मेरे पीछे इसने अपनी माँ की कौन-सी ताड़ना नहीं सही है।" जब भी अजय भैया विनी बहिन को याद करते हैं, उनकी आंखें तरल हो जाती हैं और उस तरलता में मुझे अपना अक्स उभरा दिखाई देने लगता है। अजय भैया की शादी में मैं नहीं पहुँच पाई। पर पहले पहल आशी भाभी का पत्र था—"मैं अन्जान हूँ तुम्हारे लिए पर मेरे लिए तुम मेरी स्मृतियों की बहुत सुखद कल्पना हो। तुम्हारे भैया ने तुम्हारी जो तस्वीर मेरे सामने खींची है, उससे मैं तुम्हें जाने

कब से पहचानी सी पा रही हूँ। तुम आना, जरूर आना। तुम आई तो मैं अपने को बहुत खुशनसीब समझूँगी।"

अतुल भैया को साढ़े सात सौ मंथली मिलता है। उनके ऐश्वर्य में भाभी ने बहुत सारे सपने पाल लिए हैं। सभा-सोसाइटी, कार-बंगला। भाभी से उनके ऐश्वर्य की बातें सुन कर मैं अपने को उनसे बहुत दूर पाने लगी हूँ। लेकिन मन को फिर भी नहीं रोक पाती। भैया ने माँ को अनुराग के होने पर बुलाया था और मैं कई-कई बार उस पत्र में अपने आने का आग्रह भरा निमंत्रण खोजती रही थी। भैया ने मुझे नहीं बुलाया। भाभी कहती थी—"अनुराग के समय बहुत खर्च हो गया था।" भैया बड़े, बहुत बड़े आदमी हैं। उनके घर की देहरी पर भाभी की नीतियों का पहरा लगा हुआ है और मैं कैसे पहुँच पाऊँ वहाँ?

आशी भाभी ने बुलाया है मुझे। मैं राजेन से कहती हूँ—"आशी भाभी मुझे देखना चाहती हैं। मैं जाऊँगी जरूर।" और राजेन मुझे जाकर छोड़ आते हैं। भाभी ने मुझे देखते ही भुजाओं में जकड़ लिया—"मुझे विश्वास नहीं था कि तुम आओगी।" आशी भाभी और अजय भैया के स्नेह में आकंठ डूब गई थी मैं। मैं पास बैठी रहती और आशी भाभी कहती—"जरा यह तो चख कर देखो मैंने तुम्हारे लिये बनाया है। तुम्हारे भैया कहते थे तुम्हें पंजाबी छोले बहुत पसन्द हैं।" एक दिन स्टेशन पर मैंने अजय भैया से कहकर पंजाबी छोले खाये थे। भैया भूले नहीं। मेरे आने का एक दिन बचा है। इस बीच दोनों ने मिलकर मुझे खूब सैर कराई है। यह नीरू तो बस अपने मामा की पीठ पर बैठी उन्हें घोड़ा बनायें रही। मैं डांटती हूँ तो भैया गुस्से से देखते हैं। भाभी ने ढेर सारी लाल, हरी नीली पीली चूड़ियाँ निकाल ली हैं। "क्या होंगी भाभी इतनी ढेर सी चूड़ियाँ?" "होगी क्या तुम पहनोगी। मैं इन्हें फतहपुर से ले लाई थी। वहाँ बहुत सस्ती और अच्छी चूड़ियाँ मिलती है।" "लेकिन मैं इतनी क्या करूंगी?" "तुम्हें चूड़ियों का शौक है न ! तुम्हारे भैया ने बताया था। विनी जीजी को भी चूड़ियों का बहुत शौक है। मैंने उनके लिये भी बहुत खरीदी थीं। तुम्हें देख कर मुझे उनकी याद आ रही है।" भाभी कहती हैं। मैं भाभी की आंखों में बहुत कुछ पाकर तृप्त हो गई हूँ। भाभी ने बड़ी तृप्ति लिये मेरे कलाइयों को रंगीन सुनहली चूड़ियों से भर दिया है और पिटारी साथ रख दी है।

अजय भैया अपने को गरीब कहते हैं। जब भी वे ऐसा कहते हैं, मेरा मन बहुत दुखा देते हैं। मैंने एक बार इसीलिये उनसे लड़ाई मोल ली थी। बहुत देर तक उनसे बोली नहीं थी। "अब कहा तो कहा फिर ऐसा कभी मत कहना। बहन के लिये भाई कभी गरीब नहीं होता। बहिन का मन तभी टूटता है जब उसके स्नेह को वह ऐश्वर्य से तौलता है।" गरीब होकर अजय भैया का दिल गरीब नहीं है। जब भी वे रुपये-पैसों की चिन्ता करते हैं, आशी भाभी उन्हें सहारा देती हैं। आशी भाभी ने एक बार उन्हें कसम दिलाई थी—"तुम अपनी सारी चिन्तायें मुझे सौंप कर निश्चिन्त हो जाओ। मैं सब सँभाल लूँगी।" ससुर पेन्शन पर हैं। उन्हें वे हर माह भेजती हैं। अजय भैया को यह सब कुछ पता नहीं। भाभी की बातें अजय भैया कितनी तृप्ति लिये बतलाते हैं- "जीजी तुम्हारी भाभी ने मुझे ऐसा निश्चिन्त और लापरवाह बना दिया है कि उसके बिना जिन्दगी का एक क्षण भी न जिया जाये... और वो विनी कहती हैं भाभी ग्रेट हैं। तुम लोगों ने तो आशी के सामने मुझे बहुत तुच्छ बना दिया है।" आशी भाभी मुस्कराती हैं तो लगता है जैसे चमेली के श्वेत सुकुमार फूल खिल आये हों। जब उदास होती हैं तो भैया कहते हैं—"आज ये मौसम बड़ा उदास-उदास लग रहा है।" आशी भाभी कहती हैं—"जीजी तुम्हारे भैया उदास हैं।" भैया जब भी उदास होते हैं भाभी का मुँह कुहासे की मोटी चादर से ढँक जाता है। मैं जानती हूँ जब भी नीरा का पत्र आता था भैया उदास हो जाते थे। नीरा को भैया ने बहुत-बहुत प्यार किया था न। यह सब उनके विवाह के पहले की बातें हैं। आशी भाभी के आने पर तो भैया बिल्कुल ही बदल गये। आशी भाभी सच ही पेट निकलीं, तभी तो उदास रहने वाले भैया का मन भाभी के अन्दर के विश्वास की किरणों से उजला गया है। "जीजी तुम्हारे भैया दुखी हैं—बहुत दुखी। काश मैं इतनी समर्थ हो पाती कि इनका सारा का सारा दुख समेट लेती और अपना सब कुछ देकर इन्हें सुखी कर देती। तुम्हारे भैया को पाना ही मेरे जीवन का सबसे बड़ा सुख जीजी।" ऐसी बातें सुनकर मुझे रोना आता है। सुख का अतिरेक उठाने की क्षमता मैं अपने में कभी नहीं पाती। भैया ने सारी की सारी वे चिट्ठियां आशी भाभी को सौंप दी थीं तो भाभी सिहर गई थीं—"इन्हें पढ़ने की जरूरत नहीं रही अब। तुम्हारा प्यार और विश्वास ही तो है इनमें और वह सारा का सारा तुमने मुझे दे डाला है। फिर भी निश्छल मन की यह पवित्र सौगात में अपनी सबसे बड़ी निधि समझ कर अपने पास रखूंगी।" भाभी की इसी ऊँचाई के आगे भैया

नतमस्तक हैं। भैया कहते हैं—"सच जीजी, तुम्हारी भाभी जिस ऊँचाई पर है, मैं वहाँ तक तो कभी पहुँच ही नहीं सकता। आशी को अपना सब कुछ देकर भी मुझे संतोष नहीं होता और लगता है क्या दूँ, क्या दूँ जिससे कि मुझे संतोष हो सके।" आशी भाभी भैया से पाया हुआ यही अगाध प्यार ही तो हम सबों को बाँटती फिर रही हैं। कहती हैं—"देने वाले की झोली कभी रीती नहीं होती जीजी।" विभा भाभी के पत्रों में कितनी औपचारिकता होती है कि सोचती हूँ क्या है इन मानव सम्बन्धों की तह में। क्यों सामने एक दीवार खड़ी हो जाती है कि आगे बढ़ने पर अपना ही सिर टकराता है और ये आशी भाभी दूसरों के सारे के सारे दुख समेटने में लगी हैं। मुझे दीवार के आर-पार दो चित्र दिखते हैं... ट्रेन की खड़खड़ाहट में सब डूब गया है। घड़ी देखती हूँ सेवेन थर्टी होने को है। यात्री सजग हो गये हैं। लेकिन जिन्हें दूर जाना है वे अभी भी तन्द्रा में डूबे हुए हैं। सामने वाली लड़की बाथरूम से निकल कर आ गई है। उसने मुँह धोया है क्योंकि उसके मुँह पर ताजगी झलकती है। नीरू को देखकर कहती है—"आपकी बेबी तो बहुत प्यारी है।" नीरू की बड़ी-बड़ी आँखों में थकावट की बोझिलता है। गाड़ी की है। मैं नीरू को गोद में लिये उठ खड़ी होती हूँ। राजेन! राजेन आगे आते हैं। वह सांवली सी लड़की राजेन को ताक कर मेरी ओर देखती हुई आँखों में शरारत की हँसी हँस देती है।

# एक अधूरी कहानी

"तुम बहादुर होती तो उससे नहीं मुझसे बदला लेती। ऐसा करके तो तुमने अपनी भीषण ईर्ष्या और विवेकहीनता का परिचय दिया है। कितनी कमजोर हो तुम, कितना ओछा है तुम्हारा मन कि किसी के आहत मन को जरा-सा भी नहीं समझ पाया। तुमने तो उसे केवल अपनी कलुषता के रंग में रंग कर देखा है। कैसी हो तुम?" राजेश के संयत शब्द थरथर्रा उठे थे।

बचपन में दादी माँ से सुनी एक कहानी याद आ रही है। दादी माँ ने सुनाई थी वह कहानी। एक राजकुमारी थी। उसका विवाह एक सुन्दर राजकुमार के साथ हुआ था। विवाह के सुनहले दिन अभी बीत भी न पाये थे कि एक दिन उसने अपने राजकुमार को किसी अन्य स्त्री की रूप किरणों के मोहजाल में बँधे देखा। राजकुमार उसकी एक-एक अदा पर जी-जान से निछावर थे। राजकुमारी मन ही मन सुलगने लगी। राजकुमार उस स्त्री को प्यार करते हैं। उसकी आँखों के आँसू अपने हाथों से पोंछते हैं। राजकुमारी यह सह न सकी। ईर्ष्या की लपटों से वह बुरी तरह झुलसने लगी थी। एक रात राजकुमार को शराब में बेहोश देखकर उसने कुछ निर्णय लिया—"मुझे कुछ करना होगा। मैं रहूंगी या यह, जिसने मेरे प्यार, मेरे राजकुमार को मुझसे छीन लिया है।" सारी रात वह जागते हुये करवटें बदलती रही। दूसरे दिन जब राजकुमार शिकार पर चले गये तब उसने अपनी दासी से उस स्त्री को बुला लाने के लिये कहा। राजकुमारी के मुख पर उस समय किसी संकल्प की कठोरता थी और हाथ में कोड़ा। जैसे ही उस स्त्री ने दरवाजे के अन्दर अपने कदम बढ़ाये कि राजकुमारी ने उस पर इतने कोड़े बरसाये कि उसके रूप कणों से छिटकता लहू सारे फर्श पर फैल गया। जगह-जगह से उसकी खाल उधड़ गई थी और राजकुमार के आने के पूर्व ही दासी के द्वारा उसका बेहोश शरीर किसी दूर बगीचे में डलवा दिया गया। दादी माँ ने समझाया—"देखा कितनी मानवती हुआ करती थी उस समय की स्त्रियाँ !" मैंने दादी माँ की आँखों में छलकी गर्व की भावना को रत्ती भर भी नहीं देखा। मुझे तो उस क्रूर राजकुमारी पर क्रोध आ रहा था। "दादी माँ! कितनी बुरी थी

वह राजकुमारी! अरे उसे मारना ही था तो अपने राजकुमार को मारती, वही तो लाया था उसे अपने महल में। वह न लाता तो क्या वह आती?" "नहीं बेटी"—दादी माँ समझाते हुये बोली थीं—"वह एक गन्दी औरत थी!" दीदी माँ की कहानी तो खत्म हुई पर मेरी आँखों में उस गन्दी औरत की तस्वीर बड़ी देर तक दिखाई देती रही। उसकी रूप किरणों से टपकता लहू मुझे अपने कमरे में चारों ओर फैला दिखता रहा था। सच पूछा जाये तो उसे गन्दी औरत मानने को मैं बिल्कुल भी तैयार नहीं थी। गन्दी थी तो वह रोई क्यों? क्यों राजकुमार उसके आँसू पोंछ रहे थे? जरूर उसे कोई दुःख था। मुझे उस राजकुमारी पर इतना क्रोध आ रहा था कि एक बार तो मन हुआ था कि उसी कोड़े से कोई उसकी भी खाल उधेड़े और मैं बड़े जोर से तालियाँ बजाऊँ।

थोड़ी देर पहले रानू फटे वस्त्रों में अपना शरीर छिपाते, झिझकते कदमों से कमरे में आई। राजेश कुछ घंटे पूर्व ही उसे घर लाये थे। "देखो राधा, इनके नहाने के लिये गरम पानी कर देना। साबुन, तौलिया सभी, गुसलखाने में रख देना। बहुत थकी हुई हैं ये। इन्हें खाना खिला-पिला कर चुपचाप सोने देना।" दरवाजे से पास खड़ी रानू ने अपनी बड़ी-बड़ी थकी आंखों से राजेश को देखा, फिर राधा को। एक कदम आगे बढ़े कि शायद गिर पड़े। दासी चली गई थी। राजेश बड़े प्यार से उसका हाथ थाम कर पास बिछे बिस्तर पर ले आया। उसके पास ही बैठ, स्नेहाधिक्य से भरकर बोला—"तुम चिन्ता मत करो रानू... किसी भी प्रकार की चिन्ता मत करो। अब सब ठीक हो जायगा। जो कुछ भी होगा, सब तुम्हारी इच्छानुसार ही होगा। तुम्हें कभी कोई शिकायत का अवसर नहीं मिलेगा। तुम जहाँ चाहो रहना। वैसे मैंने तुम्हारे रहने का प्रबन्ध ऊपर ही किया है। ऊपर से देखना नीचे बिछी प्रकृति की अपूर्व सुषमा। और भी, मैंने बहुत सारी पुस्तकें तुम्हारे पढ़ने के लिये जमा कर रखी हैं। तुम्हें तो पढ़ने का बहुत शौक था न!" "लेकिन राज....!" "नहीं, नहीं, रानू! " तुम्हें अब कुछ भी सोचने की जरूरत नहीं है। तुम नहा-धोकर, खा-पीकर आराम करना। मैं शाम को ऑफिस से लौट कर जल्दी ही आता हूँ।" राजेश चला गया। इतने बड़े कमरे में वह अकेली रह गई। विस्मित-सी निगाहें कमरे में भटकने लगीं। सामने चित्र था। राजेश मुस्कराता-सा एक लावण्यमयी युवती के कन्धे पर हाथ दिये खड़ा था। रानू ने एक ठंडी सांस खींची। कितने दिन बीत गये। कितना बड़ा हो गया है राज, बहुत रुपये

कमाने लगा है। तब विवाह के नाम से कितना चिढ़ता था वह। "रानू मैं कभी विवाह करने का नहीं। सभी थोड़े ही इतने बड़े दिमाग की होती हैं कि अपने स्वार्थों की इस कदर तिलांजलि दे सकें।" जब भी राजेश कुछ कहता यह रानू बड़ी तन्मयता से उसकी बात सुनती होती जैसे किसी बड़े नेता का प्रभावशाली भाषण सुन रही हो। उसे कुछ आहट सुनाई दी। शायद राजेश ने बाहर जाने के लिये साइकिल निकाली थी और पत्नी से कह रहे थे—"सुनती हो उसका ध्यान रखना। उसे किसी प्रकार की असुविधा न होने पाये। ऑफिस से लौटने पर सारी बातें होंगी।"

रानू ने अचानक आँखों में भर आये आंसुओं को आँखों को बड़ा कर फैलाते हुये सुखा डाले। राजेश और उसकी पत्नी, छोटा सा परिवार। राजेश के सम्मुख वह कभी दृढ़ नहीं रह पाती। हमेशा झुक जाती रही है। इसीलिये तो इतने सालों तक उसे अपना कोई पता-ठिकाना नहीं दिया था। वह आग्रह करे तो क्या रुक पायेगी?

नौकरानी उसे गुसलखाने में ले गई। सामने दीवाल पर लगे बड़े शीशे में अपने को निरखते हुये उसने बदन के ऊपर तक के कपड़े उतार दिये। एक-एक अंग को देखते हुये उसे उसकी वह बात याद हो आई- "औरत का शरीर तो मर्दों का खिलौना होता है रानू! तू तो अपने जिस्म को ऐसे सँभाल कर रखना चाहती है कि जैसे कोई नाजुक फूल हो, हुवा नहीं कि गंदला हुआ।" एक दिन वह अपने को ऐसे ही बचाना चाहती थी पर हारकर नहीं, हारकर क्यों? अपने से ऐसी विरक्ति हुई थी कि अपना सब कुछ उसने दूसरों के उपभोग के लिये दे डाला। जिसे जो चाहिये ले ले, रहा ही क्या था और बचाना भी किसके लिए? बेटे की भूख कुछ और ही होती है और आदमों को भूख...। उसने डरकर बाथरूम की खुटियों पर टंगी साड़ी उठा कर अपने चारों ओर लपेट ली। उसे दुखी देखकर एक बार राजेश ने उससे कहा था— "पुरानी बातें नहीं सोचनी चाहिये, उससे तकलीफ ही होती है रानू। पुरानी बातों को भुलाने के लिये समय सबसे बड़ी दवा है। इस अंधेरे से बाहर निकल आने पर बाहर के उजियाले में तू सबकुछ भूल जायगी—वही जो कुछ जिया है, जो कुछ सहा है।" पर उस अंधेरे से बाहर आने के बाद भी उन्हीं घावों को फिर से उघार कर देख लिया रानू ने... जिस्म पर पड़े पुरुष के वहशीपन के निशान, जिनमें अभी भी दर्द है, भयंकर दर्द। बड़ी देर तक वह

गरम पानी को लोटे में भर-भर कर सिर पर से डालती रही। उसे ऐसा लगता रहा जैसे शरीर पर लगी गंदगी साबुन से घुल-घुल कर बहती जा रही है और उन चोटों पर सिकाव होता जा रहा है। जी भर कर पानी डालने के बाद उसे बड़ा हल्का-हल्का महसूस होने लगा। कपड़े पहिनते समय याद आया— "एक दिन अपने शरीर को कितना संवार कर रहती थी वह।" बड़ी कडुवी हँसी आई उसके होंठों पर।

बालों को अँगुलियों से निचोड़ते हुए टॉवेल से पोंछ कर जब वह बाहर आई तो नौकरानी ने भोजन की थाली उसके कमरे में ला रखी थी। "इस घर की मालकिन नहीं आयेंगी क्या?" उसने झिझकते हुए राधा से पूछा। "नहीं!" राधा बोली—"उन्होंने आपके लिए भोजन भिजवा दिया है। वे अपने कमरे में ही हैं।" रानू चुपचाप कुछ सोचती हुई एक-एक ग्रास मुँह में डालती गई। ऐसा भोजन जाने कितने वर्षों बाद उसे मिला था। उसने तो ऐसा भोजन पा भी लिया पर उसके कितने साथी-संगी उसी भयंकर अतृप्ति को लिये ही रह गये। एक बार वह दोने में दही-बड़े लेकर आया था। दही-बड़े का दोना देखते ही कितनी साथ वाली आ पहुँची थीं। उसने सबको बाँट कर आखिरी हिस्सा उसे देते हुये कहा था—"ले, कई दिन से मुन्नू के लिये दही-बड़े लाने की बात कह रही थी। तू खा लेना और उसे खिला देना।" दही-बड़े के टुकड़े को बड़ी देर तक हाथ में धरे-धरे वह देखती रही, फिर भीतर चटाई पर सो रहे बीमार बच्चे के सिरहाने रख दिया। "लाया भी तो कब जब उसका मुन्नू उसे खा नहीं पायेगा। वही फिर कैसे खा पायेगी।" उसने प्यार से मुन्नू के बुखार से भरभराये चेहरे पर हाथ फेरा। शाम तक बुखार उतर जाये तो कल उसे जरूर दही-बड़ा खाने को देगी। जब भी कोई ठेले वाला पास से गुजरता है वह हमेशा खट्टा-मीठा खाने की जिद करता है। पर दही-बड़ा उसके सिरहाने रखा-रखा वैसा ही खराब हो गया। उसके मुन्नू का ज्वर कभी नहीं उतर पाया। उसके हाथ रुक गये। आँखों में असहाय ममता का पानी भर आया। ऊपर आँखें उठाईं, सामने देखा, नीलम खड़ी थी। मालकिन का रुआब देख कर वह उठने की कोशिश करने लगी।

"अरे बैठिये, बैठिये। आप क्यों तकलीफ करती हैं? आपके राज जी तो मुझे आपका ध्यान रखने, आपकी सेवा करने का आदेश दे गये हैं। प्रेम से भोजन कीजिये फिर आराम करिये। यहाँ मन लगे तो ठीक नहीं तो ऊपर के

कमरे में...।" "आप...!" रानू कांप गई। शब्दों को सँभाल कर बोली - "आप मुझे गलत समझ गई हैं।"

इस बार गरज कर नीलम बोली- "गलत नहीं, मैं तुमको बहुत ठीक समझ रही हूँ। तुम्हारे पीछे राज कई दिनों से परेशान हैं। तुमने मेरे घर की शान्ति हराम कर दी है। तुमने क्या जादू कर दिया है उन पर?"

"नहीं, नहीं" थर्रथर्राती-सी रानू बोली- "मैं स्वयं नहीं आना चाहती थी। मैंने राज से मना भी किया था। आप नहीं चाहेंगी तो मैं यहाँ नहीं रहूंगी।"

"हाँ, यहाँ नहीं रहेंगी। राज को ही कहीं और बुलाया करेंगी। है न!" चीख उठी रानू "मत बोलिये ऐसा। आपको शोभा नहीं देता।"

"शोभा नहीं देता?" और खींच कर नीलम ने एक चांटा उसके मुँह पर दे मारा। "शोभन अशोभन की बातें तुमसे सीखनी होंगी मुझे, क्यों?" एक चांटा और रानू के मुँह पर लगा। रानू लड़खड़ा कर पलंग पर गिर गई। एक ओर राधा सहमी-सी बड़ी यह सब देख रही थी। जाने कब रानू उठी और कमरे से बाहर निकल गई थी। राजेश के आने के पूर्व ही वह घर छोड़ गई थी। उस स्त्री की तरह ही रानू का भाग्य निकला, जिसे राजकुमारी ने घायल अवस्था में उठवा कर किसी दूर के बगीचे में डलवा दिया था।

उस दिन शाम को राजेश प्रसन्नता से झूमता हुआ किसी गीत की मीठी कड़ी गुनगुनाते घर लौटा था।

राधा से सब सुनकर राजेश टूटा-सा रह गया। बीते वर्षों का विषैला धुआँ फिर उसकी आँखों में भरने लगा था। रानू के इस तरह निकाले जाने पर उसका मन हुआ कि वह नीलम को भी इसी तरह दर-दर की ठोकरें खाने के लिए घर से निकाल बाहर कर दे और देखे उसका अंजाम। रानू ने कहा था—"राज तुम इस हालत से निकाल कर कहाँ ले जाओगे? तुम्हारे मन में मेरे लिये केवल प्यार है। यदि उस प्यार में दुनियाँ वालों से लोहा लेने की शक्ति न हो तो वह मिट्टी के ढेले की तरह व्यर्थ ही होता है।" उसका प्यार मिट्टी के ढेले की तरह निरर्थक निकला। वह कितना रोया था उस दिन। उसे याद आया- उस दिन रानू का हाथ एक रोगी, शराबी किन्तु दौलत वाले के हाथ में दिया जा रहा था। माँ बहुत खुश थीं। घर के लोग चहक रहे थे। रानू के पति कहलाने वाले आदमी के घर से सबके लिये ढेर सारी चीजें आई थीं।

बहुत सारे रुपये भी। उस धन से जीर्ण-शीर्ण होती हुई घर की लाज बची रह गई थी। माँ छोटे भाई-बहिनों को सजा रही थीं। वर्षों को संजोई हुई चीजें बाहर निकाली गई थी। बच्चों के लिये ऐसा दिन किसी उत्सव की तरह आया था। लेकिन राजेश किसी की खुशियों में भाग नहीं ले पा रहा था। माँ ने उससे भी कपड़े बदल डालने को कहा था पर उसकी आँखों के सामने तो सजी हुई रानू थी जो घुटनों पर ठोड़ी दिये गुमसुम बैठी थी। कितना छिटक रहा था उस दिन उसका रूप, उसका श्रृंगार। राजेश का मन उसे देख-देख एक गहरी वितृष्णा से भरता जा रहा था। मन हो रहा था कि वह रानू के इस सारे श्रृंगार को छिन्न-भिन्न कर दे और हाथ पकड़ कर यहाँ से उठा दे, कहे—"तुम्हें, इस श्रृंगार की जरा भी जरूरत नहीं रानू! तुम तो यों ही बहुत अच्छी लगती हो। और फिर यह क्या श्रृंगार का समय है? उतार फेंको यह सब। बलिदान होने के पूर्व का स्वागत ! नहीं, इस तरह तुम चुपचाप मत बैठो रानू।" रानू की ओर जब उससे नहीं देखा गया तो वह ऊपर भाग गया।

"राज!" रानू ने बड़े दर्द से पुकारा। राजेश ने आँसू भरी आँखें उसकी ओर उठा दीं। "राज!" रानू उसके कंधों पर अपने हाथ थाम कर बोली—"रोते हो, रोना तो मुझे चाहिये था।" राजेश ने कंधों पर से उसके हाथ हटा दिये। खीज कर बोला- "तो तू चुप क्यों है? क्यों यह सब मंजूर कर रही है? एक बार कह न दे फिर देखूँगा कौन होते हैं ये सब तुझे तेरी इच्छा के विरुद्ध नीलाम पर चढ़ाने वाले।"

"उत्तेजित नहीं होते राज! एक की जिन्दगी बिक जाने पर यदि चार की जिन्दगी बन जाये तो उसे बिकना नहीं कहते। फिर तू तो है ही। आसानी से पढ़-लिख सकेगा। देख, मैरिट में आया है तू। तुझे तो हर हालत में पढ़ना होगा न! आगे बढ़ना होगा। बस पढ़ ले। अच्छी नौकरी करने लग। सच कहती हूँ राज तब मुझे अपने इस बिकने पर अफसोस कभी नहीं होगा, तनिक भी नहीं। हाँ, एक बात माने तो मानना, कभी-कभी मुझे देखने आ जाया करना। तुझे ऊंचा उठता देखकर मैं अपने जीवन में सामंजस्य बैठाने की कोशिश करती रहूँगी।"

जिस दिन रानू गई थी, उस दिन वह किसी से भी नहीं बोला था। रानू से भी नहीं। चुपचाप उसे मोटर पर चढ़ता देखता रहा था। जब मोटर चलने को हुई तो वह अपने को रोक नहीं पाया। उसने दौड़ कर रानू की ओर अपने

हाथ बढ़ा दिये थे। रानू ने उन हाथों को अपने काँपते होठों से लगा दिये। जैसे कह रही हो—तुम बड़े बनोगे, निश्चित ही बड़े बनोगे। बस फिर मैं अपने को संभाल लूँगी—उस मन को जो कभी-कभी मुझे और कहीं ले जाना चाहता है। रानू के जाने के बाद सब उसके बदले मिले धन का हिसाब करने जुट पड़े थे। राजेश ऊपर भाग गया था। सामने की छत पर उसने जीत को आँखें पोंछते हुये पाया था। उसके धैर्य का बांध टूट गया। रात में पलंग पर पड़े-पड़े वह उस दिन जी भर कर रोया था।

राज जब आगे पढ़ने के लिये कलकत्ता जाने लगा था, तभी रानू का पहला पत्र उसे मिला था—"मैंने जिन्दगी से समझौता कर लिया है राज! पर मन से समझौता अभी भी नहीं कर पाई हूँ। मैं अभी भी अपनी आँखों में किसी के आँसू महसूस करती हूँ। मुझे लगता है कि कोई अभी भी मुझे याद करता है और जो बेहद कमजोर भी है। वह कैसे अपने से समझौता कर पायेगा? यहाँ मेरे लिये केवल मेरे कर्त्तव्य हैं बस। अभावों के बहुत निकट रही हूँ मैं इसीलिए भोग-विलास में धन का उपयोग देखती हूँ तो कुछ और ही बातें सोचने लगती हूँ।"

फिर बहुत सालों तक रानू का कोई समाचार नहीं मिला। राजेश अपनी पढ़ाई पूरी कर घर भी लौट आया। इस अरसे में घर का सारा नक्शा ही बदल गया था। माँ के चेहरे पर की झुर्रियाँ गायब थीं। सभी भाई-बहिन अच्छे स्कूलों में पढ़ने लगे। पर वह एक दिन भी निश्चिन्त होकर घर में नहीं रह सका। उसे हरदम यह महसूस होता रहता कि रानू की जिन्दगी के बदले मिला यह सुख और ऐश्वर्य उसकी साँसें रोक रहा है। अच्छा हुआ कि जल्दी ही उसे नौकरी में लखनऊ चला जाना पड़ा। कितने वर्ष इसी रफ्तार से अतीत में खोते गये। इन वर्षों में राजेश तबादले में कहाँ कहाँ नहीं फिरा। हर जगह उसने रानू की तलाश की है। एक दिन बाजार में उसने रानू को एक आदमी के साथ देख लिया। "रानू!" वह चिल्ला उठा। रानू ने उसे देख कर भी जैसे न पहिचानने का बहाना किया पर राजेश ने पास पहुँच कर उसका हाथ पकड़ कर उसे खींच लिया—"तुझे कब-कब से खोज रहा हूँ रानू! कहाँ थी तू अब तक? अब तुझे मेरे साथ चलना होगा?" "कहाँ ले जायगा तू मुझे राज!" रानू के वही संयत शब्द थे।

"कहां ले जाऊँगा? अरे घर और कहाँ। अब तो घर बस गया है मेरा। मेरे पास रहेगी। देख न! अब मैं बहुत अच्छी नौकरी भी करने लगा हूँ। तुझे खूब अच्छी तरह रखूंगा। तूने तो इतने दिनों अपनी कोई खबर ही नहीं दी।" राजेश शीघ्रता में बोला।

"खबर क्या देती राज! जिस खबर से मन में खुशी का एक क्षण भी न व्यापे, उस खबर से क्या?" उस आदमी की ओर राज की उठी आँखें देख कर रानू एक तीखी हँसी हँस दी। "जिससे ब्याह हुआ था राज, वह तो टी० बी० का पेशेन्ट था। दो साल तक उसकी सेवा की। उसे सेनीटोरियम भी ले गई पर उसे बचा नहीं पाई। शराब वह आखिर तक नहीं छोड़ सका। वह मरा तब भी इसके पास बहुत धन था। उसके बिना उस धन का होता क्या? राजेश जिन धन का ऐसा बुरा उपयोग हो कि उस पर कितनों की इज्जत-आबरू बिकती रहे, उस धन का मैं क्या करती? उसे तो मैंने उन्हें ही बाँट दिया जिन्हें सच ही उसकी जरूरत थी।" उसने राजेश की ओर बड़ी थकी नजरों से देखा। उसका आहत मन उसकी आँखों में झलक आया था "अब तो मैं ऐसी जिन्दगी में आ गई हूँ राज, जहाँ किसी नाते-रिश्ते की बात ही नहीं उठती। मैं मजे में हूँ।" उसने उस आदमी की ओर देखा, बोली— "इसके साथ हूँ। सेवा करती हूँ। घर की देख-भाल करती हूँ। मुझे और क्या चाहिये?"

रोने-रोने को हो आया था राजेश का स्वर, संभलकर बोला—"बहुत कुछ चाहिये तुम्हें रानू। जो जिन्दगी तुमने हमें दी है, उसके बदले भी तो अपनी जिन्दगी के लिये कुछ ले लो। ऐसा, जिसके नीचे सारा भयावना अतीत छिप जाये। मुझे उबार लो रानू!"

एक धूमिल हंसी रानू के पपड़ाये होंठों तक आई—"उबारने की बात क्या राज! कोई भी किसी को उबार नहीं सकता जब तक उसका स्वयं का मनोबल ही साथ न दे। उबरना होता तो क्या मृत्यु के द्वार बैठे उस रोगी और शराबी के हवाले अपने को कर देती? छोड़ो इस बात को। अब भी, इस आदमी को जानते हो? इसके पास एक दुधमुँहा बेटा है। उसे छोड़ कर कहीं जा कैसे सकती हूँ? उसे ही उबारने में लगी हूँ। अपने उबारने के लिये इसने मेरा साथ चाहा, नहीं भरा तो अपना बच्चा मेरी गोद में डाल दिया। कभी देखने आना उसे राज! बहुत प्यारा है वह।" रानू की आँखों में ममता का अथाह जल हिलोरें लेता दिखाई दिया राजेश को।

"इन बच्चों को उबारने के लिये मैं एक क्या कई-कई जन्म भी दे सकती हूँ... फिर तुम अच्छी तरह हो, और क्या चाहिये मुझे? तुम सुख से हो, जानकर बहुत बड़ा संतोष मिल गया है मुझे।"

रानू के एक-एक शब्द अभी तक राजेश के कानों में झनझना रहे हैं। "बाहर दमकता रूप और भीतर कितना मनोबल था तब और आज भीतर कितना मनोबल है किन्तु कितनी कृश हो गई है रानू।"

बहुत दिनों तक राजेश रानू को अपने पास लाने उधेड़बुन में लगा रहा। परसों राज के नाम आया रानू का पत्र नीलम ने पड़ा था—"राज अब मैं तुम्हारे पास आ सकूंगी। जिस बेटे को मैं उबारना चाहती थी उसे उबार नहीं सकती क्योंकि उसे उबारने के लिये रूप और जवानी के पहले, भोजन की, दवा की जरूरत थी। मेरे पास कुछ भी तो नहीं था राजेश! कुछ भी होता तो उसे देकर भी मैं अपने बेटे को बचा लेती। उस आदमी को भी अपने बेटे के लिये ही मेरी जरूरत थी। लेने आओगे पर एक शर्त पर नीलम से अभी न कहना कि मैं कौन हूँ, तुम्हारी क्या लगती हूँ? एकाएक जानेगी तो विश्वास नहीं कर पायेंगी।"

प्रतिशोध से नीलम जलने लगी थी। उसने पत्र ज्यों का त्यों बन्द करके रख दिया। "आज पता चला राजेश क्यों खोये-खोये रहते थे, क्यों सोये-सोये भी जागे-जागे रहते थे ?"

राजेश की विचारधारा कुंठित हो गई। उसे लगा जैसे मंजिल पर पहुँचने के बाद किसी ने उसे नीचे, बहुत नीचे ढकेल दिया है और जहाँ से अब वह कभी ऊपर नहीं उठ सकेगा। रानू ने शर्त रखी थी—"उसने अपना मन तो देखा होता जिसके आगे सिर ऊँचा उठाने की हिम्मत किसी में भी नहीं है, इस नीलम में तो हरगिज नहीं।" आवेश में राजेश उठ खड़ा हुआ। उसने नीलम के कंधे बुरी तरह झकझोर दिये—"उससे कुछ कहने के पहले तुमने मुझसे तो कुछ पूछा होता। मुझसे कुछ कहा होता नीलम! तुम उसे नहीं समझ सकोगी। जो आज मैं हूँ या तुम हो, सब उसी के बदले तो हैं। इन हाथों से उसे मारने के पहले तुमने मुझे मारा होता नीलम। वह तो मेरी बहिन थी, मेरी सौतेली बहिन जिसने हम सबको बनाने के लिये अपने को मिटा डाला।"

इसके बाद क्या हुआ मुझे नहीं मालूम। उस अभागी स्त्री की तरह रानू का क्या हुआ, कुछ भी पता नहीं।

# फूलों की गन्ध और उदास मन

आँगन गुलाब के फूलों से भर गया है। यहाँ की पथरीली मिट्टी में मैं इनकी कलमें बड़ी मुश्किल से लगा पाई हूँ। सभी मजाक के स्वर में मेरे इस कार्य को जब-तब दुहराते हैं। फूल भी बस गुलाब के और तरह-तरह के। पीले, सफेद, लाल, गुलाबी, न कोई अन्य फूल न अन्य फूलों की गंध। सुबह का कार्य ही कुछ ऐसा होता है कि मैं इन्हें सँवारने के लिए समय नहीं दे पाती। इसीलिए कोई कार्य अव्यवस्थित भी हो जाता है। संध्या के रिक्त समय में मेरे संगी गुलाब मेरे एकाकी क्षणों को बंटा लेते हैं। कली मुस्कराती है, हँसकर खिल पड़ती है और उन हँसते हुए गुलाबों में सुदूर अतीत का एक स्नेहिल पुष्प झलक जाता है। यही तो सबसे बड़ी कमजोरी है कि वह याद आता है। सुख से भरे पूरे जीवन में भी उसकी याद आती है। सच कहूँ तो मैं उसे भूलना चाहती भी नहीं। उसकी याद मन-प्राण में एक अनकहा प्रेम जगा देती है जिस प्रेम की सुवास उम्र के भोले दिनों में कहीं अंतर में जा बसी हो। शैलेश के मित्र अमित कल बहुत दिनों के बाद घर आये थे। फूलों की दुनिया में लीन मैं उनका आना नहीं जान सकी। कमरे से चिल्लाते हुए इन्होंने मुझे पुकारा—"अरे भाई, अपने पुष्प जगत से तो निकलकर देखो, कौन आया है?" और मैं गुलाब की सूखी पंखुड़ियों को अंजलि में समेटे उनके समीप पहुँची थी तो शैलेश के शब्दों को छूकर अंजलि की पंखुड़ियाँ उनके पैरों के निकट बिखर गई थीं। अमित से उन्होंने कहा था—"तुम्हारी भाभी को तो गुलाब के फूलों का मैनिया है।" अमित ने भी उन्हें सहयोग देते हुये जाने किस स्वर में कहा था—"होता भी तो ऐसा ही है यह गुलाब। तभी तो लोग ताजे फूलों की गंध में प्रणय का प्रतिदान पाकर बेसुध हो जाते हैं और सूखे फूलों को भी किसी की स्मृतिस्वरूप अपनी पुस्तकों के पन्नों में रख छोड़ते हैं। प्रीत का प्रतीक यह गुलाब का रंगीन फूल न जाने कितने मनों को अपनी रंगीनी में डुबाये रहता है।" बात भले ही उन्होंने सहज ढंग से कही हो पर मन बहुत अन्दर तक भीग गया था। सच ही कहा था उन्होंने। आज मेरी किताबों के पन्नों में दबे गुलाब के सूखे फूल निर्गन्ध होते हुए भी एक भीनी-भीनी

मोहक गंध से भर देते हैं और वे फूल आगे बढ़ती हुई मेरी उम्र को बरबस पीछे लौटा देते हैं—बहुत पीछे, अतीत के उन भोले दिनों में।

गुलाब के फूलों की सी हँसी। बेतहासा खिलखिलाती हँसी। पुष्प की बिखरती हँसी को सुनकर एक दिन टीचर ने कहा था—"तुम सच में पुष्प हो पर गुलाब के। खिलते तो सभी फूल हैं पर गुलाब का खिलना ही और होता है जैसे अपनी सम्पूर्णता सहित किसी को पाकर बड़ी निश्चिन्ता से झूम उठा हो।" हाँ, वह था भी तो ऐसा ही। उसके व्यक्तित्व की हर पंखुड़ी प्रस्फुटित थी। उसकी बुद्धि और प्रतिभा की सभी प्रशंसा करते और यही प्रशंसा साथियों में ईर्ष्या का विषय बन जाती "जब देखो तब पुष्प! पुष्प!! पुष्प!!! जैसे कक्षा में और कोई है ही नहीं तभी तो अपने सम्मुख यह किसी को समझता ही नहीं"—साथियों की आवाज तेज हो जाती है। सुनकर भी वह वही सम्मोहन भरी मुस्कान बिखेर देता। साथी उसे नीचा दिखाने की कोशिश करते पर उसकी प्रगति को दूसरों की चेष्टायें रोक न पातीं। लायब्रेरी रूम में जब देखो तब वह किसी किताब में डूबा हुआ ही मिलता। वह किसी से अधिक मिलता भी नहीं। मुझे उसका सहयोग मिला था। अपने कमरे में जब मैं कुछ लिखने बैठती तो उसकी किताबों के बीच रखे ताजे गुलाब की सुगन्ध मेरे मन को सुगन्धित कर जाती और मैं कुछ पल के लिए कहीं खो जाती।

दोनों के बीच दो-चार शब्दों का आदान-प्रदान बस फिर भी परस्पर सहयोग के लिए तत्पर और आकांक्षी। हमारा यही साथ और सहयोग साथियों की आंखों में जा गड़ा था। उड़ती-उड़ती बातें निशी से भी सुनी थी। एक दिन उसने कहा था—"शैली ! तू पुष्प से तो कभी मिलती, बात करती भी नहीं पर जानती है क्लास के लड़के तुम दोनों के बारे में क्या बकते हैं?" मेरे उत्सुक नेत्र निशी के मुख पर थम गये थे। "कहते हैं पुष्प और शैली एक-दूसरे को प्यार करते हैं।" "प्यार करते हैं!" —सुनकर मैं चौंक गई थी। मुझे जाने कितना अजीब लगा था उस समय। एक-दूसरे का साथ पाना क्यों दूसरों की दृष्टि में बुरा है—मैं नहीं समझती थी। निशी ने कहा था—"सच तो यह है कि लड़के तुम दोनों से जलते हैं।" "प्यार!" मैं उस समय कुछ भी नहीं समझ सकी थी पर वह शब्द जाने क्यों रह-रहकर याद आता रहा था।

पुष्प कक्षा में प्रथम आया तो मन में प्रसन्नता के ढेर सारे फूल खिल उठे थे। वह साथियों से घिरा-घिरा बधाइयाँ ले रहा था। मैं चुपचाप सामने से

होकर निकल जाना चाहती थी कि साथियों को विदा कर वह शीघ्रता से मेरे पास आ रुका—"शैली मुझे बधाई नहीं दोगी!" उसकी आँखें हँस रही थीं। क्या कहूँ, मैं कुछ सोच नहीं पा रही थी। "तुम्हारी सफलता के सम्मुख बधाई मुझे हल्की लगती है पुष्प ! फिर भी बधाई" —मैंने झिझकते हुए कहा था। दूसरे दिन मधु ने रिमार्क किया था—"ओह! बधाई पाने के लिए अब तो लोग रास्ता भी रोकने लगे हैं।" हमारा सहयोग, हमारी मुस्कान भरी मित्रता को कोई क्यों नहीं सह पाता—तब यही सोचकर मन खिन्न हो जाता था पर आज हँसी आती है। कई दिनों की अस्वस्थता के बाद जब मैं कॉलेज पहुँची थी तो गेट पर खड़ा पुष्प मेरी ही प्रतीक्षा कर रहा था—"ये मेरे नोट्स और किताबें तुम रख लेना। कुछ दिनों के लिए घर जा रहा हूँ। लौटकर ले लूँगा।" मैंने देखा, पुष्प के अधरों पर एक हल्की मुस्कान तिर रही थी पर मेरा मन बेहद उदास हो आया था। मैं चुप थी। मुझे चुप देखकर वह बोला—"लड़के तो बकते ही रहते हैं पर मैं इन सबकी परवाह नहीं करता। अपने सही दृष्टिकोण पर अपना अडिग विश्वास होना चाहिए। दूसरों की अनर्गल बातों पर ध्यान देने से अपना ही मन खराब होता है।" वह चला गया। उसके नोट्स, उसकी किताबें हाथ में लिए मैं देर तक उसे जाता देखती रही। जाते समय उसकी आँखों की उदास दृष्टि अभी भी मेरी आँखों में है। निशी ने जाने कब आकर मेरे कन्धे झकझोर दिए थे—"घर नहीं चलना है?" लगा था, चलने में भी मुझे प्रयास करना पड़ रहा है। वह गया फिर कभी लौटकर नहीं आया। निशि से पता चला था कि अब वह दूसरे शहर में पढ़ने लगा है। न जाने कितने दिनों तक मैं उसके नाम पर दूसरों के व्यंग्य, दूसरों के कटाक्ष सहती रही थी। ऐसे समय उसके अधरों की मुस्कान मुझे उदास कर देती और किताबों की सुगंबित पंक्तियों मुझे उसकी याद दिलातीं और लगने लगता जैसे मैं अकेली हो गई हूँ, अब मेरा कोई साथी नहीं रहा। फिर तो एक युग बीत गया।

बड़ी व्यस्त जिंदगी। पढ़ना-पढ़ाना अब भी दूभर लगने लगा है। घर-गृहस्थी में यों भी पढ़ने का अवकाश नहीं मिल पाता। अब तो बस इच्छा होती है कि कोई पढ़कर सुनाता रहे और मैं सुनती रहूँ बस।

जिंदगी में कुछ ऐसे क्षण कितने अनजाने जा जाते हैं कि उन्हें पाने में मन का सब कुछ गलने-सा लगता है। उन क्षणों में सुख और व्यथा का कुछ ऐसा मिला-जुला भाव होता है कि कसक उठकर आँखों में कई-कई सपने जगा

जाती है। निशि के विवाह में जाकर मैंने ऐसी ही पुलक भरी पीड़ा पा ली थी। निशि के विवाह की चहल-पहल में अप्रत्याशित पुष्प को पाकर जाने कितने अथाह मोद से भर गई। इतने दिनों, इतने वर्षों के बाद अचानक सामने पुष्प को देख रही थी। निशि ने मजाक भी किया, मुझे स्वयं भी आश्चर्य हुआ। पहले की झिझक और वह संकोच कहाँ गया? दुनिया भर की बातें उठ-उठकर अतीत को भरने लगी थीं। हमें बातों में इस तरह बेखबर देख कर निशि ने आश्चर्य से भर कर कहा—"अच्छा... मैं सोच रही थी कि तुम लोग एक-दूसरे को भूल चुके होगे। मिले भी तो पहचानोगे नहीं। पहले तो कभी तुम दोनों को इस तरह बात करते देखा भी नहीं।" पुष्प के अधरों पर वह हँसी खिल आई थी। हँसते हुए बोला—"अरे भाई, तब ये 'हाँ-ना' के अतिरिक्त कुछ बोलना थोड़े ही जानती थीं। यह तो मुझे भी पहली बार ही पता चला कि ये बोल लेती हैं और बहुत अच्छा बोलती हैं।" सब की सम्मिलित हँसी में वातावरण हँस पड़ा था।

स्टेशन पर गाड़ी की प्रतीक्षा लिए हम खड़े थे। शैलेश टिकिट लेने चले गये थे। पुष्प ने अचानक मुझसे पूछा था—"अच्छी तो हो न!" उसके स्वर और मुस्कान में छलके भाव को सहकर मैंने कहा था—"हां, अच्छी हूँ।" और तत्काल वह बोला पड़ा—"और क्या तीन-चार साल में सब ठीक-ठाक चलने लगता है, है न!" पुष्प में काँटे की चुभन महसूस हुई थी। नम हो आई आंखों को छिपाने की कोशिश की थी। मन में आया था कि कहूँ-शैलेश बहुत अच्छे हैं पुष्प ! बहुत अच्छे पर उसकी वैसी हो झरती मुस्कान से मन पूर्ववत् हो आया था। न जाने कब तक मैं उसकी बातों में डूबी रही। जी चाह रहा था, इसी तरह मैं उसकी बातें सुनती रहूँ, सुनती रहूँ। इतनी बातें मुझमें भर जाये कि सोचते रहने पर भी कभी चुकें नहीं। अपने बारे में बतलाया था उसने अभी तक विवाह नहीं किया। कहीं मन की लड़की ही नहीं मिली। विवाह क्या ऐसी-वैसी लड़की से होगा मेरा। अरे उसमें कुछ तो विशेष होना चाहिए, आम लड़कियों से अलग। हँसते चेहरे पर उदासी की एक झलक मेरी आंखों में झलकी पर दूसरे ही क्षण मुस्करा कर उसने कहा—"आओगी मेरे विवाह में?" "विवाह में मैं भले ही न आ पाऊँ पर देख पाने की लालसा मन में अवश्य रहेगी।" ट्रेन चली। "कितना अकस्मात मिलना हुआ"—उसका मुँह गम्भीर हो उठा था। ट्रेन की रफ्तार तेज होती गई और विदा देता हुआ ऊपर उठा हाथ नजरों से ओझल होता गया।

फिर मुझे ऐसा लगा जैसे मिलकर कोई बिछुड़ जाये और जिसकी कभी मिल पाने की कोई आशा न हो। जाने क्यों इस बार के छूटने में मन का जो कोना कभी गुलाब की सुरभीली गंध से सुवासित हो गया था, पुनः बड़ी तीव्र महक से भर आया कि सँभाल पाना भी कठिन हो गया। उसकी दी हुई कई किताबें फिर मेरे पास थीं। पानी की बूँदें भीतर आने लगी थीं। "शीशा तो बन्द कर लो" झटका लगा। अपने आप को सँभाल लेना पड़ा। शैलेश कह रहे थे—"बहुत भावुक हो तुम, मिलना और बिछुड़ना तो लगा रहता है। यह निशि भी तो कितना रो रही थी। फिर तुम लोगों को तो बात-बात में रोने की आदत है।"

निशि के पत्रों से जब-तब पुष्प के समाचार मिल जाते हैं। उसके पत्र से पता चला कि पुष्प इन्दौर में सैटल गया है। प्रेक्टिस कर रहा है। निशि ने लिखा था—"अब तो उसका विवाह भी हो गया है पर अल्ट्रा माडर्न पत्नी को पाकर वह खुश नहीं है। देखो, तो उसे पहचान भी न पाओ। अब वह उदास रहने लगा है। किसी में इतना अधिक परिवर्तन कभी अनजाने नहीं होता शैली।"

"अब वह उदास रहने लगा है।" पुष्प का उदास मुख आँखों में घूम गया। उसकी उस बिखरती हँसी का क्या हुआ होगा? मुझे याद आती है उसकी हँसी... हँसता हुआ उसका पूरा व्यक्तित्व। शब्द-शब्द से झरती उत्फुल्लता। क्या कहा था उसने? आम लड़कियों से अलग विशेष की चाहना ही तो की थी। यह क्या हुआ उसकी चाह का? क्यों उसकी हँसी मुरझा गई? क्यों उसके सपने टूट गये? मन बेहद उदास हो जाता है।

रैक में सजी हुई पुष्प की दी अनगिनती-किताबें—किताबों से उसे बेहद राग था—मैं जानती हूँ। बहुत दिनों की व्यस्तता के उपरान्त एक दिन जब मैं किताब लेकर पढ़ने बैठी तों गुलाब का वही मुस्कराता फूल फिर दृष्टि में समा गया। हँसता हुआ फूल और उदास पुष्प का मन। मन फिर पढ़ने में नहीं लगा। अब तो ये गुलाब मेरी सबसे बड़ी कमजोरी बन गये हैं।

शैलेश ने गुलाब की कुछ कलमें बाहर से भी मंगवाई थीं। क्यारी में उन्हें रोप कर बहुत खुश हुए थे। उन्हें मेरा कितना ध्यान है—मैं सोचती हूँ। कमरे में बिखरती धूप में मैं नन्हें राजन का पुलोवर बुन रही थी कि शैलेश दौड़े

आये। पुलक से भर कर मेरा हाथ पकड़ मुझे आंगन में ले चले—"देखो तो, तुम्हारे गुलाब में कई नन्हीं सुकुमार कलियाँ खिल आई हैं।" मैंने उन हँसती-सी कलियों को देखा, कुछ क्षण शैलेश को ताकती रही। जीवन जीने की आकांक्षी ये कलियाँ और बोझिल उदास पुष्प का मन। किताबों में रखे सूखे फूल मुझे अतीत में लौटाते हैं और आंगन में खिलते फूलों की गंध से मेरा वर्तमान सुवासित हो उठता है। फूलों की गंध में मोहते शैलेश मुस्करा रहे थे और और मैं... ओफ ! मेरा मन कितना प्रसन्न है और साथ ही कितना उदास भी।

# ठहरे हुए अंधेरे

# अँधेरे का कफन

आँखों में पूरा अँधेरा सिमट आया है। मैं जाने कब से पार्क के इस अंधेरे कोने में एक बुत की तरहआ स्थिर हुआ हूँ। यह उजड़ा हुआ सूना पार्क, जिसे अब पार्क कहना हास्यास्पद लगता है, ठीक मेरी जिन्दगी की तरह ही कितना अर्थहीन लगता है। कभी इसे फूलों से रंगीन, खिला, महकता मैंने देखा है पर आज कोई याद करके भी उसे देखे तो कितना निरर्थक होगा वह देखना—एक टीस-भरा। आँखों में कुछ टूटने की पीड़ा वही महसूस कर सकता है जिसने उस पीड़ा को भोगा है। ऐसे में सांत्वना की बातें कितनी बेमानी लगती हैं। मैं सबकुछ भूल जाना चाहता हूँ—अतीत और आज दोनों, पर भूल पाऊँ तब तो...!

जो होना था, वही हुआ है। बोर्ड पर उमड़ा हुआ लड़कों का हुजूम। धक्का-मुक्की, शोर-शराबा, सभी अपना नाम उस पर सबसे पहले ढूँढ लेना चाहते हैं जैसे सारी की सारी दुनिया इस एक स्थान पर ही केन्द्रित हो गई है। वर्तमान की सुखद अनुभूति और आगत की आश्वस्ति उनकी आँखों में बिल्कुल ऊपर तक छलक आई है पर मैं ? मैं जाने क्यों यहाँ आया हूँ—जाने क्या पाने ? जबकि जानता हूँ कि मेरा सारा भविष्य मेरे लिये अनचीन्हा है। मेरे लिये ही क्यों—सारे परिवार के लिये। बूढ़े बाप, बूढ़ी माँ और जवान होती दोनों बहनों के लिये बिल्कुल ही अनचीन्हा। पुल सामने था पर मैं उस पर से गुजर नहीं सका। गुजरते-गुजरते पाँव अटके तो देखा, पुल टूटा हुआ था और मैं गहरे दलदल में फँस गया हूँ। मैं एकाकी जीवन के सपनों को खोजता वहाँ तक पहुँचता कि सबने मेरी ओर मुँह सिकोड़ लिया था। उनकी आंखों में घृणा के असंख्य बुलबुले उगे थे और मेरी आँखों में फट गये थे। मैं बिल्कुल चुप अपने में खोया कुछ हटकर खड़ा हूँ। कानों में लड़कों के उल्लास से भीगे-भीगे शब्द कुछ गडमड होकर पड़ रहे हैं जिनका सन्दर्भ अब मेरी समझ में शायद कभी न आ सके... सन्दर्भ से कटा हुआ मैं। लड़के आ-जा रहे हैं, हाथों में उन्नति-भरा भविष्य पकड़े और सबसे मुँह चुराता... मैं अब जैसे सारी दुनिया से मुँह चुराने की कोशिश करने लगा हूँ।

भीड़ छट गई है। अन्दर की सारी शक्ति केन्द्रित कर अपने शिथिल पैरों से मैं आगे बढ़ता हूँ। सारे चेहरे तिरोहित हो गये हैं। वर्तमान नहीं, शायद भविष्य भी नहीं। मैं चुपचाप बोर्ड के सम्मुख खड़ा हूँ एक जायजा लेने नामों की भीड़ का। एक-एक नाम मन पर उभरता है। नाम सरकते जाते हैं—सरकते जाते हैं और अन्त में मैं रुका-रुका टूटे हुए पुल के नीचे के दलदल में और गहरे जा धँसता हूँ।

सारा माहौल सन्नाटे की कैद में है। एक भयावह सन्नाटा मेरे भीतर, एक अजीब-सी ऊब–एक अजीब-सी यन्त्रणा का प्रसार कर रहा है। मैंने अपने को सँभालना चाहा है। कन्धे पर हाथों का स्पर्श होता है—राजेश है... बिल्कुल चुप। उसे उस तरह देखता पाकर मेरी आँखों में पानी-सा आने लगता है। उसने हाथ थाम लिया है। उसके साथ चलता हुआ मैं चुपचाप अनजाने-अनचाहे घर की देहरी पर आ खड़ा हुआ हूँ। "पागल नहीं बनते !" —उसके हाथों का स्पर्श मुझे रुला जाता है पर मैं रोता नहीं हूँ। रोकर क्या होगा ? कुछ नहीं होगा रोकर—मैं अच्छी तरह जानता हूँ। पर राजेश की आँखों में आँसू झलमला आये हैं. आज भैया होते तो उनकी आँखों में उमड़े सहानुभूति और ममत्व के जल में मेरी पीड़ा की कातर परछाइयाँ तैर जातीं और तब मैं फूट-फूटकर रो सकता—शायद हल्का हो लेता।

हाफ डे है। दीदी आज स्कूल से जल्दी ही लौट आई हैं। दीदी और कम्मो दोनों पढ़ रही हैं। दोनों नौकरी कर रही हैं। बाबूजी का एक हाथ पहले कट गया था और एक अब कट गया है। पर मुझे इसका जरा भी अफसोस नहीं क्योंकि जानता हूँ—उन्होंने जानबूझकर अपने दोनों हाथ काटे हैं, मैं कर भी क्या सकता हूँ !

भीतर एक अजीब-सी मनहूस छाया डोल रही है। वर्षों से डोल रही है और मैं उससे घिरा-घिरा हमेशा अपने से लड़ता रहा हूँ। लड़ता रहा हूँ और हारता रहा हूँ। खाट पर लेटे बाबूजी जब खाँसते हैं तो लगता है कि दिमाग की नसें चटकने लगी हैं और मेरा मन कहीं दूर—बहुत दूर भाग जाने को करने लगता है। पर माँ की कमजोर देह को बेसहारा छोड़ जाने का भी मन नहीं होता। एक वही हैं जिनकी धुंधली आँखों में मेरे लिए दर्द और प्यार का समुन्दर लहरा जाता है और तब निराशा में डूबती मेरी जिन्दगी प्रकाश का एक बिन्दु पा लेती है। मैं बाबूजी से नजर बचाकर पीछे दालान में निकल

आता हूँ और पड़ी हुई खाट पर औंधा पड़ जाता हूँ। मेरी दृष्टि धरती पर निरर्थक टिकी हुई हैं। दीदी मेरे सामने लाकर खड़ी होती हैं। मैं जान रहा हूँ—उनकी प्रश्नवाचक आँखें मुझ पर टिकी होंगी। वे कुछ पूछेंगी नहीं तो मैं भी कुछ कहूँगा नहीं। किसी से भी कहने के लिए अब मेरे पास बचा क्या है ? कुछ देर यों ही दीदी चुप खड़ी रहती हैं। फिर पूछती हैं—"क्या हुआ ?"

"कुछ नहीं!" मैं कहता हूँ।

"तू इस तरह क्यों बोलता है विशु ? क्यों जले पर नमक छिड़कता है?"

"जले पर तो तुम नमक छिड़क रही हो। जानती तो हो फिर क्यों पूछती हो? क्या मेरे मुँह से ही सुनना अच्छा लगता है? अच्छा लगता है तो सुन लो—मैं फेल हो गया हूँ। कॉमर्स की यह पढ़ाई मेरे बिल्कुल पल्ले नहीं पड़ती पर तुम सब तो यही चाहते हो न कि जो मैं चाहूँ बस वही नहीं करने दोगे।"

मैं तेजी से उठकर अपने कमरे में जाने को होता हूँ तो दो जलते अंगारों-सी आँखें मुझे कैद कर लेती हैं और मैं दरवाज़े से टिका हुआ खड़ा रह जाता हूँ। बाबूजी मेरे सामने हैं—"फेल नहीं तो क्या पास होंगे नवाबजादे ! बस पेट भरना चाहिए—पहिनने को अच्छे कपड़े चाहिएँ। शर्म भी नहीं आती, डूब मरना चाहिए चुल्लू भर पानी में। बहनें कमाकर खिलाती रहें और ये बेशर्मी से फेल होते रहें !" मेरे कानों में जैसे हथोड़े की चोटें पड़ रही हैं। फिर भी मैं अपलक बाबूजी को देखता उनके अपशब्दों को किसी देवता के आशीर्वाद की तरह झेलता अडिग खड़ा हूँ। खड़ा हूँ इसलिए वे पास आते हैं। अपना हाथ उठाते हैं कि माँ अचानक सहमती-सी आकर उनका उठा हुआ हाथ रोक लेती हैं—"अजीब हो तुम! उसे क्या कम दुख है ? और तुम ऊपर से उसे इस तरह जलील कर रहे हो !" बाबूजी क्रोध से थरथराते चीख रहे हैं—"तुम्हीं ने सिर चढ़ाया है इसे और ये लाटसाहब, सबकुछ भूले रहें कि कोई कैसे कमा रहा है। कोई कैसे खर्च कर रहा है! कॉमर्स में मन नहीं लगता साहबजादे का ! इंजीनियर बनेंगे इंजीनियर !" —(व्यंग्य उगलता एक हास्य)

सब हट गए हैं। धूप आँखों में चटकने लगी है। हवा का एक लावारिस थपेड़ा पास से गुजरता है। झुलसता हुआ मैं सीढ़ियों पर थम जाता हूँ। कोने में सिमटा हुआ जैक मेरी उपस्थिति महसूस कर कातर नेत्रों से मेरी ओर देखता है तो मैं बिखर जाता हूँ। इसमें और मेरी जिन्दगी में क्या कहीं कोई

फर्क है ? दोनों ही तो समरूप हैं—अपनी महत्ता खोये हुए। सब ओर से असहाय और उपेक्षित अपनी आकांक्षाओं का बोझ ढोता हुआ मैं क्यों अपने से ही इस तरह जूझ रहा हूँ। अभी भी बाबूजी के कहे एक-एक शब्द कानों में गूंज रहे हैं। जाने कितनी-कितनी बार कहे हैं उन्होंने ऐसे शब्द। जब भी सुनता हूँ, खून खौल उठता है। जी चाहता है कहूँ—क्या आप नहीं खा रहे बेटियों की कमाई ? और मुझे भी बहनों की कमाई खाने के लिए किसने विवश किया है? बोलिए- जवाब दीजिए !

पर अब न तो मेरे प्रश्न का ही मूल्य है—न ही किसी के उत्तर का।

"चल खाना खा ले विशु... कब तक यों ही बैठा रहेगा ?"

मैं नहीं उठता। माँ मेरे पास बैठ मुझे अपने में समेट लेना चाहती है—"तू कुछ मत सोच बेटे, किसी बात की चिन्ता मत कर... अपना सोच, अपने आगे का। एक वह था जो सबका सोचते-सोचते ही चला गया। आज वह होता तो क्या... !" माँ की आँखों में आँसू। माँ के यही आँसू तो सह नहीं पाता। उठकर खाना खाता हूँ बेमन और आकर अपनी खाट पर लेट जाता हूँ। साँझ गहरा रही है। कमरे में हल्का अंधेरा पसर रहा है। मैं सबकुछ भूल जाना चाहता हूँ। ऐसे में भैया की याद एक सहारा बनकर उभर आती है। आज भैया के चले जाने के बाद किनारे आ लगने वाली नाव मँझधार में डूबकर रह गई है। कितना-कितना सोचा था भैया ने कि वे एक डॉक्टर बनेंगे और उसके लिए जी-जान से कोशिश करते भैया, पिताजी के दिये अभिशाप का बोझ उठाते भैया त्याग और तपस्या की भेंट चढ़ गए। तब किसी ने उनकी कीमत नहीं जानी। प्रैक्टीकल में जूझते भैया, तीन-तीन ट्यूशन करते भैया। थके-थके भैया के सांवले-दुबले चेहरे को देखकर माँ कहती—"तू इतना परेशान क्यों होता है वीनू ? तू सारे-सारे दिन दौड़-धूप करता है, रात गये तक पढ़ता है। अरे तू स्वयं को सुखाकर सबके लिए कितना सुख बटोरेगा रे ?"

"खूब ढेर सारा सुख माँ।" भैया की लम्बी फैली भुजाओं में समाता ढेर सारा सुख। वे हँसते हुए माँ को दोनों हाथों में बाँधकर ऊपर उठा देते, कहते—"इतना सुख कि तुम इतनी ऊँची उठ जाओ माँ कि धरती पर तुम्हारे पैर ही न पड़ें।" भैया की हँसी तब कितनी उजली-उजली लगती थी। लगता था झिलमिलाते एक दीपक से ढेर-सारी बिजली की रोशनी निकलकर घर के

कोने-कोने को उजास से भर गई है। फोर्थ ईयर और फिर अन्तिम... बस, फिर सबकी जिन्दगियाँ करवट लेंगी, बिल्कुल ही बदल जाएँगी। बाबूजी शान से सीना फुलाए कहते—"मैं तो मामूली बाबू हूँ साहब पर मेरा बेटा डॉक्टर बन रहा है—डॉक्टर !"

उससे भी पहले की बातें हैं—सपनों में डूबी जैसी। तब भैया विज्ञान के छात्र थे और मैं मिडिल स्कूल की पढ़ाई कर रहा था। एक दिन जब मैं आठवीं के नम्बर लेकर लौटा था तो भैया ने पुलकित होकर मुझे दोनों बाहों से जकड़कर छाती से लगा लिया था—"बाप रे ! सौ में अठानवे। मेरा विशु इंजीनियर बनेगा। बड़ा भाई डॉक्टर और छोटा भाई इंजीनियर।" उनके चेहरे पर की धुली हुई मुस्कान और गहरी हो आई थी।

माँ प्रायः भैया की बातें करती हैं—केवल मुझसे। एक अभिशप्त परिवार में जन्म लेकर उसने बड़े ऊँचे सपने देखे थे—बड़े ऊंचे। शायद पूर्व जन्म में वह कोई बड़ा आदमी था... बड़ा यानी महान। ठीक वैसी ही आदतें, वैसा ही स्वभाव, वैसी ही महत्त्वाकांक्षाएँ और वैसी ही लगन। डूब गये सारे सपने, सारी महत्त्वाकांक्षाएँ। मां जब भी भैया की बातें करती हैं, उनकी आँखों से टप-टप आँसू गिरने लगते हैं जैसे उन आँसुओं का कोई आधार न हो।

सब सन्न रह गये थे जब एक दिन बाबूजी बिफरे हुए बदहवास-से घर लौटे थे और अपने किये की जिम्मेदारी सब पर ठहराकर खूब चीखे-चिल्लाए थे। घूँसखोरी का अपराध था उन पर, वे सस्पेंड कर दिये गए थे। बस आकाश में तैरते सबके सपने टूट कर उसी दिन धरती पर आ गिरे थे। माँ उसी दिन से चुप हो गई थीं जैसे किसी ने उनकी वाणी छीन ली हो। और ऐसे में भैया किसी देवदूत की तरह आगे बढ़कर बाबूजी के अपराध के बोझ को स्वयं न झेल लेते तो सारा-का-सारा परिवार उस अभिशाप के कीच-पंक में डूबकर गहरे धँस गया होता। भैया ने पढ़ाई छोड़ दी थी और साइंस की सारी किताबें अपने साथियों को आधी कीमत में देकर जब अपने स्टडी-रूम में आये थे तो सारे दिन मेज पर सिर रखकर रोते रहे थे। बढ़ी हुई दाढ़ी, बेतरतीब उलझे बाल, बिना क्रीज के कपड़े... भैया का यह रूप मुझे भीतर तक बेधकर रख देता। मैं अपने नन्हें हाथों को देखता और भैया के लिए कुछ न कर पाने की विवशता लिये, बाबूजी के प्रति भीतर-ही-भीतर एक घृणात्मक आक्रोश से भर जाता। बाबूजी के किये का परिणाम भैया क्यों

भोगें—सब क्यों भोगें—कोई भी क्यों भोगे ? भैया दौड़-धूप कर रहे हैं। सुबह होते ही वे कहीं चल देते हैं और साँझ बाद ही लौटते हैं। लौटते हैं, तो उनकी उदास आँखें और बदरंग चेहरे की ओर देखने का मेरा साहस नहीं होता। उनकी आँखों को न झेल पाकर मैं केवल उनके जूतों की ओर देखता हूँ जिन पर धूल की मोटी परत जमी होती है। वह सारी-की-सारी मेरी आंखों में भरने लगती हैं तब मेरी आँखों में पानी आने लगता है। ऐसे ही जाने कितने दिन बीते थे। फिर एक दिन वे बाबू की कुर्सी पर बैठ गये थे। भविष्य में होने वाले डॉक्टर की मृत्यु तो उसी दिन ही गई थी और जो क्लर्क की कुर्सी पर बैठा था—वह तो कोई और था, भैया नहीं थे वे। फिर तो कभी किसी ने उनके चेहरे पर खिलती मुस्कराहट नहीं देखी। घर के सारे कार्य पूर्ववत् चलने लगे थे। घर में फैलती सरगर्मी, पलंग पर लेटे-लेटे बाबूजी का अखबार पढ़ना, सन्ध्या को जल्दी ही खाना खाकर घूमने निकल जाना, फिर अँधेरा फैलते लौटना, लौटकर बेमतलब माँ को डाँटना-डपटना।

मैं जब पढ़ने के लिये कमरे में आता तो देखता—भैया चुपचाप अपने पलंग पर लेटे हुए जाने क्या सोच रहे हैं ? मैं पास आता-आता थक जाता हूँ। भैया वैसे ही लेटे हुए हैं। मैं भैया पर एक नजर डाल अपनी टेबल पर आ जाता हूँ। सामने गणित की कॉपी खुली हुई है और कॉपी पर पेन की नोंक गड़ाये मैं कहीं खोने लगा हूँ—"साला नौकरी क्या करने लगा है सब पर अहसान करने लगा है, पढ़ाई जैसे किसी की छूटती नहीं है। तकदीर की बात है। इस तरह लोग अधमरे नहीं हो जाते। मैं क्या कोई जुगाड़ नहीं कर सकता ? क्या समझने लगा है अपने को ?" —दूसरे कमरे से बाबूजी की बकझक सुनाई देती है। मैं झाँककर देखता हूँ। भैया वैसे ही छत की ओर निर्निमेष ताकते लेटे हुए हैं। आवेश से मेरी नसें तड़कने लगती हैं। मैं उठ खड़ा होता हूँ। मैं लगभग चीखने को होता हूँ—"भैया ! आप बाबूजी को रोकते क्यों नहीं ? क्यों वे इस तरह...." भैया के सूखे पपड़ाये होंठों पर हँसी उभरती है और आँखों में स्नेह डबडबा आता है—"पागल कहीं का, बिल्कुल पागल है तू... देख!" —वे मेरी आँखों में देखते हुए कहते हैं—"मैं एक डॉक्टर बनना चाहता था, नहीं बन पाया। जो मैं नहीं बन पाया वह तुझे बनना होगा। मेरे पीछे तो कोई नहीं था। मैं अपने हौसले से पढ़ रहा था, अपनी शक्ति से जूझते आगे बढ़ रहा था पर तेरे पीछे तो मैं हूँ रे। तू घबड़ाना मत, पढ़ना, खूब पढ़ना। तुझे इंजीनियर बनना है। मैं तुझे इंजीनियर के ही रूप में देखना

चाहता हूँ। पर एक बात याद रख—तू बाबूजी को कभी दोष मत देना। बस इसीलिये दोष मत देना कि दोष देकर कोई अपना भला नहीं कर सकता। स्वयं को झूठी सांत्वना देने का बहाना बन जाता है दूसरे का दोष। आज मेरे पास पैसे नहीं थे, मैं सब्जी नहीं ला सका और बाबूजी को बिना सब्जी के खाना पड़ा। इसीलिये वे बिगड़ रहे हैं।" भैया मुस्कराते हैं और उनका वह मुस्कराना मुझे और आहत कर जाता है।

आज भैया नहीं हैं। भैया को तिल-तिल कर टूटते मैंने देखा है और अपनी युवा होती दोनों बहनों की फैलती मुस्कानों को और गहरी होते मैंने देखा है। बाबूजी का अपनी बेटियों की उड़ती आकाँक्षाओं से बेखबर हो जाना मैं खूब-खूब समझने लगा हूँ। मां के मौन को भी मैं अच्छी तरह जानता हूँ। भैया ऊँचाई पर थे, मैं उस ऊँचाई तक नहीं पहुँचना चाहता। आज मैं आत्मा पर पड़े अभिशप्त आवरण को चीरकर निर्मुक्त हो जाना चाहता हूँ। चाहता हूँ कि गलत के प्रति विद्रोह कर दूँ, गल्तियों को सुधार पर आने के लिये आगाह कर दूँ और माँ के मौन को मुखर कर दूँ। भले मैं न रहूँ, और यदि रहूँ तो पूरे आत्मविश्वास के साथ—अपने व्यक्तित्व के साथ।

एक-एक दिन कितने भारी बीते हैं जैसे किसी ने घड़ी के सारे काँटों को जाम कर दिया हो। वह चाबी देता जा रहा है और एक जगह पर आकर चाबी घूमती नहीं है। शक्ति लगायेगा तो चाबी टूट सकती है, कांटे टूट सकते हैं... ।

"विशु! तू हमेशा अपने को लेकर ही सोचता है। तू हम किसी की बात भी मत सोच। पर सोच तो बाबूजी की बात जरा, होनी-अनहोनी के हाथों जकड़े हुए बाबूजी की नियति क्या यही है ? उनका दम्भ टूट गया है तो क्या बचा हुआ आत्मसम्मान भी न रहने दें ?"

"रहने दो।" —बोलती दीदी को मैंने चुप कर दिया है। अब इन थोथे शब्दों की व्याख्या करने को मेरा मन नहीं होता—"दीदी! जब स्वयं का स्वप्न टूटता है तो दूसरों का स्वप्न तोड़ने का उसे अधिकार नहीं मिल जाता। बाबूजी ने अपने टूटने का बदला हर एक को तोड़कर लिया है।" "विशु!" —दीदी के शब्द उत्तेजना-भरे हैं—"तुझे शर्म नहीं आती?"

"नहीं आती शर्म।"

"कोई पिता अपने बेटों को पराजय नहीं देता।"

"न देता हो पर बाबूजी ने तो हमें पराजय दी है।"

गालों पर चलता हुआ दीदी का हाथ... दीदी के दुबले हाथों की चोट। मैं तिलमिला जाता हूँ। मन होता है—दीदी का हाथ मरोड़ दूँ। दो वक्त की रोटी देकर किसी को इस तरह मारने का अधिकार नहीं मिल जाता। मुझे ऐसी गलीज जिन्दगी नहीं चाहिये।

मैंने सारे दिन खाना नहीं खाया है। पूरे शरीर में एक अजीब-सी ऐंठन का अनुभव कर रहा हूँ। माँ कह-कह कर हार गई हैं। मैं निश्चल बैठा हुआ हूँ—कुछ संकल्प लेता। सांझ उतरने लगी है। माँ चुपचाप आकर मेरे पास ही अपने दोनों घुटनों को हाथों से घेरे हुए निस्पन्द बैठी हैं। वे क्या सोच रही हैं—मैं जानता हूँ। मैं यह भी जानता हूँ कि बाबूजी मिश्रा अंकल के यहाँ गये हैं। वहाँ शतरंज की बाजी जमेगी। रात गये तक वे लौटेंगे। बहनें अपने मित्रों के यहाँ होंगी, कहाँ, यह आज तक न माँ जान पाई हैं, न ही बाबूजी ने जानने का प्रयत्न किया है। कुछ भी पूछने का अधिकार बहुत पहले ही सबों ने खो दिया है। शायद उन्होंने अपनी कमाई से सबों का सारा-का-सारा अधिकार खरीद लिया है। ऐसे समय माँ की आँखों में अँधेरे का कफन फैल जाता है और वे बुझी-बुझी आँखों से मेरी ओर—केवल मेरी ओर देखती हैं। मैं उठ खड़ा होता हूँ। आज मैं पूरे होश-हवास के साथ बाहर निकल आता हूँ. आते समय मैं माँ के कन्धे पर हाथ रखकर उन्हें आश्वस्त करता हूँ—"तुम घबड़ाना नहीं माँ! मैं भैया की तरह जी नहीं सकता किन्तु भैया की तरह मर भी नहीं सकता। मैं जीना चाहता हूँ—बिल्कुल अपनी ही तरह और अपनी तरह जीने के लिये मुझे कुछ करना होगा। मैं कुछ कर पाऊँ ताकि तुम्हारी आँखों में फैले अँधेरे के इस कफन को चीर पाऊँ—मेरी अच्छी माँ।"

# हँसी की परतें

ऑफिस से लौटने पर जीत ने बतलाया था कि मौसी अपनी बहू से अलग होकर रामबाग में रहने लगी हैं। सुनकर मैं अचकचा गया था जैसे अनहोनी बात सुनी हो या जो कुछ मैं सुन रहा हूँ वह ठीक नहीं है या ऐसा होना नहीं चाहिए था। पचास से ऊपर का बुढ़ापा अपने आप के लिये भी कितना बेमानी होता है, मौसी को नजदीक से देखकर जान सका हूँ। बात ठीक हो या न हो, जल्दी से दो-चार कौर जबर्दस्ती मुँह में डाल मैं उठ खड़ा हुआ था। पिछली बार मौसी से मिला था, तब वे बीमार चल रही थीं। बुढ़ापा और बीमारी दोनों एक-दूसरे से दूर रहें—आश्चर्य तब होता है। फिर भी मौसी बीमार थीं और अभी कुछ ही दिन नहीं बीते हैं कि सुन रहा हूँ—वे अलग रामबाग में रहने आ गई हैं। साइकिल पर पैंडिल मारते-मारते मैं रास्ते-भर अपने ही आप से उलझ गया था। पैंडिल मारते साइकिल के चक्के के साथ आँखों के आगे दुनिया कुछ उसी तरह गोलाई में घूमती लगती रही थी।

रामबाग में मौसी का अपना मकान था जहाँ उन्होंने नई-नवेली दुलहिन की सुकुमारता छोड़कर भरी-पूरी गृहस्थी का बोझ झेला था। कपूर साहब की मृत्यु तक वे इसी घर में रही थीं। यहीं उनका एकमात्र पुत्र देव हुआ था। इसी घर में वह उम्र की सीढ़ियाँ चढ़ा और एक से दो हुआ। इसी घर में कामिनी आई तो उसने दहलीज के भीतर पांव रखते ही देव से कहा था— "डार्लिंग, अब हम अपना मकान लेंगे. नये ढंग का—नई साज-सज्जायुक्त।" बस बीज बो दिया गया था, अंकुराते देर न लगी।

जैसे-जैसे दिन बीतते गये, वैसे-वैसे घर की एक-एक चीज निरर्थक—आउटडेटेड—लगने लगी थी उसे और उसी बोझ को बर्दाश्त न करने पर एक दिन फैसला लिया था उसने—"अब तो इस घर में एक दिन नहीं रहा जाता, जाने कैसी घुटन होती है यहाँ।" और अपने पति का दिया अपना घर मौसी को अपने बेटे-बहू के चलते छोड़ देना पड़ा था। सामान ताँगों में रखा जा रहा था और मौसी बरामदे के खम्भे से लिपट हिचकोले खाकर ऐसे रो

पड़ी थी जैसे विवाह के बाद बेटी अपना घर-आँगन सबकुछ छोड़ पहली बार ससुराल जाती है। पर मौसी के इस बिछोह में एक ऐसी तड़प, एक ऐसी विवशता भी थी जो छू देने मात्र से बिखर जा सकती है। देव और कामिनी आपस में हँस-बोल रहे थे। ताँगा तेजी से भागता जा रहा था किन्तु मौसी डबडबाई आँखों से ताकती, मुँह में आँचल का छोर लगाये छूटता हुआ घर, पास-पड़ोस, गली-मोहल्ला—सबकुछ भीतर ही भीतर अपने में समेटती जा रही थीं। फिर कब देखना होगा इन्हें? देख पाना होगा भी या नहीं। इस घर में कपूर साहब—उनके पति के साथ के एक-एक दुख-सुख भरे पड़े हैं। दोनों ने मिलकर जाने कितने-कितने सपनों की नींव डाली थी इस घर में। उनके जाने के बाद इस घर से सम्बद्ध एक-एक चीज से वे अपने को बहलाती रही हैं। तब यह देव कहाँ था उनके पास? पढ़ाई में लगा हुआ था। जाने किस तरह पढ़ाया है देव को उन्होंने। कभी देव से ऐसा बतलाकर वे हल्की नहीं हुईं, होना ही नहीं चाहा।

साइकिल खड़ी कर गेट के पास पहुँचकर मैं एक अजीव-सी मनःस्थिति से घिर गया था। एक दिन मौसी ने बतलाया था यह सब, जब उनके मन में जमी दुख की परतें आहत हो गईं थीं।

मौसी बाहर ही बरामदे में आराम-कुर्सी पर बैठी थीं। दिसम्बर की ठण्ड बड़ी कँटीली थी। बरामदे में शाम उतर आई थी और मौसी सर्द हवा से बचने के लिये शाल ओढ़े बैठी थीं। सामने क्यारियों में फूलों के पौधे रोप रहे नौकर को कुछ आदेश दे रही थीं। मुझे देखा तो तपाक से उठ खड़ी हुईं। शाल उतारकर कुर्सी पर डाल दिया और आगे बढ़ आईं—"शरद तू?" आह्लाद के दबदबे में स्वर भी दब गया था—"मैं जानती थी कि तू जरूर आएगा। पर इतने दिन कहाँ रहा? क्या तुझे नहीं मालूम था कि मैं अपने घर आ गई हूँ।"

"वाह मौसी! देव के पास से चली आई हो—यह अभी जीत ने बतलाया। सुना तो बस भागा आया।"

मौसी चहक उठीं। बच्चों की-सी चंचलता से बोलीं—"देव के पास से आई हूँ, ऐसा मत कह। मैं तो कामिनी के पास से आई हूँ। अरे अपने घर आई हूँ रे... अपने घर। इतने वर्षों बाद घर लौटी हूँ।" निश्चिन्तता से भरी दुख-सुख-मिश्रित एक लम्बी उसाँस। उन्होंने एक फिसलती दृष्टि समूचे घर, घर

की दीवारों पर डाली—"बस, अब कहीं नहीं जाने की।" उल्लास के जो भाव मौसी के मुख पर आ थमे थे—पलक मारते चारों ओर फैलते गये और मौसी के चेहरे पर अतीत की थकान की रेखाएँ ढूँढने का प्रयास करता मैं अचानक पूछ बैठा—"लेकिन ऐसे अचानक आईं क्यों? तुम्हारी तो तबियत ठीक नहीं थी मौसी?"

मौसी हँसीं, हँसती गईं। हँसते-हँसते आँखों में आँसू भर आयें—"अजीब बात करता है तू। अरे अपने घर आई हूँ रे, फिर अचानक आने की क्या बात। ये तो कह, आने भी पाई, नहीं तो...।" आँखों में एक बिन्दु छलका। स्वर काँप गया। मौसी सँभली। फिर हँसीं—"शुक्र है भगवान का जो इस देहरी पर जीते जी फिर आ सकी हूँ। जाने क्या सोचकर गई थी इसे छोड़कर? शायद आने वाले दिनों को सहेजने गई थी या बीते हुए दिनों को भुलाने। लेकिन मैं अच्छी तरह जान गई हूँ—आने वाले दिनों को सहेजने की आशा या बीते हुए दिनों को भुलाना दूसरे के माथे निरी बेवकूफी है— बिल्कुल बेवकूफी।"

"लेकिन वे दूसरे तो नहीं हैं?"

मौसी ने एक बेधती दृष्टि से देखा—"देव दूसरा नहीं है— पर बहू तो अपनी नहीं है। अपना होना सबके वश का भी नहीं है। अपनी होती तो इस घर को छोड़ने की बात उठती क्यों? जानती नहीं थी कि इस घर में उसके पापा का नेह है, उनके सपने हैं।" मौसी के मन का यह दर्द तो कभी उभर कर सामने नहीं आया। उन्हें समझता भी क्या? मौसी का यह कथन मेरी आँखों में वेदना के रंग भरने लगा था। मौसी कैसे छोड़ सकी होंगी इस घर को जहाँ सपने ही सपने हैं। अपने आप ही वे बोलीं—"तू मत समझना कि मैं अकेली हूं। अकेली कहाँ हूँ? मेरा घर है—द्वार है, फिर मेरा बेटा भी तो मेरे साथ है। रोज शाम को आता है मुझे देखने। एक-दो घण्टेमेरे साथ रहता है। सारा खर्चा वही तो उठा रहा है। मैं मना भी करती हूँ तो कहता है—तुम्हारे लिये कुछ नहीं कर सकता तो इतना तो कर ही सकता हूँ कि मम्मी। बस मेरी इज्जत मत जाने देना। इस शहर में मेरा नाम है, मेरी इज्जत है। जो कुछ तुम्हें चाहिये, मुझ से कहना, रुपये-पैसे के लिये कभी किसी के सामने हाथ मत फैलाना। मेरे रहते कोई तकलीफ मत उठाना।"—"अरे अब मुझे क्या तकलीफ होगी रे। किस चीज की जरूरत होगी मुझे।" मौसी फिर हँसने लगी थीं।

शायद मौसी पहली बार इतना हँसीं थीं और हँसी की परतें-दर-परतें खुलती जा रही थीं। इतना तो मौसी कभी नहीं बोलीं। देव के घर पुरानी साड़ी में लिपटी मौसी की जर्जर देह ही देखता आया हूँ। बस कोई पढ़ना चाहे तो सबकुछ उनकी धुंधलाई आँखों में छलकी करुणा की बूँदों में पढ़ ले। पर तब मौसी के मन का दर्द मैंने देखा कहाँ था जो कुछ पढ़ पाता। देव के यहाँ ड्राइंग रूम के सोफे पर धँसा-धँसा मैं कामिनी को ही सुनता रहा हूँ। चाय की बात उठती और कुछ देर बाद मौसी चाय की ट्रे सँभाले परदे के पीछे आ खड़ी होतीं। कामिनी सर्व करने लगती और देव सोफे पर लेटा सिगरेट के छल्ले बनाता। तब मौसी का यह रूप कहाँ था?

मौसी परदे से बाहर तभी आती जब देव और कामिनी कहीं पार्टी, पिकनिक या सिनेमा देखने गये होते। उस दिन भी बहुत दिनों बाद उनके घर गया था। उनकी तबियत ठीक नहीं थी फिर भी वे बाहर आईं थीं और सोफे पर निढाल-सी बैठ गईं थीं। मैं देव को पूछकर लौटना चाह रहा था कि उन्होंने रोक लिया—"क्या तू भी मेरे पास नहीं बैठेगा?" जाने क्या था उन शब्दों में कि मैं मौसी का पीला पड़ा चेहरा देखने लगा था। मौसी ने हाथ की लाठी मेज के सहारे टिका दी थी। "कुछ देर तो बैठ बेटा। अकेले में तबियत घबरा रही है। देव और कामिनी तो कई दिनों से बाहर गये हैं। कामिनी की सहेली की शादी है न!" मैं बैठ गया था और उस दिन जाना था उनके मन का दर्द। दर्द की वे परतें इतनी घनी हो गईं थीं कि लगने लगा था कि वे अब और बोझ नहीं सह पायेंगी। "बेटा, मैं बहू-बेटे की दुश्मन थोड़े ही हूँ। बस कहीं जायें तो बतला दिया करें। कह दिया करें कि मैं जल्दी लौट आऊँगा, तुम घबराना मत। बस रे, अपने होने का, कुछ होने का अहसास तो होता रहे मुझे। मैं क्या लेकर झेलूँ। उनसे बात किये महीनों गुजर जाते हैं। वे खा-पीकर लौटते हैं और मैं उनकी बाट देखती जाने कब सो जाती हूँ। इस तरह सोना भी कब अच्छा लगता है। तू ही कह, देव के पापा ऐसा कर सकते?" दर्द की परतें पिघली थीं। कुछ बूँदें छलकी थीं। देर तक पत्थर-सी जड़ हुई मौसी के दर्द को नापते-तौलते मुझे पहली बार, उस कामिनी पर, देव पर क्रोध आया था। मेरे वापस होते ही मौसी अस्फुट से स्वर में बोलीं—"देव के पापा ने मुझे राजरानी बनाया था और उनके न रहते आज मैं क्या हो गई? कोई मुझे समझता क्यों नहीं?"

नौकर चाय की ट्रे रख गया है। मौसी चाय बनाने लगी हैं। चाय बनाने की गति के साथ बातों की रफ्तार भी बहुत तेज है। मौसी कह रही थी—"गलती उसकी नहीं है। मेरा बेटा बहुत भोला है रे—बहुत भोला, बहू के सामने ही न-जाने उसे क्या हो जाता है। जो वह कहती है, वही करता है पर जब मेरे पास होता है और बहू नहीं होती तो बच्चे-सा अपनी बाँहें मेरी गर्दन में डाल देता है। कहता है—मम्मी, तुम कुछ भी मत सोचा करो। ये मिनी बड़े घर की है न! उसी ढंग की बातें करती है। मेरी जिन्दगी तो उसी के साथ कटनी है। न भी मानूँ तो कैसे।"

"तो मैं भी तो छोटे घर की नहीं हूँ।" मोसी के स्वर में भरी उत्तेजना मैं महसूस करता हूँ। उसमें लेश मात्र भी दम्भ नहीं हो सकता। मौसी कह रही थीं—"इन्द्रजी ने दोनों हाथों से रुपया उछाला है बेटा। नोटों की हरी पत्तियाँ उनके मनी बैग में कागजों की तरह पड़ी रहती थीं। ये देव को क्या कुछ भी याद नहीं रह गया है। इन्द्र जी कहा करते थे—देव की मम्मी, आदमी की इज्जत रुपयों से होती है, रुपयों से। रुपयों के बिना कोई किसी को नहीं पूछता।" वे हँसी हैं! "ये देख, मेरे पर्स को देख—सौ का नोट हमेशा पड़ा रहता है। कोई चूँ-चपड़ करे तो भला! उसके मुँह पर दे मारूँ यह सौ का नोट। उसने समझ क्या रखा है मुझे?"

मौसी के हाथ में चाय का प्याला थमाता मैं कहता हूँ—"चाय ठण्डी हो जायगी मौसी।" मौसी फिर हँसती हैं—"तू पी। मुझे तो ठण्डी पीने की आदत हो गई है। अरे यह तो अभी की बनी ताजी चाय है रे। मेरी बहू ने तो मुझे सुबह की बची चाय शाम को पिलाई है। कहती थी—बड़ी कठिनाई से पैसे आते हैं, किसी को क्या?" मौसी जाने कैसी हँसी हँसती हैं—हँसती ही जाती हैं। मुझे उस हँसी से दहशत होने लगती है। मैं घबराकर उठने को होता हूँ तो मौसी हाथ थाम लेती हैं। नौकर को दुबारा गर्म चाय लाने को कहती हैं। "अरे बैठ तो... बहुत दिनों के बाद तो मिल रहा है। अब आते रहना। अब तो मैं अपने घर आ गई हूँ।" और अपने घर की बात से मौसी के मुख पर एक उजलाहट आ जाती है। बड़ी तृप्ति-भरी नजरों से कमरे के इस पार-उस पार देखती हैं। फिर एकाएक पूछती हैं—"सपनों पर लोग विश्वास क्यों नहीं करते? न करें। सपने झूठे होते हैं। यही न!" मौसी न-जाने किस सत्य को उजागर करने बैठी हैं! मैं बोलकर उसमें व्याघात डालना नहीं चाहता। "कोई

न माने पर मेरी आँखों में तो जिन्दगी के सच्चे सपने भरे पड़े हैं। उन्हें झूठा कैसे कहूँ? तू ही कह! इन्द्र जी ने जो कुछ दिया है वह रीतेगा थोड़े ही। रीता कि सब गया—मैं भी गई!" मौसी की आँखों में अतीत का एक टुकड़ा झलझला जाता है—इन्द्रधनुषी रंगों की झलक।

"सच में मौसी तुम बहुत सोचती हो। सोचने से ही दुख मिलता है।"

"दुख ! दुख कैसा रे, इन्द्र जी के जमाने की बहू देखती तो कहती क्या थी मैं! बड़ों के बीच में उठी-बैठी हूँ। आये दिन पार्टियाँ होती थीं। सारी व्यवस्था मुझे सौंपकर इन्द्र जी निश्चिन्त हो जाते। कहते—भई यह स्त्रियों का काम है। इसमें मुझे दखल नहीं देना। मैं बाहर के काम में ही थक गया हूँ। तुम सबकुछ सँभाल लेना। मैं उन्हें आश्वस्त कर देती, सबकुछ सँभाल लूंगी। इन्द्र जी निश्चिन्त हो जाते—तुम हो तो मैं निश्चिन्त ही हूँ—तुम्हारे रहते मुझे क्या चिन्ता। और ये बहू कहती है—बुढ़िया पागल है। दूसरों के सामने निकलने को मना करती है।"

मौसी की आँखों में फिर कुछ झलक आता है। शायद इन्द्र जी—अपने पति के साथ के मीठे सपने। इन सपनों को कोई नहीं जानेगा—उनका अपना बेटा देव भी नहीं।

साड़ी के छोर से अपनी आँखें मलती हैं और कहती हैं—"एक बार वे देव पर नाराज हुए थे। उनकी नाराजगी भरा चेहरा अभी भी मुझे बाद आता है। देबू तब बी० एस-सी० करने गया था। उसने वहीं अपने लिये लड़की चुन ली थी। इन्द्र जी पत्र पढ़कर बौखलाये थे—जानता क्या है? अपने को समझता क्या है? पढ़ने भेजा है, शादी करने नहीं भेजा है। वे हाथों से पत्र के टुकड़े मसलते जा रहे थे—मैं लिख दूँगा उसे—यदि उसने शादी की तो उससे मेरा सम्बन्ध खत्म हो जायेगा। मेरी जायदाद का एक टुकड़ा उसे नहीं मिलेगा। मैं समझ लूँगा मेरे लिये वह...। मैंने उनके मुँह पर हाथ रख दिया था। ऐसा नहीं बोलते देव के पापा। ऑफिस से थके-थके लौटे थे। नौकरों को वहाँ से जाने के लिये कह मैं उन्हें बाहर बगीचे में ले आयी। समझाया था उन्हें। बच्चे के लिखे का इतना बुरा नहीं मानते इन्द्र जी। क्रोध करोगे तो क्रोध भड़केगा और दोनों ओर से चिनगारियाँ उठ-उठकर समूचे घर को जला देंगी। वह मेरा बेटा है—तुम्हारा भी। पर जिस दिन वह बीच से हटेगा—सच कहती हूँ इन्द्र

जी, मैं जान दे दूंगी, तुम मेरे प्राण हो, वह मेरी ममता है। एक के बिना भी नहीं जी पाऊँगी। प्यार से लिखो, समझाओ उसे। अभी वह उतावले में है। यह सब वे चुपचाप सुनते रहे। फिर मेरे कन्धे पर सिर टेक कर बोले थे—तुमने मुझे उबार लिया देबू की मम्मी। तुम सच कहती हो। मुझे क्रोधित नहीं होना चाहिये। अपने बेटे का सुख हमीं न देख पाये तो हम माता-पिता कैसे?"

"तो क्या बाद में देव का उसी लड़की से विवाह हुआ? " मैं जल्दी से पूछता हूं।

"नहीं! ऐसा नहीं हो पाया। इन्द्र जी ने तो सबकुछ तय कर लिया था। पर जाने फिर क्या हुआ कि देव ने ही उससे विवाह करने से इन्कार कर दिया। यह भी उसी की पसन्द की है। मेरा देव बड़े घर की लड़की की शान-शौकत में डूब गया।"

नौकर से पान की तश्तरी लेकर मेरी ओर बढ़ाती मौसी बोलीं—"ले पान खा। तू तो पान का बहुत शौकीन है न! मैंने चौक से मंगवाये हैं।" मैं पान मुँह में दबाता मौसी के ऊपर जबर्दस्ती का डाला अनिच्छित आवरण हटता देखता रहा। पचास की वृद्धा मौसी एकाएक कितनी नयी दिखने लगी थीं। मुझे हठात् उनकी लाठी की याद आ गयी। मुझे उनकी वह लाठी कहीं नहीं दिख पा रही है। यहाँ वहाँ, कोने में मैं बेचनी से उसको तलाश करता हूँ।

"इस तरह क्या देख रहा है?" "कुछ नहीं।" —मैं झेंप जाता हूँ। क्या तो सोचेंगी मौसी, किन्तु बिना लाठी के उनको कभी एक पग भी चलते नहीं देखा।

"अरे पूछ न!" मौसी हँसती हैं। मैं कह ही बैठता हूँ—"मोसी, तुम्हारी लाठी—बिना लाठी के...।" वे ठठाकर हँसती हैं, हँसती ही जाती हैं—"अरे, अब लाठी-वाठी की क्या जरूरत है रे... नहीं जानता, दूसरे के आसरे जिन्दगी काटने में ही सहारे की जरूरत पड़ती है। यह तो मेरा घर है। देख, कितनी तेजी से चल-फिर लेती हूँ।" और वे फुर्ती से उठ खड़ी हुईं। "बहुत बड़ा मकान है" —वे कहती जा रही हैं—"आधा किराये पर दे दूँ तो भी मेरी गुजर-बसर के लिये बहुत है। एक नौकर भी रख लिया है। अब आये मेरी बहू... देखे मुझे, मेरा घर, सबकुछ दे दिया था उसे। पर उसने तो मेरा घर लेना चाहा। मुझे बेघर कर देना चाहा। इन्द्र जी ने सपने ही सपने बोये हैं इस

घर में। बहू ने इन सपनों को भी छीन लेना चाहा। मैं कैसे रहती इसके बिना—कैसे रह सकती थी?" उनका स्वर आर्द्र हो आया है। हँसी की परतों के नीचे से उभरती इस आर्द्रता को छू सकने की अब और शक्ति मुझमें नहीं है। दीवार पर लगे इन्द्र जी के चित्र, उनके चित्र, देव के चित्र और कोने में सजी बुद्ध की विशाल प्रतिमा—मौसी सबकुछ दिखला रही हैं। एक-एक कमरा, कमरे में सजा एक-एक सामान। बाहर लॉन में लगे फूलों की क्यारियों के पास पहुँचकर मौसी रुक गई हैं—"ये देख, इन्द्र जी के हाथ की लगाई गुलाब की कलम फिर से पनप गई है। इसमें कलियाँ आने लगी हैं!" मौसी मुस्कराती हैं। धीमे-धीमे कुछ कहती हैं। फिर हँसती हैं, हंसती ही जाती हैं। मैं रास्ते भर यही सोचता आया हूँ—जाने क्या है इन हँसी की परतों के नीचे—छलावा, विवशता का दैन्य—नहीं, अतीत की मोहकता या कि तृप्ति का अहसास या कि... या कि...।

भटकाव

अपने आने की सूचना तार द्वारा भिजवाकर मुक्ता कुछ हल्की हुई थी। इस तरह मनीष से नाराज होकर आने का उसका बिल्कुल मन नहीं था। पर इधर दिन-रात की परेशानी से संत्रस्त एक-सी जिन्दगी जीती हुई वह बेहद थक गई थी। उसका धैर्य चुकने लगा था और उसे उठते-बैठते लगने लगा था कि घुटन-भरे माहौल से यदि वह बच नहीं निकली तो अपना मानसिक संतुलन खो बैठेगी। एक असहाय स्थिति से घिड़ी अपनी माँ की चिड़चिड़ाहट को न सह पाकर इधर रोहित भी उद्दण्ड होता जा रहा है। यही उसके लिए एक बड़ी चिंता का कारण बन गया है। वह हर कहीं इसके लिए स्वयं को ही दोषी पाती है। रोहित आाखिर बच्चा ही है। उसकी जिद, उसकी शैतानियों को उसे गम्भीरता से क्यों लेना चाहिए ? एक अपने परिवार के इस रोहित ने और किसी को जाना ही नहीं... जानता ही कैसे ? दुधमुँहा पाँच माह का बेटा आज छह वर्ष का बालक है। पर माँ की छाया के पीछे-पीछे डोलता है। बाहर जाने के नाम पर स्कूल जाता है और फिर सारे समय घर। घर में भी हर समय माँ के साथ। माँ यदि उसे दिखाई नहीं देती तो चीख-चीख कर सारे घर को सिर पर उठा लेता है। मनीष रात गए घर लौटते हैं और रोहित के सो कर उठने के पूर्व ही बाहर जा चुके होते हैं। बस पिता के नाम पर उसने यही जाना है कि घर में उसके और माँ के अतिरिक्त भी यदि कोई है, तो वह पिता

है, जो दिन-रात खटकर प्रति माह दो सौ रुपये लाकर उसकी माँ के हाथ में रख देते हैं। इन रुपयों को महीने-भर तक की खींचतान करती आखिरी दिनों में माँ बुरी तरह खीजने लगती है। और उसे आए दिन पिटना पड़ता है। वह पिटने का कारण नहीं जानता। पर इतना जानता है कि वही माँ के इतने निकट होता है कि जाने-अनजाने उस पर नाराज होकर माँ शान्त हो लेती हैं। जब से दादी आई हैं, माँ की फटी साड़ी के पैबन्द अधिक दिखने लगे हैं। सिर पर पल्ला खींचते समय सिर पर की किनार फटकर सामने आ गई थी और उसने माँ को रसोई घर में आँखें पोंछते देखा था। जब भी मुक्ता इस तरह नाराज होती है, किसी से भी कुछ नहीं बोलती और इस तरह घण्टों बीत जाते हैं।

शाम होते ही दिसम्बर की कंटीली हवा अंग-अंग को छेद जाती है। बरामदे में चादर से लिपटी दादी खाँसती हैं, तो घण्टों खाँसती ही चली जाती हैं। उनकी खाँसी जब उमड़ती है, तो वह कुछ देर परेशान संत्रस्त नजरों से उन्हें देखता है। फिर दौड़ कर वह माँ को उनके पास पकड़ लाता है। उस समय वह बड़ा सहमा-सहमा होता है। मुक्ता उनकी पीठ सहलाती मन का सारा क्लेश भूल चुकी होती है और खाँसी कुछ कम पड़ते ही चौके में लौट आती है।

घर के सारे काम अकेले दम पर उसे ही निबटाने पड़ते हैं। दिन-दिन दुबलाते रोहित की ओर देखते उसने चाहा था कि कुछ महीने दूध बढ़ा दिया जाए। पर यह कैसे होगा ? प्रति माह दस-पन्द्रह रुपये तो बीमारी में ही खप जाते हैं। जब भी वह दवा के लिए रुपये पति के हाथ में देती है, उसका मन बुरी तरह कचोटने लगता है। दस-पंद्रह रुपयों के इस तरह हाथ से निकल जाने का अर्थ है, तब तक वह रोहित के लिए दूध बिल्कुल ही नहीं बढ़ा सकती। कल नहलाते समय वह कुछ देर तक रोहित की उभरी पसलियों को छू-छूकर सहलाती रही थी और सारा क्रोध मनीष पर आया था—"सारे समय अपने ही काम में लगे रहेंगे। घर में कोई कैसे भी मरता- जीता है, इससे इन्हें क्या ?" और रोहित को कपड़े पहनाते समय उसने सोचा—एक समय की सब्जी बन्द कर आंशिक रूप से यह समस्या कुछ हल तो की ही जा सकती है। लेकिन रात का खाना मनीष के आगे रखते हुए उसका मन बेहद दुख गया, जैसे जली जगह पर उठे बड़े-बड़े फोड़े फूट गए हों। सारे समय काम

में जुटे रहने के बाद भोजन के नाम पर वह उन्हें कुछ भी नहीं दे पाती। असमर्थता की यह ग्लानि जब-तब उसकी शान्ति भंग कर देती है। कभी तो बेहिसाब चुप रहती है या कभी बात-बेबात पर बिगड़ने लगती है। इस तरह की जिन्दगी से वह घबड़ाना नहीं चाहती। पर उसे अनुभूति होती है कि उसका मन कमजोर होता जा रहा है और वह थकती जा रही है। बचपन से ही वह अभावों को ही देखती-सहती आई है। पर तब उसे अपने अस्तित्व पर कुछ ऐसा विश्वास था कि साड़ी पर वन्द लगाते-लगाते वह थकती नहीं थी। सोचती थी—साड़ी के बदले दादा की ड्रेस अधिक जरूरी है। दादा उसे साड़ी सिलते देखते तो कहते—"तेरी साड़ी तो तार-तार हो गई है मुक्ता। तू इसे पहनती कैसे है ? इस बार मैं इन्हीं कपड़ों से काम चला लूँगा। तू अब की साड़ी ले लेना।" और मुक्ता का मन सात परतों की गहराइयों में जाकर और अधिक आश्वस्त हो जाता। हँसकर कहती—"नहीं दादा, अभी नहीं। मेरे सारे ऋण बाद में चुका देना। जब पढ़-लिख जाओ, अच्छी-सी नौकरी करने लगो, तब सबकुछ दे-ले लेना।"

मुक्ता की आँखों में दादा का वह चेहरा अभी भी ज्यों-का-त्यों है—आँसुओं से भीगा जैसा। उन्होंने मुक्ता के कंधों को दोनों हाथों से जकड़ लिया था—"मुक्ता, मुझे पढ़-लिख जाने दे। बड़ा अफसर बन जाने दे। फिर तुझे किसी बात की तकलीफ नहीं होने दूँगा। फिर जो तू चाहेगी, वही होगा।" उसका मन भीगने लगा था। उसकी वह परितृप्ति कहाँ गई ? मनीष ने तो कभी भी इस तरह की कोई बातें उससे नहीं की। काम ! काम ! बस काम ! ! वे अपने काम में लगे रहते हैं और वह अपने। एक- दूसरे का सहारा पा लेने की तृप्ति उसे यहाँ क्यों नहीं मिलती ?

मनीष ने जाने के पूर्व मुक्ता को समझाने की कोशिश की थी। उनकी-सी जिन्दगी जीना भी तो बहुतों के भाग्य में नहीं होता। वह जानता है—अभाव, दैन्य और बेबसी की जिन्दगी। इन सबके होते हुए ही मनुष्य टूटता है। उनके पास अभाव है, लेकिन दैन्य तो नहीं है। रूखा-सूखा खाकर वह किसी से शिकायत तो नहीं करता। और मनीष की यह उपदेश-वार्ता सुनकर मुक्ता का जमा हुआ क्रोध भभक उठा था—"मुझसे अब कुछ नहीं संभाला जाता। मैं थक गई हूँ। कुछ दिनों के लिए मुझे मुक्त कर दो। मैं दादा के पास जाकर रहना चाहती हूँ।" मनीष को मुक्ता का इस तरह कहना बुरा लगा था। इधर

कई दिनों से वह मुक्ता में आए इस परिवर्तन को लक्ष्य कर रहा है। ऐसा नहीं कि वह मुक्ता की परेशानियों, उसकी मनःस्थितियों को जानता समझता नहीं। किन्तु मुक्ता के भीतर का असन्तोष जब इस तरह उसके सामने आता है, तब उसे लगने लगता है कि वह भी थकने लगा है और वह गम्भीरता से एक-दो ट्यूशनें और करने की सोचने लगता है। बस तब तक वह एक नई आने वाली समस्या से भी मुक्त हो लेगा। मुक्ता की क्षीण देह... पीला पड़ता रंग। उसे आराम मिलना ही चाहिए। और उसने दूसरे दिन ही मुक्ता के पहुँचने का तार दे दिया था। मुक्ता चलने लगी थी, तो उसने उसे अपनी भुजाओं में बाँधते हुए कहा था—"पगली ! जिन्दगी में सुख-दुख तो आते ही रहते हैं। परेशानियों से घबराकर कोई इस तरह भागता है ! तुम्हारे बिना मेरा क्या होगा यह भी नहीं सोचती !" वह हँसा था और मुक्ता की आँखें भर आई थीं।

स्टेशन पर उसकी दृष्टि इधर-उधर दौड़ती दादा को खोजती रही थी। निराश होकर उसने ताँगा बुलवा लिया था और सामान रखवाकर रोहित के साथ जा बैठी थी। इतने सालों के बाद वह घर जा रही है। बीच का यह समय जाने कहाँ से कहाँ पहुँच गया। दादा बड़े पद पर हैं। नौकर-चाकर हैं। अपना बड़ा-सा मकान है। वह इस तरह शायद पहली बार ही घर जा रही है। वह भी इस तरह जब कोई उसे लेने भी स्टेशन नहीं आया। एक काँटा सा चुभता है। उसका मन मनीष के बारे में सोचता है और उसे इस तरह अपने आने का पछतावा होने लगता है। मनीष ने उसे प्यार से रोका-समझाया होता, तो वह अवश्य रुक जाती। मनीष ने शायद उसे कभी नहीं समझा। सुबह से शाम तक वह कामों में खटती रहती। अँधेरे में उठकर मनीष के लिए चाय तैयार करती है। फिर जल्दी ही भोजन बनाना पड़ता है। वही भोजन किये मनीष रात को ही लौट पाते हैं। यह सब सोचते-सोचते वह अम्मा जी की बात सोचती है। कितने मन से उसने उन्हें अपने पास बुलाया था। दीदी ने ताना भी मारा था—शहराती बहू के पास एक दिन भी नहीं निभ पायोगी अम्मा जी। दूर हो तो मोह बना है। ये तो आखिर हम ही हैं जो इतने दिन ढोये रहे। लेकिन रखना ही चाहिए उनको। आाखिर उनका भी तो कोई कर्त्तव्य है ! अम्मा जी को उसके न रहने से असुविधा हो जायेगी। वह एक-दो हफ्ते में लौट आयेगी—सोचती है।

हिचकोले लगते हैं। रोहित दायें-बायें चेहरा घुमाकर सबकुछ बड़े कौतूहल से देख रहा है। बड़े-बड़े मकान, बड़ी चोड़ी-चौड़ी सड़कें, किनारे पर लगे नल। बड़ी-बड़ी दुकानें, ये सब पहले नहीं थीं। बहुत समय बदल गया है। वह उत्साहित होती हुई दूकान पर लगे साइनबोर्ड पढ़ती है और रोहित को बीते हुए को लेकर कुछ बतलाती है। रोहित इस नयेपन में रम रहा है। उसे इस तरह खोया देखकर उसका मन फिर अपने को टटोलता है, सच कहे तो वह अपनी अभावग्रस्त रोजमर्रा की जिन्दगी से ही घबराकर इस तरह भाग निकली है। मनीष ने कहा था—"मैं जानता हूँ—तुम्हारे दादा बड़े आदमी हैं। पर उनके बड़प्पन के सामने हमारी गरीबी का इजहार हो, मैं नहीं चाहूँगा।"

"छि:"—मुक्ता ने कहा था—"कैसी बातें करते हो ? क्या में उनसे कुछ लेने जा रही हूँ ? जरा चेंज हो जायेगा। बस इसीलिए तो जा रही है। बहन-भाई के बीच कभी कुछ छीजता नहीं मनीष, बल्कि सँवरता ही है, कुछ जुड़ता ही है। अपनत्व के बीच भला कोई दीवार क्यों होगी ?" और अन्त में मनीष ने एकान्त पाकर मुक्ता के पीले पड़ते गालों को थपथपा दिया था—"गरीब पति का भी ध्यान रखना वहाँ पहुँचकर।" वह एक उजली हँसी हँसा था।

मकान के चारों ओर नये-नये मकान बन गये हैं। पहले उनका घर सुनसान जगह पर था। पर अब तो चारों ओर से घिर गया है। वह ताँगे से उतरती मकान की ऊँचाई की ओर देखती है। चारों ओर रौनक। जिन्दगी की व्यस्तता का अहसास। समान रखवा, ताँगे वाले को पैसा चुका वह रोहित के कन्धे पर हाथ दिये खुले दरवाजे से भीतर आ गई। आस्था का एक टुकड़ा छन्न-से टूट कर देहरी के पास छिटक गया। चारों और सन्नाटा। कहीं कोई आवाज नहीं। ड्राइंग रूम में खड़ी-खड़ी वह दीवारों की साज-सज्जा को निरखने का बेकार-सा प्रयत्न करने लगी। कन्धे पर झाड़न लिए नौकर फर्नीचर साफ करने निकला था। पता चला—साहब और मेम साहब मैटिनी शो गये हैं। अब वे आने वाले ही होंगे। हाथ-मुँह धुलाते नौकर कह रहा था—"दीदी जी, आपने अपने आने की खबर नहीं दी। तकलीफ हुई होगी।" उसका मन जरा भी सफाई देने को नहीं हुया। वह ड्राइंग रूप में बैठी एक

सर्वथा अपरिचित और औपचारिकता से भरे माहौल में सिर से पैर तक डूब चुकी थी।

दादा और अंजु भाभी आए, तो वह दौड़कर भाई के सीने से जा लगी। दादा मुस्कराये—"तुम्हें मकान ढूंढने में कोई दिक्कत तो नहीं हुई मुक्ता ? क्या बतायें पिक्चर का अन्तिम शो था। तुम्हारी भाभी ने इसे बार-बार मिस किया था... ओह बरखुरदार तुम ! काफी बड़े हो गए हो।" वे रोहित की ओर मुड़े और सहमे रोहित की पीठ थपथपा कर कपड़े बदलने चल दिए। अंजु भाभी मुस्कराई और एक-दो बातें पूछ कमरे की ओर चल दीं। नौकर को निर्देश देती गईं—"दीदी का सामान ड्राइंग रूम से लगे कमरे में रख देना।"

रसोई में बैठी मुक्ता अंजु भाभी को ही बातें सुनती रही। कैसे उन्होंने इस घर की काया पलट की। सबके रहने के लिए अलग-अलग कमरे बनवाए। सामने खुले लॉन में केक्टस के पौधों के लिए वे कहाँ-कहाँ नहीं भटकीं। परदों की डिजाइन पसन्द करने के लिए उन्होंने अमित के साथ सात बार बाजार के चक्कर काटे हैं। आधुनिकता कोई ऊपर से नहीं ओढ़ी जाती। अब यही देखो न, आए दिन मेहमान आते रहते हैं। उनके लिए गैस्ट रूम बनवाना भी जरूरी था। वे हँसी—"मेरा तो सारा समय बाहर के कामों में ही बीत जाता है। नौकरों के भरोसे ही सब कुछ छोड़ देना पड़ता है। अब तुम आ गई हो तो मैं निश्चिन्त हो गई। कुछ दिन तो रहोगी न ?" मुक्ता हल्के से मुस्कराई। अंजु भाभी कह रही थीं—"इतने बड़े शहर का खर्च, जहाँ आए दिन मेहमान पहुँचते हैं, सब-कुछ मुझे ही तो सँभालना पड़ता है। आते हैं तो हफ्तों टिके रहते हैं। जाते समय राहुल के हाथ में दो-चार रुपये थमा जायेंगे बस।" रोहित राहुल के साथ सारे मकान में घूमता फिर रहा था। और मुक्ता अपनी इस गोरी-चिट्टी मुखरा भाभी के चेहरे में कुछ साम्य स्थापित नहीं कर पा रही थी। पहले देखा था तब से अब में जाने कितना अन्तर है। तब वे मुक्ता को दीदी कहती थीं, मुक्ता नहीं। दादा ने कहा था—"अंजु, यही तेरी एकमात्र ननद है। बड़ी कहो या छोटी, इसे दीदी ही कहना। और तो कोई है ही नहीं !" दादा का स्वर काँपा था। शायद उन्हें इस अवसर पर माँ की याद आई थी। विवाहिता बहन भाई को सहेजने के लिए मनीष के प्यार को भी भुला बैठी थी। वहीं अंजु भाभी आज वैभव में आकण्ठ डूब उसकी इस तरह अवमानना करने लगी हैं।

रात डाइनिंग टेबुल पर भोजन करते एक-एक ग्रास वह मुश्किल से गले के नीचे ढकेलती रही। भाभी-दादा दोनों चुप थे। रोहित नीची दृष्टि किये माँ की थाली में खा रहा था। एक अजीब-सा सन्नाटा। एक अजीब-सा खिंचाव। जैसे-तैसे भोजन निबटा था कि सब अपने कमरे में चल दिये थे। भोजन करते हुए दादा सारे समय चुप थे। उसने पहले दादा को कभी इस तरह चुप नहीं देखा। अंजु भाभी उसे उसका कमरा दिखा गई— "थकी होगी मुक्ता... अब आराम करो।" पलंग पर रोहित के साथ लेटते उसका मन भीतर ही भीतर कहीं उलझने लगा। दादा ने उससे कुछ नहीं पूछा। कुछ जानना नहीं चाहा। उल्लास और उत्सुकता जैसी कोई चीज उसके आने से इस घर में नहीं व्यापी। उसे याद आया, जब दादा अकेले थे और वह कुछ दिनों के लिए रोहित को लेकर दादा के पास आई थी। और जैसे ही वह ट्रेन से उतरी थी, दौड़कर उन्होंने उसकी गोद से रोहित को ले लिया था। जितने दिन वह रही थी, उसका पोर-पोर सुख में डूब गया था। दुनिया की बातें, कॉलेज जीवन की बातें। मित्रों की बातें... और उसे लगने लगा था कि उसका बहुत बड़ा परिवार है और सबका अपनत्व पाकर वह बेसुध होने लगी है। दादा ने सारे मित्रों से उसे मिलवाया था। यह रोहित सभी के हाथों का खिलौना बन गया था। आज रोहित भोजन करते कभी अंजु भाभी को देखता, कभी दादा को। वह जानती है—रोहित की आँखों में और जो भी भाव हो, किन्तु अपनत्व का नहीं। मेहमानों के इस कमरे में मुक्ता को देर तक नींद नहीं आई। जाने कैसी-कैसी बातें याद आती रहीं। दुख-सुख-भरे अजीब-से ख्यालों में वह उलझी रही। फिर चार-पांच दिन मुश्किल से गुजरे। वह ऊपर का सारा काम स्वेच्छा से करने लगी थी—महज अपने को व्यस्त रखने के लिए और इस वातावरण से घुलमिल जाने के लिए भी। पर जब सुबह की चाय उसके कमरे में ही पहुँची तो देर तक वह प्याले को हाथ में थामे उन अप्रत्याशित लम्हों को जीतने का प्रयत्न करती रही, जो इस तरह आकर उसे झकझोर गये थे। चाय की निकलती भाप चुक गई तो उसे रोहित ने याद दिलाया—"माँ तुम्हारी चाय तो ठण्डी हो चुकी है। ठहरो में गरम करवाकर लाता हूँ।"

"नहीं बेटे," उसने कहीं खोये हुए यों ही कह दिया—"अभी गर्म है।" चाय पीकर वह काफी देर बाद बाहर आई तो दादा अखबार में डूबे हुए थे। वह भी आकर निरुद्देश्य वहीं बैठ गई।

दादा आते-जाते अंजु भाभी से कुछ कहते। अंजु भाभी के चेहरे का रंग कुछ बदलता और स्वर की कड़वाहट संभालने का प्रयास करते हुए भी संभल नहीं पाती। दादा फिर काम पर चले जाते। दादा को देखते उसका मन बहुत छटपटाता कि वह दादा से मिलती। अतीत की ढेर सारी बातें करती। दादा पहले की तरह उसे सब-कुछ बतलाते। वह भी अपना दुख-सुख सब-कुछ दादा से कह लेती। किन्तु दोनों के बीच की चीज, अलगाव की लक्ष्मण-रेखा लाँघने का साहस उसे नहीं होता। दादा ऑफिस गये होते तो अंजु भाभी से उनके वैभव की बात सुनकर वह एक अजीब-सी ग्लानि अनुभव करने लगती। जाने कितनी-कितनी यादें उभरने लगतीं। खपरैल के कच्चे मकान की कच्ची धरती को लीपते उसकी अंगुलियों में उठे फफोलों की उसे याद हो आती। कितने चाव से वह दादा का कमरा लीपा करती थी ! अब तो सब कुछ बदल गया है। वह अपनी अंगुलियों के पौरों को देखती है, जिस पर एक बार एक ऐसा फोला उठा था कि कई दिनों तक तकलीफ देता रहा था। और दादा रात-रात जाग कर उसकी कराहों को सुनकर दुखी हो जाते। वह कभी आधुनिक नहीं बन सकती। मनीष को उसके बिना कितनी असुविधा होती होगी—वह सोचती है—रात को थके-मांदे लौटते होंगे, क्या खाते होंगे, क्या नहीं ? मनीष कहा करते थे—"तुम तो इस परिवार की धुरी हो मुक्ता, जिसके सहारे सारे लोग चलते हैं। तुम न हो तो मैं तो एक क्षण की भी कल्पना नहीं कर सकता।" उसकी आँखें नम हो आईं।

अंजु भाभी सहेलियों में बैठी थीं। उसका मन वहाँ जाने का बिल्कुल भी न हुआ। चाय-नाश्ता देकर वह भीतर आ गई थी। दादा पलंग पर लेटे कुछ पढ़ रहे थे। वह आकर उनके पास बैठ गई—"दादा, कल मैं चली जाऊंगी।" दादा ने अखबार अलग रख दिया—"क्यों ? अभी हो तो आई हो। कुछ दिन रहो। घूमो-फिरो।" भाई का स्वर सहज था। उनका हाव उसकी पीठ पर था। सहज स्वर की छुअन पाने को ही तो वह इतने दिनों से तड़पती रही है। उसका मन भर आया। उसकी अंगुलियां अनजाने माई के बालों पर फिरने लगी थीं। वह दादा की बात अवश्य रख लेगी। जब आई ही है तो कुछ दिन रह ही ले। फिर कब इस तरह दादा के पास आना होगा। वह कुछ कहने ही जा रही थी कि अंजु भाभी पीछे से बोली—"वाह, आप तो ऐसे कह रहे हैं जैसे मुक्ता अकेली हो। अरे घर-द्वार छोड़ कर आई है। विवाह के बाद तो चार दिन भी घर छोड़कर रहना नहीं हो पाता।"

उसका मन फिर टूटा। बोली—"हाँ, अंजु भाभी। मेरा रहना कैसे होगा ? उन्हें काफी काम रहता है। अम्मा की तबियत भी कुछ ठीक नहीं रहती। वह तो मैं ही चली आई।"

रात को सामान ठीक-ठाक करते काफी देर हो गई। दूसरे कमरे से अंजु भाभी की क्रोध-भरी आवाजें आती रहीं। शायद वे भाई पर नाराज हो पड़ी थीं। भाई का स्वर धीमा था। वे कह रहे थे—"मुक्ता को देने के लिए एक साड़ी तो लानी ही होगी।" भाभी का स्वर कुछ तेज था—"रुपये तो इस तरह बह रहे हैं, जैसे रुपयों की बाढ़ हो। हर कोई समझता है कि ये बड़े लोग हैं, कुछ दिन जाकर रहो और कुछ लेकर चले जाओ।"

"अधिक महँगी नहीं तो यही कोई १२-१५ की दे देना"—भाई का स्वर था—"पहली बार ही आई है। कुछ रोहित के लिए भी देना चाहिए।"

मुक्ता के व्यस्त हाथ रुक गये। भाभी कह रही थीं—"पहले पहल आयी है तो वे ही क्या कुछ ले आई ?"

"नहीं ला सकी होंगी। इसमें ऐसी सोचने की क्या बात है ?"

दो बड़े-बड़े आँसू उसकी हथेली पर गिरे, लगा जैसे लांछना और अपमान की एक बड़ी खाई में वह मुंह के बल जा गिरी हो और बुरी तरह छटपटा रही हो। क्यों आई है वह ? क्या कुछ लेने आई है ? वह तो केवल अपनत्व पाने आई थी। अपनत्व देने आई थी। नहीं तो देने के नाम पर वह उन्हें दे ही क्या पायेगी ? क्या है उनकी समता के अनुरूप उसके पास देने को ?

सुबह उसका चेहरा बेहद उदास था। स्वाभिमान न रहे तो मनुष्य मनुष्य नहीं रह जाता। उसे मनीष की याद आई। फिर अंजु भाभी से वह साड़ी नहीं ले सकी—"नहीं अंजु भाभी, लेने-देने की बात कैसी ? नहीं, मैं नहीं लूँगी। यों ही तुम्हें देखने आई थी। इसी तरह फिर भी तो आना होगा।" और अंजु भाभी को वहीं छोड़ राहुल की ओर बढ़ गई। दस का नोट उसने उसकी जेब में डाल दिया—"इसका कुछ ले लेना बेटे।"

इस बार भाई उसके साथ स्टेशन तक आये थे—"ऑफिस भी पहुँचना है। छोड़ता हुआ चल दूंगा।" उन्होंने अंजु भाभी से कहा था। ठीक समय पर

पहुँचे थे। सामान यथावत रखवाकर उन्होंने रोहित को अपनी भुजाओं में बाँध लिया और ढेर सारे रंगीन गुब्बारे लेकर उसके दोनों हाथों में थमा दिये। वह खिड़की के पास बैठी उन्हें इस तरह देखती एक अनोखी तृप्ति से अपने को भरती रही—"कौन कहता है कि दादा बदल गये ! " ट्रेन चली तो दादा ने आगे बढ़कर उसकी मुट्ठी में सौ का नोट थमा दिया—"जिन्दगी के घेरे में बड़ी बुरी तरह जकड़ गया हूँ रे। नहीं तो क्या मेरा मन तुझे देखने को नहीं करता ? बहुत कुछ कहने-सुनने का जी चाहता है। पर घेरा छोड़े भी।" वे तेजी से पीछे हटे थे। वह देर तक आँखों में आँसू भरे खिड़की से सिर निकाले दादा को जाते देखती रही। एक अजीब-सी कचोट। एक अजीब-सा दुख और उस दुख में भी एक गहरी परितृप्ति। दादा अभी भी बिल्कुल वैसे ही हैं। बाहर जितने भी बदले हों, पर भीतर तो बिल्कुल वैसे ही हैं। वह स्वयं ही तो भटकने लगी थी। पर अब ऐसा नहीं होगा। वह मन-ही-मन मनाती है— मेरे रहते कोई दुख, कोई अभाव हो भी क्यों ? मैं सबका सारा का सारा दुख ओढ़ लूँगी। अब मुझे कहीं कोई तकलीफ नहीं होगी। दादा ने ही तो उसे गढ़ा है— ठीक अपनी तरह। उसने हल्के से अपनी भीगी आँखें पोंछ लीं।

## कटे पंख

कॉपियों का ढेर एक ओर सरका कर भारती ने पत्र खोल डाला। शब्द-शब्द विस्तार पाता गया और जब पत्र का अन्त हुआ तो उसकी आँखों में जैसे मिर्च की ढेर-सारी बुकनी पड़ गई हो। क्रोध की ज्वाला से भड़क कर मन का कोना-कोना झुलस गया। पहले तो चाहा कि पत्र के टुकड़े-टुकड़े कर आग में झोंक दे पर वह ऐसा नहीं कर सकी। ऐसा करने पर भी उस अहसास से वह मुक्त कैसे होती जो बीतते हुए दिनों के साथ रह-रह कर उसे कचोटता चला जाता है। उस स्मृति को वह कहाँ दफना दे कि फिर से बिल्कुल नई हो सके पहले की तरह। उसने फिर एक नजर पत्र पर डालो और आहिस्ता से मोड़कर उसे बैग में डाल लिया। पर फिर किसी काम में उसका मन नहीं लगा। बाजू में पड़ी ढेर-सारी कॉपियाँ किसी कुमारी की तरह लाल रेखाओं से चिन्हित होने के लिए शेष रह गईं थीं। इन्हीं में सबसे ऊपर थी प्रज्ञा की कॉपी। बड़े-बड़े अक्षरों में टँका था प्रज्ञा का नाम। एक शूल की तरह भीतर कुछ चुभा और पीड़ा से उसने अपनी आँखें बन्द कर लीं। लगा जैसे बिल्कुल चूक गई है वह। कुछ शेष नहीं रहा उसके भीतर।

अपने आप से हार कर ही उसने नौकरी कर ली थी। व्यस्त रहेगी तो सहज ही अपने आपको अतीत से काट लेगी। पर क्या काट पाई वह ! प्रज्ञा जब-जब उसकी आँखों के सामने पड़ती है, बहुत गहरे चुभा स्मृतियों का वह दंश फिर-फिर उभर कर उसके सामने आता है। बहुत समझाना चाहती है वह अपने को—तरह-तरह के आश्वासन देती है— कौन जाने प्रज्ञा ने उसे बढ़ावा दिया हो या वही इस भोली भाली लड़की की सरलता का लाभ उठा रहा हो। मेच्योर होने के पूर्व इस तरह की हरकतें प्रेम-व्रेम कुछ नहीं कहला सकतीं। निरी बकवास है यह सब। पारस्परिक देह का आकर्षण मात्र... तो क्या शिशिर का प्यार भी निरा बकवास था ? नहीं-नहीं—उसके मन का कोना-कोना चीत्कार कर उठता है। उसकी उँगलियाँ सहज उसके गालों पर चली जाती हैं जिन पर खिल आई हँसी की कलियाँ किसी के अधरों की मिठास पाकर फूल बन गई थीं। नहीं, अपने शिशिर को वह आज भी प्यार करती है। करती है तभी तो उसकी याद उसकी एक-एक सांस में बसी हुई है। लेकिन यह प्रज्ञा ! प्रज्ञा की आँखों में प्यार की वह चमक कहाँ है ? सब बकवास है। वह खीझने लगती है।

"प्रज्ञा ! "

"यस मैडम !"

"आप इधर आने का कष्ट करें। आप पढ़ने आती हैं न ! फिर यह सारा श्रृंगार, यह साज-सज्जा—क्या अर्थ है इसका ? पढ़ने में मन न लगता हो तो..." भारती का चेहरा तमतमा आया था।

एक क्षण का मौन। "जी नहीं मैडम... आइन्दा से आपकी रुचियों का ध्यान रखूंगी।"

और दूसरे दिन प्रज्ञा को बिल्कुल साधारण सी वेश-भूषा में देखकर भारती भीतर-ही-भीतर कहीं हिल गई थी। यह प्रज्ञा इतनी सीधी क्यों है ? क्यों वह अनचाहे का प्रतिकार नहीं करती ? जाने क्यों प्रज्ञा पर उदार होना चाहकर भी वह उदार नहीं हो पाती ? उसे वह आम लड़की से भिन्न लगती है। उसका उठना-बैठना, हँसना-बात करना सब-कुछ उसकी दृष्टि में आता है। क्यों ? क्या इसलिये कि वह उससे बदला ले ? जो कुछ वह नहीं कर पाई है, वह भी न कर सके और आजीवन उसी जिन्दगी के समानान्तर अपनी

जिन्दगी में स्मृतियों का जहर भरती रहे। नहीं, शायद मन-ही-मन वह उसे खूब पसन्द करती है—उसे खूब प्यार करना चाहती है। अजीब है यह बात भी। भीतर से पसन्द करना और बाहर से उपेक्षा करना—सदैव उसे वाच करना। उसे डाँटकर क्या वह पछताती कम है ? प्रज्ञा की हँसने की आदत है। उसकी हँसी जब भी भारती के सामने आती है उसका मन फिर कहीं आहत हो जाता है। आखिर इस प्रज्ञा ने क्या बिगाड़ा है उसका ? क्या चाहती है वह उससे ? वह अपने से भी आखिर क्या चाहती है ? उसे कुछ भी समझ में नहीं आता।

लड़कियाँ क्लास-रूम से एक-एक कर निकलती जाती हैं। वह वहीं कुछ देर रुकी रहती है। खिड़की से दूर जाती प्रज्ञा की धुंधलाती छाया वह देखती है। छाया अकेली नहीं होती—कुछ दूर जाने पर दो हो जाती है। प्रज्ञा का घर यहाँ से दूर है। सुनसान रास्ते को काटने के लिये उसने किसी का साथ ढूँढ लिया है। वह विचारों को झटका देना चाहती है। वह क्यों सोचती है प्रज्ञा की बात ? उससे क्या लगाव है उसे ? लेकिन वह क्या करे उन विचारों का जो जबर्दस्ती किसी गहरे अधिकार की तरह बिना उसकी इच्छाओं का ध्यान किये भीतर और भीतर आकर ठुँसते चले जाते हैं। प्रजा और उसका वह साथी... दो छायायें, एक होती हुई सी। क्या मन में उसने भी किसी शरीरी छाया का साथ पाना नहीं चाहा था ? उससे एक होना नहीं चाहा था ? उसने स्वयं ही तो पाने का अधिकार खो दिया। चाहकर भी वह उसे ले न सकी। इसमें कोई क्या करे। किसी का भी दोष कैसा ? प्रज्ञा से भी इसका क्या सम्बन्ध ? अब तो रेगिस्तान-सी इस जिन्दगी में हरियाली का कहीं कोई नाम तक नहीं। कितनी शुष्क हो गई है वह। लड़कियाँ उससे बोलने में घबड़ाती हैं। वह गहरे से सोचती है। क्या सच ही वह इतनी कठोर हो गई है ?

"प्रज्ञा ! नोट्स नहीं लेना हो तो बाहर जा सकती हो, कहीं भी जहाँ तुम्हारा मन लगे। तुम्हारे मन बहलाव के लिए तो कोई भी स्थान उपयुक्त हो सकता है।" प्रज्ञा चौंक पड़ी थी। वह तो लिखती जा रही थी पर पेन में स्याही चुक गई थी। प्रज्ञा की आँखों में नमी। न तो वह प्रज्ञा की आँखों में आँसू सह सकती है और न ही प्रज्ञा की हँसी। प्रज्ञा... प्रज्ञा...।

"रीति !" एक प्यारा-सा सम्बोधन। इतने निकट से सुनकर उसकी आँखें स्वप्न से जागती हुई-सी खुल गईं। स्वप्न टूटा था। माँ सामने थीं। चाय का

प्याला लिये वे उसे उठा रही थीं। उसने माँ को बड़ी वेदना से देखा। माँ कह रही थीं—"तू तो कुर्सी पर बैठे-बैठे ही सो गई। थक गई होगी बेटी। कुछ देर आराम भी तो नहीं करती। कहीं घूम-फिर ही आया कर।" भारती माँ की घोर अजीब दृष्टि से देखती है जैसे इन्हें कभी जाना नहीं हो या इनके स्वर की इस गहरी सहानुभूति को झेल नहीं पा रही हो। उसे अन्यमनस्क देखकर माँ फिर बोलीं—"हाँ, आज आठ बजे तुझे शिशिर ने बुलाया है। कल ही वह लौटा है।" हाथ में चाय का प्याला छलक उठा। कुछ चाय उसकी साड़ी पर ही गिर गई थी। वह कुछ नहीं बोली। माँ चली गई थीं। फिर उससे चाय पी नहीं गई। प्याला मेज पर रखकर वह उसमें से निकलती भाप को देखने लगी। माँ ने कितनी सरलता से कह दिया कि शिशिर ने बुलाया है। अब क्या माँ को बिल्कुल भय नहीं होता, अब क्या भय होगा ? भारती के होंठों पर एक विकृत हंसी खिल गई और भाग्य का निर्णय करने वाली वह एक घटना ज्यों-की-त्यों उसके सामने उभर आई।

कॉलेज में हो रहे सोशियल गैदरिंग के लिये उसने भी अपना नाम दिया था। शिशिर के आग्रह पर ही वह संगीत में भाग ले रही थी। कॉलेज दूर था और शिशिर उसके घर के थोड़े ही दूर रहता था। माँ ने यह जानकर उसे जाने नहीं दिया था। शिशिर के सामने माँ ने उसे लज्जित किया था। तब पहली बार शिशिर के जाने पर वह माँ से उलझी थी। पर माँ के अपशब्दों के सामने वह हार गई थी।

शिशिर ने फिर उसे पत्र भेजा था। तब कितनी कमजोर थी वह। पर अब भी अपने को जीत कहाँ पाई है। एक अपराध की भावना सारे समय उसे संत्रस्त करती रही है। माँ का भय, पापा का भय। इस भय से अब भी कहाँ उबर पा रही है। भय अब उतना नहीं है पर अतीत के भोगे हुए का दंश वह अभी भी तो झेल रही है। यदि उस समय वह निडर बन सकती तो आज इस तरह क्यों अपने आपको नकारती ? क्यों आज भी वह इस तरह जरा-सी आँच में गलने लगती ? पत्र माँ के हाथ में था और जब पापा लौटे थे तब काफी देर तक माँ उन्हें कुछ समझाती रही थीं। फिर पापा ने बड़े तरीके से उसे टाल दिया था—रीति बेटी, मैं बहुत जरूरी काम से बाहर जा रहा हूं। तेरी मां अकेली होगी, तू तो अपनी माँ के पास है न !

अविश्वास पौर लाँछन का वह जहरीला दंश ! आज कैसे माँ सारे-सारे दिन अकेली रहती हैं ? अब उन्हें डर नहीं लगता। अब तो मैं बातें करने की कौन कहे, किसी के साथ भाग भी सकती हूँ। और इसी अविश्वास को चुनौती देकर वह कॉलेज से शिशिर के साथ एक दिन पहाड़ी चली गई थी। कोई भय नहीं था। मन में केवल विद्रोह का भाव था। काफी देर तक वह शिशिर के साथ पहाड़ी पर बैठी जंगली बेरों का स्वाद लेती रही थी। उस दिन वह खूब जी भर, उन्मुक्त होकर पूरे मन से हँसी थी। उसकी हँसी की घण्टियों-सी मीठी ध्वनि नीचे दूर तक घाटियों में फैल गई थी। तब शिशिर ने पहली बार उस हँसी को चूम लिया था। शिशिर ने जो कुछ कहा था, वह बड़ी तल्लीनता से सुनती रही थी। संध्या के झुटपुटे में वह सिहरती हुई शिशिर का हाथ थामे पहाड़ी से उतरी थी।

फिर कभी वह पहाड़ी पर नहीं जा सकी। फिर कभी वह घण्टियों-सी मीठी हँसी नहीं हँस सकी। इसीलिए शायद अब प्रज्ञा की हँसी भी उससे नहीं सही जाती। माँ कुछ नहीं बोली थीं। पापा ने पूरे परिवार की मान-मर्यादा की बात कही थी। बेटी का सुख क्या कुछ नहीं था—वह अब सोचती है।

कई दिनों तक वह घर से बाहर नहीं निकली थी। उसे लगता रहा था कि संस्कारों की जंजीरों में हम कितनी बुरी तरह जकड़ गये हैं कि हर स्थिति, हर कार्य में पाप की छाया देखते हैं।

शिशिर ने बुलाया है। वह नहीं जा पायेगी। जा कैसे सकेगी ? शिशिर तो उसके द्वार पर हाथ फैलाये उसकी कामना में खड़ा था। उसने उसे रीते हाथ फेर दिया। अब क्या देकर उसके रीते हाथों को भरेगी। शिशिर ने कहा—"तुम एक बार 'हाँ' कह दो रीति, मैं सारी दुनिया को देख लूँगा। मैंने माँ से सारी बातें कह ली हैं। वे तैयार हैं।"

"पर मेरी तो माँ तैयार नहीं है, पापा तैयार नहीं हैं। वे अपनी मान-मर्यादा की बात करते हैं शिशिर। माँ मर जाने की धमकी देती हैं। उनके फैले हुए रीते हाथ, तुम्हारे फैले हुए रीते हाथ, मैं किन-किन रीते हाथों की ओर देखूँ... किन-किन रीते हाथों को भरूँ ?" शिशिर ने कन्धे पर सिर दिये वह देर तक रोती रही थी। शिशिर ने उसे समेट लिया था—"इन थोथी मान्यताओं में जकड़कर आदमी कुछ नहीं पाता रीति ! रीत ही जाता है। कोई इसे

अनैतिक क्यों मानता है। यह अनैतिक है तो फिर नैतिक है क्या ? नैतिक-अनैतिक का निर्णय करने वाला आखिर है कौन ?" वह कुछ नहीं बोली थी। शिशिर ने गुलाब की सुर्ख कली उसके वालों में सजाते हुए कहा था—"तुम मुझे लौटा रही हो रीति—बिल्कुल खाली हाथ जाने दोगी।" उसने बड़ी निरीह आँखों से उसे देखा था। समुन्दर-सी आँखों में भावनाओं के असंख्य बुलबुले उठने लगे थे। होंठों पर शिशिर के प्यार की वह छुअन।

शिशिर जा रहा था। उसने चाहा था—वह चिल्लाये, रोके शिशिर को—तुम मत जाओ शिशिर... तुम्हारे बिना अविश्वास और संशय की यह दीवार मैं तोड़ नहीं पाऊँगी। मेरी प्रतीक्षा करना शिशिर। पर वह कुछ भी नहीं कह पाई।

समय के साथ-साथ वह कितनी बदलती गई है—भीतर-बाहर वह सब ओर से टूट-फूट कर रह गई है। खुश होने का स्वाँग भरना चाहकर भी वह ऐसा नहीं कर पाती। प्रज्ञा की हँसी में उसे अपनी हंसी की प्रतिध्वनि सुनाई देती है। उसके चेहरे में उसे अपना रूप दिखाई देने लगता है। वह जी भर कर उसे फिर देखना चाहती है और उससे कहना चाहती है कि प्रज्ञा, जिन्दगी में मेरी तरह टूट-फूट कर रह जाने से तो अच्छा है कि संस्कारों की कंद को तोड़कर बाहर निकल जाओ। मान-हानि भी कैसी, क्यों, कब तक ? यह सब छलावा है। आत्म-सुख का साधन है और डराने का एक तरीका। तुम डरना मत। डरी कि समूची जिन्दगी रोने के लिए रह जायेगी। पर यह सब वह कह कहाँ पाती है। प्रज्ञा सामने होती है कि उसका दिल बैठने लगता है, कमजोर होने लगता है।

समय के पंख उड़ चले हैं, बस घर से कॉलेज और कॉलेज से घर। घर का भी अपना एक कमरा, अपनी टेबिल और अपनी चारपाई। माँ से तो बहुत कम बात होती है। मौन की एक दहशत भरी दीवार वर्षों से दोनों के बीच है। कल माँ को अपनी साड़ी में रफू करती देख वह कॉलेज से लौटती हुई दो साड़ियाँ लेती आई थी। माँ ने प्रतिवाद किया था—"तू संन्यासिनी बनी रहे बेटी तो मुझे क्या यह सब पहिनता-ओढ़ना अच्छा लगता है ?" उसने घूर कर माँ को देखा था और दोनों साड़ियाँ माँ के सामने फेंक दी थी। उधर माँ चौके में बैठी रोती रही थी और अपने कमरे में वह भी रोई थी किन्तु शाम को सूखी-

प्यासी माँ को चारपाई पर निढाल देखकर उसका मन पसीज गया था। माँ के पास वह पहली बार आकर बैठी थी। पहली बार हँसकर उसे उठाया था।

"मैं भी अब खूब पहनूँगी-ओढ़ूँगी माँ। इस तरह कोई जी भी कैसे पायेगा, जीने का कोई तो बहाना चाहिये।" और वह माँ की ओर देखकर उजली सी हँसी हँसी थी।

सन्ध्या को उसने एक बढ़िया एश कलर की साड़ी चुनी थी। हल्का-सा सेंट भी लगाया था। हल्का-सा मेक अप। शीशे में देखा तो स्वयं को ही जाने कितनी नई लगी थी। बड़ी हुलसी-हुलसी घर के बाहर निकली थी और अनजाने पैर शिशिर के घर जाने वाली राह पर उठते गए थे। गेट पर नौकर एक नहीं सी बच्ची को लिए बैठा था। एक सम्मोहन भाव से भरी-भरी वह अनजाने ही शिशिर के बारे में पूछती गई थी। यह शिशिर की ही बेटी है रीता—सुनकर वह फिर भावुक हो गई थी। बच्ची को गोद में लेकर उसे प्यार कर वह जल्दी-जल्दी घर लौट आई और फिर हँस नहीं सकी। माँ से भी कुछ बात नहीं कर सकी।

शिशिर आ गया है। उसने उसे बुलाया है। अब क्या करेगी जाकर ? शिशिर को उसकी पत्नी के साथ देखने की शक्ति वह कहाँ से पायेगी ? क्यों बुलाया है उसने ? स्वयं क्यों नहीं आ सका ? क्या अपने सुख को देखने के लिए बुलाया है अपने घर ? भारती ने स्वयं को एक बार शीशे में देखा फिर एक-एक कर कपड़े बदल लिए। प्रसाधन मिटा डाला। शिशिर ने उससे नाम पर अपनी बेटी का नाम रख छोड़ा है। शिशिर ने तो जिन्दगी जीने का एक सहारा पा लिया पर वह तो कुछ भी नहीं पा सकी। माँ खाने के लिए बुलाने आई तो फिर उसका स्वर खीज गया था।

अब प्रज्ञा बिल्कुल सादगी से कॉलेज आती है। कई दिनों से वह उसे उदास देख रही है, उसे फिर पत्र की याद हो आई। पत्र में दी गई तारीख— उसमें दिया गया समय।

कुछ वर्ष पूर्व उसे भी तो ऐसी ही कोई तारीख और समय दिया गया। अपने आप से डरकर कभी-कभी ऐसी अनहोनी हो जाती है कि समूचा जीवन अर्थहीन हो जाता है। प्रतीक्षा की घड़ियाँ सहने के लिए आगत की आशा कितनी बड़ी शक्ति दे जाती है पर जिसके सम्मुख भागत की कोई

क्षीण आशा भी न हो तो प्रतीक्षा कैसी ? किसकी प्रतीक्षा ? चार-तीस। वह शिशिर को दिए वायदे पूरे कर सकती तोमर्यादा के टूटे मलबे के नीचे दबकर हमेशा-हमेशा के लिए इस तरह टूट न जाती। शिशिर ने कहा था— "रीति ! हम मिलकर जिन्दगी को जीते-जी दफन करने वाली इन मान्यताओं के प्रति विद्रोह करेंगे। तुम्हें न पाकर क्या तुम समझती हो— मैं जिन्दगी जी लूंगा ? दिखावे की जिन्दगी जीना या जीने के लिए जिन्दगी जीना और चीज है, मन की समर्पण भरी चाहना बिल्कुल दूसरी चीज। चार-तीस। मैं तुम्हारा स्टेशन पर इन्तजार करूँगा।" किन्तु वह बेबस पक्षी की तरह तड़फड़ा कर रह गई। उसे सदैव यह लगता रहा है जैसे उसके पंख काट दिए गए हों। एक-एक पल युग-युग बनकर सिर पर से गुजरे हैं। संस्कारों के बोझ से मन की दृढ़ता की एक-एक ईंट खिसकती गई है। उसके नीचे जो भारती दबी कि जीती-जागती लाश ही रह गई। उसकी आँखों में आँसू आ गए। उसके मन में आया कि वह प्रज्ञा की जिन्दगी के लिए कामना करे। उसकी दृढ़ता के लिए कामना करे। किन्तु वह अच्छी तरह जानती है कि शिशिर की ही तरह यह समीर भी प्रतीक्षा ही करता रहेगा और यह प्रज्ञा भी उसकी ही तरह कभी स्टेशन नहीं पहुँच पायेगी। प्रज्ञा उदास है उसकी ही तरह, जैसे उसके भी पंख काट दिए गए हों।

# भीड़ में घिरी केली

धूप बेशरम की झाड़ियों में उलझकर थम गई और विधु की आँखों में दर्द का एक पौधा उग आया।

अमलतास के फूलों से लदे पेड़ किन्हीं शरारती लड़कों ने काटकर आग में झोंक दिए। अमलतास के फूल आसपास की वीरानगी को चुनौती देते, टप-टप धरती पर गिरते तो ऐसा आभास होता जैसे कुछ देर के लिए बंजर पड़ी धरती सुहागिन हो गई है। फूलों की यौवनवती गंध पाकर वह खिल आई है। वह जब भी भीतर के कामों से अवकाश पाकर बाहर आती, उसकी आँखों के सामने वे दो पेड़ आ थमते। कैसे उसका मन उन पेड़ों से जा जुड़ा था और कैसे वह उनसे कट गई—सोचती है तो आँखों में उगा दर्द का वह पौधा काँपने लगता है। उसे छत्तीसगढ़ का वह लोक गीत याद आता है जिसमें प्रिय के विरह में दग्ध नायिका टेसू के लाल फूलों को देखकर यह अनुभव करती है कि अपने प्रेमी के विरह में जले होने के कारण ही ये लाल दिखाई देते हैं। अमलतास के फूलों में भी उसे अपने अंतर की दग्धता की साम्यता दिखाई देती है और उसे बड़ी राहत मिलती है।

सिविल लाइन्स का वह बंगला और सामने ही फूलों से लदे अमलतास के दो पेड़। वह बंगला आसानी से नहीं मिला था। उसकी बहुत बड़ी कीमत उसे चुकानी पड़ी थी। जबलपुर से पापा तबादले में बैतूल आए थे। एक, दो और फिर तीन माह बीत गए थे। दो कमरे के बरसाती मकान में रहते, मम्मी रोज ही उठते-बैठते इस तबादले को कोसा करतीं। फिर बैतूल को, जहाँ मकान की समस्या उनके लिए सबसे प्रमुख समस्या बन बैठी थी। चाय का प्याला पकड़ाने के साथ ही मम्मी पापा के सामने दैनिक जीवन की सैंकड़ों परेशानियों का ढेर लगा देतीं। विधु भी जब मम्मी का मन रखने के लिए दबी जुबान से दूसरा मकान देखने की बात कहती तो पापा के सामने फिर कोई विकल्प नहीं रह जाता। छुट्टी के दिन का आराम त्याग कर वे सवेरे से ही मकान की तलाश में निकल जाते। थके-माँदे लौटते तो कमरे के अंदर भी न

पहुँच पाते कि मम्मी फुर्ती से सामने आकर अपना रटा-रटाया प्रश्न उनके सामने उछाल देतीं—"मकान मिला?" "नहीं मिला।" कहकर पापा और फुर्ती से उनसे बचने के लिए दूसरे कमरे में जाकर कपड़े बदलने लगते। ऐसी ही भागमदौड़ में सुदेश जी ने पापा को इस बंगले का पता दिया था। सारा काम छोड़कर पापा मम्मी और विधु को लेकर बंगला देखने पहुंचे थे। विधु को बंगला देखते ही पसन्द आ गया था। फर्श की चिकनी सतह पर पैर फिसलाती वह बच्ची बन गई थी—"मम्मी! फर्श तो देखो कितना चिकना है! मजा आ जायगा इसमें रहकर।" और फर्श से ऊपर उठकर उसकी दृष्टि दीवार, दीवार की खिड़कियों, दरवाजों और रोशनदानों पर पहुँच गई थी। पापा उसका किलकना निस्पंद होकर झेलने लगे थे। मम्मी अपने में ही डूबी दीवारों में फिट अलमारियों को देखने-परखने लगी थीं। पापा को बिल्कुल चुप देखकर विधु धरती पर उतर आई—"आपको मकान पसन्द नहीं आया पापा?" "आया तो पर जानती हो—किराया कितना है? सौ रुपये। कॉलेज के एक प्रोफेसर के लिए यह बहुत ज्यादा है।" उनके ठण्डे स्वर से ऊबकर मम्मी बोली थीं—"किराया ज्यादा था तो देखने ही नहीं आना था। अब आपको कौन समझाये कि विधु का यह आखिरी साल है और इस तरह उसकी पढ़ाई में नुकसान हो रहा है।"

बाद में यह हुआ था कि इसी बात को लेकर मम्मी और पापा में मतभेद हुआ था जो दो दिन के पूरे मौन के बाद दूर हो सका था। सुदेश जी ने ही एक मध्यस्थ की भूमिका निभाते हुए बंगले की अच्छाइयों का बखान कर पापा को बंगला ले लेने के लिए तैयार किया था। जिस दिन विधु बँगले में रहने आई थी, उस पहले ही दिन बंगले से कुछ ही दूरी पर खड़े अमलतास के दो लहलहाते पेड़ उसकी दृष्टि में आ गड़े थे—सिंदूरी पुष्प गुच्छों से लदे। तब बरसाती मौसम में चारों ओर फैली बेशरम की बेतरतीब-सी झाड़ियों में उलझती उसकी आँखों में एक जादुई रंग जाने कितनी अतल गहराइयों से उभरकर उन फलों में रूपायित हो गया था। सन्दर्भों में घिरे-घिरे एक दिन सुदेश जी ने कहा था—"यदि किसी में थोड़ी-सी भी संवेदनशीलता हो तो इससे बढ़िया वातावरण किसी को पाने का और क्या हो सकता है—अनुपम छवि, अनुपम सौन्दर्य और इसी में पूरी तरह डूबी आत्मा की बातें।"

पापा ने सुदेश जी को विधु को गाइड करने के लिये कहा था। एम०ए० का अन्तिम वर्ष। प्राइवेट तैयारी कर रही विधु को सुदेश जी से काफी मदद मिल गई थी। यदि वह जिद न करती तो बी० ए० के बाद बस वह घर गृहस्थी में ही खटती रहती। सुदेश से उसे सहारा मिला था या उससे सुदेश ने सहारा पाया था—कौन जाने? पर इतना सच है कि जब भी पापा मित्रों में ब्रिज खेलने चले जाते और बच्चे समीप के खुले मैदान में किसी गुल-गपाड़े में व्यस्त हो जाते तो वह सुदेश जी के साथ अमलतास के नीचे बैठ बाहर के खुलेपन में मन की खुली-खुली बातें करने लगती। इसी खुलेपन के फलस्वरूप ही उसे जिन्दगी का यह पुरस्कार मिला था कि वह रात-भर रोती रही थी। यह भी बिल्कुल सच है कि किसी ने भी उससे कुछ कहा नहीं था और न ही उससे कुछ पूछा था। किन्तु सुदेश फिर कभी उस घर की देहरी पर नहीं आये। बस, छोटी बहिन रीना से पता चला था कि उसके लायब्रेरी चले जाने के बाद सुदेश आये थे और पापा से कुछ गरमागरम बातें हुई थीं। सुदेश जी को रीना ने जब बाहर जाते हुए देखा था—उनका चेहरा अपमान और क्रोध से तमतमाया हुआ था। वह काफी दिनों तक इन्तजार करती रही—शायद सुदेश आयें और उसकी सूनी आँखों में अमलतास के फूल खिल जायें। पर कभी वह आज और कल नहीं आया। एक दिन कॉलेज से लौटकर छोटी बहिन ने ही बताया—"सुदेश जी भोपाल चले गये, उन्होंने अपना तबादला करा लिया।" यह सुनते हुए उसकी आँखों में पानी तैर आया था और उस पानी में सबके चेहरे धुंधलाते चले गये थे।

उस दिन से ही पापा का चेहरा भी उसके लिये इतना अनचीन्हा हो गया कि फिर लाख प्रयत्न करके भी वह पापा का चेहरा नहीं पहचान पाई। मम्मी को भी पहचानने में वह प्रायः भूल कर बैठती है। मम्मी के हाथों का काम छीनकर जब वह सारा काम अपने सिर पर ले बैठती तो उसकी उदास आँखों की ओर देखकर मम्मी की आँखों में तरलता छा जाती। वह अब मम्मी को कोई भी काम नहीं करने देती। वह करे भी क्या? एम०ए० करने के बाद उसने कई बार नौकरी कर लेने की बात पापा से कही है। पर पापा अनसुनी कर जाते—"जरूरत क्या है?"यह सुनकर उसका मन होता है कि वह जरा साहस से पूछे—"फिर पापा मैं करूँ क्या? निरर्थक बैठी रहकर दुनिया-भर की बातों से कैसे उबरूँ?" पर अब कुछ भी कहना उसके बस का नहीं है। बस, अब तो घर के कामों में ही खोकर वह रह गई है। वह चाहती है कि

इतनी व्यस्त रहे कि जिन्दगी का कोई भी जीवन्त क्षण उसकी पकड़ में न आ सके। पापा भी अब उससे बात करने में कतराते हैं। बातें कम करते हैं। पर उनके स्नेह का परस पहले से कहीं अधिक उभरने लगा है। कॉलेज से लौटकर सबसे पहले उसे ही पूछते हैं और उसी के हाथ से चाय का प्याला लेते हैं। चाय पीते हुए प्रायः रोज ही यह प्रश्न करते हैं—"आज क्या पढ़ा तूने? वह नॉविल खत्म कर लिया? कल चलना, कुछ और नॉविल ले आना। वह केवल सहमति में सिर हिलाती है। आँखें नीचे ही रहती हैं। और नीचे देखते हुए ही दर्द का वह पौधा बड़ा होने लगता है।

तीन दिनों को काट पाना और न काट पाने की छटपटाहट को वह उसी तरह झेलती है जैसे बिसूरती यादों को साथ लिये घायल कोई लड़की देहरी पर बाहर जाने के लिये विवश-सी आ खड़ी होती है। बेटी से नौकरी करवाने की बात जब पापा झेलने को तैयार नहीं हुए तो उसने ही स्वयं इसकी कोशिश की थी। और जब इमरजेंसी अपाइण्टमेण्ट का लेटर उसने पापा के हाथ में दिया तो वह हैरान रह गई थी। सोचा था—पापा नाराज होंगे और उसके सामने ही पत्र फाड़कर टुकड़े-टुकड़े कर देंगे। पर वैसा कुछ नहीं हुआ। पापा ने एक शब्द नहीं कहा। पत्र पढ़कर एक सरसरी निगाह उसके चेहरे पर डाल वे अपने कमरे में मुड़ गये थे। वह काफी देर तक एक अजीब सी मनःस्थिति में घिरी वहीं खड़ी रही।

मम्मी पापा के साथ बाजार चली गयीं। उसके लिए कुछ जरूरी चीजें लानी थीं। उनके जाने के बाद वह बाहर निकल आई। साँझ आँगन में उतर आई थी। उसने चारों ओर एक उड़ती निगाह डाली। यहाँ की साँझ सदैव ही उसे प्यारी लगती रही है। पहले वह ऐसे ही समय बाहर चेयर डाल हाथ में कोई किताब लिये पढ़ना भूलकर, इस सुनहले रंग में डूबे माहौल में विहंसते अमलतास को देखा करती थी।

उसकी साँसें रुक-सी जाती हैं। वह एकटक पेड़ों की ओर देखती है। पेड़ कट रहे हैं। कुल्हाड़ी की चोट से क्षत-विक्षत डालियाँ—उसी तरह उसका घायल होता हुआ मन। चोटों को सहती कभी वह भीतर जाती—कभी बाहर। कई बार तिलमिलाती हुई आगे बढ़ती। चाहती—इन शरारती लड़कों को डाँट दे कि वे इन हरे-भरे पेड़ों को न काटें। बदले में वह उन्हें होली के लिये ढेर सारी लकड़ियाँ दे देगी। पर कुछ दूर जाकर उसके पैर थम जाते हैं।

वह कुछ भी कहने का साहस नहीं बटोर पाती। देखते-ही-देखते उसके सामने ही पेड़ धरती पर गिर पड़े थे और उसकी आँखों में शून्यता उभर आई थी। बाहर खुले में खड़ी उसकी आँखों में एक निर्मम हत्या का दृश्य कौंध आया। उसे लगा जैसे किसी सुहागिन की देह हो, जिसका फूलों से श्रृंगार किया गया था अब थोड़ी देर बाद ही वह चिता पर रख दी जायेगी और यौवन का सारा रस, सारा श्रृंगार धू-धू कर जल जाएगा। वहाँ से हटने की कोशिश करती हुई भी वह तब तक वहीं खड़ी रही जब तक कि लड़के पेड़ों को खींचकर ले नहीं गये।

मम्मी और पापा रिक्शे से उतर रहे थे। उसने एक अन्तिम दृष्टि डाली। अमलतास के फूलों से लदे पेड़ अब नहीं थे। उस जगह दो ठूँठ खड़े थे। आसपास डालियों की टूटन, हरियाले पत्ते बिखरे हुए थे। उसकी इच्छा उन्हीं टूटी डालियों-सी, इधर-उधर छितराये पत्तों-सी छितराकर रह गई। सुदेश के बारे में फिर कुछ पता नहीं चला। कल ही पापा की मेज पर उसने उनके विवाह का कार्ड देखा था। उससे उठाया नहीं गया था। उसने केवल पढ़ा था और पढ़कर लगा था जैसे उसके भीतर धू-धूकर कुछ जलने लगा। चुपचाप जाकर उसने मम्मी-पापा के हाथों से सामान ले लिया और भीतर चली आई। जाते समय मम्मी ने याद से उसके लिए पापड़, बड़ियाँ, चिप्स आदि रख दिये। अचार की शीशियाँ रख दीं। पापा ने हैरानी से पूछा था—"तुम भी अजीब हो! इन सबको लेकर विधु क्या गृहस्थी जोड़ेगी?" पीछे बैठी काम करती मम्मी का स्वर किंचित कठोर हो आया था—"तुम क्या जानोगे? माँ से अधिक बेटी की इच्छा को और कौन जान सकता है? इन सब चीजों के बिना विधु के गले से कोर नहीं उतरेगा।" मम्मी ने चुपचाप अपनी आँखें पोंछ ली थीं। विभा ने ही उसकी तैयारी की थी। साड़ियाँ और अन्य चीजें सहेजी थी। पूछने पर वह केवल 'हूँ-हाँ' करती जा रही थी।

रिक्शे पर जब वह बैठने लगी थी तो सारे भाई-बहिन सहमे-से उसे विदा देने दालान में निकल आये थे। उसने अपने को बेहद कड़ा कर लिया था। किन्तु मम्मी रो पड़ी थीं। एक क्षण के लिए पापा भी विचलित हुए थे। फिर दूसरे ही क्षण मम्मी को डाँटा—"यह क्या बेवकूफी करती हो? यही समझ लो—लड़की ससुराल जा रही है। कायदे से इसे नौकरी पर नहीं, ससुराल ही जाना चाहिए था।" उसने एक बार रोती हुई मम्मी को देखा फिर पापा को।

पापा के चेहरे पर एक अनचीन्हा भाव। क्यों वह पापा से इतनी अपरिचित हो गई है कि पापा की बात सुनकर भीतर तक हिलकर रह जाती है—कुछ कह नहीं पाती। ससुराल ही तो जाना चाहा था उसने। पर पापा ने कहाँ जाने दिया? उसने एक बार सभी भाई-बहिनों को अतिरिक्त स्नेह से भरकर देखा और चुपचाप रिक्शे पर बैठ गई।

पापा स्टेशन तक उसे छोड़ने आये थे। उन्होंने उसके लिये सीट तलाशी और बर्थ पर बैडिंग खोलकर बिछा दिया था। वह चुपचाप अपने स्थान पर जा बैठी थी। पापा सिगरेट पीते हुए अखबार देखने लगे थे। गाड़ी चलने को हुई तो पापा नजदीक आये। सिर पर हाथ फेरा। पीठ थपथपाई और परे हट गये। कुछ बोले नहीं। एक क्षण के लिये उसे लगा था कि पापा का हाथ कांप रहा है। आँखें कुछ तरल-तरल-सी हो आई हैं। उसने तेजी से मुड़ते हुए पापा को देखा और अपने आपको सँभाल उसने अपना सिर खिड़की के भीतर कर लिया। उसकी आँखों के सामने अपरिचित अनाम ढेर-सारे अंधेरे आकर ठहर गये। और उसे लगा—वह इन अंधेरों से घिर गई है। इनसे अब वह शायद कभी मुक्त न हो सके।

# पिघलता दर्प

मन मे एक असहाय बोध जागा। जीवन की कातरता जाने कहाँ से उभर कर समूचे अस्तित्व को झुठला गई। ठाकुर दादा ने पहली बार अपनी जिन्दगी को लानत दी। मन-ही-मन ढेर-सारी गालियाँ दे डालीं अपने को। क्षण-क्षण महसूस होता रहा कि एक अनजाना तूफान आकर भीतर से बाहर तक उनका सब-कुछ तोड़-मरोड़ गया है—चूर-चूर कर गया है। सारी शक्ति लगाकर वे जान-लेवा बीमारी से जूझते रहे हैं लेकिन ठीक होते ही फिर जैसे किसी ने उन्हें औंधे मुँह जमीन पर दे पटका है। किसे दोष दें वे, किसे नहीं! रोटी का कौर मुँह में डाला तो निगलते नहीं बना। पानी पीकर जैसे-तैसे उसे निगला, फिर खाने से उठ गये। पत्नी आखिर इस समय ये विष-बुझे बोल कैसे बोल गई? अब जबकि वे पूरी तरह पराश्रित होकर रह गये हैं। पहले कोई कह लेता तो मुँह तोड़ कर रख देते वे। आज सब-कुछ सुनकर विवश असहाय-से, एक पर कटे पक्षी की तरह केवल फड़फड़ा कर वे रह गये। जैसे-तैसे वे दुकान पहुँच पाते हैं और किसी तरह काम निपटाकर जैसे-तैसे ही लौट पाते हैं। इस बीमारी ने इस कदर उन्हें तोड़कर रख दिया है कि हाथ-पैर चलाये नहीं चलते। जरा-सा काम करते ही वे हाँफते लगते हैं। केवल यही सोचकर कि इन्हें किसी चीज को कोई कमी महसूस न हो, रुपये-पैसे की तंगी न हो पर यह कौन देखता है? जैसे ही खाने बैठते हैं, पत्नी की इच्छाएं सुरसा के मुँह की तरह उनके सामने फैलने लगती हैं—कठोर स्वर उभरने लगता है—और फिर अभावों का रोना—बर्तन उठाने-पटकने की आवाजें—ये सारी हरकतें उनकी नस-नस झिंझोड़ जाती हैं। फिर उनसे खाया नहीं जाता। कौर गले में अटकने लगता है।

वे आवेश में उठकर बराण्डे में बिछी खाट पर आकर बैठ गये। जेब से माचिस निकालकर बीड़ी सुलगाई और होंठों से लगा ली। एक कश भी नहीं लेने पाये थे कि पत्नी रौद्र रूप लिए फिर सामने आ खड़ी हुई—"कहे से आग लगती है तो चले जाओ कहीं। फिर लौट कर न आओ तो जानूं। खाने आ

जाते हैं जैसे कमा कर खूब रख दिया है ! बैठे-बैठे खाना चाहिए और पत्ता न हिले तो ठीक।"

उत्तेजना से वे तन कर बैठ गये। उनकी आँखें भयंकर रूप से जलने लगी थीं। हीरेन्द्र खाना खाकर हाथ पौंछता हुआ सामने से और तन कर निकला था—"दादा को बीड़ी पीने से फुरसत मिले तब न!" वह दादा की ओर देख खिस-से हँस तीर की तरह निकल गया था। दादा को लगा जैसे उनके बेटे ने सरे आम बड़ी बेरहमी से उनके कलेजे में नश्तर चुभा दिया है, लानत है ऐसी जिन्दगी को... क्रोध से उफनते उन्होंने बीड़ी फेंक दी और कुछ देर थरथराते-से खड़े रहे। फिर एक जलती नजर चौके में खाना खाती पत्नी पर डाली और खून का घूँट पीकर वे सीधे स्टेशन चल दिये। न कोई बातचीत—न कोई झगड़ा-झांसा। यह पहली बार था कि दादा इस तरह चुपचाप अपना मान-भंग सह गये थे। सब कुछ सुनकर भी उन्होंने बदले में एक शब्द नहीं कहा था। स्टेशन पर पड़ी बैंच पर बैठे वे जाने कितनी बातें सोचते रहे।

ट्रेन आने में अभी देर थी। लोगों की भीड़ से कट कर अपने में ही डूब जाने में उन्हें अजीब-सी राहत मिली। इन्हीं गर्मियों में कमाई के पूरे दो हजार उसे सौंपे थे। सौंपते समय यह भी नहीं पूछा कि वह इन्हें कैसे खर्च करेगी या क्या करना चाहेगी? कहना तो चाहा था कि इन्हें फिलहाल संभाल कर रख ले—मौके-बखत के लिये, पर फिर टाल गये थे। बाद में उन रुपयों का क्या-कैसा हुआ—कुछ भी आभास नहीं मिल पाया। पत्नी के चेहरे पर कभी भी हँसी की एक उजली रेखा उन्होंने फूटी नहीं देखी। हीरेन्द्र में जो बदलाव आया था, उसी ने दादा को कुछ समझने में सहायता दी थी। खून-पसीने की कमाई फूँक दी बेटे ने शान-शौकत में। उन्हें लगा कि माँ और बेटा उनके विरुद्ध पहले से ही कोई साजिश करते आ रहे हैं। नहीं तो आज इस तरह उनका अपमान कैसे होता? फिर एक अजीब-सी लाचारी उनके सामने पूरी तरह फैल गई। चार महीने की बीमारी उनकी नौकरी लेकर उन्हें पूरी तरह असमर्थ बना गई। लेकिन फिर भी वे कहाँ चैन से बैठ पाये। कहाँ तनिक आराम कर पाये? दूसरे मोहल्ले में साझे में दुकान कर ली। सुनकर लड़के ने मुँह बनाया था—"अब ये दुकान करेंगे, वह भी साझे की! दुकान में बैठकर अपना समय गुजारने के सिवा और करेंगे क्या?" पर उन्होंने किसी भी काम

को कभी बुरा नहीं माना। पसीने की कमाई कभी बुरी नहीं होती। और सच तो यह है—वे स्वयं ही रोटियाँ तोड़ते नहीं बैठे रह सकते। उनसे बैठे रहा ही नहीं जाता। कोई कुछ भी कहे। वे कलेजे पर बोझ रखे औरत और लड़के का नखरा उठाते रहे हैं। इन्होंने कभी उनके मन को नहीं समझा। समझा तो बस उनके दिए सुख को। दुख को तो वह उनका केवल बहाना समझती रही। उसने उनके घायल दर्प पर चोट की थी। दर्प तो नहीं टूटा था पर मन टूटा था—और मन का टूटना ऐसा था कि उनका दर्प फनकार की भाँति फन फैलाये उन पर और भी तन कर पूरी तरह से छा गया था। सुख में सबने साथ दिया और दुख में सबने हाथ खींच लिये।

ट्रेन रुकी तो वे हड़बड़ाकर बिना कुछ सोचे-विचारे डिब्बे में आकर बैठ गये थे। उनका मन बेहद खिन्न था—कितनी अजीब है यह दुनिया! दुनिया को देखने की भी सबकी अपनी-अपनी निगाहें हैं। कोई चश्मे से ढँक कर उसे देखता है, तो कोई खुली आँखें, खुले मन से। दुनिया को उन्होंने शुरू से ही खुली आंखें, खुले मन से देखना पसन्द किया है। बचपन से ही दुखों का एक भयंकर सैलाब उन्होंने देखा है और भयंकर गर्जना के साथ अपने ऊपर से गुजरते सहा है। इसीलिये कभी उनका दिल टूटा भी तो उन्हें रोना नहीं आया। बस वे एक चट्टान की तरह सख्त होते गये हैं। अब तो उन्हें लगता है—जो जैसा करता है, उसके साथ वैसा ही करना चाहिये। जिसने जैसा किया है, वह वैसा ही भोगेगा—जरूर भोगेगा। खिड़की पर हाथ टेके-टेके भारी पड़ गया था। वे बड़ी देर तक दूसरे हाथ से उसे दबाये रहे। डॉक्टर ने तो कह ही दिया था—कहीं यह हाथ बेकार न हो जाये। लेकिन भला हो शर्मा वैद्य का... उन्हें अपाहिज होने से बचा लिया। वे महीने-भर तक उनका दिया मालिश का तेल लगाते रहे थे। अभी भी दर्द पूरी तरह से गया नहीं। यदि वे अपाहिज हो जाते तो... उनका सर्वांग सिहर जाता है !। जीते-जी उन्हें नरक की यातना सहनी पड़ती। कितनी मक्कार है यह दुनिया। इन्हीं शर्मा वैद्य से किराये के रुपये लेकर वे चल निकले थे और सीधे सोमेन के पास आये थे। अजगर की तरह धीमी गति से गुजरते एक-एक दिन उनकी स्मृतियों को बाँधते उनके मन में जहर भरते गये थे।

सोमेन छोटे भाई का लड़का था। शांत और मीठा। इसीलिये पहले भी जब कभी मन ऊबता या घर के लोगों से विरक्ति होती, वे यहीं आ जाते और

कुछ दिन रहकर लौट जाते। इसीलिये इस बार दादा की क्षीण देह देख कर और उनके मुँह से सारी-कुछ व्यथा-कथा सुनकर नीराजना ने बड़े अपनत्व से कहा था—"दादा, अब तुम जब तक हो, यहीं रहो। इस उम्र में अब कहाँ-कहाँ भटकोगे।"

फिर नीराजना उनका ध्यान भी खूब रखने लगी। खाने-पीने का, हरेक चीज का...। दादा को भोजन में बैंगन पसन्द हैं—दादा को मीठा अच्छा लगता है, ये सारी बातें वह ध्यान में रखती। दूसरे ही दिन वह बाजार जाकर दादा के लिये धोतियों का एक जोड़ा ले आई थी। पर जैसे-जैसे नीराजना दादा का ध्यान रखती गई, दादा का मन बेचैन होता गया। इस तरह चला तो अधिक दिन नहीं रह पायेंगे। किसी का अहसान लेकर वे एक पल भी कहीं नहीं रह सकते। रहें वे जो अशक्त हों—अपाहिज हों। अभी तो उनके शरीर में दम-खम है और इस अहसान से मुक्ति पाने के लिए के नीराजना का सारा काम अपने हाथ में लेते गये। चाय बनाती नीराजना को वे उठा देते—"उठो, तुम बेबी को ले लो। मैं चाय बना लेता हूँ। यह क्या बहू, मेरे रहते तुम्हें हाट-बाजार जाने की क्या जरूरत है? मर्दों का काम मर्दों को ही अच्छा लगता है। अब से बाजार का सारा काम मैं किया करूँगा।" नीराजना मुस्कराकर छोटी बच्ची-सी दादा का कहना मानती गई। और अब वह पूरी तरह दादा पर आश्रित है। दादा किसी काम में हाथ न लगायें तो घर का कोई काम ही न हो।

बेबी भी दादा से ऐसी परची कि दादा के सामने वह माँ को भूल गई। आधी रात को बेबी के रोने की आवाज सुनकर दादा उठ बैठते, आवाज देते—"बहू, बेबी रो रही है न! सोमेन की नींद खुल जायेगी। लाओ उसे मुझे दे दो।" फिर स्वयं ही जाकर बेबी को उठा ले आते और कन्धे पर लिटा थपकियाँ देते टहलते रहते। सो जाने पर अपने ही पास उसे सुला लेते।

सोमेन हँसी-हँसी में दादा से कहता भी—"दादा, तुमने तो नीरा को पूरी तरह निकम्मी बना दिया है। कोई काम अब उससे नहीं होता।" सुनकर दादा का मन अथाह शान्ति से भर जाता। वे मेहनत-भर काम करते हैं तो खाते हैं। पड़े-पड़े मुफ्त की रोटी नहीं तोड़ते। कहीं काम करते कहीं खाते। किसी का अहसान तो नहीं है सिर पर—सोच कर वे हल्के हो लेते।

धीरे-धीरे दादा नीराजना से खुलते गये। अब वे उसका पर्दा नहीं मानते। नीराजना हंसती—"दादा, तुम मुझे बहू कहकर मत पुकारा करो। बहू कहोगे तो मैं डेढ़ हाथ का घूंघट निकाल कर कोने में ही बैठी रहूँगी। तुम्हारे सामने नहीं निकलूँगी। तुम तो मुझे नीरा कहा करो।" और दादा उसे बहू कहते-कहते नीरा कहने लगे थे। जब भी सोमेन-नीरा बैठे होते और दादा फुर्सत में होते—अपना सारा व्यतीत खोलकर उनके सामने जब-तब दुहराने लगते। जिन्दगी के क्षण-क्षण का लेखा-जोखा प्रस्तुत करते हुए वे आवेश से थरथराने लगते। आँखों से क्रोध की चिनगारियाँ निकलने लगतीं। कैसे-कैसे दिन काटे हैं उन्होंने! कैसे-कैसे दिनों को सहा है! आज वे सबके लिए मर गये। किसी ने उनका पता-ठिकाना तक नहीं लगाया कि कहाँ हैं वे, कैसे हैं? उनका अहं बुरी तरह चोट खा जाता। "अब तो जीते-जी शकल नहीं देखूँगा उनकी।"

अकेले में नीराजना सोमेन से कहती—"बाप रे! दादा में इतना दर्प होगा, मैं तो सोच भी नहीं पाती। एक भी पैसा नहीं है हाथ में पर दादा का दर्प तो देखो आसमान छू रहा है।" सोमेन का मन भर आता—"तुम नहीं समझोगो दादा को। मैं दादा को अच्छी तरह समझता हूँ। बाबूजी भी ठीक दादा की ही तरह थे। पर एक जगह बँध कर रहे—बच्चों में खोये हुए इसीलिए तो मैं पढ़-लिख पाया, नहीं तो!" वे नीराजना को इधर समझा देते—"देखो, दादा पर इतना आश्रित मत रहो कि बाद में तकलीफ हो। उनके पैर में घनचक्कर है। जब तक रहते हैं, रहते हैं। कभी मन में आया तो चल निकलेंगे।" और उधर वे दादा को भी समझा देते हैं—"दादा, तुम इतना काम मत किया करो। बुढ़ापे की देह है। थक जायोगे।" दादा सुनकर कुछ नहीं कहते, सोमेन घर से पूरी तरह निश्चिन्त है। किसी तरह की अब उसे कोई चिन्ता नहीं करनी पड़ती। नीरा कहती है—"दादा कोई मेहमान थोड़े ही हैं। घर के आदमी हैं। इसीलिये घर की तरह काम करते हैं। न करें तो रह न पायें। मैं क्या जानती नहीं?"

आज दादा सुबह से ही उखड़े-उखड़े लग रहे थे। किसी काम में उनका मन नहीं लग रहा था। वे एक ओर बैठे अखबार पढ़ रहे थे, नीरा बिगड़ गई थी—"सोमेन को बाहर जाना है। समय पर खाना देना है और यह बेबी चैन नहीं लेने दे रही है।" वह बड़बड़ाने लगी थी—"दस बार कहा पर ये दादा उठे तब तो! मैं क्या-क्या करूँ।" दादा के कानों में भनक पड़ गई थी। वे हाथ

का अखबार वहीं पटक कर बम की तरह फट पड़े—"मैं तो सदा मर्जी का राजा रहा हूँ बहू। मन हुआ काम किया, नहीं हुआ नहीं किया। काम करता हूँ तो खाता हूँ। किसी के हुक्म से काम नहीं कर सकता।" नीरा अवाक् रह गई। दादा की आँखों से चिनगारियाँ निकलने लगी थीं। नीरा चुपचाप चौके में आ गई थी। नीरा के मन में दादा के शब्द बुरी तरह चुभ गये थे—दादा की हेकड़ी तो देखो। यहाँ भी धौंस दिखाकर रहना चाहते हैं। इसीलिए तो नहीं पट पाई होगी घर में। वह भुनभुनाती अपने काम में लग गई थी। दादा भी सारे समय उससे नहीं बोले। चुपचाप उन्होंने खाना खाया और उठ कर बाहर चल दिये थे।

दोपहर की धूप बराण्डे पर पूरी तरह चढ़ आती है तब घर के लोग कमरे में पंखे की हवा में आराम करते होते हैं। पर तब भी दादा पलंग की आड़ किए बराण्डे में ही लेट जाया करते थे। सोमेन के बार-बार कहने पर अब वे बैठक में लेटने लगे थे। आज की सड़ी उमस उन्हें बर्दाश्त के बाहर लग रही थी। बाहर की तपन से भी अधिक असह्य हो रही थी मन की घुटन। जब से चांदनी का पत्र आया है, उनका मन अस्थिर हो उन्हें बेहद त्रास दे रहा है। उन्होंने कई बार पत्र पढ़ा। एक साल पूरा होने को आया। अब आया बेटी का पत्र। रुपये खत्म हो गये होंगे तो अब याद आई उनकी। एक बार भी किसी ने जानने की कोशिश नहीं की कि वे जिन्दा भी हैं या मर गये। उनकी आँखों में घृणा और राहत के अजीब से मिले-जुले भाव आकर ठहर गये। पर वे भी इतने कच्चे नहीं हैं। जैसा किया है, भोगना तो होगा ही। मरती है मरे। वह भी तो मर गये हैं सबके लिये। उन्होंने पत्र को एक बार फिर पढ़ा और मोड़-तोड़ कर जेब में रख लिया। फिर बीड़ी निकाल कर सुलगा ली। राहत नहीं मिली तो देह पर से कुरता उतार वे नीचे दरी पर ही लेट गये और अखबार से हवा करने लगे। चांदनी ने लिखा था—तुम आकर माँ को सँभाल लो दादा। माँ की अब-तब लगी है। मरते हुए से बैर-भाव कैसा? चार के सामने हाथ पकड़ा था—उसे ही निबाहने आ जाओ—पति का धर्म निबाहने! नहीं तो बेबसी की घुटती मौत पर कौन जाने कहीं बाद में पछताना ही हाथ न रह जाये। हीरेन और उसकी बहू ने माँ का जीना हराम कर दिया है। उनके गले का कौर भी नीचे नहीं उतर पाता।

दादा ने होंठ काट लिये। होंठों ही होंठों में दुहराया—मर रही है—वह क्यों मरेगी? राज भोगेगी। बेटे-बहू का सुख भोगे बिना कैसे मरेगी! बे बड़ी विकृत हँसी हँसे—तब तो बेटा ही बेटा दिखता था। बेटे के बुरे लक्षण कभी नजर ही नहीं आये। देती रहीं पाँच-पाँच, दस-दस के नोट—लो बेटा उड़ाओ खूब गुलछर्रें। कभी उन्होंने टोका तो तन कर सामने खड़ी हो गई—अपना लड़का भी तुम से देखा नहीं जाता। बाप नहीं दुश्मन हो तुम उसके। और आग उगलते-उगलते लड़के के सामने सच ही उसने उन्हें दुश्मन बना दिया। मैट्रिक में दो साल फेल हुआ तो पढ़ाई बन्द करवा दी। कितना समझाया था कि फेल-पास तो लगा ही रहता है, उसे किसी तरह मैट्रिक कर लेने दो। पर उसे तो उसके विवाह की पड़ी थी। "मैट्रिक करके भी कोई क्या कमा लेता है? तुमने भी तो की। क्या कमा के रख दिया? कहीं भी घन्धा कर लेगा, कमा-खा लेगा।" और उसने विवाह करके ही दम लिया। वे तो बस लोगों के कहने-सुनने के भय से बराती के रूप में साथ हो लिए थे। अब भोगे न सुख बेटे-बहू का! क्या वे बेटे को जानते नहीं? माँ का हाथ पकड़कर बीच सड़क पर खड़ा कर दे तब भी कुछ अजब नहीं। यह तो अच्छा हुआ कि लड़की ठिकाने लग गई नहीं तो वह भी इनकी जान को रोती। उन्होंने बीड़ी का बण्डल निकाला। बीड़ी कम रह गईं थीं। एक निकाल कर उन्होंने सुलगा ली और मुँह में लगा ली। उनके इस तरह दिन-भर बीड़ी पीते रहने से उसे सख्त नफरत थी। वे बीड़ी पीते होते तो वह नाक में पल्ला लगाकर मुँह बनाती, वहां से उठ जाती। जैसे सारा का सारा धुआँ उसकी नाक में ही भरा जा रहा हो। पर बेटा सिगरेट पिये तो कहीं कुछ नहीं। उन्होंने एक लम्बा कश लेकर ढेर-सारा धुआँ ऊपर छोड़ दिया। "हाथ की नाड़ी ही जब साथ नहीं देती तो नारी क्या देगी।" उसके लिए उन्होंने क्या-क्या नहीं किया। अपना घर-बार, माँ-बहनें तक भूल गये थे उसके पीछे। उनका मन तड़प गया।

तब वह बीमार चल रही थी। उसके गाँव से लेकर वे उसका इलाज करवाने अपने घर चले आये थे। तब बेहद तंगी के दिन थे। साथ का खेला-कूदा रमेन अब डॉक्टर हो गया था। चारों ओर उसका नाम था। वे एक दिन उसी के पास पहुँचे थे—"डॉक्टर! कई महीनों से तुम्हारी बहू बीमार है। खाया-पिया कुछ शरीर को नहीं लगता। दिन-दिन कमजोर होती जा रही है। आकर उसे देख जाना। मैं तो रहूँगा नहीं।"

डॉक्टर हँसा था—"समझता हूँ—सब समझता हूँ दादा। बहू को लेकर तुम्हारी बेचैनी क्या मुझसे छिपी है?" और दादा का चेहरा नई बहू की तरह एक नई लाज से भर गया था। वे बुरी तरह शरमा कर जल्दी से वापस हो लिए थे।

उन्होंने अपनी मर्जी से विवाह किया था। उम्र में वह उनसे काफी छोटी थी। पर वे उसकी सुन्दरता की चर्चा सुनकर अपने को रोक नहीं पाये। चढ़ती उम्र का उफान और माँ की बेरुखी। वे स्वयं ही जा पहुँचे थे लड़की के यहाँ। लड़की के पिता थे नहीं। बस विधवा माँ और छोटी दो बहनों के सिवा और कोई नहीं था। वहीं अपना रोआब दादा ने कुछ इस तरह जमाया कि विधवा माँ ने घर आये दामाद को पाकर अपना भाग्य सराहा। बस बात पक्की हुई। शादी भी हो गई। न माँ से पूछना, न उनकी कुछ जानना। माँ ने शुरू-शुरू में बड़ा तूफान उठाया था। धमकी भी दी थी। पर बाद में अकेले लड़के के मोह ने उनका मुँह बन्द कर दिया। मुँह भले ही बन्द हुआ हो पर दिल फटा तो कभी जुड़ नहीं पाया। उनका आतंक तब सारे गली-मुहल्ले में कुछ ऐसा ही था कि सामने सड़क से गुजरते लड़के बातचीत करते एकाएक रुक जाते। उनकी आवाजें बन्द हो जातीं। दादा भी शुरू-शुरू में माँ से ऐसे ही डरते रहे हैं। पर अब नहीं।

डिस्पेंसरी बन्द कर डॉक्टर सीधे दादा के घर आये थे। साँझ गहराने लगी थी। माँ बराण्डे में बैठी थीं। डॉक्टर कुछ झिझका। फिर एक पैर ऊपर रखते हुए बोला—"दादा ने बहू को देखने के लिए कहा था। बीमार है न!"

माँ ने घूरकर डॉक्टर की ओर देखा। फिर एक ओर खिसक गईं— "जाकर देख आओ भीतर। हजारों मर्दों से तो मिलती-जुलती है। फिर तुम्हीं से कौन मनाही है।" डॉक्टर हतबुद्धि-सा कुछ देर वहीं खड़ा रहा। माँ की ओर से फिर कोई हलचल न पाकर वह सीढ़ियाँ उतर आया। ऐसे कैसे वह चला जाये। वह कभी डॉक्टर के सामने नहीं आई। कुछ भी हो, बहू मानता है। दादा ने साँझ को लौटते ही डॉक्टर के आने की बात पूछी थी। और पत्नी से उसका कोई अनुकूल उत्तर न पाकर वे सीधे डॉक्टर के यहाँ जा पहुंचे थे। जाकर सीधे ही सीधे कहा था—"डॉक्टर, तुम नहीं आये बहू को देखने। मुझे ऐसा मालूम होता तो पहले तुम्हारे सामने फीस के रुपये रखता। बाद में तुमसे देखने के लिए कहता।" डॉक्टर हँसा। फिर सारी बातें खोल कर कह

सुनाई—"यार! तुम्हारी माँ से पहले भी डरता था और आज भी। वह भय कम नहीं हुआ है। बल्कि अब तो और भी अधिक उनसे भय लगने लगा है।" दादा बौखला गये थे—"डरो तुम! खूब डरो, सब डरें। मैं भी डरता हूँ। पर तभी तक जब तक मान पर आँच न आये। कोई इज्जत पर हमला करने लगे तो मैं दुनिया से नहीं डरूँगा बस।" डॉक्टर ने बैठने के लिए कहा भी तो वे बैठे नहीं। जैसे खड़े थे, वैसे ही लौट पड़े। घर पहुँचे तो अँधेरे ने पूरी तरह साँझ को अपने घेरे में समेट लिया था। वे धड़धड़ाते हुए अन्दर आये। माँ बाहर वाले कमरे में बिन्नी से पैर दबवा रही थीं। उन्होंने एक तेज नजर इन पर डाली। कुछ बोले नहीं। सीधे अपने कमरे में आ गये। पत्नी लेटी हुई थी। लैम्प की हल्की-सी रोशनी में वे कुछ देर सिरहाने खड़े पत्नी के चेहरे को देखने लगे। वह उन्हें काफी कमजोर दिखाई दी। आँखें बन्द थीं। वे एक पल के लिए रुके। फिर तटस्थ होकर बोले—"सुनती हो! उठो! जल्दी तैयारी कर लो। आज ही यहाँ से चल देना है, अभी। आध घण्टे में ट्रेन जाती है।" हड़बड़ा कर पत्नी उठ कर बैठ गई। दादा जल्दी-जल्दी खूंटियों पर टंगे कपड़े खींच-खाँच कर सन्दूक में भरने लगे। कुछ सामान और था जिसे रखने के लिए उन्होंने पत्नी की ओर देखा। वह अभी भी स्तब्ध हुई दादा की गतिविधियों को निहार रही थी। वे खीज पड़े—"सामान रखने के लिए कह रहा हूँ। नहीं चलना हो तो रहो यहीं। लेटी रही आराम से।" पत्नी लड़खड़ाते कदमों से उठ खड़ी हुई। दादा पीछे के कमरे से निकलते हुए बोले—"अभी लौट कर आता हूँ तब तक तैयार हो जाना।" उनका स्वर बेहद रूखा था।

वे फिर डॉक्टर के यहाँ पहुँचे थे। डॉक्टर को कहने-सुनने या समझने-बुझने का कोई मौका न देकर सीधे बोले—"डॉक्टर, मुझे पच्चीस रुपये चाहिये हैं। दे सको, दे दो नहीं तो मना कर दो। मुफ्त में नहीं माँग रहा हूँ—उधार ले रहा हूँ। एहसान-जैसी कोई बात नहीं होनी चाहिए मन में। साथ खेले-कूदे हैं। शैतानी की है। मार खाई है। बचपन की दोस्ती समझकर ही माँग रहा हूँ। आज तुम बड़े हो और मैं... समय का फेर है।" डॉक्टर कुछ कहने लगा था पर दादा ने कहने नहीं दिया—"नहीं नहीं- तुम अभी कुछ मत कहो। नहीं देना हो तो साफ कहो।" डॉक्टर ने चुपचाप पच्चीस रुपये उनके हाथ में लाकर रख दिये—"एहसान नहीं है दादा, न ही उधार है। बचपन के दोस्त हो। दोस्त से भी अधिक कुछ हो। बस इसीलिये दे रहा हूँ।" रुपये लेकर दादा लौट पड़े थे उल्टे पैर... कृतज्ञता—अपनत्व जैसी कोई बात नहीं।

वे घर पहुँचे थे। ताँगा साथ लेते गये थे। खुद ही उठाकर सारा सामान ताँगे पर रखा। फिर जाकर सीधे माँ के पास खड़े हो गये थे—"जा रहा हूँ। अब कोई बहू के इलाज के लिए तुमसे पूछने नहीं आयेगा।" और वे तेज कदमों से जाकर ताँगे में बैठ गये। बहू ने माँ के पैर छूना चाहे तो उन्होंने साड़ी से पैर ढाँक लिये और मुँह फेर लिया था।

दूसरे शहर आये थे, रुपयों की बेहद तंगी। पर हार नहीं मानी, तो नहीं ही मानी। डॉक्टर के दिए उन्हीं पच्चीस रुपयों में से बचे पन्द्रह रुपयों से जिन्दगी की शुरुआत की थी। कुछ खाने-पीने का सामान ले आये थे।

फिर एक मुनीम की नौकरी कर ली। तब से कितने वर्ष यायावर की तरह यहाँ से वहाँ भटके हैं। कभी कुछ काम तो कभी कुछ काम, आज यहाँ तो कल वहाँ। फिर बच्चे हुए और नौकरी भी मिली। जिन्दगी में स्थिरता आई थी। फिर कैसे जायदाद जोड़ी, कैसे घर-गृहस्थी जमाई, कैसे स्त्री के लिए एक-एक जेवर गढ़वाये, उनके सिवा जानेगा भी कौन! पत्नी ही जब नहीं जानना चाहती तो वे किससे क्या कहते फिरें? रुपयों को तब भी महत्त्व नहीं दिया और आज भी रुपयों को वे हथेली की धूल ही समझते हैं। सोमेन हँसता है—"दादा! तुमने जहाँ से जिन्दगी की शुरुआत की थी, घूम-फिर कर साल-साल झेलते हुए वहीं ज्यों-के-त्यों लौट आये। तब भी हाथ में कुछ नहीं था—आज भी नहीं है।" सोच कर दादा हँसे—कितनी अजीब रही उनकी जिन्दगी! पर भिखारी होकर भी वे रहे हैं राजा की ही तरह। उन्होंने गर्दन झटकी जैसे अभी भी दुनिया को चुनौती देने की शक्ति उनमें है—कोई आजमाकर देख ले।

आज इतना सन्तोष है कि घर में वे किसी प्रकार का अभाव नहीं छोड़ आये हैं—बस वे ही नहीं रह सके। आज बेटी का पत्र आया है। सीख दी है बाप को—पति-धर्म की सीख। पहले माँ को ही तो दे लेती पत्नी-धर्म की सीख! उन्होंने मुँह बनाया। बेचैन-से उठे और उठकर खिड़की खोल दी। हवा की एक लपट भीतर तक आई। उन्होंने कपाट फिर बन्द कर दिये। जेब से बीड़ी निकाली और इत्मीनान से मुँह में लगाकर काड़ी से छुआ। निर्निमेष काड़ी को जलता हुआ देखते रहे। जलती हुई काड़ी और उनकी जिन्दगी। उन्हें इन दोनों में अजीब-सी समानता दिखाई दी और कच्ची लकड़ियों के जलने का धुआँ फेफड़ों में भरता जान पड़ा। "बुढ़ापे की देह और अपने

अकेले बेटे की दी हुई यह लांछना। क्या करती होगी वह, सहती होगी?" अचानक उनके मन में विचार आया और वे उठ खड़े हुए। अँधेरे में ही जाकर खिड़की के पास खड़े हो गये। उन्होंने कभी उससे आधी बात नहीं कही। उन्हें घुटन-सी महसूस हुई तो वे घबड़ाकर बाहर निकल आये।

साँझ मुंडेरों पर झुक आई थी। आंगन में पानी सींच दिया गया था। धरती से उठती माटी की सोंधी-सोंधी गंध को खींचते उन्होंने गहरी साँस ली। नसों का खिंचाव दूर होने लगा था। उन्हें बहुत हल्का लगा। उन्होंने नीरा के कमरे में एक नजर डाली। कहीं कोई हलचल नहीं थी। वे पीछे की ओर निकल गये। नीरा बच्ची का मुंह धुला रही थी। दादा चुपचाप जाकर उसके पास खड़े हो गये। कुछ देर निस्तब्धता को झेलते वे नीरा की ओर से कुछ सुनने की चाहना में खड़े रहे। फिर बोले—"चाँदनी की चिट्ठी आई है। तभी से मन खराब है। किसी काम में जी ही नहीं लग रहा। तुम्हारी काकी बहुत बीमार हैं। वह भी क्या कम हेकड़ हैं। मर जायेंगी पर अपने हाथ से कुछ लिखेंगी नहीं। वो तो चाँदनी ने सब लिखा है।" नीराजना ने दादा के स्वर की भरभराहट महसूस की पर उसे उनकी ओर देखते भय हुआ। कहीं दादा यह सब कहकर जाने को तो नहीं कह रहे! बच्ची का मुँह पोंछकर दादा की ओर बढ़ाती वह बोली—"बहुत तंग किया इसने आज... एक पल भी चैन नहीं लेने दी।" दादा का स्वर काँप रहा था—"वही तो मैं सोचता हूँ। इसे अब अधिक मेरी गोद में मत दिया करो। ममता बुरी चीज होती है। ममता जुड़ती है तब भी बुरी होती है और टूटती है तब भी बुरी।" नीराजना ने आश्चर्य से दादा की ओर देखा। दादा का यह अविश्वसनीय अकल्पित रूप! उसे विश्वास करने में कठिनाई हुई। जैसे बंजर धरती से एकाएक निर्मल जल स्रोत फूट निकला हो। दादा की आँखों में घृणा, ग्लानि, खीज, आवेश, लाँछता अथवा पश्चात्ताप जैसा कहीं कोई भाव नहीं था। बस केवल पारदर्शी पारे-सा कुछ तिरने लगा था।

# यथार्थ-बोध

कपूर साहब ने विवाह कर लिया। हाथ में लिया हुआ कॉफी का प्याला छलक गया। एक क्षण के लिये भूचाल के धक्के का आभास हुआ था। फिर आस्था की उजास गहरी हुई और समूचा अस्तित्व समाहित हो गया उसमें। साठ की उम्र, सफेद बाल... निःसन्तान। आँखें बन्द हों तो किसी को कानों-कान खबर न हो। कब्र में झाँकती जीवन की धड़कनें! कौन है जो इस तरह अपने को दाँव पर लगा गयी? धन पर कौन नहीं मरता—ऐसा ही हुआ होगा। होगी कोई विधवा--गरीब या जवानी को रुपयों से तोलने वाली। लोगों की जुबान पर उठती चर्चा पारे-सी इधर-उधर फिसल जाती। चार के बीच उठती चर्चा में एक प्रमुख चर्चा यहीं होती—उम्र के पागलपन—वहशीपन की चर्चा। तब दाँतों तले उँगली विस्फारित नेत्रों को बड़ा पैना बना देती।

स्त्रियों की बातें कुछ और ही होतीं—बड़ी तीखी—बड़ी बेलगाम—बुढ़ापे में बच्चे की चाह। जवानी यों ही काट दी। बुढ़ापे में यह क्या सूझा ? स्त्रियों की जुबान खुलती तो द्रौपदी के चीर-सी बढ़ती जाती—"बेचारी पत्नी जिन्दगी-भर बीमारी ही भोगती रही। उसे मरे साल नहीं बीता और आदमी ने इधर विवाह रचा लिया। यह मर्द की जात होती तो बेवफा है। इस बुढ़ापे में रंगरेलियाँ सूझ रही हैं। अरे बाकी जिन्दगी के दिन रहे ही कितने! क्या यों ही नहीं गुजार सकते थे? छिः छिः सोचते भी शर्म लगती है।" मृतात्मा के प्रति शोकांजलि अर्पित कर स्त्रियाँ मन का गुबार डबरे-भरे गन्दे जल-सा उछाल देतीं।

खबरें फीकी नहीं पड़ने पायी थीं। सर्द मौसम के झोंके अलमस्ती से चारों ओर फैलते हुए शहर की व्यस्तता से टकरा रहे थे। ऐसे ही एक दिन कॉफी हाउस में गर्म सूट में सुसज्जित कपूर साहब किसी तिलस्म के उद्‌घाटन से सामने आ खड़े हो गये। कुछेक दिनों में आदमी इस कदर बदल भी सकता है—जैसे काया-कल्प हो गया हो! उम्र तेजी से आगे बढ़ते अचानक कई वर्ष पीछे लौट आयी है। उम्र को झूठलाते काले केश चेहरे पर आठों याम खेलती

मुस्कराहट को और गहरी बना गये थे, "सुना तो होगा ही पर तुम्हें खुशी ही हुई होगी।" —हाथों में कॉफी का प्याला लिये वे कहने लगे थे—"इन्हीं कॉफी के प्यालों पर खेलती जिन्दगी का एक पैगाम चुका तो लगा कि सब कुछ चुक गया है। जो चुका है वह कभी नहीं भरेगा—कभी नहीं। खाली प्याला भोर खाली जिन्दगी।" मुस्कराहट के ऊपर गम्भीरता की एक मोटी परत आकर जम गयी थी—"इसी खाली जिन्दगी को भरने के लिये मैंने विवाह कर लिया। अकेले रहकर पागल हो जाने से तो अच्छा था विवाह कर लेना। पत्नी से इस उम्र में और क्या चाहूँगा? पत्नी के जाने के बाद बड़ी गहराई से सोचता रहा हूँ कि पत्नी से बढ़कर इस उम्र का सच्चा साथी और कोई नहीं हो सकता। इस उम्र का अकेलापन और कोई नहीं बाँट सकता। नहीं बाँट सका तभी तो विवाह करना पड़ा। खूब घूमा, खूब भटका पर सब कहीं अलगाव ही पाया—अपनापन नहीं।" दबी उँगलियों में सिगरेट का अन्तिम कश लेकर उन्होंने वह ऐश ट्रे में डाल दी और मुस्कराये—"घर आओगे तो तुम्हें उनसे मिलाऊँगा। तुम्हें उनसे मिलकर खुशी होगी। अब शेष जिन्दगी के दिन मजे से गुजारूँगा। रुपया-पैसा है तो सबकी नजर उस पर ही पड़ती है। अब उसका भी सदुपयोग हो जायगा।" वे हँसते हैं।

जिन्दगी के रस से लबालब भरी उनकी हँसी बड़ी अच्छी लगती है। तिलस्म टूटता है तो मैं उनके साथ के जिये गये दिनों में लौटने लगता हूँ।

ओस पड़ने लगी है। कुछेक दिनों से कपूर साहब मिसेज कपूर को सवेरे जल्दी ही जगा देते। जनवरी की ठण्डक में सुमिता जी उठने में आनाकानी करती हैं पर पति की मजबूत हथेली में कसी अपनी हथेली को छुड़ाने का भी तो जी नहीं चाहता। "देखो, उठो न भई। नंगे पैर ओस भरी दूब में कुछ दिन चलकर देखो, कितना बड़ा स्वास्थ्य बनता है। कमजोरी-वमजोरी सब गायब हो जायेगी।" सुमिता जी कुड़मुड़ाती हैं। फिर हार कर उठना पड़ता है। कपूर साहब तैयार हो चुके होते हैं। हेंगर से शॉल उठाकर पत्नी के कन्धों पर डालते हैं और हाथ पकड़कर बाहर आने लगते हैं।

"छिः छोड़ो भी। कोई देखेगा तो क्या कहेगा? इस बुढ़ापे में इन्हें रोमांस सूझ रहा है, कहेंगे लोग सठिया गये हैं कपूर साहब।"

"कहते रहें" —हँस देते हैं कपूर साहब—"रोमांस से उम्र का क्या सम्बन्ध। वह तो मन की चीज है। मन के बूढ़े होने से ही आदमी बूढ़ा होता है—जीने की उमंग मर जाये तब। फिर मैं तो अपनी विवाहिता पत्नी के साथ हूँ—कोई ऐरी-गैरी के साथ थोड़े ही।"

सुमिता जी पति की आँखों में देखती हैं और भीतर-ही-भीतर उनका मन पुलक उठता है। पति के ऊँचे पूरे स्वस्थ शरीर की तुलना में वे अपने को देखने लगती हैं तो अपने को बेहद बौना पाती हैं। इस आयु में भी कितना ताजा लगता है उनका शरीर और मन गुलाब की परतों से बना हुआ सुगन्धित स्नेहिल। दोनों लॉन में चहलकदमी करते हैं पर सुमिता जी का मन दूब की ओस-सा भीगने लगता है। सूना मातृत्व—सपने देखते-देखते उम्र गुजर गयी। अपने लिए तो अब क्या दुःख होगा! दुःख होता है कपूर साहब के लिये। वे जानती हैं—कपूर साहब अकेले नहीं रह पाते। नहीं रह पाते इसीलिये पत्नी का क्षण-क्षण का साथ चाहते हैं। इधर जैसे-जैसे दिन गुजरते हैं तमाम दुनिया की अजीबोगरीब बातें मन पर छाने लगती हैं। दिन-दिन कमजोर होता जा रहा है शरीर। जाने क्या हो गया है उन्हें? हमेशा थका-थका—टूटा-टूटा-सा तन और बीमार होता जा रहा मन। उनका मन रोने-रोने को करने लगता है। वे जीना चाहती हैं- जीना।

कपूर साहब उनकी मानसिक स्थिति को समझते हैं—इसीलिये यदा-कदा पत्नी को लेकर सम्बन्धियों के यहाँ निकल जाते हैं और कुछ दिन रह कर लौट आते हैं या उन्हें ही कुछ दिनों के लिए अपने यहाँ बुला लेते हैं। कुछ देर पति के साथ टहलती हैं, फिर एक किनारे पर पड़ी बेंच पर बैठ जाती हैं। दीन-दुनिया से बेखबर वे एकटक पति को देखती हैं। उमंग, स्फूर्ति और जिजीविषा से कितने भरे हैं कपूर साहब। अब भी उनके प्रति उनकी आसक्ति कम नहीं हो पायी है। वे जब भी अतीत में झाँकती हैं स्वयं को ही बड़ा अविश्वसनीय-सा पाती हैं। पर अतीत को वे याद करना चाहती हैं। याद करती हैं तो सब-कुछ भूलकर बीती उम्र को कुछ देर के लिए फिर पा लेती हैं। क्षणिक देर की तब वह प्राप्ति कितनी सुखद—कितनी आशान्वित कर जाती हैं उन्हें। उनका रोम-रोम पुलक उठता है और पति के प्रेम में आकण्ड डूबे वे और अधिक स्नेहिल होने लगती हैं। जी में आता है—इतना प्यार भर लें वे आंचल में—इतना कि सबको अपना सब कुछ देती चलें फिर भी न

रीतें—न रीतें, भरी ही रहें। कपूर साहब ने बताया था—उनके विवाह में कितनी-कितनी अड़चनें आयी थीं। बाबू जी ने विवाह के लिए पहली लड़की देखी थी—सुमिता जी ही और पसन्द कर ली थी। कपूर साहब नौकरी में लग चुके थे। पर लापरवाही से कह दिया था माँ से—जिसे पसन्द कर लो तुम लोग मैं विवाह कर लूंगा—मुझे लड़की-वड़की नहीं देखनी है। सम्बन्ध तय होने पर भाभी ने उकसाया था—"यह क्या मजाक है, जिन्दगी भर का सवाल है। लड़की सुना है साँवली है। इन्टर पास। बिल्कुल साधारण।" "तो क्या हुआ?" —उन्होंने कहा था—"कॉलेज में अनिन्द्य सुन्दरियों के साथ रहते-पढ़ते जी भर गया है सुन्दरता से। मुझे तो ऐसी ही चाहिये जो मुझे सँभाल ले। न कि मैं सब-कुछ भूलकर उसकी सुन्दरता को सँभालता रहूँ।"

आज भी कपूर साहब इसी बात को लेकर छेड़ते हैं सुमिता जी को—"मुझे क्या पता था—तुम इतनी मायावी निकलोगी कि बिल्कुल बंधकर रह जाऊँगा मैं।" कपूर साहब सुमिता जी के जूड़े में गुलाब का फूल टाँकते हैं तो यही सब याद करते उनका मन कसक उठता है। निहायत सामान्य हैं वे हर दृष्टि से। फिर स्त्री बाँधती है पुरुष को बच्चों से, वह तो वैसी रीती की रीती ही रह गयीं। आँखों की कोरें गीली होती हैं। कपूर साहब उन्हें अपने सामने कर लेते हैं—"अपनी ममता का दायरा विस्तृत कर लो, बस फिर कोई प्रभाव नहीं सालेगा।" वे हँसते हैं तो सुमिता जी को भी मुस्कराना पड़ता है। वह आये दिन देखती हैं—पास-पड़ोस के किसी बच्चे को उठाये चले आ रहे हैं कपूर साहब—कभी किसी बच्चे के साथ खेल रहे हैं। वे भी कपूर साहब का साथ देने के लिये उठ खड़ी होती हैं। पति के सुख के लिये उन्हें हँसकर ही उनका साथ देना होगा। सौभाग्य को प्राप्ति को वे उदासीनता की कुहरीली चादर से मलिन नहीं होने देंगी। पर अपने को वे सँभाल भी तो नहीं पा रही हैं। माह-पर-माह बीतते जा रहे हैं। वे थकती ही जा रही हैं। रात को जब कपूर साहब पाँच का अलार्म भरने के लिए घड़ी उठाते हैं तो वे फूट पड़ती हैं—"तुम्हें मेरी कसम। इस तरह मेरे पीछे परेशान न रहा करो। तुम अब तक बर्दाश्त करते आ रहे हो पर मुझसे अब नहीं होता। मैं अब अच्छी नहीं हो पाऊँगी।" कपूर साहब के हाथों में घड़ी बन्द रह जाती है। वे पत्नी के चेहरे की ओर स्नेहामूल होकर देखते हैं सुमिता जी की आँखों की बरौनियों में उलमें बड़े-बड़े आँसू। वे मेज पर वैसी ही बन्द घड़ी रखकर उनके पास आ जाते हैं—"कैसी बातें करती हो? कोई इस तरह हिम्मत हारता है—पगली कहीं की। किसी भी

बीमारी को जाते समय तो लगता ही है और सच कहूँ तो कुछेक दिन की बात और है। कुल डेढ़ माह बचे हैं मेरे रिटायर होने को... बस फिर तो फुरसत ही फुरसत होगी। जी भर कर सेवा करूँगा तुम्हारी, अच्छी से अच्छी जगह तुम्हें इलाज के लिये ले जाऊँगा।" बरौनियों में उलझे बड़े-बड़े आँसू पति के अगाध स्नेह का परस पाकर और तेजी से उमड़कर गालों पर बह आते हैं—"मेरे पीछे जवानी बर्बाद कर दी और अब भी मैं तुम्हें दुःख ही दे रही हूँ। यही सोचकर मर जाने की इच्छा होती है।" और वे कपूर साहब की छाती में मुँह दिए छोटी बच्ची पा फूट-फूट कर रो उठती हैं।

सुमिता जी को वह दिन याद आता है जब विवाह के दूसरे साल ही उन्हें अस्पताल में एडमिट होना पड़ा था। मातृत्व की पीड़ा से छटपटाती वे अशक्त हो चली थीं। डॉक्टर ने कहा था—"केस एबनार्मल है। पत्नी और बच्चा—किसी एक को ही बचाया जा सकता है। कहिये आप किसे चाहते हैं?" 'कपूर साहब ने भावों की वेगावस्था में डॉक्टर के दोनों हाथ थाम लिये थे—"पत्नी को बचाइये डॉक्टर साहब। मेरी सुमिता को बचा लीजिये। मुझे बच्चा नहीं चाहिए। वह होगी तो मेरी जिन्दगी में फिर कोई अभाव नहीं आने पायेगा।" और डॉक्टर ने अपनी तमाम कोशिशों से सुमिता जी को बचा लिया था। कपूर साहब का भयाकुल, चिंता से जर्जर मुँह, रूखे-उलझे बाल, उनींदी आँखें, बेपरवाही से पहने वस्त्र—वह सभी कुछ याद आता है तो सुमिता जी का मन जाने कैसे-कैसे होने लगता है। वे दिन-रात खाना-पीना भूलकर हफ्ते-भर तक सुमिता जी के बेड से नहीं हटे थे। हाँ, पर बाद में वह सदा के लिये मातृत्व पद की गरिमा पाने से वंचित हो गयी थीं।

इसके बाद के दिन—उड़े-उड़े से दिन—हल्के-हल्के से दिन। उतरती उम्र में कैसे उन्हें हाई ब्लड प्रेशर हुआ—कुछ याद नहीं। गिरती सेहत को डॉक्टर से जब चेक अप करवाया तभी पता चला। सुनकर कपूर साहब कई दिनों तक उद्विग्न रहे थे। ब्लड प्रेशर, डायबिटीज और भी इसी से मिले-जुले और रोग। ज्यों-ज्यों इलाज किया, मर्ज बढ़ता गया। डॉक्टर ने सुमिता जी की मनःस्थिति का विशेष ध्यान रखने को कहा था। कपूर साहब ने सारी सुख-सुविधाएँ जुटा दीं उनके लिये, खाना बनाने के लिये एक नौकरानी रख दी और स्वयं भी हर सम्भव उनका मन बहलाने की कोशिश करते। ऑफिस से लौटकर आते तो कहीं नहीं जाते। बस सुमिता जी की परिचर्या में लग जाते।

उनके लिये बनने वाला भोजन भी अपने हाथों तैयार करते उनके सामने बैठकर। वे सब यह करते होते तब सुमिता जी चुप-चुप उन्हें देखा करतीं और उनके लिये कभी अगाध प्यार आता और कभी अपने लिये अपार पीड़ा। ऐसे समय भी कपूर साहब के अधरों पर मुस्कान खेलती है। जिन्दगी की उमंग शरीर और मन को और उत्साहित करती है। वे रात को देर तक लेटे-लेटे उन्हें कोई कहानी या उपन्यास पढ़कर सुनाते हैं। लोग देख-देख कर हैरान हो जाते—कितना अजीब है यह आदमी, कितना अपार प्यार है इसे पत्नी से, कितनी अटूट आस्था है इसे कर्तव्य पर और कितनी भयंकर जीवनी शक्ति है इसमें—और यही सब सुनकर-देखकर सुमिता जी का मन जीवन जीने की उत्कट उमंग से भरने लगता है। वे थकती हैं पर कपूर साहब के चेहरे पर कभी भी वे उदासी या खीज का कोई चिह्न नहीं देखतीं।

दिन इसी तरह बीतते सेवा के बीच। रातें इसी तरह कटतीं जगी-जगी। पर हारे तो नियति के आगे ही हारे। हाँ, हारना पड़ा कपूर साहब को और सुमिता जो को। कितनी कातर विवशता। अपने अन्तिम समय में कुछ समय पूर्व समिता जी ने पति से अपना मकान बनवाने का हठ किया था। अपने घर में शायद वे अच्छी हो जायें। रिटायरमेण्ट के बाद का अवकाश। शान्तिनगर में मकान खरीदते शुभ शकुन हुआ था। अनायास मकान मिल गया था। अपने घर जाकर सुमिता जी के स्वास्थ्य में आकस्मिक परिवर्तन दिखा था। अब वे घूमने-फिरने लगी थीं। मकान की एक-एक व्यवस्था वे अपने सामने नौकर से करवातीं। पर गृहस्थी की एक-एक चीज की वे स्वयं देखभाल करती और सन्ध्या को नये उगाये पौधों के बीच टहलती स्निग्ध आँखों में एक नयापन पाती होतीं। वे पति से कहती भी—"सचमुच अब मैं अच्छी हो रही हूँ। देखो न! नन्हें-नन्हें पौधों में नयी कोंपलें फूट आयी हैं।" "सुनो!" —वे हठात् कहती हैं—"कुछ दिनों के लिये शर्मीला को बुला लो न! अन्नु की धमा-चौकड़ी से घर गुँजार हो जायगा। इतना बड़ा घर, कोई और भी तो होना चाहिये।" कपूर साहब पत्नी की आँखों में देखते हैं। उन्हें पत्नी की आँखों में इस बार कुछ और ही दिखता है—जीवन के प्रति उत्कट आकर्षण—जीवन जीने की अद्‌भुत लालसा। दूसरे दिन ही वे शर्मीला को तार दे देते हैं। पहले भी इसी तरह वे कभी भाई-भतीजों को बुलवा लेते—कभी बहिन और कभी बच्चों को। शर्मीला को घर की व्यवस्था सौंपकर इस बार वे पूरी तरह अन्नु की होकर रह गयी थीं। कपूर साहब देखते इन कुछ दिनों में एक अनोखी

लावण्यता झलकने लगी है। वे स्वयं अन्नु को नहलाती-धुलातीं, तैयार करतीं, अपने हाथों खिलातीं। जब देखो तब बच्ची में व्यस्त। रोज ही कभी खिलौनों की फरमाइश करती, कभी नये डिजाइन के कपड़ों की—कभी बेबी फूड की। कपूर साहब का मन गहरी आश्वस्ति से भर जाता। पत्नी का मन लग गया है, अब वे अच्छी हो रही हैं—वे मुग्ध होकर पत्नी की ओर देखते तो देखते ही रह जाते।

संगति के साथ फिर विसंगति का गहरा क्रूर मजाक हुआ था। एकाएक जीवन की घड़ियाँ रुकीं तो फिर हमेशा के लिए रुक ही गयीं। उस दिन दीवार पर सिर पटक लिया था कपूर साहब ने। चार दीवारों से घिरा ईंट-पत्थर का मकान, जहाँ की एक-एक चीज में पत्नी की स्नेहिल सुरुचि भरे परस की छाप है। सुमिता नहीं रहेंगी तो उनके इस घर का क्या होगा? उनकी साधों-भरी गृहस्थी का क्या होगा? उनके इस विस्तार लिये आँगन का क्या होगा? और इन सबके बीच उनकी स्वयं की जिन्दगी का क्या होगा? सुमिता जी के बिना अपनी जिन्दगी की कल्पना भी नहीं की उन्होंने। अन्तिम चार दिनों का उनका कष्ट, उनकी पीड़ा और साहचर्यजनित सुख की एक असीम गहरी अनुभूति—यह सब याद आता है तो कपूर साहब का कलेजा अभी भी काँप जाता है। "अच्छा ही हुआ।" पर अब उनके जाने के बाद का अपना जीवन...।

सुमिता जी के जाने के बाद वे घर में नहीं रह सके। पत्नी की यादों से भरा घर... यादों का एक अम्बार। हँसकर वे रत्ती भर भी नहीं ढो पायेंगे और रोकर झेलना कोई झेलना नहीं होगा। जीवन से हारे वे कभी नहीं, अब भी नहीं हारना चाहते। आधे मकान को किराये पर उठाकर वे सुबीर के पास चले आये थे। सुमिता इन्हें ही तो सदा मानती रही हैं। सुबीर जब-तब इनके पास आकर रह जाया करते थे। पिता नहीं—माँ नहीं—सुमिता जी इसे बच्चे-सा स्नेह देती रही हैं। सुबीर से अधिक उत्साह भरकर उसकी पत्नी ने कपूर साहब का स्वागत किया था—"अब मेरे पास ही रहें। उतने बड़े घर में अकेले रहकर भी क्या करेंगे। हम सब तो हैं चाचा जी।" सुबीर का बड़ा घर... सभी कमरे व्यवस्थित। हर चीज अपनी जगह, हर कमरे की व्यवस्था अपनी थी। इसीलिये कपूर साहब का पलंग बराण्डे में डालना पड़ा था शर्मीला को। सुबह बिना कहे चाय मिल जाती। समय पर भोजन के लिये बुला लिया

जाता। फिर अन्य समय कपूर साहब अपने पलंग पर लेटे कोई पत्रिका पढ़ते रहते। बहुत मन ऊबता तो कुछ देर अन्नु को ही खिलाते। अबीर स्कूल से घर लौटता तो मित्रों में खेलने चला जाता। साँझ को जल्दी ही बिना भूख के सबके साथ उन्हें भोजन पर बैठना पड़ता। खाना खा-पीकर सुबीर शर्मीला के साथ घूमने निकल जाता तो वे भी निरुद्देश्य सड़क की लम्बाई नापने बाहर चल देते। नयी जगह, नये लोग। सबका बंधा-बंधाया समय... अपने नियम, अपनी व्यवस्था। कपूर साहब अंधेरा घिरने पर लौटते तो सुबीर के कमरे के दरवाजे पर पर्दा पूरी तरह फला रहता। उनके पलंग पर चादर बिछी होती। एक तिपाई पर जग में पानी और गिलास रखा रहता। वे उधर एक निगाह डालकर अपने पलंग पर आ जाते। अबीर पढ़ रहा होगा। गिलास में पानी ढालकर वे बिना प्यास के पीते हैं और अजीब-सी विरक्ति लिये कपड़े बदलते हैं। फिर पलंग पर लेट जाते हैं।

सारे दिन काम, सारे दिन व्यस्तता। सुमिता जी की बीमारी को झेलने का अटूट विराम क्रम। पर मन नहीं थकता था और तन में गजब की स्फूर्ति और उत्साह होता था। सुमिता जी उन्हें काम में लगे देखकर कहा करती थीं—"हर समय काम, केवल काम। कुछ घड़ी आराम से भी तो बैठा करो। थक जाते होंगे।" कपूर साहब हँस देते—"काम से आदमी नहीं थकता बल्कि बेकार बैठने से थकता है सुमिता। बस कोई निर्देश करता रहे—हल्की-फुल्की बातें करता रहे।" वे एक लम्बी साँस लेते हैं। उनकी आँखें कमरे की ऊंची छत पर खिड़की की सलाखों की जमी परछाइयों पर टिकती हैं—"अब सुमिता जी नहीं हैं। कोई काम नहीं है। जीवन का कोई बन्धन नहीं है। पर तन थकने लगा है, मन टूटने लगा है। बन्धन भी कितना सुखकर होता है। वही तो जिन्दगी को बाँधता है। बांधे नहीं तो जिन्दगी विच्छिन्न हो जाये—टूटे काँच-सी बिखर जाये। इस छत पर निस्पन्द जमी हुई परछाइयों की भाँति जाम हो जाये जिन्दगी।" वे सोने की कोशिश करते हैं। पर नींद नहीं आने पाती। आठ बजे से कोई कितना सोये और कैसे सोये? सुबह वे अबीर को पढ़ाने का काम लेते हैं। पर एक-सा मशीनी ढंग का काम उन्हें इस कदर बोझीला बना जाता है कि एक दिन वे अचानक अपना होलडॉल बाँध लेते हैं। शर्मीला रोकती भी है पर वे जवाब में मुस्कराते हैं। अन्नु के हाथों में दस-दस के कई नोट थमा देते हैं। कहते हैं—"अब तो बनजारा जीवन है शम्मी। कुछ दिन यहाँ—कुछ दिन और कहीं। फिर आऊँगा यहाँ। नहीं तो जाऊँगा

कहाँ?" और उन्हें अपना स्वर काँपता-सा लगता है। एक कमजोरी का आभास, ऐसे कमजोर तो वे कभी नहीं थे।

फिर वे सीधे बीनू के यहाँ चले आये। बहिन के लड़के के यहाँ उनकी खूब आवभगत हुई। किन्तु इस आवभगत के मूल में भरी स्वार्थ की एक तीखी गंध जब उनके फेफड़ों में भरने लगी तो अपनेपन के लिये लालायित उनका मन छटपटाने लगा। जैसे-जैसे वे घर के वातावरण में अपने को एडजस्ट करते गये, चतुरा नीति अन्दुरूनी हालतों से भी उन्हें परिचित कराती गई। प्रारम्भ से ही मुखरा नीति उनसे कोई पर्दा नहीं मानती। इसीलिए चौके में जब वे नीति के कामों में मदद देने आ बैठते तो वह पारिवारिक जीवन की उलझनों को सविस्तार उनके सामने बड़े सुनियोजित तरीके से फैलाने लगती। दावानल की तरह एक-एक कर इच्छाएँ उठतीं और फैल जातीं—"इतने बड़े शहर का खर्च सँभाले भी नहीं सँभलता। इनसे कहती हूँ—बैंक से रुपये निकाल लें पर ये तो मेरी एक सुनते नहीं। कहते हैं - है ही क्या? फिर जो है एक बार निकालो तो निकलता ही जाता है। शौक में कमी होती है तो खीजते हैं। हर चीज स्टैंडर्ड की हो। सच मानें आप—सारी तनख्वाह तो भोजन पर ही उड़ जाती है। लेकिन अब तो मैंने सोच लिया है—लाख भन्नाएँ वे—मैं तो एक ही सब्जी बनाऊँगी।" कपूर साहब मुस्करा देते हैं। सुमिता एक अन्नपूर्णा की तरह दिखाई दे जाती हैं उन्हें जिनका भण्डार कभी नहीं रीतता था। जो भी आया—कभी खाली नहीं लौटा। परायों के लिए भी अपने अन्तर का संचित समस्त वैभव अंचल में भरे लुटा देने को वे सदैव प्रस्तुत रही थीं-जिसे जो चाहिए पा ले। वे अन्यमनस्क हो जाते हैं और दूसरे दिन से ही सब्जी लाने का जिम्मा चुपचाप सँभाल लेते हैं। फिर एक दिन वस्त्रों की तंगी की बात चलती है। बातों के बीच ही नीति कह जाती है—"ये तो मेरे लिये कभी कुछ लाते ही नहीं। साड़ियाँ लाई थी, वही चलती रहीं। मामा जी! मामी की साड़ियाँ अब क्या होंगी? इस बार मैं ले लूँगी उन्हें। और वह लाल साड़ी कब की मेरी आँखों में गड़ी है।" वह मुस्कराती है। कपूर साहब के दिमाग की नसें खिंचती हैं। भीतर कहीं टीस-सी उठती है जैसे हरे घाव को किसी ने खेल-ही-खेल में कुरेद दिया हो। आँखों में सुमिता जी का रूप आ जाता है। लाल साड़ी, लाल कुमकुम और लाल गुलाब का फूल... कभी लाल रंग बेहद पसंद था उन्हें। बड़े शौक से खरीदी गई साड़ियाँ बीमारी के दिनों में सब यों ही रखी रह गईं। वे पहिन ही कहाँ पाईं? आँखें

भर-सी आईं पर पीड़ा की परतों को परे ठेलकर उन्होंने हल्के होने का प्रयास किया। दूसरे दिन जब वे सब्जी लेकर लौटे तो दो साड़ियाँ भी लेते आये। किन्तु वे देखते हैं कि नीति की लालसा के पंख अब पूरी तरह खुल गये हैं जैसे अनंत सीमाहीन आकाश भी उसे छोटा लगने लगा हो।

बराण्डा खुला है। रात को सामने लगे यूकलिप्टिस के ऊँचे पेड़ों से हवा सीधे उन तक पहुँचती है। वे शॉल को अच्छी तरह से ओढ़ लेते हैं और पलंग पर चुपचाप बैठे सिगरेट का कश लेते दुनिया की दुनियादारी को परखने की चेष्टा करते हैं—पैसा एक नियामत हो सकता है अभाव में पर असन्तोष और स्वार्थ सिद्धि के सोपान पर चढ़कर कोई दूसरे को बेवकूफ बनाने की कोशिश करे तब? नीति से अपनी माँ के यहाँ के आरामतलब जीवन के किस्से सुनकर कपूर साहब अपने साठ वर्ष के अनुभवी जीवन को अट्ठाइस वर्ष के अल्प जीवन की तुलना में दुनियादारी से अनभिज्ञ मानने लगते हैं। कपूर साहब के सामने बहिन का वैधव्य-भरा बुढ़ापा रेगिस्तान की तरह पसरा पड़ा है। वह बुढ़ापा हारा है। तरुणाई के आगे बुढ़ापा सदा हारता ही है या जबर्दस्ती हरा दिया जाता है। वे जब-जब उनकी ओर देखते हैं, उनकी श्वेत साड़ी का मैलापन सफेद बालों को लजाता-सा लगता है। उनसे वहाँ और रहा नहीं गया। और वहाँ से जब वे लौटे तो पूरी तरह रीते थे। सुमिता जी के जाने के बाद जिस रिक्तता को भरने के लिए वे यायावर की तरह भटके थे, वह कहीं नहीं भर पाई बल्कि और अधिक अकेलापन अनुभव करने लगे थे। उन्हें याद हो आता है—अकेलेपन से ऊबकर सुमिता जी प्रायः कहा करती थीं—"तुम चाहो तो अन्नु को या नीति के बच्चे को गोद ले लो। नहीं तो धन-जायदाद का क्या होगा?" वे बड़ी शांति से जवाब देते हैं—"इस तरह तो दिलों का बँटवारा हो जायेगा। वे आपस में ही नफरत करने लगेंगे। जो कुछ है, उनका ही तो है... अपना तो कोई है नहीं। फिर यही तो अपने हैं। खुदा-न-खास्ता इनके यहाँ कभी रहना पड़ा तो रह तो सकते हैं अपने होकर।" "अपने होकर" —एक सूखी हँसी आ थमती है होंठों पर—"रुपये के बल पर अपने होकर पर तब भी कहाँ अपनापन मिलता है? अपनेपन की गर्माहट—अंतरंगता का बल।" एकाकी क्षणों के बोझ को कम करने के लिए यही तो चाहिये था। नहीं तो फिर प्रेतात्मा बनी जिन्दगी का अर्थ कितना भयावह है—कितना दुःसह। और इस बार लौटे तो जिन्दगी का क्रम ही बदल दिया उन्होंने। जिन्दगी के खालीपन को भरने के लिए पार्ट टाइम जॉब करने लगे।

कुछ घण्टों का भरापन। दिन को खूब सोते और साँझ को क्लब चले जाते। फिर रीती घड़ियाँ ताश के पत्तों पर मचलने लगतीं और बाजी भी लगती—कभी हार की, कभी जीत की... हारते हैं तो उन्हें कोई दुख नहीं होता। जीतते हैं तो कोई खुशी नहीं होती। हार-जीत उनके लिये जिन्दगी का एक अविभाज्य क्रम है—नियति का क्रूर सत्य। इसी क्रूर सत्य को समझते जब वे रात दस-ग्यारह बजे घर लौटते तो पूरी तरह से बेसुध होते। उस समय उन्हें सब-कुछ भरा-भरा लगता। लगता, कहीं कुछ अभाव नहीं है। अतीत, वर्तमान सब कुछ भरा हुआ है। कुछ प्यालों का नशा उनके दिल-दिमाग को इस कदर भर जाता कि रात कैसे कटती—बोध न होता। पर सुबह सामने से गुजरती चौकन्नी शंकित निगाहों को वे सह न पाते। न सहने की इसी दारुण यंत्रणा से मुक्ति पाने के लिये वे फिर भाग निकले थे। उठती अंगुलियाँ! इतने बुजुर्ग आदमी का चारित्रिक पतन! चारित्रिक पतन की परिभाषा उनकी समझ में कभी नहीं आई। इसी बात को लेकर जाने से पूर्व उन्होंने मुझसे कहा था—"जिन्दगी वह नहीं है जो सामने है बल्कि वह है जिसे कोई समझ नहीं पाता या समझना ही नहीं चाहता।" जाते समय का उनका वह पीड़ित-दंशित भाव मुझे याद आता है। जाने के बाद सबने उन्हें एक जिन्दादिल और अलमस्त आदमी के रूप में याद किया था। इसी अलमस्ती में एक दिन जाने कब की बन्द पड़ी घड़ी के काँटे घूमे तो घूमते ही गये। लोगों ने जुबान काट ली। सरे आम विस्फोट हो गया! स्त्रियों की जुबानें द्रौपदी के चीर-सी बढ़ीं। युवतियों ने चिकोटियाँ लीं। सयानों के दिल में काँटा चुभा।

आज कपूर साहब के चेहरे पर उत्फुल्लता की ताजगी है। उनकी हँसी—उनकी रिक्तता और फिर जिन्दगी की यह उनकी निःशेष पूर्णता—वे मेरे बिल्कुल सामने हैं। मुझे अच्छा लगता है—एक जिन्दादिल आदमी ने जिन्दगी से प्यार किया और अपने को पागल होने से बचा लिया। वे आँखों से ओझल हुए तो लगा—मैं आज कुछ पा गया हूँ विशेष। साइकिल पर पैर रखे तो चक्के तेजी से आगे बढ़ चले।

# एक कटी हुई जिन्दगी

उसके बारे में बड़ी-बड़ी अफवाहें सुनी हैं, कोई कहता है वह अच्छा है—बहुत अच्छा। कोई कहता है वह बुरा है—बहुत बुरा। मीता उसे वर्षों से जानती रही है और जानकर भी यही सोचती रही है कि क्यों लोग किसी की अच्छाई या कि बुराई को अपने विचारों की कसौटी पर अपने पक्ष की पुष्टि के लिये ही तौलते-परखते हैं। किन्तु उसने यह कभी नहीं माना। वह अच्छा है या बुरा, उसे समग्र रूप में रखकर देखे तो वह न बहुत बुरा है न बहुत अच्छा। अच्छा या बुरा तो कहीं-न-कहीं हर इन्सान होता है। इन्सान है तो उसमें कमजोरियाँ भी होंगी ही। झूठ-मूठ का देवत्व किसी के सिर लादा नहीं जा सकता। देवत्व की ओर बढ़ा कि वह आम आदमियों से कट कर दूर जा पड़ा। वह उसे देवता के रूप में कभी नहीं देख पायेगी। वह उसे अच्छा लगता है इसीलिये कि वह बहुत साफ बातें करता है। आवरण ओढ़कर, सजीले रूप में सामने आकर तो कोई भी मन को मोह सकता है पर अपने सहज रूप में किसी को अच्छा लगना बड़ा कठिन होता है। नहीं तो आवरण हटा कि उसके भीतर की कमजोरियाँ सामने आकर मानसिकता में पलते यथार्थ के सपनों को चूर-चूर करके रख दें। यह सब उससे कभी नहीं सहा गया। यहीं वह विद्रोह कर बैठती है। वह इसीलिये तो उसे भाता है कि वह बिल्कुल असली रूप में उसके सामने आया था—अपनी समस्त अच्छाइयों और बुराइयों को एक साथ लिये हुए।

मीता जब उसके पड़ोस में रहने आई थी तो अनायास ही उसके परिवार में घुलती गई थी। और एक दिन ऐसा भी हुआ था कि उसने उसकी बहन को दीदी मान लिया था। दीदी ने ही कहा था—"तू भी इसकी छोटी बहन बन जा। बड़ी बहन का यह अदब नहीं करता। फिर भी लड़-झगड़ नहीं सकता। तुझे पाकर इसकी दुष्टता को राहत तो मिलेगी।" उसने उसका मन्तव्य जानने के लिये सिर उठाया तो मनीश हँस दिया था "बहन-वहन नहीं... एक ही बहन जी का जंजाल बनी हुई है। इसे छोड़कर न कहीं जा सको, न चैन से रह सको। दीदी का बस चले तो छोटे गुड्डे-सा मुझे आंचल में छिपाकर लोरियाँ

सुनाती रहे। तुम तो मीता हो, मीता ही बनी रहो।" फिर उसने उसकी ओर देखा था और बड़ी सहजता से पूछा था—"क्या हम मित्र नहीं बन सकते।" मीता हँसी थी—"मित्र ही सही पर मित्रता की भी अपनी सीमा होती है। स्वीकार?" "स्वीकार" —उसने सिर हिलाया था।

फिर कैसे-कैसे मित्रता का दायरा विस्तृत होता गया और कैसे-कैसे वह मीता पर हावी होता गया—उसकी एक अलग ही कहानी है। पर इतना जरूर सुनती रही है कि उन दोनों के नाम का सबके बीच अच्छा-खासा स्कैंडल बन गया। दिनों तक कुछ वह परेशान-सी रही थी। फिर भीतर-ही-भीतर उदास होकर भी बाहर से उसके सामने गम्भीर बनने का स्वांग भरती रही।

कम्पार्टमेंट में अचानक पुनीत मिल गया था। पुनीत से फिर एक बार मनीश के समाचार मिले थे। वह चुपचाप सुनती रही थी। किसी और के नाम के साथ जुड़ा हुआ मनीश का नाम। अफवाह मानने का मन नहीं हुआ था। फिर भी उसे कौतूहल हुआ था और उसी कौतूहल को लिये-लिये वह पुनीत के साथ ही स्टेशन पर उतर पड़ी थी। इन्दौर का टिकिट कटाया था। कुछ रुपये जरूर बेकार जायेंगे फिर भी देखें तो भला इतने वर्षों के बाद उसमें कैसा क्या परिवर्तन आया है? दीदी कैसी हैं? वह ताँगे से उतरी तो पल-भर वहीं खड़ी-खड़ी, फिर दुविधा में पड़ गयी। बेकार आई वह... लौट जाने का भी मन हुआ, पर सहज ही खिंचती हुई चुपचाप कमरे में जाकर खड़ी हो गई थी—जाने क्या सोचेगा उसे देखकर? पहचानेगा भी या नहीं? मनीश ने देखा तो किलक उठा था। फिर कुछ संयत होने की भी कोशिश की थी—"इतने दिनों बाद आईं मीता! मैं तो सोच भी नहीं सकता था कि...।" दीदी की गुहार मचा दी थी उसने। मीता तब तक दीवार का कोना-कोना देख चुकी थी। दीदी ने आकर उसे अपनी बाँहों में भर लिया था। सामने बैठकर उसने एक नजर दीदी के चेहरे पर डाली। उसे दीदी का चेहरा कुछ कृश लगा। बारह वर्षों की बीती जिन्दगी की स्पष्ट छाप उनके चेहरे पर पड़ गई थी। दीदी चाय-पानी की व्यवस्था करने गईं तो उसने एक भरपूर नजर मनीश पर डाली—कितना मोटा हो गया। है। उसके पहले का रूप उसकी आँखों में झूल गया। हँसी भी आई—वह भी तो उम्र के बारह वर्ष अपने ऊपर से उतार आई है। एक मास्टरनी की जिन्दगी जीती हुई वह कहाँ से कहाँ जा पहुँची।

दोपहर को पास-पास सोफे पर बैठे तो ऊपर से उतरे इन बारह वर्षों के लेखे-जोखे में बीच का सारा अन्तराल धुल-पुंछ गया। दर्द की एक लहर उससे टकराई तो फिर परतें-ही-परतें खुलती चली गईं। पहले दिमाग में कुछ नहीं आया था। दरवाजे पर पहुँचते-पहुँचते सोचा था—इतने लम्बे वर्षों का अन्तराल जीवन के मोर्चे पर पराजित होकर मन की अंधेरी कन्दरा में कभी का तो दफन हो चुका है फिर कोई अनुभूति सोते से जागेगी कैसे? और सच यदि जागे तो कैसा होगा उसका जागना।

वह बड़ी देर तक दोपहर को दीदी से बतियाती रही। दीदी को सोता छोड़कर वह कमरे में आ गई। कुछ देर दरवाजे के कोने में खड़ी रही। फिर सामने आकर हटकर बैठ गई थी। मनीश के साथ एक और सज्जन थे—शायद बंगाली सज्जन। धुँआधार सिगरेट पीते हुए। लगा, इसी तरह ये सज्जन बैठे रहे तो कमरे में धुआँ ही धुआँ भर जाएगा। मीता धुएँ की बात भूलने के लिए मनीश की ओर देखती है। वह कभी सिगरेट नहीं पीता। पान खाते भी उसे कभी नहीं देखा। शायद एक व्यसन को छोड़कर वह सभी व्यसनों से दूर रहा है। एक व्यसन की बात हुई थी तो मनीश ठठाकर हँस पड़ा था—"व्यसन बस इतना ही कि चाहता हूँ हर कोई मुझे चाहे, मुझे प्यार करे, प्यार को लेकर जीने की मेरी भावना बहुत व्यापक है। हर कोई हर किसी को प्यार कर सकता है। नहीं क्या?" वह बड़ी धीमी आवाज में बात करता है जैसे कोई प्राइवेट बात कर रहा हो या बड़ी सलाह ले रहा हो। एक विशेष अन्दाज में बड़ी स्पष्ट होकर कही गईं उसकी बातें सुनते वह सारे माहौल से कटकर अकेली रह जाती है।

मनीश की आँखों में दर्द का एक टुकड़ा है। उसने और भी धीमे से कहा—"इसे ही तो वह नहीं सह सकी। उसने मेरे चरित्र पर आरोप लगाकर अपने चरित्र को उजला कर अपने भीतर का सारा-का-सारा जहर मेरी आत्मा में भर दिया। मैं समझ ही नहीं पाता—स्त्रियाँ प्यार को इतनी सस्ती निगाहों से क्यों देखती हैं? प्यार को चरित्र के साथ रखकर देखती हैं इसीलिए इतनी कुण्ठाएं पाल लेती हैं कि फिर जीवन भर उन कुण्ठाओं से उबर नहीं पायेंगी। स्वयं मिटेंगी और दूसरों को भी मिटा देंगी।" मीता चुपचाप मनीश के शब्द सुनती रही। मनीश जैसे अपने आप से कहने लगा था—अब भी मैं उसे बेहद प्यार करता हूँ। मीता के होंठों पर घृणा का तीखा भाव आता है पर

मनीश के लिए उसके मन में बेहद सहानुभूति उपजती है। मनीश कह रहा है—"पहले ही यह नहीं जाना तो अब जानने का प्रश्न ही कहाँ उठता है। वह कहती है—तुम्हारा प्यार व्यभिचार है। उसके इस आक्षेप पर उसे और प्यार करने को जी चाहता है।" वह अपनी ही बातों में खोया हुआ है। मीता के चेहरे पर आते रंगतों को वह नहीं देख पाता—"केवल दो वर्ष का साहचर्य—कितनी अजीब बात है—है न! फिर सब-कुछ खत्म।"

बंगाली मोशाय ने उसे सिगरेट दी तो उसने हाथ जोड़ लिये—"क्षमा करेंगे। जानते तो हैं आप, मैं इसका आदी नहीं हूँ" —वह कुछ ठहर-ठहर कर कहता है।

बंगाली सज्जन हँसते हैं—"लेकिन परहेज भी तो नहीं होगा।" "परहेज कभी आदत में न बदल जाये, इतनी सावधानी तो रखनी ही पड़ेगी।" मीता बारी-बारी से दोनों को देखती है। ऐसे समय मनीश दार्शनिक की-सी मुद्रा में जो कहता है, उसमें दूसरा उलझकर रह जाता है। उसकी बातों की तह में भी एक दूसरी तह होती है जिस तक पहुँचना सभी के वश का नहीं है। उसका यही सात पर्तों के भीतर का छुपा दर्द फिर मीता को छू जाता है। उन सज्जन के जाते ही मनीश उदास हो उठता है। "जानती हो, यह उसका भाई है। अभी भी मिलता है। हालांकि मैं नहीं चाहता। पर जाने क्या होता है कि राह चलते भी दिख जाये तो अपने को रोक नहीं पाता।"

"तो सच ही क्या तुम अभी भी उसे चाहते हो?"

वह एक क्षण रुका। बोला—"शायद हाँ।"

"अभी भी मिले तो क्या तुम उसे स्वीकार कर लोगे?"

"शायद हाँ।"

मीता बुरी तरह खीज जाती है—"शायद हाँ... शायद हाँ... पागल हो जाओगे तुम। वह अपने सुख में डूबी हुई है और तुम हो कि मिलने की प्रतीक्षा लिये बैठे हो।"

वह चौंकता है—"प्रतीक्षा! नहीं तो मीता! जब आशा की एक किरण भी सामने न हो तो प्रतीक्षा किसकी करूंगा?"

"तो फिर विवाह क्यों नहीं कर लेते?" —वह पूछ ही डालती है। दीदी ने बताया था मीता को— मनीश से विवाह की बात करो तो वह लड़ने पर उतारू हो जाता है। मीता ने मनीश को ध्यान से देखा। बुरा लगने जैसा कोई भाव उसके चेहरे पर नहीं था। पर स्वर बेहद ठण्डा था—"यही तो नहीं हो सकता! कितना अच्छा होता यदि ऐसा हो जाता।"

"आप चाहते नहीं तो होगा कैसे?"- मीता ने उसका मर्म छू लिया था। आँखों में दर्द की दूसरी लहर उठी। मीता सह न सकी। वह उठ आई। सामने की सड़क पर इक्के-दुक्के लोग आ-जा रहे थे। एक लड़की उसे कुछ ध्यान से देखती पहचान की मुस्कराहट उस पर फेंकती निकल जाती है। मीता हँसती है—"कैसी है यह लड़की जैसे निकट से पहचानती हो" —वह मनीश से कहती है। सुनकर मनीश भी हँसता है—"पहचानती नहीं तो पहचानने की कोशिश तो कर ही सकती है। जानती हो क्यों हँसी? कहना चाहती होगी तुमसे कि मेरे ऊपर भी एक कहानी लिख दो।" मीता तिरछे होकर उसकी ओर देखती है। एक बार बहुत पहले मनीश ने भी अपने लिये ऐसी ही कुछ कहानी लिखने के लिये कहा था। लिखने की बात उभरती है तो और भी कुछ उभर जाता है। मीता ने कहा था—"लिखने लायक घटनाएँ तो जुड़ा लीजिए फिर लिख दूँगी आप पर कहानी।" और आज मनीश ने कितनी कितनी, कैसी अजीब-सी घटनाएँ जुड़ा ली हैं अपनी जिन्दगी के साथ। मनीश फिर उसकी बात करने लगा है—"अभी भी वह यदा-कदा मिल जाती है।" कैसा अजीब-सा लगता होगा उसे देखकर। सब-कुछ नये सिरे से याद आ जाता होगा। शायद वह एक शहर के दो मुहल्लों में बँटी एक जिन्दगी के दो टुकड़ों को किसी दूकान में या कि आते-जाते किसी दोराहे पर देखने लग गया है।

सामने की दीवार पर टंगी तस्वीर पर गौरैयों का एक जोड़ा उड़कर बैठता है। चोंच में दबे तिनके घोंसले में चूँ-चूँ करते बच्चों में बाँटता है फिर फुर्र-फुर्र की आवाज ! एक लड़का भीतर जाता हुआ उन्हें चुटकी से डरा देता है तो मनीश का मुंह विवर्ण हो जाता है—"बहुत शैतान हो तुम" —वह नाराज होता है। "अंकल, तस्वीर खराब हो जायगी तो..." लड़का भीतर भाग जाता है। मनीश की दृष्टि अभी भी तस्वीर के पीछे स्थिर है। उसी के परिवार का एक दूर का सम्बन्धी है। अभी भी छिप कर आ पहुँचता है। ऊपरी रंगीनी

में डूबा वह भीतरी बात क्या जानेगा? बच्चा है न! डर भी लगता है। उसे पता चले तो मार-मार कर इसका कचूमर ही निकाल देगी। पड़ोस में दोस्त रहता है इसीलिए निर्द्वन्द्व है। मीता बोर होती है—"कहे देती हूँ मैं, इस तरह की जिन्दगी जी नहीं पायेंगे आप। बच्चों के बीच का सुख दूसरा होता है। बच्चे प्यारे नहीं लगते?" —वह अजीब-सा प्रश्न करती है। मनीश स्थिरता से आराम-कुर्सी पर झुक जाता है—"मेरा तीन साल का एक बेटा भी है, मैंने तुम्हें नहीं बताया। पर अब मेरा नहीं, उसका है—पूरी तरह उसका।"

'सच्च'—मीता चौंकती है। क्या जो कुछ उसने सुना था, वह अफवाह नहीं थी! यथार्थ था कि उस यथार्थ में डूबकर नदी की उफनती लहरों में पड़कर एक समूची की समूची जिन्दगी बह गई थी या कि डूब गई। प्रेम हुआ... विवाह हुआ। फिर एक बेटा। तीन घण्टे की तरह का चलचित्र। फिर बिना मध्यान्तर के चित्र समाप्त। चित्र भी पूरा नहीं। बिल्कुल अधूरा। बस बीच में है तो तीन वर्ष का एक ताजा महकता चित्र। मनीश बहुत भावुक है। मीता का चेहरा भी अपेक्षाकृत अधिक भावुक हो उठता है—"आप लोग सोचते क्यों नहीं? उसके लिये ही क्यों नहीं सामंजस्य की जिन्दगी जीना चाहते?" दर्द की एक तीसरी लहर—"सोचा तो था पर समानान्तर रेखाएँ आपस में कभी नहीं मिलतीं—जानती हो? मैं जानता हूँ, उसे मुझसे नफरत है। नफरत के लाखों कारण ढूँढ-ढूँढ उसने मेरे सामने ढेर लगा दिये तो मन हुआ था कि उससे बदला लूं। ऐसा बदला कि बेटे की ममता के लिये वह जीवन-भर तड़पती रहे। पर उस मासूम बच्चे को तड़पाने से क्या लाभ? मैं ऐसा नहीं कर पाया। कभी भी नहीं कर सकता।"

"वह आपको पहचानता है?"

"नहीं पहचानता, पर इतना जानने लगा है कि यह कोई हैं जो मुझे प्यार करते हैं।"

रिक्शे में नन्हें बच्चों के साथ जब वह कान्वेंट जाता है तो एकाध बार ही मनीश देख पाता है। रिक्शा रुकता है। फिर एक मिट्ठी। बच्चा अपना एक गाल आगे बढ़ाता है फिर दूसरा। मिट्ठी पाकर वह एक बड़ी मीठी हँसी हँसता है। मुट्ठियों से भरी टॉफियों के साथ टा...टा... की एक लहर मनीश के सामने देर तक लहराती रहती है।

"सच मीता! उसकी वे मुस्कराती आँखें और ऊपर उठे नन्हें हाथ मुझे जब-तब दिखाई देते हैं।"

"शायद आगे चल कर पहचान सके आपको।"

"पहचानेगा कैसे? और फिर कौन जाने मेरे लिये कितना-कितना जहर उसके मस्तिष्क में ठूँस-ठूँस कर भर दिया जायगा।"

फिर आँखों में दर्द की घनेरी लहरें। मीता का मन दुखी हो उठता है। वह हँसता है। शायद हँसी की शक्ति लिये ही वह जिन्दगी के दोराहे पर खड़े एक जिन्दगी के दो टुकड़ों को आता-जाता देख सकने को तैयार है। दो टुकड़े जुड़ भी पायें तो क्या? जोड़ नजर नहीं आयेगा? अफवाहों के बीच एक कितना भयंकर सत्य। मीता की आँखें ऊपर नहीं उठ पा रही हैं।

एक बार मनीश ने उससे कहा था—तुम दूसरों के लिये बहुत दुखी हो लेती हो। आज नीची नजर किये मीता यही सोचने लग गई है। यदि यह सच भी है तो बुरा क्या है? काश ! वह मनीश का सारा का सारा दर्द झेल लेती। बहुत पहले एक बार जब वह आगे बढ़ा था तो अफवाहों के डर से चिहुँक कर उसने उसे आगे बढ़ने से रोक दिया था। आज क्यों वह फिर अफवाहों के बीच एक अफवाह की सत्यता बन जाना चाहती है? पर इतना वह जानती है कि बनने-न बनने पर कहीं कोई अपना वश नहीं होता। केवल अवशता होती है।

# दो दुखों के बीच का सुख

दीदी मेरी कौन हैं? कोई भी नहीं। पहले मैं उन्हें दीदी नहीं कहता था, रूपी कहता था। हालांकि घर के सारे बच्चे या छोटे लोग उन्हें 'रूपी दी' ही कहते थे। मैं उन्हें कैसे रूपी दी कहने लगा और बाद में रूपी नाम हटाकर केवल दीदी ही कहने लगा था—यह भी एक अलग बात है। पर बिना किसी संकोच के आज यह स्वीकार कर लेना मुझे स्वयं आश्चर्यान्वित करता है कि क्यों मैं अब तक जीवन के अन्तरालों को नापता हुआ भी मन के कोने में जमे उस एक पराजित जड़ बोध को काट कर नहीं फेंक सका। नहीं फेंक सका तभी तो आज तक दीदी से कट कर भी उनके दुख-सुख से पूरी-पूरी तरह जुड़ा बैठा हूँ कि सोचकर सुखी भी होता है और दुखी भी।

दीदी ने ठीक ही कहा था—"सबका अपना-अपना दुख होता है जयंत और अपना-अपना सुख। किसी के सुख और दुख को दूसरों के सुख-दुख से जोड़ दिया जाये तो जिन्दगी का अर्थ ही बदल जाता है। वह जिन्दगी सुख और उल्लास का स्रोत बन जाती है। पर ऐसा होता कहाँ है?" मैं अभी भी समझ नहीं पा रहा हूँ कि दीदी के इन परिभाषित शब्दों को किन अर्थों में स्वीकार करूँ।

तब दीदी बिल्कुल मेरे पड़ोस में ही रहती थीं। उनके पिता ठेकेदार होकर नये-नये ही बसने के इरादे से इस शहर में आये थे। वर्षों से बिना पड़ोसी के हम अपने ही एकाकीपन में खोये हुये थे— न किसी का लेना न किसी का देना। इसीलिये एक सुबह जब ट्रक से बाजू के मकान में सामान उतरते देखा तो कौतूहल-मिश्रित आनन्द को दबाये मैं माँ को खींचकर बाहर ले आया और बरामदे में खड़ा उनका सामान उतरता देखता रहा। माँ तो कुछ देर रुककर कामकाज में जा जुटीं किन्तु मैं काफी देर तक ट्रक के पास जाकर खड़ा रहा था। कुछ देर बाद ही जीप आकर रुकी थी और उसमें से उतर कर बच्चे कूदते-फाँदते घर के भीतर भागे थे। उन्हीं में एक रूपी थी—दुबली-पतली गोरी। उसे देखकर मुझे अपने बगीचे का शेवन्ती का

टटका फूल याद हो पाया था। चूड़ीदार पायजामे में जैसे किसी ने उसे फिट कर दिया हो। मैं उसे बड़े बुजुर्ग की तरह सामान का निरीक्षण करते देखकर संकोचवश भीतर आ गया था। बाबूजी ने ठेकेदार सिन्हा से परिचय प्राप्त कर लिया था और उन्हें बिना किसी दुविधा के सहयोग लेने के लिये कहा था।

स्कूल से लौटकर जब आया तो देखा—रूपी, वही गोरी टटके शेवन्ती-सी रूपमती लड़की मेरे घर बैठी माँ से हँस-हँस कर बातें कर रही है। मैंने संकोच से एक क्षण के लिये रुक कर उसे देखा और अपने कमरे में जाने के लिये मुड़ा ही था कि माँ ने मुझे पुकार लिया था और उसका परिचय दिया था—यह लड़कियों के स्कूल में दसवीं में पढ़ती है यानी तेरे साथ।" सुनकर एक अन्जान पुलक भीतर से उफनकर मेरे मुख पर आ झलकी थी। माँ कह रही थीं—"इस रूपी की जब तक किताबों की व्यवस्था नहीं हो जाती, अपनी किताबें दे दिया कर। चल अब मैं चैन की साँस लूँगी। पास-पड़ोस में कोई था नहीं। स्कूल से आकर सारे समय मेरे पीछे-पीछे डोलता रहता था। अब साथ हो गया। पढ़ो लिखो, खेलो-घूमो।" माँ हँसी थीं और रूपी भी मुझे देखकर मुस्करा दी थी। फिर हम दोनों में खूब पटने लगी। स्कूल से लोटकर मैं रूपी के घर होता। आण्टी की तबियत ठीक नहीं रहती और रूपी को स्कूल से लौटकर घर का सारा काम सँभालना होता। वह काम करती जाती और मैं चौके में पीढ़े पर बैठा उसकी बातों को बड़े ध्यान से सुनता होता या उसके छोटे-मोटे कामों में मदद कर दिया करता। आनन-फानन काम निबटा कर रूपी और मैं साँझ के झुटपुटे में राह की लम्बाई नापते दूर तक घूमने निकल जाते। हमारे साथ रूपी के दोनों भाई होते जो प्राइमरी में पढ़ रहे थे। घर के सामने से ही दिखने वाले दूर-दूर तक फैले थे हरियाले सतपुड़ा के जंगल। मैं और रूपी घण्टों जंगलों के बीच के किसी एक ऊंचे टीले पर बैठ दुनिया की तमाम बातों की व्याख्या करते होते और इन्हीं व्याख्याओं के बीच एक दिन मैंने अपने जीवन की व्याख्या उससे की थी। तब हम बीते हुये पाँच वर्षों की जिन्दगी को एक-दूसरे में पूरी तरह बाँट चुके थे।

"रूपी, मैं तुमसे ही विवाह करूँगा। अपने घर का अकेला हूँ। माँ-बाप का विरोध नहीं सहना होगा। फिर माँ भी तो तुम्हें खूब पसन्द करती है। तुम्हें बिल्कुल बेटी-सा चाहती हैं।" मैं रूपी को लाजवन्ती-सा लजाते हुए देखना चाहता था, चौंकते या झिझकते हुये। पर वह संयत थी—"बेटी की तरह

चाहती हैं—मैं भी ऐसा ही महसूस करती हूँ।" मैं आशान्वित हो उसके चेहरे की ओर देखने लगा था—एक-एक पल एक-एक युग की भाँति पाषाणवत सामने स्थिर हो गये थे। वह बिल्कुल चुप थी और मैं पाषाण-खण्डों के नीचे दबे प्रश्न के उभरने की आशंका लिये साँस सांस में जिन्दगी को समेटने का प्रयास करता रहा था। फिर वह बोली थी—"सुनते हो, माँ मुझे बेटी मानती हैं, तुम मुझे बहिन क्यों नहीं मान लेते? यह सब न भी सही तो भी तुम मुझसे छोटे हो जयंत, मित्र मान सकते हो मुझे... मेरे दुख-सुख-भरे प्रसंगों में अभिन्न।" वह उठकर खड़ी हो गई थी और मैं...। उसके हाथों में नीचे पड़े ढेले आ गये थे और वह पहाड़ी के नीचे बहते जल में उन ढेलों को फेंकने लगी थी। निरर्थक उद्देश्यहीन मेरी जिन्दगी जैसे ढेलों में परिवर्तित हो गई हो। मैं झल्लाया था—"छोटे-बड़े का बहाना कर रही हो। मन की बात कुछ और ही है। मैं नहीं समझ सका तुम्हें।"

"पागल हो" —उसने मुझे समझा लेने के भाव से मेरे कंधे पर अपनी हथेली जमा दी थी पर मैं आश्वस्त फिर कभी नहीं हो पाया। उस दिन के बाद जाने कितने दिनों तक मैं उसके द्वारा जल में फेंके गये उन ढेलों के बारे में सोचता रहा था जैसे अर्थहीन ढेलों का जल में घुलाव मेरी जिन्दगी की कटु व्याख्या कर गया है।

इसके बाद पर्त-दर-पर्त बर्फ जमती गई मेरे भीतर—मेरे चारों ओर। वह अपने में खो गई और मैं अपने में, यहाँ-वहाँ से उसके दीख जाने पर अवश्य एक पीड़ित दंश पुनः ताजा होने जैसा लगता है। कॉलेज से घर लौटता तो मैं कुछ देर बागवानी में—फिर अपने अध्ययन में डूब जाता।

अप्रैल के दिन। परीक्षा की तैयारी में सिमटा मैं माँ को छोड़कर सारी दुनिया को भूल बैठा। पहले रूपी का न आना सालता पर अब मैंने अपने को उससे बिल्कुल काट लिया है। अब वह यदा-कदा ही दिखाई देती है। सामने आने पर भी मैं उसे न देख पाने के लिये इधर-उधर हो जाता हूँ। तो क्या मैंने सचमुच ही उससे अपने को काट लिया है या अपने से ही कटता रहा हूँ मैं? नहीं... मुझे रूपी नाम की लड़की से कोई मतलब नहीं है—मैं बार-बार यह दोहराने लगता हूँ। क्या समझती है वह अपने को?

एक दिन साँझ की लाली हल्के से उतरती मेरे बगीचे में आकर थम गई थी। मेरे बगीचे में शेवन्ती के गुच्छे मुस्करा रहे थे। मैं हाथ में किताब लिये पढ़ता-पढ़ता उन्हें देखता थम गया था कि एक आवाज सुनाई दी—"जयंत!" माँ की आवाज नहीं थी। मैंने सिर उठाया—"रूपी दी!" —अनजाने मेरे मुँह से आनन्द-मिश्रित आवाज निकली थी और दूसरे ही क्षण अपने 'रूपी दी' कहने पर स्वयं पर चौंक उठा था।

वह मेरे सामने थी—"तुम नाराज हो मुझसे? पता नहीं क्यों हर कोई मुझसे नाराज रहता है? कुछ दिनों से माँ भी नाराज हैं। सोचा था—एक तुम हो जिससे कुछ सलाह ले सकती हूँ—कुछ मन को कह सकती हूँ—पर तुम भी...।"

"मैं तो छोटा हूँ न तुमसे! तुम्हें क्या सलाह दे सकूंगा?" – मैंने खीज कर हाथ की खुली पुस्तक बन्द कर दी थी। होंठों पर शायद कुछ मुस्कान भी उभरी थी। रूपी की आँखें छलछलाई-जैसी लगीं। उसने एक बार मेरी ओर देखा और वैसे लौटने लगी। मेरा मन अवश हो उठा था। दर्प की विच्छिन्न किरचें भीतर से उग-उग कर चुभने लगी थीं। दर्प उसका नहीं टूटा था—मेरा स्वयं का टूटा था। मैं आहत होकर आगे बढ़ा—"नहीं रूपी दी, नहीं। मेरा यह आशय नहीं था! तुम्हारा मन दुखाने की मेरी इच्छा कतई नहीं थी। अभिन्न मित्र कहा था तुमने, मुझसे हर तरह की मदद ले सकती हो पर नाराज होकर मुझे और अधिक त्रास नहीं दे सकतीं।" मैं जानबूझ कर भाई कहने की बात को दबा गया था।

रूपी ठहरी थी—"जल्दी में नहीं। यहाँ नहीं। फुरसत से घर आना, तब बताऊँगी।"

"अच्छा!" मैंने उन्हें जाने दिया था। जाते-जाते वह मेरी ओर देखकर मुस्कराई—"तुम्हारा रूपी दी कहना बहुत अच्छा लगा। सच, खूब अच्छा।" मैंने भीतर से जबर्दस्ती एक मुस्कान रूपी की मुस्कान के बदले खींची थी।

जिन्दगी के अनकहे क्षण कभी-कभी क्यों बर्फ की भाँति ठण्डे होकर सारे अस्तित्व को झुठलाने से लगते हैं? कभी-कभी क्या हो जाता है अपने भीतर कि सब कुछ समझते-बूझते भी सारा कुछ अनदेखा रह जाता है। माँ

ने कहा—"अब रूपी तुझसे मिलती नहीं रे, क्या झगड़ा हो गया है?" "नहीं तो, समय ही कहाँ मिल पाता है माँ... परीक्षाएँ सिर पर जो हैं।"

"सुना", माँ कह रही थीं- "रूपी ने नौकरी कर ली है। माँ बीमार रहती हैं। भाई छोटे हैं। उसके पिता को किसी की भी चिन्ता नहीं। सबकी फिकर करती हुई बेचारी अपने को कुर्बान कर रही है।" मुझे सब-कुछ मालूम था—रूपी के पिता शराब में पैसे उड़ाते हैं। सुना है, देहात में कोई औरत रखे हुए हैं। घर में बच्चों तथा पत्नी से मारपीट करता रहता है। बेचारी रूपी...।" माँ की सहानुभूति से पिघलकर मेरा मन देर तक रूपी के आस-पास भटकता रहा। उस दिन कॉलेज से लौटने में देर हो गई। साइकिल पंचर थी। अतः पैदल ही घर तक आना पड़ा। रास्ते में रूपी दी दिखी थीं। किसी युवक के साथ घर की ओर ही लौट रही थीं। रूपी दी का संवराता चेहरा, थकन-भरी चाल। और दूर से ही देखा था उस युवक को भी। मुझे अच्छा नहीं लगा था। घर लौटकर मैं बड़ी देर तक यों ही पलंग पर पड़ा रहा। क्यों रूपी दी को लेकर उलझता है मन? क्यों जितनी कोशिश उनसे दूर जाने की करता हूँ, उतनी ही तीव्रता से उनके समीप होने का अहसास होता है?

"सुनता है! रूपी ने तुझे बुलाया है... हो आ। तूने तो आजकल घर से बाहर निकलना ही छोड़ दिया है। पता नहीं इधर रूपी के बारे में उल्टी-सीधी बातें सुनने को मिलती हैं। ऐसी लगती तो नहीं वह" —माँ कह रही थी। माँ से लौटकर खाने की कह कर मैं रूपी दी से मिलने गया। रूपी दी अपने कमरे में थीं। भीतर जाते हुए मुझे अण्टी ने पुकार लिया था। वह चारपाई पर लेटी हुई थी—बहुत कमजोर दीख रही थीं। मैं उनके पास पड़ी कुर्सी पर बैठ गया था।

"मेरी एक बात मानेगा जयंत! तुझे वह बहुत मानती है, तेरा कहना वह टालेगी नहीं। उसे समझाना। वह इस तरह अपनी जिन्दगी बर्बाद न करे। मलिक उसे चाहता है। विवाह के लिये भी तैयार है। रूपी को बहुत समझाया पर वह मानती ही नहीं—मेरे बाद माँ का क्या होगा? छोटे भाइयों का क्या होगा? मैं कहती हूँ जिसका जो होना हो, हो। उसने क्या ठेका लिया है सबकी जिन्दगी का? जिसने लिया था, जब उसे ही होश नहीं है।"

मैंने रोका—"आप चिन्ता न करें अण्टी। रूपी दी बेहद समझदार हैं। जो करेंगी ठीक ही करेंगी।" मैं जबर्दस्ती अण्टी को लिटा कर रूपी दी के कमरे में आ गया। रूपी दी के दुबलाते चेहरे में जैसे फूलों की ताजगी भर गई हो। साँस खींच कर बोलीं—"जयंत! बाबा रे! कितने दिनों बाद आये हो और वह भी बुलाने से... बुलाती नहीं तो आते नहीं न!"

"नहीं रूपी दी, इधर प्रेक्टीकल्स चल रहे हैं। समय ही नहीं मिलता। तुम भी तो इधर घर नहीं आतीं। माँ शिकायत कर रही थीं।"

उदास हो गया रूपी दी का चेहरा—"मैं अपने को सब ओर से काट तुम लेना चाहती हूँ जयंत। किसी का दिया प्यार-दुलार, सुख—कुछ भी उठाने की क्षमता मुझमें नहीं है। इसीलिये धीरे-धीरे सबसे अपने को काटती जा रही हूँ।"

"काटती जा रही हो या बांधती जा रही हो? तुम तो कट जाओगी पर दूसरे क्या कट पायेंगे?" —मेरे होंठों पर उभरी मुस्कान को लक्ष्य कर वे हँसी।

"मलिक की बात कह रहे हो" —रूपी दी मलिक की ओर देखकर मुस्कराई। मलिक खिड़की के पास बैठा किसी मैगजिन के पन्ने पलट रहा था। रूपी दी कह रही थीं—"माँ जोर दे रही हैं विवाह के लिये पर वे समझती क्यों नहीं? विवाह करके उन्हें क्या मिल गया? फिर मैं विवाह कर लूं तो क्या होगा उनका, छोटे भाइयों का? जिन्दगी जीने के लिये भी तो एक सहारा चाहिये न! बाबूजी ही..." रूपी दी ने अपने होंठ काट लिये।

"पागल हो तुम तो" मलिक बोला।

बच्चों-सी मचल गई रूपी दी—"माँ कहती है—पागल हो। तुम भी कहते हो—मैं पागल हूँ। पर इन जयंत से पूछो कि सच में क्या मैं पागल हूँ। पिता का दिया कर्ज आखिर किसी-न-किसी को तो चुकाना ही होगा।"

"वह भी अपनी जिन्दगी के नाम!" मैं हँसा था।

"हाँ, शायद जिन्दगी के नाम!" रूपी दी हँसी थीं।

"जिन्दगी के नाम!" मलिक भी हँस दिया था।

अन्त में उस रात मलिक जब घर चला तो मैं देर तक रूपी दी को समझाता रहा—"दीदी, विवाह के लिये न मत करो। फिर मलिक तुम्हें चाहता है। मैं जानता हूँ। तुम भी...।"

"मेरी कुछ मत कहो—चाहने-वाहने की बात। हाँ, एडजस्टमेंट की बात करो। मैं जिन्दगी में एडजस्टमेंट चाहती हूँ! शायद मैं उस बिखराव को एक क्षण के लिये भी बर्दाश्त न कर पाऊँ जो बिखराव यहाँ मैंने देखा है—सहा है।"

पर एडजस्टमेंट तो बाद की बात है न? अभी से नकारात्मक ढंग से क्यों सोचती हो? मलिक अच्छा है। अच्छी नौकरी करता है। फिर तुम्हें कोई दिक्कत क्यों होगी?"

रूपी दी कुछ नहीं बोलीं! पर अन्त में उन्होंने मलिक से विवाह करना स्वीकार कर लिया। पिता वैसे ही विरक्त रहे आये। आर्यसमाजी ढंग से रूपी दी विवाह के बन्धन में बँध गईं बस।

विदा के दिन खुशी और आसुओं से धुला-धुला रूपी दी का चेहरा। रूपी दी खुश थीं। रूपी दी उदास थीं। मैंने अपनी बाँह का सहारा दिये रूपी दी को कार में बैठाया। रूपी दी चली गई।

उनके चले जाने के बाद के दिन! कितने दिनों का अन्तराल! कितना कुछ बदल जाता है इस अन्तराल में। जरा-सा परिवर्तन जीवन को कितना नया या कि पुराना बना जाता है। नयेपन का उल्लास और पुरानेपन की ऊब-ऊब भरी, उदासी-उदासी-भरी खीज।

अण्टी के पास से ही अब दीदी के समाचार मिलते हैं। वह बंगलौर में है। मलिक का प्रमोशन हो गया है। वह रेंजर से ए० सी० एफ० हो गया है। पैसा है, सुख है, सुविधाएँ हैं। बस यही सुख-सुविधाओं की बातें। मैं चिट्ठी अण्टी के हाथ में थमाकर लौट आता हूँ। भीतर कहीं चुभता है। यह जिन्दगी ऐसे ही चलती है। ठीक ऐसे ही। सबको भूलकर... स्वयं को ही लेकर।

इधर मैं हफ्तों अण्टी के घर नहीं पहुंच पाता। सिन्हा ने मकान बदल कर अण्टी को एक ऐसे घर में कैद कर दिया है जहाँ दो-तीन मील तक कोई

बस्ती नहीं है। बस्ती-विहीन उस निर्जनता में ठेकेदार के रुपयों की खनक के अतिरिक्त कहीं कोई गूंज नहीं उठती।

बी० एस-सी० करने के बाद मैंने एल-एल० बी० कर ली है। वहीं प्रेक्टिस शुरू कर दी है। अपने चार सौ बीस के धन्धे में मैं स्वयं की जिन्दगी को चार सौ बीस होने से बचा लेना चाहता हूँ। माँ जब-तब विवाह की बात उठाती हैं पर मेरे भीतर विवाह के नाम से कहीं कोई तरंग उत्पन्न नहीं होती। जब भी विवाह की बात सुनता हूँ—रूपी दी धीमे-से सामने आकर खड़ी हो जाती हैं और मैं आहत हो जाता हूँ। इसी तरह साल-साल गुजरते जा रहे हैं। अपनी ही व्यस्तता क्या कम है? ठीक तो है—व्यस्त रहना जिन्दगी को जीतने का एक बड़ा आसान तरीका लगता है। रूपी दी के अब कोई समाचार नहीं मिलते। पहले अण्टी के पास रूपी दी के पास से मनी- आर्डर आते थे। शायद अब वह भी नहीं। पत्र आना तो बहुत पहले ही बन्द हो चुका था।

कुछ दिन पहले सुना था—सिन्हा ने वह औरत घर में ला रखी है और सारे समय अण्टी से उलझता रहता है। फिर सुना—क्रोध में आकर अण्टी ने नींद की गोलियाँ खा लीं। और रूपी दी? मैं अण्टी की मृत्यु को अनजाने भूलकर रूपी दी की ओर उन्मुख हो जाता हूँ। कितने समय से उनके कोई समाचार नहीं मिले। पर इसी बीच अम्मा से रूपी दी के बारे में सुनकर विश्वास करते नहीं बना—"नहीं, ऐसा नहीं कर सकतीं रूपी दी। ऐसी वे कभी थी ही नहीं।" अम्मा ने जिस अनहोनी की ओर संकेत किया था, सात जन्मों में भी उस अनहोनी को रूपी दी के लिये स्वीकार करने को मैं तैयार नहीं था। पर शीघ्र ही ऐसा अवसर मुझे मिल गया। अपने एक वकील मित्र के विवाह में बराती बनकर मुझे बंगलौर जाना पड़ा। विवाह का आकर्षण उतना नहीं था जितना रूपी दी को देखने का आकर्षण था। पता-ठिकाना सहेज कर रख लिया था। फेरों के दिन बोरियत से बचने के लिए सीधा रूपी दी से मिलने जा पहुँचा। उस मोहल्ले में पूछने से शीघ्र ही रूपी दी का मकान मिल गया। दरवाजे पर मलिक की नेम-प्लेट टंगी थी। बटन दबाया। कुछ ही सेकण्ड इन्तजार करना पड़ा। मलिक सामने थे। मुझे देखकर चौंके, फिर उल्लास के अतिरेक से मेरा हाथ दबाकर मुझे बैठक में ले आये सब-कुछ पूछा—कुशल क्षेम। इधर-उधर की बातें। कहीं रूपी दी की गन्ध नहीं। मुझे हार कर रूपी दी के बारे में पूछना पड़ा :

"रूपी दी दिखायी नहीं दे रहीं मलिक भाई।"

"रूपी" —मलिक ने नाम दोहराया - "रूपी अब यहाँ नहीं रहती।"

"यहां नहीं रहती, मतलब?"

"मतलब बस यही कि उसे मेरे साथ रहना अच्छा नहीं लगा।"

"लेकिन क्यों? कैसे?" मैं मलिक के मुँह से ही सबकुछ जान लेने को आतुर था। मेरी आँखें मलिक के चेहरे पर स्थिर थीं। मलिक वैसा ही शान्त था—"कभी-कभी क्यों और कैसे का प्रश्न जिन्दगी के बीच उठता ही नहीं। और मैं सोचता हूं—उठना भी क्यों चाहिए। बस जो कुछ होता है, उसे ही सत्य मानकर क्यों न स्वीकार कर लिया जाए! क्या अलगाव के लिए यही एक मात्र सत्य नहीं हो सकता कि हम एकसाथ रहते हुए ऊब जायें।"

"आपने समझाया नहीं?" पूछकर मैं झेंप गया जैसे रूपी दी कोई बच्ची हों।

मलिक हँसा—"समझाना क्या? सुना है-वहाँ वह पूर्ण सुखी है।"

"और आप?" अनजाने में मैं प्रश्न कर गया।

"मैं भी सुखी हूँ। ऐसा लगता नहीं क्या?" इस बार बड़ी संकुचित हँसी हँसा था मलिक और मुझे एक पराजित हँसी जैसा ही बोध हुआ था।

मैं उठ खड़ा हुआ—"चलूँ अब!"

"मिलोगे नहीं क्या उससे?"

"नहीं—अब सीधे निवास स्थान पर ही लौटूंगा।" मलिक से तो यही कह कर आया था। पर ऐसा हुआ कुछ नहीं। विवाह वाले घर ही रूपी दी दिखायी दे गयीं।

दोपहर के समय जब घर की सारी स्त्रियाँ भोजन करने जुटी हुई थीं और पुरुष अपने-अपने ठिकानों में लेटे आराम कर रहे थे, रूपी दी मुझे इशारे से बुलाकर ऊपर ले गयीं। उनके चेहरे पर खुशियाँ मचल रही थीं। चहक उठीं—"वर्षों बाद मिले। क्या पता था—दूर होकर एक बार भी मिलना नहीं होगा?"

फिर माँ की बातें—शिबू और टिनू की बातें। रूपी दी बच्चों-सा एक के बाद एक प्रश्न करती जा रही हैं।

"माँ! तुम्हें उनसे क्या? भाइयों की तुम्हें क्या चिन्ता?" मैं एकाएक न चाहकर भी फट पड़ा था—"तुम तो अपना सुख देखो, अपना सूख ढूँढती फिरो। एक जगह न मिले, दूसरी जगह। दूसरी जगह न मिले..."

"जयन्त!" रूपी दी के गले से एक चीख उभरी। आँखें बेहद संकुचित हो आयीं—"यह तुम कह रहे हो जयन्त! तुम्हीं मुझे पहचानने में औरों की तरह भूल करोगे, ऐसा तो मेरे मन में कभी नहीं आया था।" उनकी आँखों में आँसू तर आये थे।

मैं और अधिक कटु हो गया। कटुता से ही बोला—"तुम मुझे समझने में भूल कर सकती हो पर मैं नहीं। जो पहले समझना चाहिए था, अब समझ रहा हूँ। अण्टी की मौत के कारण में तुम्हारा भी हाथ है—यह मत भूलो।"

"नहीं जयन्त।" - इस बार उनके होंठों से शब्द बड़ी मुश्किल से निकले—"माँ को बचाने के लिये और माँ की-सी जिन्दगी से बचने के लिये ही मैंने यह राह चुनी है। मानसिक यातना को सहते हुए सुख की कल्पना करना मुझे मौत से भी भारी लगी थी। यह बदनामी की राह थी पर मैंने इसे समझना नहीं चाहा।"

"यह जानते हुए भी कि जिनके साथ तुम रहोगी, उनके एक बेटा भी है और वे उम्र में...।"

"हाँ, यह सब जानते हुए भी। क्योंकि मैंने इन सबके बीच और भी कुछ देखा है—दो दुःखों के बीच का सुख जिसे पाने के लिए हर व्यक्ति तरसता है। पा लेता है तो उसमें आकण्ठ डूब जाता है। नहीं पाता तो उचित-अनुचित की व्याख्या करने लगता है।"

"रूपी दी!" मैं चीखने-चीखने को हो जाता हूँ। सीधे ही महसूस होता है कि रूपी दी ने मुझ पर प्रहार किया है।

"सच जयन्त, पाकर कुछ भी जानना-समझना कहाँ रह जाता है। कुछ मन की तृप्ति होती है, कुछ देह का सुख। दोनों एक साथ मिलें तो नकारने की मूर्खता क्यों की जाये? बोलो!"

मेरे पास अब कोई शब्द नहीं है कहने को। लगा कि मैं चूक गया हूँ। मलिक का प्रश्न मैंने जान-बूझकर नहीं उठाया—न ही रूपी दी ने। चलते समय मैंने उनके कन्धे पर हाथ रखा तो उनकी आँखें डबडबा आयीं—"जयन्त, तुम मुझे गलत मत समझना। सच कहती हूँ—जिन्दगी को मैं लाश की तरह ढोना नहीं चाहती। अब भी जिन्दगी यदि लाश की तरह ठण्डी होती जायेगी तो मैं यहाँ से भी अपने को काट लूंगी। दो दुःखों को जोड़ने से दुःख घटता है और दो सुखों को जोड़ने से सुख बढ़ता है। मैंने दुःख से दुःख को काटना चाहा है और सुख को सुख से जोड़ना भी।" मैं लौट आया हूँ। अम्मा के पूछने पर मैं केवल इतना ही कहता हूँ कि रूपी दी मिली थीं। वे अच्छी तरह हैं, कि उनके बारे में फैली अफवाहें निरी अफवाहें हैं। वे सुखी हैं—बहुत सुखी और यह कहते हुए कहीं भीतर मुझे यह महसूस होता है कि अब तक की जमी बर्फ-दर-बर्फ पिघलने लगी है—पिघलती जा रही है।

# कटी हुई रेखाएँ

आधी रात तक पानी गिरता रहा था और मिनाल को आधी रात तक नींद नहीं आयी थी। इतना बड़ा मकान... मकान के बाजू के एक बड़े कमरे में उसका निवास, बिल्कुल अकेली वह। हालांकि साथ में शीला भाभी हैं—भैया हैं—उनका परिवार है पर अपने कमरे का दरवाजा बन्द कर लो तो सब ओर से कट जाता है उसका कमरा। भैया की टूरिंग ड्यूटी होती है। तो शीला भाभी के कहकहे और बच्चों की धमाचौकड़ी से उसका कमरा सबसे सार्थक कमरा बन जाता है। बस उससे उसे महसूस होता है कि वह अकेली नहीं है। उसके एकाकी कमरे की बड़ी-बड़ी दीवारों से टकरा कर लौट आने वाले कहकहे, बच्ची की अलमस्ती, सब-कुछ अपनी है—बेहद अपनी। पर ऐसा कुछ देर के लिये ही होता है। इधर कुछ ऐसा हुआ है कि उसके मन का सूनापन कमरे में बसे सूनेपन में बुरी तरह डूबकर रह गया है। घर से बाहर वह किसी के घर भी नहीं आती-जाती। केवल घर से कॉलेज और कॉलेज से घर। कॉलेज जाकर भी वह यही सोचती है जैसे एक आदत है यह भी कि उसे कॉलेज जाना है और लौट आना है या कॉलेज जाना उसके लिये एक अनिवार्यता है। आज पढ़ाने का मूड नहीं बना तो अपनी ही खिन्नता से ग्रस्त होकर बोझीली बनकर लौटी थी। आते समय कुछ उपन्यास लेती आयी थी। उपन्यासों से बढ़कर अपनी खिन्नता कम करने का उसे और कोई उपाय नजर नहीं आता। उन्हीं में से एक रात गये तक पढ़ती रही थी। आधी रात तक पानी गिरता रहा था और आधी रात तक वह किताब पढ़ती रही थी। पढ़ते-पढ़ते आँखें दुखने लगीं तो पुस्तक तकिये के नीचे दबाकर नींद का इन्तजार करने लगी।

रमन अपनी पत्नी को लेकर लौट आया है, रास्ते में दोनों दिखे थे। बैग हाथ में थामे हुए वे शायद शॉपिंग से लौट रहे थे। मिनाल ने चौराहे से मुड़ते हुए दोनों पर अपनी नजर डाली थी। रमन से अधिक उसने उसकी पत्नी को देखा था। वह उसे सामान्य से भी कम लगी थी। अच्छा लगते हुए भी भीतर

कहीं चुभ गया था। कहीं वे उसे देख न लें इसलिये जल्दी-जल्दी कदम बढ़ाते हुए वह घर आ गयी थी।

सबेरे रानू, रमन की छोटी बहिन आयी थी—"दादा ने आपको शाम को पार्क में बुलाया है। वे वहीं आपकी प्रतीक्षा करेंगे।" उसने चुपचाप सुन लिया था। अपनी बात का कोई जवाब न पाकर रानू ने अपनी बात दुहरायी तो उसने उसकी ओर देखकर हल्के से 'अच्छा' कह दिया। रानू चली गयी। वह नोट बुक पर पेन की नोक गड़ाये काफी देर तक यों ही बैठी रही। रमन उसके मन-मस्तिष्क पर बुरी तरह छा गया था। उसने उसे पार्क में बुलाया है—जरूर देखा होगा। पहले वह ही उसके यहाँ आ जाता था या वह ही उसके यहाँ चली जाती थी। बिना किसी झिझक के, दीन-दुनिया की परवाह किये बिना दोनों बाहर के ड्राइंग रूम में घण्टों बैठे बातें करते होते। घर के लोगों ने भी इस पर कभी आपत्ति नहीं की। दोनों साथ पढ़े थे और नौकरी भी दोनों ने एक ही शहर में शुरू की थी। बाद में रमन ही उससे दूर चला गया। आज उसने इस तरह क्यों बुलाया है? बुलाना हो था तो पहले की भांति घर पर ही क्यों नहीं बुला सका? अपनी पत्नी से क्यों नहीं मिलाना चाहा उसने? सोच-सोच कर उसका मस्तिष्क भन्नाने लगा।

रात को एक बार नींद खुली थी। शीला भाभी उसके कमरे का स्विच बन्द करने आयी थी। उन्होंने उसे लिहाफ उढ़ाया था और दरवाजे भेड़कर चली गयी थीं। उसे हल्की-सी याद है। अलस भोर में नींद गाढ़ी हुई थी कि एकाएक उचट गयी। लिहाफ को सिर पर खींचकर उसने सोने की कोशिश की पर सो नहीं पायी। एकाएक शोर भड़क कर उस तक आ थमा। वह लिहाफ हटाकर खिड़की तक चली आयी। अँधेरे के पट खुलने लगे थे। भोर की हल्की-हल्की-सी-किरणें उगने लगी थीं। घर से थोड़ी ही दूर पर लगे आम के घने दरख्तों के बीच एकाएक शोर मच जाना उसके लिये अप्रत्याशित बात थी। खिड़की से झाँकती हुई वह शोर को समझने के अभिप्राय से वहीं देर तक खड़ी रही। कुछ लोग वहाँ रुकते फिर अजीब-से शब्द हवा में उछालते और मुँह से अनैतिकता के नाम एक भद्दी-सी गाली देकर अपने-अपने रास्ते हो लेते। मिनाल जो शब्द बार-बार सुन रही थी, उनका अर्थ यही था कि मृतावस्था में एक बच्चा पेड़ों के बीच पाया गया है। नवजात शिशु! धड़कनें जाने कब की बन्द हो चुकी हैं। सुनकर उसके भीतर

हलचल मचने लगी। वह बिना कुछ सोचे शीला भाभी के पास दौड़ी गयी और एक साँस में ही सारी घटना अजीब-सी बेचैनी के साथ सुना गयी। शीला भाभी ने चुपचाप सुन लिया। फिर मुँह बनाया—"तुम्हें इससे क्या लेना-देना है दीदी! होगा किसी का... पाप स्त्री करती है, भोगना पड़ता है बच्चे को। कितनी पत्थर दिल होगी वह औरत जिसने अपने हाथों अपने मातृत्व का गला घोंटा होगा।"

मिनाल के चेहरे पर अनाम अजान दर्द की गहरी परछाइयाँ घिर आयीं। वह तिलमिला गयी। उत्तेजित होकर उसने शीला भाभी का हाथ खींच लिया और बड़ी तिक्तता से बोली—"नारी की पवित्रता को ऊँचा उठाते-उठाते आदमी ने अपने कर्मों का सारा भार डाल दिया स्त्री पर। अपने बचाव के लिए ही उसने स्त्री को इतना महान बनाया कि एक क्षण भी वह चूकी कि सीधे रसातल तक जा पहुँची। अपनी क्रूरता, पाशविकता और हिंसात्मक प्रवृत्ति को प्रश्रय देने के लिये उसने स्त्री को ऊपर उठाया और जब मन चाहा गिरा दिया।" मिनाल क्रोध से थरथराती रही जैसे सामने खड़े किसी अपराधी पुरुष को प्रताड़ित कर रही हो।

"पुरुष इतना नीच है तो स्त्री उसकी नीचता का शिकार क्यों बनती? क्यों जान-बूझ कर जहर का घूंट पीती है?" शीला भाभी ने मिनाल की ओर देखा, फिर एकाएक चुप हो गयीं। उन्हें अपनी भूल महसूस हुई। चुप रहकर उन्होंने चाहा कि सारी बातें यहीं खत्म हो जायें। उकसाने से बेकार दीदी जाने क्या-क्या कहने लगेंगी, पर मिनाल लगभग चीखने लगी थी—"नारी कमजोर है, असहाय है पर पुरुष तो समर्थ है, इज्जतदार है। फिर क्यों उसकी कमजोरी का, उसकी विवशता का लाभ उठाता है?" मिनाल का स्वर काँप गया—"तुम नहीं समझोगी शीला भाभी! कुछ नहीं समझोगी! तुमने सब कुछ पा लिया है। शायद इसीलिये आसक्ति की पीड़ा को तुम नहीं समझ सकोगी। जिन्दगी में कुछ ऐसे भी क्षण आते हैं जब कुछ भी नजर नहीं आता। पर मैं कहती हूँ—"जब स्त्री और पुरुष मिलकर उन जीवन्त क्षणों को भोगते हैं तब पुरुष उसके परिणाम को नकार कर इस तरह क्यों भाग खड़ा होता है।" शीला भाभी ने मिनाल के दुर्निवार चेहरे से अपनी आँखें हटा लीं—मिनाल बस बोलती है तो इसी तरह बोलती है, सीमाहीन आन्दोलित लहरों की भाँति कगारों को तोड़ती, नष्ट-भ्रष्ट करती। उसकी आन्दोलित साँसों से भी अधिक

भय लगता है शीला भाभी को उसकी कम्प-भरी धीमी आवाज से। बस कहीं दीदी रो न दें। पर ऐसे समय भी मिनाल रोने की नहीं। एक क्षण में कम्प, दूसरे क्षण में फिर वही उत्तेजना, घर और बाहर स्त्री-पुरुष के बीच के ऐसे नाजुक प्रसंगों पर इसी तरह बहस करने लगती है मिनाल। दूसरे सुनते हैं तो हँस देते हैं— "मैडम, इस तरह अपनी कुण्ठाओं की तृप्ति ढूँढती हैं।" सुनकर मिनाल के लिये शीला भाभी का मन दुःख जाता है।

अपना दर्द बिखेरकर हल्की हो ले मिनाल तब भी कुछ है। सबसे अधिक उसे इन शीला भाभी ने ही जाना है। मिनाल ने उनसे कभी अपना कुछ नहीं छिपाया। शीला—भाभी के अतिरिक्त उसकी समवयस्क सहेली भी बनी है, उसके भीतर की दुःखती रगों को सहलाने वाली। मिनाल का दर्द कब से कितनी गहराई में पल रहा है—वह अच्छी तरह जानती है। इसीलिये जब मिनाल बातचीत के दौरान बहस करने लग जाती है तो वे जरा भी रोक-टोक नहीं करतीं, बस चुपचाप सुनती हैं और जीवन के उन कई-कई सन्दर्भों के बीच घिर जाती हैं जो मिनाल ने जिये हैं।

उत्तेजना से भरी-भरी मिनाल बाहर निकल आयी। नंगे पैर, बिखरे बाल। बाहर की गीली हवा बड़ी तेज थी। उसने साड़ी के पल्ले को कन्धे पर ले लिया। शीला भाभी चुपचाप मिनाल के पीछे हो लीं। इन दोनों के चारों ओर मंडराता एक भयानक सन्नाटा। इक्के-दुक्के लोग भी जा चुके थे। शायद इसके बाद पुलिस आयेगी, तहकीकात होगी। लेकिन होगा क्या? कुछ नहीं। शीला भाभी दूर ठिठक गयीं। मिनाल साँस रोके अपलक उस बच्चे को देख रही थी—गर्म वस्त्रों में ढकी शिशु की देह, मिनाल का मन गहरी संवेदना से गीला हो आया— निःसन्देह बच्चा बड़े घर से सम्बन्धित है। बड़ी-बड़ी आँखें, चौड़ा माथा। गोरा रंग, लाल रेशमी कोमल कोंपल-से होंठ, चमकीले बाल। "कितना प्यारा है बच्चा" —मिनाल का स्वर काँप जाता है। हठात् वह कहती है—"जीवित होता तो इस बच्चे को मैं घर ले जाती। इसे पाल लेती। इसकी माँ बन जाती।"

भयाकुल हो शीला भाभी पीछे हट जाती हैं—"चलो जल्दी, तुम तो पागल हो। इसीलिये तो कह रही थी—होगा किसी का। अपने को क्या? अब तुम घण्टों सोचती रहोगी और दुःखी होती रहोगी। चलो कोई देखेगा तो क्या कहेगा?" और वे पलटकर तेजी से चल दीं। मिनाल ने चलते-चलते मुड़कर

फिर एक बार बच्चे को देखा। उसका मन छटपटाने लगा था—माँ के ममता भरे घट से दूध की एक बूंद पाये बिना बच्चे ने दम तोड़ दिया होगा। घर पहुँचने तक शीला भाभी अनचाहे ही कुछ कहती रही थीं—यही नैतिकता और अनैतिकता के बीच की बातें। पर मिनाल बेखबर होकर जीवन की मोहक धड़कनों के मोहपाश में बँधती जा रही थी। काश! इन मृतक क्षणों को उसने जीवन दिया होता। उसके होंठों पर एक व्यंग्य-भरी मुस्कान उभरी—शायद यह भी पुरुष की सहजता का परिणाम है। उसने अपने होंठ चबा लिये।

शीला भाभी घर के कामों में लग गयीं। बच्चे स्कूल जाने की तैयारी में जुट गये। उसे भी कॉलेज जाना था पर आज वह कॉलेज नहीं जा पायेगी। बुझा-बुझा सा मन लेकर वह कॉलेज में सहकर्मियों की निगाहों में नहीं आना चाहती। विजन उसे लेने आयी तो उसने छुट्टी का आवेदन उसके हाथ में थमा दिया—"आज तबियत कुछ ठीक नहीं है— कॉलेज नहीं जा पाऊँगी।" विजन चली गयी तो देर तक वह पलंग पर लेटी-लेटी मरियम के चित्र को देखती रही। मरियम का यह चित्र कभी रमन ने ही उसे प्रेजेण्ट किया था। बच्चे को गोद में लिये कुँवारी माँ का चित्र। पहले इसे लेने में वह हिचकी थी—एक कुँवारी लड़की के कमरे में एक अकेला कुँवारी माँ का यह चित्र देखकर कोई क्या कहेगा?

"बस तुम तो दुनिया की निगाहों से तौलती हो सब कुछ, कभी अपनी नजर से भी तो देखा करो" और उसके हाथों से चित्र लेकर रमन ने दीवार पर टाँग दिया था। रमन उसकी जिन्दगी से हट भी गया। पर यह चित्र उसके मन से कभी नहीं हट पाया। और आज इस घटना ने उसे मरियम के हृदय की गहराइयों में उतार दिया है। रह-रह कर उसकी आँखों में वह मृत बच्चा उभर आता है। मस्तिष्क भन्नाने लगा है। वह उठ कर आलमारी खोल एस्प्रो की दो टिकियां निकालकर एकसाथ निगल लेती है और पानी पीकर फिर खिड़की के पास आकर खड़ी हो जाती है। कहाँ-से-कहाँ पहुँच गयी वह—घर, पति, बच्चे—अपना एक परिवार। इन्हीं सबकी स्वामिनी के रूप में ही देखा था अपने को। पर एकाएक मोह भंग हुआ तो उसने अपने को एक टूटी-थकी व अध्यापिका के रूप में पाया और सारी पुरुष-जाति के प्रति उफनती घृणा उसकी आँखों में स्थिर हो गयी। अब उसका मन होता है कि

वह पुरुषों से गिन-गिन कर प्रतिशोध ले और अपने प्रतिशोध पर खूब हँसे... इतना कि सब कहने लगे—मिनाल पागल हो गयी है। वह सचमुच पागल हो जाना चाहती है। अब वह नैतिकता-अनैतिकता, श्लील-अश्लील—सभी मान्यताओं के बीच का अन्तर मिटा देना चाहती है।

अभी तक उसने मुँह भी नहीं धोया। वह उठ कर हाथ-मुँह धोती है और शीला भाभी से चाय का प्याला लेकर बाहर आ जाती है। चाय मेज पर रख कर वह अपनी बायीं हथेली सामने टिका लेती है। कुछ याद आता है, हाथ की रेखाएँ। अब वह इन रेखाओं पर विश्वास करने लगी है। भाग्य की इन रेखाओं को जानने के लिये उसने एक बार रमन के सामने अपनी हथेली फैला दी थी। रमन के हाथ पर फैली उसकी हथेली। "कितनी उलझी, कटी, पिटी हैं, तुम्हारे हाथ की रेखाएँ" —रमन ने कहा था।

"और ?"

"और क्या ?"

"जिन्दगी अकेले ही काटनी होगी मुझे?" उसकी हथेली रमन के हाथ में फैली कांपने लगी थी। आँखें रमन की आँखों में डूबने लगी थीं। रमन ने हथेली को अपनी आँखों के और निकट लाकर कहा था- "अकेली कैसे रहोगी... घर होगा, परिवार होगा और बच्चे।" झटके- से हाथ खींच लिया था मिनाल ने—"मुझे यह मजाक अच्छा नहीं लगता।" उसके चेहरे पर लाज की झीनी परत फैल गयी थी।

"मजाक नहीं मिनाल! देखो यह रेखा विवाह की है" रमन ने उसकी हथेली फिर अपने हाथ में ले ली थी और रेखाओं को गम्भीरता से देखने लगा था—"देखो, कितनी कटी-पिटी रेखाएं हैं। हो सकता है, कुछ अड़चनें आएं।"

मिनाल को सब-कुछ याद आ गया है। पहले वह भाग्य पर बिल्कुल विश्वास नहीं करती थी। इसीलिये सोचा था—देखूंगी, हथेली की इन कटी-पिटी रेखाओं को जोड़ कर न रख दिया तो मैं मिनाल नहीं।

फिर इसके ठीक एक हफ्ते बाद रमन ने उसे शाम को कॉफी हाउस में बुलाया था—"घर में भाभी-बच्चे आए हुए हैं। मैं कॉफी हाउस में तुम्हारी प्रतीक्षा करूंगा।" इधर वो मिनाल से घर में नहीं, बाहर ही अधिक मिलता है।

घर की दीवारों की कैद घुटन पैदा करती है। अक्सर जी में आता है—इन सारी दीवारों को ढहा दूं। फिर न घर हो—न सीमाएं। न कैद हो—न घुटन। मिनाल का मन हुआ था कि कह दे कि घर न हो, दीवारें न हों तो आदमी आदमी न रह जायेगा। वह जंगली हो जायेगा... बर्बर पशु।

कॉफी हाउस में पहुँच कर उसने रमन को अपनी ही प्रतीक्षा में बैठा पाया था। जाकर वह भी उसके पास की कुर्सी में बैठ गयी थी।

"कुछ मंगाऊँ कॉफी के साथ? डोसा पसन्द करोगी?"

"ऊँहूँ। आज कुछ और ही खाने को जी चाहता है— कुछ मीठा, न हो, रसभरी मँगा लो।'

"मीठे के साथ मीठा!" रमन हँसा। मिनाल भी हँस दी। आर्डर देकर रमन ने सिगरेट सुलगाते हुए मिनाल की ओर देखा—"आज तुम बहुत अच्छी दिख रही हो।" मिनाल ने अपने वस्त्रों को जाँचा-परखा।

"तुम पर सफेद रंग खूब खिलता है। सफेद साड़ी में तुम्हारे भीतर की ताजगी बाहर झलकने लगती है।"

"अच्छी लगती है?"

"हाँ सच।"

मिनाल छोटी बच्ची सी चहक उठी—"आज मैं तुमसे एक बात करना चाहती हूँ।" रमन ने मुँह से धुँए का छल्ला बनाकर और छोड़ा—"कहो न, क्या कहती हो?"

"अब हम शादी कर लें।"

"शादी!" जैसे रमन के गले में कुछ अटक गया हो। उसने दो-तीन बार खाँसा—"आज अचानक यह बात तुम्हें कैसे सूझी?"

"सूझी तो बहुत पहले थी पर प्रकट नहीं किया था। सोचती हूँ—अब देर नहीं करनी चाहिये। बाबूजी ने भी सहमति भेज दी है। सोचा—उनका पत्र आने दूं, फिर तुमसे कहूँगी।"

रमन ने सिगरेट बुझाकर ऐश-ट्रे में डाल दी और समझाने के रूप में कहा—"निश्चित मानो मिनाल! तुम मेरी सबसे अच्छी मित्र हो। मैंने तुम्हें मित्र के रूप में ही चाहा है। बड़ी ही सहजता से तुम्हारे निकट आया हूँ। बिना विवाह किये क्या हम साथ नहीं रह सकते?"

मिनाल एकदम चुप। कई क्षणों तक वह वैसी ही चुप निस्पन्द-सी बैठी रही। फिर तिलमिलाकर बोली—"मैं नहीं मानती। सहजता-वहजता कुछ नहीं। स्त्री-पुरुष के बीच सहजता-वहजता नहीं होती। स्त्री और पुरुष जब निकट आते हैं तो प्रेम होता है और प्रेम का परिणाम होता है विवाह... बस मैं इसे ही सच मानती हूँ।" वह उठ खड़ी हुई। वह एक क्षण के लिये रुकी—"खूब!" एक व्यंग्यात्मक हँसी उसके अधरों पर आयी—"अच्छी मैं लगती हूँ पर मुझसे विवाह नहीं हो सकेगा। प्यार की बातें मुझसे होंगी। जीवन के सूने क्षण मेरे साथ भरे जाएँगे पर विवाह किसी और लड़की से किया जायेगा।"

रमन ने कुछ कहना चाहा पर मिनाल बाहर निकल चुकी थी। बस वही साँझ थी फिर उसने कभी रमन से मिलना नहीं चाहा। रमन फिर भी आता तो वह मिंटू से कहला देती—कह दो, दीदी घर में नहीं हैं। वह मन-ही-मन उफनती—बड़ा सहजता की मूर्ति बना है! उसका मन घृणा से भर जाता। कुछ समय बाद उसने सुना—रमन का ट्रान्सफर हो गया है। सुन कर अच्छा भी लगा था और बुरा भी। उससे मिलने के लिये इन्कार कर वह एक अजीब-सी राहत पाती थी। पर उसके जाने के बाद वह रमन को भुला नहीं पायी। उसने सचमुच रमन को चाहा था, उसे प्यार किया था। धूप मुण्डेर पर आ गयी। दो चिड़ियाँ सटी-सटी बैठी ताजी धूप सेंक रही थीं। उसकी दृष्टि उन पर से होती हुई सीढ़ियों पर लेटी लिली पर आ थमती है। वह मिनाल से इतना परच गयी है कि अपना नाम सुनते ही झट दुम हिलाती उसके पास आ जाती है। जब आयी थी तब बहुत मरियल-सी थी। पर अब भर गयी है। कुछ दिनों में वह बच्चे देगी। वह लिली के पास बैठकर उसके रेशमी बालों पर हाथ फेरती है। शीला भाभी खाने के लिए उसे आवाज देती हैं। वह भीतर आ जाती है। वे गोद में तिन्नी को लिये दूध पिला रही हैं। बच्चे स्कूल चले गये हैं। बच्चों के बिना घर कितना सूना लगता है! वह घर में फैले सूनेपन के अहसास को भीतर तक अनुभव करती है। खाना परोस कर वह टेबिल पर ले आती है और खाना खाते हुए चुपचाप शीला भाभी का तिन्नी को दूध पिलाना देखती

है। मन की आँखों में कुछ और ही दिखता है—दिखता है, वह गोद में उसी बच्चे को लिये दूध पिला रही है। उसका हाथ बच्चे के रेशमी बालों को सहला रहा है। बच्चा दूध पीता हुया सोने लगा है। अधमुँदी आँखों में तैरते अधमुँदे सपने। उसके हाथ का कोर हाथ में ही रह जाता है। शीला भाभी उसकी ही ओर देख रही हैं। कहती हैं—"तुमने भी कुछ खाया है या सारा का सारा लिली को ही खिला दिया।" मिनाल चौंक जाती है। होंठों पर एक धूमिल हँसी उमड़ती है—"भाभी! आज पता नहीं क्यों भूख नहीं है?"

शीला भाभी मुस्कराती हैं- "जानती हूँ। क्यों भूख नहीं है? अब भी कुछ नहीं बिगड़ा है। शादी कर लो। अपने को इस तरह झूठलाती क्यों हो?"

एक तिक्त भाव आता है चेहरे पर—"शादी! करूँगी भाभी। पर यदि नहीं कर पायी और यदि ऐसी स्थिति आयी तो मैं बच्चे को फेकूँगी नहीं। पुरुष माने, न माने मुझे कोई भय नहीं होगा।" मिनाल की आँखों में जाने क्या दिखता है कि शीला भयभीत हो उठती हैं। मिनाल आवेश से भरी-भरी कमरे में आ जाती है और शीशे के सामने जा खड़ी होती है। शीशे में स्वयं को देखती हुई वह कुछ और ही सोचती है— रमन की बात। रमन, तुमने भले ही मन से मुझे न चाहा हो पर यह बिल्कुल सच है कि मैंने तुम्हें चाहा है और यही चाहत लिए मैं तुम्हारे पास आना चाहती हूँ। मैं तुमसे एक फूल-सा बच्चा पाना चाहती हूँ। मुझे जीने का सहारा दे दो, बच्चे की एक किलकारी दे दो। माँ का एक शब्द सौंप दो। बस फिर मुझे तुमसे कुछ नहीं चाहिए। पर दूसरे ही क्षण उसे याद आता है—रानू आयी थी। कहा था—रमन ने उसे पार्क में बुलाया है। उसका घायल दर्प फुँफकार कर उठ खड़ा होता है। उसकी आँखों में घृणा, क्रोध और लांछना की अनगिनत छायाएँ डोलने लगती हैं। वह मन-ही-मन स्वीकारती है कि वह किसी रमन-वमन को नहीं पहचानती। वह रमन से कभी नहीं मिल सकती। इस रमन से कोई भी पुरुष अच्छा हो सकता है।

वह बाहर आकर सीढ़ियों पर बैठ जाती है। बाहर जाते हुए सूरज की लाली बिखरी हुई है—चारों ओर रंगीनी। वह उस रंगीनी को आत्मसात कर लेना चाहती है।

# आँचल-भर आकाश

दिनों को जैसे पंख लग गये। वर्तमान का एक-एक दिन भविष्य की डोर अपनी ओर खींचता हुआ कैसे अतीत में समा जाता है कि कभी सधे हाथों में थमी भविष्य की डोर भी बेमानी लगने लगती है। छुट्टियों के बस कुछ ही दिन शेष हैं। और जब-जब छुट्टियाँ आती हैं भीतर ही भीतर एक भय-सा व्याप्त जाता है। भय-सा ही कुछ। छुट्टियाँ आयेंगी और शिशिर फिर प्रश्न करेगा। शिशिर प्रश्न करेगा और मैं सम्बन्ध-सूत्रों की दूरी नापती हुई उस प्रश्न का उत्तर देने का निरर्थक-सा प्रयास करूँगी। मैं जानती हूँ कि मेरा उत्तर उसके प्रश्न को जरा भी प्राश्वस्त नहीं कर पायेगा। मेरा उत्तर उसे उत्तर कम अपने को ही अधिक बहलाने का प्रयत्न-सा लगता है और तब मन खीज से भर उठता है। हालाँकि जानती है यह भी कि ऐसा होना नहीं चाहिए।

आँगन में टुकड़े-टुकड़े शरद की धूप बड़ी प्यारी लग रही है। मिनी की हाव-भाव भरी मोहक बातों से सच ही दुनिया बड़ी प्यारी सी लगती है। सब-कुछ भूलकर आत्मविस्मृत हो जाने का सुख। मैं कुछ इस तरह उसकी नाटकीयता में खोती हूँ कि शिशिर का आना नहीं जान पाती। यह जाने कब आकर पीछे खड़ा हो गया है। उसके हाथों का दबाव मेरे कन्धों पर पड़ता है। जब भी वह लाड़ में आता है या निर्णयात्मक कोई प्रश्न करना चाहता है—मेरे कन्धों पर हाथ रखकर इसी तरह झूल पड़ता है—"मम्मी! सोमवार से स्कूल की छुट्टियाँ हो रही हैं। कहीं चलो न माँ!" मैंने चौंक कर उसकी ओर मुँह किया। मुँह से कुछ न कह केवल अपनी जिज्ञासा-भरी दृष्टि उसकी ओर की जैसे मैं उसकी बात पूरी तरह समझ नहीं पाई हूँ या इस बार भी उसे अपने तर्कों से समझा लूँगी। मैं कुछ कहूँ कि वही कहने लगता है—"मैं जानता हूँ माँ! इस बार भी तुम बहाना बना दोगी कि अभी अपना मकान बन रहा है। पूरा हुए बिना कैसे चला जाये। बस अब की गर्मियों में कहीं चलेंगे, कहीं भी। और फिर गर्मियों की छुट्टियां आयेंगी तो तुम कहने लगोगी—देखो! मामाजी का पत्र आया है। वे आ रहे हैं। अब अगली दीवाली में चलेंगे! बिल्कुल पक्का रहा।" बस इसी तरह दीवाली, गर्मी और बड़े दिन की छुट्टियाँ। मैं दर्शक की

स्थिति में पूरी तरह डूबी शिशिर की नाटकीय बातों की गहराई में उतरती होती हूँ। मैं कुछ नहीं कह पाती। वही फिर कहता है—"इस बार कहीं भी चलो। एक ही जगह रहते-रहते मन बहुत ऊब जाता है। छुट्टियों में सभी साथी कहीं-न-कहीं चले जाते हैं। एक तुम हो कि...।" जयेश की आवाज आती है और शिशिर बाहर चल देता है। मैं चुपचाप उसे बाहर जाता हुआ देखती हूँ। केवल देखती ही नहीं, भीतर-ही-भीतर उभर आई पीड़ा को निरर्थक झेलने का प्रयास-सा करती हूँ। समझ नहीं पाती कि क्या कहूँ उससे, कैसे कहूँ कि बेटे तेरा ही मन नहीं, मेरा अपना मन भी तो बेहद ऊबता है कभी-कभी। जब-जब ऊब होती है, मन को समझाने के सारे तर्क झूठे पड़ जाते हैं और फिर कहीं भीतर से पीड़ित अहसास का डंक लहराकर समस्त मन-बोध को घायल कर जाता है। पिछली बार रीति ने पूना के जाने कितने-कितने किस्से सुनाये थे शिशिर को। मैं भी पास बैठी सुनती रही थी। हर छुट्टियों में माँ के साथ वह कभी जबलपुर, कभी जयपुर तो कभी यहाँ घूम जाती है। कह रही थी कि अगली बार माँ के साथ वह बम्बई जायेगी, मझले मामाजी ने माँ को बुलाया है। खूब मजा आयेगा। इस बार बम्बई देखने को मिलेगी। शिशिर रीति की उत्फुल्लता को बड़ी कठिनाई से झेल पा रहा था। उसने एक बार अपनी आँखें मेरी ओर उठाईं तो मैं भीतर ही भीतर अपने को अपराधी महसूस करने लगी थी। रीति के जाने पर भी जब वह बड़ी देर तक सीढ़ियों पर चुपचाप बैठा रहा तो मैंने उसे समझाने का प्रयास किया था—"छुट्टियों में हम कहीं भी न जा पायें तो यह भी तो कम सुख नहीं है कि कोई हमारे पास आता है। आने की सुख-भरी व्यस्तता में अपनत्व की ऊष्णता अकेलेपन की ऊब को क्या नया अर्थ प्रदान नहीं करती।"

इस बार छुट्टियों की व्यस्तता कुछ अलग-थलग सी है। अबकी कोई नहीं आ रहा। सबका अपना-अपना कार्यक्रम बन गया है। पत्रों से बस यही सूचना प्राप्त होती है। मैं अपनी दिनचर्या के रिक्त समय में मिनी के साथ आँगन में बैठी मजदूरों का काम देखती हूँ। दिन कटता है पर सन्ध्या बाद का समय बरबस याद दिला जाता है कि ये छुट्टियों के दिन हैं। सब कहीं-न-कहीं चले गये हैं—कोई अपने भाई के घर, कोई माँ के यहाँ, कोई चाचा के पास तो कोई दादा के घर। शिशिर के स्वर में इस बार तीव्र आक्रोश था—"सबने अपना प्रोग्राम बना लिया। एक शब्द भी नहीं लिखा कि इस बार हम लोग

नहीं आ रहे तो तुम सब ही यहाँ आ जाओ।" फिर अचानक उसे याद हो आया था कि उसके स्कूल का कैम्प यहाँ के किसी गाँव में लग रहा है। जब वहाँ जाने की बात वह करता है तो मैं बिना इनसे पूछे उसे जाने की सहमति दे देती हूँ। उसका मन रखकर मुझे कुछ अच्छा-सा लगता है। देवेन से जब मैं उसके कैम्प में जाने की बात कहती हूँ तो वे अनिर्निमेष मेरी आँखों में देखते मुस्कराने लगते हैं—"अच्छा किया। छुट्टियों में बहुत बोर हो जाते हैं बच्चे। कभी-कभी बहुत अजीब लगता है मुझे भी कि सब कोई होते हुए भी अपना कोई नहीं है। अकेलेपन का अहसास बच्चों को अधिक सालता है। चलो इस बार गर्मियों की छुट्टियों में कृष्णा जी के यहाँ हो आयें। उनके हर पत्र में आने का स्नेह-भरा निमंत्रण होता है।" कृष्णा जी की बात सुनकर मैं उनकी बात सोचने लगती हूँ—कितना चाहती हैं हमें। कौन हैं वे हमारी? कोई तो नहीं पर बहुत-कुछ। स्कूल में इनके साथ पढ़ती थीं। मैट्रिक करने के बाद उनका विवाह हो गया। उन्हें भी वही हादसा सहना पड़ा था जो मुझे। पति के प्यार में आकण्ठ डूबती वे सारे परिवार के लिए ईर्ष्या का विषय बन बैठी थीं। पूरी जादूगरनी साबित हुई थीं। और फिर परिवार में घुटती अशांति और वैमनस्य को झेल न पाकर कृष्णा जी को लेकर उनके पति जबलपुर चले आये थे। अपने घर की तरह ही कृष्णा जी ने पति के घर भी परिवार का प्यार और स्नेह पाना चाहा था। नहीं पा सकीं... मेरी ही तरह। अभी कुछ ही दिन हुए विभा का समाचार मिला था। उसने कोई बड़ा ऑपरेशन करवाया था। एक साथ कई काम्प्लीकेशन्स उठ खड़े हुए। स्थिति बड़ी चिन्ताजनक है—सुनकर मेरा मन बेहद दुखी हो आया। मन-ही-मन दोहराती रही कि वह अच्छी हो जाये—उसे कुछ न हो। सुबह से शाम तक जाने कितनी बार उसकी याद हो आती है। वह मेरी कोई न होकर भी बहुत-कुछ है। उसने स्नेह दिया है मुझे। जब अपनों से अपनत्व नहीं मिलता तो शायद उस अभाव को भरने की शक्ति दूसरों का यही अपनापन दे जाता है।

आज कई दिनों के बाद अरविंद आया है। उसे प्रसन्न देखकर मन हल्का हो जाता है। वह बतलाता है—विभा की स्थिति अब सुधार पर है। बस यही समझिए कि मौत के मुँह से उसे खींच लाये हम। यहाँ से भाई, भाभी, बहन, बहन के डॉक्टर पति सभी विभा के पास पहुँचे थे और सबों ने मिलकर विभा की उफनती पीड़ा को बाँट लिया। अपनत्व का आश्वासन देकर उसे टूटने से बचा लिया। कितना खर्च हुआ है उसकी बीमारी में। कितनी देखभाल की

सबों ने! माँ के डूबते मातृत्व की ओर ताकते निरीह दो बच्चों को सँभालने वाली मौसी और मामियाँ—सभी ने विभा की क्षण-क्षण छीजती शक्ति को स्नेह का संबल दिया कि उसे बचना पड़ा। मैं चुपचाप बैठी बहन के प्रति अरविंद के स्नेह का माधुर्य पाती रही। सुख और तृप्ति के इन विभोर कर देने वाले क्षणों में भी कभी मनुष्य कितना अवश हो जाता है कि चाह कर भी कुछ कह नहीं पाता। मैं भी कहाँ कुछ कह पाती हूँ। बस सोचती हूँ कि कितनी भाग्यशालिनी है यह विभा। मिलने गई तो उसके पीत चेहरे पर रोशनी खिल उठी थी—"ओह दीदी !"कहा था उसने— "मृत्यु से जूझती, अपने आप से हारती, जब टूटती मेरी दृष्टि आस-पास खड़े शोकाकुल आत्मीय चेहरों पर पड़ी तो एकाएक जाने कहाँ से ऐसी शक्ति आ गयी मुझमें कि लगा—नहीं, अब मैं नहीं मर सकती। मुझे कुछ नहीं होगा। मैं अच्छी हो जाऊँगी। अपनों का यह स्नेह, प्यार ही मुझे लौटा लाया मृत्यु से जिन्दगी की ओर। और देखो न दीदी, विजन जी कहते हैं, जब तक स्वस्थ नहीं हो लोगी यहीं रहना। यहाँ तुम्हें अच्छा भी तो लगता है।" सुनकर मन भीतर-ही-भीतर पुलक उठता है। स्नेह-भरा यह चाहना। यह पाकर और क्या रह जाता है किसी के लिए पाने को।

अपनत्व की यह डोर और मृत्यु को परे ढकेलती जिन्दगी की विजय। एक शक्ति जो गहराती, उदासी-भरी अंधेरी परतों को भेदकर आशा और विश्वास की किरणें जगा देती हैं जिन्दगी में। तब सब सहज-सहज-सा लगता है और मन को बाँध लेता है। यह बँधना कितना प्रीतिकर होता है। रंगबिरंगी तितलियों के सुकुमार पंखों की उड़ान और खिल-खिल पड़ते गुलाबों की सुरभीली गंध। मन हौले-हौले उड़ता हुआ समूचे आकाश को अपने अंचल में भर लेता। ऐसे ही में याद हो जाता है जब मैं होशंगाबाद में थी और भैया दुर्ग में। कभी भूले से तबियत खराब होने की बात पत्र में लिख जाती तो पत्र पाते ही भैया मेरे सामने होते। भैया सामने होते तो सच ही तबियत बिल्कुल ठीक हो गई लगती। मैं सारी तकलीफें भूल जाती। मुझे याद हो आती है अपनी ही किसी कहानी की किसी नायिका की बात—सुख बाँटने से बढ़ता है और दुख बाँटने से घटता है। फिर क्यों न हम एक-दूसरे के सुख बाँटें—सुखी हो लें। दुख बाँटें—अपने दुख कम कर लें।

मैंने अपने आँगन में तरह-तरह के रंगों के गुलाबों की कलमें लगाई हैं। खाद देती हूँ, पानी डालती हूँ। रोज देखती हूँ कहीं कोई अंकुर अंकुराया है क्या? प्रायः पड़ोस का कोई शैतान बालक किसी कलम को हिला जाता है तो मन में पीड़ा की एक लहर उठ जाती है—ओह! संवारने का श्रम। श्रमजनित संतोष और सुख। किसी को पीड़ा पहुँचाने में ही किसी को सुख मिले तो उस सुख की परिभाषा क्या की जाये? मैं फिर गुलाबों की ओर उम्मुख होती हूँ—जब उनमें फूल खिलेंगे और उनके खिलने से सारा परिवेश खिला-खिला सा मोहक दिखाई देगा। उनकी गंध से कितने सुवासित होंगे मनप्राण।

कल विभा के यहाँ गई तो देखा उसके पति विजन आये हुए हैं—"सुना था कि अभी कुछ माह रहोगी। पर इतनी जल्दी तुम्हें लेने आ पहुंचे! विभा से पहले ही बोले विजन—"नहीं दीदी, लेने नहीं, इन्हें देखने आया हूँ। मैंने तो यह इन पर ही छोड़ दिया है, जब तक रहना चाहें। मैं जानता हूँ इन्हें यहाँ अच्छा लगता है। ये यहीं रहें। बिल्कुल अच्छी हो लें। मैं इन्हें सदैव स्वस्थ और प्रसन्न देखना चाहता हूँ।" "ओह विजन भाई!" विजन भाई के मन की ऊँचाई मुझे हर बार ऊँची और ऊँची उठती लगी है। मैं जानती हूँ। विजन भाई ने ही एक बार मुझसे कहा था—"दीदी, मैंने तुम्हारी विभा को प्यार किया था। यह मेरा सौभाग्य था कि उन्हें पा सका। यह भी जानता रहा कि विभा को कोई अन्य प्रिय था। उनके भीतर की पीड़ा का अहसास मुझसे अधिक और कोई क्या कर पायेगा।" यह सुनकर मैं हतप्रभ रह गई थी। मुझे विभा के लिए दुख था पर उससे अधिक दुख था विजन भाई के लिये। प्रारम्भ में विभा अधिकतर अपने भाई के यहाँ ही रहती और विजन भाई नौकरी पर। छुट्टियां लेकर वे आते। कुछ दिन रहते। फिर चले जाते। या कभी कुछ दिनों के लिये विभा उनके पास जाकर रह आती।

इस बार विभा पूरे दो वर्षों के बाद लौटी थी, वह भी बीमारी की हालत में। सुना यही था कि फिलहाल साल-छः माह यहीं रहेगी। शॉपिंग से लौटते हुए अचानक मुझे विभा मिल गई थी। वह भी शॉपिंग करने निकली थी। मुझे देखकर वह रुक गई। आग्रह कर अपने घर ले गई—"अच्छा हुआ दीदी, तुम यहीं मिल गईं। मैं तुमसे मिलने आने वाली थी।"

"क्यों? इतनी जल्दी घूमने-फिरने लगीं?"

एक उजली हँसी छलक कर उसके चेहरे को नहला गई—"अब तो मैं बिल्कुल ठीक हूँ। मैं साँझ की गाड़ी से रवाना हो रही हूँ।"

"इतनी जल्दी ?"

"हाँ दीदी, सोचा तो यही था कि कुछ महीने यहाँ रहूँगी। पर मेरे बिना इन्हें तकलीफ होगी।" "क्या बात है बहुत ध्यान रखने लगी हो!"

विभा सहज थी—"शुरू में लगता था मन से समझौता नहीं कर पाऊँगी। जब मन से ही समझौता नहीं कर पाऊँगी तो इन्हें अपना कैसे सकूँगी। पर दीदी, पति के इस उदात्त प्रेमी रूप की तो मैंने कल्पना नहीं की थी। इनके इसी रूप ने मेरे विद्रोही मन को मोड़ लिया। मेरा दुख जब इनका दुख हो बैठा तो मुझे जीना पड़ा, मुझे लगा—मैंने खोया हुआ सब इनमें पा लिया है।"

"और नितिन को भूल गईं?" मैंने परिहास किया। वह हँस दी—"भूली नहीं हूँ। अभी भी वह याद आता है। वह सुखी है अपने परिवार में। यही मुझे और सुखी कर जाता है।" राजीव की अँगुली थामे वह मुझे गेट तक पहुँचाने आती है। मैं बहुत तृप्त हो उठती हूँ।

साँझ का डूबता माहौल। ललछौंहे आकाश में बगुलों की पाँत कतारबद्ध जा रही है। मैं गोद में मिनी को लिये ये श्वेत बगुले दिखला रही हूँ। ये अपने घर जा रहे हैं—सामूहिकता का सुख और सबके साथ जीने का सन्तोष लिये हुए। शिशिर कैंप से लौट आया है। वह बड़ा खुश है। मैं भी खुश होती हूँ। आकाश में उड़ते हुए बगुले नीचे होते हुए ऊपर और ऊपर जा रहे हैं। सोचती हूँ—अपने में ही डूबी उदास आँखों से यह आकाश कितनी दूर लगता है? पर मन जब सन्तुष्ट और मुग्ध होता है तो सारा आकाश अपने ही आँचल में समा जाता है।

# अंजुरी-भर अंधेरा

छुट्टियों में दीदी ने आने को लिखा है। जिस दिन से छुट्टियाँ होने को होती हैं, अम्मा उसी दिन से दिन गिनने लगती हैं। हालाँकि वे जानती हैं कि सदैव की भाँति छुट्टियों के चार-पाँच दिन बिता कर ही दीदी आएँगी। उनके पत्र के आने के साथ ही अम्मा ने घर की व्यवस्था को नया रूप देना आरम्भ कर दिया था। घर की सफाई होना प्रारम्भ हो गई थी। ओढ़ने-बिछाने के कपड़े भी धोए जाने लगे थे। हर चीज व्यवस्थित ढंग से रखी जाने लगी थी। पहले मेरा कमरा बरामदे के बाजू वाला था। शुरू से ही जब से पढ़ने-लिखने की ओर गम्भीर हुई थी और दीदी नौकरी पर चली गई थीं, मेरा यही कमरा हो गया था। पढ़ने-लिखने की मेज, मेरे कपड़ों का बक्सा और चारपाई...। कुछ इस कदर मैं अपने इस छोटे से कमरे में समा गई थी कि किसी प्रकार का दखल स्वीकार ही नहीं कर पाती थी। कमरे का मात्र परिवर्तन अपने समूचे अस्तित्व को नकारने जैसा कटु लगता है, पर जब दीदी छुट्टियों में आती हैं, सारे घर में परिवर्तन कर दिया जाता है। अम्मा और बाबूजी पीछे वाले कमरे में चले जाते हैं और वहीं उनका सोना-बैठना होने लगता है। मुझे अम्मा और बाबूजी वाले कमरे से जुड़ा पीछे का कमरा दे दिया जाता है। मैं अब यह परिवर्तन खूब समझने लगी हूँ। अबोध वय से देखते-सुनते मेरे मन-मस्तिष्क में जो सब-कुछ समझने-बूझने की परिपक्वता आ गई है, वह सबको लेकर खीज में बदलती जा रही है।

छुट्टियों के चार दिन काटते, अम्मा के काम करते हाथ कितनी तेजी से चलने लगते हैं। जितने तेज हाथ चलते हैं, उससे दूनी गति से जुबान चलती है। मैं कॉलेज में क्या पढ़ने लगी हूँ, अम्मा और बाबूजी दोनों मुझे इस एहसान से दबा देना चाहते हैं। पढ़ने में तेज न होती या स्कॉलरशिप न मिलती होती तो मैं कितना-क्या पढ़ लेती—अच्छी तरह जानती हूँ। पर अम्मा और बाबूजी की बात-बात में व्यंग्य करने की आदत मेरे इस पढ़ने-लिखने के खर्च से सम्बन्धित नहीं है। बस यों ही एक दिन दीदी के माथे पर झूल आए सफेद बालों को देखकर अण्टी ने पूछा था—"कब तक तू इस तरह कुमारी

ही रहेगी नीली? देख, तेरे बाल तेजी से सफेद होते जा रहे हैं।" दीदी ने एक निश्वास छोड़ते हुए कहा था—"मैं क्या शादी करूँगी अण्टी?" फिर हँसी के आवरण में उस निश्वास की छुपन को यथार्थता से ढक देना चाहा था—"मैं तो अब बूढ़ी हो गई।" और उसी दम मैंने कहा था—"गलती तुम्हारी ही है दीदी। मैं तो बस पढ़ाई-लिखाई खत्म करते ही विवाह कर लूंगी।" दीदी ने केवल मेरी ओर देखा था। कुछ बोलीं नहीं। पर पास खड़ी अम्मा ने मुझे झिड़क दिया था—"शरम नहीं आती! अभी से विवाह की बात करने लगी।" मैं हँस दी थी। अब मुझे कुछ भी सोचते शरम जैसी चीज की कहीं कोई अनुभूति नहीं होती। आँख खोलकर जो दुनिया देख रही है, उस दुनिया का रंग मेरी आँखों के रंग से मेल कहीं नहीं खाता। भटकते हुए जिन्दगी की लाश ढोने से विवाह कर कहीं स्थिरता पा लेना क्या बुरा है?

चार दिन के बाद दो दिन और बीत गए हैं। दीदी नहीं आयी हैं। बाबूजी सारे समय बड़बड़ाते हैं और बस टाइम पर रोज ही गेट पर जाकर खड़े हो जाते हैं। चारमीनार का धुआँ उड़ाते हुए वे हर रिक्शे की टोह लेते हैं—कहीं उसमें उनकी रानी बिटिया तो नहीं है। अम्मा रोज ही दीदी के हिस्से का खाना बनाकर रख छोड़ती हैं और बाद में गरम करके वह मुझे तथा टीनू-रीनू को खाना पड़ता है। बाबूजी को ब्लड प्रेशर की शिकायत है और अम्मा को गैस की। बासी खाना दोनों के लिए परहेज है। सातवें दिन भी जब दीदी नहीं आतीं तो बड़बड़ाने का स्वर तेज हो जाता है। वे बात-बात में अम्मा को सलीके से, किफायत से घर का खर्च न चलाने के लिए डाँटने लगते हैं और मैं बाबूजी के सामने से भरसक बचने की चेष्टा करने लगती हूँ।

धूप धीरे-धीरे बरामदे पर चढ़ आती है और सारी शाम पसरी रहती है। बाबूजी बरामदे के एक ओर धूप की गरमाहट में अपनी कुर्सी डाल बस चारमीनार पीते रहते हैं और अखवार का कोना-कोना छानते होते हैं। अखबार पढ़ लेने के बाद जासूसी उपन्यासों का क्रम आता है। इन्हें पाने के लिए उन्होंने मुहल्ले के एक-दो आवारा लड़कों को मुँह लगा रखा है। उन्हें चाय पिलाएँगे और देर तक उनसे जासूसी दाँव-पेंच की चर्चा करेंगे। शाम को तरोताजा होने के लिए जब मैं बाहर निकलने को होती हूँ, मेरी आँखें उनसे टकरा जाती हैं और मेरे आगे बढ़ते कदम पीछे लौट आते हैं। अजीब हैं बाबूजी! मुझे अम्मा पर क्रोध आता है। माँ होकर भी वे क्यों नहीं कोई बात

समझना चाहतीं? क्यों नहीं बाबूजी को समझातीं? अम्मा को तो जैसे घर काटता है। आनन-फानन काम निपटाकर वे पास-पड़ोस के किस्से बटोरने चली जाती हैं। मैं पीछे फर्श पर चटाई बिछाकर इतिहास के अध्याय दोहराना चाहती हूँ, पर मन भीतर की अँधेरी गुफाओं में ही भटक कर रह जाता है। जाने कितने-कितने टूटे सन्दर्भ उभर कर कचोटने लगते हैं। ऐसा भी क्या पढ़ना कि पढ़ने का उत्साह तक किसी से न मिल पाए? दीदी के बनाए गए नोट्स के मैले पन्नों को देखकर एक कोफ्त होने लगती है। इसीलिए शायद बाबूजी ने साइन्स न लेने देकर मुझे आर्ट्स लेने को विवश किया है। दीदी की रखी किताबें, नोट्स! मन होता है सबको चीर-फाड़कर एक किनारे कर दूं। दीदी बेचारी तो बस ढोए जा रही है। इस ढोए जाने की अनिवार्यता है क्या?

टीनू और रीनू आज जल्दी ही स्कूल से आ गए हैं। टीनू कह रहा था— आज स्कूल की दीदी जी ने रीनू को डाँटा है। स्कूल में पहनने के लिए उसे बॉटल ग्रीन रंग का स्वेटर चाहिए। सब बच्चों से वह अलग दिखती है। पहले भी कई बार मैं यह सुन चुकी हूँ। सोचा था— स्कॉलरशिप के रुपये मिलते ही मैं इस बार रीनू का स्वेटर बुन दूँगी। गोरी सुंदर-सी रीनू के शरीर पर बदरंग उधड़े ऊन का स्वेटर सचमुच मेरी आँखों में चुभकर रह जाता है। बाबूजी से कहा भी था तो गरजने लगे थे—"आज यह चाहिए, कल वह...। मेरी आवश्यकताएँ अखरने लगी हैं सबको। बहुत सारे रुपए मिलते हैं न कि उससे ऊन खरीदी जाएगी। फिर कल और कुछ। कह दिया... दीदी चाहेगी तभी कुछ हो पाएगा।" मेरा मन जल जाता है। दीदी के पैसों पर नजर न जाकर जाने क्यों बाबू जी की अकर्मण्यता पर खीज आती है।

किसी बात पर टीनू और रीनू झगड़ पड़े हैं। जब भी दोनों झगड़ते हैं, दोनों ही पिटते हैं। बाबूजी का चीखना-चिल्लाना सुनकर मैं बाहर आते-आते रुक जाती हूँ। बच्चे डर कर चुप हो जाते हैं। दोनों के चेहरे पर चोट को चुप सह लेने की यन्त्रणा है। अच्छा है, ऐसे में अम्मा सामने ही नहीं आतीं। पर नित्य-प्रति का यह शोर-शराबा सुन-सुन कर मेरे कान थक जाते हैं। दीदी नहीं आयीं अभी तक तो इसमें इनकी या किसी की भी क्या गलती?

दीदी के सामने यह सब नहीं होता। किन्तु सबकी मुस्कराहटें बटोरती दीदी की मुस्कराहटें भी जब अन्य बटोरने लगते हैं तो मन में आता है कि

सारी की सारी मुस्कराहटों को बेनकाब कर एक-एक के सिर पर दे मारूँ। कितनी झूठी, कितनी फरेबी हैं ये मुस्कराहटें... ओछी, जहर-भरी।

बच्चे हट जाते हैं। बाबूजी फिर से धूप में बिछी चारपाई पर लेटकर कोई उपन्यास पढ़ने लगते हैं। बस सारे समय एक-सा ही अपरिवर्तित कार्य। उपन्यास पढ़ना, चारमीनार के पैकेट खाली करना और अलसाए-से पड़े रहना। नौकरी के दिनों में बाबूजी को कितना चुस्त-दुरुस्त देखती रही हूँ कि इस रूप में उन्हें देखकर सारा कुछ अनदेखा लगने लगता है। आखिर ऐसा है क्या कि ऑफिस से मुक्ति पा जाने के बाद कोई कुछ कर ही न पाए। एक ही पेटर्न पर जीते हुए और इस तरह झोंकते हुए लड़की के पैसों का बेकली से इन्तजार करने से तो अच्छा था—कहीं कोई भी छोटी-मोटी नौकरी कर लेते, धन्धा ही शुरू कर देते। धन्धे की बात सोचते ही हँसी आ जाती है। यह भी तो एक तरह का धन्धा ही है। बाबूजी के हाथों में चाय का प्याला थमाती हूँ तो अपनी ही हँसी अपने को बेतरह चुभ जाती है।

पूरा एक हफ्ता गुजार देने के बाद दीदी आयी हैं। सारा घर किसी उत्सव की सरगर्मी को लेकर चहकने लगा है। अम्मा और बाबूजी के चेहरे पर मुस्कान उग आयी है। बाबूजी इतनी देर से आने का कारण पूछते हैं तो दीदी संक्षिप्त-सा बताती हैं कि बंगलौर से राकेश आ गए थे। सोचा, उन्हें कुछ घुमा-फिरा दूँ। अम्मा नाश्ता तैयार करने उठ जाती हैं और बाबूजी देर तक राकेश की बखिया उधेड़ने में व्यस्त हो जाते हैं। राकेश बड़ी दीदी के चचेरे देवर हैं। बाबूजी को बड़ी दीदी पर जितना क्रोध है उतना है उनके इस देवर पर... देवर पर ही क्या, उसके घर के एक-एक व्यक्ति पर। खास तौर से जीजाजी पर जो उनकी इतने वर्षों की पुरानी नौकरी छुड़ाकर साथ ले गए। बाबूजी बार-बार दीदी के सामने बड़ी दीदी के नाम पर कुढ़ते हैं। जब तक शादी नहीं की थी, घर के लोगों पर जान देती थी। अपनी इच्छाओं में कटौती कर सबकी इच्छाओं को पालती थी। शादी क्या की—आँखें ही बदल गईं। अब उसे अपना पति, अपने परिवार के सिवा कुछ नहीं दिखता। नहीं जानती कि उसके चले जाने से हम सबका क्या होगा। ऐसे समय दीदी कुछ नहीं कहतीं। पर मैं दीदी के चेहरे का एक-एक भाव पढ़ती हूँ। दीदी के चेहरे पर एक खीज उभरती है और आँखों में भरी शून्यता में डूब जाती है। बाबूजी को अपनी गलती महसूस होती है। वे रुकते हैं। दीदी की ओर देखते हैं। कहते

हैं—"इस बार तू बहुत दुबली दिख रही है। तबियत तो खराब नहीं थी? तुझे कुछ टॉनिक लेना चाहिए।" दीदी कुछ नहीं कहतीं। अधरों पर एक मुस्कान आ थमती है।

जितने दिन दीदी रहती हैं, उतने दिन अम्मा कहीं नहीं जातीं। वे सारे दिन कुछ-न-कुछ करती हुई दीदी की सहानुभूति पाती हैं। उन्हें सन्तोष होता है। वे दीदी के लिए हर शाम नया कुछ बनाती हैं। बिल्कुल दीदी की रुचि का... यह जानते हुए भी कि बाबूजी को मिर्च-मसालों से परहेज है। तली-भुनी चीजें उन्हें रास नहीं आतीं। पर दादा को तो पसन्द हैं। साँझ होते ही रोज कोई-न-कोई दीदी से मिलने आ जाता है। इन अपरिचितों को देखकर मुझे आश्चर्य होने लगता है। दीदी की पहचान इतने लोगों से कैसे हुई? घर में सबके बीच चुप-चुप गम्भीर चेहरे को बाहरवालों के बीच हँसी-खुशी से चहकते देख मुझे हैरानी हो आती है। 'दीदी भी कभी हँस सकती है?' पर जब भी दीदी हँसती हैं तो उनके स्वर से छलकते ठहाकों की मीठी घण्टियों की-सी आवाज देर तक मेरे कानों में गूँजती रहती है। कुछ अच्छा लगता है। सन्ध्या को पिक्चर का प्रोग्राम बनता है। माथुर बार-बार दीदी को पिक्चर चलने के लिये बाध्य करते हैं। दीदी एक-दो बार मना करने के बाद तैयार हो जाती हैं। मुझे इस माथुर से सख्त नफरत है... शायद दीदी को भी। तभी तो माथुर के आने की खबर जब वे पाती हैं तो उससे मिलने-न मिलने की अनिर्णीत स्थिति को झेलती कुछ देर तक चुप ही लगा जाती हैं। पर वे जानती हैं कि इस घर पर माथुर के ढेर-सारे एहसान हैं। जब कभी अम्मा उससे रुपयों की तंगी की बात करती हैं, यह माथुर तुरन्त ही रुपये देने आ पहुँचता है। पिक्चर देखने के लिये दीदी मुझसे भी कहती हैं—"चल उठ तैयार हो जा, छुट्टियां हैं... फिर पढ़ लेना।" मुझे उठना पड़ता है। तैयार होने में मुझे कोई समय नहीं लगता। माथुर गेट पर खड़ा है। मैं दीदी के साथ निकलती हूँ। बरामदे में बैठे अखबार पड़ते बाबूजी की आँखें दीदी की आँखों से टकराती हैं। दीदी की आँखों में कहने का कोई भाव उभरे कि वे मुस्करा देते हैं और जाने क्यों उनका इस तरह मुस्कराना मुझे भीतर तक चीर कर रख देता है। दीदी कुछ आगे बड़ जाती हैं। पर मेरे पैर शिथिल पड़ जाते हैं। चाहती हूँ... बाबूजी के ऊपर पड़े इस गाढ़े आवरण को उघार दूं और कहूँ... देखो दीदी, यह है बाबूजी का असली चेहरा। बात-बात में खीजता, चिड़चिड़ाता, व्यंग्य करता। मेरी हर गतिविधि को वाच करता चेहरा। जब भी मैं उनके सामने पड़ती हूँ,

वे घूरती आँखों से मुझे देखते हैं। कॉलेज से आज देर से कैसे लौटी? किसके साथ लौटी? अभी क्या कर रही थी? कमरे में घुसी-घुसी नॉवेल तो नहीं पढ़ती? बार-बार अपनी सहेली के यहाँ क्यों जाती है? इन सब प्रश्नों से बचने का एक ही हल मैंने निकाला है कि अपने दिमाग को ठस कर लूँ और ऊपर-ही-ऊपर सारे प्रश्नों को झेल जाऊँ।

रास्ते भर दीदी और माथुर बातें करते हुए आगे चलते हैं और मैं कुछ पीछे अपने आपसे उबरने का प्रयत्न करती हूँ... सहज, बिल्कुल सहज। पिक्चर देखते हुए अनजाने माथुर का हाथ दीदी की सीट के पीछे से आ टिकता है मेरे कन्धों पर मुझे उसकी उँगलियों के छू जाने का भ्रम होता है। मैं सचेत होती हूँ। चारों ओर फैले घुप्प अँधेरे पर छायी रोशनी की हल्की परत। दीदी तन्मय हैं। दीदी की यह तन्मयता मुझे अखरती है।

माथुर दूर तक छोड़कर लौट गया है। सड़क अब उतनी व्यस्त नहीं है। दीदी फिर अपने में लौट आई है। माथुर के साथ के उनके ठहाके बेमानी हो गए हैं। मैं चुप हूँ, वे चुप हैं। घर नजदीक आता जा रहा है। हठात दीदी कहती हैं—"मीता, एक बात कहँ? मैंने बहुत सोचा-विचारा है। बी०ए० के बाद नौकरी के चक्कर में मत पड़ना, विवाह करना। राकेश बड़ा अच्छा लड़का है। दो सालों से वह मेरे मन में है। उसे खोना नहीं चाहती।" कुछ क्षण मैं कुछ नहीं कह पाती। फिर कहती हूँ—"दीदी, तुम क्यों नहीं कर लेतीं विवाह? तुम्हें तो वह पसन्द है न?" दीदी का स्वर अपेक्षाकृत धीमा है, जैसे वे मुझसे नहीं अपने से कह रही हों—"पसन्द है पर तेरे लिए। मेरी बात छोड़ दे। मेरा क्या? बस तू कर ले। मैं बाबूजी से बात करूँगी।"

छुट्टियों के एक दिन पहले उन्होंने बाबूजी से बात की थी। बाबूजी का स्वर मेरे कमरे तक पहुँच रहा था—"जरूर यह उसी की साजिश है। तुम सबसे मिल कर वह जाने किसका बदला ले रही है? विवाह करने के लिए हमने तुझे नहीं रोका है। पर कुछ दिन और रुक जा। बस मीता नौकरी करने लगे।" रीनू का स्वेटर बुनते मेरे हाथ रुक जाते हैं। एक स्वर डूबता है तो दूसरा स्वर उभरता है—"मैं अपने विवाह की बात नहीं कर रही। अपने विवाह की बात अब मैं सोचना भी नहीं चाहती। बड़ी दीदी ने अच्छा किया या बुरा... यह भी हमें नहीं सोचना है। मैं मीता की बात कर रही हूँ। उसका स्वभाव दूसरा है। यह मेरे तरह की जिन्दगी जी नहीं पाएगी। राकेश अच्छा

है। बहुत अच्छा।" मुझे झटका लगता है। मैं आगे का कुछ नहीं सुन पाती। मैं आज ही नहीं, पिछले दो वर्षों से दीदी के मुँह से राकेश के बारे में सुनती रही हूँ। तब सोचा करती थी कि कितना अच्छा लगेगा मनचाहे साथी का साथ पाकर दीदी को। दीदी को यह हो क्या गया है?

दीदी को कुछ नहीं हुआ है। उन्हें कुछ हो ही नहीं सकता। कुछ हो सकता तो घर के सभी लोग इस असहज भार होकर ढोई गई जिन्दगी से उबर पाते। आज शाम दीदी जाने के लिए कह रही हैं। सवेरे मुझे लेकर शॉपिंग करने जाती हैं। सभी के लिए वे कुछ-न-कुछ खरीदती हैं। दीदी की आँखों की चमक बुझ जाती है। जाने से पहले सभी दीदी के आस-पास जमा होते हैं। दीदी अपना पर्स खोलती हैं, कुछ रुपये टीनू-रीनू को देकर नोटों की एक गड्डी बाबूजी के हाथ में थमाती हैं। बाबूजी की बन्द मुट्ठी में फँसी नोटों की गड्डी देखकर मेरी आँख वितृष्णा से भर जाती हैं। लगता है, बाबूजी के हाथ की बन्द मुट्ठी में रुपयों की गड्डी नहीं वरन् दीदी की अर्थ-हीन दोई जाने वाली जिन्दगी की टूटन हो... स्पन्दहीन। रिक्शे में बैठती हुई दीदी मेरी ओर देखकर मुस्कराती हैं तो मैं चाहकर भी मुस्करा नहीं पाती। मुझे लगता है जैसे टूटे हुए सन्दर्भों से छिटक कर उनकी अंजुरी में भरा अँधेरा चारों ओर छिटक गया है और मैं उसमें घिर गई हूँ।

# घायल मन का दर्द

आदमकद शीशे के सामने खड़ा होकर जोशी टाई की नॉट ठीक कर रहा था। विभिन्न कोणों से अपने चेहरे को निरखकर उसने रूमाल पर सेण्ट की कई बूँदें डालीं और हल्के-से सूंघकर जेब में रख लिया। आज उसने बालों को डाइ किया था। क्रीम कलर का सूट पहिना था और इस तरह बनने-सँवरने में उसे काफी देर लग गई थी। आज वह किसी विशेष जगह जा रहा है। जब भी किसी खास जगह उसे जाना होता है, इसी तरह सजता-सँवरता है। जायेगा और फिर नशे में चूर रात गये लौटेगा। उस रात मिसेज जोशी अपने को उससे बचाती रहती हैं जैसे वह कोई हिंसक पशु हो जो जरा-सी गन्ध पाते ही उसे दबोच लेगा। जोशी ने साइकिल बाहर निकाली और जैसे ही पैडल मारे कि मिसेज जोशी को लगा—घेरा डालकर किसी ने उनकी नसों को बुरी तरह जकड़ लिया है। उनका दिल कहीं गहरे डूबने लगा। दर्द की ठनक पर अधिकार कर उन्होंने एक लम्बी साँस ली—मुक्ति की साँस। एक-एक क्षण की मुक्ति भी मनुष्य को कभी-कभी स्वतन्त्रता की अनुभूति देकर कितना हल्का कर जाया करती है। वे उठ खड़ी हुईं।

सामने डागा की पीली कोठी पर आज खासी चहल-पहल है। लोग आ-जा रहे हैं। साथ में संवरी सुन्दरता के विभिन्न नमूने उनके सामने से हँसते-खिलखिलाते गुजर रहे हैं। अविनाश का जन्म-दिन है। हर साल इसी तरह इस दिन पीली कोठी में अविनाश के जन्म-दिन का उत्सव मनाया जाता है। डॉक्टर अंकल उसे स्वयं ही आकर आमन्त्रित कर जाते हैं पर इस दिन वे विशेष रूप से जाना टाल जाती है।

अविनाश सवेरे ही आया था—"अण्टी! आप जरूर ही आइयेगा। नहीं आयेंगी तो मैं नाराज हो जाऊँगा। वे कुछ नहीं बोली थीं। एकटक उसे ऊपर से नीचे तक निहारते रह गई थी। सुन्दर कपड़ों में आज वह और भी सुन्दर लग रहा था। ऐसे ही कपड़े अनय के पास होते तो वह भी ऐसा ही दिखता। पर अब तो वह दिनों-दिन बदलता जा रहा है। फिर सारे समय अनय के बारे

में उभरती आशंकाओं में जकड़ी-जकड़ी वे बड़े बेमन से घर के कामों में खटती रहीं। फुरसत की साँस लेकर कमरे में आकर अनय की अधबुनी स्वेटर को लेकर बैठ गई। अनय की स्वेटर को जाड़ा प्रारम्भ होते ही बुनना शुरू किया था। अब ठण्ड जोरों पर है और अनय के पास वही एक बदरंग पुरानी स्वेटर है जो अब जगह-जगह उधड़ने लगी है। जब भी अनय वह पहनकर सामने दिखता है उन्हें धक्का-सा लगता है। अन्य की स्वेटर याद आते ही जोशी का क्रीम कलर का सूट आँखों में खुब जाता है। वे फिर तत्परता से सलाइयों पर अंगुलियाँ चलाने लगती हैं। आपा-धापी, भाग-दौड़... एक बवण्डर। जितनी तेजी से अंगुलियाँ चलती हैं, उतनी ही तेजी से मस्तिष्क में जोशी का बनना-सँवरना घूमने लगता है। उस मिस देसाई को लेकर आज फिर जोशी कहीं सैर करता होगा। किसी बार में बैठकर शराब पियेगा और रात गये लौटेगा।

अनय लौटकर आ गया है। सामने लगा युकलिप्टिस का सीधा आकाश को उठा पेड़ उन्हें खिड़की से खण्ड-खण्ड होकर दिखता है। एक खण्ड दूसरे से बिल्कुल पृथक। अनय के जन्म के पहले से ही वे उसे देखती आ रही हैं। देखकर उन्हें सदैव यह लगता रहा है कि वे भी खण्ड-खण्ड हो गई हैं—एक खण्ड का दूसरे खण्ड से कहीं कोई मेल नहीं। उनके दुबले-से शरीर में सिहरन आ जाती है। साड़ी के पल्ले को सिर पर सँभालती वे अनय को देखती हैं। अनय हाथ की किताबें टेबिल पर पटक कर पलंग पर आकर बैठ गया था। उसकी हथेली कुछ सख्ती से चेहरे को घेरे हुए थी। अनय के चेहरे पर फैली मनहूसियत की छाया उन्हें बुरी लगी। उनका स्वर रूखा हो गया- "क्यों क्या हुआ?"

"कुछ नहीं।"

"कुछ तो? इतनी देर से लौट रहा है और आते ही मनहूस होकर बैठ गया। बोलता क्यों नहीं?"

अनय को जैसे डंक चुभ गया—"देर से आऊँ या जल्दी, तुम्हें क्या? मेरी बात समझने वाला घर में है कौन? वह सीधे उनकी आँखों में देखता है। वे कुछ नहीं बोल पातीं। एक-दो क्षण इसी तरह भारी होकर सामने आते हैं।

"यह देख लो! सबके सामने जलील होना पड़ता है मुझे।" और अनय पैंट की जेब से अर्द्धवार्षिक परीक्षा के नम्बर माँ के आगे फेंक देता है। उनकी निगाहों के आगे लाल-लाल घेरे थिरक उठते हैं। भय की अनिच्छित तरंगे फिर सिहरा देती हैं। बड़े साहस से आँखें उठाकर वे अनय की ओर देखती हैं—रुखे बाल, बुझा बदरंग चेहरा, सलवट-भरे कपड़े, चप्पल पर चढ़ी धूल। उनका मन आहत हो जाता है। आज फिर अनय पिटेगा—बहुत बुरी तरह पिटेगा। बच्चों का इस तरह पिटना उनके लिये हमेशा असह्य रहा है। पर गनीमत है—आज जोशी बाहर गया है और जब लौटेगा नशे में चूर होगा।

"पढ़ाकर बेटा! वार्षिक परीक्षा के लिये तैयारी कर ले। अभी भी काफी समय है।" वे भीतर-ही-भीतर डरती हुई धीमी आवाज में कहती हैं।

"क्या खाक पढ़ूँ? किताबें हों तब न! हजार बार कहा पर फुरसत किसे है?" वह सीधा होकर बैठ जाता है।

वे मार्क लिस्ट को मोड़ती हुई अनय की बातों को सोचने लगती हैं। अनय ने आज ही क्यों, पहले भी कई बार उनसे कहा था, "टेस्ट होने वाला है। मेरे पास पूरी किताबें नहीं हैं। लड़कों के सामने मुझे जलील होना पड़ता है। बड़े बाप का बेटा हूँ, यही तो अफसोस है मुझे।" वे जानती हैं पिता से वह कोई बात नहीं कहता। कहेगा भी तो बात को तोड़ कर वे कोई दूसरी बात लेकर उसे लांछित करने लगेंगे। अपनी असहायावस्था से मुक्त होने का प्रयास कर वे कहती हैं—"मुझे क्यों कहता है? मेरे हाथ में पैसे होते तो..." अनय तमक जाता है—"तुम्हारे हाथ में पैसे नहीं रहते और जिसके हाथ में रहते हैं उसे अपने से ही फुरसत नहीं मिलती। अब मैंने सोच लिया है—मुझे अब किसी से कुछ नहीं कहना।" वे अवाक् होकर अनय को देखती हैं, वे क्या कहें? जोशी पर उन्माद का नशा चढ़ रहा है। इसी तरह तो वे साल-साल गुजारती गई हैं। इसी तरह चोटों को सहत-सहती वे भीतर तक घायल हो बैठी हैं। अनय से वे क्या कहें? कैसे कहें कि इससे बुरी जिन्दगी और कोई नहीं होती। बिना बोले वह वहाँ से उठ आती हैं। भूखा है अनय... सुबह भी वह खा कर नहीं गया था। रसोई में आकर अनय के लिये कुछ नया बनाने की तैयारी करते हुये पीठ पर का दर्द समूचे बदन में फैलने लगता है। जब-जब बेटे के लिये उनका मन द्रवित हुआ है, उन्हें जोशी की क्रूरता का शिकार होना पड़ा है। कल ऐसा ही हुआ था। अनय अपने किसी मित्र को लेकर आया था। उसे

बठक में बैठा कर वे अनय के हाथों में पकौड़े की प्लेट थमा ही पाई थीं कि जोशी आ गया था—"बड़ा लाड़ उमड़ रहा है। क्या कहने? आवारा लड़का।" फिर उनकी ओर देखकर चीखा था—"तुम्हारी शह मिल रही है उसे। अभी चौरास्ते पर खड़े देख आया हूँ। अब घर में आवभगत हो रही है। पढ़ने में मन नहीं लगता और...।"

"पढ़ता तो है..." वे दबी जुबान से बोली थीं।

"खाक पढ़ता है। आवारागर्दी से फुरसत मिले तब न!" जोशी ने अनय के हाथ से प्लेट छीन ली थी। प्लेट के टुकड़े-टुकड़े उनकी आँखों के सामने बिखर गये थे। रक्त की सीधी धार। अनय चुपके से बाहर खिसक गया था। वे सारी रात तड़पती रही थीं... इस तरह दूसरों के सामने वह अनय को जलील क्यों करता है? अनय की गलती वे बिल्कुल नहीं मानतीं। आखिर उसके सामने बाप का कौन-सा आदर्श है जिसे लेकर वह आश्वस्त हो। शराब के नशे में चूर घर लौटता, मारपीट करता बाप। अपना दुख अब नहीं सालता। बस दुख होता है अनय के लिये... अपने बेटे के लिये, जिसके भीतर विद्रोह की चिनगारियाँ उठ-उठकर फैलती जा रही हैं जो माँ-बाप के अव्यवस्थित उखड़े हुए रिश्ते में जिन्दगी का समर्थन न पाकर घर से बेघर हो जाना चाह रहा है। उनकी आँखों में नमी। पुलाव उतारते हाथ जलता है तो कस कर पल्ले से अँगुली दबा लेती हैं। प्लेट में पुलाव निकाल कर वे अनय को बुलाने कमरे में जाती हैं तो दरवाजे पर ही ठिठक जाती हैं। अनय की एक दूसरी ही प्रतिकृति उनके सामने है... बालों में कंघी फेरता शीशे में अपने को देखता हुआ अनय। वे ममतालु दृष्टि से सशंकित हुई-सी उसे देखती हैं पर अनय की आँखों में अवज्ञा का भाव है। एक निर्णय लेने की-सी कठोरता। वह उपेक्षा से शीशा कंघी-मेज पर रख दरवाजे की ओर मुड़ता माँ से कहता है—"रात में देर से लौटूँगा। पीछे का दरवाजा बन्द मत करना।" वे स्तब्ध रह जाती है। उनका अंग-अंग काँप जाता है। कुछ कहने के लिये मुँह खोलने का प्रयास करती हैं पर होंठ केवल काँप कर रह जाते हैं और आँखों में विवशता के आँसू तेजी से छलकने लगते हैं—"कहाँ जा रहा है अनय? क्यों? किनके बीच?" उन्हें लगता है, उनका सिर बुरी तरह चकरा रहा है। एक भयानक चक्कर। सारी दुनिया उन्हें घूमती हुई दिखाई देती है। वे सँभल नहीं पातीं और दरवाजे का सहारा लेकर वहीं बैठ जाती हैं।

दिसम्बर की ठण्ड। कमरे में हल्का प्रकाश। प्रकाश की परिधि के बाहर विद्रूप भरा अँधेरा। अँधेरा और दहशत की भयानक छायाएँ। उनका दिल कहीं गहरे डूबता जा रहा है। उन्हें भीतर चैन नहीं पड़ती। पहले विष खाने की बात बार-बार सोचा करती थीं पर जिन्दगी की या कि उम्र की अनु- भूति का कुछ ज्वार ऐसा था कि जीने की उत्कट लालसा मरने की इच्छा को एक झटके से पृथक कर देती। ऐसे ही में अनय गोद में आया था। अनय को देख-देख उनका मन सिमटने लगा था। अनय का गोल नन्हा सा चेहरा आँखों ही आँखों में उन्हें बड़ा होता दिखाई देता और फिर समूचे पुरुषोचित स्वरूप के साथ सामने अडिग रह जाता। तब का स्वप्न, तब की ही कामना उन्हें परिवेश से इस कदर बाँध देती कि पीठ पर पड़ते बेतों की चोटों को सहतीं वे उफ भी न करतीं। पर अब नहीं। सपने देखने का भी अपना भाग्य होता है। ज्योतिषी को हाथ दिखाते-दिखाते वे बेहया की कोटि में आकर बेटे की ही हमदर्दी खो चुकी थीं। अनय सीधा कहने लगा था—"डूब मरो माँ! तुम डूब मरो! तुम हो यही तो मुझे जोड़ता है, नहीं तो कहीं भी चल देता मैं। कहीं भी राह खोज लेता। मेरे लिये राह खोज लेना कहीं भी कठिन नहीं है। न सही घर—घर का ऐशो-आराम... मेरे लिये तो हर फुटपाथ पर जगह है। गली-कूचे में स्वागत है मेरा। मेरे लिये हर कहीं जगह है। पर नहीं है तो इस घर में, जहाँ मैंने जनम लिया है।" एकाएक उसका स्वर दयनीय हो आता है—"इस घर में मेरा दम घुटता है। पर तुम्हारा नहीं घुटता माँ जहाँ तुमने मुझ जन्म दिया है। क्यों जन्म दिया बोलो?" उनकी आँखों की नमी दहशत की परतों के नीचे दब जाती हैं। एक भय उनकी नस-नस को जकड़ जाता है—अनय! गुलबदन-सा उनका बेटा कहीं उनका गला न दबा दे। वे भय से पीछे हटती है तो वह ठठाकर हंस पड़ता है—"डरो मत माँ! तुम मुझसे डरो मत। तुमने सोचा होगा—पति राक्षस है पर पुत्र देवता होगा और राक्षस के हाथों से तुम्हारा उद्धार कर तुम्हें सुख के सिहासन पर बैठा देगा। पर राक्षस के नक्षत्र प्रबल निकले कि उसने बेटे को भी दबोच लिया।" अनय हँसता है। एक क्रूर, विकृत वहशीपन की हँसी।

एक क्षीण-सी आहट से वे चौंक उठती हैं। दो का घण्टा बजा है—टन...टन...। उनका मन निराधार जिन्दगी के सन्दर्भों को तलाश कर रहा है। कोई भी क्षण नहीं छूट पा रहा है। बीच-बीच में वे दबे पाँव पीछे जाकर दरवाजे से बाहर आँखों की सारी ज्योति समेट कर देख आती हैं—दूर-दूर...

सनसनाती हवा। पेड़ पर से कोई पक्षी चीखता है। मनहूस चीख। एक ही कपड़े में ऐसी ठण्ड में कहाँ गया है अनय—उनका गुलबदन? गया तो फिर लौटा क्यों नहीं? उनका अस्तित्व थरथराने लगता है।

भीतर जोशी खर्राटों में डूबा हुआ है। रात उन्होंने दरवाजे खुले ही छोड़ दिये थे और वह बिस्तर पर आते ही पड़ गया था। शायद जीत कर आया या कहीं से तृप्त होकर। वे देर तक पीछे के दरवाजे पर खड़ी सिहरती रहती हैं। अपने ही अपराध-बोझ से जकड़ने लगती हैं—क्यों जन्म दिया उन्होंने बेटे को? क्या अपराध था उसका? राक्षस से कहीं देवता का जन्म होता है? ठीक कहा था अनय ने। ऐसे क्षणों में भी, इतनी घृणा करके भी जोशी आखिर उनसे क्या पाना चाहता है? यही तो वे कभी नहीं समझ पाईं।

रात अदृश्य के हाथों में बँधी बड़ी तेजी से खिसकती जा रही है। उनकी आँखों में नींद नहीं है। अधर में टँगी आशान्वित आँखें केवल भटक रही हैं। पीछे का दरवाजा खुला है। जोशी की खर्राहट हथौड़े-सी उनकी छाती पर पड़ती जा रही है। भरी मुट्ठी, भरी जवानी और गहरे गर्त में डूबती बदहवास आत्मा। शुरू-शुरू में वे विरोध करती रही हैं जमकर पर हारीं तो अपने को सँभाल नहीं पाईं। लौटकर जोशी सीधे बेटे को पूछता था और घर में न पाकर उन्हें झकझोर कर रख देता था। वही सब हुआ था जिसकी आशंका उन्हें थी। मित्रों के सामने जलील होता हुआ बेटा। खीजकर जब एक दिन नशे में डूबा लौटा था तो उन्होंने रोकर बेटे के पैर पकड़ लिये थे—"नहीं बेटा, यह सब न कर तू... मुझे कलंकित न कर। पत्नी का दुर्भाग्य मेरे माथे पर है पर माँ का दुर्भाग्य मेरे आंचल में न डाल।" किन्तु छटपटाकर उन्हें अपने कान बन्द कर लेने पड़े थे और बन्द कानों में से लड़खड़ाती जुबान से फिसलते एक-एक शब्द भीतर घुसते गये थे—"आदमी को नहीं रोकती! उस पर वश नहीं चलता न! बेटे पर हुकुम चलाती है... माँ पिता की इज्जत के नाम आज पहली बार शराब पी है मैंने।" और उसकी क्रूर हँसी शरीर पर पड़े चोटों के एक-एक निशान उभार जाती है। कोमल सुकुमार गुलाबी तन पर निहाल होकर उन्होंने उसे एक दिन 'गुलबदन' कहा था—'गुलबदन'। फिर जब भी लाड़ में या अत्यधिक पीड़ा में होतीं वे गुलबदन कहकर उसे चूम जोरों से छाती में भींच लेतीं। उनका गुलबदन नहीं था। रूखी बदरंग चोटों से भरी देह का एक आवारा लड़का उनके सामने था जिससे उनकी कोई पहिचान नहीं है। जाने

कौन है यह? अनय के बदले यह कौन घुस आया है यहाँ? उनकी आँखों की पीड़ा पिघलने लगती है।

उस रात दरवाजे खुले ही रहे और उस खुले दरवाजे से गुजरे सोलह वर्ष के दिनों को अपनी जिन्दगी से जोड़ती वे समूची रात बैठी रहीं। सामने का खुला दरवाजा उनके लिये कोई अर्थ नहीं रखता। हर घड़ी, हर पल उनके कान चौकन्ने होते हैं। हर समय दिल धड़कता है। पर दरवाजा है कि उन्होंने फिर नहीं लगाया। जोशी ने एक दिन गाली-गलौच कर उसमें ताला डाल दिया। इसी तरह समय बीत चला था। प्रतीक्षा-रत आँखों में अब एक अजीब सी स्थिरता बस गई थी कुछ-कुछ भयावह बोध को उभारती-सी। अब वे बकझक करने लगी हैं—हर समय बक-झक, जो भी मिलता—ऊटपटांग बातें... जैसे एक विशाल अजगर ने उन्हें कुण्डली मारकर अपने में बुरी तरह जकड़ लिया हो। चटाक-चटाक हड्डियाँ टूटने को ही हैं। वे बकझक करती हुई कसमसाने लगती हैं। भीतर-बाहर की जकड़न को समूची शक्ति से तोड़ देना चाहती हैं पर पस्त पड़ जाती हैं। सब कहने लगे हैं कि मिसेज जोशी पगला गई हैं।

सच ही मिसेज जोशी पागलपन की हद तक बदल गईं। 'टन...-टन...' दिन के दो बजते हैं और अनजानी स्थिति में उनके पैर गेट के पास आकर थम जाते हैं। सारी दुनिया की निगाहों को काटकर उनकी निगाहें किसी को ढूँढती होती हैं। स्कूल की घंटी बजी है। लड़कों की भीड़। हाफ रिसेस। वे गेट खोलकर बाहर आ जाती हैं। जाते हुए एक-एक लड़के को ध्यान से देखती हैं। लड़के गुज़र जाते हैं तो दिप-दिप करती उनकी आँखों की ज्योति धुँधली पड़ जाती है। चेहरे पर घना कुहासा फैल जाता है। वे लौटने को होती हैं पर टूटी आशा को जोड़ने के लिये फिर सड़क पर देखती हैं। कोई नहीं दिखता तो लड़कियों को ही घर बुला लाती हैं और उन्हें खिलाते-पिलाते वे देर तक उन्हें विवाह न करने की सीख देती हैं। वे जैसे अपने आप से बातें कर रही होती हैं—"देखना रे, तुम लोग शादी-वादी न करना, खूब पढ़ना-लिखना और ठाट से नौकरी करना। पुरुष की गुलामी से तो मौत अच्छी है। सच कह रही हूँ।" और वे सपाटे से भीतर जाती हुई कहती हैं—"ठहरो, अभी बताती हूँ कि पुरुष की गुलामी कैसी होती है।" और भीतर जाकर वे सन्दूक से एक बड़ा पत्थर उठा लाती हैं—"रात मिश्रा के घर अनय को पूछने गई

थी। लौटने में देर हो गई थी। खाना बनाने बैठी ही थी कि जोशी ने यह पत्थर फेंककर मारा था। चूड़ियों पर लगा था। सारी कलाई लहूलुहान हो गई थी।" खूनी कलाई—जगह-जगह कटी हुई। लड़कियाँ सहम जाती हैं। वे विकर उठती है—"बेटा, दुश्मन था। मैं भी दुश्मन हूँ।" लड़कियाँ अब उनसे दहशत खाने लगी हैं। स्कूल से निकलती हैं तो उस ओर से निगाहें बचाकर सपाटे से निकल जाती हैं।

पहले वे जोशी से बेहद डरती थीं। पति की लाल अंगारों-सी दहकती आँखों के सामने के पीपल के कोमल पत्ते-सी काँपती रह जाती थीं। पर अब वे नहीं डरतीं। जब से अनय गया है, वे काँपती नहीं भय से बल्कि क्रोध से उफनने लगती हैं। किन्तु स्थिति अब और अधिक बिगड़ने लगी है। अब वे टूटती हड्डियों का दर्द चुप होकर नहीं पीतीं, बल्कि चीख-चीखकर सारी दुनिया को सुनाने लगती हैं। उस समय विशेष जब जोशी इत्मीनान से अपने साथियों में घिरा सभ्यता की प्रतिमूर्ति बना बैठा होता है, उस समय तो वह कुछ नहीं कहता पर बाद में दोस्तों को उनके दिमाग खराब हो जाने की बात कहकर सहानुभूति एक झूठी हँसी हँस देता है।

ठण्ड गर्मी में बदल गई है। गर्मी की चिलचिलाती धूप में युकलिप्टिस का पेड़ बड़ा रूखा-सूखा दिखने लगा है। धूप से तपे झुलसे पत्ते बहुत कमजोर दिखते हैं। साँझ होते ही टपाटप गिरने लगते हैं। धूप से झुलसी सारी दोपहर वे खिड़की के पास खड़ी-खड़ी समय का इन्तजार करती हैं आगत समय का जो उन्हें लालच-सा देता हुआ पास आता है और दूसरे ही क्षण जैसे ही वे हाथ बढ़ाती हैं, फिसलकर दूर जा पड़ता है। अनय को भी बचपन से ही जोशी ने ऐसा ही रखा था। अपने ही बेटे के प्रति ऐसा तिरस्कार जोशी के मन में क्यों उपजा? शायद इसीलिये कि उन्होंने उसे जन्म दिया है—उन्होंने, जिनसे जोशी नफरत करता है। उनकी आँखें स्थिर हैं। मन का सन्तुलन अब और अधिक खोता जा रहा है। वे स्वयं ही बातें करने लगती हैं। बातें जो शुरू होती हैं तो खत्म ही नहीं होतीं। जाने कितने पत्थर, कितनी लकड़ियाँ, काँच के टुकड़े उन्होंने अपने कमरे में जमा कर रखे हैं—टूटी-फूटी चीजों का ढेर। बिल्कुल एबनार्मल। डॉक्टर अंकल को देखकर वे अवश्य कुछ नार्मल हो जातीं हैं पर तब वे दूसरी ही बातें करने लगती हैं, केवल प्रतिशोध की बातें। डॉक्टर अंकल उन्हें प्रारम्भ से ही देखते आये हैं। उनके सामने ही वे व्याह

कर आई थीं। कोमल-सी दिखने वाली, कम बोलने वाली लड़की के हाथ केवल जिन्दगी का मलबा ही लगेगा, सोचकर भीतर ही भीतर उनका मन भर आता है। चश्मे से ढँकी आँखों में मिसेज जोशी का यह रूप उन्हें दहला देने वाला लगता है। वे संयत होकर कहते हैं—"इस तरह जीने से तो अच्छा है सम्बन्धों को ही तोड़ दो। अपने मायके चली जाओ। कहीं भी ससुराल या मायका।

एकाएक उनकी मुद्रा बदल जाती है। चेहरा तन जाता है—"ससुरात या मायका! वहाँ जाकर मुझे कौन-सी इज्जत मिल जाने वाली है। डॉक्टर अंकल, जब स्त्री पति की नहीं होती तो वह किसी की नहीं होती। सारे सम्बन्ध झूठे हैं। मिथ्या, आडम्बर-भरे।" एकाएक स्वर धीमा होता है—"सोचती हूँ, मैं पढ़ी-लिखी होती या मेरा अनय ही ठीक से पढ़-लिख सका होता तो मैं इस ज़िन्दगी की सड़ांध-भरी धारा को बिल्कुल ही मोड़ देती। मैं एक दूसरे तरह की जिन्दगी जी लेती।" डॉक्टर चुपचाप दर्शक की भाँति बैठे हैं। आज मिसेज जोशी बहुत दिनों बाद इस तरह सामान्य होकर बातें कर रही हैं। उन्हें कहीं कुछ अच्छा लगता है। जरूर इसी तरह रहा तो वे अच्छी हो जायेंगी। मिसेज जोशी सहसा उठ खड़ी होती हैं। सामने टीनू है। टीनू की ओर देखती उनकी आँखों में एक चमक आ जाती हैं—"डॉक्टर अंकल, बैठना आप। मैं अभी आई। मैंने आज बहुत दिनों बाद अनय के लिए मूंग के पकोड़े बनाये हैं। उसे बहुत पसंद थे न।" वे टीनू का हाथ थामे पुलक-भरी चाल से भीतर चल देती हैं। साड़ी का पल्ला बेहद व्यस्त हो उठा है।

सामने ही चौका है जिसका काफी भाग इस कमरे से दिखता है। जाली की अलमारी से पकौड़े की प्लेट थामे वे खड़ी हैं। कुछ सोच रही हैं। उनके पास ही खड़ा है टीनू। टीनू...अनय...अनय—वे कुछ कहती हैं। फिर एक गहरी दृष्टि टीनू पर डालती हैं—"नहीं"—और खटाक से भरी प्लेट दीवार पर फेंक देती हैं और उसी तरह बड़बड़ाती हुई डॉक्टर अंकल के पास आ जाती हैं—"बाप क्रूर था। उसका दुश्मन था। पर मैं तो दुश्मन नहीं थी। मैंने तो एक-एक बूँद दूध पिला कर उसे पाला है। फिर मुझसे क्यों घृणा की उसने?" "जैसा बाप वैसा बेटा।" वे कुछ देर तनी हुई-सी खड़ी रहती हैं फिर वे अपनी अँगुलियों की पोरों को बड़े इत्मीनान से गिनने लगती हैं—"एक, दो, तीन, चार...। वह आयेगा... डॉक्टर अंकल, जरूर आयेगा। अभी मैं मरी कहाँ हूँ?

उसने तो कहा था—तू मर जा माँ, तो मैं स्वतंत्र हो जाऊँ। मैं अभी मरी नहीं हूँ। मैं तो जिन्दा हूँ। मुझे अभी उसके बाप से बदला लेना है।" एक हिंसात्मक ज्वाला आँखों में फैल कर समूचे परिवेश को जलाने लगी है।

डॉक्टर के मन में भय-मिश्रित करुणा उपजती है। न चाह कर भी वे उठ खड़े होते हैं। वे अभी भी अँगुलियों की पोरों को गिनती हुई कुछ हिसाब लगा रही हैं। वे धीमे भारी कदमों से बाहर आ जाते हैं।

# उभरता विद्रोह

आज सुबह से ही पापा कहीं चले गये हैं। रात-भर बेबी की नींद बीच-बी में टूटती रही थी। एक ज्ञात आशंका से विकम्पित उसका कोमल मन रह-रह कर अपने आप से जूभता रहा था। जब भी घर में कोई ऐसी बात होती है—उसका यही हाल होता है। वह अपने नन्हें-से दिमाग में जाने कहाँ-कहाँ की दुनिया भर की बातें भरती जाती है। और जब बोझ असहनीय हो जाता है तो पीछे की सीढ़ियों पर उदास, आँखों ही आँखों में आँसू पीती हुई चुपचाप बैठ जाती है। प्रश्नों का एक बड़ा गट्ठर सामने बिखरता जाता है पर उनका कोई हल वह नहीं खोज पाती। फिर देर तक वह किसी से नहीं बोलती—भले ही अम्मा मार-मार कर उसका कचूमर निकाल दें। पप्पी और लाली उसकी गहरी सहेलियाँ हैं। उनसे मिलने पर भी वह गुमसुम बनी रहती है और जब भी पप्पी-लाली आपस में अपने घर की, माँ-बाप या अपनी सुख-सुविधा की बातें करती हैं तो वह खीजकर अपनी किसी पुस्तक के पन्ने पलटने लगती है या शून्य में निरुद्देश्य ताकने लगती है। अम्मा से जब भी सुना है, भाग्य का रोना ही सुना है। अम्मा के भाग्य की छाया से वह बच पाये तब तो। बड़ी लड़कियों से सुना है कि खून का असर बड़ा गहरा होता है। वह होंठ काट लेती है। बेचारे पापा ! पापा भी कहाँ बच पाये। लेकिन वह ऐसा नहीं होने देगी। उसे चाहे जो भी करना पड़े—सहना पड़े। क्या वह नहीं देखती कि उसके पापा की सहनशक्ति चुकती जा रही है और वे कमजोर होते जा रहे हैं।

सुबह उठकर पापा ने स्वयं स्टोव जलाकर चाय बना ली थी। फिर तैयार होकर चुपचाप बाहर निकल गये। वह चुपचाप पड़ी आहटें लेती रही थी। अम्मा भी जगी थीं। पापा के जाते ही वे देर तक जाने क्या-क्या बड़बड़ाती रही थी... यही फूटी तकदीर की बात, फिर और ऊलजलूल बातें। पप्पी-लाली बेबी को बुलाने पहुँचीं तो बेबी सीढियों के पास कोने में घुटनों को दोनों हाथों से घरे उदास बैठी थी। नीता पास बैठी खेल रही थी। उसके बाल अस्त-व्यस्त थे और आँखें फूली-फूली हो रही थीं। स्कूल जाने की उसकी

कोई तैयारी नहीं थी। पप्पी-लाली की पुकार का उसने कोई उत्तर नहीं दिया और अपना ध्यान उधर से हटाने के लिये वह झुकी-झुकी नीचे पड़े कंकड़ों को उठाकर गमलों की ओर फेंकने लगी थी। पप्पी-लाली गेट खोलकर बेबी के नजदीक आ गईं—"क्यों स्कूल नहीं चलेगी?" बेबी चुप है जैसे सुन नहीं पाई। उसके हाथ उसी तरह क्रियाशील हैं। "तुझे क्या हुआ? बोलती क्यों नहीं? आठ बज रहे हैं और तू अभी तक स्कूल के लिये तैयार नहीं हुई?" बेबी का गला भिंच गया। खीजकर बोली—"मैं आज स्कूल नहीं जाऊँगी।" पप्पी-लाली ने अजीब-सा मुँह बनाया—"परीक्षा का कुल एक हफ्ता बचा है—जानती है?" बेबी की आँखें अनायास भर आईं। घुटनों के बीच मुँह छिपाकर उसने आँसू पोंछ लिये। फिर शून्य में ताकती बोली—"तुम जाओ, दो परीक्षा। मैं नहीं भी दूँ तो क्या? क्या जरूरी है मेरे लिये? चिन्ता किसे है मेरी पढ़ाई-लिखाई की?" बेबी की आँखों में फिर आँसू उमड़ आये। हथेलियों से मुंह ढाँपे वह भीतर भाग गई।

पापा अभी तक नहीं लौटे हैं। दिन चढ़ आया है। अम्मा रसोई-घर में उठा-पटक कर रही हैं। अम्मा के काम करने का ढंग उसे बिल्कुल नहीं भाता। ड्राइंग रूम में बैठे हुए लोग तक जान जायेंगे कि कहाँ क्या हो रहा है। उसे अम्मा का स्वर, आदतें—सब-कुछ बड़ी अजीब लगती हैं। पापा अम्मा की इन आदतों से परेशान हैं और इसीलिये घर से भागे-भागे रहते हैं। सारे समय काम। काम से फुरसत पाकर आते हैं तो तटस्थ बने रहते हैं। असहनीय हुआ तो फिर अपने कमरे में जाकर चुपचाप सो गये। बेबी छोटी है तो क्या, सब कुछ समझती है। सब-कुछ बड़ी तीव्रता से महसूस करती है। जिन्दगी के नौ वर्ष ही वह पूरा कर पाई है पर उसे लगता है—वह बहुत बड़ी हो गई है। पर उसे दुख है तो इतना ही कि वह अपने पापा का दुख दूर नहीं कर सकती—करे भी कैसे? अम्मा की ताड़ना उसके लिये क्या कम है? पापा ही जब नहीं सह पाते तो वह कैसे सह सकती है? और ऐसे समय पापा की बात सोचकर चट उसकी आँखों में आँसू आ थमते हैं। पर ये आँसू देखकर अम्मा और अधिक दहाड़ती हैं—"चुड़ैल कहीं की। पापा की बड़ी दुलारी हो गई है। कुछ कहो तो आँसू बहाने लगेगी।" एक पापा हैं कि उसका मुरझाया मुँह देखकर उसे गोद में समेट लेते हैं।

अम्मा अभी भी नौकर पर बिगड़ रही हैं। वह जानती आई है कि पापा से झगड़ने के बाद जाने क्या होता है कि फिर परिवार के सभी लोग अम्मा की नाराजगी के शिकार बनते हैं। बेबी की दोनों छोटी बहनें चीखती-चिल्लाती हैं और ऐसे समय संजू हँसता है। बहनों को मार खाते देख उसे अच्छा लगता है। बेबी गौर से संजू को देखती है, फिर रोती छोटी बहनों को। उसे कुछ समझ में आता है और कुछ नहीं भी। बस हल्का-सा काँटा मन में उगता है जब अम्मा कोई चीज लड़कियों को न देकर सारी-क-सारी संजू के हाथ में थमा देती हैं। और मन में उगे उस काँटे से और भी जाने कितने काँटे निकल आते हैं। संजू को अम्मा रोता नहीं देख सकतीं। सचमुच ये अम्मा उसकी, उसके पापा की और उसकी बहनों की दुश्मन हैं। दुश्मन नहीं होती तो संजू और उनमें ऐसा भेद क्यों करती? पापा से झगड़ती क्यों?

अप्रैल के अंतिम दिन दोपहर की तेज धूप सारी धरती को तपा रही है। कमरे से बाहर निकली तो आँखें धूप की तमतमाती रोशनी को बर्दाश्त नहीं कर पातीं। ऐसे समय उसके पापा बाहर हैं। उन्होंने खाना नहीं खाया है। बेबी का मन पापा के प्रति बेहद ममतालु और सहानुभूतिपूर्ण हो उठता है। उसने ध्यान दिया है कि पापा जब नाराज होते हैं तो सारे-सारे दिन भूखे रहते हैं और ये अम्मा उस दिन तरह-तरह की चीजें बनाती हैं। खुद खाती हैं, बच्चों को खिलाती हैं, पर उससे उस दिन कुछ नहीं खाया जाता। वह अम्मा के कमरे में झांककर देखती है... नीला को पास लिटाये अम्मा लेटी हैं। ऊपर घर्र-घर्र पंखा चल रहा है। बाहर चिलचिलाती धूप में जाने कहाँ उसके पापा और भीतर पंखे की ठण्डी हवा में चैन की नींद सोई उसकी अम्मा। संजू पास बैठा स्लेट पर लकीरें खींच रहा है। वह सोचती हैसब स्वार्थी हैं... अपने-अपने मतलब के। किसी को भी पापा की कोई चिन्ता नहीं है। उसे अम्मा पर बेहद क्रोध आता है। इतना क्रोध, इतना क्रोध कि वह सोचने लगती है... यदि वह बड़ी होती तो देख लेती अम्मा को जिन्होंने इस तरह उसके पापा की जिन्दगी को नरक बना दिया है। पापा कमाते हैं, सारा-का-सारा पैसा अम्मा के हाथ में लाकर रख देते हैं। और फिर एक-एक पैसे के लिये पापा को अम्मा के सामने हाथ फैलाना पड़ता है। अम्मा देती हैं और देर तक बड़बड़ाती हैं— "सारा-का-सारा पैसा लुटा दे रहे हैं। मैं क्या बच्चों के लिये भीख माँगूंगी?" अम्मा अपनी सहेलियों को जो चाहे बनाकर खिलायें, जितना चाहे खर्च करें पर पापा अपने मित्रों के लिये कुछ नहीं कर सकते, यहां तक कि बच्चों के

लिये भी कुछ नहीं। वह एक बात समझना चाहती है पर समझ नहीं पाती... ये पापा अम्मा के सामने इतने कमजोर क्यों हो जाते हैं? जब अम्मा उनकी परवाह नहीं करतीं तब वे ही क्यों अम्मा का इतना ध्यान रखते हैं?

नीला रो रही है। अम्मा ने कई बार उसे पुकारा है पर वह सुनकर भी नहीं सुनती। वह झपटकर पापा के कमरे में पहुँच जाती है और खिड़की की सलाखें पकड़े सामने सड़क पर दूर तक दृष्टि दौड़ाती है। कहीं कोई नहीं दिखता। अम्मा जाने क्या बक रही हैं? बकें। अम्मा का कोई काम करने का उसका मन नहीं होता। उनकी कोई बात मानने की उसकी इच्छा नहीं होती। जब वह आवाज देने पर भी नहीं आती तो अम्मा चीखती हुई कमरे में आती हैं और हाथ पकड़कर घसीटती हुई उसे अपने कमरे में ले आती हैं—"बाप की सिर-चढ़ी हो गई है चुड़ैल, पुकारो तो बहरी बन जायगी।" फिर एक थप्पड़... दो थप्पड़... तीन... चार। बेबी रोती नहीं है। अम्मा के हाथ से अपना हाथ छुड़ाने की असफल कोशिश करती है। आँखों में विद्रोह का भाव गहराता है। वह गुस्से से अम्मा की ओर देखती है। अम्मा फिर एक थप्पड़ लगाती हैं और बड़ी बेरहमी से उसका सिर दीवार से टकरा देती हैं। फिर भी बेबी चुप है। बस बुत बनी सिर की चोट पर हथेली दबाये अम्मा का हिंसक रूप देखती हैं। अम्मा बकझक करती चली गई हैं। नीतू फर्श पर लोट रही है। अम्मा ने गुस्से से उसे पीटा है पर वह सबसे बड़ी है इसीलिये सबकुछ सुनना भी उसे ही पड़ता है—"इतनी बड़ी हो गई। घर के काम-धाम में मन नहीं लगेगा। सारे समय बाप की छाया के साथ-साथ डोलेगी। बाप नाराज होगा तो स्कूल नहीं जायगी।" और भी अम्मा जाने क्या-क्या कहती हैं। वह नहीं सुनती।

वह धीमे-धीमे अन्दर आती है और नीला को गोद में उठाकर कमरे से बाहर हो जाती है। सिर पर अनायास हाथ जाता है तो दर्द से छटपटा जाती है। सिर पर भारी-सा गूमड़ पड़ गया है। नीला को फर्श पर बैठाकर उसे कुछ खिलौने दे वह पापा के बिस्तर पर औंधी पड़ जाती है और देर तक रोती रहती है।

साँझ उतरने लगी है। सड़क पर लगी डामर धूप से तपकर अब गिज-गिजी-सी लगने लगी है जैसे चोट खाया अधमरा साँप सुस्त पड़ा हो। पापा अभी तक नहीं लौटे हैं। वह गेट से बाहर आकर अपनी बड़ी-बड़ी आँखों से

दूर तक पापा को देखती है। फिर आँगन के पास सीढ़ियों पर बैठ जाती है। आँगन में एक किनारे से रखे गमलों में पापा ने जाने कितनी ही तरह के गुलाब लगाये हैं। साँझ को पापा पौधों की देखभाल करते हैं तो वह पानी देने का काम करती है। अम्मा को पापा का यह काम भी नहीं सुहाता। उन्हें पापा का कोई भी काम अच्छा नहीं लगता। वह बड़े चाव से डालियों में खिले टटके फूलों को देखती है। फिर अन्यमनस्क हो उठती है।

कल रात को पापा के साथ माथुर अंकल आए थे। माथुर अंकल पापा के गहरे दोस्त हैं—बचपन के दोस्त। एक यही हैं जिनसे पापा घर-बाहर सबकी बात कह लेते हैं। पापा ने मां से खाना बनाने के लिए कहा था और बस अम्मा को लड़ने का बहाना मिल गया—"आधी रात को किसी को भी पकड़ लायेंगे। फिर हुक्म देंगे—खाना बनाओ—यह करो—वह करो, चाहे घर में कुछ हो या नहीं। किसी को परेशानी हो तो हो।" जब काफी देर तक खाना बनने का आसार नजर नहीं आया तो पापा ने नौकर से बाहर-ही-बाहर नाश्ता मंगवा लिया था। उसे अम्मा की यही सबसे बुरी आदत लगती है। उन्हें पापा के मान-सम्मान का कुछ भी ध्यान नहीं है। अम्मा अन्दर से जोर-जोर से कुछ कह रही थीं। उस दिन माथुर अंकल शायद देर तक पापा के साथ बैठे रहे थे। वह उन्हें पानी देने जा रही थी कि उसने पापा को कहते सुना था—"जिन्दगी का एक रूप यह भी है माथुर—देख लो। विवाह के पूरे सोलह वर्ष इसी तरह काटे हैं मैंने। अभी और कितने काटने हैं—कौन जाने... शायद आजीवन। समझौते की भी हद होती है। घर से बाहर—बाहर से घर। जिन्दगी बड़ी विकराल लगने लगी है। यार अच्छे हो, तुमने विवाह नहीं किया।" पापा एक गहरी निश्वास लेते हैं।

बेबी सपाटे से पानी का गिलास टेबल पर रख जाती है। माथुर अंकल अम्मा के पक्ष की बात कहने लगे थे—उनका ध्यान रखने की बात। उसे मन-ही-मन अंकल पर गुस्सा आया था- क्या अम्मा का ही मन है, उसके पापा का मन बिल्कुल ही नहीं है। अम्मा के लिए वे क्या नहीं करते। नहीं करते होते तो भी अच्छा था। उसे अंकल की बातें जरा भी समझ में नहीं आतीं। वह केवल पापा की ही बातें समझ रही है। वह फिर परदे की ओट में आ गई थी। पापा कह रहे थे—"जिन्दगी के एक ओर हैं बच्चे जिनके लिये जीने की इच्छा होती है और दूसरी ओर है साक्षात नरक। थका-मांदा लौटो तो घर में महाभारत

शुरू हो जाता है। समझौता आखिर किस बात का जब पल-पल उसका मूड बिगड़ता है, उसकी शंकाएँ जहर उगलती हैं।" फिर आत्महत्या की बात— पापा आत्महत्या करने की सोचते हैं। बेबी आत्महत्या का मतलब खूब समझती है। उसका सर्वांग थरथरा जाता है। उसके पापा आत्महत्या कर लेंगे तभी क्या अम्मा को शांति होगी! पर वह पापा के बिना कैसे रहेगी? उसे कौन प्यार करेगा? उसकी छोटी बहनों का क्या होगा? इधर कुछ दिनों से वह देखती आ रही है कि उसके पापा काफी गम्भीर होते जा रहे हैं। घर आकर पहले उसे दुनिया-भर की बातें बताते थे। अब बस काम की ही बातें करते हैं। मित्रों के बीच जिन पापा के ठहाके सुनकर वह कमरे में पढ़ती-पढ़ती भी मुस्करा देती थी—सबके बीच पहुँचकर पापा के चेहरे की हँसी का एक कण भी ढूँढे नहीं पाती। माथुर अंकल को विदा कर पापा चुपचाप सोने चल दिये थे। वह भी जाने क्या सोचती सो गई थी। रात को पढ़ने में उसका जरा भी मन नहीं लगा। अचानक सोते से नींद खुल गई। अम्मा पापा के पाताने बैठे जाने क्या क्या कहती जा रही थी। पापा चुपचाप थे। फिर अचानक उठकर बैठ गये थे। अम्मा के स्वर में आक्रोश था। शायद वे सीमा अंटी की बातें कर रही थी। पापा उन्हें पढ़ाने जाते हैं। रात गये इसीलिये लौटते हैं। परीक्षा के समय भी लड़कियाँ उन्हें घेरे रहती हैं। माथुर जरूर कोई सलाह लेने ही आया था—यही सब ऊटपटांग बातें। अम्मा कह रही थीं—"मैं उस चुड़ैल को अच्छी तरह जानती हूँ। अप्सरा है तो कर ले कहीं विवाह, दूसरे का बना-बनाया घर बिगाड़ने पर क्यों तुली है? कॉलेज में लड़कियों को पढ़ाने से फुर्सत मिली तो उस चुड़ैल को पढ़ाने चल दिये।" पापा क्रोध से उठ बैठे थे। शब्दों को संयत करते भी उनका हाथ उठ गया था। वह डरकर रजाई के नीचे और भी दुबक गई थी। अम्मा अपने बिस्तर पर आ गई थीं और और भी बकझक करने लगी थीं। पापा कह रहे थे— "माथुर मेरा दोस्त है, भाई जैसा है। उसकी बहन के लिये ऐसा कहते तुम्हें शर्म नहीं आती? कितनी ओछी हो तुम? तुम्हें अपने पर विश्वास क्यों नहीं है? कॉलेज में सभी पढ़ते हैं— लड़के-लड़कियाँ। फिर लड़कियों के नाम पर तुम्हारा दिमाग खराब क्यों हो जाता है? तुम्हारे दिमाग में ऐसी बातें आती क्यों हैं? इस रोज के बबाल से तो जी चाहता है आत्महत्या कर लूँ। घर को नरक बना दिया है तुमने।" पापा बड़ी तेजी से बोल रहे थे। उसने पापा को पहली बार ही इतना बोलते सुना था—

इतना गुस्सा होते देखा था। सच ही उसके पापा बहुत उत्तेजित हो उठे थे। अम्मा को रोता छोड़ वे दूसरे कमरे में सोने चले गये थे।

साँझ गहराने लगी है। उसका नन्हा कलेजा तेजी से धड़कता है। पप्पी-लाली उसके पास आई थीं। थोड़ी देर रुकी थीं। स्कूल की बातें कर रही थीं। कितनी खुश हैं दोनों! दोनों बहनें हैं। भाई एक भी नहीं पर उन दोनों के मम्मी-पापा उन्हें कितना चाहते हैं, कितना ध्यान रखते हैं उनका। तभी तो वे बात-बात में हँसती हैं, बात-बात में चहकती हैं। एक वह है कि कभी खुलकर हँस नहीं पाती। उसे अम्मा पर बेहद क्रोध आता है। कैसी हैं ये अम्मा—राक्षसी अम्मा—चुड़ैल अम्मा। वह मन-ही-मन अम्मा को गालियाँ देती है जो कि वह अम्मा से रोज ही अपने व छोटी बहनों के लिए सुनती है।

रास्ता देखते-देखते बेबी थकने लगी है। उसे रह-रह कर पापा के शब्द याद आते हैं। सचमुच उसके पापा दुखी हैं। राह पर ऊपर से उतरता फैलता अँधेरा... जैसे कुछ ही देर हुई कि यह अंधेरा उसे लील जायेगा। वह अँधेरे में कैद हुई तो फिर छटपटाती ही रह जायेगी। वह पापा को देखने कहाँ जाये, कैसे जाये? अचानक एक बात मन में कौंधती है। चुपके से पड़ोस की नीलू को बुला कर उसके साथ आगे बढ़ जाती है। सारा दिन आज ऐसे ही गुजरा है। रात बड़ी बेरहमी से भागती आ रही है। वह भयाकुल हो तेजी से कदम बढ़ाती है। उसे मालूम है—पापा इस समय प्रायः रेलवे स्टेशन पर ही आते हैं। साँसें तेजी से धड़कती हैं। कदम काँपते हैं। एक भयानक आशंका से जकड़ी बेबी नीलू के साथ सहमी-सहमी-सी प्लेटफार्म पर पहुँचती है। चौकन्नी निगाहें इधर-उधर डोलती हैं। गाड़ी खड़ी है। ठस के ठस यात्री सामान उठवाने-धरने में लगे हैं। वह जाने क्या सोच बैठती है? इधर-उधर भीड़ ही भीड़। वह सधे कदमों से बिल्कुल किनारे की ओर बढ़ती है। पापा—वे पापा ही हैं। एकदम किनारे की बेंच पर हाथ में पत्रिका रखे निर्निमेष रेल की पटरियों को ताकते, कुछ सोचते उसके पापा। बिजली की झकमक करती रोशनी में पापा का चेहरा उसने गौर से देखा। हर्ष की एक लहर उठी। वह दौड़कर पापा के पास पहुँचना चाहती है पर पैर नहीं उठते। मन में आता है कि चुपके से पापा के पीछे जाकर खड़ी हो जाये। पापा के गले में हाथ डाल दे और उनके गालों से अपने गाल लगाकर कहे—"पापा ! आप अकेले-ही-अकेले इतना दुख क्यों उठा रहे हैं? मैं तो हूँ, देखिये मुझे।

बस पढ़-लिखकर बड़ी हो जाऊँ, नौकरी करने लगूँ। फिर पापा, आप इस तरह अकेले नहीं रहने पायेंगे। मैं आपको अपने साथ रखूँगी। मुझे अम्मा से कोई मतलब नहीं। नीता-नीला को वे रखना चाहें तो रखें, नहीं तो उन्हें भी मैं अपने पास रखूँगी। अम्मा बस संजू को ही सिर पर बैठाकर रहें।" वह पापा के पास बढ़ने को होती है कि पापा की दृष्टि उसकी दृष्टि से टकराती है। वह दौड़ कर पापा से लिपट जाती है—"पापा, मैं कब से आपको ढूँढ रही हूँ? कब से आपकी बाट देख रही हूँ? आपने सुबह से खाना नहीं खाया पापा। मैंने भी नहीं खाया है।" वह पापा की आँखों में देखती है। उसकी आँखों में आंसू हैं, पापा के होंठों पर एक घूमिल मुस्कान उभर आई है। पापा कह रहे हैं—"बहुत पागल है तू। मुझे तो बेटे आज बहुत काम था। बहुत थक गया था। इसलिये इधर ही आ गया। तू बेकार परेशान होती रही। अरे, मैं तो आ ही जाता। जाता कहाँ पगली?" वह एक हाथ से नीलू का हाथ थामे, दूसरे से पापा का हाथ कसकर पकड़ लेती है मानो उसकी पकड़ से अब पापा भागने नहीं पायेंगे। रेलगाड़ी की धड़-धड़ाती आवाज सन्नाटे को चीरती है। वह सोचती है—इसी तरह पापा का हाथ पकड़े वह घूमती रहे—घूमती ही रहे। उसे अब कोई भय नहीं है। अब वह किसी की परवाह नहीं करेगी।

# ठहरे हुए अंधेरे

समय ठहर गया है और इस ठहरे हुए समय में सारा अस्तित्व बोध ही जैसे ठहरा हुआ प्रतीत हो रहा है। एक ऊब, एक खीज-भरा अहसास। बहुत बार ऐसा हुआ है कि समय से समझौता न कर पाने की स्थिति में अंजु जी अपने को बेकार पड़े कामों के हवाले कर देती हैं। सोचा बहुत था कि जाने के पहले निश्चित होकर सारा कुछ व्यवस्थित कर लेंगी और सबसे मिलजुल लेंगी... पर ऐसा हो नहीं पा रहा है। एक अजीब-सी मनःस्थिति में घिरी तटस्थ भाव से मनी प्लांट की छितराई लता के पास कुर्सी पर अधलेटी वे अपने ही बारे में सोचने लगी हैं। व्यतीत और वर्तमान के संधि-स्थल के संदर्भ-भरे सुख के बारे में। अब इस तरह रहते-रहते वे बेहद थक आई हैं। सोलह साल का व्यतीत छुई-मुई-सा उनकी डूबती आँखों के अँधियारे में जब आ झलकता है तो वे अन्यमनस्क हो उठती हैं और प्रारम्भिक दिनों की तरह बिछोह की पीड़ा को युग-युग की तरह महसूसने लगती हैं। कौन कहेगा आज कि वे चार बच्चों की माँ हैं। तुला ही पन्द्रह की होने को आई। वर्ष पर वर्ष की कठोर परतें चढ़ती जा रही हैं। बाहर से टूटता कोलाहल, भरी व्यस्तता। यह व्यस्तता न हो जिन्दगी में तो एक पल भी उनके लिये जीना कठिन हो जाये। इसी व्यस्तता में ही तो वे लम्बे-लम्बे से खिचने वाले इन वर्षों को झेल पाई हैं। घर की व्यस्तता तो है ही, बाहर के संबंधों का सुख-दुख भी उन्होंने अपने ऊपर ओढ़ रखा है। आन्टी, मौसी, भाभी, मामी, दीदी... जाने किन-किन आत्मीय संबोधनों से वे जुड़ बैठी हैं। अपने एकाकी पलों में उन्होंने अपने जीवन को कुछ इसी तरह परिभाषित करना चाहा है... तुम सबकी रहो, सब तुम्हारे रहें। नहीं तो, नहीं तो... भीतर कुछ अटकने लगता है। कैसे वे स्वयं को झेल पातीं ? कैसे अकेले रहकर इन बच्चों का दायित्व वे निभा पातीं ?

तुला आकर पास की टेबल पर चाय का प्याला रख देती है। पर उन्हें आभास नहीं होता—"क्या बात है मम्मी ? तबियत ठीक नहीं है क्या ? सिर दुख रहा हो तो एस्प्रो दूँ, चाय के साथ ले लीजियेगा।"

"नहीं रे !" वे तुला की ओर चौंक कर देखती हैं और मुस्कराने का प्रयत्न करती हैं—"पता नहीं क्यों आज सुबह से ही कुछ अच्छा नहीं लग रहा है। बेहद भारी हो रहा है मन। "

"मम्मी, आप भी बहुत पागल हैं। एक मिनट भी चैन से नहीं बैठतीं। अकेली बैठेंगी तो जाने क्या-क्या सोचती रहेंगी। अब तो चलना है न पापा के पास।" तुला हँसती हुई चाय का प्याला मम्मी के ओठों से लगा देती—"लीजिये, जल्दी पीजिये चाय। ठण्डी हो जायेगी तो फिर मुझे गरम करनी पड़ेगी।" तुला की हँसती आँखें... अंजु जी का पोर-पोर हँस पड़ने को होता है। कितने प्यारे हैं ये बच्चे... इन्हें पाकर वे कितनी भाग्यशालिनी हैं ! वे सहज हो लेती हैं और तुला की ओर देखकर मुस्करा देती हैं—"चल ! दूसरा प्याला तुम सबके साथ पिऊँगी।"

टिकू, तुहीना, विभा और तुला के साथ धीमे-धीमे चाय के घूँट भरती वे बेहद हल्केपन का अनुभव करती हैं जैसे उनका मन नदी की धार के संग-संग हँसों के पांख सा हल्के-हल्के तिरने लगा है। कहाँ ? वहीं सोमजी के पास, तट के एक पार वे स्वयं है और दूसरे पार सोमजी। विमुग्ध कौतुहलपूर्ण दृष्टि से उन्हें निनिमेष ताकते वे खड़े हैं। बीच में हैं बस कुछ घण्टे।

बच्चे उठ जाते हैं पर वे तब भी वहीं बैठी रहती हैं...खोई हुई सी। कितने साल बिता दिये उन्होंने इस तरह अकेले-अकेले ? अब जाने क्यों एक-एक दिन बोझ बनकर सामने आने लगे हैं। अब अकेले नहीं रहा जाता। गृहस्थ होते हुए भी योगिनी-सा यह सूखा नीरस जीवन अब बिल्कुल भी नहीं सहा जाता।

"बस मम्मी, आप इस तरह बैठी रहेंगी तो हो चुकी तैयारी",तुला अंजु जो बिस्तर पर लुढ़क गई हैं, बाबूजी भी सो गए हैं। उनकी घरघराहट की आवाज उनके कमरे तक आ रही है। तुला ने कहा है- "मम्मी, मुझे जल्दी जगा दीजिएगा, चार बजे।"

अँधेरे में सब डूब जाता है। साय-साय करता अंधेरा रह-रह कर कभी कबूतरों की आवाजें सन्नाटे को चीर जाती हैं। पहले कभी इस पर उनका ध्यान नहीं गया। पर अब जब कबूतरों की फड़फड़ाहट की आवाज होती है,

उनका मन बेचैन हो उठता है--बड़ी मनहूस लगती हैं इन आवाजे पर अब और क्या मनहूस होंगी ?

अँधेरे में कहते हैं कि सब-कुछ डूब जाता पर यादों की दुनिया के दरवाजे तभी खुलते हैं। ऐसा क्यों होता है ? वे लाख कोशिश करने पर भी सो नहीं पाती। याद आता है यह तुला सवेरे उठाने के लिए कह रही थी। कुछ देर पहले ही तो सोई है। कैसे उठ पायेगी ? पहले कभी सात से पहले नहीं उठ पाई और रात को भी नौ से अधिक नहीं पढ़ आई, तुला में असमय आया यह गम्भीर अहसास वे नहीं सह पातीं, सुबह जब देर से उनकी नींद खुलती है तो सबसे पहले तुला के बिस्तर पर उनकी दृष्टि जाती है। वह बेखबर सो रही है। उसके चेहरे पर सोमजी के चेहरे की भांति सदैव खेलती रहने वाली मुस्कान खेल रही है। उनका मन जरा भी जगाने को नहीं होता उनका मन होता है— वे हाथों से उसके चेहरे पर घिर आई लटों को संवार दें। पर नींद खुल जाने के भय से वे अपने को रोक लेती हैं, वे बारी-बारी से सोए हुए बच्चों पर अपनी स्नेहिल दृष्टि डालती हैं। ठहरे हुए अँधेरे से परे एक भोली-सी प्यारी निस्तब्धता उनके चेहरों पर छाई हुई हैं। वे उठकर बैठ जाती हैं और बच्चों के जागने की प्रतीक्षा करती हैं।

# अनगिनत मोड़ों पर

# सांसो का ऋण

कैसा होता है मन। या कहूं मनुष्य की नियति कि जिससे वह अपने को अलग-अलग रखना चाहता है, अनजाने अनचाहे उससे उतनी ही प्रगाढ़ता से जा जुड़ता है। कहां सोचा था कि मेरे साथ भी यही होगा। मन के वशीभूत मैं कभी नहीं रहा। न ही नियति पर कभी विश्वास किया है मैंने। पर आज जाने क्यों मैं अपने भीतर एक बदलाहट भरी व्याकुलता अनुभव कर रहा हूं। मनुष्य को भाग्य का नियंता कहा जाता है तब फिर नियति का अस्तित्व कहां हुआ ? पर सभी के साथ तो एक जैसा नहीं होता। नियति के हाथों में पड़े मनुष्य की स्थिति बड़ी निरीह और दयनीय हो जाती है। कुछ स्वीकार-कुछ अस्वीकार के बीच एक द्वन्द्वात्मक स्थिति। यह द्वन्द्वात्मक स्थिति ही ऐसी होती है जो उसे न आगे बढ़ने देती है और न ही पीछे लौटने देती है। पर अब तो सब खत्म हो गया। एक तारा था भोर का, सभी तारों के बीच अलग-अलग, जगमगाता हुआ सा। एक दिन वह टूट कर बिखर गया। उसके निःशेष जीवन की यह व्यथा-कथा क्या मेरे हिस्से में ही आने को थी ?

कौन थी वह हिमा बहू? क्या थी वह मेरी? कोई नहीं। तब फिर उससे इतनी अंतरंगता जुड़ा हुआ मैं क्यों उसकी ही बात सोचे जा रहा हूं? क्यों नहीं उससे अपने को काट कर एक बारगी मुक्त हो जाता? यदि ऐसा हो पाता तो यह कहानी ही शायद जन्म न लेती। यह अवश्य है कि मैं प्रारम्भ से ही उन सारे संबंधों से अपने को काटता रहा हूं। जिन्हें लेकर कहानियां लिखी या बनाई जाती हैं। इनसे हटने का इतना लाभ मुझे अवश्य मिला है कि कुछ अलग हट कर लोग मुझे जानने और मानने लगे हैं। इसीलिए जब तब राय-मशविरा पाने का भी उन्हें अधिकार मिल गया है। अपनी बात यहीं छोड़ दूं। मैं उसी हिमा बहू की बात करने जा रहा हूँ जिसका प्रारम्भ इतना अप्रत्याशित था मेरे लिये, अंत भी उतना ही अप्रत्याशित रहा। आरम्भ से अंत की सह-यात्रा। इसे प्रारम्भ से ही कहना ठीक होगा।

हां तो हिमा बहू मेरी कोई नहीं थी। कोई नहीं थी- यह कहना अभी कितना आसान लग रहा है मुझे तभी तो इस तरह कहानी की शुरूआत कर रहा हूं। हिमा बहु याने छोटी बहू जिसे मैंने कभी खुले मुंह, खुले सिर नहीं देखा। खुले मुंह देखता तो भी शायद पहचान नहीं पाता कि यह वही है जिसके परिवार से मैं अनायास इतनी प्रगाढ़ता से आ जुड़ा हूं। जुड़ा हुआ हूं इसीलिए तो उसके घर की कोई भी गतिविधि मुझसे छिपी हुई नहीं है। पर वहीं है स्थितिप्रज्ञता वाली बात। क्या लेना-देना है मुझे किसी से। किसी के झगड़े-झांसे को लेकर दुबले होने से क्या लाभ। इसीलिये चुप ही रहता हूं। अनाधिकार चेष्टा स्वयं को ही पसंद नहीं आई कभी। पर कभी-कभी न चाहते हुये भी वही सब करना होता है जिसके लिये आत्मा गवाही नहीं देती। आत्मा उस बोझ से उबरने के लिये ही तो मैं यह कहानी लिखने जा रहा हूं। छोटी बहू की कहानी।

हां तो हिमा बहू उस रात घर आई थी। रात के कतरे सिमट कर सीढ़ियों पर आ थमे थे। कोई पाखी बसेरे के लिए आम के दरख्त पर फड़फड़ा रहा था। एक कोमल करूण सी आवाज मुझ तक पहुंची थी। आवाज भी कभी कभी कितनी अर्थवान लगती है कि समूची निस्तब्धता को चीरकर रख देती है। मैं आराम कुर्सी बरामदे में डाल आराम से लेटा कुछ पढ़ रहा था। देखा—कोई नारी आकृति लुकती-छिपती आंगन पार कर रही है। गौर से देखा तो पहचान नहीं पाया। पर कभी किसी को न पहचान कर भी भीतर का अनुमान मात्र भी कितना सच निकल जाता है। हिमा बहू ही थी। वह बिल्कुल मेरे पास आकर खड़ी हो गई थी। असमंजस की स्थिति में पूछ बैठा था—"छोटी बहू हो न ? इस वक्त अकेली कैसे ? छोटे नहीं है क्या घर में?" कुछ नहीं बोली छोटी बहू। सकुचाती सी जमीन को पैर के अंगूठे से कुरदेती वह खड़ी रही। "कुछ काम से आई हो"—मैंने हैरानी से उसकी ओरदेखा। मैंने उसे बैठ जाने को कहा और इंतजार करने लगा उसकी बातों का। वह कुछ कहेगी। क्या कहेगी भला? राय परिवार को जहाँ तक मैं जानता हूं, पूरी तरह सुखी और सन्तुष्ट हैं। फिर भला ऐसी कौन सी जरूरत आ पड़ी होगी इस छोटी बहू को इस तरह अकेले मुझ तक पहुंचने की। संकोच आड़े आ रहा था। वह कुछ देर संकोच की स्थिति से उबरने की कोशिश करती खड़ी रही। फिर मेरे निकट ही जमीन पर बैठ गई। मेरे आग्रह पर बोली। वही कोमल करुण सी आवाज—"दादा, एक आप ही हैं इस मुहल्ले में जिनसे सारी बातें

बताई जा सकती हैं। कुछ भी छिपाया नहीं जा सकता। आप सही सलाह देंगे। यही सोच कर आपके पास आई हूं। आपसे बढ़ कर हमारे परिवार का हितैषी और कौन होगा ?

जिस बात की सलाह लेने हिमा बहू मेरे पास आई थी उस बात की तह में और भी कई बातें थी। पर जरा विस्तार से ही बताना होगा। बड़ी अजीब कहानी है यह दो भाइयों की जो कभी एक दूसरे को अपनी जान से भी ज्यादा प्यार करते थे और एक दूसरे पर विश्वास करते थे। मैंने अपनी आँखों देखा है उन्हें तब से जबसे वे छोटे थे और स्कूल में पढा करते थे। मैं उनका पड़ोसी था और आज भी हूं। तब मात्र दर्शक था। अब अनजाने उनकी कहानी से आ जुड़ा हूं। मेरे सामने ही दोनों बड़े हुये। उनका ब्याह हुआ। दोनों की पत्नियां घर आ गई। पड़ोस से उड़ी एक मामूली चिनगारी सुलग कर एकाएक लपटों में बदलकर सारे मुहल्ले में फैल जाती है और बाही-तबाही मचा जाती है। पर ऐसा कभी सुना नहीं कि अंदर ही अंदर आग सुलगती रहे और किसी को भी कुछ आभास न हो पाये। आज इनके पिता बल्देव चाचा नहीं हैं। तब पुलिस में दरोगा थे। कहा जाता है कि पुलिस की नौकरी में आदमी की सात पीढ़ियां बिगड़ जाती हैं। गाली-गलौंज के बिना उनमें पुलिस की कठोरता आ ही नहीं पाती। पर नहीं। बल्देव चाचा का धर्माचरण इन सबके आड़े आता रहा। वे पुलिस की वर्दी में जितने कठोर लगते, घर आकर वर्दी उतार देने पर उतने ही सरल और निश्छल हो जाते। घर के बाहर लोग-बाग उनसे रोब खाते पर घर में आते ही ये स्नेही पिता बन जाते। उनके दोनों लड़के सुदीप और संदीप ऐसे ही पिता की देखरेख में पले-बड़े थे। पर जो कुछ होता है या होने को होता है, कतई जरूरी नहीं कि उसका पूर्वाभास हो ही। इसीलिये किसी की जिन्दगी में कब क्या कैसा परिवर्तन होगा, कुछ कहा नहीं जा सकता। पिता की स्कूटर दुर्घटना में मृत्यु हुई। उनके बाद कैसे विधवा माँ ने उन्हें पढ़ाया लिखाया और कैसे वे अपने जीवन में स्थापित हुये, यह तो एक अलग ही कहानी है। हाँ तो हिमा बहू से ही पता चल पाया कि एक-दूसरे पर जान छिड़कने वाले दोनों भाई यानी उसके जेठ और पति दोनों कुछ समय से एक-दूसरे के जानी दुश्मन बने हुये हैं। हिमा बहू कह रही थी—"भैयाजी यानी जेठ जी उसके पति को घर से निकालना चाहते हैं। उनका कहना है कि उन्हें पैसों की जरूरत है और वे हमारे हट जाने से उस हिस्से को किराये में उठा देना चाहते हैं। मैं चुपचाप

इनसे अलग घर लेकर रहने को कहती हूं पर ये मुझ पर ही बिगड़ बैठते हैं। कहते हैं—इस तरह मैं अपना अधिकार क्यों छोड़ूं ? प्यार से किसी को भी झुकाया जा सकता है, डरा कर बिल्कुल नहीं। मैं झुकने को बिल्कुल तैयार नहीं।"

बस, इसी एक अधिकार के प्रश्न पर ही कहानी जन्मती और अधिकार के अहं को तोड़ती खत्म हो जाती है। पहले तो मुझे हिमा बहू की इन बातों पर विश्वास ही नहीं करते बना। इसीलिये उसकी सारी बातों को सुनकर भी उस दिन अपना कोई सुझाव नहीं दे पाया। उससे केवल इतना कह सका— "अच्छा अच्छा, घबड़ाओ नहीं हिमा बहू। मैं अलग-अलग संदीप और सुदीप से मिलूंगा। फिर दोनों की बातें जानकर ही कुछ कहना ठीक होगा।" "पर ये तो किसी से भी इस संबंध में बात नहीं करना चाहते"—हिमा बहू ने कहा था और उसकी बात बिल्कुल ठीक थी।

एक दिन बाजार से लौटते हुये संदीप याने छोटे मिल गये थे। मैंने ही शुरूआत की—"ये क्या झगड़ा है भाई?" "कुछ नहीं दादा आपस का मामला है। आपस में ही निपटेंगे।" "लेकिन बात क्या हुई?" बस भड़क उठे थे छोटे भैया—"सोचते हैं कि इतनी आसानी से मेरी जमीन, मेरा मकान, मेरा अधिकार हड़प लेंगे। सो तो बिल्कुल नहीं होगा। खून-पसीने की कमाई है। ऐसे हजम नहीं होगी। कहे देता हूं। खून खराबा कुछ भी हो सकता है। वे अपने को समझते क्या हैं?"

"लेकिन यह स्थिति आई कैसे? सुना जरूर था कि मकान बनवाने में तुम दोनों ने आधा-आधा पैसा लगाया था। फिर ऐसा क्या हो गया?"

फिर जो कुछ छोटे ने सुनाया था, यदि उसे सच मान लूं तो लगा था कि सत्य कहीं कुछ नहीं होता। खून का संबंध भी इस असत्य में कहीं गहरे दफन हो जाता है। पर नहीं, मेरा मन नहीं मानता। आस्थावान हूं न। इसीलिये कहता हूं-देर-सबेर एक दिन सत्य की जीत होकर ही रहेगी। झूठ अधिक दिन जिन्दा नहीं रहता।

सत्य और असत्य के इसी द्वन्द्व में यह कहानी उलझ गई और स्वार्थ सिद्धि का सोपान बन बैठी। पर तब कहां थी स्वार्थपरता की कोई गंध। स्वार्थपरता की गंध बड़ी विषैली होती है। तब ऐसा कुछ कहां था ? राम-

लक्ष्मण से भाई एक-दूसरे के प्रति पूर्ण समर्पित और सहृदय। तभी तो...। क्लर्क की कुर्सी पर बैठे बड़े और मास्टर की कुर्सी पर बैठे छोटे। बल्देव चाचा की कुछ पुश्तैनी जमीन थी। पुराने ढंग का मकान देखकर कुछ दूसरा ही सोचा था दोनों भाइयों ने। सोचा था पिता की खेती वाली जमीन बेच दी जाये और उन रुपयों के साथ दोनों अपनी गाढ़े की कमाई मिलाकर एक पक्का मकान बनवा लेंगे। दोनों ने ही मिलकर मकान का नक्शा बनाया था। एक मकान के बराबर दो हिस्से। बड़े को भगवान पर कुछ अधिक ही आस्था है। इसीलिये उनकी ओर पूजागृह बना। छोटे को पढ़ने लिखने में रूचि थी। अतः इनके लिये एक अध्ययन कक्ष बना। दोनों बहुयें बैठकर सलाह-मशविरा करतीं और अपनी अपनी रुचियों को अपने अपने पति तक पहुंचा देतीं। दोनों भाई बारी-बारी से मकान के निर्माण का काम देखते। सुबह बड़े तो शाम को छोटे। दोपहर को बहुयें कामधाम से निपट कर ऊन के गोले लिये कामधाम देखने पहुंच जाती। बहरहाल मकान बना था और शानदार बना था। मकान बनने के बाद नाम को लेकर दोनों भाइयों के बीच अपनत्व की प्रगाढ़ता व्यापी थी। बड़े ने कहा था—इस मकान को एक के नाम से रहने दें। इस पर तुम्हारा ही नाम लिखवा देते हैं। नहीं—तत्काल छोटे बोले थे—आप बड़े हैं। इस पर आपका ही नाम रहना चाहिये। क्या अंतर पड़ता है ? मेरा नाम हुआ तो, आपका नाम हुआ तो, एक ही तो बात है। लेकिन जब बड़े नहीं माने तो छोटे ने ही उन्हें सलाह दी—अच्छा, न आपके नाम रहे, न मेरे। मकान पर भाभी का नाम लिखवा दीजिये। माँ के स्थान पर भाभी ही तो हैं। और छोटे ने हुलस कर सारे कागजात तैयार करवाये और उनसे दस्तख्त करवाकर मकान की रजिस्ट्री करवा आये। छोटे ने कहा था—जिन भाई को पिता के स्थान पर देखता रहा हूं, उन्हें देखने के लिये अब मैं अपनी आँखें कैसे बदल दूं? तब पास-पड़ोस के एक-दो शुभचिन्तकों ने छोटे को समझाया जरूर था—छोटे, ऐसी नादानी मत कर। कब किसकी आँखें बदल जायें-क्या भरोसा? आज जो कुछ ठीक लग रहा है, कल गलत लगने लगे तब ? कौन क्या कह सकता है? पर छोटे का मन था कि नहीं बदल पाया—कुछ नहीं होगा। सब बदल जायें पर भैया नहीं बदलेंगे। महज कुछ रूपयों के लिये। जमीन के एक टुकड़े के लिये। रहने भर की सुविधा के लिये।

एक दिन दोनों ने कितने चाव से शुभ मुहूर्त निकलवाकर बड़े उत्साह और धूमधाम से गृह प्रवेश का उत्सव मनाया था और दोनों बहुयें लकदक

गहनों-कपड़ों से सजी-धजी हर आने वाली को सारा मकान घूम-घूम कर दिखाती फिरी थीं। और फिर...।

छोटे के मन में कितने गहरे एक कांटा चुभ गया है। कांटा ऐसा भी नहीं जो सहज निकाल कर फेंक दिया जाये। छोटे ने मुझसे यही कहा था—किसी की निगाह आखिर इस तरह क्यों बदल जाती हैं दादा कि अपनों को भी नहीं पहचान पाता। आज मैं सोचता हूं—यदि मैं अकेला होता तो एक बार यह उदारता भी दिखा देता। पर पत्नी और उसकी दो बच्चियों का भाग्य मैं कैसे बदल जाने दूं? कैसे उनकी जिन्दगियों को इस झूठे त्याग के नाम पर कहीं गिरवी रख दूं? नहीं, यह मुझसे नहीं हो सकेगा।

यह सब सुनकर छोटे के प्रति मेरे मन में हमदर्दी जागी थी। उसकी बातों में ईमानदारी थी। वजन था। सब कुछ रहकर भी आदमी बेघर क्यों होना चाहेगा, ईमानदारी से कमाये गये पैसों को कोई इस तरह हाथ से कैसे निकल जाने देगा? फिर एक मास्टर की निरीह जिन्दगी से मेरा साक्षात्कार रहा है। उसकी सीमा और सीमित दायरे में ठहरी आकांक्षाओं के क्षत-विक्षत टूटन का मैं भी मूक दर्शक रहा हूं। दर्शक क्यों ? भुक्तभोगी रहा हूं मैं तो। अपना अधिकार देकर महान बनने की गलती बड़ी भारी होती है। इतनी भारी कि आगे आने वाली पीढ़ी को भी उसका मूल्य चुकाना पड़ता है। पर बड़े को भी सुन लेने का मन हुआ।

शाम को गहराते झुटपुटे में आत्म मंथन की प्रक्रिया में लीन मैं बाहर चहलकदमी कर रहा था कि बड़े से भेंट हो गई। बड़े बाजार से लौटकर आ रहे थे। मुझे देखा तो रुक गये। उन्होंने ही बात शुरू की थी। बड़ी बेबाक बात थी, अब तो कुछ होकर ही रहेगा दादा। अब तक सच कुछ भी रहा हो पर अब सब वही होगा जो मैं कहूंगा, जो मैं समझूंगा और जो मैं चाहूंगा। उस समय दर्प सिर पर चढ़कर बोल रहा था उनके। सिर चढ़ा हुआ दर्प बड़ा विकराल होता है जहरीले सर्प के फन की तरह। मैंने छेड़ना उचित नहीं समझा। असत्य की राह पर बढ़े हुये कदमों को आदमी किसी के समझाने-बुझाने से पीछे नहीं लौटाना चाहता, जानता हूं—जब तक उसका विवेक ही उसका साथ न दे। पर उन्हें टटोलने की इच्छा हुई—मैं किसी की तरफ से कुछ नहीं कहूंगा बड़े। मैं कह भी क्या सकता हूं? मेरा अधिकार ही क्या है? तुम दोनों भाई समझदार हो। जो करोगे, ठीक ही करोगे। पर एक बात मेरी

समझ मैं नहीं आती—सच में क्या छोटे ने मकान बनवाने के लिये तुम्हें रूपये दिये थे? यदि दिये थे तो...। बात काट दी बड़े ने। कुटिल मुस्कान उनके होंठों पर छलक आई। अच्छी तरह पान चबाकर पीक थूकते हुये विजयी मुद्रा में बोले—अब दादा आपसे क्या छिपाना? उस समय तो दिये ही थे। पर अब छोड़िये उसे। बात जब इतनी आगे बढ़ गई है तो अब मेरा कहना यही है कि बच्चा था क्या वह जिसने अपनी सारी जमा-पूंजी इस तरह मकान में लगा दी और वह भी अपनी भाभी के मकान में। कोई विश्वास करेगा इस पर? बोलिये? आज के जमाने में कोई ऐसा दानवीर-कर्णवीर दिखता है कहीं? कम से कम समझदार आदमी ऐसा कर नहीं सकता। सुनकर अजीब कुछ नहीं लगा। मन को धक्का भी नहीं लगा। जमाने का एक यथार्थ बड़ी चतुराई से बड़े ने मेरे सामने लाकर रख दिया। कोई विश्वास कर पायेगा आज कि छोटे भाई ने बड़े भाई की पत्नी के नाम बन रहे मकान में अपने इतने वर्षों की सारी संचित राशि लगा दी। पूरे पच्चीस हजार रुपये। अब तो यही कहेगी न दुनिया देखो, कितना शातिर बदमाश निकला छोटा भाई—बिल्कुल आस्तीन का सांप। बेचारे बड़े भाई ने मर खप कर तो मकान बनवाया और बन जाने पर छोटा भाई उसका आधा हिस्सा हड़पना चाहता है। एक पैसा तो लगाया नहीं जेब से और दावेदार बन बैठा। मन का जायका बेहद कड़वा हो आया। चलने लगा तो बड़े ने बड़ों की सी मुख मुद्रा बनाकर कहा था—अब तो भला इसी में है उसका कि चुपचाप दो कमरों में रह ले। बस किराया न दे। और क्या? बड़े हँस दिये थे। बड़ी जहरीली लगी उनकी यह हँसी। कैसे होते हैं बाज-बाज लोग? घर आकर भी मैं यही सोचता रहा। कैसे आसानी से वे धोखा दे लेते हैं किसी सरल निष्कपट आदमी को। फिर छोटे तो उनका सहोदर है। अभी तक सोचा करता था कि दूसरों को धोखा देना आसान है पर अपने को धोखा देना बहुत कठिन होता है। आज मेरा यह सोचना बड़े हास्यास्पद रूप में मेरे सामने आ गया है।

कैसे दिन बीतते चले गये। एक लम्बे समय तक छोटे से मिलना नहीं हुआ। मिलना चाहा भी तो पता चला कि कहीं वह बाहर गया हुआ है। लेकिन इस बीच उड़ती-उड़ती खबरें मुझ तक पहुंचती रही हैं—यही कि बड़े और उसकी बहू छोटे के विरूद्ध सारे मुहल्ले को भड़का रही हैं। बड़े अपने साथियों में छोटे के विरूद्ध अनर्गल प्रचार-प्रसार कर रहे हैं तो बड़ी बहू के दिन का सारा समय पड़ोसिनों के बीच हिमा बहू को बदनाम करने में ही

व्यतीत होता है। क्या-क्या सुनने में नहीं आया इस बीच—यहां तक कि छोटे दुश्चरित्र है। वह लड़कियों को ट्यूशन के बहाने घर बुलाता है। पत्नी अपढ़ है। उससे उसका मन नहीं मिलता। और फिर पत्नी भी क्या करे? वह मुहल्ले-टोले में अपने मन का तलाशती फिरती है। छिः छिः। हिमा बहू के मन पर क्या बीतती होगी—क्या पता? पता न चले कुछ तो ही अच्छा।

अपने अकेलेपन की जिन्दगी क्या? न व्याह, न बाल-बच्चा। समाज की गतिविधियों भी मुझे क्या लेना-देना? क्या होगा उससे? पर ऐसा भी तो होता है कि जो नहीं चाहता आदमी, वही उसकी जिन्दगी में अनायास प्रवेश कर जाता है। अनासक्त मन भी अनजाने अनचाहे कैसे किसी अपनत्व की डोर से जा बंधता है? यही तो आश्चर्य की बात है जिसे आज भी मैं पूरी तरह नहीं समझ पा रहा हूं। अनायास हिमा बहू मेरे इतने नजदीक आ गई? केवल नजदीक ही नहीं, उसने मुझ अकेले की निरासक्त जिन्दगी को भावशून्यता की देहलीज से निकाल कर अपनत्व की उष्णता से लबालब भर दिया। उसका सांझ घिरे नित-प्रति आना और आकर बड़े नेह से मेरी बिखरी चीजों को यथावत् सम्हालना, सजा कर रखना, बड़े आग्रह से चाय-पानी पूछना और देर तक बतियाते रहना। कितनी-कितनी बातें की हैं उसने मुझसे—कुछ अपनी आज की बातें, कुछ बीती बातें कुछ अपने सुख की, कुछ अपने दुख की। इन सबकी मिलीजुली तस्वीर में झांकती हिमा बहू तब मुझे बेहद भोली, बेहद करुण और बेहद अपनी सगी लगी थी।

उसके व्यतीत की बातों से ही एक निरीह बालिका मेरी आंखों में झांक उठी थी। हिमा बहू के पिता बहुत ही मामूली आदमी थे। बच्चों के स्कूल के एक अध्यापक। पत्नी के मरने के बाद वे हिमा के लिये दूसरी माँ ले आये और जैसे ही नई माँ में आई, वैसे ही इस नन्हीं लड़की की किस्मत कांटों में उलझ गई। माँ के नेह से वंचित लड़की पिता के प्यार के लिये भी तरसने लगी। कभी कोई उसकी ओर ध्यान ही नहीं देता। कोई उसकी बात नहीं पूछता। मन पर लगे जख्म टीसते रहे। पर उम्र का भोलापन उनकी परवाह नहीं करता। घर के कामकाज से फुर्सत पाकर वह सहेलियों के साथ घर से दूर आम के बगीचे में पहुंच जाती। वहां पर वह खुलकर खेलती। तितली बनी दौड़ती और खुलकर सांसें लेती। कब वह बड़ी हुई कि उसकी निरीह कातर आँखों में कुछ रेशमी सपने झलमला उठे। गोरी-चिट्टी हिमा का छोटा भाई

रूप बड़ा होकर सचमुच कैसे एक मास्टर की जिन्दगी से आ जुड़ा होगा, उसके मुंह से सब कुछ सुनकर भी पूरी तरह विश्वास करते नहीं बना था। एक दिन सौतेली माँ ने रोटी जल जाने पर उसकी हथेली आग में झुलसा दी थी। जली हथेली की पीड़ा से अधिक मन की पीड़ा लिये वह रोती-बिलखती सीधे बल्देव चाचा के पास भागती आई थी और उनकी गोद में मुंह छिपाकर बड़ी देर तक बिलखती रही थी। बल्देव चाचा की पुलिस की वर्दी में कठोर दिखने वाली आंखों में तब पानी छलछला आया था। हिमा की हथेली बुरी तरह झुलस गई थी। पीठ पर बेलन की चोटें नीली पड़ गई थी। बल्देव चाचा भीतर तक हिल गये थे। जब वे संयत हुये तो पुचकारते हुये बोले थे—चल तुझे घर पहुंचा दूं। पर वह भयभीत मृगछौनी सी चाचा की गोद में और भी दुबक गई थी। बल्देव चाचा ने आंसुओं से भीगा उसका चेहरा उठाया था और अपने कुरते के छोर से उसका चेहरा पोंछ दिया था। हथेली पर मलहम लगाकर पट्टी बांधी थी और अपने दोनों हाथों में उसका मुख थामें अपलक कुछ देर तक उसे अपने सामने किये देखते रह गये थे। मृगनयनी हिमा। चम्पई रंगत लिये भोलेपन से भरा हुआ चेहरा। किन्तु कितना भयाकुल, यातनाओं से घबड़ाया हुआ। उन्होंने उसके सिर को थपथपाया था—चल, तू मेरी बेटी है बस। आज से मेरी बेटी ही हुई। मैं समझा दूंगा उन्हें। अब कोई तुझे कुछ कहने की हिम्मत नहीं करेगा। उसे अपनी बांह में समेटे वे सीधे माखन बाबू के पास गये थे। सहजता बोले थे—यार माखन बाबू, अब से तुम्हें इस लड़की की चिन्ता बिल्कुल नहीं करनी पड़ेगी। इसका हाथ मैं अपने छोटे बेटे के लिये मांग रहा हूं। बस, मुझे लड़की चाहिये और कुछ नहीं चाहिये। और फिर एकाएक किस्मत बदल गई थी उस लड़की की। ऐसा ही हुआ था जैसे घूरे के भाग्य बदल जायें या रास्ते की धूल किसी के माथे की विभूति बन जाये। वह विभूति बन कर ही आई थी बल्देव चाचा के घर। उनके घर की भाग्य लक्ष्मी बन कर। एक सप्ताह के भीतर ही अपने परिवार में बोझ जनम-जनम की सताई वह लड़की छम-छम करती बल्देव चाचा के घर में बहू बनकर आ गई। घर-आंगन में जैसे चांदनी बिखर गई हो।

यह किस्सा बताते-बताते हिमा बहू रो पड़ी थी—मैंने यहां आकर ही पहली बार जाना था कि पिता का नेह क्या होता है और माँ का दुलार क्या होता है। आंख की पुतली की ही तरह रखा था बाबूजी ने मुझे। उन्होंने एक बार कहा था—तू तो इस घर की इज्जत है, इस घर की लक्ष्मी। पर हां,

देखना, कोई यह न कहने पाये कि बल्देव ने घूरे की गंदगी उठाकर घर में डाल ली। एक घर की इज्जत बचाने के लिये एक घर की इज्जत दांव पर लगा दी। मैंने तो घूरे में से हीरा उठाया है हीरा।

बस मैंने एक गांठ उसी समय मन में बहुत कस कर बांध ली थी—अपने देवता स्वरूप बाबूजी की प्रतिष्ठा पर जीते जी कभी कोई आंच नहीं आने दूंगी। उनकी इच्छा और उनकी इज्जत मेरी जान से भी ज्यादा होगी मेरी लिये। आज बाबूजी नहीं हैं तो क्या...? मैं तो कभी मान ही नहीं सकती कि उनका आशीर्वाद मेरे सिर पर नहीं है।

मैं हतभ्रम छलछलाई आँखों भरी भोली सी हिमा बहू की इस संकल्पित गम्भीर रूप छवि को देखता रह गया था। उसके एक-एक शब्द का अमृत की तरह पान करता रहा था। बस उसी दिन से वह मेरी परम आत्मीय बन गई थी। बेटी से बढ़कर आत्मीय और कौन हो सकता है? बस तभी से वह मेरे लिये केवल हिमा हो गई थी।

फिर कुछ दिनों तक हिमा से मिलना नहीं हो सका। मन बेचैन इधर-उधर भटकता हुआ उसके आने का इंतजार करता रहता। अनजाने में सीढ़ियों पर सांझ के उतरते ही एक अबूझ व्याकुलता अनुभव करता। पहले जब कभी वह आती, दूर से देखकर ही उसके चेहरे पर मुस्कान के फूल खिल जाते। वह हंसती मुझे सुख मिलता। कभी उसके चेहरे पर उदासी झलकती होती तो मेरा मन भी उदास हो उठता। इसी तरह एक लम्बा अन्तराल। अपने सूखे पतझड़ से वीरान दिनों को काटता हुआ मैं यों ही सांझ घिरते सीढ़ियों से उत्तर कर बगीचे में चहलकदमी करने लगता। इसे बगीचे का रूप इस हिमा ने ही दिया था। चम्पा, चमेली, रातरानी, मोंगरा—न जाने कहां कहां से कितने पौधे लाकर मेरे यहां रोप दिये थे। वह कहती—अकेला भी हो आदमी तो क्या ? कहीं कुछ भरापन तो रहे। देखना दादा, जब फूल खिलेंगे इनमें तब लगेगा—तुम अकेले नहीं हो। कोई है तुम्हारे साथ। तुम्हारे साथी-संगी। मैं कहता—बहुत दुख देगी हिमा। तू मुझे बहुत दुख देगी। अरे पगली, इस बनजारे मन को इतना क्यों बांधती है कि टूटे तो चूर-चूर हो जाये, कहीं कुछ भी साबुत न रहे। हँस देती हिमा—तुमको नहीं बांध रही दादा। अपने को ही बांध रही हूं। बांधती हूं तभी तो जी सकने की ताकत पाती हूं। सच कहूं—आप में मैं बाबूजी को ही पाती हूं। बाबूजी के नाम पर छलछलाई

आँखें देखकर मैं जनम-जनम का कठोर अनासक्त आदमी फिर पसीजने लगता हूं। मन होता है कि काश, इसके गर्भ से सन्तान रूप में जन्म ले सकता तो धन्य हो उठता। कहीं ऐसा हो सकता है?

कितने दिन गिने हैं मैंने अंगुलियों पर हिमा का रास्ता देखते पर हिमा नहीं आई। कई बार देखने जाने का सोचा भी पर जा नहीं पाया। समाज की सड़ी-गली अफवाहों के बीच एक अफवाह बनकर जीना बड़ा मुश्किल होता है। कुछ दबी-दबी आवाजें सुनी थीं। सुन कर यही सोचा था कि कहने वालों का मुंह जल क्यों नहीं गया। कैसे कहा गया होगा उनसे यह सब? दादा जैसा गरिमा से भरा सम्बोधन और हिमा का बेटी सा निश्छल रूप। लानत है ऐसे लोगों पर। जीवन को धड़कनें देने वाला खून जब पानी बन जाता है और कूड़े-कर्कट से गंदा होकर सड़ने लगता है तभी सड़ांध पैदा करता है और चारों ओर बदबू फैलाने लगता है। हां हां, बड़े का मन सड़ गया है तभी तो...।

फिर अपनी ही व्यस्तता में में इतना खप गया कि हिमा के लिये कुछ सोचने का समय ही नहीं निकाल पाया। पर एक दिन सांझ के झुटपुटे में आराम से घूमता हुआ लौट रहा था कि एक नारी आकृति सामने आ गई। पहचानने में दिक्कत हुई। वह मेरे साथ घर तक आई। रोशनी में नजर उस पर पड़ी तो भीतर कुछ कसक उठा। मलिन वेश, श्रीहीन दुर्बल चेहरा। बीमार थी हिमा? बहुत दिन से दिखी नहीं। मैं तो जाने कब से तेरा रास्ता देखता रहा। हिमा चुपचाप धरती पर पैरों के पास बैठ गई थी। फिर एकाएक रोती चली गई थी जैसे सूखी धरती पर जलाधार बरस गई हो। वह कहती चली गई थी—एक दिन जब छोटे अपने हिस्से में आंगन के बीच दीवाल उठवा रहे थे तब बड़ी दीदी ने चिल्ला-चिल्ला कर भीड़ जोड़ ली। आसपास के लोग दरवाजे पर आ जुड़े। दीदी चिल्ला रही थीं—देखिये, आप लोग देखिये इनका अन्याय। बड़े भाई बाहर गये हुये हैं और ये जबरदस्ती घर पर अधिकार जमा रहे हैं। खून-पसीना एक कर हमने पैसा लगाया और अब ये हिस्सेदार बन रहे हैं। मैंने उन्हें इस तरह घर की इज्जत सड़क पर ले जाने के लिये रोका तो वे मुझ पर ही बरस पड़ीं। चोट खाई हिमा की कलाई, चोट खाया चेहरा—सूजन उभर आई थी। मेरी नजर पड़ी तो वह एक फीकी हँसी हँस दी—यह सब इनका दिया उपहार है। मैंने इन्हें कितना तो समझाया। क्या रखा है लड़ाई-झगड़े में? रुपया-पैसा हाथ का मैल ही तो है। चला

गया—समझ लेंगे। यह समझ लेंगे कि इतने दिनों कुछ कमाया ही नहीं था। कोई किसी की किस्मत थोड़े ही ले लेगा। छोड़ क्यों नहीं देते अपना अधिकार ? हम गरीबी में भी रह लेंगे। फिर मुझे तो गरीबी में रहने की आदत है।

मैंने चौंक कर देखा हिमा को—यह हिमा तुम कह रही हो। सच सच जानते हुये भी। हां दादा, साक्षी हैं मेरी गोद की बेटियां कि इन्होंने अपनी कमाई का एक-एक पैसा बड़े भाई को दिया है। पर आज...। उनकी नजरें बदल गई हैं। मैं समझाती हूं तो वे मुझ पर ही बरसने लगते हैं। कहते हैं—कैसे छोड़ दूं अपने पसीने की कमाई? कोई घूस का पैसा था क्या कि कोई उसे डकार ले। अब तो जो न हो जाये, कम है। मुझे सोचकर ही डर लगता है। हिमा के चेहरे पर भय की परछाइयां झलकी। वह बहुत भयभीत थी—शायद आपका कहना मान लें। आप समझाइये दादा। मुझे तो अब इनसे भी डर लगने लगा है। जिस भाई को पिता की जगह माना है, जिस भाभी को मां की तरह सम्मान दिया है, क्रोध में आकर कहीं उन पर...। आगे के शब्द अपनी मनःस्थिति में मैं नहीं सुन पाया। हठात् हिमा अपने हाथों कंगन उतार कर मेरे पैरों के पास रखकर बोली—पैंसों की जरूरत आ पड़ी है दादा। उधार भी किसी से कैसे लूं ? घर की इज्जत का सवाल है। ये आप रख लें। जब रूपये होंगे तब वापस ले लूंगी। हतप्रभ रह गया मैं। एक अव्यक्त ममता छलक आई मेरे मन में इस हिमा के प्रति। वह मेरे लिये मेरी अपनी बेटी जैसी ही लगी थी। माया-मोह को झटक कर सबसे अलग-अलग अवधूत बना मैं कैसे आज इस लड़की की मोह-ममता में बंध गया कि आँखों में आंसू छलक आये। कंगन उसके हाथों में पहनाते हुये बोला—दादा मानती है न। तो फिर इतना और मान ले। पिता के पास बेटी का कुछ भी कर्ज नहीं होता पगली। दे सकूंगा जब तक जरूर देता रहूंगा। पर कर्ज का कोई बोझ मेरी छाती पर मत डाल। में सह नहीं पाऊंगा इसे। भीतर से लाकर तीन सौ रूपये उसे देकर मैंने कहा कुछ रूपये हैं। इन्हें रख लो हिमा। और भी किसी चीज की जरूरत हो तो कहने में संकोच मत करना। उसकी छलछलाई आँखों में कृतज्ञता के भाव थे। मैंने कहा— मेरा तो आगे-पीछे कोई नहीं है। अब तू मिली तो लग रहा है—कोई ऐसा है मेरा जिससे मैं चाह कर भी कट नहीं सकता। तेरा ऋण मुझ पर बहुत है हिमा। तू मेरे रेगिस्तानी

जीवन में शीतल झरने की तरह बही है। वह कुछ नहीं बोली। उसने मेरे पैर छूये और निःशब्द चली गई।

कैसा है यह जीवन और उसका सत्य? यदि सत्य कहीं कुछ है तो अन्याय के हाथों वह बिक नहीं सकता। आज नहीं तो कल, बहुत बाद में ही सही, उसे इस अन्याय का मूल्य चुकाना होगा। निश्चय ही चुकाना होगा। वह नहीं तो उसकी पीढ़ियां चुकायेंगी—आहत सांसों का ऋण।

कितना कुछ सोचने लगा था उस क्षण। और भी बहुत कुछ सोचना चाहता था पर सोचा नहीं गया। बार-बार हरेक विचार के साथ हिमा का मलिन मुरझाया चेहरा, कातर आँखें, मेरी आँखों के सामने पड़ती रही थी। जो होगा, देखा जायेगा, यही सोचकर दूसरे दिन बड़े के पास गया था। यही सोचा था कि समझा-बुझा कर देखूंगा। नहीं माने तो धमका कर भी। पर कुछ न हो पाया। सड़क पार कर जैसे ही बड़े के आंगन में प्रवेश किया तो भीतर का विरागी मेरा मन बुरी तरह दहल गया। मन भर के पैरों को घसीटता हुआ मैं आगे ही बढ़ता गया, पीछे लौटना अब मेरे लिये सम्भव नहीं था। आंगन में जमा ढेर सारे लोग। सामने ही सफेद चादर से ढकी हुई एक मृत देह—हिम की मृत देह। पास ही खड़े थे बड़े आंखों में आंसू भरे हुये। बिलख-बिलख कर रो रही थी बड़ी बहू। छोटे शायद वहां नहीं था। यह सब कैसे क्या हो गया? मेरे मुंह से अस्फुट सा निकला था। बड़े भाग कर मेरे पास आये—यह क्या हो गया दादा? छोटी बहू ने यह कैसा बदला लिया हमसे? हमने यह सब कहां सोचा था? छोटी बहू के चेहरे पर पड़ी चादर बड़ी बेटी रश्मि ने उठा दी थी। शांद मुद्रा, बंद आंखें, कहीं कुछ तो असामान्य नहीं। मैंने देखा—चिरनिद्रा में डूबी अपनी छोटी बहू अपनी हिमा को। उसके एक-एक शब्द उठ कर मेरे भीतर हाहाकार बन कर समाते जा रहे थे—घर की इज्जत और मर्यादा के नाम पर एक आहुति। बाबूजी के सौंपे दायित्व की गरिमा। छोटी बहू, यह केवल तुम, तुम ही निभा सकती थीं, केवल तुम ही। भीतर इतनी बेचैनी होने लगी थी कि अधिक देर तक वहां खड़ा नहीं रह सका। बड़े को निःशब्द सांत्वना देकर मैं वहां से हट आया था।

समय बहुत नहीं बदला है। सब कुछ वही है। यही तो है संसार की गतिशीलता का नियम। बड़े वही हैं। छोटे भी वही हैं वैसा ही सारा संसार—उसकी सारी गतिविधियां चल रही हैं। मैं वैसा ही पहले जैसा स्थितप्रज्ञ हो

गया हूं। पर कभी-कभी ऐसा होता है कि बड़े और छोटे को एक साथ देखकर भीतर बहुत गहरे एक टूटा हुआ तार झनझना जाता है कि क्षण भर के लिये मैं, मैं नही रह जाता।

भावशून्य मन लिये बस मैं यही सोच रहा हूं कि उस दिन मेरे यहां से जाकर हिमा ने नींद की गोलियां मंगवाई थीं। कई दिनों से बीमार चल रही थी। तन और मन दोनों ही बेहद कमजोर हो गये थे। उस दिन छोटे के हाथ में उठा फरसा देखकर उसने अपने जेठ को बचाना चाहा था—छिः छिः तुम्हें शरम नहीं आती। लड़ाई-झगड़ा अपनी जगह है और बड़ों का आदर-सम्मान अपनी जगह। पहली बार वह जेठ के सामने इस तरह बोली थी। एक भटका पड़ा था कमजोर देह पर बड़ी हिमायती बनती है उसकी। वह जो तेरी इज्जत को सरेआम नीलाम कर रहा है सारे मुहल्ले वालों से तुझे जोड़ता है। सँभल नहीं पाई छोटी बहू। अस्पष्ट लिखावट का वह पुर्जा छोटी बहू के मरने के दूसरे दिन उसकी बेटी रश्मि दे गई थी मुझे। मैंने पढ़ा—सबसे अधिक नेह इस जीवन में बाबूजी के बाद आपसे पाया है।

किसी को दोष क्यों दूं? अपने को ही देती हूं। अपने दोष से बढ़कर किसी का कोई दोष नहीं होता। मैं न रही तो क्या ? इस घर की इज्जत नीलाम न होने पाये दादा, यह तुम देखना। तुम्हें देखना ही होगा। मैं हिमा के लगाये बगीचे के बीच खिलते फूलों को देख रहा हूं और जाने किस पार निहार रहा हूं। बड़े और छोटे प्रेम से रहने लगे हैं जैसे कभी कुछ हुआ ही नहीं। बड़ी बहू छोटे को बहुत मान रही है। मुझसे भी बड़े अब बहुत प्रेम से मिलते हैं। पर मैं जाने क्यों सहज नहीं हो पाता। ऐसे समय भीतर उफनती पीड़ा की एक तीखी हिलोर महसूसने लगता हूं। हिमा को जाना था, चली गई। पर जाते-जाते इज्जत की एक ईंट मेरी देहरी पर भी रख गई है। उसे मैं कैसे अनदेखा करूं? मुक्त रहकर भी उससे मैं मुक्त कहां रह पा रहा हूं? मुक्त रहना चाह कर भी मुक्त न रह पाने की यह दारूण यंत्रणा मुझे झेलनी ही होगी। हिमा का लिखा वह छोटा सा पुर्जा। पुर्ज में लिखे शब्द-शब्द मेरी चेतना में समा गये हैं। सब कहते हैं मैं बदल गया हूं। आज कितने अनगिनत मोड़ों पर आ खड़ा हूं कि अपना गन्तव्य ही भूल गया हूं।

जीवन कितना क्रूर होता है और मधुर भी, यह हिमा है कि जाना हूं। पर मेरे पत्ले माधुर्य को झुठलाती जीवन की यह क्रूर पीड़ा कैसे आ पड़ी? फिर

भी सिर-माथे पर। एक दिन हिमा ने हल्के मन से कहा था—दादा जो हम जिन्दगी में नहीं पा सकते, वह मर कर पा सकते हैं न। किसी भी ऋण से आदमी कैसे भी उबर लें पर एक ऋण होता है सांसों का जिसे चुकाना आदमी के लिये बड़ा भारी होता है—बड़ा कठिन है। यदि उसे चुका सकी तो दादा मेरा मरना भी तब सार्थक हो जायेगा। मैं तब नहीं समझ पाया था उसकी बातों को। आज समझ पा रहा हूं। अच्छी तरह समझ सक रहा हूं। पर अब समझने से क्या?

**********

# आत्मा का दंश

मौसम खुल गया था। खुनक भरी हवा होले से मेरे पास आकर ठिठक गई थी। चाय की चुस्कियां लेते हुये अचानक मुझे सौरभ याद हो आया। कई दिनों से उसे देखा नहीं। वह आया क्यों नहीं? इधर रानू को भी कुछ अन्यमनस्क सा देख रही हूं। मन में आता है—उससे पूछूं आखिर बात क्या है बेटे, मुझे बता तो सही पर संबंध और उम्र का संकोच बीच में आड़े आ जाता है। पर इस रानू ने ही तो मुझे अपने इतने नजदीक नहीं जाने दिया। मैं तो तरस-तरस कर रह गई हूं कि यह रानू मुझे मां नहीं सखी मानकर अपने मन का सारा कुछ कह कर हल्की हो लिया करे। अंतरंगता के दायरे में किशोर वय की समस्यायें अपने आप सुलझ जाये। पर यह रानू खोई-खोई सी अपने ही दायरे में कैद इस अपनी बेटी से अधिक नजदीक तो मैं सौरभ के हूं। सौरभ जो जरा सी उल्झन पाते ही मेरे पास दौड़ा आता है—मम्मी, प्लीज मम्मी, आज मैं बेहद परेशान हूं। आप कुछ समझाइये न। यह रानू कभी-कभी इतनी कठोर क्यों हो जाती है। चाय पूरी नहीं भी भाई थी कि हठात् सामने टेबल पर रखे अखबार पर दृष्टि जा थमी। सुर्खियों में था—एस. के. श्रीवास्तव, सब-इंजीनियर के बाईस वर्षीय पुत्र सौरभ ने ट्रेन से कट कर आत्महत्या कर ली। साफ-साफ यह आत्महत्या का ही मामला था। हाथ का प्याला कांप गया। मैंने सँभल कर कुर्सी थाम ली। मेरे आत्मीय धरातल पर यह घटना नहीं, बहुत बड़ी दुर्घटना थी। मेरी चेतना ने मुझे झकझोर डाला। थरथराती हुई मैं सीधे रानू के पास दौड़ी गई। देख, यह पढ़। सौरभ ने आत्महत्या कर ली। में जानती हूँ, यह तेरे कारण हुआ है। तुझे आखिर इस तरह उसकी जिन्दगी से खेलने का अधिकार क्या था? क्यों नहीं तू भी उसके साथ मर-खप गई? सलाइयों पर फिसलते फन्दों पर रानू की अंगुलियां कुछ पल के लिये कांपी। उसने सिर उठाकर सीधे मेरी ओर देखा। उन आँखों में मैंने कुछ चाहा था। पर कोरे कागज सी वे आँखें मुझे बेहद सूनी लगीं। उनमें दुख, पछतावा या ग्लानि जैसा कोई भाव नहीं था। शून्य सपाट आँखों से वह मेरी ओर देखकर सलाइयों पर फिर फन्दे उतारने लगी थी। उसका मौन

मुझे साल गया। में चीख पड़ी थी—बोलती क्यों नहीं? तेरे सौरभ ने आत्महत्या कर ली तेरी वजह से। रानू ने उत्तेजना से सलाइयां परे टेबल पर फेंक दीं। वह उठ खड़ी हुई—वह बुझदिल निकला माँ। वह जीने का हौसला नहीं पा सका तो मृत्यु उसे आसान लगी। ऐसे के साथ मेरी हमदर्दी नहीं है। ऐसों को भर ही जाना चाहिए। वह इंतजार क्यों नहीं कर सका। वह इंतजार कर सकता था। रानू एक-एक शब्द पर जोर देकर ऐसे बोल रही थी जैसे वह यह सब मुझसे नहीं, स्वयं से कह रही हो। मैं अवाक् हठबुद्ध सी कुछ बोल पाती कि वह अपनी छलछलाई आँखों को पोछते हुये अपने कमरे में भाग गई थी। पर जाते-जाते वह मेरे मन को, मेरे समूचे अस्तित्व को घायल कर गई थी।

कभी-कभी कैसे तो क्षण आते हैं जिन्दगी में कि उन क्षणों को हल्के हाथों यदि नहीं उठाया जाता तो वे घायल होकर सारी जिन्दगी के नासूर बन जाते हैं। सप्तपदी के मांगलिक मंत्रों का सत्य कितना बड़ा झूठ बनकर आज फिर मेरे कानों में बजने लगा है। मैं दोनों हाथों से अपने कानों को ढांप लेना चाहूं भी तो वे आवाजें मौन नहीं हो सकती। अशेष को मैं आज भी कहां भूल पाई हूं। उस एक क्षण का अपराध मेरे मन पर इस बुरी तरह हावी हो गया है कि आज भी अपने को माफ नहीं कर पा रही। मां के आँखों के आंसुओं में मेरा सारा संकल्प तिनके सा बह गया था। पापा की क्रूरता के चिन्ह मेरी पीठ पर नहीं मेरे मन पर सदैव के लिये अंकित होकर रह गये। माता-पिता बच्चों को जन्म देते हैं। उनका लालन-पालन करते हैं कि वे उन्हें सुख देंगे। पर मैंने तो उन्हें मुंह दिखाने लायक नहीं रखा। मुंह से निकला एक निश्चय नैतिकता के शिखर पर चढ़कर खानदान की नेकनामी नीलाम कर गया था। अशेष का निश्चय क्यों मेरा निश्चय नहीं बन सका—मैं बहुत कमजोर निकली या मुझमें साहस ही नहीं था। यातनाओं से भरी वह रात और रात की निस्तब्धता को बेधती मेरी अपनी ही बोझिल टूटती आवाजें—मैं चाहती हूं अशेष को। अशेष विवाह करना चाहते हैं मुझसे। पर यह हो कहां पाता है? मैं चीख-चीख कर कहना भी चाहती हूं पर मेरी आवाजें फिर कैद कर दी जाती है। प्रतीक्षारत अशेष के पास फिर मैं कभी नहीं पहुंच पाई। स्टेशन पर प्रतीक्षारत अशेष बस इंतजार ही करते रहे और मैं धड़धड़ाती ट्रेन को अपने पर से गुजरता महसूस करती रही। कॉलेज जाना बंद कर दिया गया। घर से निकलना बंद कर दिया गया। कोई मेरे पास नहीं आ सकता था। मैं किसी से मिल नहीं सकती थी। यह सब हुआ था परिवार की मर्यादा के नाम पर। माता-पिता की

इज्जत के नाम और इस इज्जत के नाम, इस मर्यादा के नाम मैं फिर मैं नहीं रह गई। मैं कुछ सँभल पाऊं, कुछ सोच पाऊं कि एक दिन वधू के वेश में सजी-संवरी यहां तुम्हारे पापा के पास आ गई। रानू बेटे, मैं सच कह रही हूं—इनके पास आकर मैंने उसे याद कर इन्हें धोखा नहीं दिया। पूर्ण समर्पिता पत्नी के सारे दायित्व निभाये हैं मैंने। पर यह अवश्य है कि तबसे खुल कर हँस नहीं पाई मैं। जब-जब हँसने का मन हुआ है, ऊपर से धड़धड़ाती ट्रेन के गुजरने का अहसास मुझे क्षत-विक्षत कर जाता रहा है। आत्मीयता के धरातल पर सौरभ के सन्दर्भ में जाकर एक बार तूने मेरी पीड़ा को छूकर कहा था। उन्होंने फिर विवाह नहीं किया। क्या इसका दायित्व आप पर नहीं है? आपको अपनी पराजय का अहसास कभी सालता नहीं माँ? कभी एक अनथक पीड़ा घायल नहीं करती आपका मन?

मैं क्या कहूं? कैसे कहूं? कहां था मेरा अपना मन—अपना अस्तित्व? मेरा जन्म तो माता-पिता का दिया हुआ ऋण था जिसे समाज का नाम देकर उन्होंने मुझसे भुनाना चाहा था।

सूखते हुये घावों को तूने फिर हरा कर दिया है बेटे। फिर से खून रिसने लगा है उनसे। इतनी लम्बी दूरी तेरे पापा के साथ पार कर जब मैं उसे भूल चली थी और तुझमें अपने को पाने का प्रयत्न करने लगी थी कि तूने यह कैसा प्रश्न उछाल किया मेरे सामने उसका कोई उत्तर नहीं है। मैंने प्यार किया किसी को तब फिर मुझमें साहस क्यों नहीं था कि इज्जत और बेइज्जत के दायरे से निकलकर उसके साथ कहीं दूर चली जाती। मेरे पिता ने मेरा विवाह किया मेरे प्यार का गला घोंट कर, मेरी इच्छा के विपरीत। ठीक है, मैं बुझदिल निकली। वे स्वार्थी निकले। पर तेरे साथ तो ऐसा कुछ नहीं था रानू। तुझे तो मैंने वे सारे अधिकार दिये थे जिन्दगी के जिन्हें मैं नहीं पा सकी थी। हां, मुझे अशेष के साथ चले जाना चाहिये था। पर तू क्यों नहीं जा सकी सौरभ के साथ। इतने समय एक-दूसरे के साथ रहते हुये तुम क्यों एक-दूसरे को बिल्कुल भी नहीं समझ पाये? तुम्हारे बीच क्या था? प्यार कि प्यार का मात्र दिखावा? नहीं, यह कैसे कहूं? सौरभ को मैंने कितने नजदीक से जाना है। उसे जानने में में गलती नहीं कर सकती। अभी कुछ ही दिन पूर्व तो वह आया था। तू कॉलेज गई हुई थी। तेरे पापा ही उसके सामने आये थे। सौरभ ने बेहिचक उनसे तेरा हाथ मांग कर आशीर्वाद की कामना की थी। पर तेरे

पापा ने आशीर्वाद देने की बजाय उसे प्रताड़ित और लांछित कर बाहर निकल जाने को मजबूर कर दिया था। तेरे पापा का क्रोध फिर बरसा था मुझ पर कि मैंने तुझे इतनी आजादी क्यों दी। उनका क्रोध बरसा था तुझ पर कि तूने उनके प्यार का इतना नाजायज फायदा क्यों उठाया। ठीक उसी समय तू आ पहुंची थी उनके सामने—क्या हुआ पापा? इसमें नाराज होने की ऐसी क्या बात थी। उसे अपमानित करने का अधिकार आपको क्या था? अधिकार की बच्ची... और यदि बीच में मैं न जाती तो। रानू बेटे, तुझे मैं गलत कैसे कहूं। आज मैं अपने को ही गलत मान रही हूं। स्नेहिल तन्तुओं को एक झटके से तोड़ देने वाले लोग मनुष्य नहीं पत्थर होते हैं। तभी तो... तभी तो भीतर की कोई आवाज वे नहीं सुन पाते। उनकी शिराओं में बहता हुआ रक्त पानी बन जाता है। तेरा यह चुप-चुप रहना, खोया-खोया सा रहना मुझे पीड़ित करता रहा है। मुझे दंशित करता रहा है। सोचा था—हर मूल्य पर तुझे सहारा दूंगी मैं। जो मैं तब नहीं कर पाई, अब करूंगी। जिसे चाहा, उसे पा लिया। जीवन का यह प्राप्य इससे बढ़कर जीवन का सुख और कुछ नहीं होता रानू। तुझे उदास देखकर मेरा मन भीतर तक हिल उठता है। तेरे पापा के चले जाने के बाद मैं गई थी सौरभ के घर। मैंने कहा था—तुम रानू को लेकर कहीं चले जाओ सौरभ। उससे विवाह कर लो। पीछे मैं सब सँभाल लूंगी। सूनकर उसकी आँखों में इन्द्रधनुषी सपने झिलमिला उठे थे। स्मिति की किरणों से जगमगा गया था उसका मुख। उसने मेरे हाथों को थामकर अपने माथे पर रखते हुये कहा था—आपका यह अहसान...। अहसान कैसा बेटे। यह तो मैं...मैं आगे कुछ नहीं बोल पाई। उसका दिया पत्र तुझे देकर मैंने निश्चिन्तता की सांस ली थी और कामना की थी—रानू बेटे, हारना नहीं। एक बार की हार सम्पूर्ण जीवन की पराजय बन जाती है। भावनायें सदैव के लिये मर जाती है। एक जीवित लाश को लेकर फिर जिन्दगी नहीं जी जाती बेटे—बिल्कुल नहीं। तू सौरभ को पाकर सुखी होगी और सौरभ तुझे पाकर। अपने रिसते हुये घावों पर मरहम लगाकर में चैन की सांस पा लूंगी। तब लगेगा—मैंने कोई गलती की भी तो सुधार तो लिया न।

रात के सन्नाटे को चीरते घण्टाघर बजते रहे। देर रात तक मुझे नींद नहीं आई। मैं करवटें बदलती रही। मेरी आँखों के सामने मेरी जिन्दगी के पृष्ठ फड़फड़ाते रहे। अतीत को माफ कर शायद मैं आगत को संवार सकूं। मैं तुझे प्यार दूंगी बेटे। सौरभ को अपने बेटे सा अपना लूंगी। हारकर अंत में

जीत जाने की खुशी कितनी बड़ी होती है रानू—यह तुझे मैं कैसे बताऊं ? पर तू कैसे हार गई? तेरे पापा न सही, मैं तो तेरे साथ थी। यह क्या किया तूने? तू सौरभ के प्यार में इतना आगे बढ़ सकी थी तो कुछ कदम आगे क्यों नहीं बढ़ सकी? क्यों तेरे भीतर का रक्त इतना शीतल हो गया कि बर्फ ही बन गया। रानू! तुझे अधिकार क्या था कि उसके मौत का कारण बनी?

मेरे सामने रानू की तड़प आकर थम गई है। में हिल उठी हूं। उसने कहा था—मैं इंतजार कर सकती थी माँ, इंतजार कर सकती थी। प्यार इतना सस्ता तो नहीं होता कि उसे बदनामी के शिखर पर चढ़ाकर बदनाम होने दिया जाये। उसकी एक गरिमा होती है। क्या वह इंतजार नहीं कर सकता था? मरना उसके लिये आसान था। जीना उसे बहुत मुश्किल लगा न। वह बुजदिल निकला। रानू अपने से ही कहे जा रही थी और में पराजित आत्मा का दंश लिये खड़ी निस्पंद उसे सुन रही थी।

**********

# दहशत की परछाइयां

स्टेशन पर खड़ी भीड़ में एक चेहरा सबसे अलग था—बिल्कुल अपने में ही डूबा। उसकी डूबती हुई आँखों में पतझड़ की वीरानी के अतिरिक्त कहीं ऐसा कुछ नहीं था जो किसी को कुछ सोचने पर बाध्य करे या कुछ नहीं तो जिससे समय काटने के लिये बातों का सिलसिला ही जोड़ने मन हो आता है। बाहों से थामें सहारा देता आश्विन का विमुग्ध प्रणयी मन उसकी चेतना में समाता जा रहा था। पर कहीं भीतर वह बेहद भयाकुल हो गई थी। जब यह कम्पार्टमेंट में चढ़ने लगी थी तो उसकी छलछलाई आँखों को देखकर आश्विन ने फुसफसाते हुये उससे परिहास किया था—अतीत से हँस कर विदा लो आशू, रोकर नहीं। देखो, हँसता हुआ भविष्य तुम्हारे सामने स्वागत में खड़ा है और उनके हाथों की मजबूत पकड़ उसे भीतर तक आश्वस्त कर गई थी। और कुछ हद तक वह भयमुक्त भी हुई थी। उसे बर्थ पर बैठाकर वे सपाटे से नीचे जा उतरे थे—ठहरो, तुम्हारे उन मित्र से तो मिल ही नहीं पाया। और वह कुछ समझ पाती कि वे उसके पास जा पहुंचे थे। आशू का कलेजा मुंह को आ गया था। लगा था चक्कर खाकर वह ट्रेन से नीचे गिर पड़ेगी। गिर ही जाये तो अच्छा। टुकड़े-टुकड़े हो जाये उसका देह-मन। नागफनी के कांटों से बिंधा जीवन लेकर वह जियेगी कैसे? उसने घबराकर अपनी आँखें बंद कर ली। उसके अचेतन मन पर जैसे धड़धड़ाती रेलगाड़ी के पहिये जा धंसे हों।

दूसरी घण्टी बज गई थी। बर्थ पर सिकुड़ी-सिमटी बैठी आशू ने अपने को सेचत किया। सबकी नजर बचाकर उसने एक बार फिर उसकी ओर देखा। वह बिल्कुल सामने की बैंच पर ही बैठा हुआ था। उसने अपने दोनों हाथ सामने बांध रखे थे। आश्विन कम्पार्टमेंट के दरवाजे पर रेलिंग पकड़े विदा ले रहे थे। वह उठ खड़ा हुआ था। हल्के-हल्के रेंगती हुई गाड़ी ने स्पीड पकड़ ली तो आशू ने अपना भयभीत चेहरा बाहर निकाल लिया था। दौड़ती हुई गाड़ी का पीछा करती वे निगाहें। निगाहों में भरी उस भावशून्यता के लिये इस बार आशू का मन दुख आया, एक खीज सी उठी—जो जैसा करता

है, वैसा भोगता भी है। इसमें किसी का क्या अपराध... अपने किये अपराध की सजा उसे भुगतना ही चाहिये। इतना अधिक भुगतना चाहिये कि फिर किसी की जिन्दगी से खेलने की कोई हिम्मत न कर पाये।

आश्विन ने अपने जूते खोलकर सीट के नीचे रख दिये और इत्मीनान से बैठ गये थे बिल्कुल सामने और उसे ही देख रहे थे—क्या बात है ? उदास हो? मेरे साथ जाने की खुशी नहीं क्या? उसने चिहुंक कर आश्विन की आँखों में देखा। आँखों की वह हँसी उसे जानलेवा लगी। भीतर का भय नागफनी के कांटों सा उसे फिर भेदने लगा। वह चुप ही रही—ऐसा क्यों कह रहे हैं आश्विन? कहीं कोई शंका-सन्देह? लेकिन इसमें उसकी क्या गलती? जाने क्या कुछ कहा हो उसने आश्विन से? अपनी सहेलियों से सुनती आई है। कहानियों में भी उसने खूब पढ़ा है। पुरुष के सौ खून माफ। कितनों से वह प्रेम करे और कितनों से ही वायदे। पर पत्नी का एक झूठा अपराध भी उसके लिये क्षम्य नहीं है। अपनी समूची जिन्दगी उसे अपने उस एक अपराध के लिये तिल-तिल कर चुकानी पड़ती है। पर यह क्या अपराध है? उसने ऐसा कोई अपराध नहीं किया है।

उसने सिर उठाकर आश्विन को देखा। फिर कुछ क्षण बाद बड़ी हिम्मत से बोली—ऐसा क्यों कह रहे हैं आप? हिम्मत जवाब दे गई और फिर चुप हो गई। गनीमत थी कि आश्विन ने फिर कुछ नहीं कहा। बस उसे देखकर हल्के से मुस्करा दिये थे। स्टेशन पर खरीदा अखबार और कुछ पुस्तकें। पुस्तकें उसकी ओर बढ़ाकर वे अखबार देखने लगे थे। गाड़ी धड़धड़ाती चली जा रही थी। चलती गाड़ी के हिचकोलों के साथ उसके मन में भी हिचकोले उठने लगे थे। यों ही पुस्तक के पन्ने पलटते हुये उसके सामने बैंच पर बैठा हुआ खोया-बुझा चेहरा सामने आ गया, अक्षर धुंधले हो गये। चेहरा उभर आया। चेहरा बोलने लगा था। उसका स्वर शिकायती हो गया था—मैंने तुम्हें प्यार किया है। मैं तुम्हें पाकर रहूंगा... किसी भी मूल्य पर। स्वर धमकी देने लगा था। उसने डर कर अपनी आँखें आश्विन की ओर उठाई। वे अखबार को पलट उस चेहरे से मुक्ति पाने के लिये पुस्तक एक ओर रख दी और हाथों को खिड़की से टेक कर सिर उस पर झुका लिया और आँखें बंद कर ली। बंद आँखों में फिर वही चेहरा झांक उठा। पर इस बार उसके चेहरे पर कुटिलता नहीं थी। इस बार उसके चेहरे पर करुणा थी। धड़धड़ाती हुई

गाड़ी एक अंधी सुरंग से गुजर रही थी। धड़धड़ाते शोर के बावजूद वह उसकी दृष्टि से बच नहीं पा रही थी। वह चेहरा, वे आँखें उस पर जमीं थी और उससे कुछ कह रही थीं।

कुछ दिन पहले ही... बहुत अधिक दिन नहीं हुये परीक्षा की तैयारी में जुटी हुई थी। दस बजे से उसका पेपर था और वह नीला के साथ जल्दी-जल्दी कदम बढ़ाती हुई बस स्टाप तक पहुँच रही थी। नीला ने कुहनी से उसे सचेत किया। उसकी आँखों के इशारे पर उसने देखा—पान की दुकान पर खड़ा वह उसे ही घूर रहा था। आँखें लाल थी। शायद उसने पी रखी थी। सिर और दाढ़ी के बाल बेतरह बढ़ आये थे। जैसे ही वे सामने पहुंची, वह तेजी से सामने आ पहुंचा—लगभग दौड़ने की सी मुद्रा में—प्लीज आशू, मैं तुमसे कुछ कहना चाहता हूं। और उन दोनों के बढ़ते कदमों के साथ-साथ जब वह आगे बढ़ने लगा था तो आशू ने कुछ बेरुखी से उसे रोक दिया था—आपको कुछ कहना हो, बाद में कह लें। सड़क पर बातें नहीं की जाती। और उसे अनदेखा कर वे तेजी से आगे बस का इंतजार करती सहेलियों में जा मिली थी।

उसी दिन शाम को उसने अभिजीत के हाथों पत्र भिजवाया था—तुम्हें शिकायत है न कि मेरी पत्नी भी है। हां है। पर पत्नी के रूप में जिसे कभी देखा नहीं या देखना नहीं चाहा, उसके साथ रहने की या उसे पत्नी मानने की क्या तुक है? उसे मैं डायवोर्स देने जा रहा हूं। किसी भी मूल्य पर उससे डायवोर्स लेना चाहता हूं। मैंने कोर्ट में केस दायर कर दिया है। आशू, इस एक बात के लिये क्या तुम वह सारा कुछ भूल सकती हो जिन्हें हमने कभी जिन्दगी की मोहक धड़कने भरी थी। अपने से तुम्हें अलग कर मैं अपने को देख नहीं पा रहा। जहन्नुम में जाओ तुम—आशू सिर से पै तक सुलग उठी थी। उसने अभिजीत के सामने ही पत्र के टुकड़े-टुकड़े कर खिड़की से बाहर फेंक दिये। अभिजीत सहम गया था—मैं ले नहीं रहा था पर वे पीछे ही पड़ गये। माने नहीं। आशू ने जैसे उसकी बात नहीं सुनी। उसने तिक्त होकर कहा था—मिले तो कह देना उससे, वह मेरी बात सोचने की भी कोशिश न करे। मैं उससे घृणा करती हूं—केवल घृणा।

अभिजीत के जाने के बाद भी वह वहीं बैठी रह गई थी। चार दिन के गैप में यह एक दिन का समय केवल उसके नाम चला गया था। हाथ में ली

पुस्तक बंद कर वह अपने ही भीतर उतरती चली गई। तब उसे मालूम नहीं था कि वह इस तरह उसकी जिन्दगी में आयेगा। वह स्वीकार करती है कि उसका मन भी माहासक्त हुआ था। एक सुघर सुन्दर जीवन की कल्पनाओं ने उसे गहरे बांध लिया था। पर वह धोखा खा गई। उस रूप के पीछे छिपे कलुष को वह देख नहीं पाई। जब एक दिन उसे अभिजीत से पता चला कि वह अपनी गांव की उस पत्नी को तलाक देने जा रहा है—उसके खातिर तो वह ऊंचे पहाड़ से औंधे मुंह अंधेरी गहरी खाई में जा गिरी थी। वह विवाहित भी है। उसकी पत्नी भी है। उसे यह नहीं मालूम था। उसने उसे यह कभी नहीं बताया। उसे तो बस यही मालूम था कि उसके यहां कॉलेज न होने के कारण प्रारम्भ से ही शहर में पढ़ रहा है। वह अपनी शिक्षा पूरी कर लेगा। फिर कॉलेज में नौकरी कर उसे लेने आयेगा। आशू की भी यही आकांक्षा रही है, उसे अपने कॉलेज के एक प्रोफेसर के रूप में देखने की। अपने सहचर के साथ जीवन की लम्बाई को नापती वह कदम से कदम मिलाकर चलती रहेगी। उसे पता नहीं चल पायेगा कितनी दूरी उन्होंने इस तरह मिलकर तय कर डाली है। आँखों में सपने जगे। सपनों में पंख लगे। वे उड़ चले। उड़ते हुये सपनों के साथ वह भी कितनी कितनी ऊंचाइयों तक उड़ी है। क्या इस तरह उड़ना उसके लिये अशोभन था? अमर्यादित जीवन एक बदनुमा रूप था। नहीं, यह वह कैसे कह सकती है? लेकिन जब उसका एक दूसरा बेढंगा रूप सामने आया था तो उसने पूरी ताकत से ऊपर उड़ रहे सपनों की मोहक डोर काट दी थी—जाओ अलविदा मेरे सपनों, अब कभी लौटकर मेरे पास मत आना। और ढेर सारे आंसुओं के बीच उसने उन सपनों को दफना दिया था। जीवन के इस पहले-पहले चरण में ही वह धोखा खा गई। उसे एक क्रूर छलावे ने डस लिया। एक अपने प्रति किया गया छलावा, एक उस गांव की लड़की के प्रति किया गया छलावा सहना उसके लिये आसान नहीं था। शाम को जब घर के लोग पिक्चर गये हुये थे, उन-उन पत्रों को निकाला जिनके शब्द-शब्द में प्रेम की मुहर लगी हुई थी। एक-एक शब्द को उसने देखा, पढ़ा और महसूस किया। अधिकांश पत्र ऐसे ही थे जिनमें आदि से अंत तक उसके नाम का ही जाप था। मोतियों की बारीक बुनावट से सजे अपने नाम की उस माला को वह देर तक देखती रही—आशू... आशू... आशू...। मर गये तुम। मर गई आशू और उसने फाड़कर उन पत्रों की चन्दी बना डाली और तीली सुलगाकर उनमें आग लगा दी। जलते

हुये प्रेम का धुंआ वर्तुलाकार उठकर शून्य में विलीन हो गया। फिर वह... फिर वह कभी उससे नहीं मिली। भूल गई उसे। अनहोनी समझकर उसे भूलने में आसानी भी हुई। पर उस दिन से पुरुष जाति पर से उसका विश्वास उठ गया। नारी को खिलौना समझकर खेलने वाला पुरुष अपने अहं से ग्रस्त हिंस्र पशु। वह उसे कभी माफ नहीं कर सकती।

अपने को उससे काट कर अब वह बड़ी तटस्थ होकर जब-तब उसकी बातें सुनती है। कभी सुनती—उसने इस वर्ष फाइनल की परीक्षा नहीं दी। बाल बढ़ाकर वह शायर बन गया है। शर्ट-पैंट से वह पाजामा-कुरते में आ गया है और मुंह में पान का सुवासित बीड़ा दबाये गजलें गुनगुनाया करता है। नीला कहती है—उन गजलों में तेरा नाम रहता है। वह चुपचाप सुनती है। कोई कमेंट नहीं करती। फिर एक बार सुना—तेरा एक चित्र अपनी डायरी में रखकर उसने उन गजलों को तेरे नाम समर्पित कर रखा है। सुनकर मन में आया—जो करना है, करे खूब करे। और जितना-जितना वह उसकी जिन्दगी में फिर से लौटने का प्रयास करता रहा, वैसे-वैसे आशू का मन उसकी ओर से दूर होता गया। और तिक्त होता गया।

सघन झुरमुटे वाले मैदान में एक छोर पर खड़ा है वह अर्द्ध नीम पागल बना हुआ। उसकी राह देखता—उसके प्रेम की चाहना लिये। और दूसरी ओर है आशू, उसकी हरकतों को बेहूदगी का नाम देकर घृणा का घूंट भरती हुई। वह उसकी ओर देखे बिना ही सपाटे से निकल जाती है। मैदान में ऊगे हुये कैक्टसों की बाढ़ में एक बार उनके नुकीले कांटों में कभी उसका आँचल उलझ गया था। आंचल सँभालने में अंगुलियां बिंध गई थी। पर वह घबड़ाई नहीं। बड़े धैर्य से अपनी पीड़ा को आत्मसात कर उसने अपने आंचल को कांटों से बचा लिया था।

विवाह तय हुआ तो कैक्टस के वे कांटे फिर भीतर ऊग आये थे। ढेर सारी आशंकाओं में बदलकर वे उसे त्रास देने लगे थे। यदि उसने प्रेम प्रकरण आश्विन तक पहुंचा दिया तो कहीं आश्विन ने उसे गलत समझ लिया तो इस तो के आगे कितने-कितने प्रश्न चिन्ह। घबड़ाकर उसने नीला के सामने प्रश्नों का सारा बोझ रख दिया था। कहा था—उस बोझ को जब तक आश्विन के सामने नहीं रख दूंगी, चैन नहीं पा सकूंगी। कसकता मन लेकर मैं उनके सामने सहज कैसे रह सकूंगी? उसने धमकी दी है कि सारे पत्र वह

उन्हें सौंप देगा। उन्हें चित्र थमा देगा और कहेगा—श्रीमान्, आपकी पत्नी मेरी प्रेयसी थी। हैं और रहेंगी। आप पति का अधिकार जरूर जतलायें पर मन में कभी झांकने की कोशिश न करें। उनके अंतर मन में जो एक तस्वीर है, वह मेरी है, केवल मेरी। घबड़ाहट में आशू के चेहरे पर पसीने की बूंदे छलछला आई। स्वर रोने को हो आया। नीला ने उसकी दोनों पसीजती हथेलियां अपने हाथों में भर लीं—पागल मत बनना आशू। पुरुष सब कुछ बर्दाश्त कर सकता है पर वह यह कभी बर्दाश्त नहीं कर सकता कि उसकी पत्नी के प्रेम पर कभी किसी का अधिकार हो। बिरले होते होंगे जो ईर्ष्या दम्भ के दायरे से हट कर एक पवित्र भावना के रूप में इसे लेते हैं। तू भूल जा अतीत को। तेरे सामने एक सुखद वर्तमान है—आशाओं से भरा-पूरा।

इसके बाद आशू ने एक हल्कापन अनुभव किया था जैसे एक बड़ा बोझ उसकी छाती पर से हट गया है। पर विदा के समय बेंच पर बैठे हुये उसे देखकर उसकी आँखें में फिर दहशत की परछाइयां तैर गई। लगा—ये परछाइयां कभी उसका पीछा नहीं छोड़ेंगी। कभी भी वह इनसे मुक्त नहीं हो सकेगी। एक लम्बे पुल पर से गुजरती रेलगाड़ी धड़धड़ाती जा रही है। नीचे लहराता हुआ अथाह जल। रेलगाड़ी का भयानक शोर। पुल के ध्वस्त हो जाने की भयावनी आशंका। घबड़ाकर वह अपना सिर खिड़की से हटा लेती है और घुटनों में सिर देकर आँखें कस कर बंद कर लेती है। आशू... आशू...। उसने महसूस किया—उसे सँभालते हुये आश्विन उस पर झुके हुये हैं। उन्होंने उसका सिर बड़े हल्के हाथों उठाया है और तकिये पर रख दिया है—तुम बहुत थकी लग रही हो। आराम से लेट जाओ। कुछ देर सो लोगी तो हल्की हो लोगी। आश्विन के प्यार भरे आश्वासन की उष्णता पाकर उसके भीतर का जमा संताप पिघलने लगा। उसने सुना—उसके सिर पर धीमे-धीमे थपकी देते हुये आश्विन कह रहे हैं—अरे हां, जानती हो आशू। तुम्हारे उन मित्र ने तुम्हारे लिये क्या कहा है? कहा है—कहियेगा उनसे—उन्होंने अपनी जिन्दगी पा ली है, अपनी जिन्दगी को संवारने के लिये वे मेरे सारे सुख ले लें और बदले में अपने सारे दुख मुझे दे दें। इससे अधिक देने को आज मेरे पास कुछ भी नहीं है। मुझे तो वह बेहद प्यारा इन्सान लगा। सुनकर आशू की आँखों से आंसू बह निकले। पहली बार उसके लिये उसका मन करूण हो आया। उसे लगा गलती उसकी भी कहां थी। किसी की भी कहां थी। बस, एक हादसा था जिन्दगी का, जिन्दगी के नाम। आश्विन हल्के-हल्के उसके

सिर को थपकी दे रहे थे और वह अपने आपसे कह रही थी—मुझे क्षमा देना तुम। मेरी भी गलती कहां थी?

**********

# यातना का सुख

बगुले पांत-पांत ऊपर उड़ रहे थे। सांझ का धुंधलका मेरी सीढ़ियों पर उतर आया था। सड़क की आवाजाही में व्यस्तता की सरगर्मी बढ़ती जा रही थी और अंत में सीढ़ियों पर खड़ी शिरीष का इंतजार कर रही थी कि उस पर मेरी दृष्टि पड़ी थी। उसने भी अनजाने में ही मुझे देखा और निमिष भर में परिचय की लहर तेजी से हमारी आँखों में उत्तर आई। वह मुझे अपनी ओर देखते पाकर कुछ ठिठकी और फिर वह ठीक मेरे सामने थी। एक सकुचाया सा स्वर मुझे पहिचाना। मैं आपकी स्वस्ति हूं। स्वस्ति! एक तार स्मृतियों से जुड़ा—ओह, स्वस्ति। अधरों पर बलात् आई मुस्कान फिर वापस लौट जाने को हुई। कभी यह स्वस्ति मेरे कितने नजदीक थी। अपनी माँ से भी अधिक उसका अंतर्मन कहीं मेरे पास था। एक बूझी हुई पहेली सी निष्कपट। उसकी वही निष्कपटता आज भी उसकी बड़ी बड़ी आंखों में देख पा रही हूं। पर आज उस निष्कपटता के साथ पीड़ा का विच्छिन्न सैलाव भी तो उमड़ा आ रहा है। मैं आहत होती हूं। शायद यही नियति होती है किसी की। में सहज होकर उसका हाथ थामा और बड़े अपनत्व से उसे भीतर ले आई।

वह मुझे देखती अपने मौन को वाणी देने का अकथ प्रयत्न कर रही थी। मैंने ही कहा—यह क्या हो गया है तुझे स्वस्ति? कहां थी अब तक? कैसी रही? बीमार थी क्या? वह बीच में न बोल पड़ती तो शायद में प्रश्न पर प्रश्न करती चली जाती। उसने एक तटस्थ दृष्टि मुझ पर डाली। अंगुलियों में बदरंग साड़ी का पल्ला कसने लगा था जैसे हर मरोड़ का वह समाधान पाना चाहती है। इतनी सख्त वह कभी नहीं थी। उसका सुकुमार तन और नवनीत सा कोमल मन। उन सब पर कुछ बोलती, ढूंढती सी आँखें। अब न वह रूप था, न वह रंग पर वे आँखें ढूंढती सी, कुछ बोलती सी आज भी बिल्कुल वहीं हैं—बिल्कुल वही। मैं उन आँखों के सम्मोहन से छूट नहीं पाई बल्कि और बंधकर रह गई थी उस क्षण जब वह भीतर की पीड़ा को वाणी दे रही थी।

कितनी क्रूर हो सकती है एक नारी—किसी नारी के प्रति। माँ शब्द का अपमान करना उस दिन भी उसने नहीं चाहा था जिस दिन घर की मर्यादा पूर्ण देहरी से उतर कर वह सड़क पर जा पहुंची थी। सड़क की कहीं कोई मर्यादा नहीं होती। उसका कोई अतीत, कोई वर्तमान और कोई भविष्य नहीं होता। अपनी छाती पर कठोर पदाघात सहती वह निश्चेष्ट निःशब्द पड़ी युग की पीड़ा को झेलती है बस। वह कह रही थी—मैं भी तो उसी तरह वह पीड़ा झेल रही हूं आज भी। पीड़ा बस पीड़ा ही होती है। जीवन की कोई व्याख्या उसके लिये नहीं है। मैं बस वही भोग रही हूं। कह रही थी स्वस्ति और मैं सुन रही थी।

वर्षों पहले यही स्वस्ति मेरे मोहल्ले के दूसरे छोर पर रहती थी। माँ, दो बहिनों और एक भाई के साथ। पिता सेल्स टैक्स इन्स्पेक्टर थे। तब का एक चौदह साल की किशोरी का रूप मैंने देखा था—एक भरा हुआ—उजला-उजला अनगिनत चाहों से भरा हुआ रूप। कैसे बदरंग हो गया उसका रूप? कैसे नीलाम हो गये उसके सारे सपने? ऐसा क्या हुआ? स्वस्ति का मुख तमतमा आया था। स्वर उत्तेजित हो उठा था—अपराध पापा ने किया और मूल्य चुकाना पड़ा हम सबको। ऐसा क्यों हुआ? क्यों ऐसा होता है? अपराधी पापा थे। सजा उन्हें मिलनी चाहिये थी। हम बच्चों ने तो कोई अपराध नहीं किया था। फिर हमें क्यों दर-दर की ठोकरें खाने के लिये विवश होना पड़ा? क्यों समाज ने हमारे जीने के सारे अधिकार छीनकर, हमारी जिन्दगी को बदनामी के अंधेरे में यहां-वहां भटकने के लिये छोड़ दिया?

क्या किया था तुम्हारे पिताजी ने? वे तो बड़े सीधे-सादे आदमी थे।

यही तो खा गया उन्हें। कुछ भी नहीं सोचा उन्होंने अपना, अपने बच्चों का भविष्य—स्वस्ति चुप लगा गई थी। शायद भीतर के तनाव को झेल पाने की कोशिश कर रही थी। फिर उसने जो कुछ बतलाया, वह सचमुच त्रासदायक था। उसी त्रासदी को न झेलकर वह एक लावारिस जिंदगी जी रही थी। यहां से वहां भटक रही थी—कुछ तलाशती हुई—शायद कुछ बन पाये और इस कुछ बन पाने के प्रयास में ही वह टूटती चली गई। नियति के सामने वह हार जाये या उसे चुनौती दे सके, ऐसी शक्ति आखिर वह कहां से लाये? लोगों की वह सहानुभूति—दिखावे का वह स्वांग। वह कहीं भी नहीं टिक पाई। मैट्रिक की परीक्षा दे सकने के लिये फीस जुटाने में ट्यूशनों के

लिये भटकती यहां-वहां। फीस का यह जुगाड़ तो उसे समूचा लील गया था कि वह अपनी अस्मिता भी न बचा पाई। उसकी आँखों का वह दर्प अभी भी मरा नहीं है—सलामत है। कह रही थी स्वस्ति—सही मैं मरना नहीं चाहती। और मरना नहीं चाहती इसीलिये जिन्दगी का यह मोह मुझे भटका रहा है और तोड़ रहा है। मुझे देखना है—कब तक, आखिर कब तक इस तरह टूटती रहूंगी?

पिता सेल्स टैक्स इन्स्पेक्टर। प्यारी सी माँ। दो बहिनें और एक छोटा भाई। तब वह नवमीं में पढ़ रही थी। स्वस्ति की मां एक एक औसत महिला थी। शायद दुनियादार अधिक। मेरे पड़ोस में मिसेज वर्मा के यहां प्रायः ही वे स्वस्ति को लेकर सिलाई-बुनाई के नमूने लेने जाती। यदा-कदा दरवाजे पर मुझसे भी कुछ बातचीत हो जाती। बातों से कभी उनकी व्यवहारिकता झलकती और कभी जमाने का दर्द। स्वस्ति मेरे अधिक निकट थी। स्कूल के आफ् अवर्स में वह प्रायः मेरे पास आ बैठती। उसी से उसके परिवार के बारे में सब जाना था। पिता आवश्यकता से अधिक सीधे और सरल। उनकी यह सरलता गृहस्थी के माप-तौल में कभी फिट न बैठी। कम वेतन में गृहस्थी चलाने का क्लेश और बराबरी दर्ज के कर्मचारियों के ठाट। उनकी पत्नियों के रोब, उनके बच्चों की ठसक। यह सब स्वस्ति की माँ को झकझोर जाता। पहले तो पापा माँ की उड़ती आकांक्षाओं को झिड़क दिया करते। पर धीरे-धीरे उनका व्यक्तित्व मां के रौद्र रूप के आगे पराजित होता गया। काश! ऐसा न हुआ होता। उन्होंने माँ की इच्छाओं से समझौता न किया होता। उसके बाद का एक वर्ष का जीवन निःसंदेह सुख-वैभव से पूरी तरह भरा-भरा लगने लगा था। पर आकांक्षाओं के पर नहीं होते। वे बेपर की उड़ती हैं। स्वस्ति कह रही थी—बेपर की आकांक्षायें कब तक खाली आकाश में उड़ती रहेंगी। एक दिन वे लहुलुहान होकर धरती पर आ गिरीं। मात्र दो हजार रूपये की गड़बड़ी। पापा गिरफ्तार कर लिये गये। फिर शुरू हुआ अभाव और तंगी का सिलसिला। सब कुछ बिक गया पापा को उस जहालत भरी कोठरी से बचाने के लिये जो उनके जीवन का एक ऐसा बदनुमा दाग था जिसे कोशिशों के छुड़ाये नहीं जा सका। घर की एक-एक चीज, जो पापा की ईमानदारी की कीमत अदा करती आई थी, उनका उपहास उड़ाती दुकानों में पहुंचने लगी। मां के आभूषण गिरवी रखे जाने लगे।

फिर क्या हुआ—जानती हैं दीदी। मां ने जिन आकांक्षाओं की मूर्ति के लिये पापा को अपराधी बनाया था, उनकी उन्हीं आकांक्षाओं ने मुझे भी नहीं बख्शा। मैंने चाहा था—मैट्रिक करूंगी। फिर ट्रेनिंग लेकर टाइपिस्ट की नौकरी कर लूंगी। शायद मैं उस टूटते परिवार को बचा सकूं। स्वस्ति के सूखे होंठों पर एक विद्रोह भरी हँसी उपजी। आँखों में व्यंग्य कसकसाया—ऐसी माँ नहीं देखी। सच दीदी, ऐसी माँ नहीं देखी। सुना था कि अपना सब कुछ दांव पर लगाकर बेबसी के दिनों में माँ अपने बच्चों को जिला लेती है। टूटकर भी अपने बच्चों को कुछ बना देती है। पर यहां तो... स्वस्ति का स्वर कांप गया।

फिर क्या हुआ जानना चाहेंगी? यही कि जिस घर में पिता का साया न हो और बेसहारा लड़कियों में रूप ही रूप हो, वहां तो वह सब होना ही था। समाज ने उसे बदचलन का खिताब दिया। पास-पड़ोस के लड़के आते—कभी किताबें देने, कभी कापियां लेने। कभी उनके हाथों में कुछ उपहार होता हमारे लिये। माँ खुश होती। उनका आवभगत करतीं। साथियों भंगिमाओं में कुछ ऐसा होता कि मन में भय उपजता। मैं माँ से इन सबका विरोध करती तो माँ बुरी तरह झिड़क देतीं। मेरे सामने कोई विकल्प नहीं था। कोई साफ-सुथरा रास्ता नहीं था। मैं अनजानी अपरिचित राह पर खड़ी-खड़ी अपना गन्तव्य ढूंढ़ती रही। मानसिक उलझनों ने मुझे चुनौती दी। में हार गई। अमीर घराने का एक युवक मेरे निकट आया। उसकी निश्छल बातों ने मुझे आश्वस्त किया और माँ ने मुझे इतना विवश किया कि शायद राजीव का साथ मुझे इस टूटी जिन्दगी से उबार लेगा। शायद छोटे भाई-बहिनों को जीने की एक राह दे देगा। माँ को भी एक सहारा मिल जायेगा। मैंने अपने वर्तमान को भविष्य के लिये समर्पित कर दिया और आँखें बंद कर उसके प्रेम में गहरे उतरते गई। कहां था वह प्रेम जो मुट्ठियों में मोती भर देता है? आँखों में इन्द्रधनुषी सपने लहरा देता है। मेरी मुट्ठियों में तो केवल रेत आई थी और जो सारी की सारी मेरी आँखों में भर गई थी। मेरी आत्मा मुझे ही धिक्कारने लगी थी। अन्तिम अधिकार जतलाना था तो उत्तर मिला था—ऐसे ही जिन्दगी क्या बुरी है? फिर तुम्हें अभाव किसका है? कपड़े-लते, सिनेमा-सर्कस—सब कुछ तो जुटाता हूं तुम्हें। मैंने चीख कर कहा था—नहीं, नहीं। यह सब मुझे कुछ नहीं चाहिये। सच कहती हूं—मुझे कुछ नहीं चाहिये। मैं रो पड़ी थी। राजीव, मुझे एक घर चाहिये—एक परिवार जहां

सुख-शांति से भरी एक मर्यादा हो स्त्री की। मातृत्व की गरिमा हो। आज भी मेरे कानों में उसके शब्द जल रहे हैं। हर समय मेरे भीतर उसका वह क्रूर अट्टहास घन जैसा बज उठता है—इज्जत बेचकर मर्यादा की बात नहीं की जाती स्वस्ति। विवाह के लिये वह जरूरी होती है। तुम्हीं कहो जिसका पिता जेल में हो, जिसकी माँ की अपनी कोई मर्यादा न हो और फिर उसकी लड़की जिसने...।

बस, बस। आगे कुछ मत कहो—मैंने अपने कान ढांप लिये थे।

सचमुच बदनामी किसी को नेकनामी नहीं बख्शती। हर कहीं उसका चरित्र उभर कर आता है। पुरुष ही नारी के चरित्र का ठेकेदार होता है। वही उसके चरित्र को खरीद और बेच सकता है। नारी के पास उसका अपना क्या रहता है—शायद कुछ नहीं। कुछ भी नहीं। मैं भागी भागी माँ के पास आई थी और वह पहला दिन था कि माँ के सामने मैंने मुंह खोला था। अनाप-शनाप बोलती गई थी। उस दिन माँ से पिटी भी थी।

अभागी, अपने साथ अपने भाई-बहिनों को लेकर कहीं डूब मर। वह तुझे मानता तो था। तेरे हजार नखरे तो उठाता था। और तुझे क्या चाहिये था?

उस दिन लगा था—वह माँ नहीं है मेरी जिसने मुझे जन्म दिया है, जिसकी आँखों में मैंने कभी सपनों की परछाइयां देखी थी। यह कोई और है—कोई और।

और फिर मैं पूरी तरह बदल गई। राजीव को मैंने अनदेखा कर दिया। पर उसके दिये लांछित मातृत्व को मैं कैसे अनदेखा करती? उसे कैसे अपनी जिन्दगी से निकाल फेंकती? मैंने खुलकर, चीख-चीख कर उसके दिये मातृत्व को उसका नाम दिया। पर किसी ने मुझे मेरे इस साहस पर शाबाशी नहीं दी। किसी ने मेरी इस एक भूल को क्षमा नहीं किया। ऐसा क्यों होता है दीदी? पुरुष के किये का फल स्त्री को ही क्यों भुगतना पड़ता है? मैंने तो केवल उससे एक घर, परिवार, पत्नी और मातृत्व की चाहना की थी। यह बेनाम रूप और बदनाम जिन्दगी तो नहीं चाही थी। राजीव आया था मुझसे सुलह करने... पर सुलह कैसी? पैसों की कीमत घर मेरे मातृत्व का सौदा। सौदा नहीं पटा तो मैं एक बदचलन, आवारा औरत करार कर दी गई। और फिर अपने अतीत की बदनुमा परछाइयों से अपने बेटे को बचाने के लिये मैं

किसी को क्या बताऊं कि कितनी टूटी हूं। कितनी असहनीय यंत्रणाओं में जली हूँ? किसी ने भी मुझे अपने घर की देहरी पर नहीं स्वीकारा। लोग दिन के उजाले में मेरी परछाई से भी दूर भागते हैं। पर कितनी बिडम्बना है कि वे ही रात के अंधेरे में मुझे पाने के लिये तरसते रहे।

अपने इस बच्चे के लिये या खुद को ही अंधेरे की गिरफ्त से बचाने के लिये मैंने एक अपाहिज आदमी से शादी कर ली। स्वस्ति मेरे पास उठ आई। मेरी हथेलियों को अपनी बर्फ सी हथेलियों में जकड़ती वह बोली—वह पैसे वाला है। शायद इसीलिये मैंने उससे विवाह भी किया है। उस अशक्त आदमी के पास रहते, उसकी हर लालसा को बर्दाश्त करते, शायद अपने बच्चे को एक प्यारी सी जिन्दगी दे सकूंगी। उसकी इस उदारता का ऋण में अपना सब कुछ देकर भी चुका सकूं तो कम होगा। अपने बेटे से बदले की बात तो सोची भी नहीं जा सकती। मेरा बेटा कुछ बन सके। बन सकेगा क्या? बड़ा होकर क्या वह एक माँ का, एक औरत के भीतर का दर्द समझ सकेगा? क्या ऐसा हो सकेगा? उसकी बड़ी-बड़ी आँखों में उमड़े आंसुओं के ज्वार में मैं पूरी तरह डूब गई। मैंने उसकी हथेलियों को प्यार से थपथपाया—हो सकेगा स्वस्ति, जरूर हो सकेगा। क्यों नहीं हो सकेगा? यातनाओं का भी एक सुख होता है जो सबसे अलग और सबसे अपना होता है—कहते हुये मुझे अपना ही स्वर अपरिचित और अविश्वसनीय लगा। यातनाओं का सुख—वह हँसी। एक बेधक हँसी। चलती हूँ। बहुत देर हो गई।

वह उठी। पहले की तरह टटके चम्पे की सी एक मोहक हँसी उसके चेहरे को हँसा कर विद्‌युत सी विलीन हो गई। वह जैसे अपने से ही कह रही थी—देर होती है तो वे ढेर सारे सवाल-जवाब करने लगते हैं। इसीलिये कहीं आती-जाती भी नहीं। इस वर्ष मैट्रिक का इम्तहान दे रही हूं। देखिये क्या होता है? नमस्कार की मुद्रा में जुड़े उसके हाथ और आँखों में थमा झंझावात। हवा के तेज झोंके की तरह वह बाहर निकल गई और मैं सलीब पर टंगी एक जिन्दगी को अभी भी अपने भीतर महसूस कर रही थी।

**********

# तुम कितनी अच्छी हो

तुम कितनी अच्छी हो। तुम्हारे अधरों से निरन्तर झरते हरसिंगार के फूल। मैं चाहती हूं—उन फूलों से अपनी देह की पोर-पोर को सजा लेना। अंजुरी बंद कर उन फूलों को अपने मन में अनगिनत सपने सजा देने वाली माँ के चरणों में चढ़ा देना। सच माँ, कितनी अच्छी हो तुम।

एक हरहराती रात को पीछे के जंगल में गूंजती जब सियारों की तेज आवाज मुझे दहशत और असुरक्षात्मक भावना से झकझोर रही थी, तुम अर्द्धरात्रि में सफेद लिबास में लिपटी एक परी की तरह आई थी और मेरे आंसू पोंछकर मुझे अपनी गोद में भर लिया था। अकेले कमरे में कभी टिंकू को देखती, तो कभी टीना को। अबोध चेहरों पर मातृत्वहीन उदासी की धनी कालिमा को तुम्हारे नाजुक हाथों ने सहलाया था और थपकियां देते अंदाज में तुम्हारी हथेलियां ढेर सारे चम्पई फूलों से भर गई थी। हँसी की उजली किरणें बिखेर कर तुमने फुसफसाते स्वर में मुझे आश्वासन दिया था—पगली! डरना नहीं चाहिये न। देखो ये टिंकू और टीना डरते हैं क्या? और उनकी खनकती हँसी के साथ मेरे मन का भय कपूर की तरह उड़ गया था। मैंने खिलखिलाकर अपने निडर होने का आश्वासन दिया था—नहीं, अब मैं नहीं डरूंगी। माँ के रहते डर कैसा? माँ होले-होले अपने कमरे में चली गई थीं। कल से मैं तुम्हारे कमरे में ही सोया करूंगी, जाते-जाते उन्होंने कहा था।

कैसे होते हैं जिन्दगी के खुशहाल सपने—कितने मीठे और सुखद। पर उन्हें बदरंग करने की कोई कोशिश, जिसे सहना न आसान होता है, न ही भूल पाना। नहीं सोचा था तब। मेरी पोर दुखती रगों को कोई इस तरह आकर सहला जायेगा। कितनी दुःसह चिन्ताओं का बोझ एकाएक मेरे सिर पर आ पड़ा था। टीना को जन्म देती माँ, मेरी अपनी माँ की मृत्यु, उदास-टूटे से पापा और मनहूसियत को निमंत्रण देती दादी की चीख-पुकार। मैं एकान्त में छिप-छिप कर रोती। मैं किसे सहेजूं? किसे देखूं? अपने को देख पाने की ही फुरसत मुझे नहीं थी। पर एक बार अपने को भूलकर सब कुछ सहेज

लिया था मैंने। टीना और टिंक को तो मुझे सहेजना ही था। दादी और पापा को भी सहेज लिया था। टीना को बोतल का दूध पिलाते, उसे नहलाते-धुलाते, टिंकू को तैयार कर स्कूल भेजते, पापा के हाथों में टिफिन सौंपते और दादी के सिर में तेल की मालिश करते मैंने माँ मे ही जीना सीख लिया था। कभी सबसे फुरसत पाकर जब मैं एकान्त में डूबी हरसिंगार के झरते फूलों के बीच अपनी खोई माँ को ढूंढने बैठती और माँ के साथ अपने को पाने का प्रयत्न करती तो दादी धीमे से मेरे पीछे आ खड़ी होतीं। यह दादी को क्या हुआ? वे पहले जैसा खीजती क्यों नहीं? मुझे कोसती क्यों नहीं? उनका स्वर मुझे अविश्वसनीय सा लगता होता—थक जाती होगी मेरी बेटी। इतनी सी छोटी उमर में ईश्वर ने यह कैसा बोझ डाल दिया तेरे सिर पर। अभागी यह टीना। न यह होती न तेरी माँ...। मैं झपट कर अपने एकान्त से बाहर निकल आती। ऐसा मत कहो दादी। अभागी यदि यह है भी तो इसका सारा का सारा दुर्भाग्य मैं अपने सर-माथे ले लूंगी। माँ का सारा अभाव में पूरा करूंगी। मेरी नजरें टीना पर पड़तीं। नम धूप में हाथ-पैर फेंकती बिलखती टीना के लिये मेरे भीतर की ममता अजस्र धारा में प्रवहित होने लगती। अंतर की उच्छवसित करूणा शायद दादी को स्पर्श कर जाती—सो तो है बेटी। मैं क्या करूं कि तू अपने आप में जी उठे। क्या मैं जानती नहीं। और मैं दादी का मन बदलने के लिये गीत की वही पंक्तियां दोहराने लगती जो कभी माँ दोहराया करती थी हँसी-खुशी के क्षणों में।

सांझ सीढ़ियों पर आ थमती। दादी के साथ-साथ मैं भी बाबूजी के आने की प्रतीक्षा करती बरामदें में आ बैठती। पापा आते तो मैं उनके हाथ का टिफिन लेकर भीतर आ जाती। सबसे पहले देखती—उन्होंने पूरा खाना खाया है या नहीं। कितना तो बचा है। मैं झट उनके सामने आ जाती—यह क्या पापा? आपने पूरा खाना क्यों नहीं खाया? अच्छा नहीं लगा था क्या? इस तरह नहीं खाने से चलेगा कैसे? सेहत देख रहे हैं अपनी। दादी कहती—इस उमर में पूरी पुरखिन हो गई है यह तो। किन्तु पापा मुँह से कुछ नहीं कहते। एक फीकी उदास हँसी उनके होंठों पर उभरती और निमिष भर झिलमिला कर तिरोहित हो जाती।

पंख लगाकर उड़ते समय को बांध लेने जैसा किया था मैंने। मैं देखती जितना मैं घर-गृहस्थी में डूबती जा रही हूं, पापा के चेहरे का रंग और स्याह

होता जा रहा है। मुझे सामने देख सदैव मुस्करा देने वाले पापा ऐसे क्षणों में मुझसे बचकर बाहर निकल जाते हैं। हत्बुद्ध सी वहीं खड़ी मैं सोच भी नहीं पाती कि मैं क्या करूं। मुझे क्या करना चाहिये? पापा को यह क्या होता जा रहा है?

दोपहर में टिंकू को स्कूल भेजकर, टीना को सुलाकर मैं अपने बाल सुलझाने बैठी थी। कई दिनों से ठीक से संवारने का समय ही नहीं पा सकी थी। आज जरा फुरसत में थी कि दादी को पापा से हल्के दबे स्वर में कुछ कहते सुना था। पापा सिर दर्द की वजह से ऑफिस से कब लौट आये थे, मुझे पता ही नहीं चला।

ऐसे कब तक चलेगा नरेन? देख नहीं रहा है खेलने-पढ़ने की उमर में यह मोनू तो बुजुर्ग बनती जा रही है। दस-ग्यारह साल की उमर में पूरी गृहस्थी का यह बोझ—कैसे क्या होगा। बेचैनी से भरा पापा का स्वर— वही तो दिन-रात सोचता रहता हूं मां। मोनू स्कूल नहीं जा सकेगी तो पढ़ कैसे पायेगी।

उसके पढ़ने की ही बात नहीं। टीना-टिंकू के साज-सम्हाल की भी तो बात है। मुझसे तो कुछ होता नहीं। अभागी यह बुढ़ापे की देह।

पापा चुप हैं। एक अबूझ चुप्पी। दादी समझाने के स्वर में कह रही थी— मेरी बात मान ले तू। शादी कर ले। फिर सब कुछ सँभल जायेगा... घर-गृहस्थी औरत के बिना कहीं सँभलती है? पापा का रूखा सा स्वर था—बड़ी अजीब बात करती हो माँ। किसी दूसरी औरत में बच्चो को उनकी माँ मिल सकेगी।

दादी जैसे बड़े आश्वस्त होकर कहती है—मिलेगी रे, मिलेगी। सभी तो बुरी नहीं होती। फिर इन बच्चों का भी तो भाग्य है। देख, तू गहराई से सोच-विचार ले। यह सब सहा नहीं जाता मुझसे तो।

मोनिका के हाथों में कंघी स्थिर रह गई। भीतर कहीं कुछ उमड़ने-घुमड़ने लगा। सौतेली माँ। फिर उसके अपने बच्चे। ये तीनों तो फिर भी उपेक्षित रह जायेंगे। सौतेली माँ—कितनी क्रूरता भरा है यह सौतेला शब्द। उसकी आँखों में नीरांजना का दबा-बुझा चेहरा सामने आ जाता है और वह देर तक उसे देखती रह जाती है। जब भी वह मोनू से मिलती है तो अपनी

सहेली माँ की क्रूरता भरी कहानियां सुनाती है। अपनी पीठ खोलकर चोटों के निशान दिखलाती है। उसकी चोटों के निशानों पर हाथ फेरती मोनिका की आँखें भर-भर आती हैं। जो होना होगा, होगा ही। वह जैसे-तैसे कंघी कर उठ खड़ी होती है और याद आता है—पापा के सिर में दर्द है। पापा के माथे पर बाम लगाती वह माँ की बात सोचती है। माँ पापा को कितना प्यार करती थी। एक काम भी तो पापा ने कभी अपने हाथों नहीं किया। कपड़े निकालकर मां देगी तो पापा पहिनेंगे। जूते में पालिश वही करेंगी तो ठीक है। जब तक माँ सामने बैठकर खाना नहीं खिलायेगीं, पापा खा नहीं पायेंगे। उनके बिना पापा तो जैसे कुछ भी नहीं कर पायें। यह-वह-ढेर सारे काम। दूसरी माँ आ जायेंगी तो कम से कम पापा की तो चिन्ता करेंगी। उनकी देखभाल करेंगी। हां ठीक है। अपने और टिंकू-टीना के लिये वह बाद में सोच लेगी।

पर उठते-बैठते एक भय। भीतर वह भय बर्फ सा जमने लगा था और वह इस भार को न सह पाने पर चुप रहने लगी थी। कभी उसे लगता कि उसकी अपने पीठ पर भी चोंटों के बड़े-बड़े निशान उभर आये हैं। टिंकू और टीना के चेहरों पर पीड़ा की घनी परतें पड़ने लगी है। चाहने पर भी वह पहले जैसा हँस नहीं पाती। धूमिल सा मन जाने कहां-कहां भटकता फिरता। और ऐसे में ही एक दिन माँ आयी थी। एक झलक देखी थी। धीर-गम्भीर सी लगी थी नई माँ। दुल्हिन जैसी लज्जा उनके मुख पर मोद्रिता कहीं नहीं खोज सकी। एक-दो दिन उनसे बचती वह इधर-उधर लुकती-छिपती रही। पर तीसरे दिन उन्होंने स्वयं उसके कमरे में आकर उसे ढूँढ निकाला था। वह दोनों हाथों में अपना सिर दिये मेज से टिकी हुई थी। आहट पाकर उसने सिर उठाया। नई माँ शब्द होंठों में थरथराये थे और वह उठ खड़ी हुई थी। वे करीब आ गई थी। उन्होंने अपनी दोनों बाहुओं में उसे भर लिया था—तो कब से तुम्हें खोजती फिर रही थी। मुझे पता था कि मेरी एक बहुत प्यारी सी बेटी है। और उन्होंने उसे चूम लिया था। मोनिका की आँखों में मृत माँ की छवि कोंध गई थी और वह फफक कर रो पड़ी थी। पागल रोते नहीं। देखो, में हूँ न। तुम्हारे लिये ही तो आई हूं। चलो... आज से मैं तुम्हारे साथ खाऊंगी। तुम्हारे साथ खेलूंगी, तुम्हें पढ़ाऊंगी। पहले की तरह तुम स्कूल जाओगी। टिंकू टीना की ओर से तुम बिल्कुल निश्चिन्त तुम्हें खूब पढ़ना है। खूब बड़ी बनना है। बनना है न। और मोनिका के मुंह से अनजाने निकल गया- हां। माँ

ने उसे एक बार फिर प्यार किया था—मेरी सबसे बड़ी बेटी डॉ. मोनिका श्रीवास्तव। ठीक। और मैं उनकी ओर देखती हँस पड़ी थी। मेरे मन के भीतर एक बारगी सैकड़ों दीप जल उठे थे।

माँ तुम कितनी अच्छी होगी तुम—यह तो मैं कभी सोच भी नहीं पाती थी। वर्ष पर वर्ष बीतते रहे। दिनों, माहों और वर्षों की बात। मैंने सारे के सारे दिनों को अपनी आँखों में कैद कर रखा है। नई माँ नहीं—माँ केवल माँ। दादी और पापा की देखभाल करती माँ। बच्चों की देखभाल करती माँ। कहा था उन्होंने—तुम्हें बड़ी बनना है न। हां। ये टीना-टिंकू भी तो कितने बड़े हो गये हैं पर बचपना अभी भी नहीं गया। जब-तब माँ से उलझ बैठते हैं।

आज मेरे लिये तुमने पुलाव क्यों नहीं बनाया माँ? में खाना नहीं खाऊंगी। टिंकू और टीना झगड़ते हैं। टिंकू की भरमेदार भिंडियों को नाक सिकोड़ कर देखती है टीना। दादी, माँ पर खीजती हैं—बहुत सिर चढ़ा रखा है तुमने। इन्हीं में मगन रहती हो। अपनी ओर भी नहीं देखती। एकाध अपना भी तो होना चाहिये न। माँ हंस देती हैं—नहीं, अब और नहीं चाहिये माँ जी। इन्हीं तीनों को कुछ बना पाऊं तो जी जाऊं। जानती हैं माँ जी, मुझे पता था कि ये अपने बच्चों को बहुत चाहते हैं। जो बच्चों को बहुत अधिक चाहता है, वह निश्चित ही उनकी माँ को भी बहुत अधिक प्यार करता होगा। जिसे बच्चों से प्यार नहीं होता, उसे अपनी पत्नी से भी प्यार नहीं होता। वह तो केवल अपने लिये ही जीता है। अपने को ही प्यार करता है। मैंने तो सोच-समझ कर ही ब्याह किया है। इनसे माँ की आँखों से झरते हरसिंगार के फूल में देखती और आगे बढ़कर उन फूलों को अपनी अंजुरी में भर लेती। एक दिन...। एक दिन माँ मैं इन्हीं फूलों से तुम्हारा श्रृंगार करूंगी। मैं मन ही मन सोचती। पापा को अब जब भी मैं देखती हूँ—एक शांति भरी सुस्थिरता झलकती है उनकी आँखों में। मैं कितनी संतुष्ट हूं-कितनी सुखी।

रात को देर तक पढ़ती जब मैं थक जाती तो चाय पीने का मन होता। रसोई की चिटकनी खोलते ही खट् की आवाज होती। माँ जाग जाती—मोनू, क्यों क्या चाय-वाय पीना है? ठहर मैं आती हूं। नहीं माँ, मैं बना लूंगी। तुम सोओ। पर माँ फिर बिस्तर पर नहीं रह पातीं। कहती—एक बज चुका है। अब कितनी देर पढ़ेगी। अच्छा तू चल। मैं चाय लेकर आती हूं। ऐसे समय में माँ की ओर नहीं देख पाती। उनके बारे में सोच भी नहीं पाती। वे चाय का

प्याला लाकर मेरी टेबिल पर रख देती हैं। फिर टीना टिंकू के पलंग के पास जाकर उन्हें ठीक से लिहाफ ओढ़ाती हैं। वात्सल्य की झड़ती हँसी-इतने बड़े हो गये पर बचपना नहीं गया इनका। पैरों से इधर-उधर लिहाफ कर देंगे और खुले पड़े रहेंगे। ठण्ड-वण्ड लग गई तो। फिर जाकर वे सो जाती हैं।

डाक्टरी के इतने लम्बे वर्ष। माँ की साधना का प्रतिफल। आज मेरे हाथों में रिजल्ट है। मैं डाक्टर बन गई हूं। यही तो इच्छा थी माँ की। अब मैं उनकी हर इच्छा पूरी करूंगी। कर पाऊंगी क्या? कल डॉ. तुहिना मिली थी। बातों-बातों में कहा था उसने—एक अधूरी औरत वह जो माँ नहीं बन पाती। बहुत पीड़ा भरा होता है इसका अहसास मात्र भी। उस दिन मेरा मन कहीं भी नहीं लग पाया। मेरे भीतर यह रह-रह कर घुमड़ता रहा था—सचमुच आधी-अधूरी रह गई एक नारी। अपने को मिटा डाला उसने हमारे लिये। इत्तिफाक ही था कि उस दिन वह सामने से न जाकर बाजू के कमरे से भीतर आई थी और भीतर आते ही उसके पैर ठिठक गये। थे। पापा के शब्द माँ से ही कहे जा रहे थे—सच कहना नीरू, क्या कभी एक क्षण के लिये भी तुम्हारे मन में यह नहीं आया कि तुम्हारा भी एक बच्चा होता। कभी-कभी मैं सोचता हूं तुमसे विवाह कर मैंने अच्छा नहीं किया। तुम्हारे प्राप्य से तुम्हें वंचित कर दिया मैंने। ऐसा तो मैं बिल्कुल नहीं कहूंगी कि यह कभी नहीं सोचा हो मैंने। पर जब भी ऐसा ख्याल मेरे मन में आया है, मेरा वात्सल्य तब इन बच्चों पर भी प्रगाढ़ होकर बरस गया है। मैं प्यार का बंटवारा नहीं चाहती। जो कुछ इन्हें मिलना चाहिये, वह इन्हें ही मिले। यह आवाज माँ की थी। माँ जो जननी तो नहीं थी पर माँ थी। एक माँ। और जब माँ केवल माँ होती है तो अपने आप में वह सम्पूर्ण हो उठती है—कहीं अधिक गरिमामयी और पावन।

मैं बहुत देर तक कमरे से बाहर नहीं निकल पाती। लेकिन मुझे माँ को चौंकाना है। उनके दिये असीम सुख से आज उन्हें ही भर देना है। एक प्यारी से खुनक भरी दोपहर है। हल्की-हल्की धूप दरी पर पसरी पड़ी है। ठीक बिल्ली के बच्चे की तरह निश्चिन्त और लापरवाह। माँ दरी पर मशीन रखे कुछ सिलाई कर रही है। दोपहर को भी वे आराम नहीं करती। माँ! माँ! मैं उन्हें देखकर चिल्लाती हूं—यह देखो मेरा रिजल्ट आ गया। यह तुम्हारे सामने तुम्हारी बेटी डॉ. मोनिका श्रीवास्तव। सच! माँ किलक उठती हैं। मशीन का पहिया रूक जाता है। वे उठ खड़ी होती हैं ओह... सच आज मैं

खुश हूं। बहुत खुश। वे मेरा हाथ पकड़ कर मुझे पापा के पास खींच लाती हैं—देखो यह अपनी मोनू, डाक्टर बन गई। इसका मुंह मीठा कराओ न। मैं अपलक माँ को निहारती खड़ी हूं। पापा हंस कर कह रहे थे—लेकिन पहले माँ का मुंह मीठा कराना होगा न। बच्चों की सफलता का सारा श्रेय सबसे पहले माँ को ही जाता है और मैं सचमुच बदहवास सी बाहर दौड़ जाती हूं। हरसिंगार के फूल अपनी अंजुरी में भर कर लाती हूं और माँ के ऊपर बिखेर देती हूं। पूजा के फूल सी हो माँ, सचमुच तुम कितनी अच्छी हो... कितनी अच्छी।

# सुलगता गुलमोहर

गुलमोहर की एक गांछ कभी आंगन में रोप दी थी मीत ने। अब तो छतनार हो गया है। कई दिनों से वह देख रही थी—हरे-हरे गुच्छों से लाल रंग की अंखुवाती फूटती कलियों को और भीतर ही भीतर कसकने लगता था। लाल सुर्ख फूलों की चमक जैसे बिखर कर उसके अंतस में जा भरेगी वह बेसुध सी, बावली सी उस रूप-छवि में अपने गीत को खोजती फिरेगी। कहां जा छिपा मीत? कहां खोजे वह उसे? इन कुछ दिनों में गुलमोहर ढेर-ढेर लाल-लाल गुच्छों से भर गया है। लाल अंगारे से फूल डूबते सूरज की सुनहली किरणों से उलझी बयार जब उझक कर उस तक पहुंचती है, धरती पर एक सजीला गलीचा बिछ जाता है। बौराये आमों की गंध की तरह फूल का मन भी तब बौरा जाता है। घर लौटती गायों के गले से टुन टुन बजती घंटी वह सांस रोक कर सुनती है। फिर बेचैनी से कभी वह भीतर जाती है, कभी बाहर आती है। एक मिनट को भी नहीं स्थिर रहता मन। एक हूक उठती है भीतर—मीत रे, तू कहां चला गया मुझे छोड़कर।

कैसी तो मनहूस दुपहरिया थी वह। सुबह से ऊदे-ऊदे बादलों के ढेर सारे टुकड़े आकाश में ऐसे आ जुड़े थे जैसे युद्ध के मोर्चे में आ डटे हों। देखते ही देखते अंधियारी फैल गई थी भीतर-बाहर। सांय-सांय करती हवा और हवा से उलझते बादल। खाना खाते हुये मीत ने कौर से हाथ खींच लिया था—फूल! क्या हुआ? खाना क्यों छोड़ दिया? देखती नहीं, कैसा बबण्डर उठा है?

और देखते न देखते ताबड़तोड़ पानी बरसने लगा जैसे आकाश का बांध टूट गया हो। मीत तपाक से उठ खड़ा हुआ था। अलगनी से कुरता उतार कर, बदन पर डाल, बटन खुले छोड़े ही बाहर निकलते बोला था—देख, ये दरवाजा बंद कर ले। मैं जरा श्यामा को ढूंढ़ने जाता हूं। अंधेरा कितना घना हो गया है। फिर यह अंधड़-यह पानी। तू बाहर मत निकलना। वह रोके-रोके कि मीत तेज अंधड़ पानी में अंधड़ की तरह ही जा समाया था। दानव

सी विकराल सायं-सांय करती वह रात। वह हत्बुद्ध सी झरोखे के पट को थामे जरा सी फांक से अपनी आँखें दौड़ा रही थी। बिजली की कड़क उठती और धरती में समा जाती। वह डर कर पीछे हट जाती। इस भुतहा अंधड़ पानी में कुछ भी तो नहीं सूझता। ऐसे में कहां गया मीत?

धूल-गुबार छट गया था। पर धमक के साथ बादल अभी भी गरज रहे थे। नासपीटे बादलों की गर्जन-तर्जन के बीच हँसी वह अपने मीत के लिये पर कटी कबूतरी सी सारी रात फड़फड़ाती रही थी। सारी रात बादल गरजते रहे थे। पानी बरसता रहा था जैसे आकाश की चादर धूल-अंबार से लद-फंद कर तार-तार हो गई हो। अपने को ढांप कर फूल निष्चेष्ट से पड़ रही थी। हर खटके पर वह चौंक-चौंक जाती। हर आहट पर उसे अंदेशा होता—शायद मीत आया हो—श्यामा को लेकर लौटा हो। अपने को कितना कोसा था उस रात उसने—जाने क्यों दिया उसने? क्यों नहीं हाथ पकड़ कर खींच लिया भीतर?

सुबह हुई थी पर पानी था कि रूकने का नाम नहीं ले रहा था। सामने के ओसारे में निकल कर देखा था उसने—गुलमोहर की छत्ते सी तनी छतनार डालियां निर्जीव सी आंगन में छितराई पड़ी है। पत्ते समूचे आंगन में बिछ गये हैं जैसे रात कोई दानव आकर बड़ी बेरहमी से किसी हरी-भरी हंसती-किलकती जिन्दगी को उजाड़ गया हो। सारी हरियाली मटियामेट कर गया हो। कभी-कभी कित्ती निष्ठुर हो जाती है प्रकृति भी और अपने शब्दों के अमंगल से भयाकुल होकर वह समझ जाती है—हे देवी माता, मैंने तो कुछ नहीं बिगाड़ा तुम्हारा। मेरे मीत ने भी नहीं। उसे कुछ न हो। और तभी लम्बे-लम्बे डग भरता हुआ पानी से छलछलाता लपकता आता दिखा था मीत। वह हांफ रहा था—फूल सुन्दरी! उसके स्वर में एक कंपकपाहट थी। किसी अनिष्ट की आशंकित तरलता। अपनी श्यामा पूर की धार में आ गई है। लोगों ने उधर ही देखा है उसे। नदी में पूर आ गया है। मैं देखने जा रहा हूं। उसे बचाना है न! सुनकर फूल का कण्ठ सूख गया। कलेजा मुंह को आ गया। थूक गुटकती हुई बोलने की कोशिश करती हुई उसने मीत के कुरते का छोर खींच लिया—नहीं, नहीं। इस बरसते पानी में तू मत जा मीत। देखता है कित्ता पानी बढ़ा आ रहा है? एक झटके से कुरते का छोर छुड़ा लिया मीत ने और बरसते पानी में जा समाया—देख तू गुलमोहर के आगे मत निकलना।

बड़ी रपट हो गई है आगे। पानी की कुछ थाह नहीं है। स्वर उभरा और बरसती जल धार में बह गया।

कहते हैं—जब-जब धरती पर अत्याचार बढ़ते हैं, पाप बढ़ते हैं, प्रकृति अपना रूप बदल देती है। वह लक्ष्मी से काली बन जाती है, विनाशनी, क्रूर और भयावनी। सांझ तक जब पानी थमा तो वह थरथराते कदमों से बाहर निकली थी। उसकी सांस-सांस अपने मीत और उसकी श्यामा की मंगल कामना का जाप कर रही थी। श्यामा उसके मीत की बेहिसाब चहेती थी। मीत कहा करता था मेरी अन्न-धन लक्ष्मी है श्यामा। उसके द्वार पर श्यामा न हो तो घर की इज्जत-आबरू क्या? दुधारू श्यामा की रंगत कपसीले बादलों पर स्याह परछाई जैसी थी। इसी श्यामा को बचाने गया था मीत। नदिया का आर-पार सारा कुछ जल में डूबा हुआ था। हिलकोरे लेतीं लहरें हहरती हुई उद्याम वेग से ऊपर उठतीं और अपने साथ बहा ले जातीं धरती की धड़कनों को। सांस रूक गई थी फूल की। आँखें दहशत से फूल गई थी। रोयें खड़े हो गये थे उसके। विस्फारित आँखों से वह क्रूर प्रकृति की विध्वंस लीला को भीतर गहरे डूबती हुई टके जा रही थी। डूबते-उतराते पशु, बहते छप्पर और पेड़-पौधों-पतवारों से अटी पड़ी नदिया। पानी का ठहरता शोर और उसमें डूबता पशुओं का डकरता करूण स्वर। पागल सी हो गई थी वह। सब कुछ भूल उसकी आँखों में टंग गया था अपना मीत-अपनी श्यामा। मीत, मीत रे—वह चिल्लाई थी। फिर कुछ याद नहीं रहा था। कितनी क्रूर सांझें आईं और लौट गई द्वारे से। कितनी बैरिन रातें आईं और उसके बेहोश मन को छू-छूकर सिहर गई। सबेरा हुआ भी तो उजाड़-वीरान, लुटा सा सबेरा। कुछ नहीं बचा था गांव भर में। उदास-उदास सी हवा बिरिछ-शाख के पास डोलती जाने क्या खोजती फिर रही थी। शायद सांत्वना दे रही हो। कहां गई फूलों पर मंडराने वाली तितलियां? कहां गई सारी की सारी चिरई-चिनगुन? एक लपेट में सब छार-छार कर दिया इस निर्माहनी विनाशनी ने। फूल कौन सहारा दे? कौन सांत्वना दे? लोगों से सुना—श्यामा को बचाने में उसका मीत डूब गया। लहरों की चपेट में आ गया राधा का किसन, फूल का मीत। जाते-जाते धार में डूबते दो लोगों की जान बचा गया था। वह सुनती अवसुन्न कान, अवसुन्न मन और अवसुन्न देह लिये। सब गडमड सा।

मीत तू कहा करता था न! चल फूल जंगल चलें। वन फूलों से भर गया है। वन में झड़बेरी पकने लगी है। जामुन रसदार हो गये हैं। अमुआ के टिकोरों पर कोयल कूकने लगी है। चार पकने लगे हैं। चल न। मैं बंशी बजाऊंगा और तू रसभरे जामून तोड़ना, आम बीनना, चार इकट्ठे करना।

छिः, इस जलती दुपहरिया में तू मुझे ले जाकर मारेगा क्या? हँस देता मीत—अनार के दाने बिखर जाते—अरे नहीं रे, प्रकृति से प्रेम का, नेह का नात जोड़ ले तो न धूप लगे, न प्यास! धरती के बेटों को डरना क्या रे। उनके लिये क्या सर्दी, क्या गर्मी और बरसात? और वह खींच ले जाता जबर्दस्ती उसे वन में। घने पेड़ की छांव में बैठ वह बांसुरी बजाता होता तो फूल राधा बनी बावरी यहां-वहां गीतों की उठान के संग भाग-भाग तितलियां पकड़ती। डूबते सूरज की ललछोंही छांव में डूब जाता जब सारा वन, सतरंगी इन्द्रधनुषी छवि चारों ओर झिलमिला उठती। मीत की उठती बांसुरी की आवाज के साथ लगता—सारा जंगल गीत गाने लगा है। एक इन्द्रजाल। एक सम्मोहन। चल उठ, अंधियारा घिरने लगा है। सम्मोहन टूट जाता और मीत फूल का हाथ पकड़ उठ खड़ा होता।

एक दिन कहीं से गुलमोहर की एक गांछ ले आया था मीत। उसे लेकर जाने कैसी-कैसी बहकी बातें करता रहता था वह—देख फूल, गुलमोहर की यह गांछ सामने आंगन में रोप देता हूं।

जाड़े और बरसात में तो ढेरों ढेर किसिम-किसिम के फूल फूलते हैं। गर्मी में फूलेगा अपना यह गुलमोहर। लाल फूलों का चंवर डोलेगा ऊपर। उसके नीचे चारों ओर लगायेंगे हम बेला और मोंगरा के फूल। लाल मखमली चंवरों के नीचे गंध बिखरते सफेद मोतियों से जगमग करते ये रचनायें फूल। तू माटी का चबूतरा बना देना। गोबर से लीप दिया करना। मैं उस पर बैठ सांझ को बांसुरी बजाकर श्यामा को टेरा करूंगा और तू...। और मैं राधा बनकर अपने कान्हा के घुटनों में सिर दिये उसके नेह में सारी दुनिया भूल जाया करूंगी। खिल-खिल करती हँसी। खिल खिल करती फूल। खिल खिल करती बतास। ऊदे ऊदे से बादल। बादलों से झरती मोती की लड़ियां। मोती की लड़ियां टूट जाती हैं। दाने बिखर जाते हैं। एक हहराता उफान, अंधड़-तूफान, सांय-सांय करती हवा, उलझते टूटते बिरिछ—ओ मीत! तू कहां गया रे? एक सर्व कंपा देने वाली आवाज हवा में तैर जाती है। यह देख गुलमोहर

लहक उठा है। लाल अंगारों सा सुलग रहा है। मेरी छाती जल रही है। मेरी आँखें जल रही हैं। मैं समूची जली जा रही हूं। और फूल मई की झुलसती दुपहरिया में गुलमोहर के नीचे आ खड़ी होती है। देखती है गुलमोहर के नीचे लगाये गये बेलों की श्वेत सुकुमार मक्खन सी चिकनी पंखुड़ियां कुम्हला गई हैं। उन पर मटमैली झाई पड़ गई है। मीत इन्हें लगाया था न! तूने लगाया था न इन्हें! मैं नेह के जल से सीचूंगी रे इन्हें, तू चिन्ता मत करना। बिल्कुल फिकिर मत करना और अकबका कर गुलमोहर के पेड़ से लिपट कर वह बिलख उठती है।

**********

# जंगल बुलाता है

रात पूरी मस्ती में डूब गई थी। मीलों फैलती मांदर की आवाज सन्नाटे को चीरती ऊंची उठ कर एकाएक चारों और बरस जाती। स्वर उठते। नूपुर छनकते और मस्ती में खुलती-मुंदती आँखों से जीवन की रंगीनी झलक उठती। पर सामने कुछ दूरी पर बैठे नायक का मन अन्यमनस्क था। साहब के कहने पर ही उसने इस नाच-गाने का आयोजन किया था और रात गहराते तक वह साहब का इन्तजार करता रहा था। शहर से दूर बीहड़ रास्ते को पार करती उसकी जीप झाड़-झंखड़ों से होती धीमी-धीमी बढ़ती, धचके खाती हुई जब गांव में प्रविष्ट हुई थी तो सबसे पहले उसे लगा था कि उसके साहब का दिमाग फिर गया है। ऐसा कोई साहब उसके देखने में नहीं आया जो इस तरह एक गांव की लड़की के लिये अपना सब कुछ लुटा दे—इज्जत, पद, मान-मर्यादा सब कुछ। हजार मुंह हजार बातें।

गई रात को उन्होंने नायक को बंगले पर बुलाया था। ड्राइंग रूम में अकेले बैठे उसके साहब सिगरेट पर सिगरेट फूंकते जा रहे थे। देखकर उसका माथा चकराया था। इस तरह अकेले चुपचाप उसने उन्हें कभी ड्राईंग रूम में बैठे नहीं देखा। साहब और मेम साहब के साथ उनके बराबरी के कितने साहब और उनकी बीबियां नई सभ्यता के जाम पीती, हँसती, कहकहे लगातीं, पूरे कमरे को सिर पर उठाये होतीं। नायक ने यह सब कई बार अपनी आँखों देखा है और इसीलिए साहब का यह रूप उसे बिल्कुल अनचीन्हा लगा था।

नायक को देखकर साहब सोफे पर सीधे हो गये। सिगरेट बुझाकर ऐश ट्रे में डाल दी। कुछ क्षण नायक की ओर देखने के बाद वे बोले थे—आओ बैठो। फिर कुछ क्षण रुक कर बोले थे—तुम मेरे सहायक ही नहीं, मेरे बहुत कुछ हो। विश्वास कर सकता हूं तुम पर। इसीलिये हिरना से संबंधित एक सलाह तुमसे लेना चाहता हूँ। तुम उसके बीच के आदमी हो। उसका मन जान सकते हो। मैं समझ नहीं पा रहा हूं कि उसे यहां तकलीफ क्या है। वह

चाहती क्या है? कभी-कभी इतनी खो क्यों जाती है कि मझे ही बर्दास्त नहीं कर पाती। नायक साहब के चेहरे की ओर देख रहा था। मरकरी लाइट के प्रकाश में साहब का रंग कैसा तो मटमैला हो आया था। वे कह रहे थे—आखिर इस हिरना को कभी-कभी क्या हो जाता है कि रात के सन्नाटे में अपना एक-एक वस्त्र-आभूषण खोल-खोल कर फर्श पर फेंकती जाती है। फिर अपनी वहीं आदिवासी वेशभूषा में आइने के सामने बड़ी बेचैनी से थिरकने लगती है। कभी-कभी मैं उसे बंगले के बाहर भी जाते हुये देखता हूं। वह मुझसे छिप कर जाती है। पर मुझे मालूम है कि वह कुछ देर यों ही निरूद्देश्य घूम-फिर कर लौट आती है। जब लौटती है तो बेहद उदास दिखाई देती है।

सुनकर नायक चुप रहा। साहब भी बड़ी देर तक चुप बैठ सिगरेट पीने लगे थे। फिर कुछ सोच कर अचानक बोले थे—नायक! उसका मन बहलाने के लिये क्या तुम नाच-गाने का प्रबन्ध नहीं करा सकते? और साहब का यह कथन नायक के मन को सुख दे गया था—नहीं, साहब पागल नहीं हैं। वे हिरना के प्रति प्रेम से लबालब भरे हुये हैं। है भी तो वह ऐसी ही—कसा हुआ बदन, तराशे हुये नैन-नक्श, सांवला चमकता चिकना चेहरा एक अनोखी आभा लिये, काली घूंघरवाली केश राशि, चिरोंजियों सी सजी दंत पंक्ति और भीतर छलकती मस्ती, बिल्कुल महुये की शराब सी। एक बार देखे कोई तो मुंह से लार टपकने लगे। उसे साहब के प्रति करुणा हो आई।

दूसरे दिन भोर होते ही नायक आदिवासियों की बस्ती में चला गया था और इस जंगली इलाके गोड़, भीलों को समझाने-बुझाने और उनके मन का भय दूर करने के लिये उसने शराब का सहारा लिया था। पहले उसने बच्चों को मूंगफली, सिके कन्दे आदि देकर लुभाया। बाद में पटैल को शराब की दो बोतलें भेंट करते हुये अपना गन्तव्य कहा था—पटैल, तुम्हारे गांव का नाच देखने हमारे साहब आयेंगे और उनके साथ उनकी मेम साहब आयेंगी। हमारे साहब की मेम साहब तुम्हारी जात की हैं-गौंड़। नायक हंसा था। उसके साथ पटैल भी खिस्स से हँस दिया था—वो बड़ा साहब... और शराब के चढ़े नशे में भूली बात को जबर्दस्ती याद करते वह उठ कर नाचने लगा था—बस हुजूर, ऐसी विलायती दारू पिलाना कि सब हमार साथ नाचने गाने लगे। मैं मुखिया हूं गांव का। मेरी बात न मान कर सब जायेंगे कहां, और वह

भागने लगा था। नायक पटैल की भागती परछाई को देखते हुये कुछ हद तक आश्वस्त हो गया था। लेकिन उसका मन विरक्त भी हो आया—कितना तो जमाना बदल गया है। हर गांव में स्कूल खुल गये हैं। रोशनी पहुंच गई है। पर इन आदिम बस्तियों के लोग अभी भी भीतर से ज्यों के त्यों हैं। वे दारू पर ऐसे लपकते हैं जैसे मांस पर गिद्ध। इस पटैल को काबू में करने के लिये उसे पहले भी कई बार जंगल में ऊंची-नीची पगडंडी में से राह बनाते अपनी जीप दौड़ानी पड़ी थी। जाने कितने रुपये बहाये थे उसने। केवल इसलिये कि साहब की हिरना अपनी जाति के लोगों को देख सके, नाच-गाने में अपने मन का दर्द भूल सके। एक बार पहले भी नायक हिरना को पटेल के घर छोड़ गया था। गांव की युवतियां सारे समय हिरना से ठिठोली करती रहीं और शहराती साहब के साथे के रंगीन किस्से पूछती रहीं। हिरना का मन उस दिन भी बेकाबू था। वह जाने कहां खो गई थी। वह अपने से ही पूछ रही थी—क्या लकदक साड़ी, चमकते जेवर, गाड़ी-बंगला उसकी जिन्दगी के लिये बहुत है? पर उस दिन जब पहली बार साहब ने अखरा में आकर उसका हाथ थाम लिया था तो कैसा तो उसका मन मोह गया था। जब वह चला गया तो उसके बिना क्यों उसे अपनी जिन्दगी अकारथ लगने लगी थी।

कहां खो गई महुआ ? अरे यहां तो भूल जा अपने साहब को? महुआ चौंक गई थी। एक उदास हँसी हँस कर वह उठ गई—चल। नाचें। और वह सहेलियों का हाथ पकड़ कर अखरा में पहुंच गई।

साहब नहीं आये। मेम साहब नहीं आई। कब नायक उठा और मदहोश युवक-युवतियों को नाचता-गाता छोड़ उसने अपनी जीप वापस दौड़ाई थी। रात्रि जागरण की उनींदी आँखें सुबह देर तक नींद में डूबी रहीं। जागा तो साहब का चपरासी नजर आया। जब वह बंगले पर पहुंचा, उस समय बंगले में बेहद सन्नाटा फैला हुआ था। वह भीतर से होता हुआ बाहर निकल आया। साहबी रंगीनी से रंगा बंगला उसे फिर बेहद उदास लगा। कटे बाल, महंगी साज-सज्जा से दमकता मेम साहब का सांवला रंग, ग्रामीण और शहरी सभ्यता के मिले जुले रंग कभी सारे ड्राइंग रूम में झिलमिला जाता है। उनकी ओर ताकता नायक अक्सर सोचता जैसे एक जंगली हिरनी को पकड़ कर साहब ने उसे एक तंग दायरे में कैद कर दिया है। पर साहब को नायक अच्छी तरह जानता है। कितना मीठा नाम दिया है साहब ने उसे-हिरना।

बड़ी-बड़ी चंचल हिरनी सी मचलती आँखों में झांकते साहब ने गोंड़िन युवती की कमर में हाथ डाल उसे कैसे अपनी जिन्दगी से बांध लिया था। यह सब अभी भी नायक की आँखों में चित्रपट की तरह घूम गया।

बरामदे में खम्भे के पास ठहर कर वह अपनी दृष्टि इधर-उधर दौड़ाता है। फिर पास आते नौकर से उसने पूछा था—मेम साहब न दिख रहीं। और नौकर ने न जानने की मुद्रा में अजीब सी हँसी हँस कर अपनी हथेली नचा दी थी। नायक चुपचाप लॉन की ओर बढ़ गया। उसके पैर एकाएक रूक गये। देखा-गेंदों के पीले फूलों की क्यारी के बीच साहब की मेम साहब सुध-बुध भूली पसरी पड़ी है। देह में लाल किनार की मोटी साड़ी थी। शरीर पर आभूषण नहीं थे। गौड़ जाति का विन्यास लिये दो साल पहले की हिरना हाथ-पैर फैलाये आस-पास की सीमाओं को तोड़ती न जाने किस दुनिया में पहुंची है। नायक पास बढ़ा। कुछ देर तक झुका-झुका वह उस नारी को परखता रहा जो इन दो सालों में अपने अतीत को पूरी तरह मार नहीं पाई है। मेम साहब—उसने हल्के से आवाज दी। हिरना ने अंगड़ाई ली। टखनों तक चढ़ी साड़ी की ओर उसने हल्के से उसने एक नजर डाली। फिर उधर से लापरवाह वह नायक को देखती वैसी ही पड़ी रही। नायक ने फिर पुकारा। हिरना झपट कर उठ बैठी। नायक! मुझे मेम साहब नहीं, मुझे महुआ कहो, हिरना कहो। यही सुनने के लिये मैं दो साल से तरस रही हूँ। हिरना कह कर तुम्हारा साहब मुझे लाया था। बंगले में लाकर उसने मुझे मेम साहब बना दिया और हिरना को मार डाला। मैं मेम साहब नहीं होना चाहती। लोगों से हाथ मिलाते-मिलाते मेरे हाथ सुन्न पड़ गये हैं। सोफा पर बैठते मेरे पैरों में अकड़न होने लगी है। छुरी-कांटे से खाते मुझे खाने से नफरत होने लगी है। नायक साहब से बोल दो-मुझे जाने दें। मुझे मेरा घर-आंगन, मेरा जंगल बुलाता है। मैं बंधकर नहीं रह सकती। हिरना की आँखों में झिलमिलाते आंसू। नायक ने ध्यान से उसे देखा। उसे हिरना बड़ी निरीह सी लगी-बड़ी भोली और बहुत अच्छी। वह और कुछ नहीं समझ पाया। उसकी आँखों के सामने केवल हिरना थी। हिरना की बड़ी-बड़ी हिरनी सी आँखों में दर्द और छटपटाहट के घनेरे टुकड़े थे। वह नहीं समझ पाया कि इतने बड़े साहब की घरवाली होकर, अपार धन-दौलत की मालकिन होकर किसी भी औरत को और कोई दुख भी क्या हो सकता है। वह और क्या चाह सकती है?

नायक ने हिरना को उठाने का प्रयत्न किया तो उसने उसके हाथ झटक दिये। वह उठ बैठी और बड़े दृढ़ता से बोली—तुम जाओ। कहना साहब से- जंगल की हिरना जंगल में ही लौट जाना चाहती है। वह हिरना के लिये शिकारी न बनें। नहीं तो बुरा होगा।

नायक उठकर धीमे कदमों से ड्राइंग रूम में आ गया। कुर्सी पर बैठ साहब की प्रतीक्षा करता वह आने वाली स्थितियों को समझने के लिये बेचैन हो गया। दो साल पहले उसकी आँखों के सामने अखरा में साहब और हिरना के पांव थिरक रहे थे। उनमें मस्ती का एक ज्वार था। फिर कैसे आदिवासी पद्धति से साहब ने हिरना से विवाह कर लिया। खूब नाच-गाना हुआ। कई दिनों तक शराब के दौर-दौर चलते रहे। कई दिन कई रातें साहब सभ्य जगत को भूल जंगली आदिवासियों के बीच उनके रीति-रिवाज भूल को निभाता रहा और एक दिन ढेर सारे रूपये गांव वालों में बांट कर वह हिरना को शहर अपने बंगले में ले आया।

हिरना बंगले में आई तो विस्फारिक नेत्रों से ताकती साहब का वैभव वह अपने संगी-साथियों को बुला-बुला कर दिखाती रही। पर कुछ ही दिनों में चंचल हिरन सा कुलांचे भरता उसका मन चार दीवारी के भीतर उकताने लगा। रटे रटाये तौर-तरीके, अदब-कायदे, चाबी से चलने वाले खिलौने जैसी क्रियात्मकता। कभी-कभी वह इतनी ऊब जाती कि चार दीवारी से भाग कर अपने संगी-साथियों के बीच पहुंच जाने के लिये वह तड़पने लगती।

हार्न बजा तो नायक झपट कर बाहर आ गया। शराब के नशे में झूमते साहब... वह उन्हें सहारा दिये कमरे में लौटा। साहब नशे में थे। फिर भी सचेत थे। उन्होंने स्वयं ही नायक से बात शुरू की और फैसला भी सुना दिया। नायक हिरना को वापस जाने देना चाहिये किन्तु मैं उसे प्यार करता हूं और उसके पेट में पलने वाले अपने बच्चे को मैं अपनी सभ्यता के बीच पालना चाहता हूं। खैर, कुछ दिन किसी तरह निकल जायें तो वह जब चाहे जा सकती है। नायक एक शब्द नहीं बोला। वह साहब की बातें नहीं सुन रहा था। इन सबसे परे वह कुछ और ही सोचने लगा था केवल बच्चे की बात।

दूसरे दिन जब सुबह-सुबह वह साहब के बंगले पर पहुंचा था तो हतप्रभ रह गया। नौकर ने बताया कि रात को शराब के नशे में साहब ने हिरना को

खूब पीटा था। फिर उसे प्यार करते हुये खुद ही उसे तैयार करते रहे थे। उसके बालों में गेंदे के फूल सजाकर उन्होंने उसका श्रृंगार किया था। और उसके गांव तक उसे पहुंचाने गये थे। हिरना मोटर रुकते ही उतर कर ऐसे भागी थी जैसे वर्षों की कैद के बाद किसी को खुली धरती का विस्तार मिला हो। जाते-जाते रूक कर बोली थी—घबराना मत साहब, तुम्हारा बच्चा मैं नहीं रखूंगी। उसे तुम्हारे पास ही पहुंचा दूंगी। वृक्ष के नीचे साहब अपलक मोहासक्त हुये हिरना को दूर जाते देखते रहे—वह जो उनकी पत्नी रहकर भी उनकी पत्नी न हो सकी। जब तक वह दिखती रही, वे देखते रहे। उनके मन में यह बार-बार ख्याल आता रहा—बच्चे का मोह भी इसके लिये कोई अर्थ नहीं रखता? कैसी है आदिम जाति की यह प्रकृति-उसके संस्कार। साहब के अधरों पर एक मलिन मुस्कान उभरी और झटके के साथ गाड़ी में बैठ उन्होंने गाड़ी मोड़ दी।

**********

# कल फिर आयेगा

कितना अनिर्णीत होता है यह मन भी कि कभी चाहता कुछ और है किन्तु हो कुछ और जाता है। असहज भी जब सहज बन जाता है तब फिर वैसा कुछ नहीं लगता। एक बिन्दु मात्र जो अस्तित्व लिये हुये भी अस्तित्वहीन होता है। जीवन! एक लकीर पर चलता हुआ जीवन। जीवन और इतिहास। सोचा कहा था कि साहित्य से अनुराग रखने में इतिहास की छात्रा बनूंगी। पर हुआ ऐसा ही जो सोचा नहीं था। प्रोफेसर अशेष एक दिन आये थे भैया के पास और इतिहास की किसी एक घटना को विस्तार देने लगे थे। डाइनिंग टेबल पर चाय-नाश्ते की तश्तरियां सजाती मैं उन्हें सुन रही थी। लगा था रोचक विषय है यह। विषय रोचक था या कहने वाले प्रोफेसर अशेष। पर उस दिन मेरे साहित्य पर हावी जैसा ही हुआ उनका वह व्याख्यान। और अगले ही क्षण मैंने निर्णय लिया था साहित्य में नहीं, मैं इतिहास में एम.ए. करूंगी। साहित्य और इतिहास। इतिहास और प्रोफेसर अशेष प्रोफेसर अशेष और...।

कैसा है जीवन का यह क्रम? क्या इतिहास में भी ऐसा कोई क्रम होता है। बेबुनियाद क्रमों का एक अंतहीन सिलसिला। किन्तु जब यह सिलसिला चल पड़ता है तब फिर कुछ भी अजीब नहीं लगता। सब कुछ सहज लगता है—बिल्कुल निर्णीत पहले से बिचारा जैसा। पर मैं क्यों...। क्यों पूरी तरह आश्वस्त नहीं हो पाती? एक उलझन क्यों है दिल-दिमाग में? क्यों एक उदासी भीतर से उफनकर मुझे चारों ओर से ढंक देती है? और मैं सचमुच दुखी हो बैठती हूं। पापा कहते है—मैं भावुक हूं। मैं भी जानती हूं कि भावुक होना बहुत बुरा है। इससे केवल दुख के और कुछ हासिल नहीं होता।

इतिहास का पीरियड चल रहा था। प्रोफेसर अशेष लेक्चर दे रहे थे। मुमताज की मृत्यु। शहनशाह मुमताज की याद को जीवनपर्यन्त भुला नहीं पाया। मुमताज का प्यार उसकी यादों का ताजमहल बन गया। अंतिम समय...। मैं केवल नोट बुक के एक कोरे पन्ने पर आड़ी-तिरछी रेखायं

खींचती बैठी रही थी। सामने कागज पर खिंची आड़ी-तिरछी रेखाओं को जोड़ने का उपक्रम करती मैं कहीं अतीत को वर्तमान से जोड़ने लगी थी। माँ के प्यार को पिता कभी नहीं भुला पाये। वे उन्हें कभी नहीं भूल पाये। पीयरेड कब खत्म हुआ, कब कक्षा छात्रों से शून्य हुई—मुझे आभास नहीं मिल पाया—सुरभि! क्या बात है? आज तुम कुछ खोई-खोई सी हो। बड़ी उदास लग रही हो। आड़ी-तिरछी रेखाओं में उलझा मेरा हाथ कांप उठा था। सिर उठाकर देखा—प्रोफेसर अशेष बड़ी हार्दिकता से मेरे पास आ खड़े थे। उनकी आँखें मेरे चेहरे पर जमी थी। अपने में ही खोई मैं बोल उठी थी—नहीं, नहीं तो सर, ठीक हूं मैं। कह कर उठ खड़ी हुई और कमरे से बाहर निकल आई। सारे रास्ते में अपने में ही खोई रही। क्यों मैं इतना सोचती हूं कि सहज बातें भी मेरे लिये असहज हो उठती है। भैया के जाने के बाद हमेशा ऐसा ही अनुभव करती आई हूं। आज सुबह से ही बार-बार घिर आती उदासी को में झटकने का प्रयत्न करती रही थी। सच कहूं तो मैं अपने लिये नहीं, पापा के लिये सोचकर बेचैन हो जाती हूँ।

भैया के जाने पर पापा कितने खुश होते हैं। उनका एकाकीपन पूरी तरह टूट जाता है और मुझे महसूस होने लगता है—बहुत दिनों के बाद सन्नाटे को चीरता एक उत्सव मेरे घर आया है। उत्सव की सरगर्मी को महसूसते हम—मैं और पापा। इसी तरह उनके रहते तक अपनी अपनी मुट्ठियों में बांधे उत्सव की उष्णता को हम अपने रीते मनों में इतना भर लेते हैं ताकि बाद का समय भी उत्फुलता से बिता सकें। पर फिसल जाते हैं हाथों से वे दिन सोनमछली की तरह। भैया चले जाते हैं अपनी नौकरी पर और रह जाती है वे ही खामोश दिन।

मां नहीं है। ठीक दो वर्ष होने को आये। कॉलेज से लौटने पर सदैव मिलता है एक अबूझ सन्नाटा। सन्नाटे से लिपटी एक सुव्यवस्थित एकरसता। जानती हूं—यह सब पापा ने किया होगा। अपने भीतर के एकान्त को तोड़ने के लिये पापा यही सब करते हैं। वह सभी कुछ जो माँ किया करती थीं। कमरा दर कमरा पार कर जब मैं माँ के कमरे में पहुंचती हूं तो देखती हूं—पापा अपनी पुरानी आदत को लिये माँ की किताबों को झाड़-पोंछ रहे हैं। फाइलों को करीने से सजा रहे हैं। पूर्णरूपेण माँ की स्मृतियों में डूबे हुये पापा।

मुझे देखकर उनके हाथों का झाड़न थम जाता है। वे हँसते हैं—मैं तेरा ही इन्तजार कर रहा था। सोचा—जब तक तू लौटे, मैं ये किताबे ही जमा दूं। बहुत धूल हो गई है अलमारी में। पापा आप माँ को भूल नहीं पाते न! पगली!पापा की आँखों में नमी मुझे दिख गई थी। वे मुझे ही देख रहे थे।

पापा! एक बात कहूं?

हां हां, कह न !

एक चीज मांग रही हूं आपसे। देंगे न?

वे मेरी ओर पलटे—क्या? बोल न?

नहीं, ऐसे नहीं, प्रामिस कीजिए पहले?

उन्होंने स्नेहातिरेक से मुझे सामने रखींच लिया। बोले—बड़ी पागल है तू। ऐसी क्या चीज है मेरे पास जिसके लिये मुझे वचन देना होगा। कोई दुर्लभ चीज है क्या?

हां, कुछ ऐसी ही है। और यह कहते-कहते मुझे लगा कि कहीं रो न दूं। मैं जल्दी से कहा—मुझे माँ को लिखे आपके पत्र चाहिए। उनकी डायरियां चाहिये। वे चौक गये थे—पागल है तू। तू क्या करेगी उनका।

कुछ नहीं। पढ़ूंगी। उन्हें फिर-फिर अपनी आँखों से देखना चाहूंगी। देना ही होगा आपको। नहीं तो आज मैं आपसे नाराज हो जाऊंगी।

पापा कुछ क्षण मेरी ओर देखते रहे। फिर बोले माँ को जाना है तूने और मुझे भी। दोनों के बीच अथाह प्यार की सरिता की तरह बढ़ी है तू। और क्या देखना चाहेगी तू?

फिर भी और सब, सब कुछ—मैंने अपने को सँभाल लिया था।

माँ की डायरियां। उनको लिखे पापा के पत्र। उनमें अंकित है जीवन का इतिहास। इतिहास की पृष्ठभूमि। विवाह के पूर्ण किशोरी माँ। विवाह के बाद की प्रेयसी पत्नी माँ। बच्चों के वात्सल्य में डूबी माँ। और लेखन के प्रति पूर्ण समर्पिता माँ। सच, मां कितनी सुखी थी। पर कहीं भीतर बेहद दुखी भी थीं। सम्मिलित परिवार की त्रासदी और समाज की अमान्य रूढ़ियों ने कुचला था। उनका अंतर्मन और इन्हीं को लेकर उनके भीतर एक विद्रोह पनपा था।

उन्होंने कुछ सपने बने थे। सपने जो बुने जाते हैं—कुछ अपने लिये, कुछ दूसरों के लिये। मां ने सपने बुने थे—कुछ अपने लिये, कुछ दूसरों के लिये।

गुला की क्यारियों के बीच पौधों को संवारती मैं। गुलाबों से प्रेम माँ को था, इसीलिये पापा को भी। पापा कब मेरे पीछे आ खड़े हुये—मुझे पता नहीं—तू मेरा यह शौक भी मुझसे छीन रही है ना। मैंने पलटकर देखा था पापा को—पापा, मैं वंचित नहीं कर रही आपको। आपको मुक्त कर रही हूं—पीड़ा के बोझ से। आप माँ को बहुत प्यार करते थे न पापा! उन्हें एक क्षण के लिये भी भूल नहीं पाते न! एक तरल हँसी पापा के होंठों पर झलकती है—प्यार जब जीवन का पाथेय बन जाये तब यादें भी तो बहुत मीठी हो जाती है बेटे। यही तो जीने की शक्ति देती है। पापा गुलाबों के बीच आ खड़े थे और में अन्यमनस्क हो उठी थी।

सांझ को सुरमई बादलों में डूबी पगडंडी पर टहलते हुये पापा ने मुझसे पूछा था—सुरभि, तुझसे अशेष ने कुछ कहा है? वह आज मेरे पास आया था। वह तेरे विषय में बात कर रहा था। मैं भी सोचता हूं, उससे अच्छा पात्र तेरे लिये कोई दूसरा नहीं होगा। तू भी तो उसे पसन्द करती है न! मैंने पापा की ओर देखा। एक पुलक भरी उजास मैंने उनकी आँखों में महसूस की। मैंने अशेष को जाना है। अशेष का कोई नहीं है। माँ जन्म देते स्वर्गवासी हुई और पिता ने दूसरा विवाह कर लिया। दोनों से उपेक्षित होकर वे सदा के लिये घर छोड़ आये। संघर्षों के उस दौर में ही वे भैया के साथ एक दिन माँ के पास आये थे। और माँ ने तब उन्हें भैया जैसा ही अपना लिया था। एक सरस प्रसंग के बीच माँ ने कभी भैया से कहा था—अपना यह अशेष सुरभि के लिये कैसा रहेगा रे? भैया ने छेड़ा था—सोच लो माँ। अशेष की जाति-वंश को कोई ठिकाना नहीं है। उससे सुरभि का ब्याह करने पर जाति और समाज से बहिष्कृत भी हो सकती हो। माँ का उस दिन का चेहरा आज फिर मेरी आँखों में आ थमा है। एक आक्रोश भरा गाम्भीर्य। गाम्भीर्य भरी पीड़ा। और सबको निःशेष करती एक दीप्ति-जाति और समाज की बात तू छोड़। वे कभी मेरे लिये महत्वपूर्ण नहीं रहे। महत्वपूर्ण केवल व्यक्ति होता है। और अशेष जो कुछ भी है, स्वयं है। माँ के वे शब्द भीतर से उठकर बार-बार मुझे आन्दोलित करने लगे हैं। मैंने भी तो तुम्हें चाहा है अशेष। तहे दिल से तुम्हें प्यार किया है। पर पापा...। पर पापा कितने अकेले हो जायेंगे मेरे जाने के

बाद? पापा से मैंने यही कहा था। पर पापा ने मेरी बात नहीं मानी—तू बहुत पागल है सुरभि ! जाने क्या-क्या सोचा करती है? तू मेरी चिन्ता छोड़।

तब पापा मेरी एक बात आपको माननी होगी। विवाह के अवसर पर आप माँ का सारा साहित्य मुझे दे देंगे। उसे मुझे सौंप कर आप हल्के हो सकेंगे। फिर आप अकेले नहीं, सबके होंगे। फिर आप कभी मेरे पास रहेंगे, कभी भाभी के पास होंगे। पापा ने आश्वासन दिया। मैं हल्की हो गई।

भैया-भाभी सुखी हैं। मुझे बेहद प्यार करते हैं। अशेष मुझे अपनी कामनाओं का सुन्दर शुचिमय पुण्य कहते हैं। पापा को छोड़ जाने का समय मेरे लिये बेहद, बेहद भारी हो आया है। गुलाबों के फूलों से भरी अंजुरी लिये मैं उनके पास आसती हूं और उनके रिक्त हाथों में को फूलों से भर देती हूं। कहती हूं गुलाब की डालियों में फिर फिर फूल खिलेंगे पापा। और इनकी सुरभि घर-आंगन में डोलती फिरेगी और उसे पाने हम फिर, फिर इकट्ठे होंगे। ये भाभी, यह नन्हीं श्वेता-आप इनमें ही हम सबको पायेंगे। आप भरे पूरे होंगे पापा। कल फिर आयेगा।

# मैं जल रही हूं

घटाटोप पानी बरस रहा है और भीगने की अनुभूति से सिहरती हुई मैं पलंग के एक छोर पर करवट लिये हये अपने भीतर दुर्दांत बादलों की क्रूरता को बर्दाश्त कर रही हूं। पहले ऐसा कुछ भी नहीं था। वर्षा की नन्हीं-नन्हीं बूदें, ऊदे-ऊदे से बादल और चारों ओर पानी चूनर से सजी खेतों की हरितमा। खुले वेश, बरसाती जल धार में इधर से उधर डोलती, गुनगुनाती, ढेर सारे सपनों में डूबी भी तर कहीं में बेहद हल्की और स्नेहासिक्त हो जाया करती। बरामदे से ही वर्षा का आनन्द लेते हुये तुम कहा करते—जो वर्षा की रानी, देर तक भीगोगी तो सर्दी-जुकाम हो जायेगा। पर हठीला मेरा मन मानता कहां? तुम्हारे नेह-छांव में बुने मेरे ढेर सारे इन्द्रधनुषी सपने तुमने ही बड़ी बेरहमी से तार-तार कर दिये।

बरसात थम गई है। आकाश कितना प्यारा स्वच्छ दर्पण सा चमक रहा है। आकाश में सतरंगी इन्द्रधनुष मेरी खिड़की के ठीक सामने आकर टंग गया है। तुम्हारी बातें सुनकर मैं मन-आकाश के ध्वंसावशेष सपनों को सहेजने का व्यर्थ सा प्रयास करती जड़-बुद्धि सी बैठी हुई हूं। तुमने विवाह कर लिया। एक दूसरा विवाह। एक दूसरी नारी से। अच्छा किया। और तुम कर ही क्या सकते थे? नारी को खिलौना समझने वाला पुरूष नारी को सम्मान दे भी कैसे पायेगा? मैं दुखी हूं। संतप्त हूं। कब क्या कर लूं-लोगों की तरह-तरह की धारणायें मुझको लेकर चल रही हैं। पर मैं मोम की गुड़िया नहीं हूं जो दूसरों की दी आंच में गल जाऊं, सहना जानती हूं पर किसी की सांत्वना और सहानुभूति मुझे बर्दाश्त नहीं होगी-कतई नहीं।

पानी फिर गिरने लगा है और बावला मेरा मन कण्ठ तक प्यासा हो आया है। एक नेह बंद के लिये कितनी तड़प उठी हूं? मेरे चारों ओर लौह श्रृंखलायें हैं जो मेरे नारीत्व की सीमा निर्धारित करती हैं। खिड़कियों की सलाखों को थामे मैं जो ढेर सारे शब्द सुन रही हूं-केवल सुन रही हूं इसलिये कि तुम पुरुषों ने नारी को समझा क्या है। उसे दिया कुछ नहीं, केवल लिया ही लिया

है। तुम्हारे भोग की लालसा ने ही उसे अमर्यादित जीवन जीने के लिये बाध्य किया है। अभिशप्त अंधेरी गलियों में भटकती उसकी आत्मा कितनी विवश है? सुन रही हूं मैं भैया कह रहे हैं—आखिर वह जायेगी कहां और यहां रहेगी भी तो कैसे? मैंने सपने में भी नहीं सोचा था कि उसके रहते तुम यह नाटक रचोगे। भैया चुप हुये तो तुम्हारी आवाज मैंने सुनी थी—यह तो मन का सौदा है। मन के सौदे में नफा-नुकसान नहीं देखा जाता। प्यार किया नहीं जाता, हो जाता है। फिर मैं तरू का अपमान तो नहीं कर रहा न। उसे निष्कासित भी नहीं कर रहा। वह भी यहीं रह सकती है अपने आत्मसम्मान के साथ। तुम चुप हुये तो भैया ठठाकर हँस पड़े—क्या खूब डायलॉग हैं तुम्हारे... प्यार किया नहीं जाता हो, जाता है। अपमान नहीं कर रहे हो उसका। निष्कासित नहीं कर रहे हो उसे। भई वाह, शब्दों का यह वैभव तुम्हें ही मुबारक। आज प्यार उस लड़की से हुआ, कल किसी दूसरी से भी हो सकता, परसों किसी तीसरी से भी। तुम चिल्लाये थे—भैया...। भैया के स्वर में रोब उभर आया था—हर एक चीज की एक सीमा होती है नितीन, हर एक चीज की अपनी मर्यादा होती है। तुमने अपनी ही नहीं, इस घर की मर्यादा और उसकी गरिमा को नष्ट किया है। यह तुम्हारा नहीं तरू का फसला होगा कि वह यहां रहे या कहीं रहे? मैं उससे कुछ भी नहीं कह सकता। कह सकने की स्थिति में कोई भी कहां है अब? भैया के तेज-तेज कदमों की बाहर जाती आवाज मैं देर तक सुनती रही। भैया ने सांत्वना नहीं दी मुझे। सहानुभूति भी नहीं दी। उन्होंने उबार लिया मुझे। मुझे कहीं भी हल्का होने नहीं दिया।

तुम कमरे में आये और चुपचाप बैठ गये। पर तुम चुप क्यों हो? कुछ कहो न? मुझसे बोलो तो कुछ? मुझमें ऐसा क्या था जो तुम्हें भाया नहीं? कौन सी कमी थी मुझमें जिसने तुम्हें किसी दूसरी के आंचल में बंध जाने को बाध्य किया? एक बार देखा तो होता मेरा मन जिसमें तुम्हारे प्रति जनम के साधों के सम्मोहित चित्र भरे पड़े हैं। उन साधों को मैंने अपने हाथों रंग दिये हैं। समर्पण की शुचिता भरी है। सोचती थी—मातृत्व की पूर्णता पाकर फिर कोई कामना नहीं रह जायेगी। तुम होंगे, मैं हूंगी और हमारे बीच प्यार का संवर्द्धन करता एक सेतु होगा। सेतु... यही नाम सोचा था मैंने।

वर्षा थम गई है। बाहर धूप निकल आई है। मैं बगीचे में आ गई हूं। खिलती बेला, जूही, चमेली और गेंदे के फूल। हम दोनों ने ही मिलकर संवारा

था यह बगीचा। बरसात में भींग-भींग कर तुम जाने कहां-कहां से इनकी गांछ ले आये थे। यह रातरानी भी कितनी बड़ी हो गई है। पर जब फूलेगी-इसकी गंध मुझसे सही नहीं जायेगी-एक निष्ठुर और स्वार्थी मन की गंध निकलेगी इससे। मुझे पता नहीं, रानी धीमे कदमों से मेरे पीछे आकर कब खड़ी हो जाती है—भाभी। हल्के हाथों की छुअन मन को भिंगो देती है। एक नारी मैं हूं-खण्डित पाषाण की अभिशप्त छाया से दबी। एक नारी यह है-नारी की पीड़ा को आत्मसात करती हुई। कह रही थी रानी—भाभी, तुम्हें बड़े भैया बुला रहे हैं। साड़ी की कोर नम धरती के स्पर्श से भीग गई थी। हाथों से निचोड़ पानी सुखाती मैं रानी के साथ चल दी। धीर गम्भीर स्वरूप। कुर्सी पर बैठे हुए भैया को इतना अधीर और चिन्तामन मैंने कभी नहीं देखा? वहीं चटाई पर बैठी माँ सब्जी काट रही थी। आओ, बैठो—माँ कहती हैं। मैं खड़ी हूं। बैठने का अधिकार शायद मैंने खो दिया है। भैया मेरी ओर देखते हैं—ठीक मेरी आँखों में मुझे पढ़ना चाहते हैं। मैं देखती हूं-मेरे प्रति दया का कोई बिन्दु उन आँखों में नहीं है। है तो बस-आक्रोश की कोंधती चिनगारी सी। 'बैठो तरू'—उनका स्नेहपूरित स्वर। मैं बैठ जाती हूं। वे कहते हैं—जिन्दगी तुम्हारी है। फैसला लेने का अधिकार भी तुम्हारा होना चाहिये। मैं तो बस इतना कह सकता हूं कि तुम्हारे अधिकारों को छीनने की शक्ति इस घर में किसी में नहीं है। जिस गौरव गरिमा के साथ नव-वधू की मर्यादा लिये तुम इस घर में आई थी, वह अधिकार जीवन-पर्यन्त तुम्हारे साथ होगा। इस पर तुम अपने को अकेला मत समझना। तुम्हारे अकेलेपन और इस अपमान में हम सब तुम्हारे साथ हैं। नितिन उसे लाना चाहता है। तुम क्या कहती हो? माँ बोली थी—सौत को छाती पर लाकर बिठाते उसे शर्म नहीं आती? मैं चौंक कर माँ की ओर देखती हूं और उठ कर सीधे अपने कमरे में भागती हूं—नहीं, मैं कुछ भी करने की स्थिति में नहीं हूं।

कड़ाही में सब्जी चलाता करछुल मेरे हाथों में रुक गया-सौत। कैसा क्रूरता भरा शब्द है यह? कितना अमानवीय? कितने गलत रूप में रखा गया है इस शब्द को? कैसे बर्दाश्त कर लूं जिसने नारी होकर भी एक दूसरी नारी का मन नहीं देखा? आँखों में भरे रंगीन सपनों की चमक जिसने महसूस नहीं की? अंतर में भरी कामनाओं की मिठास जिसने नहीं देखी? अपनी उद्दाम कामना और अपने सुख में उसमें नारीत्व की मर्यादा नहीं देखी? चौराहे पर निरावरण उस बुत पर ही पत्थर चलाती रही वह जो उसका भी हो सकता

था। कुणाल, मैं तुम्हें माफ नहीं कर सकती-कभी नहीं। नितिन सुन्दर है। कामदेव सा रूप है उनका। नारी को लुभाने की कला में सिद्धहस्त हैं-मैं मानती हूं। पर तुम्हें क्या पता नहीं था कि नितिन तुम्हारे प्रेमी की एक पत्नी भी है जो अपने पति को भरपूर प्यार करती है। उसके घर लौटने की प्रतीक्षा लिये वह रात की कितनी कितनी घड़ियां आँखों में काट देती है और उसके बेटे की माँ बनने की लालसा में वह जाने कितने व्रत-उपवासों का अनुष्ठान कर रही है? तुमने कुछ भी क्यों नहीं सोचा? तिनके-तिनके जोड़कर पांखी बसेरा बनाता है। घोंसला बन चुका है होता है तो कुछ सपने जागते हैं। कुछ हलचल होने को होती हैं। पर हलचल होने के पूर्व कोई शरारती बड़े जतन और नेह से बनाया गया उसका घोंसला ही उजाड़ देता है। तुम्हारा ही ऐसा घोंसला, प्रीति पगा ऐसा घर कोई नष्ट कर दे तो-तुम्हें कैसा लगेगा? कोई तुम्हारा सुन्दर प्यारा पति छीन ले तो तुम क्या करोगी-उसे क्षमा करोगी या सजा दोगी ? तुम मुझसे ही मेरे प्रश्न का उत्तर जानना चाहो तो सुन लो—मैं नितीन अपने पति को क्षमा दे सकती हूं पर तुम्हारे लिय तो सजा ही ठीक होगी।

कितनी सुहानी सांझ है? ललछोहे रंग में रंगी सांझ। वर्षा के बाद का यह खुला सुहावना आकाश और कोमल खुली-खुली धरती। एक गंध प्यार पसर गई है चारों ओर। खुली धरती, खुला आकाश और सीढ़ियों पर अपने को तोलती परखती बैठी मैं-कितनी जलन, कितनी डाह उठ रही है भीतर? मैं रो भी नहीं पा रही हूं कि बादलों सी बरस कर सुलगती छाती की जलन मिटा सकूं। रोना कमजोरी है और मैं रोना नहीं चाहती।

रात के सन्नाटे में कोंधती मेरे पद-चाप की उत्सुकता जब तुम्हें न ही बेचैन करेगी और न रजनीगंधा की बिखरती गंध तुम्हारी भुजाओं में मुझे बांध पायेगी। यह अधिकार मैंने खो दिया है। तुमने खो दिया है। कितनी पागल हूं मैं जो तुम्हारे खोने बात करती हूं। जो तुमने मुझे दिया, वह तो एक तुम्हारे मन की दुर्दान्त कामना थी। तुम्हारे मन प्यास जागी। तुम तृप्त हुये। तुमने अवमानना दी। क्या ऐसा ही उसके साथ नहीं होगा? ताजगी के झोंके सदा बहार होते हैं नितिन। समझदारी न हो तो कामना का अंधड़ बनकर कितनी तबाही मचा दे-क्या पता? खुशनसीब हूं मैं तो बस इसलिये कि माँ ने कोई सलाह मुझे नहीं दी। रानी ने मुझसे कुछ नहीं पूछा। भैया मुझसे कुछ नहीं

कहते और बाबूजी ने भी फैसला मेरी ओर सुनाया है कि मेरी मर्जी के खिलाफ तुम उस लड़की को इस घर में नहीं ला सकते। तुम्हें यह घर छोड़ना होगा या उसे। मैंने चुपचाप सुना यह फैसला। कमरे में रिसती निस्तब्धता को तोड़ता तुम्हारा स्वर कड़ा बेबाक था—तो मैं भी यहां नहीं रहूंगा। मैंने सिर उठाकर एक बार तुम्हारी ओर देखा, तुम कहीं और देख रहे थे। मैंने शायद अंतिम बार तुम्हें जी भर कर देख लेना चाहा। तुमने कितना अपमानित किया है मुझे। पर फिर भी मैं तुमसे घृणा क्यों नहीं कर पाती? वह या मैं। मैं या वह। यह फैसला मैं तुम पर ही छोड़ती हूं। यह प्रश्न मेरे सम्मान का नहीं मानना। तुम राम नहीं हो तो क्या में सीता रहूंगी? मैं तुम्हारा हर पल इंतजार करूंगी। मैं हारूंगी नहीं-केवल इसलिये कि मैं तुम्हें प्यार करती हूं-केवल तुम्हें।

पानी फिर बरसने लगा है। घटाटोप बादलों का यह बरसना दग्ध धरती की प्यास बुझा पायेगा या उसकी दाह को और अधिक तीव्र कर देगा क्या पता? मैं जल रही हूं और पानी बरस रहा है।

**********

# सब कुछ अनचाहा

सांझ का धुंधलका सीढ़ियों पर उतर आया था। पापा को लौटने में देर हो गई थी। शिल्पा कब से सीढ़ियों पर खड़ी पापा के लौटने का इंतजार कर रही थी कि पापा आते दिखे थे और पास आकर उन्होंने सबसे पहले उसे जो सूचना दी- उसके लिए वह बिल्कुल तैयार नहीं थी।

यह एकाएक क्या हो गया? ऐसा तो नहीं सोचा था उसने। बिल्कुल भी नहीं सोचा था। कैसा मनहूस होता है कभी-कभी जिन्दगी का कोई एक क्षण जो एक हादसा बनकर पूरी जिन्दगी को ढक लेता है और आने वाली तारीखों को पूरी तरह मटियामेट कर जाता है। तब उसके बारे में कुछ भी नहीं कहा जाता है। कुछ नहीं सुना जाता। बस केवल सोचा जा सकता है और इतना सोचा जा सकता है कि फिर विचारों की सारी आंधी, विचारों का सारा तूफान समाप्त हो जाये और मस्तिष्क शून्य हो जाये ताकि फिर कुछ भी कुछ सोचा न जा सके।

पापा से सब कुछ सुनकर शिल्पा हत्बुद्ध सी पापा के चेहरे की ओर देखने लगी थी। पापा के चेहरे की सारी उदासी उनकी आँखों में गहरा आई थी। वे कह रहे थे—समझ में नहीं आता–कौन सी ऐसी चीज थी उसके भीतर जो उसे भीतर ही भीतर खाये जा रही थी। कल वह बहुत दिनों के बाद मेरे चेम्बर में आया था और देर तक बैठा हँसता-हंसाता रहा था। यह सब कैसे हो गया? वे इसे ड्राइंग रूम में छोड़कर हाथ-मुंह धोने चले गये। लौटे तो बोले-आज खाना नहीं खाऊंगा। कुछ भी अच्छा नहीं लग रहा है। फिर कुछ यक कर बोले-इतना बुजदिल तो नहीं होना चाहिये उसे। यह आजकल के लड़कों को क्या हो गया है है कि परिस्थितियों का सामना ही नहीं कर पाते। कुछ विपरीत हुआ तो मृत्यु को ही विकल्प मान लेते हैं। कम से कम परेश को मैं इतना कमजोर नहीं समझता था। यह भी नहीं समझ सका कि आखिर उसने ऐसा किया क्यों... बेवकूफ! और पापा के स्वर की तरलता ने शिल्पा को चौंका दिया था। जब वे अपने कमरे में चले गये तो शिल्पा को जैसे होश

आया। परेश ने नींद की गोलियां खालीं नहीं रहा परेश। यह सब एकाएक कैसे हो गया? वह वहीं पड़ी आराम कुर्सी पर जैसे ढह गई।

अभी कुछ ही दिन पहले परेश पापा के चेम्बर में आया था। पापा कहीं बाहर गये हुये थे। वह अकेली बैठी पापा के निबन्धों को देख रही थी। वह सीधा उसके सामने आ खड़ा हुआ था। बेहद उत्तेजित प्रतीत हुआ। बोला शिल्पा तुमसे अन्तिम बार कहने - आया हूं। मिलने ही आया हूं-यह समझ लो। तुम मेरे सारे पत्र लौटा दो। मेरा चित्र भी लौटा दो। मैं जानता हूं-तुम्हें मुझसे घृणा है। फिर मेरी कोई स्मृति तुम्हारे पास क्यों रहे? यही ठीक है तुम्हारी घृणा ही मेरे पास रहे। शिल्पा ने एक क्षण उसे देखा। फिर नजरें झुका लीं। क्रोध की उत्तेजना उसके चेहरे को विवर्ण कर गई मेरे पास तुम्हारा कोई पत्र नहीं है। तुम यहां आये क्यों? जाओं यहां से? मैं तुम्हारी शक्ल भी नहीं देखना चाहती। प्लीज जाओ। फिर कभी मेरे सामने मत आना। शिल्पा ने सिर उठाकर देखा तो वह वैसा ही उद्धत खड़ा उसकी ओर आग्नेय नेत्रों से ताक रहा था बिल्कुल खा जाने वाली मुद्रा में - इतना घमण्ड है तुमको ? देकर कोई समझती क्या हो अपने आप को ? घृणा म घृणा की पा सकता है समझती हो। इसका अंजाम भी समझ लो तुम तुम्हारे पत्र मेरे पास है। तुम्हारा चित्र मेरे पास है। कभी भी उन्हें कैश कर सकता हूँ। बरबाद हो जाओगी तो कहीं की भी नहीं रहोगी। और वह वैसा ही उद्धत भाव लिये तेजी से चेम्बर से निकल गया था।

चेम्बर में फिर शिल्पा से बैठे नहीं रहा गया। एक अज्ञात आशंका, अपराध बोध की अनजानी दुरुह कल्पना से संत्रस्त वह भयाकुल हिरणी सी भागी दीदी के पास आयी थी दीदी तब अपने गुलाबों के गमलों में पानी डाल रही थी। उसने आने की भी प्रतीक्षा नहीं की और सीधे ड्राइंग रूम में आकर सोफे पर बैठ गई। दीदी जब आई तो शिल्पा को आंखें पोंछते देखा था। घबड़ा गई - क्या हुआ शिल्पी ? बात क्या है? तबियत तो ठीक है न? शिल्पा ने दीदी की आंखों में देखा - अब क्या होगा दीदी? उसने कहीं सचमुच मेरे चरित्र को लेकर इधर उधर बातें फैलाई तो, मुझे बदनाम करना चाहा तो। उसकी आंखों में फिर आंसू उमड़ने लगे।

दीदी शिल्पा के इतनी निकट थी कि उसके मन का उनसे कुछ भी नहीं छिपा था। उन्हें मालूम था कि उम्र के भोलेपन में शिल्पा का मन परेश की

और आकर्षित हुआ था। एक लगाव हो गया था। वह फाइनल की छात्रा थी और तब परेश एम।ए। करने के बाद ला कर रहा था। वह कब कालेज की चार दीवारी से निकलकर शिल्पा के पापा डा। सक्सेना का हमदर्द बन बैठा - शिल्पा को वह भी नहीं मालूम। तब डा। सक्सेना एम।ए। के कोर्स के लिये कोई पुस्तक तैयार कर रहे थे। पुस्तक का पूरा हो जाना सामान्य बात नहीं थी। दिन-रात के अथक परिश्रम में इबे वे जैसे परेश के रूप में तिनके का सहारा पा गये हो। वे रात-रात तक उसके पास बैठकर चेपटर्स डिक्टेट करते। फिर उन्हें वह टाइप करवाता। उन्हें पब्लिर्स के पास भेजता। उनका सारा बोझ स्वयं अपने ऊपर ले लेता। थक हार कर जब दर्द से झुकी पीठ को डा। सक्सेना कुर्सी से टिका कर हल्के होते तो वे देखते-परेश उनकी और सहानुभूति और श्रद्धा भरी नजरों से देख रहा है बहुत परिश्रम करते हैं सर आप। कालेज का काम देखना। फिर घर का देखना। पढ़ना-पढ़ाना और फिर पुस्तक लिखने में खप जाना। हां - एक लम्बी सांस खींच कर डा। सक्सेना कहते यह भी किस्मत की बात है परेश। मुझे तुम मिल गये। यों सबकों अपना प्राप्य कहां मिल पाता है। मुझे भी नहीं मिला। बस यह समझ लो। फिर वे कहते यह पुस्तक पूरी हो जाये। छप जाये तो एक बड़ा बोझ सिर पर उतर जाये। बीस हजार रायल्टी के कम नहीं होते। तीन लड़कियां हैं इनके लिये अभी ही सोचना होगा। परेश कहता आप बेकार चिन्ता करते हैं सर। अपने पर ज्यादती करते हैं। सब कुछ ठीक होगा। यह सब बाहर का, ऊपर का काम मुझ पर छोड़िये। मैं सब सम्हाल लूंगा। डा। सक्सेना की आंखों में तब वात्सल्य की ढेर सारी उजास एक साथ समा जाती और वे एक तरूण ताजगी से मर जाते। फिर भाव-विह्वल होकर कहते-सो तो है ही परेश। तुम्हें लेकर ही तो मैं इतना निश्चित हूं। इतना आश्वस्त हूं। फिर पूछते खाना खा लिया। परेश कहता अभी नहीं सर जाकर खा लूंगा।

अपना क्या दो रोटी सेंक ली और पेट भर लिया। ओह डॉ। सक्सेना व्यक्ति हो उठते-देखो, कोई संकोच मत करों। घर चलो। शिल्पी तुम्हें खिला देगी। और डा। सक्सेना उसे लेकर भीतर आते। कहते-शिल्पी बेटी, परेस यहीं खाना खायेगा। उसे खिला देना। शिल्पा खाना परोस कर डायनिंग टेबल पर परेश के सामने रख देती। कहती- खाइये। यह सब दीदी ने शिल्पा के मुंह से ही सुना था।

इसी तरह दोनों एक दूसरे के निकट आये थे। और जब निकट आये थे तो मन का सारा संकोच, सारी दुविधा अपनत्व की ऊष्मा से पिघली चली गई थी। अब परेश चेम्बर से उठकर जब तब शिल्पा के पास आ बैठता। अध्ययन की बात। कालेज की बात। सहपाठियों की बात। इधर उधर की बात। दुनिया की बात। बातों ही बातों में अपनत्व प्रगाढ़ हुआ था। शिल्पा डा। सक्सेना की सबसे बड़ी पुत्री थी। शिल्पा से छोटी दो बहिनें थी। कभी परेश बहिनों को पिक्चर ले जाता तो कभी उनकी फरमाइश पर कोई काम कर देता। शिल्पा के लिये लाता वह किताबें। और इन्हीं किताबों से शुरू हुआ था मन का सिलसिला। शिल्पा उन्हें पढ़ती तो पाती प्रेम पगे शब्दों का माधुर्य छलक गया है किन्हीं किन्हीं पंक्तियों में। पंक्तियां अंडरलाइण्ड होती। प्रेम का यह माधुर्यशिल्पा को भीतर तक उद्वेलित कर जाता। परेश सामने नहीं होता तो उसका सुदर्शन रूप जब तब उसकी आंखों में झांकने लगता। कहीं कोई देख न ले-यह सोच कर वह भयाकुल हो उठती। सतर्क हो जाती। कहीं पापा को पता चलेगा तो, बहिनों पर क्या प्रतिक्रिया होगी इसकी। सहसा उसे मां की याद हो आती। मां होती तो मां से सब कुछ कह कर वह उनका समर्थन पा लेती और एक मानसिक बोझ से वह मुक्त हो जाती। पापा से वह यह सब कैसे कहे ? मन की बात वह कह सकती तो बस दीदी से केवल दीदी से।

परेश आता। वह हंसकर बातें करती। उसी तरह बोलती। सामने बैठकर खाना खिलाती। सब कुछ संयत होता एक मर्यादित सीमा के भीतर। पर जब जब वह उन सांकेतिक पंक्तियों को पड़ती-भीतर की जमी बर्फ पिघलकर उसके मन को रुई के फाहे सा हल्का कर जाती प्यार की यह अनुभति कैसी है कि मन का रेशा-रेशा पुलकित हो उठता है। सुख के सप्तम स्वर आरोह-अवरोह के साथ बजने लगते हैं। फिर इन्हीं अनुभूतियों के बीच उसे मिला था परेश का पहला पत्र अक्षर अक्षर को उसने उस दिन आंखों अंतर में उतार लेना चाहा था। कितनी कितनी बार पढ़ा था उसने उसे। फिर एक लम्बे मौन के बाद उपालम्भ। उत्तर न पाने पर नाराजगी का भय। परीक्षा में न बैठने का प्रण। बिखरे उल्झे बाल। रूखा-सूखा चेहरा। वह भोजन के लिये पूछती तो वह मना कर देता। बस सोफे पर चुपचाप बैठा दीवार की शून्यता में जिन्दगी का अर्थ ढूंढ़ता होता। एक अज्ञात आशंका से संत्रस्त शिल्पा को इसी के आगे पराजित होना पड़ा था। उस दिन कहा था परेश ने तुम्हारा उत्तर पाना चाहता

हूं। तुम्हारा उत्तर पाये बिना मुझे कोई गन्तव्य नहीं सूझता। हां या नहीं-कुछ कहना होगा तुम्हें? हां या नहीं - कभी कभी कितना कठिन हो जाता है कोई एक निर्णय लेना। कितने कितने ऊहापोहों में भटकते हुये वह हां को लेकर आगे बढ़ आई थी। नहीं, वह कोई गल्ती नहीं कर रही।

यदि गल्ती है तो क्यों उसे परेश इतना अच्छा लगता है कि वह हर दिन हरक्षण उसके आने की प्रतीक्षा करती रहती है। क्यों वह आनन-फानन अपने सारे काम निबटा कर पापा के चेम्बर में जाती है? क्यों उसे देखते ही उसकी आंखों में किरणीली हंसी उभर आती है? आंखों की हंसी फिर अधरों पर आ टिकती है और उसका सर्वांग हंसी का प्रतिरूप बन जाता है। परेश के प्रति पापा का प्यार और विश्वास उसके इस हां का आधार बना था। पहुच शिल्पा का यह प्यार कब घृणा में बदला - यह तो बाद की बात है। तब तो वह पापा का बेहद आत्मीय था। शुभचिन्तकः। सहयोगी। सहारा। सभी कुछ कितना विश्वास किया था उन्होंने उस पर। पर उस दिन भी विश्वास पापा का नहीं टूटा था। टूटा था शिल्पा का, जब एक दिन डा। सक्सेना परेश को उसका पत्र देते हुये कह रहे थे-तुमने कभी बताया नहीं परेश कि तुम्हारा विवाह हो गया है। मैं तो समझा था कि तुम अभी अविवाहित ही हो। इन छुट्टियों में गये क्यों नहीं घर ? सुनकर शिल्पा के पैरों के नीचे की जमीन हिल गई थी। उसे लगा था कि भूचाल आ गया है और वह एक गहरी अंधेरी खाई में धंस जायेगी। पर वह सम्हल गई। परेश शिल्पा को ही देख रहा था। एक कटी हुई हंसी उभरी। उपेक्षा और पीड़ा की मिलीजुली गंध। विवाह_मेरा विवाह करके मेरे पिताजी ने अपनी साध पूरी की। उन्हें बहू मिली। मुझे क्या मिला ? कुछ नहीं। मैं इसे विवाह मानता ही नहीं। वह एक क्षण कभी-कभी कोई एक छोटा सा क्षण भी किसी पहाड़ की तरह आत्मा पर इतना भारी पड़ जाता है कि उसके बोझ के नीचे सारी जिन्दगी ही दब कर रह जाती है। कई दिनों तक कई माहों तक शिल्पा उस बोझ पाई तो भीतर का निष्कलुष प्यार पूरी तरह को महसूस करती अपने से ही जुझती रही। पर अपने को जब उस बोझ से मुक्त कर विषाक्त होकर घृणा में बदल चुका था नहीं, में कुछ सुनना नहीं चाहती। तुमने मुझे ही नहीं, उसे भी धोखा दिया है जो तुम्हारी पत्नी है। तुम्हारी कोई गल्ती नहीं है तो मेरी भी कहां कोई गल्ती थी? तुमने हमें कितना कितना सस्ता समझ लिया। प्लीज शिल्पी, मुझे समझने की कोशिश करो-परेश का रूंधा हुआ स्वर भी शिल्पा को एक धोखा लगा था। उस दिन घर

लौटकर शिल्पा ने सबसे पहले परेश के सारे पत्र और चित्र जला डाले थे। अविश्वास, सन्देह, संशय, छल-कपट-इन पर उसे कतई विश्वास नहीं है। क्यों वह अपने विवाहित होने की बात उसे नहीं बता सका? और फिर बाद में उसे यह भी पता चला कि वह एक बच्चे का पिता भी है। क्या उसका पितृत्व भी जबर्दस्ती का थोपा गया अधिकार था,

उस दिन भी बाहर पानी की बूंदे पड़ रही थीं। और वह पानी भी भींगती सीधी दीदी के पास दौड़ती आई थी। तनाव की घड़ियों में सहारे और सांत्वना का एक सशक्त माध्यम। दीदी सुनती गई। थीं-परेश उसे बदनाम करना चाहता है। शिल्पा के चित्र और पत्र अभी भी उसके पास हैं। वह उनका दुरूपयोग कर सकता है। उसने उसे धमकी दी है। प्लीज दीदी, मनीष भैया से आप कहें न! वह किसी भी तरह जैसे भी हो, वे पत्र और चित्र उससे ले आयें। दीदी को मालूम था कि शिल्पा का विवाह निश्चित हो गया है और इसी ठण्ड में उसका विवाह होने वाला है। स्थिति की गम्भीरता को समझ कर दीदी ने मनीष को समझाया था और किसी तरह परेश को अपने शब्द जाल में फंसा कर मनीष शिल्पा की जिन्दगी को मजाक बना देने वाले उन प्रमाण-पत्रों को वापस लाया था। कैसे उसने उसे अपने विश्वास में लिया था कि वह कभी भी दीदी और मनीष के इस अहसान से उऋण नहीं हो सकती। डा। सक्सेना के लिये परेश की छवि अभी भी स्वच्छ और सौहार्दपूर्ण है। वह पापा से यह सब कहे भी तो कैसे ? कैसे वह किसी से कहे कि वह उसे चाहती रही है। और सच कहे तो आज भी उसे पूरी तरह नकार कहां पाई है? पर अब उसे पूरी तरह भूल जाना चाहती है। उसे भूलकर शायद वह अपनी पत्नी और अपने बच्चे के पास लौट सके। एक बार कह कर देखा तो होता परेश ने! उसका प्यार इतना हल्का तो नहीं था कि वह उसकी गरिमा न पहिचानता। शिल्पा की आंखों में आंसू झलझला आये। परेश का इस तरह चले जाने का यह हादसा शिल्पा के लिये कम नहीं था सब कुछ कितना अनचाहा हो गया परेश! तुम कितने कमजोर निकलें? वह अपने से ही कहे जा रही थी।

**********

# बदनाम गल्तियों का दर्द

वह केवल मुझसे कहने आई थी। दूसरे की लाश ढोना कितना आसान होता है। कितना सहज। चार आदमियों का सहारा मिला। कुछ ही घण्टों में लाश को फूक-फाक कर किनारे लगा आये और खत्म एक जिन्दगी। जिन्दगी के साथ ही जीवन की सारी पीड़ा भी समाप्त। पर यह अपनी जिन्दगी की लाश ढोना आसान नहीं होता। बहुत कठ होता है। अपने ही कन्धे पर अपनी लाश ढोये चले जाना क्या आसान है बताइये न बताइये न आप? उसकी आंखों में जीवित लाश ढोने की, न जी सकने की, न मर सकने की एक भयानक दुःसह पीड़ा छलछला रही थी और उस दिन मैंने जाना था कि जिंदगी का मोह क्या होता है और उसकी घुटन क्या होती है। उस क्षण मैं कुछ नहीं कह सकी थी। ऐसा ही लगा था कि जैसे नदी के भयंकर प्रवाह में जिन्दगी और मौत से संघर्ष करते हुये को सीख की बातें कहना बिल्कुल बेमानी होगा और हास्यास्पद भी। मैं चुप थी और उसने शायद मेरी चुप्पी को पढ़ लिया था। सहज स्वर से बोली थी आप क्या कहेंगी? सचमुच ऐसी स्थिति में कोई भी क्या कहेगा। उसका कहना मात्र सांत्वना की ही बातें होंगी। पर नही। आपसे मैं कुछ नहीं चाहती। आप कुछ न कहें। ब लें मेरी यंत्रणा ताकि ढोते हुये अपने शव के बोझ को कुछ हल्का कर सकूं। फिर मैंने सुनी थी निःशब्द उसकी व्यथा-कथा बिना कुछ • प्राप्य की आशा लिये वह सुनाती गई थी। ऐसी ही थी उसकी कथा जिसकी गिरफ्त में वह पूरी तरह जकड़ गई थी और वह इंतजार कर रही थी उस रात्रि का जब उसकी आंखों में रात्रि की स्याही कफन की तरह फैल जायेगी और वह अपने शव को अपने सारे अहसासों के साथ दफन कर हल्की हो लेगी।

एक सुलझे हुये सामान्य परिवार में जन्मी थी कनु। तीन भाइयों की अकेली बहिन। सुंदर भी। समझदार भी माता-पिता का विशेष दुलार था उस पर। भाइयों के वह सिर चढ़ी थी। जो वह कहती, सभी हाथों-हाथ करते। इसी तरह सीधे सरल राजमार्ग पर चलने के अभ्यस्त पैरों ने कभी पगडण्डी पर चलना नही जाना। पर एक बार सहेलियों के साथ महज कौतुक के लिये

पगडंडियों पर जब वह उतरी तो भटक गई और भटकती ही चली गई। रोज सांझ जब धरती पर उतर कर चारों ओर अपनी सिंदूरी आभा फैला देती तो कनु के पांव अवश से उस पगडण्डी पर उतर जाते जो सत्यकाम के घर तक जाती थी। पगडण्डी पर चलते हुये ही तो उससे सत्यकाम टकराया था। सत्यकाम सुदर्शन, मोहक व्यक्तित्व का स्वामी। सहज बातचीत हुई। फिर जल्दी ही औपचारिकता प्रगाढ़ता में बदली और प्रगाढ़ता अंतरंगता में नहीं।। नहीं। इसके पूर्व कि वह समर्पण सुख सागर में गहरे डूबती कि उसकी सहेली सुमिता ने उससे कहा था- कनु, जानती है तू कि सत्य विवाहित है। विवाहित है? तीव्र दंश से बिंध गया था मर्मस्थल। छटपटा कर बोली थी- नहीं, यह नहीं हो सकता। मैंने उसे प्यार किया है अपनी सर्वांग इच्छाओं के साथ। वह मेरे साथ छल नहीं कर सकता। कभी नहीं। ऐसा नहीं है सत्य। वह मुझे बताता। कुछ कहता तो।

और इसी सहेली ने दिखाई थी उसे विवाह के समय ली गई तस्वीरें सत्य और उसकी पत्नी राधिका की। कनु पाषाणवत् खड़ी रह गई। थी अकेली उस पगडण्डी पर जिसका कोई ओर छोर नहीं था। वह सुमिता से यह भी नहीं पूछ सकी कि तब सत्य ने ऐसा किया क्यों। कितनी रातें बीती। कितने दिन। सत्य के लिखे पत्र पत्रों में लहराता प्यार और आश्वसनों का समुंदर। और वह अपने से ही कह उठती - नहीं, ऐसा नहीं हो सकता। यदि ऐसा हुआ तो वह पुरुषों को कभी माफ नहीं करेगी। वह उनकी जिन्दगी में आग लगा कर रख देगी। एक दिन जब वह मानसिक यंत्रणा के बोझ को सह नहीं पाई तो सत्य और राधिका का चित्र लेकर सीधे सत्य से मिलने जा पहुंची। जा कर उससे बिना कुछ कहे वह चित्र सत्य के आगे रख दिया। उसकी आंखों में ज्वालामुखी भड़क उठा था। शब्दों के सर्प फंफकार रहे थे तुमने मेरे साथ छल क्यों किया? - यह नाटक खेलते रहे मेरे साथ? बोलो, क्या चाहिये तुम्हें - मेरा शरीर, मेरी सुन्दरता। ले लो, यही देने आई हूं तुम्हें। पर समझ लो कि प्यार में छल-फरेब नहीं होता। एक पवित्रता होती है मन की। और उसकी आंखों में आंसुओं का ज्वार उभड़ आया था।

सत्य ने उसे समझाना चाहा था। बड़े अपनेपन से उसके बिखरे मन को समेटना चाहा था। एक विवश अपराध बोध से भरकर वह बोला था विवाह एक सौदा होता है कनु। एक सामाजिक सौदा। उस विवाह को मैं विवाह

नहीं मानता जिसके लिये कभी मेरे मन में कोई ललक नहीं जागी। कोई प्यास नहीं जागी। एक दुर्घटना थी जिन्दगी की जिस पर मेरे दादा ने अपने परलोक सुख के लिये मुझे होम कर दिया। गुनहगार हूं तो इतना कि मैं अनचाहे बाजे-गाजे के साथ बरातियों को साथ लिये सात भांवर डालने उसके दरवाजे पर चढ़ा था। मैं जब उसे विवाह मानता नहीं तो फिर तुमसे कहने का प्रश्न कहां उठता है? मैंने तुमसे कोई छल नहीं किया। आवेशित हो उठा था सत्य उसका मेरे जीवन में कहीं कोई स्थान नहीं है। मैंने कभी उससे बात नहीं की। मुझसे कभी उसका सम्पर्क नहीं हुआ। वह आज भी वैसी ही कुवारी है जैसे विवाह के पहले थी।

कनु ने अपने कंधे पर रखे सत्य के हाथों को बड़ी कठोरता से झटका और क्रोध से थरथरा उठी-कितने क्रूर हो तुम। कितने पाखण्डी-कितने नीच! मुझे मत छुओ इन हाथों से जिन हाथों ने किसी कुंवारी के मांग में सिंदूर भर कर उसे समाज के सामने विवाहित बनाया है और किसी सिंदूर से भरने वाली मांग को एक विधवा की तरह सूनी रखने को मजबूर किया है। कनु तेजी से पलटी।

कनु का इस तरह जाना अपने ही जीवन में एक अंधड़ का गुजरना था। कनु इस झटके को सम्हाल नहीं पाई तिनके तिनके बटोर कर नीड़ रचने वाले नन्हें पाखी का कोई एक क्रूर आदमी आकर बसेरा ही उजाड़ दे - कैसा लगेगा तब ? नहीं, नहीं। सपनों के सुकोमल संसार में कोई एकाएक आग लगा दे और उसका जहरीला धुंआ आंखों में भर जाये तब ? बताइये न, कैसा लगेगा तब ?

तुमने फिर विवाह नहीं किया कनु ?

आपने मेरे प्रश्न का उत्तर नहीं दिया न! जाने दीजिये। इसके बाद में विवाह क्या करती। पुरूषों से ऐसी घृणा हुई कि आज तक उत्तर नहीं पाई हूं। चाहती तो राह में आने वाले पुरुषों में से किसी एक को अपना सकती थी और एक सुखद परिवार का निर्माण कर सकती थी। चाहती तो सत्य का ही अनुरोध स्वीकार कर सकती थी। पर जब कभी कोई निर्णय लेने के बिन्दु पर पहुंचती, सत्य रास्ता रोक लेता। स्मृतियों के दंश चुभ चुभ कर कहने लगते- कर सकोगी समर्पण किसी अन्य पुरुष को। कर सकोगी किसी दूसरे को

प्यार। प्यार तन से अधिक कहीं मन की चीज होती है। तन का सौदा किया जा सकता है पर मन का नहीं। और इस झंझावात में लिपटी जब मैंने लौटने का विचार किया तो उस युवती से टकरा गई जो न जाने कब से मेरे दरवाजे पर सहमी सी खड़ी मुझसे मिलने का इंतजार कर रही थी। राधिका नाम का आकर्षण मुझे उसके सामने ले आया। सिर से पैर तक देखा। सत्य की पत्नी का चेहरा मेरे सामने था। पर हां, चित्र में उसकी आंखों में भरे इन्द्रधनुषी सपने कहीं नहीं थे। बस शून्य में भटकती थकती दो आंखे चेहरे को दयनीय बना रही थी। मुझे देख एक कोमल सा स्वर निकला कनु दीदी आप ही हैं न। मैं राधिका हूं। सत्य जी की पानी। आपसे मिलने आई हूं। क्रोध का सैलाब उमड़ा। तन-बदन में आग लग गई। पर उसकी आंखों की करुणा ने मुझे बांध लिया। सहज कह उठी-आओं, कमरे में आ जाओ। वह मेरे साथ आकर बिल्कुल मेरे पास बैठ गई। फिर मेरे हाथ अपने निर्बल हाथों में थामकर जो कुछ बोली थी, वह अकल्पनीय था। बड़ा मार्मिक। में अवहेलना नहीं कर सकी और डूबती गई उसकी बातों में। उसने कहा- दीदी, आपके दरवाजे पर कोई अधिकार जतलाने नहीं आई हूं। याचक बन कर आई हूं और याचक को कभी लौटाया नहीं जाता। सत्य जी अभी भी आपको प्यार करते हैं और मुझे आपके प्यार में बाधक मानते हैं। उनकी उपेक्षा सही नहीं जाती। साथ ही उनका क्लेश भी देखा नहीं जाता। मैंने बहुत सहा है। उनके अनुरूप बनना चाहा है। पढ़-लिख कर उनके विचारों केअनुरूप अपने को ढालना चाहा है। पर वे हैं कि मेरी सूरत से घृणा करते हैं। कहते हैं कि तुम मेरी राह का रोड़ा हो। हट जाओं मेरे सामने से। चली जाओं कहीं। किसी के भी साथ। मानती हूं विवाह उनके लिये एक सौदा है पर मेरे लिये तो मेरे मन का एक बंधन है सामाजिक भी, आत्मिक भी। जिन संस्कारों में पली-बढ़ी उसे एक झटके से तोड़ तो नहीं सकती न! हां, उनके लिये इतना कर सकती हूं कि मर सकती हूं। जीना मेरे लिये आसान नहीं। पर मरना मेरे लिये आसान होगा। आप बताइये न ? मेरे मरने से उन्हें मुक्ति मिल सकेगी तो क्या आप उनसे विवाह कर सकेंगी? यह सब आप पर निर्भर है। वे अभी भी आपकी इच्छा लिये हुये हैं। वह निर्दोष आंखों से मुझे ताक रही थी और मैं भीतर से झनझना उठी थी। उसकी करूणा मेरे कठोर मन को बर्फ सा गला गई थी - ओह ! पुरूष किसी के लिये मर सकता है तो किसी के लिये मार भी सकता है। नहीं, वह मर नहीं सकता। केवल मार सकता है। और उसी

क्षण मैंने निर्णय लिया था कि यह नारी जो मेरे सामने दीन-हीन सी निरूपाय बैठी है, अपने प्यार को जीने की कहीं अधिक अधिकारी है। और तुम? मैंने पूछा था।

कनु हंसी थी। अपनी हरकतों से सत्य के मन में घृणा उपजा कर मैंने नारी के प्रति की गई क्रूरता का बदला लिया था।

राधिका का क्या अपराध ? पर मेरा भी क्या अपराध ? अपराध है। दोराहे पर खड़े उस दोगले पुरुष का जो नारी की नियति का नियंता बनता है। उसे राधिका के पास लौटाना मेरी विजय थी। पर कहीं मेरी हार भी थी। और एक बात बताऊं। जब नारी किसी को मन नहीं दे पाती तो देह का सुख भी नहीं दे पाती। मैं दोनों ओर से हार गई। और भीतर-बाहर निर्जीव होती चली गई। और अब।।।। बहुत देर हो गई है मुझे।

मेरे कानों में कनु के व्याख्यायित मन का समर्पण और देह का सुख हजार हजार प्रश्नों का द्वन्द्व भर रहा था और मैं उसे अनाम बदनाम गलियों में खोते हुये देख रही थीं।

**********

# शंख, सीपी और समुंदर

निरभ्र नीले आकाश को को लालिमा से रंगता हुआ सूर्य सन्ध्या को कितना सुहावना कर गया था कि आंखे ठिठक गई। थीं। मंत्र मुग्ध सी तन दरवाजे का सहारा छिपे अचल खड़ी रह गई। थी। सूर्य धीमे धीमे धरती पर सुनहला आलोक बिखेरकर क्षितिज की गोद में समाने लगा था। क्षितिज की गोद में दिन भर अनु थका-मांदा सूर्य। तनु का मन भीतर ही भीतर आद्र हो आया था और वह अपने में ही डूबी भीतर लौट आई थी। आभा और खेलकर अभी नहीं छोटी थीं और नन्हीं बेबी जागकर बिस्तर पर बैठ गई थी। तनु ने एक स्थिर दृष्टि उस पर डाली। जम्हाई लेती हुई बेबी। छोटे बच्चों की तरह वह सोकर उठने पर भी जरा भी रोती मचलती नहीं है। उसका इस तरह चुपचाप उठकर बैठना और अंगूठा चूसते रहना तनु को करुणा से भर देता है। मां के वात्सल्य से वंचित बेबी। वह आगे बढ़कर उसे गोद में उठा लेती है और नन्हा सा प्यार मुख चूम लेती है। उसकी उसकी आंखे भींग जाती हैं।

आभा और अनु लौटकर पढ़ने बैठ गई। चांदनी के फूल पूरी तरह आकाश में खिल आये थे। तनु बेबी को कन्धे कर लिये बाहर निकल आई। पापा अभी तक नहीं लौटे थे। वह बेबी को लेकर टहलती हुई पापा का इन्तजार करने लगी। इसी तरह मां जब अनु छोटी सी थी, उसे कन्धे पर सुलाती-टहलती हुई उनका इन्तजार दिया करती थी। वह भी मां के साथ साथ उनसे इसी खिलती चादनी और चांदनी के इन फूलों के बारे में पूछा करती थी। आज भी वह चुप चुप खिलती बरसती चांदनी में मां की बात पूछा करती है। चांदनी का रूप उसे बिल्कुल मां के रूप जैसा ही लगता है सुखद • और सांत्वना भरा। मां का बाल बात में खिल खिल पड़ना और समस्त वातावरण को अपनी जादुई मुस्कान से बांध देना वह सब चांदनी का खिलना जैसा ही तो था। वह सारे समय छाया की तरह मां के साथ लगी रहती-पता नहीं, यह लड़की स्कूल में इतने सारे समय मेरे बिना कैसे रहती होगी ? स्कूल से थकी मांदी लौटने पर दरवाजे पर इन्तजार करती मां उसे देखकर झट आगे बढ़ जाती। उसके हाथों से बस्ता लेकर उसे अपने में समेटे भीतर ले

आती और फिर तरोताजा होकर तनु फिर मां के साथ लग जाती। ढेर सारी बातें-स्कूल की, सहेलियों की, टीचर की और उद्दण्ड साथियों की। मां सुन सुनकर मुस्कारातीं। हंसतीं। उनके चेहरे से झरते फूलों की जीवन्तता आज भी तो तनु को जैसे ताजगी से भर जाती है। कभी उसकी उदासी को झेल न पाकर मां कहती-यह उदासी किसी के चेहरे पर भी अच्छी नहीं लगती। तेरे चेहरे पर तो और भी नहीं। उदासी स्वयं को ही नहीं, दूसरों को भी कितना उदास बना जाती है और हंसी से सारा वातावरण हंसने लगता है। वे उसके चेहरे को ऊपर उठाकर उसकी आंखों को चूम लेतीं तो वह मां के साथ साथ मुस्करा देती। मां की एक एक याद उभरती है और उसे करूणा विगलित करती हुई भी अपने को सम्हालने का एक सहारा दे जाती है।

पापा अभी तक नहीं लौटे थे। शायद अधिक काम आ गया हो। वह भीतर आ गई और बेबी को पलंग पर लिटाकर उसे लिहाफ से अच्छी तरह ढंग दिया। कुछ देर आभा और अनु को पढ़ाकर, उन्हें सोने के लिये भेजकर उसने अपनी किताबें निकाल लीं। एक एक कर उसने किताबें उलटी पलटी। पर आज उसका मन पढ़ने में जरा भी नहीं लगा। टेबिल पर फैली हुई किताबें और कापियां खुली हुई खिड़की। खिड़की से झांकती चांदनी चांदनी और मां। मां और चांदनी। वह सब कुछ भूलकर चांदनी को जी भरकर देखती है और उसे अपनी आंखों में भर लेना चाहती है। चांदनी में प्रकृति का अविराम सौन्दर्य, सौन्दर्य के नये अंदाज, फूलों की गंध और उन सबमें डूबता मन। प्रकृति से ही उसकी मित्रता है बस। यों सहेलियों के नाम पर एक सुमिता ही है जो उसके अवकाश के क्षणों की अंतरंग है। जब वह आती है तब वह थोड़ी देर के लिये घर-गृहस्थी की बात भूलकर बिल्कुल किशोरी हो। जाती है- अल्हड़ और चपल और यहीं गम्भीरता का आवरण अनायास छिटक कर कहीं गुम हो जाता है। पर सुमिता भी तो केवल छुट्टी के दिन ही आ पाती है अन्यथा घर के दायित्वों को निभाती हुई तनु बरामदे में बैठी हुई अतीत के उन भरे भरे मीठे सन्दर्भों को उठाकर उनमें डूबती हुई कभी तो पापा की कमीज में बटन टांकती होती है या आभा-अनु की किताब - कापियों पर कबर चढ़ाती होती है, तो कभी अपनी पतली सुकुमार अंगुलियों में सलाइयां थामें किसी वयस्क महिला की तरह आभा, अनु या बेबी के लिये उधड़े ऊन से स्वेटर बनाने लगती है। व्यस्तता के में ही जैसे वह जीवन की

सार्थकता पाती है या अपने भीतर के इन क्षणों अभाव को भूलने का प्रयत्न करती है। मां को भी उसने सदैव घर के कामों में ही व्यस्त देखा है।

जिस दिन कोई काम नहीं होता, वे सारा समय अपनी बेटियों को ही देतीं, उनसे कितनी कितनी बातें करती-बिल्कुल उनकी सहेली बन जातीं। शाम को पापा के दफ्तर से आने के बाद सब नदी के किनारे घूमने निकल जाते। नदी का चौड़ा सा पाट। मां बड़े इतमीनान से नदी की बालुका राशि पर बैठ जातीं और वे तीनों बहिनें पापा के साथ बालू में से शंख और सीपी बटोरती। पापा का बच्चों की तरह शंख और सीपियां पाने के लिये दौड़ना और उनका बेटियों की मुट्ठियों में भरने का उल्लास अभी भी ज्यों का त्यों उसकी आंखोंमें कैद है। ड्राइंग रूम में सजाये गये शो-केस में मां के द्वारा रखी गई शंख और सीपियां जब भी उसकी नजर उन पर जाती है, कुछ देर के लिये तनु वहीं अतीत की उन सुन्दर शंख- सीपियों को अपने आंचल में समेटती सी खड़ी रह जाती है। मां अब नहीं हैं। पर अब उनकी एक एक चीज में उसे मां की छवि दिखाई देती है।

पापा देर से ही किसी पार्टी से लौटे थे। वह हमेशा कितनी भी देर हो, खाने के लिये पापा का इन्तजार करती थी। आज पापा खाकर लौटे थे। जब वह बिना खाना खाये अपने कमरे में जाने लगी थी तो पापा ने पूछा तूने खाना नहीं खाया तनु, अकेले अच्छा नहीं लगता पापा। और यों भी आज भूख नहीं है। हंस दिये थे पापा एक उदास सी हंसी - अच्छा, आ, तेरे साथ में फिर खा लेता हूं। पापा ने उसे अपने पास बैठाकर पहला छोर सिलाया-बहुत पागल है तु। इतनी देर तक भूखी बैठी रही मेरे बिना। ससुराल जायेगी त क्या होगा? सुनते ही एक झटके से वह बोली थी-मैं कहीं नहीं जाऊंगी। मैं कहीं चली गई तो हो गया। आपको कौन देखेगा? आप और देर से आया करेंगे। सुनकर पापा मुक्त स्वर से उठाकर हंसे भींग आई। बहुत पागल है तु। फिर उनकी आंखे अनायास बिस्तर पर बेबी की बगल में लेटकर देर तक उसे नींद नहीं आई। कभी कभी पापा कितने उदास लगते हैं। पास सोई हुई बंबी हुनहुनाती है तो वह उसे थपकी देने लगती है। उसकी दृष्टि पास सोई हुई दोनों बहिनों पर जाती है। फिर बेबी पर ठहर जाती है। एक प्यार उमड़ आता है उन पर। प्यार की कहीं कोई सीमा होती है क्या? उसका कोई रूप-भेद होता है क्या? कुछ नहीं होता। बस प्यार आता है सब पर-पापा भर भी। एक ममता

उमड़ती है। भीतर से और सब पर बरस पड़ना चाहती है। वह चाहती है कि वह सबको इतना प्यार दे-इतना दुलार दे कि कभी कोई रिक्त न हो। प्यार से भरपूर हो उठें सब। आत्मतुष्ट। इससे बढ़कर कहीं कुछ और होता होगा क्या ? भी सुख मां की मृत्यु। जैसे कल की ही बात हो। इसी बेबी को जन्म देकर एक हादसा हुआ था। बेबी को जन्म देने के लिये ही मां अस्पताल गई थीं। पर फिर नहीं लौटीं। मां नहीं लौटी थीं पर एक नन्हीं सी बच्ची का भार ही नहीं, एक भरे-पूरे परिवार का भार भी उसके नन्हें सुकुमार कन्धे पर डाल गई थी। असहाय से पापा ने स्थिति से समझोता कर हुआ को तार देकर बुला लिया था। चार माह वे रही थीं और वह उनके साथ मन ही मन अपने को एक नई स्थिति के लिये तैयार करती रही थी। याद में भी वे कभी कभी कुछ दिनों के लिये घर हो आतीं। फिर लौट आतीं। इसी तरह एक साल बीता था और फिर सारा भार तनु के ऊपर आ गया था। जिस दिन बुआ गई थीं, तन् उनकी छाती से लगकर हिलक हिलक कर रोई थी। उसे लगा था - मां के बिना, बुआ के बिना अकेली वह कैसे रहेगी? कैसे सब कुछ सम्हालेगी ? पर बुआ के चले जाने के बाद वह एक पल में वयस्क नारी में बदल गई थी। बेबी को सम्हालना, घर के काम-काज देखना, स्कूल के लिये छोटी बहिनों को तैयार करना - ढेर सारे काम। खाना पकाने के लिये पापा ने एक नौकरानी रख दी। कभी कभी जब बेबी मचलती और सम्हाले नहीं सम्हलती तो उसे रोना आ जाता। वह सबसे हटकर किसी कोने में छिपकर चुपके चुपके रोती। मां की याद उसकी आंखों में समुंदर भर जाती। मां को कामों में उल्झा देखकर जब कभी पापा पढ़ रही तनु को मां के कामों में हाथ बंटाने को कहते, तो मां तत्काल उसका पक्ष लेकर कहतीं रहने दीजिये न। घर के काम तो जिन्दगी भर होते रहेंगे। मैं तो मन भर पढ़ भी नहीं पाई। पढ़ने की उम्र घर के कामकाज में ही निकल गई। उनका स्वर धीमा हो जाता। आंखो में व्यतीत उभर आता-मेरे घर में तो अभाव था। अभाव और बिना मां की बेटी का दर्द भी मैंने खूब अच्छी तरह जाना है। मेरी बेटी को किस बात की कमी है। वह खूब पढ़ेगी। मैं उसमें ही अपने सपने को पूरा होते देखूंगी। पापा तब चुपचाप भरपूर स्नेहिल नजरों से मां को देखते कितना सुख की और कितना स्नेह भरा होता था पापा की आंखों में।

घर के कोने कोने में मां के सुघर हाथों की छाप। सबके दीपित चेहरे। मां ने सदैव नियति की चुनौती को हंसकर स्वीकार किया था। पर पापा के मन

में चुभे नियति के दश को भी वे अच्छी तरह जानती थीं। जब कभी वे पड़ोस के बंटी को सतृष्ण नेत्रों से सामने खेलते देखते और बात-बेबात किसी बेटी पर बरस - क्या जाते तो मां का सदैव खिला रहने वाला दीपित मुख मुरझा जाता। उस समय तो वे कुछ नहीं कहतीं पर बाद में कहती होती हुआ आपको? जो प्राप्य नहीं है, उसके लिये मन क्यों खराब करना ? होता तो ठीक था। नहीं है, तब भी ठीक है। इतनी प्यारी बेटियों के होते हुये अब हमें और कुछ नहीं चाहिये। और माथुर आन्टी से वे जब तब जाने किस आपरेशन की बात करतीं।

अस्पताल के सफेद बेड पर पड़ी मां। उस दिन पापा घबड़ाये से उसे स्कूल से लाने पहुंचे थे। रास्ते में ही उन्होंने आभा और अनु को भी ले लिया था। बोले थे तुम्हारी मां की तबियत ठीक नहीं है। उन्होंने तुम सबको याद किया है। मां का आरक्त मुख| मुख पर मुस्कान की हल्की किरणें। उसे मां चांदनी की ही तरह बहुत प्यारी लगी थीं। पर देखते ही देखते चांदनी जैसे अंधेरे से घिरती जा रही हो। उसे जैसे ग्रहण लग गया हो। वह सीधे मां के पास जा पहुंची थी। नन्हीं बेबी पास ही पालने में सोई पड़ी थी। मां ने उसे अपनी बाहों में समेट लिया था। फिर पापा की ओर याचना भरी नजरों से देखतीं धीमें स्वर से बोली थीं उदास मत होना। तुम्हें फिर एक दंश दिया है मैंने। नियति का यह दंश स्वीकार करने के अतिरिक्त और क्या था मेरे पास? मां के माथे पर पापा का कांपता हुआ हाथ और आंखों में भरे भाव-बिन्दु - भूल जाओ सब! तुम बस ठीक हो लो। तुम्हारी ये बेटियां मेरे प्राणों का स्पन्दन होंगी शुचि। शुचिमा का नाम। कितना प्यारा ? कितना सार्थक ? पहली बार पापा के मुख से निकला हुआ मां का नाम। पापा की बांहो में निर्जीव होती मां की देह। पापा उस दिन रोये थे। जीवन में पहली बार जाना था

उसने पापा को पूरी समग्रता के साथ और उस क्षण ही उसे लगा था मा के बिना वह नहीं रह पायेगी? पर पापा भी तो नहीं रह पायें उनके बिना।

सायं सांय करता घर। मन में गहराता सूनापन। एक तोड़-मरोड़ देने वाली छटपटाहट। वह रोती तो दोनों बहिनें भी रोने लगती। पापा की मूक उदास दृष्टि। वह अपना दुख सह लेगी पर पापा के आंखों की उदासी नहीं। और यहीं उसने एक गम्भीर निर्णय लिया था। और इसी गम्भीरता में उसका

बचपन कब उससे विदा होकर एक वयस्क नारी का आंचल उस पर डाल गया कि वह बाहर से बच्ची होकर भी भीतर से बिल्कुल मां की तरह हो गई थी - धीर, गम्भीर, कर्तव्यों और दायित्वों से भरी हुई ममता की प्रतिमूर्ति।

पापा आफिस से लौटकर माथुर अंकल के साथ बैठे हुये थे। वह चाय की ट्रे लेकर जाती हुई पर्दे के पास ठिठक कर खड़ी रह गई। पापा से माथुर अंकल कह रहे थे इस तरह कैसे कब तक चलेगा या ? तनु के भी तो खेलने-खाने के दिन हैं। तुम विवाह कर लो। आगे का स्वर पापा का था नहीं। यह कैसे हो सकता है? चार बेटियों का बोझ किसी दूसरी पर डाल दूं महज अपने सुख के लिये और इतना निर्मम भी नहीं हो सकता कि अपनी प्यारी इन बेटियों को पिता की स्नेहिल छाया से वंचित कर दूं। उस दूसरी को भी बच्चों की चाह होगी और इधर इन सौतेली बेटियों की पीड़ा। न भाई, अब तो मैं ही इनके लिये मां भी हूं। सुन कर उसके कदम वापस मुड़ आये थे और आखे बरस पड़ी थीं। पिता की इस उदात्त रूप की गरिमा उसे ठीक मां की ममता की सी लगी। हल्की होकर उसने आभा के हाथों बैठक में चाय भिजवा दी।

अपने में ही डूबी तनु ने एक समझौता कर लिया अपने से, अपनी परिस्थितियों से। फिर एक एक कार्यक्रम, हरेक कार्य का एक निश्चित समय उठने का, पढ़ने का, घर के कामों का और आभा-अनु के खेलने का भी। स्कूल जाना अनजाने में ही छूट गया। वह घर पर रहकर ही परीक्षा दे लेगी। उसे कोई दिक्कत नहीं होगी। पापा आफिस चले जाते -बहिनें स्कूल-बेबी सो जाती तो तनु अपनी मेज पर आ जाती। किताब के पन्नों पर लिखे शब्द-शब्द, पंक्तियों-पंक्तियों में जैसे लिख गई हों मां उसकी जिन्दगी का आलेख। जितनी देर बेबी सोई होती, तनु अपनी मां के सपने को पूरा करने में जुट 'जाती। सुमिता से सकूल के नोट्स ले लेती और उन्हें तैयार करती। केवल एक संकल्प। एक सपना। उसे पापा सा ऊंचा उठना है। उसे बिल्कुल मां सा बनना है।

परीक्षा के दिन नजदीक आ रहे हैं। पापा ने बुआ को कुछ पहले ही आने को लिखा है। आज उनका पत्र आया है वे आ रही हैं। उन्होंने पत्र में पापा को लिखा है कि उनके लिये एक लड़की देख रखी है। वह ऐसी है जो सब कुछ सम्हाल लेगी। शाम को अखबार देखते हुये पापा के पास तनु चुपके से

पहुंचती है और उनके हाथ में पत्र देती है। पापा पत्र पढ़ते हैं। वह कुछ देर रुकती है। फिर वही पापा के चेहरे पर एक उदास हंसी। वह लौटने को होती है कि पापा उसे अपनी बांह में समेट लेते हैं और उसकी ओर देखकर मुस्कराते हैं। बड़ी ही आश्वस्त कर देने वाली विश्वास से भरी हुई मुस्कराहट - बहुत पागल है तेरी बुआ। कुछ भी समझना नहीं चाहती। औरत होकर भी कुछ नहीं। इतनी अच्छी बेटी के होते हुये अब मैं और क्या सोचूंगा? जाने दे उन्हें कहूंगा अपनी भाभी का यह स्वर्ग किसी दूसरी के हाथों में मत दो। उसे उसके बच्चों का ही रहने दो। तनु एकटक पापा के चेहरे को देखती है। उसे पापा पर अगाध स्नेह उमड़ आता है। उसे लगता है-पापा का मन समुंदर की तरह ही गहरा और अथाह है। वह भी ऐसा ही समुंदर बनेगी - खुशियों का समुंदर जिसमें से शरद और सीपियां बटोरकर चारों ओर बिखेर देगी कि हर जिन्दगी के चारों ओर पूजा के शंख सी पावनता बिखर जाये और सीपियों के मोतियों सी उजलाहट बिखर जाये। अपने लिये केवल अपने लिये उसे कुछ नहीं चाहिये।

**********

# किरण, गंध और बारिश

धूप नीम की फुनगी पर चढ़ आई थी। गांव की झोपड़ियां धूप में तपने लगी थीं। कुछ घरों से धुंआ उठ रहा था। पर गली के घर में पूरी तरह सन्नाटा छाया हुआ था। चूल्हा तक नहीं जला था। खेत में काम करते हुये राधा को तेज ज्वर चढ़ आया था। जब मन सम्हाले नहीं सम्हला तो वह भरी दोपहरी में ही घर भागी आई थी और आते ही सबसे पहले एक लोटा पानी पिया था। फिर निढाल होकर चारपाई पर पड़ रही थी। कली जंगल में लकड़ियां बीनने गई थी। जब वह घर लौटी तो घर का दरवाजा खुला देखकर ही उसने समझ लिया कि आज भी मां काम पर नहीं गई है। कली ने आंगन के एक कोने में सिर का गट्ठर पटका और आंचल से मुंह का पसीना पोंछते भीतर आ गई। मां अभी भी बुखार में अचेत पड़ी थी। उसने मां को हुआ। तेज बुखार में मां की देह अंगार सी तप रही थी। यह चिन्तित हो आई। मां की बीमारी से ही जुड़ी हुई थी भाजन-पानी की समस्या। एक भी दिन के नागे का मतलब था, उस दिन की मजदूरी से हाथ धोना। उसे वैद्य काका की याद हो आई। वैद्य काका के पास से पुड़िया लाने की बात सोचकर वह मां के बक्से को टटोलने लगी। शायद कहीं कुछ पैसे पड़े हों। हालांकि वह जानती थी-ऐसा होना उसके लिये एक बड़ा अजूबा होगा। जंग लगे बदरंग बक्से को उसने आहिस्ता से खोला। सबसे ऊपर रखे एक कुरते पर उसकी निगाह अटक गई। आंखे थिर हो आई। बाबू का कुरता। दो बरस हो गये। उसके लिये लड़का देखने जाते समय बाबू ने बड़ी मुश्किल से ठाकुर से कुछ रुपये उधार लेकर इसे सिलवाया था। पर वह जैसा का तैसा धरा रह गया। खेत में अंधेरे में लौटते हुये उसे सांप ने डस लिया। कली ने उदास आंखें से कुरते को देखा। फिर वह नीचे पैसे टटोलने लगी। उसका मन निराशा में डूब गया।

मां वैसी ही निढाल पड़ी हुई थी। वैद्य काका के पास खाली हाथ वह जायेगी तो केवल गाली ही खायेगी। उल्टा सीधा बकने लगेंगे वैद्य काका। पर गये बिना भी तो नहीं बनने का दरवाजा लटका कर वह बाहर निकल आई। गांव की सांझ जरा जल्दी ही ढलती है। ढलती सांझ से ही सन्नाटा सिहरने

लगता है। जुड़वा पीपल के पास कली सपाटे से आगे बढ़ी। अपनी ही रों में वह आगे बढ़ती जा रही थी कि उसे सुमित आता दिखाई दिया। उसने अपने भ्रम को झटकना चाहा। पर वह भ्रम नहीं था। उसके कदम वहीं रूक गये।

गांव के ठाकुर का लड़का सुमित। उसे सामने देखकर मन का उल्लास संशय में डूब गया। क्या अपना बड़प्पन भूल कर वह उस छोटी जाति की झोपड़ी में मां को देखने जायेगा ? नहीं। जाने का वह नहीं कहेगी। कोई पुड़िया उड़िया वह दे दे तो ठीक है। सुमित को सामने देखकर उसने एक भरपूर नजर उस पर डाली। फिर आंखें जमीन में जा गड़ीं। कैसी है कली ? कहा सुमित ने-तू तो अब बड़ी गई है रे। भूली तो नहीं मुझे? कली के कानों में सुमित के वही मिश्री से मीठे बोल पूजा की घण्टी से बज उठे। गाल लाल हो गये। नीचे देखते हुये बोली-तुम्हें कैसे भूलूंगी ! तुम्हीं तो थे एक गांव में जो मुझे सबके तानों और झिड़कियों से बचाते रहते थे। मुखर हो गई कली-देखों न! मां को कल से जुर हो आया है। मजदूरी करने भी नहीं जा पा रही। में उसकी दवा दारू के लिये किसके पास जाऊं? खाली हाथ वैद्य काका तो कहने तक का लिहाज नहीं रखते। घर से बाहर निकली तो तुम याद आ गये। डाक्टरी सीखकर आये हो न शहर से मां को देखने तो नहीं जा सकोगे। पर कोई पुड़िया-उड़िया तो होगी न तुम्हारे पास जुर हटाने की। कली ने सुमित की ओर देखा। वह विस्मित विमुग्ध सा पहले की भोली-भाली कली के इस प्रस्फुटित रूप को देख रहा था। बचपन का इतना मुखर हो जाना उसे भीतर कहीं बेहद अच्छा लगा। अपनेपन से भरा-भरा वह कली से जुड़वा पीपल के नीचे रूकने का कह कर तेजी से घर की ओर लौटा अभी दवा लेकर आता हूं। फिर तेरे साथ काकी को देखने चलेंगे।

सुमित की दवा से राधा को फायदा हुआ था। वह अच्छी होकर काम पर जाने लगी थी। पर इधर कली का मन आकाश में बहुत ऊंचे उड़ने लगा था। बात-बेबात अधरों पर गीत मचलते। पैरों में थिरकन उठती और एक अल्हड़ मस्ती उसकी बड़ी बड़ी आंखों में आकर ठहर जाती। मां काम पर चली जाती तो वह भी जल्दी जल्दी घर के कामों को निपटाने लगती। काम करते हुये उसकी आंखों में चुपके से बचपन की एक अल्हड़ पहचान उतर आती तो वह बड़े भोलेपन से उस पहचान को एक स्नेह डोर से बांधने का प्रयत्न करती। ऊंची जाति के कहलाने वाले धनी-मानी घर के लड़के-लड़कियां घर

के पास ही मैदान में खेलते होते तो वह भी चुपके से वहां जा खड़ी होती मैं भी खेलूंगी - कली कहती। कोई कहता परसू से पूछ ले। वह कहेगा तो खेलना। पटेल का बेटा परसू सुनकर दहाड़ता जा यहा से। जा अपने लोगों में खेल न ! तब यही सुमित उसकी तरफदारी करता हुआ परसू को डांटता - अपने लोगों से क्या मतलब? यह हमारे साथ क्यों नहीं खेल सकती ? परसू व्यंग्य करता तो खिला लो तुम अपने साथ। चढ़ा लो नीचों को अपने सिर पर सुमित भी चुनौती देता बिल्कुल खिलाऊंगा। और अपमानित सी लौटती हुई कली का उसने हाथ थाम लिया था। उसकी छलछलाअ आंखों को उसने बड़े स्नेह से अपने हाथ से पोंछा था। बस, उसी दिन से कली की जिन्दगी का रूप बदल गया था। उसका अर्थ बदल गया था और क्रम बदल गया था। घर के काम-धन्धे निपटाकर कली सांझ को सुमित की प्रतीक्षा करती। फिर दोनों साथ-साथ दूर जंगल की ओर निकल जाते। कभी झड़बेरियां और करोंदे तोड़कर खाते होते तो कभी किसी बड़े पत्थर पर बैठकर ऐर-ढेर सी बातें करते होते। कली बहुत कम बोलती। सुमित की ही बातें अधिक सुनती - सुमित की बातें शहर की बातें-डाक्टरी की बातें।

एक दिन घूम कर लौटते हुये सुमित को परसू ने रोक लिया था। कली को लेकर तुम्हारी बड़ी बदनामी हो रही है सुमित। तुम समझते क्यों नही ? कीचड़ में पैर देने से खुद के ही पैर गन्दे होते। हैं। परसू आगे के शब्दों को सुमित ने रोक दिया था तुम नहीं जानते परसू, कीचड़ में ही कमल खिलता है। फिर वह मेरे बचपन की संगिनी है। सुमित ने यह जब कली से कहा तो वह फिर सब कुछ भूल गई थी - परसू का व्यंग्य, उसकी भर्त्सना। बस याद रहे थे सुमित के वे शब्द- कीचड़ मे ही तो कमल खिलता है। वह कमल है। सुमित के लिये वह सचमुच कमल ही बनकर रहेगी।

कीचड़ और पानी में रहकर भी सबसे अलग, सुन्दर और पवित्र। दूसरे दिन जल्दी ही मां खेत से लौट आई थी। ठकुराइन मां ने बुलाया था। इस समय वह सीधे वहीं से आ रही थी। आकर वह चुपचाप खाट पर बैठ गई थी। उसने कली को पास बुलाकर अपने पास बैठा लिया था। कहा था- कली तेरे सिर पर तेरे बाप का छाया नहीं है। और जिसके सिर पर बाप की छाया नहीं होती।। उस पर हर कोई अंगुली उठाने लगता है रे। थरथराने लगा था

स्वर - अपनी औकात मत भूलना बेटी। छोटी जात के हम लोग ऊंचाई पर चढ़ने लगेंगे तो औधे मुंह गिर जायेंगे। तिनक कर कली उठ खड़ी हुई

क्या किया है मैंने - किसने क्या कहा है? बता तो? पर राधा कुछ नहीं बोली। सारे समय वह संकल्प-विकल्प में ही तैरती रही। ठकुराइन मां ने उसे डांटा नहीं था। केवल समझाया था। और यही समझाना राधा को ममहित कर गया था। बात ठीक भी लगी थी उसे। ठकुराइन गांव की स्वामिनी है और वह अनाथ अबला औरत जो दूसरों की मजदूरी पर पेट भरती। उनसे उसका जोड़ ही क्या। पर यह कली समझे तब न। कली के गुस्से को वह खूब जानती है। ठीक अपने बाप की ही तरह है। जितना उस पर बिगड़ेगी, उतना ही वह जिद पर आती जायेगी। इससे बात बनेगी नहीं, बिगड़ेगी ही। और ऐसी बिगड़ेगी कि गांव में उसका रहना दूभर हो जायेगा।

राधा अब कली को अपने साथ ही खेत पर ले जाने लगी। और इसी बीच सुमित किसी काम से शहर गया हुआ था, एक धमाके की तरह कली की शादी उसने पास के गांव के एक मजदूर लड़के से कर दी। ससुराल में कली केवल चार दिन रही थी और फिर एक दिन चिलचिलाती धूप में झुलसती हुई सीधी मां के सामने आई थी - मैं भाग कर आई हूं सुन ले। अब कभी नहीं जाऊंगी। में ढकेला है। बता मैंने क्या बिगाड़ा था? अब यदि तूने मुझे कुए कभी तूने उस घर की कोई बात की तो सुन ले मां में माहुर रखा लूंगी। तू फिर कुछ नहीं कर पायेगी।

इस बीच न जाने कितनी बातें आई और गई। समय भागा और भागते समय को कली फिर नहीं पकड़ पाई। उसके पीछे भागने की कोशिश में उसके पांव लहुलुहान हो गये। उसका केशोर्य उससे बिछुड़ता गया और उसकी आंखों में ढेर सारी उदासी और पीड़ा भरता गया। यौवन की दहलीज पर ठिठकी सी कली पलट कर जब अपने केशौर्य को देखती तो उसकी आंखों में झांकती और पीड़ा और भी गहराने लगती। सुमित यदि कभी उसे दिखता तो वह व्यथित सी अनवीन्ही सी उसे एक पल को देखती। फिर अपने रास्ते बढ़ जाती। कितनी बड़ी खाई तो है उनके बीच, वह पार नहीं कर सकेगी।

सबेरे से ही तेज बरखा हो रही थी। आंधी-पानी ने मिलकर तूफान का रूप धारण कर लिया था। पेड़ों की डालों के घनेरे पात छितरा गये थे और चारों ओर निवोजियों की गंध पसर गई थी। राधा की तबियत अब ठीक नहीं रहती। घर में बैठी विवाहिता बेटी का बोझ उसके मन को ही नहीं तन को भी तोड़ता जा रहा था। खेत पर का उसका काम छूट गया था। अब वह लकड़ियां बेचने का काम करने लगी थी। बड़े भोर लकड़ियों के लिये वह जंगल चली जाती और दोपहर तक लौटती। एक दिन लकड़िय लेकर लौटते हुये वह आंधी-पानी में घिर गई थी। फिर वह जो खाट पर पडी, तो उठ नहीं पाई। कली दो-चार दिनों तक उसके बुखार उतरने की बाट देखती रही थी और फिर घबड़ाकर वैद्य काका के घर भागी गई थी सारा मान-अपमान भूलकर पर वैद्य काका ने उसे देखकर मुंह बनाया था - अरी कली, बिना पैसों के तो बेटा अपने बाप को भी नहीं पूछता है। ऐसी खैरात करने लगूं तो पेट कैसे भरेगा। बस उसने इतना सुन पाया था कि उसके पांव पलट गये थे। गरीबों की जिन्दगी से पैसा बढ़ गया है लोगों की नजरों में। पैसों में जिन्दगी बिक जाती है असहायों की। कहीं उसकी मां की जिन्दगी भी न बिक जाये। निराशा में मन को मथ डाला था और वह फिर एक बार सीधे सुमित के घर दौड़ती गई थी। क्या वह उसके लिये इतना भी नहीं कर सकेगा? बचपन का साथ भी क्या पैसों पर बिक जायेगा? पर नही, सुमित ऐसा नहीं है। वह तो उसे आज भी चाहता है। पर वही उससे नहीं मिलना चाहती।

वह घर की देहरी पर पहुंचकर सुमित को पुकारने को ही थी कि ठकुरानी मां दिख गई थीं। उन्होंने गहरे से उसे देखा और धीमे स्वर से बोलीं- तुझे बेटी जैसा माना है रे कली। बेटी घर के पत्तल में छेद नहीं करती रे। सुमित की इज्जत क्या तेरी इज्जत नहीं है, कल उसका व्याह होगा। घर-गृहस्थीबसेगी। तू क्यों उसकी तकदीर से खिलवाड़ करना चाहती है? सुमित से मिलने का ख्याल छोड़ कली। तेरी गैल अलग है, उसकी अलग। कली का आगे बढ़ा पैर पीछे हट गया- नहीं, मैं सुमित से मिलने नहीं आई थी ठकुरानी मां। मां ठीक नहीं है। सुमित से दवा लेने आई थी। और वह तेजी से वापस अपनी गैल मुड़ गई। मां ठीक कहती हैं। ठकुरानी मां भी ठीक कहती हैं। पर यह सुमित समझता क्यों नहीं? क्यों नहीं समझना चाहता? शिथिल कदमों से लौटती हुई जब वह अपने घर में घुसी तो उसने मां को आधे मुंह चटाई पर गिरे देखा। शायद वह पानी पीने के लिये उठी थी। पास ही पानी का लोटा

लुढका पड़ा था। एक क्षण के लिये वह द्वार पर ही जड़ हुई सी खड़ी रही। फिर मां की अचेत देह पर जा गिरी-मैं तो तेरे लिये दवा लेने गई थी मां। तेरे लिये दवा लेने, सुनती है। उसने मां की निष्प्राण देह को झकझोर डाला - तेरे बिना अकेले मैं कैसे रहूंगी मां, कैसे रहूंगी?

दूसरे दिन सुमित आया था। राधा की मृत्यु की खबर वह सुन चुका था। कली मुंह में आंचल दि छोटे पर बैठी चुपचाप शुन्य में देख रही थी - शून्य से भरी हुई अपनी जिन्दगी को। सुमित भी चुपचाप उसके पास आकर बैठ गया। कली ने बिना उसे देखें कहा था कैसे आ गये यहां ? अपवित्र नहीं हो जाओंगे ? जाओं सुमित। तुम्हारी मां नहीं चाहतीं। तुम्हारी गैल अलग है। मेरी अलग। उसकी सूखी आंखें में पानी तैर आया।

पागल हो गई है कली ! मैं तो तुझे आज भी वैसी ही समझता हूं अपने बचपन की संगिनी। मैंने सब सुना और सोच लिया है कली। मां ने तुझे पसन्द नहीं किया। पर मैं तो तुझे जाने कब से पसन्द करता आ रहा हूं। मां भी आज नहीं तो कल, मानेंगी, जरूर मानेंगी। मैं तुझे अब जंगली जानवरों के बीच अकेले नहीं रहने दूंगा। किसी कीमत पर नहीं। सिगरेट का धुंआ लमीर बन कर उठ रहा था और कली उसे निर्निमेष देख रही थी - जाओ सुमित, मां जानेंगी तो बुरा लगेगा। हर मां अपने बेटे के लिये अपने से भी बहुत ऊपर उठ कर देखती है। छोटे-बड़े का भेद बचपन में तो नहीं जाना था। पर अब जान गई हूं। इतने ऊँचे हो तुम, इतनी ऊंचाई पर हो कि हाथ उठाकर तुम्हें छूना भी चाहूंगी तो नहीं छू पाऊंगी। कहां तुम और कहां में?

सुमित उठ खड़ हुआ - तुम मुझ तक भले ही न पहुंचो पर मैं तो तुम तक पहुंच ही सकता हूं। फिर आज में लौटने के लिये नहीं, तुम्हें लेने आया हूं। मुझे ऐसे ही लौटा दोगी ?

लौटा नहीं रहीं हूं तुम्हें। पर मैं ठकुरानी मां का अपमान करना भी नहीं चाहती जिन्होंने सचमुच मुझे बेटी सा प्यार दिया है। मैं इन्तजार कर लूंगी सुमित। उस दिन का इंतजार कर लूंगी जब मां को मना लोगे और वे मुझे एक मां की तरह अपना लेंगी। तुम्हारे साथ साथ मुझे मां भी तो चाहिये न ? सुमित चला गया था। कली उदास अश्रुपूरित नेत्रों से उसे जाता देखती रही। सुमित की आशान्वित दृष्टि ने उसे भरपूर विश्वास से भर दिया था। आज -

तक तो रुका? वह सारा जीवन इंतजार कर लेगी। सुमित मां के साथ लौटेगा उस दिन का इंतजार।

वर्षो का अंतराल। फिर सुमित नहीं लौटा। एक दिन कली ने किसी से सुना कि शहर से लौटते हुये सुमित एक ट्रक की चपेट में घायल हो गया। शहर के अस्पताल में ही उसकी मृत्यु हो गई। प्रतापपुर का वही छोटा सा गांव। वहीं झोपड़ी और सामने फूलता हुआ नीम कली अब भी वहीं है। पर प्रतीक्षारत। उसके शब्द गुम हो गये हैं और भीतर नीम की निवोलियों की तेज गंध भरती रहती है। चुपचाप वह पास पड़ोस का काम कर दिया करती है। वर्जना का एक शब्द नहीं। काम के बदले वह पैसे भी नहीं लेती। वह तो कुछ भी खाने को मिल जाता है, खा लेती है।

पहिनने को जो मिलता है, पहिन लेती है। एक दिन सांध ढले ठकुरानी मां आई थी। वह चुपचाप बाहर बैठी आसमान में नीचे-ऊपार उड़ते हुये बगुलों की पांत को देख रही थी। वे अपने घर लौट रहे थे। सुमित भी लौटेगा - जरूर लौटेगा। पर सुमित नहीं, मां लौटी थीं। वे उसके पास बैठ गई थीं। बोली थीं- तुझे लेने आई हूं बेटी। पहले आना चाहिये था। पर साहस नहीं जुटा पाई। सुमित की अंतिम इच्छा थी यह। समित नहीं कहता तब भी मैं तुझे लेने आती। बेटे को खो दिया है मैंने। अब अपनी बहू को खोना नहीं चाहती। बहू! बहू! - झनझना उठे थे कली के कानों में वे शब्द। भीतर की सारी खामोशी हाहाकार बनकर फूट पड़ी थी। वह ठकुरानी मां की गोद में सिर रखकर रोये जा रही थी - तुमने बहुत देर कर दी मां बहुत देर कर दी। हां बेटी, सुमित के सामने मैं अपराधी रही और तेरे सामने भी मैं अपराधी हूं। पर तुझे चलना ही होगा।

सूरज की ललछौंही नीले विस्तार में डूबने लगी थीं। चारों ओर निबोलियों की गंध पसर गई थी। अतीत की गंध को आत्मसात किये कली तेज बारिश में भीगती ठकुरानी मां के साथ जा रही थी।

**********

# रेत पर की मछलियां

अतीत और वर्तमान के बीच की दूरी। इसी दूरी को पाटने के लिये एक सेतु की तलाश है। वर्तमान को नकार कर अपने अस्तित्व को नकारने की गल्ती आखिर वह क्यों करे? कल छुट्टी है और राजी ने रोहित से मिल कर कल का प्रोग्राम बनाया है। दैनिक चर्या से अलग हट कर कभी कभी जीने की इतनी छटपटाहट होने लगती है तो सारी मर्त्सनाओं और वर्जनाओं को भूलकर एकदम से रोहित का प्रस्ताव मान लेती है। अब वह किसी की भी परवाह नहीं करना चाहती। जब शिशिर के एक इशारे पर वह अपनी इच्छाओं की आहुति देती रही थी, तभी क्या पा लिया उसने।

चार कमरों के मकान के सामने काफी खुला लान है। चारों ओर केवल गुलाब की कतारें। कभी इस लान को एक खूबसूरत रूप दिया था मिसेज माथुर ने अब उन्हीं की अकेली बेटी कीर्ति उसकी स्वामिनी है। पहले ही दिन राजी परिचय होते ही उससे मित्रा हो गई थी। उसने कहा था चिन्ता मत करो राजी। मेरी - तुम्हारी राशि जरूर मिलेगी। एक साथ मिलकर मन का सारा दुख बांट लेंगे। और वह हंस दी थी - एक मुग्ध हंसी। एक अभिन्न की तरह कीर्ति दीदी उसका सामान अपने यहां उठवा लाई थीं। दो कमरे अपने लिये रखकर बाकी दो कमरों में राजी के रहने की व्यवस्था कर दी थी। सब कुछ ठीक लगा था उसे। पर कीर्ति दीदी के गुलाबों पर उसका मन नहीं ठहर पाया था। और बाद में उसे जाने क्या सूझी कि गुलाबों की पंक्ति के ठीक सामने उसने कई तरह के केक्टस लगा दिये। गुलाब और केक्टस केक्टस और गुला। कितना अजीब सा विरोधाभास है।

सुबह से ही उसका मन बड़ा हल्का था। काम करती हुई वह मन ही मन रोहित के साथ के बारे में सोचती थी। रोहित ने उसे घर पर बुलाया है। पहले भी वह छुट्टी के दिन उसे घर आने का निमंत्रण देता रहा है। पर वही उसे टालती रही है। अकेले आदमी का कैसा घर। घर और होटल बोर होने के लिये क्या कम हैं? रोहित ने कहा था- एक बार आकर देखो तो फिर बार बार

मेरे घर आना चाहोगी। तुम भी तो अकेली ही हो। भले ही कीर्ति के साथ रहती हो। हंसते हुये उसने कटाक्ष किया था -देखो राजी, घर बनता है नारी को लेकर और टूटता भी है उसे ही लेकर। उसने राजी की ओर एक गहरे सन्दर्भ से देखा और राजी भीतर ही भीतर सुलग उठी थी।

सुबह नाश्ता करते हुये उसने कीर्ति दीदी से रोहित के यहां जाने की बात कही। अरे छोड़ भी, आज मैटिनी चलेंगे। न हो, रास्ते में रोहित को ले लेना। सुनकर से कह दिया है। वह मेरी प्रतीक्षा करेगा। वह उठने को हुई तो कीर्ति ने हाथ पकड़ कर उसे रोक लिया। देख राजी, बुरा मत मानना। रोहित को इतनी छूट मत दे कि होम करते हाथ जल जायें। तुझे नहीं मालूम मनीष कल यहां आया है। मुझसे अचानक मिलना हुआ। तेरे बारे में पूछ रहा था। ढेर सारी बातें हुई। सच राजी, क्या तू अतीत को भूल नहीं सकती। सुनकर राजी का मन हंसने को हुआ था। कीर्ति दीदी कह रही थी - दोस्त, दोस्त की जगह होता है राजी। उससे साथ भले ही मिले पर घर नहीं मिल सकता। सुनकर राजी ने अचम्भे से कीर्ति की ओर देखा। मन हुआ कहे। पति, घर, बच्चे- क्या इसके बिना नारी का अस्तित्व नहीं है? तो क्यों नहीं तुम भी। कीर्ति दीदी फिर कुछ नहीं बोलीं बड़े आराम से उन्होंने नाश्ता किया और सब ओर से बेखबर सी हाथ-मुह धोकर अपने कमरे में आ गई। राजी देर तक डाइनिंग टेबल पर यों ही बैठी रही। क्रोध करना चाहकर भी क्रोधित होते उससे नहीं बना। कीर्ति दीदी किसी उपन्यास में खो गई थीं। खीज कर राजी बाहर निकल आई।

सड़क से काफी दूर हट कर घर है। झाड़ियों से घिरे बगीचे में खड़े होकर देखने से सड़क की चहल-पहल साफ नजर आती है। वह हमेशा ही अकेली होने पर, यहां खड़ी होकर बाहर की गहमा-गहमी का जायजा लिया करती है। पर आज निरुद्देश्य सी गेट को दोनों हाथों से थामें वह अपने में ही डूबी खड़ी रही। सन्नाटा घिर आया था। राह बन्द हो चली थी। कुछ दूरी पर खड़े लेम्प पोस्ट उसे अंधेरे को चुनौती देते लगे। वह किसे चुनौती देगी? वह अनमनी सी अपने कमरे में लौट आई। कीर्ति की राहित को लिफ्ट देने की बात तीखे दंश सी बिंधने लगी। इतने दिनों बाद मनीष के आने की खबर उसे लगा जैसे दुनिया एकाएक बड़ी तेजी से घूम गई है और वह चकराने लगी है। उसका मन बेहद कड़वा हो आया। जिस सहजता और विश्वास को लेकर वह

मनीष की जिन्दगी से जुड़ी थी, उससे आहत होकर वह एकदम पीछे हट आई है उसके कानों में कीर्ति दीदी की हंसी टकराती है। कीर्ति दीदी हंसती ही जाती है। इतना हंसती है कि आंखों में पानी छलक आता है होश की बातें करो राती। दीवानगी में अच्छा-बुरा कुछ भी नहीं सूझता। दिमाग जब ठण्डा होता है तभी सब कुछ साफ नजर आता है। मनीष को नहीं सह पाई? कैसे कह सकती हो कि रोहित को सह सकोगी। सुनकर उसका मन जलने लगा था आवेश में वह उठ खड़ी हुई थी। पति छलता रहे और पत्नी उसके प्रति ईमानदार बनी रहे। - कर्तव्य और समर्पण से भरी हुई। इमानदारी से ईमानदारी जन्मती है और छलावे से छलावा। एक दूरी, नफरत और अहसासों की दूरी। और केवल अपने बचाव का प्रयत्न। जब यह सब वह सह नहीं पाई तो मनीष की जिन्दगी से वह अनचाहे हटती गई थी।

पिक्चर देखकर कीर्ति दीदी लौट आई थीं। बड़ी प्रसन्न थी। राजी ने देखकर भी उन्हें नहीं देखा। कीर्ति दीदी ने उसकी ओर देखा और पास आ गई। फिर स्नेहातिरेक से भर कर बोली- मेरी बातों का बुरा मत मानना राजी। एक तू ही तो है जिसे कुछ कह कर हल्की हो लेती हूं। इतनी बड़ी अकेली जिन्दगी को काट कर सच कहूं-मैंने कुछ नहीं पाया है। लगता है - अपने अहं को पाल कर मैंने अपने को ही तोड़ है। एक भयानक सूनापन। एक मर्मान्तक जलन। तुझे तो समझना चाहिये क्योंकि तू विवाहिता है। समर्पण का सुख तूने जाना है। पाने से भी अधिक कभी हो उठता है देना अपने पति, अपने बच्चों को। कहते - कहते कीर्ति दीदी का स्वर उदास हो आया। एक बेनाम सी हंसी अधरों पर आ टंगी - तब पुरुष को न सह जाने का दम्म था और जब स्वयं को ही न सह पाने की पीड़ा है। राजी, ऐसी भूल तू मत करना रे। बड़ा मार हो जायेगा जीवन। उतरती उम्र का बोझ तन से अधिक मन को तोड़ता है और यह टूटना औरत को भीतर बाहर समूचा तोड़ कर रख देता है। रेत पर पड़ी मछलियों की तरह ही होती है इस जैसी की जिन्दगी वह तब छटपटाती रहेगी जब तक उसका प्राणांत नहीं हो जाता। कीर्ति दीदी उठ कर अपने स्कूल के काम में उलझ गई थीं।

राजी कीर्ति दीदी की आत्माभिव्यक्ति को कई कई रूपों में झेलती निस्पन्द बैड़ी रही। अप्रत्याशित छलकी पीड़ा भरी यह आत्माभिव्यक्ति ऊपर से भरी भरी निश्चिंत सी कीर्ति दीदी। सिनेमा और पुरुष मित्रों के बीच हंसती,

खिलखिलाती, ठहाके लगातीं कीर्ति दीदी। सहेलियों के नाम से चिढ़ जाने वाली इन कीर्ति दीदी के लिये उसका मन बेहद सहानुभूति पूर्ण हो आया। किन्तु क्षण-क्षण को जोड़ने की कोशिश में टूट-टूट कर बिखरने जाने की पीड़ा को क्या ये कीर्ति दीदी कभी जान पायेंगी? साहचर्य को भोग का अर्थ देने वाले पति के क्रूर पाशविक क्षणों को यह पाना कितना दारूण होता है किसी निरभिमानी पत्नी के लिये यह उन्हें कैसे बता पायेगी ?

बेड रूम में अकेला पलंग। जलता हुआ प्रकाश और मन अंधेरी गुफा में आकार लेता मनीष का बहुविध रूप। इतने बड़े बंगले में सुख-सुविधाओं के बीच कोने कोने से रिसता एक अबूझ सन्नाटा। दिन को अपनी सीमाओं में व्यस्त रहंकर जब पास होते तो राजी को लगता कि समर्पण का अर्थ मनीष के लिये रात को दर्पपूर्ण अधिकार ही नहीं, एक पाश्विकता भरी लिप्सा भी है। आक्रोश से भरकर वह कहती भी मन ऐसा नहीं होता मनीष कि उस पर अविश्वास और छलावे की भारी शिला रख दो और चाहो कि वह सुरक्षित बना रहे। मनीष के उन्मुक्त जीवन के कितने कितने प्रसंग राजी की आंखों के सामने से गुजरे हैं और राजी ने मन पर शिला रखकर अपने हाथों अपनी आंखें ढंक ली है। मन के खण्डित शीशों में टूकड़े टुकड़े अहसासों से घिरी कितनी खण्डि तस्वीरें उभरती है कि उसका मन एक लिजलिजी ग्लानि से भर जाता है। मनीष वीजता है - बहुत कोल्ड हो तुम। एकदम पत्थर। मनीष के बीज भरे ये शब्द राजी कभी नहीं समझ पाई कि इस कोल्डनेस के बाद मनीष उसे फिर, फिर आखिर क्यों पाना चाहता है।

इसी तरह कैलेण्डर की तारीखें बदलती रही थीं - दिन, हफ्ते, महिने और फिर साल। फिर वह सबको भूल-भाल, अपने से भी मुक्त होने को सचेष्ट बाहर की दुनिया में रमने लगी थी। और यहीं उसे रोहित मिला था जिसने उसकी जिन्दगी को एक नया अर्थ देने में सहयोग किया था।

एक अन्तराल। बिल्कुल अपने ही ढंग की जिन्दगी। कीर्ति दीदी कपड़े बदलकर उसके पास आ लेटी थी। इधर उधर की बातों का व्यौरा देते वे उसे समझाने लगी थी पागल है तू तो हर चीज तू को एक ही ढंग से सोचती है। ऐसा नहीं राजी। मुझे समझकर ही तु समझ ले। इस भटकन भरी जिन्दगी को अपनी मंजिल मत बना। मैं या तू जो यह जिन्दगी जी रहे हैं, बिना किसी आधार पर टिकी है। कीर्ति दीदी के शब्द शब्द से निसृत एक टीस - सुनती

है। यह मैं तुझसे कह रही हूं। कभी यह तू जान - ले कि मैंने पात्र - कुपात्र किसी से भी विवाह कर लिया है तो तू कतई आश्चर्य मत करना और न ही अविश्वास। अभी तक में भटकती रही हूं। अब मैं सचमुच जीना चाहती हूं। एक अपने घर अपने पति और बच्चों के बीच।

कीर्ति दीदी की बात। उसकी अपनी बात। रोहित और मनीष की बात कीर्ति दीदी अपने पलंग पर चली गई थीं और बड़ी देर तक तटस्थ होकर सारी बातें सोचती रही थी है यह नारी मन, अपने से ही पराजित। आखिर अपने से ही कब देखूं तो तक जूझती रहेगी? हठात् उसका टूटा हुआ दर्प जाग जाता है। और मन में मनीष से मिलने की इच्छा हो आती है सही, कितना बदलाव आया है उसमें पूछूंगी - बोलो, क्या कहते - हो ? सह सकोगे रोहित को ? तुम अपनी जगह होगे, वह अपनी। मित्रता की जिस सीमा को तुम लांधते आये हो, उसकी मर्यादा में जानती हूं। मुझे पाने के लिये अपने आसपास के उस अंधेरे को तोड़ना होगा जिसमें सन्देह के कीटाणु भरे पड़े हैं। तुम, तुम होगे और मैं, मैं उसके अधरों पर एक बेनाम मुस्कराहट उग जाती है। जिसे वह सारी से मींच लेती है।

**********

# सूखी आंखों का इन्द्रधनुष

आंखों ट्रेन प्लेटफार्म छोड़ चुकी थी। दीदी का खिड़की से दिखता हुआ चेहरा ओझल हो गया। वह स्टेशन से बाहर निकल आई। उसने रिक्शे वालों की कतारों को फिसलती दृष्टि से देखा और सामने आये रिक्शे वाले के बुढ़ापे की विच्छिन्नावस्था को एक नजर से तोलकर वह रिक्शे में जा बैठी और एक अजीब सी शून्यता के अहसास से भर गई। उसने मस्तिष्क को एक झटका दिया। उसकी समझ में नहीं आया कि दीदी के इस बार के जाने से वह सुखी हुई है या दुखी। पहली बार जब दीदी विवाह के बाद धीरेन के साथ जा रही थीं तो स्टेशन पर ही वह असंख्य लोगों की भीड़ को भूलकर उनके गले से लगकर बिलख बिलख कर रोई थी। उस बार का रोना दीदी के बिछोह का रोना था। उसे लगा था कि बचपन से अब तक का दीदी से उसका साथ हमेशा हमेशा के लिये छूटा जा रहा है। दीदी के बिना अब उसे अकेले ही रहना होगा। दीदी के बिना अपने इस भीतर के अकेलेपन को वह कैसे भर पायेगी ? स्कूल जा सकने की उम्र से ही वे घर और बाहर सदैव साथ रही हैं पढ़ने में तेज होने के कारण प्रमोशन लेकर वह दीदी के साथ ही आ गई थी। दोनों ने एक साथ मैट्रिक की और फिर साथ साथ ही लड़कियों के स्कूल में पढ़ाने आ गई। वे दोनों एक दूसरे की बहिन से अधिक सहेलियां थीं - शायद सहेलियों से भी अधिक। इस बार दीदी को पहुंचाने जाते समय उसका मन पहली बार ही था कि बर्फ सा ठण्डा रहा अया जैसे सारे संवेदनात्मक तत्व भीतर ही कहीं दफन हो गये हों। दीदी सारे समय उसे उसके दायित्वों के प्रति सजग रहने की सीख दिये जा रही थीं और वह सब कुछ को अनसुना कर केवल यही सोचती रही थी कि इतने जल्दी दीदी कितनी बदल गई। घर की एक एक स्थिति का दारुण अहसास दोनों ने एक साथ कितनी गहराई से झेला है और वह तो आज भी झेल रही है समूचा अस्तित्व भूलकर। अपनी आयु की बात भूलकर या अपना जाते समय दीदी तैयार हो रही थीं। एक प्यारा सा लुभावनापन उनके चेहरे पर झलकने लगा था। उसने उनके चेहरे को छिपी नजरों से देखा और अनजाने अपनी बढ़ती हुई उम्र का हिसाब

लगाया। कल दीदी की सहेली रानू ने भी कहा था वाह अंजू। शादी के बाद तो तेरी उम्र सीमा से भी कम दिखने लगी है। मुबारक हो। सुनकर उसे लगा था कि रानू दी ने ऐसा कहकर दीदी की प्रशंसा नहीं की वरन् उसके कुंवारेपन की हंसी उड़ाई है। वह बेहद अनमनी हो आई - विरक्ति के स्तर तक। दीदी को पहुंचाने जाने के लिये जब वह एक सादी सी साड़ी पहनकर तैयार हुई तो दीदी ने उसे टोका यह क्या सीमा ? तू इस तरह बड़े-बूढ़ों की तरह क्यों रहने लगी है? चेहरे पर भी कुछ नहीं लगाती क्या ? कितना रूखा हो गया है तेरा चेहरा। उसने अपने चेहरे पर दीदी की आंखों का पैनापन महसूस किया और वहां से हट गई। चलते चलाते ने शिफान की दो साड़ियां लाकर उसके सामने मेज पर रख दी और अपना प्रसाधन बाक्स भी ले इन्हें रख ले। सीमा ने एक नजर साड़ियों पर डाली और एक नजर दीदी पर। कहा कुछ नहीं। रिक्शे में दीदी के साथ बैठकर भी वह अपने में ही पूरी तरह डूबी रही। दीदी चली गई। कितना इतमीनान था इस बार उनकी बातों में उनके व्यवहार में - बड़प्पन और आदर्श भरी बातों में। ट्रेन जब चलने लगी थी, खिड़की पर रखे दीदी के हाथ को उसने स्नेहातिरेक से भरकर दबाया और शून्य आंखों से खिसकती गाड़ी को देखती रही।

घर लौटकर वह निढाल सी पलंग पर पड़ रही। यह काटता हुआ अकेलापन उसे पहली बार इतनी तीव्रता से महसूस हुआ कि चढ़ती उम्र का अकेलापन सचमुच खोफनाक होता है। दीदी ने अच्छा ही किया जो सब कुछ झटक कर मुक्त हो लीं। वह भी क्या मुक्त हो सकेगी? उसे अपने ही ऊपर खीज आई। मना ही किसने किया है उसे? क्या अपनी स्थिति की जिम्मेदार वह खुद नहीं है? वह उठ कर बैठ गई। दीदी की दी हुई साड़ियां वैसे ही रखी थीं। उसने उठाया। उल्टा पल्टा। फिर एक व्यग्यात्मक मुस्कान ओंठों पर झलक आई। उसने अपने थरथराते ओंठों को जोर से बांधा और साड़ियों को उठाकर सावधानी से बाक्स में रख दिया। मन रोने रोने को हो आया। दीदी ने उसे समझना क्यों नहीं चाहा ? क्यों नकार दिया उसका अस्तित्व? इतना भी तो उनसे नहीं समझा गया कि इतने नजदीक आकर पापा से मिल जातीं जाकर छोटी बहिनों से मिल आतीं। अपने सुख में वे सबको भुला बैंठीं इन थोड़े से ही दिनों में ही।

दीदी के जाने के बाद परिमल आया था। उसने अपने को सहेजने की भरसक कोशिश की और इसी कोशिश में वह बार बार असहज हो उठी थी। हर दिन उसका इंतजार करती हुई भी हुआ, सामने पाकर उससे इतने दिन न आ पाने की कोई शिकायत नहीं की। परिमल उसे पत्र देकर कुछ देर रूका, फिर चलने को तब भी वह उसे कुछ देर रुकने को भी नहीं कह सकी। क्या हो गया है उसे? समता का पत्र हाथ में था और उसमें पापा की तबियत अधिक खराब हो जाने की सूचनना था। पढ़कर उसका मन डूबने लगा। पापा की तबियत आज से नहीं महिनों से खराब है। जबसे दीदी नौकरी छोड़कर गई है, पापा ने खाट ही पकड़ ली है। कभी ठीक होने लगते हैं। कभी तबियत अधिक खराब हो जाती है। उसे कभी पापा पर क्रोध आता है। कभी दीदी पर। और कभी अपने पर जो अधर में लटकी हुई न जी पा रही है, न मर पा रही है। समता ने उसे आने को लिखा है।

दीदी ने अपने मन का विवाह किया है। मन के विवाह करने के हादसे ने पापा को नहीं तोड़ा है बल्कि तोड़ा है-विवाह के बाद दीदी के धींरेन के साथ चले जाने के दुख ने। यह दुख दीदी के मात्र चले जाने का नहीं है। दुख है दीदी के चले जाने के फलस्वरूप अभावों से उत्पन्न उस ढेर सारे दुःसह बोझ का। उसे सब मालूम है। दीदी का कुछ भी उसके लिये अनदेखा कभी नहीं रहा। दीदी ने कहा भी था - मुझसे अकेले नहीं जिया गया सीमा। इसीलिये धींरेन का साथ खोज लिया। धींरेन को अपने को सौंपकर मुझे पछतावा भी नहीं है। मैं भटकन भरी जिन्दगी नहीं जीना चाहती। जिन्दगी का स्थायित्व चाहती हूं। पूरी तरह स्त्री की जिन्दगी जीना चाहती हूं। पापा आखिर क्यों नहीं समझना चाहते ? दीदी की पीली होती देह और मुंह का खराब होता जायका -सीमा ने सब देखा और समझा था। उसे कुछ भी अजीब नहीं लगा था।

बड़े दिनों की छुट्टियों में दोनों जब घर गई थीं दीदी को देखकर घर एक तनाव भर गया था। मां ने कुछ पापा से कहा था और फिर दीदी से। दीदी तेज हो आई थीं। उन्होंने अपने कुछ ठोस तर्क भी दिये थे पर मां की बात बात पर तिलमिला देने वाले शब्दों और पापा के खीज भरे व्यवहार ने उन्हें सहारा देने की बजाय तोड़ तोड़ दिया था। फिर एक बार इज्जत पर बट्टा लगने के नाम, छोटी बहिनों के भविष् के नाम और फिर सीमा की आयु के

नाम दीदी को उनकी बात मान लेना पड़ी थी। कयामत की रात जैसी ही गुजरी थी दीदी पर से वह रात। सीमा के कानों में दीदी की बदहवास चीखों का शोर आज भी ज्यों का त्यों भरा हुआ है। और तभी उसे सबसे घृणा हो गई है। अपने अपने स्वार्थी में कभी कभी जल्लाद जैसा हो जाता है ? डूबा व्यक्ति छुट्टियों के बाद वापस आने पर सब कुछ बदल गया था। एक घर में रहती हुई भी दोनों एक दूसरे के लिये बिल्कुल अनजान बन गई थीं। दोनों स्कूल जातीं। साथ ही लौटती। फिर भी दोनों के बीच अपरिचय की दीवार इतनी ऊंची होती गई थी कि चाहने पर भी वे एक दूसरे के मन में कभी नहीं झांक पातीं। ऐसे में ही एक दिन दीदी ने उसे आकस्मिक समाचार दिया था कि वे धींरेन से विवाह करने जा रही हैं। उसके मन में आया था कि अपने भीतर का सारा उल्लास बिखेर कर वह दीदी की बात का समर्थन कर कहे - तुमने बहुत ठीक सोचा दीदीं। बहुत ठीक। जिस जिन्दगी में धड़कन न हो, वह तो निरी लाश होती है - लाश। और फिर तो वह सब कुछ भूलकर हर काम में दीदी का हाथ बंटाने लगी थी। इन्दौर में विवाह होना तय हुआ था। दीदी और धींरेन के लौटने का वह बड़ी उतसुकता से इन्तजार करती रही थी। एक हफते बाद दोनों जब लौटे तो दीदी के साथ पति के रूप में धींरेन को देखकर उसे भीतर कहीं बेहद अच्छा लगा था। एक भरपूर जिन्दगी की आशान्वित उजली किरणों ने दोनों के चेहरों को एक गरिमा से भर दिया था। धींरेन जब जब दीदी के साथ होता, परिमल का चेहरा धीमे से उसके सामने आकर ठहर जाता। दीदी के चले जाने के बाद से सकल के बाद का सारा समय

वह परिमल के साथ ही बिताने लगी थी। रिमल की गम्भीरता उसे कभी कभी बहुत सहारा दे जाती। छुट्टियों में जब कभी वह घर जाती तो दो स्थितियों में उसका मन अनिर्णीत सा बट जाता। वह समझ नहीं पाती कि एक यह जिन्दगी सच है जहां घर के सारे व्यक्ति उसकी ओर आशान्वित नजरों से देख रहें हैं या एक वह जिन्दगी सच है जहां परिमल का एक नया अर्थ प्रदान करता साथ है। वह जागती हुई भी कभी कभी अपनी आंखें बंद कर लेती। बंद आंखों में जागते सपनों का अहसास कैसा होता है - कोई उससे पूछकर देखे। पनियाई आंखें में सपने इन्द्रधनुष से तैरने लगते हैं। सूखी आंखों में इन्द्रधनुष का खण्ड खझउ हो जाना कितनी बड़ी सदी है जीवन की। वह रात को सोती तो परिमल के साथ के देखे सारे इन्द्रधनुषी

सपने गडमड होने लगते और उसे न चाहकर भी दीदी के भाग्य से ईर्ष्या हो आती।

परिमल साथ आया था बस स्टेण्ड तक। टीन की शेड में बनी होटल में उसने उसे चाय पिलाई और साथ में गर्म समोसे खिलाये। फिर ठसाठस भीड़ में से होकर उसने उसके बैठने के लिये जगह बना दी - देखो, पापा की तबियत यदि ज्यादा खराब हो तो लिखना में छुट्टी बढ़वा दूंगा। पैसों की चिन्ता मत करना। सीमा केवल उसकी ओर देखती है। उसे उस पर बेहद सहानुभूति हो आती है। परिमल के सामने वह सदैव द्विअर्थी जिन्दगी जीती रही है। कितनी अजीब है वह। परिमल जब किसी कारण वश कई कई दिनों तक उसके पास नहीं आ पाता तो वह व्याकुल-बेचैन होकर स्वयं उस तक दौड़ी जाती है। पर जब वह रोकज आनें लगता है तो वह उसकी उपेक्षा करती सी कहीं बाहर चल देती है। एक ऊहापोह की स्थिति। अपने को ही न झेल पाने की त्रासदायक स्थिति। फिर भी परिमल सब कुछ सहता है।

बस वाला ड्राइवर चाय-पानी लेने होटल तक चला गया था। यात्रियों का आना-जाना जारी था। परिमल उसके साथ खिड़की से लगा खड़ था। दोपहर की जलती धूप सीधे उस पर पड़ रही थी। वह एकटक परिमल के चेहरे को देख रही थी। अनजाने ही उसकी दृष्टि में दीदी का चित्र आकर जुड़ गया - छोटे से बच्चे को गोद में लिये दीदी का मुस्कराता चेहरा। बाजू में हंसते धीरेन। दीदी कितनी सुखी है। वह तो सुख की तलाश में अंधेरी महराबों से टकराती फिर रही है - एक अपना सुख एक सबका सुख बस - चलने को हुई। परिमल ने उसकी हथेली को थपथपाया था अपने का इस तरह अकेली क्यों समझती हो सीमा। मैं तो हूं तुम्हारे साथ।

बस चल दी। धचके तेज होने लगे। बस की यात्रा सदैव से ही उसके लिये त्रासदायक रही हैं। जब भी कहीं जाना होता है, वह नीबू साथ रख लेती है और बीच बीच में शरबत बनाकर पी लेती है। इस बार की पूरी यात्रा उसने खिड़की पर सिर टिकाकर अपनी ही बेसुधी में पूरी की। पर जिन्दगी का रास्ता ? जिन्दगी का रास्ता क्या इतना आसान है?

उसे देखकर सबके चेहरे सामने आ गये एक अजीब सी मायूसी से भरे हुये चेहरे। सूटकेस समता को दकर उसने बारी बारी से सबके चेहरे पढ़े।

चेहरे पढ़कर भी जब वह आश्वस्त नहीं हो पाई तो दरवाजे पर खड़ी मां को देखा। उनके उदास चेहरे की भरी आंखे उसे बड़ी बोझीली लगीं। वह कुछ नहीं बोली। सबके साथ चलती हुई वह कमरे में आ गई। एक ओर बिछा पलंग। पलंग पर पापा की दुर्बल देह। उनकी आखे बंद थी। सांसे धोंकनी की तरह चल रहीं थी। उसने खड़े खड़े ही पाप को देखा। अपने से पूरी तरह से कट कर एक अनुभवी की आंखों से दुर्बल शरीर, कृश चेहरा, चेहरे पर उभरी सूजन, एक कारूणिक माद। वह पास पड़ी कुर्सी पर बैठ गई। सारे चेहरे पर जमे थे - याचना करते हुये चेहरे। उसने पास खड़ी बबली को देखा और हाथ से उसे अपनी गोद में खींच लिया। अपनी आंखों में भर आई उदासी को झटक कर उसने भरपूर नजरों से मां के उदास चेहरे को देखा। उसकी आंखों में एक बार दीदी का भी चेहरा उभरा। फिर परिमल का भी। दोनों चेहरे इन सारे चेहरों की ढेर पीड़ा और पीड़ा भरी याचना में तिरोहित हो गये और वह पापा के लिये चिन्तित हो उठी। कुछ अपने बस में नहीं है। वह किसी को भी झुठला पायेगी। मन पर छाये बोझ से उभरने के लिये उसने मां की ओर सांत्वना भरी नजरों से देखा। फिर समता से डाक्टर के यहां चलने का कह कर फ्रेश होने भीतर चली गई।

**डॉ कुंतल गोयल**

www.ingramcontent.com/pod-product-compliance
Lightning Source LLC
LaVergne TN
LVHW052125041026
849558LV00011B/255
*9789358192483*